おはしさま

連鎖する怪談

三津田信三《みつだしんぞう》
薛西斯《クセルクセス》
夜透紫《やとうし》
瀟湘神《シャオシャンシェン》
陳浩基《ちんこうき》

玉田誠 訳

光文社

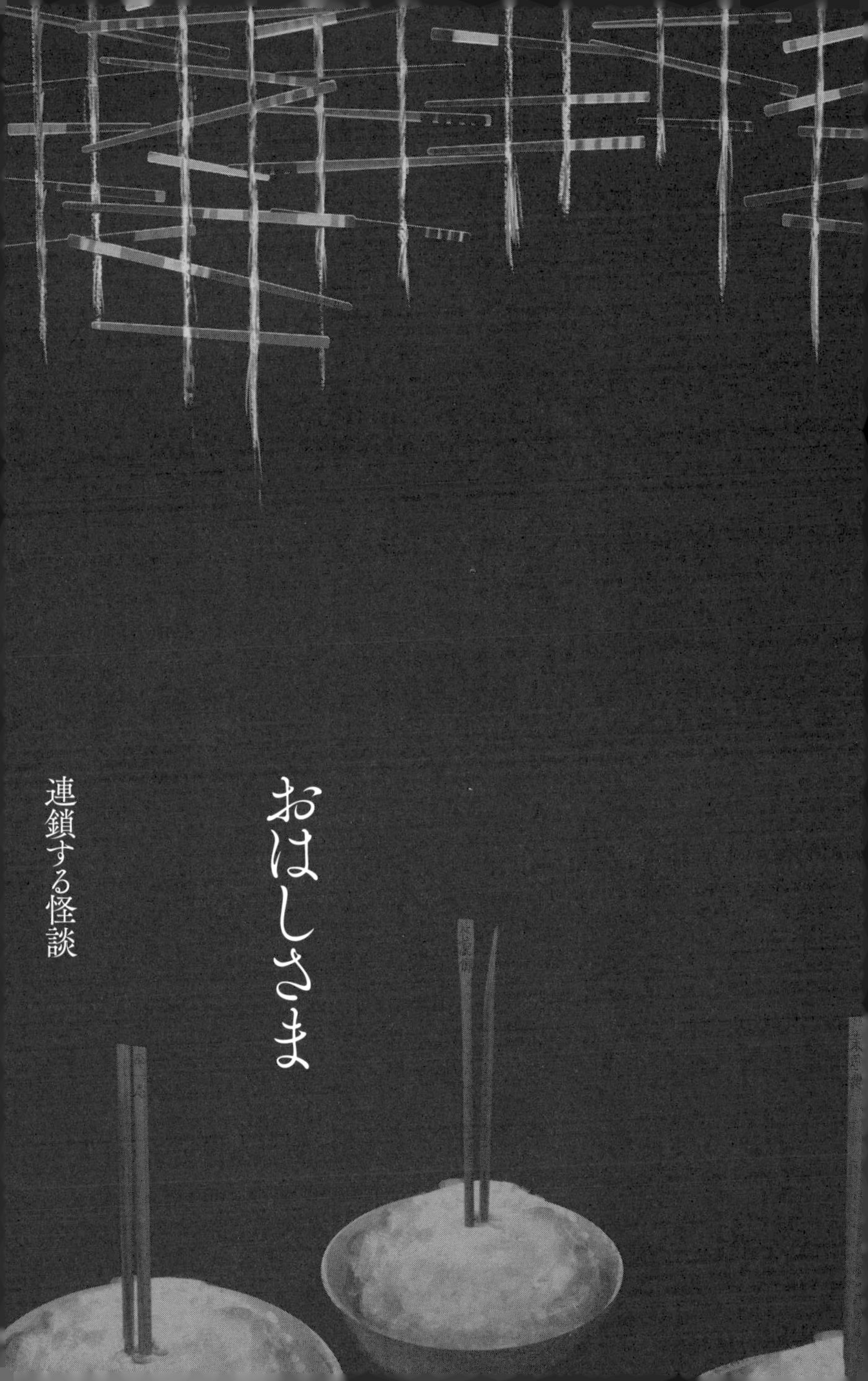
おはしさま
連鎖する怪談

筷：怪談競演奇物語

Originally published in Taiwan by Apex Press, a division of Cite Publishing Ltd.
Published in agreement with Apex Press, a division of Cite Publishing Ltd.
through AMANN CO., LTD.

◉目次

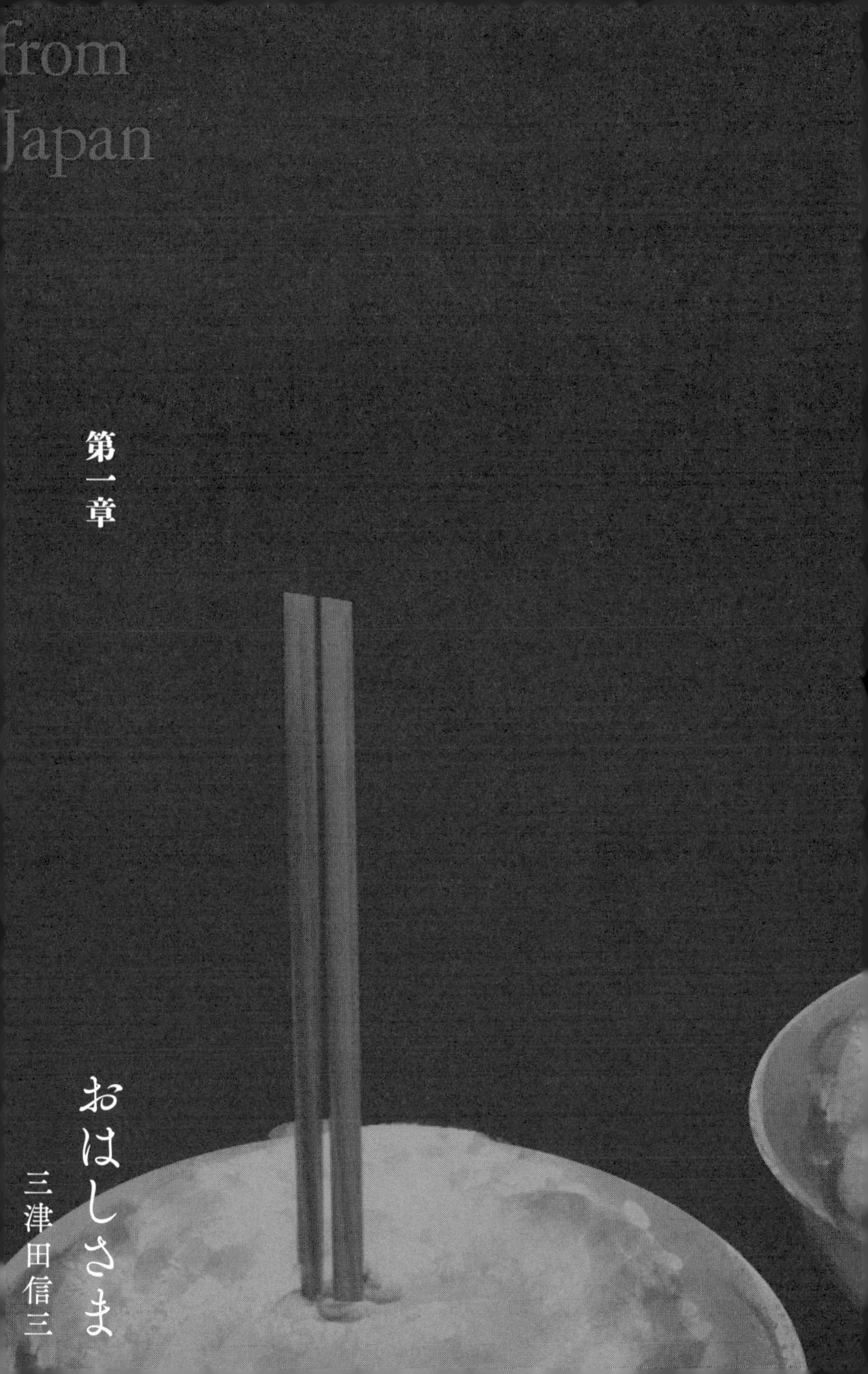

from Japan

第一章

おはしさま

三津田信三

はじめまして、雨宮里深《あめみやさとみ》と申します。この野外パーティには、かなり遅れて参ったのですが、ふと先生の怪談話が耳に入りまして……。ずっと拝聴しておりましたところ、ちょっと引っ掛かることがございましたので、こうしてお声をお掛けいたしました。

まず箸で両目を突いて自殺した、中学生の幽霊が出る廃屋のお話がありましたが、あれ、私の地元です。一部では有名な怪談で、大学生のときには都市伝説のように広まっていたことを、よく覚えております。

それから持主が次々と不幸になる、女性物のスーツのお話が出たとき、私が今ちょうど着ている上着と色も形も似ているなぁ……と、何やらぞくっとしました。

最後は遊歩道の四阿《あずまや》で雨宿りをした際の怪談ですが、私の名前が「雨宮」なので、ただのこじつけと思いながらも、妙に符合するお話が多いなぁ……と。

それで失礼とは存じましたが、こうしてお声をお掛けしました。

はっ、怪談ですか……。実は、箸で両目を突いて……というお話をお聞きしたとき、一気に蘇《よみがえ》った記憶があります。

いいえ全然、迷惑なんかじゃありません。ただ、私の子供の頃の体験で、それも半分は夢の話なので……。そんなお話でも宜《よろ》しければ……。

……あれは私が、小学校の五年生になったときです。ちょうど春休みの間に関西から転校して来た、音湖《ねこ》君という男の子と、同じクラスになりました。

あっ、猫好きな先生としては、やっぱり気になりますか。音楽の「音」に湖畔の「湖」と書く名字で、当時は私もびっくりしました。

えーっと、二十数年前ですね。先生ぇ、女性に齢《とし》が分かるような質問は、駄目ですよ。そこは流して下さい。

五年生になってクラス替えがあったので、もちろん知らない子もいました。それでも一年生から同じ学校ですから、顔くらいは見知っています。けれど音湖君は転校してきたばかりですから、誰も知り合いがいません。男の子にしては色白で、小柄なうえに大人しそうで、名字のイメージもあったでしょうが、仔猫《こねこ》みたいだなぁ……って、私たち女の子は言ってました。そのせいか男子たちは、最初から興味を示さない感じがあって――。

そんな音湖君と席が隣になったせいか、私は気がつけば彼の世話を焼いてました。下がいない私にとって、弟のような存在に思えたのかもしれません。普通こんなお節介をすると、絶対に周りから「好きなんだ」と冷やかされます。でも、そんな覚えは一度もなかったので、きっと私が人見知りのする転校生の面倒を見ているだけだと、クラスの皆にも分かったのでしょう。

音湖君はあまり喋《しゃべ》らない、本当に静かな子でした。暗くて陰気な感じではなく、大人しいという表現がぴったりの、大人から見て手間の掛からない子供と言えば、ご理解いただけるでしょうか。私の数々のお節介にも、恥ずかしそうな素振りを見せながらも、素直に従ってましたからね。

だからクラスの男子たちには、受けが悪かったのだと思います。最初は「可愛《かわい》い」と言っていた女子たちも、そのうち飽きて構わなくなりました。

今になって振り返ると、転校生である自分に対して、皆の興味がなくなるのを、音湖君は待っていたのかもしれません。なぜなら彼がクラスに慣れて――というよりも、その存在が溶け込んだことで、誰も気にしなくなった頃に、あの奇妙な行為がはじまったからです。五月の連休が明けて、割とすぐだったと思います。

私が一年生と二年生のとき、給食はパン食でした。三年生と四年生になると、週に一回だけ和食の日ができました。そして五年生で、毎日が和食となりました。担任の先生が、「地元の農家の方のご厚意によって」的な話をされたのは覚えていますが、どうしてそうなったのか、実は未《いま》だによく分かりません。ただ当初は、私たち子供には不評でした。もっともメニューにもよりました。カレーライスなどは、やっぱり人気がありましたからね。それでも最初は、誰もが文句を言ってました。

ところが、音湖君だけは違ったのです。無口な彼にしては珍しく、

「ここの給食は、毎日が和食なんやな」

向こうから嬉《うれ》しそうに話し掛けて来たので、私は意外に感じました。けど、そのときはご飯が好きなんだと、単純に思っただけでした。その割に給食は残すことが多かったので、あの喜びようは何だったのかと、ちょっと首を傾《かし》げましたけど。

そんなある日のことです。給食係が配膳を終えて、担任の先生と一緒に「いただきます」をしたあと、ええっと思わず私が驚くようなことを、いきなり彼がしました。

お茶碗に装われたご飯の真ん中に、なんとお箸を立てたのです。

はい、そうです。お通夜のとき、仏様の枕元に供《そな》える、あの枕飯《まくらめし》のように……。そうしてから音湖君は、両手を合わせて何やら祈ってるようだったので、もう私はびっくりしました。

誰か親戚の人でも亡くなったのかな。

そんな風に考えましたが、だとしても学校の給食で、まさか枕飯はやらないでしょう。他の子たちも呆《あき》れているのではないかと思い、とっさに周りを見ましたが、全く誰も気にしていないみたいで、その反応にも驚きました。

当時は両方の祖父母が――父方も母方も共に――田舎《いなか》で健在でした。私が遊びに行ったとき、近所で通夜や葬式が偶々《たまたま》あると、祖父母は平気で連れて行ったものです。そのため私は枕飯を知っていましたが、どうやら同級生たちは違うようで、音湖君が変なことをしていると笑いはしましたが、それだけでした。

ひょっとすると誰もまだ、通夜や葬儀の経験がなかったのかもしれません。仮に出たことがあっても、街の葬儀屋さんが取り仕切っている簡略されたもので、昔ながらの儀礼など目にしなかったのでしょうか。

お茶碗のご飯に箸を立てる……。

だから同級生たちは、その行為が何を意味するのか、恐らく分かっていなかったのです。いいえ、意味を理解していないのは私も同じでした。もう少し大きくなって、母方の祖母から枕飯の作り方を聞いて、ぞっとしたことをよく覚えています。

お茶碗《ちゃわん》一杯分のご飯を炊くのに、米は絶対に研いではいけない、昔は釜ではなく鍋を使った、それも竈《かまど》ではなく焚火《たきび》で行なう、炊き終わったあとは使用した物と場を清めるなど、とにかく普通ではありません。まともにご飯を炊く気がないような、そんな手順なのです。

これは死者の食べ物だ……。

改めてそう実感して、私は怖《こわ》くなりました。小学生のときは単純に、仏様にお供えしてあるものの、普通の食事だと思っていました。それが急に、生きている人間は口にできないご飯だと分かったとたん、物凄《ものすご》く慄《おのの》いてしまったのです。

しかし小学生の私は、まだ枕飯の作り方を知りませんでした。よって死者の食べ物だという認識もありません。ただ田舎の葬儀で、仏様に箸を立てたご飯を供えている光景を目にして、少なからぬ衝撃を受けていただけです。でも無意識に、ご飯に箸を立てる行ないに、何か不吉なものを感じたのは間違いないでしょう。

それが葬儀の場でしたから、当たり前と言えばそうですが、やはり見た目の印象が強かったのだと思います。家での食事だけでなく外食も含めて、そんな眺《なが》めを目の当《ま》たりにすることは、まず絶対にありませんからね。

そうそう。結婚する前に働いていた会社の近くに、安くて美味《おい》しい定食屋さんがあって、よく同僚たちと利用したのですが――。そのお店のお客さんで、常連さんとも言える白人の男性がいて、いつも食事をしながら左手に持った新聞を読んでました。

この彼が新聞を捲《めく》るのに、ご飯に箸を突き立てて、右手を自由にするのを最初に見たときは、本当にぎょっとしました。しばらく同僚たちと、顔を見合わせたほどです。

おかずの皿やお味噌《みそ》汁のお椀《わん》の端に、どうして箸を置かないのか。まず疑問に感じましたが、彼を観察してるうちに少し神経質な人だと分かり、何となく納得できました。おかずに触れることで、またはお味噌汁の湯気に当たることで、箸が汚れるのが嫌なのではないか。

はい。だからといってご飯に箸を立てようとは、幼い子供でもない限り日本人なら発想しませんよね。けど彼は外国人ですから、何の躊躇《ためら》いもなくできたわけです。箸にご飯がつくのは、きっと大丈夫だったのでしょう。

本当ならお店の人なり、お客さんの一人が、「そんなことをしてはいけませんよ」と教えて上げるべきだったのですが……。ちょっと気難しそうに見えたのと、相手に恥をかかせることになるためか、誰も何も言わなくて……。

話が逸《そ》れました。

音湖君に驚いたのは、ご飯に箸を立てた行為もそうですが、それが給食で使われていた木の箸ではなくて――ええ、プラスチックではありませんでした。確か桑《くわ》の木が使われていると、担任の先生が説明していた記憶があります――その給食用ではない、彼のお手製らしい竹の箸だったことも、実はあったのです。

竹を適当な長さと太さに割って、一対の箸のような格好に、彼が自分で拵《こしら》えた。それが一目《ひとめ》で分かるほど、かなり不細工な箸でした。そんな代物を、今から食べるご飯に突き立てたのですから、私はちょっと気分が悪くなりました。しかも問題の箸は、竹で作られていたのですから、余計にショックで……。

あっ、やっぱりご存じでしたか。先生は民俗学系の小説をお書きですものね。

そうなんです。母方の祖父母の田舎でも、竹箸は葬式のときにのみ使われました。ですから普段の使用は、完全に忌《い》まれておりました。うっかり使いでもしたら、目が潰《つぶ》れる……と言われていたくらいです。

えっ、竹箸をお正月に使用する地方もあるのですか。私は祖父母の田舎の例しか知りませんので、それは意外でした。日本は狭いようで広いと言われますが、本当にそうですね。

音湖君は給食のたびに、全く同じ行為を繰り返しました。そのため私は、この彼の儀式めいた行ないが、もう気になって仕方ありません。そこである日の放課後、家へと帰る音湖君のあとを尾《つ》けて、学校から充分に離れたところで、思い切って声を掛けました。そうして彼に、あの奇妙な儀式の意味を尋ねたのです。

「……別に、何でもない」

最初は音湖君も惚《とぼ》けました。

「でも毎日、必ず給食でやってるでしょ。あれほど熱心なのに、何でもないの？」

彼は無言で頷《うなず》きましたが、その場から一刻も早く逃げようとしているのが、手に取るように分かりました。実際ちょっと足が速まりましたからね。

「誰にも言わないから、こっそり教えて。お願い」

それでも私が両手を合わせて頼むと、彼は明らかに逡巡《しゅんじゅん》してるようでした。

できれば話したくない。けど雨宮には色々と世話になっている。他の奴《やつ》に喋らないのなら、彼女にだけ打ち明けてもいいか。

あのとき音湖君の心の中は、そんな風だったのではないかと思います。

「ほんまに誰にも言わん？」

散々に迷った末に、まだ抜け切らない関西弁で彼がそう返したとき、

「二人だけの秘密にする。約束は絶対に破らない」

すぐさま私は誓いました。指切りしようと、右手を差し出し掛けたほどです。それを止《や》めたのは、彼の顔を見たからでした。

物凄く忌まわしい何かを、今から口にする。

とでも言うような音湖君の表情が目に入ったとき、とっさに私は後悔の念に囚《とら》われて、思わず口走りそうになりました。

やっぱりいい。聞きたくない。

でも言わなかったのは、怖いもの見たさの心理が働いたからでしょうか。もしくは好奇心が、もう抑え切れなくなっていたせいでしょうか。それともクラスの中で自分だけが、彼の秘密を知ることができる優越感を覚えたためでしょうか。

いずれにしろ私の心臓は、このときばくばくと煩《うるさ》いほど鳴っていました。それが彼に聞こえるんじゃないかと心配して、顔が赤らむのが分かるほどでした。

ところが、音湖君が勿体《もったい》ぶって教えてくれた肝心の秘密というのが、どう反応して良いのか困るような内容でした。彼が何度も閊《つか》えながら喋った儀式の手順を、ちゃんと整理して説明し直すと、次の

ようになります。
一、野生の竹から自分で作った箸を一日一回、食事時にお茶碗に盛ったご飯に突き立てる。
二、それから「おはしさま」に、自分の願いを心の中で唱える。
三、願いが叶《かな》うかどうかは、「おはしさま」が知らせて下さる。知らせがない場合は、その願いは諦《あきら》めなければならない。
四、これを八十四日間、一日も欠かさずに続ける。
五、ただし、その間に「おはしさま」に見つかると駄目になる。
六、おかずに魚があれば、より願いが叶い易《やす》くなる。
七、満願の八十四日目には、必ず竹箸で食事をする。
八、この七つを必ず守る。
以上を完全に遂行できたら、どんな願いでも聞き届けられるというのです。「おはしさま」が認めた願いで、かつ「おはしさま」に見つからなければ、という何やら矛盾するような条件がつきますけど。

はい。「おはしさま」とは竹箸のことではないかと思いますが、音湖君に訊《き》いても首を振るだけでした。そういう風に聞いただけだって、彼は言うんです。

こんな妙な儀式を、いったい音湖君は何処《どこ》で知ったのか。疑問に思って尋ねますと、彼がいた関西の小学校では、ちょっとした噂《うわさ》になっていたらしいのです。その小学校だけではなくて、他の学校でも実《まこと》しやかに、この「おはしさま」の儀式は広まっていたと言います。

ただし実際にやり遂《と》げた子は、音湖君が知る限り一人もいませんでした。彼の通っていた小学校の給食では、和食が出るのは一週間のうち一日だけです。そのため残りの六日は、家の食事で「おはしさま」をやる必要がある。でも、ほとんどの子は一回目で、両親や祖父母から注意を受けたようです。

それに懲《こ》りず二回目を実行すると、かなり強く怒られる。とても続けてできなかったらしいのです。だったら祖父母と同居しておらず、両親も共働きで帰りが遅く、夕食を独りで摂《と》らなければならない子供なら、この儀式も可能ではないか、と当時の私も考えたのですが、やっぱり続かなかったみたいで……。

八十四日間ですからね。これは根気がいりますよ。子供だからこそ、いったん思い込めば熱心にやるとはいえ、反対に子供だからこそ、あるとき一気に冷めて興味をなくすことも、充分に有り得るわけです。

一通り「おはしさま」の話をしたあと、私は躊躇いつつも訊きました。

「音湖君のお願いって、何なの？」

その瞬間、彼は口を閉じると、さっさと立ち去ってしまいました。失敗したなと後悔しましたが、もう後の祭りでした。

翌日の学校で、私はそれまで通り音湖君に接しましたが、向こうには何処か余所余所《よそよそ》しい雰囲気が感じられました。「おはしさま」について教えてしまったことを、かなり悔やんでいるように見えたのです。

前の晩、蒲団《ふとん》に入って「おはしさま」の儀式の手順を振り返っていると、色々な疑問が浮かびました。「おはしさま」の知らせとは、いったい何か。「おはしさま」に見つかるとは、どんな状況なのか。見つかって駄目になったら、その後どうなるのか。

そういった疑問を、ぜひ音湖君に尋ねたいと思ったのですが、彼の様子を目にして諦めました。むしろ「おはしさま」の話は、一切しないように気をつけました。そのうち話題にするにしても、もう少し時間を置いた方が良いと判断したわけです。もちろん彼との約束は守って、誰にも喋りませんでした。

音湖君が「おはしさま」をはじめて、一ヵ月ほどが経《た》った頃でしょうか。ある日の朝、いつものように登校して来て、私の隣の席に座った彼は、かなり様子が妙でした。こちらを見向きもしない癖に、何か言いたげな気配が、物凄く伝わって来るのです。

学校の帰り道で「おはしさま」の話をしてから、明らかに私を避けている感じだったのに、その日の朝は違っていました。

「あのことで、何かあった？」

思い切って私が、内緒話をするように尋ねると、音湖君の身体《からだ》が、びくんっと震えたのです。それから彼は、なんと満面に笑みを浮かべて、こう言いました。

「お知らせが、あったんや」

「おはしさまの？」

びっくりして返した私に、音湖君は黙って頷いただけで、あとは何を訊いても答えてくれません。ただし彼との関係は、また元に戻りました。それに彼の雰囲気が、少し変わりました。以前よりも少し自信がついたというか、そんな変化が見られたのです。

これも「おはしさま」の影響かな？

本当にそうだとしたら、仮に願いが叶わなくても、彼にとって例の儀式は大いに意味があったことになります。

実際それからの音湖君は、どんどん変わって行きました。ただ、この変化を敏感に察することができたのは、恐らく私だけだったと思います。なぜなら表面的には、転校して来たばかりの頃の彼と、何ら異なる点はないように映ったからです。けど内面と言いますか、中身は違うように感じられました。何処がどう変わったのか、具体的には説明できませんが……。最初から彼に親しく接しており、かつ「おはしさま」の件を知っていた私だからこそ、きっと気づけたのではないでしょうか。

やがて梅雨《つゆ》が来て、日によっては蒸すことが多くなりました。冷たい雨が降っているのに、むしむしと暑い。すぐに汗を掻《か》いて、べったりと衣服が肌につきます。ちょうど今日のような、こんな天候ですね。それで男女ともに半袖を着る子がほとんどで、男子では半ズボンが一気に増えました。ところが、音湖君だけは違ったのです。下は半ズボンを穿《は》いて来るのに、なぜか上は長袖のままなのです。

彼の家が裕福でないことは、何となくですが分かっていました。転校の初日としばらくは、全く気づきませんでしたが、そのうち女の子の間で、ちょっと噂になりましたから。洗っていない同じ服を着てることが多いんじゃない……という風に。

ええ、女子というのは何歳《いくつ》であれ、他人の服装には興味を示しますからね。相手が男子であっても、やはり同じです。

ですから私も最初は、半ズボンはあるけど半袖がないのかな、と同情していました。しかし彼は、どんなに蒸し暑い日でも、決して腕捲《まく》りをしないのです。きちんと手首まで長袖を伸ばしたままなのです。

朝から湿度が異常に高かったある日の午後、着席してから授業がはじまるまでの短い間に、音湖君と普通に喋っていた私は、

「暑くない？」

たった今、ふっと気づいたかのように、彼の長袖に目をやりました。

すると音湖君が見る間に口を閉ざしたので、余計なことを言わなければ良かった、と私は恥ずかしくなりました。家の経済状態の問題は、子供とはいえ察しているものです。それを友達に指摘されるのが、どれほど辛《つら》いものか。同じ子供でも実感できます。だから私は、自分で自分を叱りたいと強く反省したのですが――。

「これもな、きっとお知らせなんや」

そんな彼の呟《つぶや》きが、ぼそっと聞こえたので、びっくりすると同時に、その意味を自分なりに考えて、物凄く興奮しました。

当時の私は結構オカルト好きで、その手の本もよく読んでおり、「聖痕《せいこん》」の知識がありました。そのためとっさに、「おはしさま」の知らせとして痣《あざ》のような何かが、彼の腕に浮かび上がっているのではないか、と期待したわけです。ずっと頑《かたく》なに長袖を着ている理由も、それで説明がつきますからね。

私が聖痕の話をしますと、音湖君がぎくっと身体を強張《こわば》らせました。そして恐らく無意識に、左の腕を庇《かば》うような仕草を見せたのです。

彼の左腕の何処かに、お知らせが現れてる。

すぐさま確信した私は、もう目にしたくて堪《たま》りません。けど、とても「見せて」と頼める雰囲気ではなくて、仕方なく諦めました。

梅雨が明けぬまま、プール開きの時季になっても、やっぱり音湖君は長袖を着ていました。しかも彼は見学ばかりで、全く泳ごうとしません。水着になって左腕を露出することを、きっと嫌ったのでしょう。

「五年生の癖に、泳げないのか」

一部の男子は揶揄《からか》いました。以前の彼なら恥ずかしそうに俯《うつむ》いて、恐らく何も言い返せなかったと思います。でも、このときは違いました。

「前は泳げへんかったけど、今やったらすいすい行けるかもしれん」

相変わらずの関西弁で、両手で水を切る仕草をしながら、そう言ったのです。

いつもの男子たちなら、「だったら泳いで見せろよ」と詰め寄り、相手が怯《ひる》んだとしても無理矢理に着替えさせて、プールまで引っ張って行ったでしょう。けど誰一人、何もしなかったどころか、一言も返せませんでした。

音湖君は泳げないのに泳げる。

そんな矛盾を受け入れざるを得ないほど、彼の態度と口調が自信に満ちていたからです。だから男子たちも無言のまま、その場をさっさと離れたのだと思います。

彼らのやり取りを、私は横で見てたのですが、皆が絶対に気づかなかったことを、ちゃんと目に留めてました。彼が泳ぐ格好をしたとき、右腕よりも左腕の方が、かなり勢いよく動いていたのです。まるで「左腕があるからこそ泳げるのだ」と言わんばかりに。

音湖君がクラスから浮きはじめたのは、この頃からでしょうか。それまでも決して和気藹々《わきあいあい》という感じではありませんが、少なくとも仲間外れにはなってませんでした。皆が普通に話しかけて、普通に遊んでいたのです。でも、彼が奇妙な自信を覚えるようになるにつれ、皆が何となく自然に敬遠し出したように見えました。

上手《うま》く言えませんけど、自分たちとは異質な何かを彼に感じたから……。敢《あ》えて説明すると、そうなるでしょうか。

実は私も次第に、音湖君には構わなくなっていました。皆と理由は違うんですけど……。

……分かりますか。その通りです。私も「おはしさま」を少し前から、実はやりはじめていたのです。音湖君に遅れること、一ヵ月半くらいでしょうか。

私には当時、中学生の兄がおりました。未熟児で生まれて、そう長くは生きられないと、医者に言われたそうです。だから母が必死に育てたらしく、お陰で兄は生き永らえました。しかし同年代の子供に比べると、どうしても身体が小さくてひ弱でした。それでも小学生の間は、特に何事もありませんでした。

ところが、地元の公立中学校へ進学したとたん、苛《いじ》めの対象になったのです。その中学校には、兄と私が通っていた小学校では決して見かけない柄《がら》の悪い生徒たちが、他の小学校から入って来ていました。そういう連中に、兄は目をつけられたのです。

だからといって兄は、不登校になることも、自棄《やけ》になることも、自殺を考えることも、全くありませんでした。ただ黙って無抵抗で耐えていたのかというと、その通りなんですが、実際は違います。

……私に暴力を振るって、鬱憤《うっぷん》を晴らしていたのです。

家庭内暴力に走ったわけですが、父にも母にも、兄との間にいる姉にも、彼は手を出しませんでした。私だけです。顔は避けてました。いつも二の腕や背中を殴《なぐ》るのです。

暴力を振るう切っ掛けは、どれも些細《ささい》なことばかりでした。私の扉を閉める音が大きかった、兄の後ろを通るとき溜息《ためいき》を吐《つ》いた、意味もなく彼を見詰めた——など、もう何でもありです。つまり兄が、少しでもかちんと来たら、もうお終《しま》いでした。私は家の中を、必死に逃げ回る羽目になります。

それなのに両親は当時、ただの兄妹喧嘩《きょうだいげんか》としか認めていなかったみたいで、兄を止めることは一度もありませんでした。私が「暴力を振るわれてる」と訴えでもしたら、さすがに違っていたのかもしれませんけど……。

どうして助けを求めなかったのか。今となっては不思議ですが、やはり子供だったからでしょうか。大人になると忘れてしまいますが、子供の頃というのは本人が意識するしないに拘《かかわ》らず、何かと不自由な思いをしていた気がします。

姉ですか。そんな兄の振る舞いを、もちろん彼女も知ってました。けど兄を窘《たしな》めるでもなく、私を庇うでもなく、二人の間に入るでもなく、特に何もしませんでした。友達で仲良しの姉や妹のいる子が、私は羨《うらや》ましかったです。頼りになって優しい兄のいる子なら、尚更《なおさら》に……。

うちは兄妹も姉妹も、まるで他人のような関係でした。いいえ、まだ他人なら少なくとも相手に気を遣《つか》いますが、なまじ家族であるが故に、そうはなりません。だったら放っておいてくれれば良いのに、私は兄から理不尽な暴力を一方的に受け続けていたのです。

もう、お分かりですよね。私は「おはしさま」に、兄の「始末」をお願いしたのです。

はい、「始末」です。はっきりと「死」を望むのは、さすがに躊躇いがありました。普段から「兄なんか死ねばいいのに」と強く感じながらも、いざとなると怖くなって……。それで「始末」という言葉を選びました。兄を「どう始末するか」は、「おはしさま」に決めてもらおうと、そこは狡《ずる》く考えたわけです。

両親は共働きで、兄はいつも独りで食べるので、夕食は姉と二人だけになります。それは週末でも同じでした。「おはしさま」の儀式を密《ひそ》かに行なうのに、うちほど適した家庭もなかったでしょう。家族全員が揃《そろ》って食卓に着くことなど、私の幼い頃を除けば、もう何年もありませんでした。

私は近所の小山に生えてる竹藪《たけやぶ》へ行くと、折れて倒れた竹を見つけました。しかし、それを箸の太さと長さに加工するためには、鋸《のこぎり》か斧《おの》が必要になります。でも我が家にはありませんし、貸してくれそうな所も知りません。そこで文房具屋さんを訪ねましたが、竹ひごしか売ってないのです。途方に暮れていると、店の人に声をかけられました。「こういう竹が欲しい」と説明したところ、ホームセンターにあると教えてくれました。

母に「学校で使うから」と嘘《うそ》を吐《つ》いて、週末に車でホームセンターに連れて行ってもらい、細長く切られた竹を一本、やっと手に入れました。姉には「本当に授業で使うの？」と疑われたのですが、「お姉ちゃんのときとは違うの」と言うと、一応は納得しました。

でも私が「おはしさま」をはじめたら、姉は「やっぱり。変だと思ったのよ」と、鬼の首を取ったような顔をしました。それでも気になったのか、「何のおまじない？」と訊かれたので、「それを言ったら効果がなくなる」と逃げました。

このとき私が心配したのは、母に告げ口されることでした。そうしたら案の定、数日後に母から「不衛生は駄目よ」と注意されたのです。娘がホームセンターで売っていた竹を箸のようにして、ご飯に突き刺してるわけですから、まぁ当然の反応でしょう。

　私は念のため考えておいた通りに、「綺麗《きれい》に洗ったから大丈夫。友達の間で流行《はや》ってるおまじないなの」と説明しました。すると母は、それ以上は何も言いませんでした。姉も毎回「おはしさま」を莫迦《ばか》にする態度を取りましたが、特にちょっかいは掛けてきません。「そんなことして、ほんとに子供ね」という感じで、そのうち興味さえ示さなくなりました。

　どちらかの祖父母と同居していたら、こう上手くはいかなかったでしょう。私がどれほど安堵《あんど》したか、お分かりいただけると思います。

　さて、肝心の「おはしさま」ですが、はじめてから一週間が経っても、全く何の変化もありません。夕食後や起床後に、繁々《しげしげ》と左腕を検《あらた》めるものの、一向に「聖痕」めいたものが現れないのです。音湖君に教えてもらおうとは、不思議と考えませんでした。これは私の「おはしさま」だという思いが、物凄く強かったからでしょうか。とにかく彼は関係ない。そういう気持ちがありました。

　いつ頃から問題の夢を見るようになったのか、実はよく覚えていません。今日こそお知らせがあるかと、毎日ずっと注意してたのに……。あまりにも左腕ばかりを気にし過ぎたせいか、まさか夢とは思いもしなかったからなのか……。

　夢の中で目を覚ますと、そこは板張りの何かの道場のような広い部屋で、周囲には同級生らしい子供たちが、私と同じように雑魚寝《ざこね》をしてるんです。とっさに連想したのは、林間学校でした。ただし、子供の数が異様に少ない。それに林間学校なら、男女に分かれて就寝するはずなのに、そこには男子も交じっています。いえ、それよりも驚いたのは、クラスメイトが一人もいないことでした。

　数えてみると、私を入れて九人でした。男子が五人に、女子が四人なんですが、どの子もはじめて見る顔ばかりです。にも拘らず全員が五年生だと、なぜか私は知っています。

　この子たちは誰なんだろうと思っていると、

「やぁ、早いね」

　いつの間に起きたのか、男子の一人に声を掛けられました。目を向けると五人の中でも整った顔立ちの、勉強もスポーツもできそうな男の子が、こちらを見詰めています。とっさに顔が赤らむのが自分でも分かって、本当にどぎまぎしました。

　……そうですね。他のクラスなんですが、当時の私が好きだった、ある男子に似ていたかもしれません。やっぱり夢だからでしょうか。

「僕は学級委員長です」

　彼は名前ではなく、そんな自己紹介をしましたけど、私も特に変には思いませんでした。むしろ自分のことを言うときに、

「私は、日直です」

　そう説明しなければならないのが、何とも恥ずかしくて困りました。

　ええ、どうやら私は日直らしいのです。どうして知っているのか、それは分かりませんが、全く考えることなく口にしてました。

「では日直さん、まだ寝ている皆を起こしましょう」

　それから委員長は男子を揺すって、私は女子の枕元で声を掛けて、残りの七人の目を覚まそうとしたのですが――。

　やっぱり誰一人、名乗りません。自分が何の委員をしているのか、当たり前のように説明したのです。起床した順に紹介しますと、
　副委員長は、美人だけど冷たい感じの女子。

図書委員は、真面目《まじめ》で几帳面《きちょうめん》そうな男子。

保健委員は、大柄で元気な女子。

体育委員は、やっぱり大柄で元気な男子。

飼育委員は、可愛らしくて優しそうな女子。

清掃委員は、小柄で大人しい雰囲気の男子。

この七番目の子のイメージは、音湖君に似ていたと思います。ただ、そうやって皆の自己紹介に接してるうちに、この子らは現実ではない……という気持ちが芽生えはじめたのです。夢に出て来た人たちなので、それは当然かもしれませんが、仮に実在してる者がいたとしても、その人もまた夢を見ているとでも言いましょうか、そんな感覚を抱いたのです。

そして最後に、委員長がいくら揺すっても一向に起きる気配のない、やや肥満気味の男子が残りました。

「彼って、給食係だったよね」

副委員長の確認に、すぐさま図書委員と体育委員が頷きました。まるで競い合うかのような二人の反応に、私がびっくりしていると、

「だけど給食係は、昨日の配膳のとき、自分の仕事をさぼってたぞ」

すかさず図書委員が重大な指摘をして、副委員長に対する点数を稼いで、体育委員を悔しがらせたように見えました。

「それで委員長が、彼の替わりを務めたんじゃない。さすがね」

という保健委員の、委員長を賛美する台詞《せりふ》を聞いてるうちに、私の脳裏に「昨日の記憶」が突如として蘇ったような、そういう気持ち悪さを感じました。

この夢を見たのは、そのときが最初でした。だからなのか、目覚めた瞬間からの記憶しか、夢の中

分でした。

の私にはありませんでした。それなのに突然、夢の中の昨日を思い出したのですから、何だか変な気

「給食係さん、何か変じゃない……」

飼育委員だけが彼の心配をする中で、

「ちょっと診《み》てみるね」

揺り起こす役目を委員長から、保健委員が代わったのですが、

「……起きないはずよ。この子、死んでる」

とんでもない発言が彼女の口から飛び出して、その場の空気が一瞬にして変わりました。それまで漂《ただよ》っていた林間学校じみた雰囲気が、綺麗さっぱり消えてしまったのです。

「確かなのか」

委員長に訊かれて、場違いにも保健委員が照れた表情で頷くのを見て、

「ほんとに死んでるわけ？」

すかさず副委員長が疑いの眼差《まなざ》しを向けると、

「検視するから、手伝ってくれる」

保健委員は無視して、なんと「検視」の協力を委員長に求めたので、私は驚くと共に怖くなりました。実際に委員長と彼女は、給食係の彼の衣服を脱がせはじめたんですから。寝ていたはずなのに、彼が普通の服を着ていたのは、やはり夢だからでしょう。

はい。検視は本当に行なわれました。保健委員は小学五年生で、とても死体の検分などできるわけがないのに、普通にやり遂げたのです。

「ここで司法解剖は無理なので、実際の死因は分からないけど――」

と断ったうえで彼女は、間違いなく給食係が死んでいることを認めました。

「外傷は？」

図書委員の質問に、保健委員は首を振りつつ、

「何処にもないわ。殴られたり、刺されたり、絞められたり、そういった痕跡は皆無だった」

「病死ってことか」

体育委員の呟きに、保健委員は肩を竦《すく》めただけでした。

「とにかく彼の遺体を、床の間に安置した方が良くないかな」

清掃委員の意見に、全員が即座に賛成しました。もちろん私は違いましたが、かといって反対したわけではありません。

広い部屋の北側に床の間があって、その壁に小さくて短い縄梯子《なわばしご》のようなものが下がっているのを、実は早くから気づいていました。何処か既視感のある代物だったのですが、それを確かめる前に寝てる人を起こして、各々《おのおの》の自己紹介がはじまり、給食係が死んでいるのを見つけたわけです。

遺体を運ぶ委員長と体育委員に続き、私も床の間まで行きました。そうして問題の妙なものを繁々と眺めて、母方の祖母から聞いた話に出て来た「コトの箸」にそっくりだと、ようやく思い出せたのです。

所謂《いわゆる》「コトの日」については、二月八日と十二月八日に行なう節分に似た日ということ以外、未だに私はよく理解してないのですが……。

はぁ、大凡《おおよそ》は合っておりますか。でしたら問題ありませんよね。

昔はその日に家族が使った箸を、左右に垂らした二本の縄に編み込んで、梯子のような形に拵《こしら》えたうえで、それを家の軒に吊《つ》るすのだと、祖母から教わりました。一種の魔除《まよ》けですね。

そんなコトの箸と同じようなものが、床の間の壁に下がっていたのです。

箸は全部で八本ありました。つまり四人分ですが、私たちの人数と合いません。どうしてなのかと

思ってるところで、目が覚めました。

この夢を私は、「おはしさま」のお知らせだと考えました。最後にコトの箸が出て来た以外、特に関係のなさそうな内容でしたが、そのうちに続きを見るのではないか、という予感を覚えたせいです。

でも、しばらくは駄目でした。夢を見ても全く別もので、「おはしさま」のお知らせと思える要素など何一つありません。

あの夢も、実は違ってたのか……。

そう諦めかけたときです。再び夢の中で、私は目覚めました。そこは例の道場のような広い部屋で、既に私以外の全員が起きています。

いいえ、一人だけ寝てる者がいました。可愛らしくて優しそうな飼育委員の女の子が、まだ蒲団に入ったままでした。その周りを、委員長、副委員長、図書委員、体育委員、清掃委員、保健委員が座りながら取り囲んでいて、まるで飼育委員の臨終を待つかのようで、その光景に私は背筋がぞぞっとしたのですが……。

「彼女、死んでるわ」

私に気づいた保健委員の女子にそう告げられ、ぶわっと項《うなじ》が粟立《あわだ》ちました。

「検視をするから、あなたも立ち会って」

副委員長に当然のように言われ、私は慌てて断ろうとしました。けど、女の子だけで飼育委員の検視をするのだと分かり、同意せざるを得ませんでした。そのうえ副委員長と保健委員が、委員長を巡って対立していることは、私も薄々ながら察していたので余計です。

四人の男子には背中を向けてもらい、まず飼育委員の衣服を脱がせます。あとは保健委員が遺体の隅から隅までを検めました。

「全く何の外傷もないわ」

その結果、給食係と同じく死因の見当が少しもつかないと、保健委員が途方に暮れることになったのです。

私たちが飼育委員に服を着せてから、委員長と体育委員が床の間に遺体を安置しました。給食係はどうしたのかと思い、委員長に小声で尋ねると、食料倉庫に移したと言われました。この夢の中の世界には、他にも図書室や音楽室や給食室など、いくつもの部屋があるらしいのです。広間の部屋を除くと、ほとんど学校と同じなのかもしれません。

全員で遺体に手を合わせていると、

「連続殺人……かな」

ぼそっとした口調で、図書委員が爆弾発言をしました。

「滅多なことを、こんな状況で言うもんじゃない」

すぐに委員長が窘《たしな》めましたが、同時に彼が全員の反応を素早く確かめたことを、私は見逃しませんでした。つまり委員長も、これが連続殺人事件かもしれないと、恐らく考えはじめていたからではないでしょうか。

図書委員は反論したそうでしたが、今は相応《ふさわ》しくないと思い直したのか、再び遺体に手を合わせています。

二人を見やっていた私も、改めて床の間を向いたのですが、そこでぎょっとしました。あることに気づいたからです。念のために数えてみると、やっぱり足りません。

八本あったはずのコトの箸が、七本になっているのです。

そっと他の人たちを盗み見たところ、副委員長と保健委員の女子二人は両目を閉じており、体育委員と清掃委員が怯《おび》えた眼差しで、凝《じ》っと遺体を眺めています。図書委員は全員を観察するように見回していて、ふと目が合ったので、私は慌てて逸らしました。その先に委員長がいたのですが、彼は床の間を凝視しているではありませんか。もしかするとコトの箸の異変を、委員長も察したのではないかと、妙にどきどきしました。

これに気づいてるのは、私と委員長だけ……。

そう思うと嬉しいような、後ろめたいような、誇りたいような、恥ずかしいような、何とも複雑な感情に襲われました。

あまりにも簡単な葬儀のあと、皆が車座になって、自然に話し合いがはじまりました。

「これが連続殺人だとしたら、何とかしなくちゃいけない」

「その通りだ」

図書委員の意見に、まず体育委員が賛同して、次いで清掃委員も頷いたのですが、

「つまり私たちの中に、その犯人がいるって言うの？」

副委員長の半ば怒ったような口調に、図書委員と体育委員はしゅんとして、何も答えられません。

この二人が副委員長に好意を寄せており、互いをライバル視しているらしいことは、何となく察していました。それが珍しく意見の一致を見たのに、副委員長の一言で意気消沈する彼らの姿を目にして、私は少し可哀想《かわいそう》になりました。

「給食係と飼育委員に、少しも外傷がなかったのは確かよ」

保健委員の口調には、かなりの自信が感じられます。

「……だったら、毒殺の可能性が高いんじゃないか」

副委員長の顔色を窺《うかが》いながらも、図書委員が他殺の線で話を進めようとしたのですが、

「ちょっと、犯人は委員長だとでも言いたいの？」

たちまち保健委員に詰め寄られたばかりか、

「そうよ。二日とも給食の配膳をしたのは、委員長なんだから」

当の副委員長の怒りも買う始末でした。

「おいおい、二人とも――」

委員長は仲裁をするように割って入ると、

「僕を庇ってくれるのは嬉しいけど、図書委員が毒殺を疑うのも、検視の結果を考えると無理ないよ。給食に遅効性の毒が入っていて、二人は寝ている間に死んだのかもしれない」

「そうだろ」

とたんに図書委員は元気づきましたが、

「でも肝心の毒薬が、いったい何処にある？」

委員長の指摘に、急に黙ってしまったのです。

「よし、こうなったからには――」

そこで体育委員が、とんでもない提案をしました。

「全員の身体検査をしよう」

しばらくは誰もが、無言でした。副委員長と保健委員は、明らかに嫌がっています。それが図書委員には分かるのか、体育委員に賛成する素振りを見せません。

「いいわ」

最初に口を開いたのは保健委員で、しかも彼女はこう続けました。

「委員長の疑いが、それで晴れるんなら、私は別に構わないわ」

これには副委員長も、むっとしたようですが、

「女子と男子と別の部屋に分かれて、一人の検査には必ず複数の人が当たること、というルールでやりましょうよ」

結局は身体検査を認めました。

残りの委員長と清掃委員と私も、こうなったら「否《いな》」とは言えません。広間は女子の三人が使い、男子の四人は別の部屋に行きました。そして身体検査の結果、誰も毒薬を持っていないと分かりましたので、あとは全ての部屋を調べたのですが、やはり何処からも出て来ません。

「二人の遺体も、念のために検めた方がいいな」

委員長の鋭い指摘に、皆がざわつきました。毒薬の隠し場所としては、確かに完全な盲点だったからです。しかし、どちらの遺体からも何も見つかりません。

「やっぱりね」

保健委員がしたり顔で、

「本当に毒薬が使われたのなら、たとえ寝ていても毒が効き出したときに、少しは身動きしたと思うの。それに誰も気づかなかったのは、ちょっと変じゃない」

「皆が熟睡していたか、苦しみが少なかったか」

図書委員の反論に、保健委員は余裕の態度で、

「苦しみって言ったわね。それが表情に現れていないのも、私は変だと思う」

「毒薬じゃないとしたら、二人はどうやって殺されたんだ?」

体育委員の疑問に、図書委員が付け加えました。

「そして犯人は、いったい誰か……」

全員が互いに顔を見合わせては、すぐに逸らすという光景が続いたあと、委員長の次の一言で誰もが固まったように見えたのです。

「動機は何だろう?」

皆の反応を目にした私は、ふと違和感を覚えました。まるで誰もが動機についてだけは察しているのに、恰《あたか》も知らない振りをしている……そんな風に、とっさに映ったからだと思います。

「殺害方法や動機よりも、犯人捜しの方が先じゃない」

副委員長の意見に反対する人がいなかったのは、動機の問題を検討したくないからではないだろうか、と私には感じられました。

でも、どうして？

私は急に怖くなりました。夢の中とはいえ連続殺人事件に遭遇して、充分に恐ろしい思いをしていたわけですが、それでも全員が仲間だという意識が――犯人は違いますけど――少しはあったのです。それが私だけ、もしかすると知らない秘密がありそうだと分かり、ぞくっと背筋が震えました。

ですから清掃委員が遠慮がちに小声で、

「……給食係と飼育委員の二人は、本当に殺されたのかな」

ぽつりと呟くのを聞いて、何だか救われた気持ちになりました。

遺体に外傷がなく毒薬も見つからないのですから、やはり病死ではないのか。二人も続けて不自然ですが、だからといって他殺と決めつけるのも変ではないか。という意見を私は、一気に口にしていました。

これに賛同の素振りを見せたのは清掃委員だけで、他の人は非難めいた視線を、一斉に私へ向けて来ました。委員長は違いますが、「君も気づいてるだろ」という彼の眼差しを目にして、私は思い出してしまったのです。

「皆には黙ってたけど、実は床の間に飾られた箸の本数が減っている。最初は九本あったのに、給食係が死んで八本になった。そして飼育委員が死んだ今、七本になってるんだ」

しかも元は九本あったと知らされ、私は得体の知れぬ怖気《おぞけ》を覚えました。コトの箸の本数は、必ず偶数になるはずではありませんか。箸は言うまでもなく二本で一人分です。一膳が二本なのは常識でしょう。普通なら絶対に考えられない九本という奇数に、邪悪な何かを感じて震え上がっているところで、私は目を覚ましました。

三度目に夢を見たとき、死んだのは体育委員でした。一人目のときは夢もはじめてで、そもそも話した記憶もなかったため、正直あまりショックはなかったのですが、次いで二人目、そして三人目ともなると、やっぱり少なからぬ衝撃を受けました。そのうえ副委員長が、とんでもないことを言い出したため余計です。

「前々から思ってたんだけど、私たちの中に一人、異質な方がいるわね」

「誰のこと?」

図書委員の返しに、彼女はそのまま応じることなく、

「私は副委員長で、あなたは図書委員でしょ。彼は清掃委員だし、彼女は保健委員になる。そして彼は、もちろん委員長よね」

そう言って一人ずつの顔を見たあと、はたと私に視線を向けると、

「けど、この人だけは何かの委員ではなく、日直なのよ」

この指摘が意味するものは何か、その肝心な説明を一切しないまま、副委員長は私だけが「仲間外れ」である事実から、暗に犯人ではないかと告発したのです。

「……本当だ」

図書委員の驚きが、他の人たちの反応を代表していました。誰もが私に、疑いの眼差しを向けています。

いいえ、一人だけ違いました。委員長です。大丈夫だよ――という表情で私を見たあと、こう反論してくれました。

「継続性のある委員と違って、確かに日直は一日で交代する。けど同じことは、給食係にも言えるじゃないか。同じ立場の者が二人いるのなら、日直さんだけが異質という見方は、さすがに無理がある

だろ」

　この三度目の夢ではじめて、私は給食を体験しました。そのとき驚いたのは、給食係の代わりに配膳する委員長を、全く誰も手伝わなかったことです。とっさに私は立ち上がると、給食室へ向かいました。委員長は「ありがとう」と言いながらも、少しびっくりしたようです。私は照れましたが、すぐ他のことに気を取られました。

　給食は人数分が作られていましたが、調理室には誰もいなかったのです。

　どうやら夢の中の世界では、最初から私たち九人しか存在していない……という事実を改めて認めて、ふいに薄ら寒さを覚えました。

　私が配膳を手伝っていると、副委員長と保健委員がぎろっと睨《にら》みながら、

「ちょっと委員長に庇われたからって」

「急にお手伝いをするなんて、ねぇ」

　わざと聞こえるように、そんな台詞を吐きました。

　誰も手伝わないのが、そもそも信じられない――と言い返しかけて、はたと私は口籠《くちご》ったのです。では一回目と二回目の給食のとき、私は委員長を手伝ったのか。先程のびっくりした彼の様子からも、何もしなかったことは明らかでしょう。つまり彼女たちに、そんな風に見られても仕方ないということです。

　それにしても私に、なぜ夢の世界の記憶が一部ないのか。どうして飛んでいる部分が存在するのか。広い部屋の真ん中に置かれたテーブルに、最後に自分の給食の盆を運んで座りながら、私は悩みました。それとも皆も、やはり全てを覚えているわけではないのか。その秘密を私のように、上手く隠しているのでしょうか。

　そこへ委員長が、醬油《しょうゆ》とソースと塩、箸立て、使い捨ての手拭きまで載せた盆を持って戻り、給

食の配膳が整いました。全員が箸を取ってから、充分に予備の箸が残るのを見て、こんなに必要ないのに……と私は訝《いぶか》りましたが、すぐに自分の勘違いを悟りました。箸立てにあるのは単に余分の箸だけでなく、死んだ三人の箸も含まれていたのです。

その忌まわしい事実に気づき、さあぁぁっと二の腕に鳥肌が立ちました。それが次の瞬間、あっという間に全身へと広がったのは、両手を合わせて親指と人差し指の間に箸を挟んで、「いただきます」と皆で言ったあと、私以外の五人がお椀に盛られたご飯の真ん中に、それぞれ箸を立てるのを目にしたからです。

給食のたびに全員が「おはしさま」をやっていた……。

そこで目が覚めた私は、次に夢を見るのが怖くなりました。なぜ誰もが「おはしさま」をするのか。それとも夢の中なので、あの行為には特に意味がないのか。いや、そんなはずはない。きっと恐ろしい訳があるのだ。という風に私は混乱しました。

怖くなったと言えば、夢を見るたびに一人ずつ死んでいく状態も、もちろん恐怖でした。ほぼ一ヵ月で、三人が殺されました。「おはしさま」を行ない続けるのは八十四日間ですから、約三ヵ月です。私たちは九人いて、コトの箸は九本ありました。つまり一ヵ月につき三人ずつ死んで行くと考えると、ちゃんと計算が合うのです。

まさか「おはしさま」に見つかるとは、夢の中で死ぬことなの？

ぱっと閃《ひらめ》いた考えは、次の新たな恐怖を齎《もたら》しました。

そのうち私も「おはしさま」に見つかる……。

でも、夢の中で殺された私は、いったいどうなるのか。死んでいるのですから、夢の中で目覚めることはありません。あの夢を見なくなることが私の死の証明であり、かつ「おはしさま」の儀式の失敗を意味するのでしょうか。

悶々《もんもん》とする日々を、私は過ごしました。ちゃんと学校には行ってましたが、この頃の記憶は夢での体験が大半で、現実の出来事はほとんど残っていません。

四度目の夢では、清掃委員が亡くなりました。音湖君の面影があっただけに、それまでの被害者に対してよりも強くショックを受けました。ただ、この夢の中で強烈に覚えているのは、実は図書委員がコトの箸の知識を持っているらしいこと、残った者たちの間で「誰が犯人なのか」という疑心暗鬼が広がっていること、そして委員長が私にだけ囁《ささや》いた次の一言でした。

「僕たちのいるこの世界が何なのか、ようやく解けそうな気がする」

ところが、五度目に夢の中で目覚めたとき、その委員長に縋《すが》りついて号泣している副委員長の姿が、いきなり私の両の眼《まなこ》に飛び込んできました。しかも副委員長は、全く誰も寄せつけようとしません。委員長の遺体に触れるのは自分だけだと、全身で主張しているかのようでした。

「気持ちは分かるけど、やっぱり検視は必要だから、ね」

保健委員が優しく、そして根気よく説得して、やっと離れたほどです。副委員長に負けず劣らず保健委員も、委員長が好きだったことを考えると、かなり気丈に彼女は検視を行なったと思います。

「これまでの四人と、全く同じだった」

淡々とした口調で結果を述べたのは、恐らくわざとでしょう。でも、この保健委員の台詞に、私だけでなく図書委員も副委員長も、ぶるっと身震いしました。それを言うなら当の保健委員でさえ、自分の言葉にぞっとしたように見えました。

間違いなく全員が、委員長を頼りにしていたはずです。図書委員は否定するかもしれませんが——生きていたら体育委員も——委員長の存在の大きさは、きっと認めた気がします。ですからこのときの夢は、ずっとお通夜のような雰囲気がありました。

六回目の夢は見たくない……。

目覚めるや否や私は、そう強く願いました。しかし、そのためには「おはしさま」を中止しなければなりません。ここまで頑張って続けて来たのに、あっさりと諦められるのか。と自問しても、なかなか自答できません。

このまま「おはしさま」は続けたいけど、もう夢は見たくない。

矛盾してますが、それが正直な気持ちでした。そうなると結局は何も変わりません。「おはしさま」を続けながらも、どうか夢は見ませんようにと祈るしかなかったのです。

ちなみに学校は、とっくに夏休みに入ってました。そこで遅蒔《おそま》きながら、休みに入る少し前に担任の先生から、「音湖君が最近どうも休みがちだけど、何か知らない？」と訊かれたことを、ふいに思い出しました。

その頃の私の生活は、完全に夢が主でした。記憶に残ってるのは、いつも誰かが殺されたあとの場面ですが、他の人たちと話してみると夢の中で私は、皆と林間学校のような共同生活を送っているらしいのです。ただし私には、人死に以外の記憶の多くが、なぜか残らない。にも拘らず現実の世界が、夢に侵食されているような感覚が、当時の私にはありました。そのため音湖君のことも、完全に失念していたわけです。

そう言えば彼が「おはしさま」をはじめてから、そろそろ八十四日が経つのでは……。

この重大な事実に気づいたとたん、私は音湖君を訪ねようと決めました。前にも言ったように私の「おはしさま」に、彼は関係ありません。けど彼の「おはしさま」がどうなったかを知ることで、私の今後の「おはしさま」に役立つと、自分勝手にも考えたわけです。

音湖君の家は、ある川の土手沿いにありました。一戸建ての平屋が、時代劇に出て来る長屋のように、縦に並んでいます。南北に細長く延びて連なった二列のうち、西側の一番南端が彼の家でした。周囲には土手と雑木林しかなくて、何とも物淋《さび》しい場所です。しかも家屋の大半は空家らしく、怖いほどひっそりしています。日中の酷暑が少し収まる夕方を待って出掛けたので、そんな裏寂れた雰囲気が余計に強く感じられたのかもしれません。

音湖君の家の玄関戸を叩《たた》きましたが、屋内はしーんとしています。名乗りながら更に叩いたあと、戸に手を掛けるとあっさり開きました。頭だけ入れて音湖君を呼びましたが、何の返事もありません。家の中に人のいる気配が、全くしないのです。ただ、何だか生臭い空気が籠っていました。ぷーんと魚に似た臭いがして、思わず鼻に皺《しわ》が寄りました。それでも帰らなかったのは、彼の「おはしさま」の結果を示すものが、何かあると期待したからでしょうか。

あまり躊躇わずに玄関戸から三和土《たたき》へ入ると、私は靴を脱いで板間へ上がりました。その板間は左手へ続いており、南側が台所になっています。小さな冷蔵庫も見えます。

台所の正面の硝子《ガラス》戸を、声を掛けてから開けると、誰もいない六畳間が現れました。右手に窓を塞《ふさ》がないように簞笥《たんす》と食器棚、中央に四角いテーブル、左側に衣装簞笥とテレビが置かれています。その部屋の様子を見て、もしかすると音湖君の家は母子家庭かもしれないと、子供ながらに思いました。大人の女の気配しか、そこに感じなかったからです。

六畳間を横切って奥の襖《ふすま》を開けると、やはり無人の四畳半一間《ひとま》が現れました。私はとっさに右手の勉強机と、左側の押入を見て取ったのですが、その視線は四畳半一間の真ん中の畳に、完全に釘《くぎ》づけになっていました。

そこには竹箸の立てられた枕飯が置かれ、ご飯茶碗の左右には、なんと長い竹の棒が畳に突き刺さっていたからです。いえ、竹の棒と見えたのは一瞬で、実は物凄く長い竹箸だと、すぐに私は気づきました。

これも「おはしさま」の儀式？

けれど音湖君から聞いた話には、こんな長い竹箸など出て来ません。それとも彼は、わざと言わなかったのでしょうか。全てを教えたと見せ掛けて、実は肝心なことを隠していたのだとしたら……。夢の中での記憶が完全でない理由も、そこにあるのかもしれません。

とっさに私は、音湖君の勉強机を調べようと思いました。「おはしさま」の秘密を暴くために、彼の持ち物を全て検めようと考えたのです。

そのとき視界の隅で、何かが動いたように感じました。反射的に見やると、畳に突き刺さった長い竹箸の間が、もやもやしています。二本の箸は、ちょうどご飯茶碗の分だけ離れているのですが、その空気が波打ってるように映るのです。

反対側に回って見ても、やはり同じです。長い竹箸の間が、まるで陽炎《かげろう》の如《ごと》くもやもやと揺らいでいます。

そこから今にも何かが出て来る……。

そんな懼《おそ》れに、ふいに襲われました。理屈ではありません。本能と言うべきでしょうか。とにかく逃げなければという気持ちに、私は突き動かされたのです。

急いで玄関まで戻ろうとして、四畳半一間の北側の、半ば開いたアルミサッシの引き戸の向こうに、勝手口の板戸が見えることに気づきました。玄関よりも近い勝手口を選んだのは、当然の選択だったはずなのですが、それが悪夢のはじまりでした。実際あのときの体験は、今では夢のような気がして仕方ありません。音湖君の家を訪ねたのは現実ですが、あの奇妙な長い二本の竹箸の間の揺らぎを覗《のぞ》いてからは、悪夢の世界へ入ってしまっていた。そう思えてなりません。

アルミサッシ戸の向こうはタイル張りの床で、洗面台と洗濯機がありました。左手にはトイレの、右手には風呂場の戸が見えます。勝手口は洗面台と洗濯機の間でした。きっと裏庭に洗濯物を干すために、こんな勝手口が設けられているのだろうと、私は音湖君の家から逃げ出しながらも考えたのですが……。

勝手口を開けて出た先は、なんと台所でした。音湖家の北側に出たつもりが、南側の台所に戻ったのか……と訳が分からなくなりかけて、思わず振り向いたところで私は、とても大きな悲鳴を上げていました。

台所の流しと窓をぶち抜いて、もやもやとした揺らぎの空間が、音湖君の家の勝手口まで続いていたのです。つまり私が足を踏み入れたのは、音湖家の北側の家屋らしいのです。そう思って見回すと、確かに台所の様子が違います。

慌てて玄関から出ようとしましたが、肝心の戸が何処にも見当たりません。ちゃんと三和土はあるのに、玄関そのものが存在しないのです。

……ずぼぼぼぼっ、びちゃん。

そのとき気色の悪い物音が、音湖家の方から聞こえてきました。それは間違いなく四畳半一間で響いたと思われます。しかも間を置かずに、別の物音が続いたのです。

……ぷすぅっ、ぷすぅっ、ぶすっ。

それは鋭くて細い何かの先端が、畳に突き刺さってるような音でした。しばらく聞こえたあと、その物音が急に変わりました。

……かたっ、きゅぅぅう、かたかたっ、きゅうぅぅぅっ。

同じものがタイル張りの床を、歩き難《にく》いにも拘らず進んでいる感じでしょうか。それも私のいる家の方へ向かって……。

あの長い竹箸の間から何かが出て来た……。

そう確信した私は、物音を立てないように台所を突っ切ると、六畳間に入って窓へと向かいました。でもクレセント錠が固くて、びくともしません。

……ことと、ことっ。

背後の物音から、この家の台所の板張りの床まで、それが入って来たことが分かったとたん、私は先の四畳半一間へ、すぐに移動しました。もちろん窓から逃げるためです。しかし、ここの窓も開けることができません。

……ぷすぅっ、ぷすっ、ぷすっ。

それが六畳間に侵入しました。その物音の微妙な変化から、少なくとも畳には慣れたような気配が感じられます。そう悟ったところで私は、急いで奥のアルミサッシ戸を開けて、勝手口から表へ出ようとしたのですが、やはりそこは台所でした。

どういうこと？

泣きそうになりながらも必死に考えた結果、音湖家から北へ二軒隣の、誰も住んでいない家屋へ入ったらしいと察しました。

南北に延びる家屋の数軒が、なぜか内部で繋《つな》がってる……。

そうとでも思わなければ、この不可思議な状況の説明ができません。こんな状態になったのは、恐らく音湖家の四畳半一間に祀《まつ》られた長い竹箸のせいでしょう。しかも、その竹箸の間から何か得体の知れぬものが出て来て、私を追い掛けて来ているのです。

……かたかたっ、かたかたかたっ。

それが隣家のタイル張りの床を通って、こちらへ迫って来るのが分かりました。音湖家の同じ場所を通ったときよりも、足取りがしっかりしている気がします。

あれは、いったい何なの？

その姿形を思わず想像しかけて、ぞわっと髪の毛が逆立つような恐怖を覚えました。

考えるのはあと。今は逃げなきゃ。

私は脱兎《だっと》の如く、その家の六畳間から四畳半一間へ駆け込み、更に勝手口を開けて、予想通り次の

家の台所へ出たのですが、

何処まで逃げたら助かるのか……。

という不安に囚われ、はたと立ち止まりました。二列に並んだ複数の家屋の大半は空家ながら、住人のいる家も確かにありました。しかし今、音湖家から三軒目まで入っても、全く誰にも会いません。住人の姿が少しも見えないのです。

あっ、五軒で一列になってた。

この長屋のような住宅を目にしたとき、無意識に数えたらしく、南北に延びる一列は五軒から成っていたと、そのとき急に思い出しました。つまり次の家が五軒目ですから、もう隣家と繋がりようがありません。その家の勝手口から、きっと外へと出られるはずです。

……ぷすぅっ、ぷすっ、かた、かたかたっ。

背後から近づく気色の悪い気配に身震いしながらも、たちまち希望を覚えた私は、とにかく全速力で五軒目の家の中を突っ切りました。そうして勝手口まで辿《たど》り着き、急いで戸を引き開け、外へと逃げ出せたと思ったら、薄暗い妙な廊下が目の前にありました。

えっ、そんな……。

素人《しろうと》大工で作ったような不揃いな板壁の隙間《すきま》から、赤茶けた鈍い残照が射し込む廊下は、右手に大きく曲がりながら延びています。進みたくはありませんが、後ろからはあれが来ています。仕方なく辿って行くと、廊下は「U」の字を描いて、新しい家の洗面台と洗濯機のあるタイル張りの床で終わっていました。

そこが長屋のような家屋の東側の列の、一番北端の家らしいことに、私は気づきました。東西に一列ずつ並んだ家屋が、なぜかU字の廊下で繋がっていたのです。

このまま逃げ続けると、やがて五軒目の――音湖家の向かいの――家の台所に辿り着きます。でも、そこに玄関があるかどうかは分かりません。いえ、むしろ存在していないと考えるべきでしょうか。

……こと、こと、こと、ことっ。

　そのときU字の廊下内で響く、駆けるような足音が聞こえて来ました。硬くて細長い複数の脚の蠢《うごめ》く様が、ふっと脳裏に浮かんで、とっさに私は吐き気を覚えました。

　何とかしないと助からない……。

　物凄い絶望感に囚われながらも、私は逃げ出しましたが、こと、こと、ことっ……と板張りの廊下を打つ悍《おぞ》ましい足音は、確実に迫って来ています。それが脳内で反響して、今にも頭が可怪《おか》しくなるのではないか、と本気で懼れたときでした。

　コトの箸……。

　硬くて細長い複数の脚……という悍ましい発想から、何本もの箸を連想したのか、ふっと例の魔除けを思い出しました。その瞬間、背後の何かから逃れるためには、急いでコトの箸を作る必要があると、私は悟ったのです。

　一軒目の家の中を逃げながら、食器棚の引き出しを開けて、箸を何本もポケットに突っ込みましたが、これでは足りません。二軒目に入って更に食器棚で箸を漁《あさ》っていると、背後のそれに追いつかれそうになり、どっと冷や汗が噴き出しました。もちろんすぐに逃げましたが、まだ充分に箸が揃っていません。

　思いっ切り走って三軒目に飛び込み、大急ぎで箸を搔き集めると共に、整理箪笥を検めて二本の長い紐《ひも》を手に入れました。そのとき画鋲《がびょう》入れも目についたので、すかさず取ります。

　ところが突然、右足の脹脛《ふくらはぎ》に強烈な痛みを覚えて振り返ると、それが真後ろに迫っているのが視界の隅に入り、さあぁっと顔から血が引きました。

　……そのとき何を見たのか、実はよく覚えていませんし、少しでも思い出したくありません。すみませんが、ご理解いただければ……。

私は飛び上がって逃げました。そうして四軒目に逃れましたが、このままではコトの箸を作る前に、あれに追いつかれてしまいます。そこまで追い詰められて、ようやく私は勝手口に鍵を掛けることを思いつきました。最初から施錠をしていれば、もっと時間を稼げたわけですが、あの状況では無理です。逃げるのに精一杯で、そこまで頭が回りません。

……がりりっ、がりりりっ。

勝手口を何かが引っ掻く物音を耳にしながら、私は六畳間に座り込んで、大急ぎでコトの箸を作り出しました。

……こんっ、こんこんっ。

引っ掻く音は、そのうち打ちつける音へと変わりました。まるで啄木鳥《きつつき》のように、何かが板戸を打ち続けています。勝手口が破られるのも、もはや時間の問題です。

……ばりっ、ばりりっ。

その不吉な物音が響いたとたん、私は五軒目の家を目指して駆け出しました。そして同じように勝手口の鍵を閉めたあと、一目散に台所まで走りましたが、やはり玄関は見当たりません。そこで行き止まりでした。完全に袋小路です。

十数本の箸を使って作ったコトの箸に、更に何本も追加していきます。それが一メートルを超える長さになったときでした。

物凄い物音と共に勝手口が破られ、あれが一気にこちらへ向かって来るのが、二つの部屋を挟んでいても分かりました。

私は慌てて硝子戸を左右から閉めながら、箸を横にした幅の分だけ開けて、鴨居《かもい》に画鋲を打ってコトの箸を吊るすと、台所の流しの前に座り込みました。本当は左か右、どちらかに逃げたかったのですが、あれにコトの箸を目掛けて真っ直《す》ぐ突っ込ますためには、その正面に私がいるしかありません。怖くて堪りませんでしたが、必死に我慢しました。でも、両目は反射的に閉じていました。

どうにも表現しようのない無気味な物音を立てて、あれが一気に迫って来て……。急に静かになったと思ったら、目の前に何かの気配があって、私が叫び出す寸前にそれに触られ、ぱっと目を開けて絶叫しかけたところで、私の全身の力が抜けました。

そこにいたのは、心配そうな顔をしたお婆《ばあ》さんでした。「あなた、何処の子？」という問い掛けを聞いて、この家の住人だと察したとたん、私は自分が助かったことを知りました。

「すみません。音湖君を訪ねて来たんですけど、家を間違えたようです」

そんな言い訳が、あんな目に遭ったあとにも拘らず、よく口から出たなと今でも思います。しかしお婆さんは納得したようで、「音湖さんは、向かいの家よ」と笑ってから、冷たい麦茶を出してくれました。

この恐ろしい体験のあと、本当に「おはしさま」を止《や》めようとしたのですが、ずるずると続けてしまって……。その結果、六回目の夢を見たときは、副委員長と保健委員という二人の死に、いきなり遭遇する羽目になりました。つまり犯人は、図書委員だったわけです。こうなると何が何でも生き残ってやると、私は誓いました。とはいえ夢の中では、ずっと彼から逃げ続けていたので、肝心の図書委員の姿は一度も見ないままでした。

そして七回目の夢では、図書委員が殺されていました。犯人のはずの彼が、蒲団の中で死んでいたのです。

途轍《とてつ》もない恐怖に打ち震えながら、それでも私は夢の世界を彷徨《さまよ》いました。全く訳が分からないながらも、最後まで残ったのは私です。つまり「おはしさま」の儀式を、これは無事にやり遂げたことを意味しないでしょうか。だから私は、何らかの印が何処かにあるのではないか、それを探していたのです。

ところが、そんなものは少しも見つかりません。しかも、そうやって探してるうちに、私は妙な物音が聞こえることに、ふと気づきました。

……ひた、ひた、ひたっ。

まるで誰かが私と同じように、夢の世界を彷徨っているような物音なのです。もう私しか残っていないはずなのに、何者かが忍び足で歩いているような気配がするのです。

まさか……。

と思いながらも耳を澄ませているうちに、それは私を捜しているのではないか、と思い当たったとたん、全身の産毛《うぶげ》が逆立ちました。

物音とは反対の方向へ必死に逃げながら、「これは夢だ。早く目覚めて」と、とにかく自分に言い聞かせ続けて、どうにか目覚めることができ、私は助かりました。すぐに「おはしさま」も中止しました。

音湖君ですか。二学期になっても登校せず、しばらくして転校したと聞きましたが、本当のところは分かりません。

＊

雨宮里深の話を纏《まと》め直すと、以上のようになる。そして以下に記すのが、「手掛かり不足のため無理です」と言ったにも拘らず、彼女に頼まれて考えた僕なりの解釈である。そのため全てを説明できていないことを、予《あらかじ》めお断りしておく。

まず「おはしさま」の期間が八十四日で、夢の中で九人のうち八人が殺さるのは、「箸」の読み替えではないか。即《すなわ》ち前者は「八四（はし）」で、後者は「八死（はし）」になる。決め事が八項目あるのに、八番目の内容に意味がないのも、「八」の字が箸を表しているからではないか。そして夢の中の世界の正体は、ずばり蠱毒《こどく》ではないだろうか。

蠱毒とは一つの壺《つぼ》の中に爬虫類《はちゅうるい》や虫を何種類も入れて、最後の一匹になるまで互いに喰《く》らわせて、生き残ったものを祀ることにより霊力を得る呪術《じゅじゅつ》である。「おはしさま」の場合は、勝ち残った者の願いが叶う仕掛けではなかったのか。ただ、そうなると雨宮以外の八人も、実在する人間だったことになる。よって清掃委員が、実は音湖だったのかとも考えた。だが、それでは二人の期間が合わない。あくまでも他の八人は、夢の中の存在だったと見做《みな》すべきか。

ただ、その八人の中に連続殺人事件の「犯人」を見出《みいだ》せるとしたら、いったいどうなるのか。やはり全員が実在しており、同じように「おはしさま」を実践していたと仮定するのが自然だろうか。どちらに転んでも矛盾が出るため、これ以上の解釈はできなかった。

ちなみに犯人は、委員長ではないかと推理した。副委員長と保健委員の好意を利用して、自らの死を二人の協力で演じ、「犯人は誰か」という疑心暗鬼が広がる中で容疑者圏外へと逃れて、残りの犯行を遣《や》り易くした。彼の「死後」、副委員長と保健委員の二人が一度に殺されたのは、もちろん口封じである。

最初の被害者が給食係なのは、給食の配膳を自らが行なうためだった。そうすることで彼は、誰かが箸立てを目にする前に、そこから九本だけ抜き取ってコトの箸を作ることができた。予備の箸があったとはいえ、いきなり九本も減ると気づく者が出るかもしれない。そうまでして委員長がコトの箸を作った理由は、それが凶器だったからではないか。

被害者が横向きで寝ているときを狙い、委員長はコトの箸から外した一本の箸をそっと耳の穴に差し込み、あとは一気に掌底《しょうてい》打ちで突き刺した。奥深くまで、恰も釘を打ち込むように。箸を抜いたあと出血は当然あるが、横向きで寝ているため耳から垂れることはなく、朝までには凝固する。保健委員が検視で外傷を捜しても、耳の穴までは見ないことを見越したうえの犯行方法だった。そして凶器の始末は、それを洗って箸立てに戻すことで解決させた。一度に九本も増減すると目立つが、一本ずつ増えて行く分には、まず気づかれる懼れはない。

雨宮の夢の中の記憶が一部しかなかったのは、彼女が作法通りに「おはしさま」を執り行なわなかったからだろう。音湖は「野生の竹から自分で作った箸」と説明したが、彼女はホームセンターで売られている竹を使用してしまった。

以上の解釈に、雨宮は取り敢えず納得したらしい。「この方法で殺人が本当に可能かは分からない。血が耳から噴き出る可能性もある」と念のために補足したが、「夢の中ですから」と問題にしなかった。「それよりも音湖家での恐ろしい体験も、同じように解いて下さい」と頼まれ困った。それこそ無理だろう。あれは誰がどんな風に聞いても、正真正銘の怪異としか受け取れない。ただ、Uの字の廊下で結ばれた二列の長屋のような家屋の形は、ピンセットに似た日本の古代の箸とそっくりだ、という指摘だけはしておいた。

それから僕は「左腕に変化はなかったのですか」と、ずっと気に掛かっていたことを、ようやく雨宮に訊いた。すると彼女は「魚のような赤い痣ができはじめたので、それもあって儀式を止めたのです」と答えた。

ここまでのやり取りで、当時の雨宮が経験した梅雨と同様、この日の野外パーティも蒸し暑かったにも拘らず、彼女が上着を一向に脱がないことに、ふと僕は気づいた。

雨宮里深は本当に委員長の欺瞞《ぎまん》に騙《だま》されたのか。委員長の死を語るとき、なぜか彼女は「殺された」「死亡した」「死んだ」という言葉を全く使わなかった。他の被害者のときには、普通に口にしていたのに……。

と考えながら相手の左腕に視線を向けていると、「色々とありがとうございました」と礼を口にして、急に雨宮が離れて行った。

やがてパーティもお開きとなり、皆が帰りはじめたところで、すぐ前を歩く雨宮の後ろ姿が目に入ったので、僕はとっさに声を掛けると、気に掛かっていたもう一点を尋ねた。

「失礼とは思いますが、その後お兄さんは……」

すると彼女は少しも振り返らずに、前を向いたまま小声で応えた。

「その年の秋に、両目を箸で突いて死にました」

主な参考文献
向井由紀子、橋本慶子『箸（はし）　ものと人間の文化史一〇二』（法政大学出版局／二〇〇一）
斎藤たま『箸の民俗誌』（論創社／二〇一〇）

from
Taiwan

第二章

珊瑚《さんご》の骨

薛西斯

彼は、私が想像していた感じと違っていた。
「魚《ユー》さん」が玄関にやってきたとき、ふと頭に思い浮かんだのはそんな感慨《かんがい》だった。一廻《ひとまわ》り大きい黒のTシャツにショートパンツという、学生のようにこざっぱりとした出《い》で立ちと「道士」の二文字が、私の頭のなかではどうしても結びつかない。

唯一、彼が普通でないように見えるのは、袖口から覗《のぞ》いている赤い痣《あざ》だ。ここまではっきりとした痣は珍しい。腕の半分にまでしっかりと絡《から》みついたその形は、彼に嚙《か》みついて離さない魚のようにも見える。

「どうぞ」

彼がそう言って私を中に招じ入れると、ちらついていた蛍光灯の光がぱっと灯《とも》った。友達が口にしていた警告をふと思い出す——先生に会うんだったら、一番いいのは昼どきね。それも陽射《ひざ》しの強いとき。

その部屋はたいして広くなかった。大きな長机と一揃《ひとそろ》いの椅子がほとんどを占めている。エアコンがついてないのに、部屋の中はひんやりしていた。壁際《かべぎわ》にくろぐろとしたガラスのキャビネットが二《ふた》棹《さお》据えつけられているのが仄《ほの》見えたが、何がしまわれているのかはよくわからない。

訪ねる前は、香《こう》がたきしめられ鬱々とした雰囲気を想像していたものの、こざっぱりと片付いた部屋の様子に宗教臭さは微塵《みじん》もない。

道士はゆったりとした足取りで椅子に腰を下ろすと、私を見た。警戒心を解かないまま、まるでこちらを値踏みするように眺め回しながら、彼は言った。

「どうぞ座ってください。お茶でも？」

「いえ、結構です」

そう断ったものの、彼はゆったりとした手つきでお茶をいれはじめる。私がお礼を言おうとすると、彼は急須を揺らして自分の茶杯《ちゃはい》に注ぎながら、

「すみませんね。もう二ヶ月近くもぐっすり眠れてないものだから、これを飲まないと保《も》たなくて。もともと寝つきは良くない方なんだが、特に今は『活動期』だし、うっかり寝てしまって、牛鬼だの蛇神に取り憑《つ》かれてしまってはたまらない」

二重瞼《ふたえまぶた》の目を細めて、彼は大きなあくびをすると、

「お名前は？」

そう訊《き》いてきた。

部屋に入ったときから、客として歓迎されていない雰囲気は感じていた。

「程《チョン》といいます」

「程さん」

彼はうなずくと、

「僕のことは海鱗子《ハイリンズ》と呼んでください。大海の海に、魚鱗の鱗。これは道士としての名前でね」

彼はなんとなしにあたりを見廻すとさらに続けた。

「ここでは自分の下の名前はけっして口にしない方がいい。『あいつら』が聞きつけようものなら、厄介なことがあなたにも降りかかることになる」

そう言われて、私は慌ててうなずいた。訪ねる前から、ここには色々と面倒な決まり事があること

は聞いている。

「魚さん」を知ったのは、昨年の冬のことだ。

最初は「于《ユー》さん」だと勘違いしていた呼び名が、遊魚の「魚」だと知ったのは後のことで、その由来が彼の道士の名前にある「鱗」の字から来たものなのか、それとも彼の腕にある奇妙な魚の形をした赤い痣からなのかは、よくわからない。

道士というのは仕事柄、ふだんは人目につくこともない。仕事の依頼も知り合いからの紹介がほとんどだと聞いている。そんななか、他人の不幸がきっかけだったとはいえ、彼を知ることができたのは幸いだった。

その当時、私の友人の実家で三人が病気に罹《かか》り、うち二人が亡くなるという不幸があった。慌てた彼らは十何人もの「道士」を頼ったが手に負えず、あっさり匙《さじ》を投げられてしまったという。しかしその災難を、「魚さん」は、三日と経《た》たずにおさめてしまった——そんな友人の話を耳にして、私はこの「魚さん」こそ自分がずっと探し求めていたひとだと確信した。

「それで程さん、今日はいったいどんな用件で？」

「ええ。私、ことしの終わりに結婚することになって……」

私の話に、彼はふと不安げな顔になって、

「でも、今日は結婚の吉日を占ってもらいに来たわけじゃないですよね？」

「ええっ？」

「だったらそれ以上話を聞くまでもない。ここまでだ」

「………」

「はっきり言いましょうか。僕ができるのはひとつだけだ」

そのとき初めて、テーブルマットの下には、カラフルに印刷された料金表が敷かれていることに気

がついた。一見するとレストランのメニューのようだったが、彼はずらりと並べられたそのリストの最後を指で示しながら、

「これですよ――」

除霊。そこにはそう書かれていた。

「鬼に取り憑かれたというなら、そんなものはわけもない。あっさり片付けることができます。しかしそれ以外となると僕はまったくの三流でね」

三流とあっさり言い切ってしまえるほどの人に会ったのは、これが初めてだった。

でも逆に考えると、「除霊」は、彼にとって絶対の自信があるということになるのでは？　私がそんなふうに考えていると、

「開運とか占いの類いをご所望なら、その道のプロを紹介しますよ」

彼はそう言うと、ポケットからスマホを取り出した。色鮮やかな画面には、熱帯雨林の中を飛翔するオウムの群れが映し出されている。このオウムなら私も知っていた。ペットゲーム「宇宙《ユーヂヨウ》森林《センリン》」のキャラクターで、少し前に二歳になった姪《めい》っ子がこのゲームで遊んでいるのを見たことがある。

「いいんです」

やんわりと彼の言葉を遮ると、私は急いでつけ足した。

「本当に……これは誰にでもできることじゃなくて……だからこうしてあなたを頼ってきたんですよ。嫁ぎ先にこんなものを持っていくわけにもいかないし、早くけりをつけてしまいたいんです」

「うん？」

彼はいかにも奇妙な顔になって、

「もちろん、そういう考えもわかりますよ。その手のお客もたくさんいますからね。ただあなたの話はちょっと違うようだ。そもそもすべては、あなたの思い過ごしということはないんだろうか？」

「どういう意味です？」

「あなたは氣《き》をまとっているようだ。いま、鬼たちがあなたの周りをうろついている」

「氣っていうのは目に見えるものなんですか？」

「あなたから半径三メートル四方の陽氣はとても強い。だから普通の鬼だったらとてもあなたには近づけないいんじゃないかな。鬼に取り憑かれている輩《やから》のほとんどは陽氣が弱くてね、死人とそれほど変わらない」

彼は疑わしい目つきになって、私を真正面から見据えながらそう言った。

「私だってたくさんの先生を訪ねてみたんです。でも今のあなたと同じことを言うばっかりで……」

「へえ？　とすると、最近は同業者の連中も賢くなったのかな」

彼は明るい声で言うと、怪訝《けげん》そうな顔になってさらに続けた。

「だったらどうしてまたここに？　いったい僕に何をしてもらいたいのか……憑きものを信じるとか信じないとか、そういう話をすればそれでいいのかな？」

私は苦笑すると、

「それはわからないけど、とにかく助けてほしいんです！　もう十五年以上ですよ。そのことはずっと私の心のしこりになったままで――常識では説明できないあの事件の真相がわかれば、私だって、きっと」

「招魂《しょうこん》だの降霊だのといったものは、僕の仕事じゃない」

私がいっこうに引き下がらないのを見て取ると、彼は大きく溜《た》め息をつくなり、おもむろに両手を伸ばした。

「いいでしょう！　僕がお役に立てるかどうかはわからないが。最初に言っておきますが、僕が本当にできるのは除霊だけだ。それでもいいと言うのであれば、お聞きしましょう」

「ええ。あなたなら、きっと私を助けてくれると信じてますから」

そう言うと、私はようやくその話を切り出した。

「それ、というのは、ある箸に関することなんです」

「箸？」

彼は奇妙な面持ちになってそう訊き返すと、

「それが僕の専門とどう関係してくるんだろう？」

「だからその答えをあなたに見つけてもらいたくて」

ここに来る前から、私は何度も何度も頭の中で考えてきたんです。いったいこの話をどこから切り出せばいいんだろう、って。

いっそのこと単刀直入に、あのとき何が起きたのかをありのままに打ち明けてしまった方がいいのかもしれません。いちいち考え考えしながら説明するより、その方がわかりやすい気がするんです。でも、そうは言っても話が話だし、だったら自分が一番重要だと思うところから始めるべきでしょうね——

そう、私があのひとと知り合ったときから。

中学時代の私は、「六両一《リイウリイアンイー》」という可愛《かわい》らしいあだ名で呼ばれていました。

それは私の八字《バーズー》（生年月日を十干十二支で表して運命を見る占い）が六両一銭《リイウリイアンイーチイエン》だったから。

最近の中学生がそういうものに夢中になるのかはよくわかりません。でも私の中学時代にもっとも流行《はや》っていたのが、そうした古いおまじないの類いだったんです。私の「六両一」というのは、聞いた話だと学校一の強運ということで、当時は生徒たちの語り草にもなっていたほどでした。

占いはそれほどでもなかったけど、そのころ生徒たちの間で流行っていたのは、筆仙《ビーシイエン》や銭仙《チイエンシイエン》という、いわゆる降霊術でした。私が通っていた学校はキリスト教系だったから、そうしたおまじないの類いを先生たちは忌《い》み嫌っていて、もし見つかればこっぴどく叱られるのはわかっていたんだけど、それでも面白いものはやめられないじゃないですか。

なかには敢《あ》えて先生たちに刃向かってみせることでいい気になってた子たちもいて、私もそんな生徒の一人でした。とは言っても、わざと先生に逆らってやろうなんて気持ちがあったわけじゃないんです。友達から誘われるとついつい調子に乗ってしまう、そんな感じでした。私のクラスでそういう遊びをする仲間も、男子は男子、女子は女子というふうにはっきり分かれていたんですけど、私だけは男子たちからも誘われることが多くて、よく一緒に遊んでました。彼らは「男ばっかじゃ陰気くさいからな」なんて口では言ってたけど、本当は男子だけで遊んでもつまらないからでしょうね。もっとも、私が参加したからって遊びが面白くなるわけじゃないし、そんな言い訳を口にする彼らの本当の理由も、私にはよくわかってました――

それは私が「六兩一」だから。

私がこうした遊びに加わると、最後は必ず勝つことができるんです。

これがあなたの「仕事の範疇《はんちゅう》」に入るかどうかはわからないけど、私の八字は昔であれば帝王になれるほどの強運だという話でした。

何でも私が生まれたとき、占い師は私の八字を見るなり「豬不肥《デュブーフェイ》、肥到狗去《フェイダオゴウチュ》」とおどろいたそうです。その言葉の意味ですか。要するに男の子に生まれていれば、将来は大変な大物になっただろうって言うんだけど、この話を聞くたびに、私は占いの先生って、男女の価値観に関しては百年遅れてるんじゃないかな、って思うんです。笑ってしまうでしょ。だってそれじゃ、豚でも犬でも何だって帝王になれるってことになりません？　そしてもうひとつ。「六兩一」の素晴らしいところは、降霊術の依代《よりしろ》になる素質があるということでした。

降霊術にはたくさんの決まり事があるみたいですね。なかでももっとも重要なのは、真摯《しんし》に神様をあがめ奉《たてまつ》る心の持ち方で、降霊を始める前の儀式を「請神《チンシエン》」と言い、その終わりを「送神《ソンシエン》」と言う。この二つのいずれも決しておろそかにすることはできない——でもこれを「神様」と呼んでもいいのかどうか、私も実はよくわからないんです。「錢仙」とか「筆仙」という遊びにしたって、ここはあなたにもわかってもらいたいんですが、それで召喚されるものが何であれ、それは絶対に本当の「神様」じゃない。

あるとき、私たちはちょっとした好奇心から、学校の教会で錢仙をしてみたことがあるんです。でも遊びを始めると、私たちが何を訊いても、コインはある三文字にぴたりと張りついたまま、その上を行ったり来たりするだけでした。どうやらその三文字は人の名前のようでしたが、クラスにそんな名前の子はいないんです。どういうことなんだろう、ってすっかり困惑しているところへ、何かをひらめいたのか、誰かがこう訊きました。

「錢仙、錢仙。それはあなたの名前ですか？」

するとコインは向きを変えて、「はい」の文字に移動しました。

私たちはすっかり舞い上がってしまい、やったやった、とはしゃぎながら次の質問を考えているうち、突然コインがまた動き出しました。まるで私たちの手を引っ張るような激しい力で、コインは「私」「を」「た」「す」「け」「て」という文字ばかりを激しく行き戻りするのです。びっくりして、私たちはいったい何が起きたのかと考える余裕もなく、「送神！　どうかお戻りください！」と叫んでいました。それでもコインはその動きを止めません。指はまるで釘《くぎ》で留められたように、ぴったりと貼りついたまま離すことができないんです。コインの動きはますます激しくなり、それにつれて下に敷いていた紙が破れて——

そのとき、教会のなかに荘厳な歌声が響き渡りました。

それは毎日、午後六時になると決まって流れ出す聖歌で、その瞬間、コインはゆっくりと動きを止めたんです。私たちは凍りついたようにじっとしたまま、コインから手を離すこともできませんでした。

怖がりの何人かが激しく泣き出すなか、ふと説教壇を見上げると、玻璃《はり》窓から差し込む夕陽を斜めに浴びながら十字架が金いろに輝いているのが見えました。神様の前で「神様」と叫んだあのときの背徳感は、今思い出してもぞくぞくします。

こうして今振り返ると、おそらく、ですが、誰かがみんなを怖がらせようとしたんでしょうね。でも、この事件がきっかけで、クラスのみんなは降霊術にもうんざりしてしまい、やがて遊ぶ人もいなくなってしまいました。

降霊術に代わって次にみんなが夢中になったのは、ネット上の都市伝説でした。

そして三年生の冬に、クラスの女子の間で流行ったのが、おはしさまのおまじないだったんです。そのおまじないというのは、こういうものでした。心に思っている人の箸を手に入れて、それを別の箸とこっそりとすり替えておく。そして三ヶ月、相手にばれることがなければ、願いが叶《かな》って、その人と恋人になれるというものでした。

箸というものは、一揃えになっているものでしょう？　中学生の女子は誰もが恋に憧《あこが》れる年頃ですから、このおはしさまのおまじないに多くの女子たちが夢中になりました。運を良くするおまじないというのは、たいていが面倒臭くて根気がいるものばかりだったけど、だからといって降霊術に較《くら》べれば危険も少ない。降霊術がいちいち面倒だったり難しかったりするのは、神様に願いを叶えてもらうのだから当然でしょう。

でもこのおまじないの、いったいどこがそんなに難しいのか、私にはよくわかりませんでした。その当時、生徒のほとんどが使っていたのは、ごくありふれた鉄製のネジ付き箸で、違いと言えば「父母の会のプレゼント」と印刷されているかどうかくらいでしたから、どれも大きな違いはありません。正直なところ、消しゴムにせっせとおまじないを刻んだ方が、よほど願いを込めているように感じられるんじゃないか。そんなふうに思ってました。

だから、友達がこのおまじないに夢中になっているのをそばで見ながら、私は不思議に思って訊いてみたんです。

「だってみんな持っている箸は同じなんでしょ。だったらそれをすり替えるなんて、そんなに難しいことじゃないと思うんだけど。こんなのでいいなら、誰だってふられるはずはないし」

軽い冗談で言ったつもりが、みんなから集中砲火を浴びせられることになってしまい、そのあげく、友達のひとりは私の鼻先に指をつきつけると、こう言いました。

「程六兩《チヨンリイウリイアン》ってば！　そんなふうに頭が固くて鈍感だから彼氏ができないのよ。そんなんじゃ、あなたのことが好きな男子がそばにいたって、気がついてないんじゃないの」

そうそう、みんなは私のことを六兩と呼んでいたんです。「六兩一」では長すぎるから、親しみを込めて短く「六兩」って。

一銭まけるだけで友達になれるっていうなら、私にとっては安いものでした。

「何よ。そんなことないってば」

「じゃあ、試してみる？」

「試すって、どういうこと？」

「そんなに簡単だっていうなら、実際にやってみてよ」

「でもこれって、そんな軽い気持ちでやっていいものなの？」

「うまくいくかどうかなんてどうでもいいのよ。どうせ箸をすり替えるだけで本当に付き合えるなんて、あなたも考えてないんでしょ？」

　座席表を持ってくると、彼女たちは自分が狙っている男子の名前をそこから消してしまいました。もちろん私は、そんなおまじないなんて信じていなかったけど、そのうちのひとりが「じゃあ、男子の誰にするかはくじで決めましょうよ」と言うのを聞いて困ってしまいました。そのごちゃごちゃ書き込まれた座席表をふと見ると――こんなことを言うと失礼かもしれないけど――悪くない男子の名前はほとんど消されてしまっていて、残っているのは誰も恋人にするにはちょっと、という人ばかりだったんです。

　そうは言っても、今さらやめようと口にするのもみっともないし。

　かりに一万分の一の確率でこのおまじないが効いてしまったら、と考えると、少しでもましな男子を選んだ方がいいかもしれない。

　私は慌てて口を挟みました。

「ちょっと待って。そんなくじじゃなくて、自分で決めさせてよ」

「ええっ――もしかして怖いの？」

「違うってば。どうせだったら成功しなさそうな男子の方が面白いでしょ」

「それはそうね。難しい方がいいかも。だったら誰にする？」

　そのとき、私の頭にはふと、ある男子のことが思い浮かびました。

　この三年のあいだ、その子とはほとんど話をしたことはありません。話しかけたのはたった一度きりで、それだって思いもかけない偶然だったんです――

　当時は降霊術が流行っていて、その日の放課後も、私はクラスの「番長」とその取り巻きたちと一緒に「翻銅銭《ファントンチイエン》」で遊んでいました。

「翻銅銭」というのはちょっとした賭け事のような遊びで、まずひとつのお椀《わん》と三枚のコインを用意して、その片面を赤色に塗っておくんです。私たちがその遊びに選んだのは十塊銭《シークアイチイエン》で、それは簡単に手に入るからでした。

最初に糊《のり》を塗り、それが乾いたら赤色の水彩絵の具を薄く塗りつけていきます。それが乾くとまた糊を塗り重ねていく。こうすると、塗りつけた絵の具は糊と一緒に剝《は》がれるので、あとからわざわざ絵の具を洗う手間が省けるのです。どうしてそんな面倒なことをするかというと、もし赤い絵の具が少しでも残っていたら、「銅銭仙《トンチイエンシイエン》」に取り憑かれてしまうという話を聞いたことがあるからでした。

最初にやる人が決まると、みんなで時計回りにコインを投げていくのですが、赤く塗られた面が三回出ると、銅銭仙にひとつお願いをすることができるんです。でも銅銭仙はその場ですぐに答えてくれるわけではありません。その代わり、家に帰るとその日のうちにこうしなさいというお告げがあるという話でした。お告げがあったら、銅銭仙に感謝の気持ちを伝えて、使ったコインはすぐに使わないといけません。

コインとお椀は番長たちがすでに用意していて、見張りを頼まれた私が最初にコインを投げることになりました。目が眩《くら》むほどの夕映えに、男子たちは顔をつきあわせて、これから出る目が赤なのかを確かめようと見守っています。私は目立ちたがり屋でしたから、ここで三度続けて赤を出して、一番乗りしてやろうと思いました。そのとき——

がらがらという音がして——

教室のドアが開かれたその場所に彼が佇《たたず》んでいたんです。

生徒が教壇に集まって賭け事に興じているのを目にしたら、誰だっておどろくでしょう。

彼は大きく目を見開いて、怯《おび》えたように一歩、二歩と後ずさりをしました。彼の名前は知っていましたが、物静かな男子という印象しかなくて、これまで話をしたこともなかったし、討論の授業でも彼と一緒になった記憶はありません。

四十人クラスと言えば、とりたてて大きいわけでもなく、かと言って小さいというほどでもないでしょう。このクラスという集団が正しくはたらくように、私たち生徒は無脊椎《せきつい》動物のヒドラのように分裂して、めいめいが自分にふさわしい居場所を見つけるのです。集団からまた別の集団へと活発に移動を繰り返す子もいれば、ずっとその場所に留《とど》まる人もいる。もちろん、どこにも受け入れられない人たちばかりの寄せ集めもあって――でも、それは本当の親友と呼べるようなものではありません。ただ群れ集《つど》っているだけ。中学校の教室は、アフリカのサバンナのように、ひとりぼっちでいることはそれだけで十分に危険なんです。その場凌《しの》ぎでもいい。仲間がいなければ、たやすくいじめのターゲットにされてしまうんですから。

学校生活には暗黙のルールのようなものがあり、それは生徒たちにひとしく適用されます。私たちには特殊な能力があって、一目見れば、その子がどのグループにいるのか見抜けるはずなんですけど、それでも彼がどこに属しているのか、そのときの私にはよくわかりませんでした。

彼がいるのはただの「男子グループ」なのかしら？　だったら、私たち「女子グループ」に較べてずっとわかりやすいもののはずだけど――

そんなことを考えていると、番長たちがいっせいに立ち上がりました。

彼らは一言も口にすることなく、じっと彼の方を見つめています。

その沈黙にいったいどんな意味があるのか。

そんななか、まず口を開いたのは、私を誘った番長でした。

「止《や》めだ止めだ」

ほかの男子たちがためらっているところへ、番長がさらにぶっきらぼうに、

「まだコインを投げてないだろ。始まってない」

そう言いつのると、私の手からコインを取り上げるなり、

「コインは俺のものだから、片付けとくよ」

あまりに露骨な仲間はずれのように感じられて、私は少しいらっとしました。彼が何かして相手を怒らせたことでもあるとか？　でもそんな記憶はありません。実を言うと、私にとってはこのまま遊びを続けるかどうかなんて、どうでもよかったんです。不安げな顔をしたまま、その場に突っ立っている彼に目をやると、私は言いました。

「駄目よ。続けましょ」

「何だって？」

「だって私たちはもう神様を召喚してしまったんでしょ。ここで止めて何か起きても、責任とれるの？」

すると番長は難しそうな顔になって、

「だったら好きにすりゃいいさ」

捨て台詞《ぜりふ》のようにそんなことを言うと、さっさと教室を出て行こうとするので、私は彼らの背に浴びせかけるように、

「ちょっと！　私ひとりでどうすればいいのよ？」

散り散りに去って行く彼らを見送ると、教室には私とその子の二人だけになってしまいました。お互いに顔を見合わせると、

「何よ。それでも番長のつもり！」

私は廊下の向こうに聞こえるように大きな声で叫びました。私の後ろに立っていたその子は、ようやく聞き取れるくらいの低い声で、

「こんなゲームは止めた方がいいよ」

その言葉に後ろを振り返ると、私は憎たらしい目つきになって彼を睨《にら》みつけました。

こっちがかっとなっているところに彼も加勢してくれるのかと思ったら、いったい何？　代わりにお説教ってわけ？

教室には誰もいなくなってしまって、私はこの後どうしたらいいかわかりませんでしたが、それでも口を強《こわ》ばらせながら、

「もう始めちゃったんだから、逃げられないでしょ！」

そう言うと、彼は、

「これはどうやるの？」

そう訊いてきたんです。

みんなで順番にコインを投げて、三回連続でコインの赤を出すことができた人には神様からお告げがある、と私は彼に説明しました。

彼は考えてから、教壇のそばに椅子を引き寄せると、

「だったら一緒にやろう」

と言いました。

「ええっ？」

「この遊びをするには最低二人は必要なんだろ？」

そんな厳しいルールがあるのかどうか、私にはよくわかりません。もともと一人でやっても変わりはないし、とにかくずっと赤を出し続ければいいだけじゃない。どうせうまくいかなくても関係ないとは思っていたものの、私は六両一という強運の持ち主なんだから、——と考えあぐねていると、

「いいんだよ。大丈夫だって」

私を心配させないようになのか、彼はいたわる口調でそう言うと、私の手からコインを受け取りました。そしてそれをお椀のなかに投げ入れると——

結果はすべて黒でした。今になって思い返すと、あのとき彼を巻き込むべきではなかったんです。次は君の番だ、とでも言うように彼が私を見つめています。うながされて、私がコインを投げると、続けて三回赤が出たので、この遊びはお開きになりました。

「これでもう終わりなのかい？」

彼は立ち上がると、そう訊いてきました。

私は押し黙ったままでいると、彼はすぐに椅子がまとめて片付けられている教室の隅まで行き、自分の机を探しはじめました。どうやら彼は机に置き忘れた教科書を取りに来ただけのようです。彼は教室のドアのところまで行くと、私の方に手を振って、

「じゃあね」

とそれだけを言うと、廊下の向こうに姿を消してしまいました。

その学期中に彼と話をしたのはそのときだけです。

普通だったら、こういうときは「一緒に帰ろうか」って言いますよね？　帰り道が同じでなくても、せめて校門のところまでは一緒に帰るものでしょう？　こんなことを言うと勘違いされてしまうかもしれないけど、番長たちに較べれば、彼の方がずっと素敵で格好良かったんです。

私が彼の箸をものにしようと決めたことは、あっという間にクラスの女子たちに知れ渡りました。彼女たちが悲痛な叫びを上げているさまを見ると、もともと彼は私が思っていたほど目立たない子じゃなかったのかもしれません。

そこで私は彼女たちに訊きました。

「彼って何か問題あるの？」

鬮銅銭をしてから私はしばらく彼のことを観察していたんです。もしかしたら、彼は他の男子たちから爪弾《つまはじ》きにされているのではないかと思って。でも、クラスでの彼の様子にもおかしなところはな

かったし、それは私の杞憂《きゆう》に過ぎなかったようです。

休み時間になると、彼はいつも一人で本を読んでいました。昼ご飯のときだけは教室を出て行くのですが、放課後はすぐにいそいそと教科書を鞄《かばん》に詰め込んで帰ってしまいます。友達らしい友達はいないようでしたが、彼がそれに負い目を感じているようでもありません。

彼と他の男子との間には薄い膜のようなものがかかっていて——彼はそこから外に出ることもないし、また誰かがそのなかに入って行くこともない。そんな感じでした。

番長とその取り巻きたちが逃げていったあの日のことを話すと、みんなはすっかり黙ってしまいましたが、しばらくすると、そのなかの一人が私に耳打ちするように、

「番長のやつだって当然、彼とは遊びたくないでしょうね。彼には『何か』が憑いているそうよ」

「『何か』って?」

「私、彼とは小学校が一緒だったの。そのとき、クラスのみんなは彼のことを『天使』って呼んでたんだけど、どうしてだと思う?」

悪いあだ名ではないと思いましたが、みんなはくすくすと笑い出し、ひとりが言いました。

「彼のお母さんが学校に来たことがあって、そのときに話してたの。神様みたいなものが彼には憑いているんだって。それで、その神様みたいなのが無理矢理どこかに連れて行ってしまうかもしれないから、彼はどんなクラブ活動にも参加できないんだって話。それからは、みんなで彼のことを天使ちゃんってからかってたのよ。神様があなたを天国に連れて行ってしまうのよね、って」

「それってどんな神様なの?」

「知らない。でも私たちはそれって絶対に神様なんかじゃないって思ってた」

友達はさらに続けて、

「何でも、彼の家って何か得体の知れないものを祀《まつ》っているんだって。だから『神様』って言っても

ねえ。それに彼のお母さんって、それを拝んでいたから変な病気になって入院したって話よ。怖い怖い」

彼女たちの他愛もない噂話《うわさばなし》を聞き流しながら、そっと教室の隅にいる彼に目をやると、静かに本を読んでいます。

「どうするの？　六兩？　あなた、本当に彼を選ぶつもり？」

「今なら別の子に換えたって文句は言わないわよ」

彼女たちの視線を一身に浴びながら、私がどうするのか考えあぐねていると、

「怖いんでしょ？」

そう言われて、私は思わず大きな声で言い返しました。

「私は六兩よ！　怖くなんかないわ」

まったく怖くないと言えば嘘《うそ》になるけど、ここで退《ひ》いたら番長と同じです。

思い切ってそう言ってはみたものの、実際には、そう簡単にいきませんでした。こっそり彼の席を覗いてみたのですが、弁当箱はあるものの、箸が見当たらないのです。だったらいったいどうやって彼はご飯を食べているんでしょう？　そういえば彼が昼ご飯を食べているところを見たことがありません。昼休みのあいだ、彼はふらっと姿を消してしまうんです。いったい彼はどこに行ってしまうのか。

だからといって諦めるわけにはいきません。彼が冷たくなったご飯を食べないのであれば、きっと温めているはずです。そこで私はちょっと作戦を変えることにしました。家からお弁当を持ってきて、お昼になるとすぐさま蒸飯室《じょうはんしつ》（弁当を温める蒸し器のある部屋）に入ってこっそり隠れていれば、きっと――

「隠れて」と言うと変な感じだけど、そもそも疚《やま》しいことをしているわけじゃないし、別に隠れる必要なんかないんです。そしてついにある日、彼が蒸飯室にやってきました。でも、ドアから入ってく

るなり、油断なくあたりを見廻す彼の様子を目にした途端、私は姿を見せるタイミングを完全に逃してしまいました。

彼は誰もいないのを確かめると、火傷《やけど》をしないように手袋をはめて、弁当箱を取り出そうとした、そのときでした。彼がふと、こちらを覗き込み――

その瞬間、私はびっくりして大きな声を出してしまったんです。

彼も私の声におどろいて飛び上がり、弁当箱を床に落としてしまいました。大きな音がしたものの、幸い弁当箱は無事のようです。彼は手袋を外すと、うろたえた様子で床に落ちた弁当箱を取り上げました。こちらを振り返ることもなく、急いでその場を立ち去ろうとする彼に、私は慌てて、

「ちょっと、待ってよ！」

そう声を上げると、彼は立ち止まりました。私は何も見ていなかったふりをしながら、つとめて気さくな声になって、

「大丈夫だった？　壊れてない？」

「ああ……」

「そうだ。君が教室でお弁当食べてるの、見たことないんだけど？」

まわりのクラスメートの目があるとまずいと思っているのか、彼は言いました。

「外で食べてるんだ。空気もきれいだし、その方が美味《おい》しい」

「外っていっても、どこで？　私も見てみたいな」

彼はあきらかに困った顔をしていました。正直恥ずかしくてたまらなかったけど、今ここで引き下がったら負けだと思い、とり澄ました顔で彼の答えを待っていました。学校の景色を独り占めするのもよくないと考えたのか、彼は、

「屋上とか、校庭にあるガジュマルの樹の下とか、礼拝堂の裏とかかな」

どこも良さそうだったけど、私には実際はどこでもよかったんです。

「じゃあ、一緒に行ってもいい？」

彼は一瞬、ためらったようでしたが、小さくうなずきました。これで彼と一緒にいることができる。そう思うと、私はほっとしました。

礼拝堂の裏はいちめんが濃緑に包まれ、生徒たちは樹の下に据えられた石椅子に座っておしゃべりを愉《たの》しんでいます。風が吹くと葉っぱが食べ物に落ちてくるので、昼どきは生徒も少ないのですが、彼はそんなことなどまったく気にしてない様子でした。空いている椅子を見つけて彼がそこに座ったので、私も慌ててスカートを直すとその隣に腰を下ろしました。弁当を取り出そうとしたそのときになって、私は自分の箸を教室に忘れてきたことに気がついたんです。でも、彼もまた両手に何も持っていません。箸を持って来ていないのかな？　と思って見ていると、彼は服の内側にすっと手を伸ばしたのです——

それは本当に奇妙な光景でした。

彼の箸は箸箱のなかにしまってあったわけではなく、胸元にネックレスで吊《つる》されていたのです。

彼はその箸を手に取ると、何かを確かめるように私の方を向きました。

その瞬間、私は罠《わな》にかかった獲物のように、身動きすることさえできなくなってしまったんです。

彼の目のなかに、脅しにも似た悪意を見たような気がして——

彼はすぐさま視線を戻すと、弁当箱を包んでいた紫の袱紗《ふくさ》で箸を拭きはじめました。

気にしすぎでしょうか？　胸のとどろきがおさまってくるのに従って、私は当初の目的を思い出し
——

彼の箸に目をやりました。実際、その箸はとても美しいものだったんです。鮮やかなほどに朱い箸の表面には渦巻きのような紋様が施され、箸先と頭には銀が嵌《は》め込まれています。頭にはさらに穴が

穿《うが》たれ、チェーンが通してありました。

ただその美しい箸に較べると、彼の弁当はとても貧相に見えたのも事実です。ほんの少しのご飯に、三種の野菜の煮物と、トマトがひとつ。卵さえありません。彼は痩《や》せているし、まさかダイエットをしているわけでもないでしょう。だとすると貧しい家なのでしょうか。彼は二口ほど食べるとふと顔を上げ、私が弁当箱を開けていないのを、どうしたんだろうと怪訝そうな顔で見つめています。彼の弁当の中身を笑っていると誤解されるのが怖くて、私は慌てて言いました。

「箸を忘れてきちゃった」

「だったら教室に戻ればいいじゃないか」

「駄目よ！　もうお腹《なか》がペコペコで動けないの！」

私はいかにも爽やかな声音《こわね》でそんなふうに切り出すと、さらに言いました。

「ねえ。食べ終わったら、その箸、私に貸してくれない？」

「ごめん」

彼は何の感慨もないようにつけ足しました。

「僕の箸は誰にも貸すことはできないんだ」

「どうして？」

こんなにきっぱりと人に拒絶されたのは、初めてのことでした。それだけでもびっくりしていた私に、彼はさらにこんなことを口にしたんです。

「これは神様の箸なんだ」

啞然《あぜん》としてその意味をはかりかねていた私に、彼は弁当箱のトマトを箸で差しながら、

「そんなにお腹がすいているんだったら、これ、あげようか？」

「あ……だったら私のもあげる」

「いらないよ」

「それじゃ駄目よ。だってあなたのトマトを食べちゃうんだから、あなただってお腹がすくでしょ」

私のは昨日の夜につくっておいたものでしたが、弁当箱のなかはおかずがいっぱいに詰まっていました。

「肉は食べないんだ。それに脂っこいものは食べられない」

「そうなの……」

その言葉に気勢を削《そ》がれてうろたえている私を見かねてか、彼はわずかに微笑《ほほえ》むと、

「じゃあ、これ、くれるかな」

そう言って箸を伸ばすと、地雷原を避けるように揚げ物の列をひとわたり飛び越して、野菜の葉っぱを数枚丁寧につまみました。

その様子は肉に触れたくないというよりは、箸を汚したくないとさえ感じるほど厳しいもののように見えました。

その日は家に帰ると、まったく箸をつけていない弁当を見つけた母に「明日のお弁当は自分で用意しなさい」とくどくど叱られてしまい、それからは自分で弁当をつくることに決めたんです。その手間にしばらくは小言を言っていた私でしたが、彼のいかにもみすぼらしい弁当の中身を思い返すと、あれに較べればまだいいんじゃないかなと思えてきます。台所は自由に使えたので、冷蔵庫にあった野菜を全部茹《ゆ》でてしまうと、タッパーにしまってあった新鮮な果物《くだもの》を物色して、どれにしようかと考えながら、彼のために心を込めて菜食用の弁当をつくりました。

そして、その翌日。昨日のお返しをしたいからと無理矢理彼を誘って、一緒にお昼を食べることにしました。しばらくすると、四時限目が終わって昼休みには彼と待ち合わせてご飯を食べることが当たり前のようになっていき、やがて彼は秘密のとっておきの場所にも連れて行ってくれるほどに、二

人の仲は親密になっていったんです。

　彼はたいてい昼ご飯を食べ終えても、すぐ教室に戻っては来ません。風通しのいいお気に入りの場所でもあるのか、ときには本を手にしてふらりとどこかへ行ってしまうんです。クラスにはクラブ活動に参加している生徒もいて、昼休みにはその練習をしていることもありましたが、彼の姿がそこにないと、そういうことなのかな、と考えたものでした。ただ実際、彼がいったいどこにいるのか、誰もその姿を見たものはいなかったんです。

　いったい彼はどこで時間を潰しているのか……

「昼寝をする習慣はないよ」

　彼は苦笑しながらそんなことを言いました。

「教室で居眠りなんかしてたら、誰かが覚えているはずじゃないか。みんなは僕がクラブ活動か、実験室にいるとでも思っているみたいだけど、誰も僕のところにはやって来ないし」

　一見すると臆病な男子に見えるのに、実際の彼はとても大胆だったんです。

　私が彼と昼休みに一緒にいても、ほとんどの生徒は気にも留めていないようでしたが、唯一注意しなければならなかったのは、こっそり隠れてこちらを監視している教官でした。

　それでも一度、彼といたところを教官に見られたことがあったのですが、彼は取り澄ました顔で、

「職員室でプリントの配布を手伝うように言われたんです」

　そう言うと、教官は何年何組かと訊いただけでそのまま行ってしまいました。今まで何度もそういうことがあったのでしょう。慣れたものでした。

　中学生というのは血に飢えたサメのように、誰がどこのグループに属しているか、ということにとても敏感なんです。私と彼のことは、瞬く間に女子たちの噂となって拡《ひろ》がりました。と言っても、昼休み以外、私は彼と話すことはほとんどありません。彼は放課後のクラブ活動もしていなかったし、

補習に参加しているふうでもありませんでした。チャイムが鳴るとふっと姿を消してしまうのです。一緒に勉強しようとしきりに誘ったものの、そのたびに彼は申し訳なさそうに、

「帰りが遅いと、母さんに叱られるんだ」

その言葉に、私は以前、クラスメートが口にしたあることを思い出しました。

彼には、病気に罹って入院している迷信深い母親がいるらしい――

私は思わず、

「あなたのお母さんって入院しているの？」

そう訊きました。

まさかそのことを私が知っているとは思いもよらなかったらしく、彼は啞然としていました。そんなことを口にしてしまったのを私が後悔していると、彼は、

「母さんだったら、二年前に退院して今は家にいるよ。以前はおじいちゃん、おばあちゃんも一緒に暮らしてたんだけど、二人ともかなり歳《とし》だろ。それに母さんはあんな癇癪《かんしゃく》持ちだし。だから今は僕だけで面倒を見ているんだ」

「大変じゃない？」

「まあね。ただ僕がやらなきゃいけないことだから」

「お母さんは元気なの……どんな病気？」

「別に変な病気ってわけじゃない」

彼は笑うと、さらに言いました。

「ただの癌《がん》さ」

君が噂話でどんなことを聞いたのかは察しがつくよ。彼の表情は、そう私に訴えていました。それからはもう、このことについて話をすることもありませんでしたが。

ともあれ、そんなふうに彼との距離が近づいていくにつれ、その箸を間近に見る機会も増えてきました。

最初に私が想像していたねじのような鉄箸と違って、彼の箸は特殊な形をしていたんです。箸先と頭の太さはほぼ同じで、その長さは普通の箸よりもやや短く見えました。ただ難しいのはその材料です。


その箸は本当に不思議なもので、表面には緻密《ちみつ》な紋様が描かれていました。鮮血のように色鮮やかな渦模様を眺めていると、吸い込まれてしまうような気さえします。箸の表面は丁寧に磨かれているようでしたが、光沢はそれほどでもありません。見たところ、金属でもプラスチックでもないようです。竹や木といった天然の植物素材が、こんなに妖《あや》しい赤いろを出すとも考えにくい。

私は思わず彼に訊きました。

「その箸、とても変わってるけど、どんなもので出来てるの？」

「見てもわからないだろうな。珊瑚《さんご》だよ」

「珊瑚？……って、そんなもので箸がつくれるの？」

「できるさ。牛の骨や象牙の箸だってあるだろう？　珊瑚って聞くと宝石みたいだけど、その手のものとそんなに変わらないのさ」

「でもそんな貴重なものを使った箸なんて聞いたことないけど」

「実際、箸にするようなものじゃないよね。それに箸にできるほどの大きさのものを見つけるのも簡単じゃないし」

彼は手にした箸を優しくさすりながら、さらに言いました。

「箸にするのだったら、一本のものからつくった方がいいんだ。だからそれなりの長さのものが必要になる。短すぎてもいけない」

「でも、そんな適当な長さのものなんて、なかなかないんじゃない？」

「そうでもないさ。ただそれだけの大きさがあるんだったら、箸にするより、そのままか、工芸品に仕上げた方が高く売れるだろうね。翡翠《ひすい》と同じさ。翡翠の箸なんて見たことないだろ？」

私はそっちの方は詳しくありませんが、だからといってその箸の美しさがまったくわからないというわけでもありませんでした。その珊瑚をもっとよく見てみようと思ったとき、ふと奇妙なことに気がついたのです。

「この箸って、両方とも違う珊瑚でできているの？」

「ああ……そうだよ」

彼はふとそこで言葉を切ると、

「凄《すご》いじゃないか。よくわかったね」

「うん。何となく、こっちの方がちょっと色が濃いような気がしただけ」

骨にまで沁《し》み透っていくほどの深い赤いろには、どこか人を不安にさせるものがありました。仔細《しさい》に見ると、両方の紋様も同じではありません。

「どうして？」

私はそれをとても不思議に思って、絵を描くように手を伸ばすと言いました。

「珊瑚ってこんなに細くないよね？　これだけの長さがあるんだから、ここから揃いの箸にできなかったの？」

彼は色が濃くなっているあたりを指さしながら、

「片方はなくしてしまってね、それからつくり直したんだ」

「なくした？」

「ああ……」

彼は苦笑すると、

「だから色が同じじゃないんだよ。でも仕方がない。これでも似せた方なんだ」

「両方ともきれいだと思うよ」

「そうかな？」

私がその箸を褒《ほ》めると、彼はとても嬉《うれ》しそうに、はにかむような笑顔になって、

「新しい珊瑚は僕が見つけたんだ」

そのときの彼の笑顔はとても魅力的で、今までどことなく感じられていた暗さがすっかり消えてしまったようでした。彼だってこんなふうにいつも笑顔でいたら、もっと女子にだってもてるんじゃないかな？　そんなことを考えると胸がどきどきしてきました。それでもクラスの女子はみんな、今は私が彼に挑戦していることを知っているんだから、と自分に言い聞かせました。

そのときはほんの些細《ささい》なことで、奇妙だとは思わなかったんだけど……

でも、ただの中学生が、どうして珊瑚の箸なんて貴重なものを持ってるのかしら？


それが珊瑚でできていると知って、私は彼の箸をすりかえることを諦めてしまいました。まったく同じ箸を揃えることなんてできないんですから。それに彼は箸を首からぶら提げていて、食事をするとき以外は肌身離さず身につけているのです。彼を昏倒《こんとう》させるか、あるいは力ずくで盗む以外に、その箸を手に入れる方法などありません。こうなったらもう、彼の箸はきっぱり諦めて、潔《いさぎよ》く負けを認めた方がいい。そんなふうに考えながら、でも、と思いました。最強の勝負運を持つ私が、ここで引き下がるのも悔しい気がしたんです。正面突破が無理なら、遠回りすればいい。

私たちの学校では月末に服装検査がありました。先生たちが男女を二つの組に分けて、厳しくチェックをしていくんですが、一つの組が終わるのにだいたい一時間はかかります。化粧も駄目。ピアス

なんてもってのほか。靴下だって、校則に合わないものを穿《は》くのは禁止で、検査のときにはマニキュアも落とさなきゃいけなかったんです。

もちろんネックレスも。

キリスト教系の学校だったので、お守りをつけているだけで先生から叱られるし、没収されることもあるんですから、服装検査の前にはほとんどの生徒がお守りを外しておくんです。だったら、彼だって首にかけている箸を外しておくに違いありません。

私たちのクラスの服装検査があるその日、生徒たちは余計なお洒落《しゃれ》をすることもなく落ち着いた様子でチェックを受けていきます。先生が立っているところまでやってきた彼はネックレスを外しているはずです。廊下に並んでいる男子生徒に、ときおり先生の怒鳴り声が飛びます。みんなが窓際でのお喋《しゃべ》りに夢中になっているあいだ、私は今だとばかりに彼の席に近づくと、こっそり彼の鞄を開けてみました。

本当にやるの？

周りの雑音はその瞬間、かき消されてしまったようでした。胸の動悸《どうき》ばかりが、どっどっと耳につき、掌《てのひら》にはしきりと汗が滲《にじ》んできます。失敗したら彼に謝ればいい。私は自分にそう言い聞かせました。それでも今日うまくいかなければ、また一ヶ月は待つことになってしまう。

箸をすり替える方法がないからといって、この箸をここで盗んでしまったら、彼は新しいものを探さないといけなくなる。でも、これと同じような箸を見つけることなんて、私にはできるはずもありません。だったらこのまま知らぬふりをして、彼に新しい箸をプレゼントすればいいんじゃないか。

私は紫の袱紗につつまれた箸を取り出すと、そのまま上着のポケットに隠して、何事もなかったように元いた場所へと戻りました。心臓がふくれ上がるほど緊張しながら、ポケットのなかの箸に軽く触れてみると、頭に象嵌《ぞうがん》された銀の蓋《ふた》はひんやりとして、肌に痛いほどでした。表面はなめらかで、撫《な》でてみると、特殊な素材でつくられていることがわかります。

検査を終えた男子たちのあとは、私たちの番でした。女子の方が男子よりも時間がかかるものだけど、それは私たちには色々とやることがあるからです。検査がひと通り終わると、すでに一限目が始まってから十分が過ぎていました。盗みをするのも初めてでしたが、仕事を終えたあとも気持ちは穏やかなものではありません。こっそりと彼を盗み見ると、何が起きたのかも知らない様子で、先生の話を聞きながら黒板の文字をノートに書き留めています。

一限目の授業のあいだは落ち着かないまま、頭のなかは手に入れたものを早く家に持ち帰りたい気持ちでいっぱいでした。そわそわしながら授業終了の鐘が鳴るのを待っていたところへ、突然彼が近づいてきたのです。

彼はお昼ご飯のとき以外は、決して私に話しかけてくることもなかったのに。

彼の箸を盗んだ罪の意識から、わざとらしく目を伏せたままでいると、彼は落ち着き払った声音で私に言いました。

「箸を返してくれないか」

「いったい……何のこと？」

「僕の箸を盗んだろう？　見てたんだ」

私が言いかけたところを遮るように、彼はすぐさま言葉を継いで、

「ずっと教室のなかを見てたんだよ」

今まで盗みなんてしたことはなかったから、ばれてしまったときにはいったいどうすれば良いのかもわかりません。恥ずかしさと恐ろしさで、あっさり認めて謝ればいいと頭ではわかっていても、それができないんです。彼は無表情のままでしたが、それは嵐の前の静けさのようにも感じられました。

彼はきっと怒っているに違いない。服装検査の最後まで肌身離さず身につけていた箸なんですから

——それほどまでに大切な箸の代わりなどあるはずがない。そうでしょう？

私は震えながら箸を取り出すと、一言も話さないまま、静かにそれを差し出しました。彼の指先が触れた瞬間、謝ろうと考えていたものの、うまく言葉が出てきません。つい口ごもってしまい、そして——

涙が頬を流れ落ちていました。

終わった。もうすべてが終わってしまった。私はただそれだけを考えていました。みんなが見ている前で泣いて、それで終わり。私はめったに泣くことはなかったので、泣くのを堪《こら》える方法がわからなかったんです。謝ろうとしても喉《のど》が震え、息を継いでいるような声しか出すことができませんでした。取り乱すばかりで、顔をくしゃくしゃにした私に彼はいたわるような声になって、

「いいんだよ。箸を返してくれればそれで」

彼は何度も慰めてくれましたが、それでも屈辱感にうちひしがれた私の涙は止まりません。みんなが私たちを見ているのに気がつくと、彼は慌てて私を廊下へと連れ出しました。彼に謝りたい。言いたいことは喉まで溢《あふ》れているのに。彼もそんな私に気がついたのか、申し訳なさそうに、

「いいんだ。もういいんだよ」

それだけを言うと、私を抱き寄せ、頭にそっと掌《てのひら》を添えました。軽く曲げた指先がためらうように髪をまさぐり、ついには私の頭を肩に押しつけると、清潔感のある石鹸《せっけん》のような彼の匂いに私はようやく心がくつろぐのを覚えました。私が泣き止んだのを見てとると、彼はゆっくりと手を離しました。彼は首を曲げるようにして、まじまじと真正面から私の顔を見据えながら、

「落ち着いたかい？」

「……」

「すまない。脅そうとしたわけじゃないんだ」

盗んだ私が悪いのに、どうして彼は謝るの？　心のなかではそんなことを考えながら、まだまともに話せないままの私は喘《あえ》ぐように言いました。

「ミ、ミントキャンディ……」

「なんだって？」

「ミントキャンディある？」

彼は意味がわからず、しばらくぼんやりとしていましたが、首を振りました。

「じゃあ、お金は？」

彼がズボンのポケットから十元硬貨を数枚取り出すのを見てとると、私はひどい鼻声で言いました。

「売店で売ってるから。ミントキャンディがほしいの」

押し黙ったままの彼と連れ立って売店まで行くと、私たちは一袋のミントキャンディを買いました。透明な包みを透かして見ると、薄青色の飴玉《あめだま》は夜空に散らばる星のようです。私は包みを開けて、そのうちの一粒を口に含むと、もう一粒を彼に手渡そうとしたのですが、彼はいらないというふうに手を振っただけでした。

授業開始のベルが鳴っても泣きはらした目は赤いままで、教室に帰りたくなかった私がふと顔を上げると、彼は売店の裏の日陰で、石垣にもたれたまま静かに佇んでいました。一度に三粒のミントキャンディを口に入れると、私はようやく落ち着きを取り戻して、言いました。

「ごめんなさい」

「いいんだ」

私は彼にミントキャンディの包みを押しつけると、

「怒ったり泣いたりしたときはミントキャンディを舐《な》めると落ち着くんだよ」

彼は笑いながら言いました。

「もう怒ってなんかいないからいいよ」

「ひとつ、訊いていい？」

「うん？」

「あれってどこで覚えたの？」

「どういうこと？」

「その……髪を……撫でたりとか」

私は探るような声になって、

「さらっと女の子にできることじゃないよね。なんか慣れてる感じだった」

「そうじゃないって」

彼はおろおろ声になってつけ足すように、

「母さんが体の調子が悪いときはさ、いつも大きな声で泣きわめくんだよ。そんなとき、自分にできることとっていったらそれくらいだし、そうすると落ち着くから」

そんな言い訳、誰が聞いたって嘘だということは丸わかりなのに、なぜかそのときの私は、彼の言葉をあっさりと信じてしまいました。

「君の質問はこれでおしまい。今度は僕が訊いていいかな」

私がうなずくと、彼は、

「どうして僕の箸を盗もうとしたんだ？」

私はなんて答えていいのかわかりませんでした。でもここで話を終わらせないと、彼はまたきっとしつこく訊いてくるでしょう。

「前にこの箸は珊瑚でできてるって話をしたから？　でも、これは値段がつけられないほどのものだって言ったと思うんだけど……」

「違うの！　違うんだってば。ただ私は……」

彼が完全に誤解しているのだとわかると、私は口を尖《とが》らせて否定しました。でも恋愛のおまじないだなんて、そんなこと、口にできるはずがありません。

私が答えられないでいると、彼は探るように、

「人には話せないような理由なのかい？」

「うん……」

上目遣《づか》いになって彼を盗み見ると、私は消え入るような声で小さくうなずきました。

「話さなきゃ駄目？」

「駄目だね」

私がいくら言葉を濁しても、そのときの彼は決して引き下がろうとはしませんでした。

「あの箸は、僕にとって本当に大切なものなんだ。ここではっきり理由を訊いておかないと、心のなかにわだかまりが残ってしまう。こんなこと、無理矢理したくないんだけど、君を嫌いになりたくないから」

このまましらを切り続けたら、今まで築いてきた彼との関係はここで終わってしまう。私はそう思いました。だったら、妙なおまじないを信じる幼稚な女子だと思われた方がまだましでしょう。

私はうなだれたまま、か細い声で言いました。

「友達と賭けたの」

彼は私の言葉の意味をはかりかねて、しばらくぼんやりしていましたが、

「もし君たちがそんな遊びをしてたっていうなら……」

「そんなんじゃないの！」

私は慌てて口を挟むと、さらに言いました。

「好きな人の箸と取り替えっこをすると、その人と一緒になれるって言うから」

彼は押し黙ったまま、目を見開いて私をじっと見つめています。彼が勘違いしているのは明らかで、気まずい沈黙が続きました。何か言ってよ！　これが本当の告白だったとしたらどう？　こんなふうに相手をほったらかしにしたままでいいわけないじゃない！

私は叫ぶように言いました。

「でも違うの！　勘違いしないで！　あなたが好きってわけじゃないの！」

「えっ……」

その言葉に、彼は夢から覚めたような顔つきで私を見据えると、

「じゃあ……」

「箸を取り替えたら恋が実るなんて、そんな話、嘘だと思って、証明してやろうと思っただけなの」

「じゃあ、どうしてそれに僕が選ばれたんだ？」

「それは――」

そう。どうして彼だったの？

その答えは、自分でもわかっていたのかもしれません。でも、そのことを彼に言いたくはなかったんです。

「それはくじで決めたから」

私はそう言いました。すると彼は何とも言えない表情で押し黙ってしまいましたが、しばらくすると大きな声で笑い出したのです。

彼の笑い声に、私はちょっとむっとなりました。なんだか煽《あお》られているような気がしたんです。

「それで僕の箸を盗んだってわけかい？」

そう訊かれて私はもう半ばやけになった心地で答えました。

「使うつもりはなかったの。ただみんなに見せようって思っただけで。この賭けに勝ったら放課後みんなにも自慢できるでしょ」

もちろんこれは咄嗟《とっさ》に思いついたでまかせでした。放課後はみんなクラブ活動に行ってしまうんだし、こんな軽薄な賭け事に夢中になれるのはクラスの女子だけでしょう。でも、彼には男子の友達も女子の友達もいないようだったので、私の嘘をなんの疑いもなくあっさりと受け入れてくれました。

「くじで選ばれたんじゃ仕方がないな。でも……すまない。この箸を君に貸すことはできないんだ」

「じゃあ、何か交換条件でもあるの？」

「いや、そうじゃない」

彼は頭を振ると、続けて、

「この箸には神様が宿っているんだ。だから人に貸すことはできない」

神様？

はじめてこの箸を見せてくれたとき、彼がそんな話をしていたような気がします。でも私はそれをすっかり忘れてしまっていたのでした。そもそもそんな話を大真面目《おおまじめ》にされても、誰だって本当のこととは思えないでしょう。

彼は説いて聞かせるような口調になって、話を続けました。

「この箸は千年前につくられた古いものなんだ。うちでは先祖代々、この箸には神様が宿っていると伝えられていて、その神様の名前は『王仙君《ワンシイエンジュン》』という」

王仙君の本名は「王宗千《ワンゾンチイエン》」と言うんだ、と彼は言いました。

我は唐《とう》朝の駙馬《ふば》（皇帝の娘婿のこと）である。その神様はそう名乗ったそうです。

皇帝は王宗千を駙馬に選んだものの、まだ彼をどの公主（皇帝の娘）と結婚させるのかを決めかねていました。そこで皇帝は宴《うたげ》を設けて、二人の公主に窓からこっそり彼の姿を覗き見させることにしたのです。

　宴が終わり、皇帝は彼女たちにどうかと尋ねました。傲慢《ごうまん》な姉は、王宗千の覇気《はき》のなさと地位の低さが気に入らない。そこで彼女は、宴に出された翡翠の箸を、皇帝の目の前で二つに折ると、言いました。

「その昔、玄宗《げんそう》皇帝は宋懐《そうかい》に一対の金の箸を贈り、彼の誠実さを褒め称《たた》えたというではありませんか。どうしてお父様はこんな柔《やわ》な箸を宴席に出されたのです？」

　その言葉に、皇帝は思わずむっとなりましたが、妹は父が不機嫌になったのを敏感に察すると、すぐにこう言い添えました。

「純金は堅く、火に焙《あぶ》ってもびくともしません。たしかに翡翠はもろいでしょう。でも、壊れたらまた別のものにつくり直せばいいではありませんか」

　その言葉に皇帝はたいそう喜び、妹を王宗千に嫁がせることに決めました。もともと翡翠の箸は嫁入り道具として娘に持たせようと考えていたものの、宴席でその箸が折れてしまったというのはどうも不吉に感じられる。そこで代わりに精巧な珊瑚の箸をつくらせ、嫁入り道具にしたのです。

　娘は珊瑚の箸を王宗千に手渡して言いました。

「これから私たちはこの一対の箸のように添い遂《と》げましょう。私たちはずっと一緒ですよ」

　結婚したのちも二人は仲睦《むつ》まじく暮らしました。

　そして駙馬は身まかると「王仙君」となって、珊瑚の箸を守護する縁結びの神様になりました……

「でも、その箸の半分はなくしてしまった、って言ってなかった？」

　私はそう切り出すと、さらに続けて、

「神様が宿っている箸なのに、どうして片方をなくしてしまったの？」

彼はためらいがちに、

「それは王仙君が箸の片方を持って行ってしまったから……王仙君は良い縁を取り持つだけじゃない。もしそれが悪縁だったら警告もするんだ。ちょうどそのとき、僕の両親は離婚話で揉《も》めてててね、母さんは絶対に離婚は嫌だと言ってきかなかったんだ。すると、ある日、箸が突然消えてしまって……それをおばあちゃんは、王仙君の警告だって言ったんだ。それからすぐに、母さんはようやく離婚届にサインをしてさ」

「じゃあ箸のご宣託《せんたく》で離婚を決めたってわけ？　そんなの迷信じゃないの？」

「この箸はずっと昔からうちにあるんだ。だから家族もみんなこの箸を大切に扱っていて、色々と細かなしきたりがある。それに……うちはそういう家系だから、王仙君をこの目で見たことがあるっていう人もいたらしい」

「じゃあ、あなたは王仙君を見たことがあるの？」

彼は笑って首を振ると、言いました。

「仙君は女性の前にだけ姿を見せるらしい。だから僕には声も聞こえない」

「じゃあ、どうしてあなたは王仙君みたいなものを信じているわけ？」

私は反論するようにそう言うと、さらに続けて、

「そのなくなった箸っていうのも、誰かが盗んだんじゃないの？」

彼はふと顔を上げて私を見ました。その妙に落ち着いた眼差《まなざ》しに私がぞっとしていると、彼は笑って、

「どうせ君は信じてくれないだろう、って言うのは話す前からわかってたさ。信じてくれなくてもいい。でも王仙君は実際にいるんだ。僕がそれを一番よくわかっている。それでいいだろ」

「でも……」

「とにかく、誰も箸を盗むことはできないんだ」

彼はきっぱりと言うと、私の前にその箸を見せて、

「見てごらん」

箸の表面には赤々とした光の筋が走り、まるで血が流れているかのようでした。箸の頭と先には銀が象嵌されています。珊瑚は脆《もろ》くて腐食しやすいため、食べ物や唾液に触れる部分を保護するため、そうやって箸の両端には銀が嵌め込まれているということでした。箸の頭には六角形をした銀色の蓋がかぶされていて、その中央にはネックレスを通すための小さな丸い穴が穿たれています。ネックレスは、彼の首元にはおしゃれすぎるほど細いもので、鎖骨の少し下くらいまでの長さがありました。おそらく彼はそれを人に見られたくなかったのでしょう。季節に関係なく、彼はいつも厚手の冬服を着て、おまけに一番上のボタンまでしっかり留めていたくらいですから。

「箸がなくなると困るからね。こうしてネックレスにしているんだ。何しろこの箸は珊瑚でできている。代わりを見つけるのは無理だしね」

彼がネックレスをまっすぐに伸ばすと、珊瑚の箸はチェーンに沿って滑り落ちていきます。私が冷や汗をかきながら見守っていると、箸は地面に落ちることなく留め具にかかって止まりました。

「ネックレスの留め具は箸よりもやや大きめにできているんだ。特注品でね。箸がネックレスから滑り落ちる前にそこでちゃんと止まってくれるんだ。こんな感じだから、ネックレスを切るかしないと、箸がこの留め具から落ちることはないというわけさ」

私がぼんやりとした眼差しでその箸を見つめていると、私の疑問を察したように、彼は言いました。

「じゃあどうして消えてしまったんだ、ということになるんだけど、それは誰にもわからない。箸はものの一分もしないうちに消えてしまったんだからね。これが仙君の霊力じゃないとすると、いった

いどう考えればいいと思う。箸が消えてしまって、姿を見せなくなってしまったのは神様が怒っているんだろうって、僕の母さんは言うんだけど」

「どうして怒るのよ？　私のパパとママはいつも喧嘩《けんか》ばかりしてるけど、何日か経つとすぐに仲直りしているけど」

私がそう言い終えると、彼はとたんに暗い目になって、

「どんな理由であれ仙君が怒れば、僕は怖い」

声をひそめて、さらにこう続けました。

「それは僕に対する警告だから」


王仙君のことで僕が覚えている一番古い記憶は、神卓の上に恭《うやうや》しく置かれた黒漆の箱だ。僕の母さんは、毎朝欠かさず神卓で香《こう》を焚《た》き、祈りを捧《ささ》げながら恭しく箱の表面を磨き上げていたものだから、子どもの僕は、その箱のなかに神様がいるんだと信じていた。

一度だけその箱の蓋をそっと開けて、なかを覗いて見たことがある。つやつやとした黒漆塗りの箱の表には、うっすらと金と銀を透かして真っ赤な柘榴《ざくろ》の花が描かれていた。僕は母さんがしていたように香を数本手に取ると、何度か祈りを捧げたあと、その不思議な箱に手を伸ばした。箱の上に落ちた香灰を払うと、僕はゆっくりと真鍮《しんちゅう》の錠前《じょうまえ》を回していく。王仙君とはいったい何なのだろう？　この蓋を開ければその姿を見ることができるんだろうか？　僕は息を呑《の》んで、慎重にその蓋を開いていった。そうして僕の目に飛び込んできたのは――

何もなかった。その箱のなかには何も入っていなかったんだ。

そのとき、僕はふっと背後に誰かの視線を感じた。

その仄暗い部屋のどこかから誰かが僕のことをじっと見つめている――いや、それは僕の単なる思

い込みだったのかもしれない。どこか人をからかうような、それでいて食い入るような眼差し。僕はすぐさま箱を元に戻すとあたりを見廻した。部屋のなかは真っ暗闇で、その濃密な闇の四方八方から、誰かがじっとこちらの様子をうかがっている。僕は首を廻してあたりを確かめようとしたが、体が強ばってしまって動かない。おぞけが背中を這《は》いのぼり、こちらを睨《ね》めつけるような視線は僕の背中に留め置かれたまま、それがゆっくりとこちらに近づいてくる……その眼差しは、僕が立っているほんの数歩向こうから首の後ろに注がれている感じがして——

僕はようやく、ゆっくりと後ろを振り返った。

するとそこには鮮やかなほどに真っ赤な両目が僕をじっと見据えていた。

「あ……」

「何をしてるの？」

いきなり冷ややかな声がとんできた。母さんが高みから僕を見下ろしている。紅柑燈《こうかんとう》（神卓に設えた赤いランプ）の明かりが彼女の青白い顔を赤々と照らし出し、その目を深紅《しんく》に見せていた。母さんの長くて柔らかい黒髪が顔の上に垂れ下がってきて視界を遮り、僕は手を伸ばしてそれを払いのけようとする。しかしあまりの恐ろしさに、僕は体が凍りついたまま身じろぎすることさえできなかった。

口をきかないままじっと僕を見つめていた母さんは、ふと神卓に目を向けた。僕がしていたことはすべて母さんにお見通しだったんだ。そんなことを考えていると、彼女は口の端《は》に微笑を浮かべて、

「いまお香をあげたのね？　この一本はあなたでしょ」

母さんは毎日寝る前には必ずお香をあげている。だから香炉のなかには線香がみっしりと詰まっていた。すっかり燃え尽きてしまったものもあれば、中途半端に火が消えたまま残っているものもあって、その高さもばらばらだった。ついさっき火をつけたのがどれなのかわからないほどに。

母さんは何も言わず、そっと手を伸ばし——

蓋をするように香炉に掌をかざすと、線香の火を消した。掌に軽い火傷《やけど》をしたはずなのに痛みを感じないのだろうか。ひとたび目をそらせば飛びかかって牙《きば》を剝《む》く獰猛《どうもう》な獣と対峙《たいじ》しているような心地で、僕はじっと神卓の向こうの薄闇に目を凝らしていた。ほどなくして、香炉のなかの線香はほとんど消えてしまったらしい。母さんは香炉の掃除をすると、新しい線香に火をともした。

とんでもないことをしでかしてしまったと思い、僕は全身が激しく震え出すのを感じていた。体の芯《しん》も震える思いで身を硬くしている僕を、母さんはじっと見つめていたが、何も言わない。しばらくすると、彼女は膝《ひざ》をつき、か細い声でこう訊いた。

「あなたは王仙君を見たの？」

なんて答えればいいのだろう。僕が押し黙ったままでいると、母さんは襟元《えりもと》にそっと手を伸ばして、首から下げていたネックレスを外した。見ると、それには一対の赤い箸が繫《つな》げられている。母さんはいつもの穏やかな口調に戻ると、

「これが王仙君よ。神卓の箱はね、この箸をしまっておくためのものなの」

「王仙君っていうのは……その箸のことなの？」

「いいえ。王仙君は昔、その箸の持ち主だったの。彼が神様になってからは、その箸のなかに身を潜《ひそ》めていらっしゃるのよ。そうして新しい箸の持ち主を守ってくださってる」

そう切り出すと、母さんは王仙君と箸の曰《いわ》くを僕に話してくれた。

珊瑚の箸は、もともと娘に譲るものらしい。結婚したときの花嫁道具としてね。母さんの話だと、箸は必ず一揃えじゃないといけないらしくて、そこには「永不分離《えいふぶんり》」、つまり離ればなれになることなく、二人は一生を添い遂げる――という意味が込められているんだ。箸が一対である限り、王仙君は結婚した二人を祝福してくれるのよ、と母さんは言った。

「王仙君は本当にこの箸のなかにいるの？」

「もちろんよ。母さんは一度見たことがあるからね。わかるわ」

「王仙君はどんな姿をしていたの？」

僕が訊くと、母さんは目を輝かせながら、どう言えばいいのかをしきりに考えているようだった。その様子を眺めながら、母さんの話が嘘なのか本当なのかをはかりかねていると、

「母さんもわからないのよ。何しろあのときは真っ暗だったたし、王仙君は真っ黒な濃い霧のなかにじっとしているだけだったから、母さんにもよく見えなかったのね。でも王仙君とはたくさん話をしたわ。母さんはいっぱいお願いもしたし」

「どんなことを？」

「そのとき、お父さんは誰かに騙《だま》されていたのね。だから母さんは、王仙君に、どうか助けてくださいってお願いしたの。王仙君が最初に教えてくれたのは、お父さんとそのひとは、十二年の間ずっと一緒にいる運命だってことだった。でもお父さんがその人と付き合うようになってから、そのときはまだ三年しか経ってなかったのよ」

「それで？」

「九年なんて長過ぎるわ！　だから母さんは、けんめいにお願いしたの、王仙君にね。何でも言うことを聞きますから、どうかお父さんを助けてください、って。そうすると、ついに王仙君は、いいだろう、だったら私に考えがある。残りの九年間を取り上げて、お前にあげよう、とおっしゃってくれたの」

父さんを救ってくれた王仙君は凄い、と僕は思った。その果てしないほどの霊力にあやかろうと、僕が思わず箸に手を伸ばそうとしたそのとき――母さんはにっこりと微笑むと、その箸を箱にしまってしまった。

母さんは言った。

「でもあなたは王仙君とはお近づきにならない方がいいわ」

「どうして？」

「王仙君はあなたのことをとても気に入っているみたい。あなたを私から奪うために王仙君はあなたに印をつけたのよ」

母さんは優しく僕の手をさすりながら、さらに続けた。

「でも怖がらなくていいのよ。神様は他にもいるのだからね。私からあなたを奪うなんて、絶対にさせない。誰だって許さないわ」

僕は子どものころ大病を患《わずら》って何度も死にかけたことがある。これを王仙君の仕業《しわざ》に違いないと母さんは固く信じていて、しょっちゅう僕をお寺に連れて行っては焼香したり、仏様を拝んだりしていたんだ。

父さんはそんな母さんの姿を苦々《にがにが》しく感じていたらしい。もともと廟《びょう》に僕を連れて行くことだって、あまり快く思っていないようだった。でも、そうやって母さんを拒むことができる父さんが、僕は内心羨《うらや》ましかったんだ。僕にとって、廟参りは悪夢のようなもので、疲れるからなのか、それとも廟が薄暗いからなのか、その原因はよくわからないのだけど、お参りをして家に帰ってくるたび、母さんはいつも体調を崩してしまうのが常だった。関節のところがボールのように赤く腫《は》れあがり、それから幾晩も咳《せき》が止まらなくなってしまうんだ。

おばあちゃんの話だと、それは王仙君の「罰」らしい——なぜなら、王仙君は僕たちが他の神様を拝んでいるのを快く思っていないからだって言うんだ。王仙君を祀るのにはいろいろと厳しいしきたりがあって、だからうちでは先祖代々の位牌《いはい》を置くことさえしていなかった。

でも王仙君の罰がどんなにひどいものであっても、母さんは決してひるまなかった。霊験《れいげん》あらたかな神様がどこそこにいると聞けば、それがどんな遠くでも僕を連れて行って神様にお願いをする。母さんが咳《せ》き込むたび、僕はとても苦しかった。だって、母さんがそんなに苦しまなければいけない元凶は、王仙君じゃなくて、僕自身にあるってことは、自分が一番よくわかっていたんだから。

一度だけ、おばあちゃんに訊いたことがある。母さんは、どうして王仙君が僕を攫《さら》ってしまうかもしれないと恐れているの、って。

するとおばあちゃんは「あんたの母さんはね、王仙君に借りがあるんだ。お願いを聞いてもらったんだから」と言う。

それを聞いて、王仙君はなんだってそんなにケチなんだろう、ってそのときの僕は思った。神様なのに、いったい何をそんなに欲しがっているんだろう？　それにどうしてこんなに僕たちを苦しめようとするんだろう？　そう思って、僕はさらに訊いた。

「じゃあ、王仙君は絶対に僕を連れて行ってしまうの？　僕たちはその神様から逃げることはできないの？」

するとおばあちゃんは恐々《こわごわ》と切り出した。

「王仙君からいただいたものは、きちんとお返ししないといけないんだよ。それがお金だったら、その全身に金箔《きんぱく》を貼り、名声を得たというのなら、あの方のために塔をつくり廟をきれいにしなくちゃいけない。愛が欲しいなら、それ以上にあの方を敬《うやま》い奉《たてまつ》らないといけないんだよ」

「じゃあ、王仙君は母さんに何を与えたの？　その代わりにどうして僕が連れて行かれないと駄目なの？」

そう訊いても、おばあちゃんは青ざめた顔をうつむけたまま、それ以上は何も教えてくれなかった。

それでも線香をあげて数年もすると、もともと病弱だった僕の体にも目に見える変化が表れはじめたんだ。母さんが僕を廟に連れて行くこともなくなって、王仙君は僕のことを諦めたんだろう、って母さんは言ってた。母さんがどうしてそんなことを言うのか、僕にはよくわからなかったけど、ともあれ、王仙君が僕のことを諦めたのならそれでいい。だが、王仙君はまた母さんに何か要求をしてくるのだろうか——

そしてあの冬。母さんの胸に腫瘍《しゅよう》が見つかった。

それからというもの、家族は爆弾が炸裂したような大騒ぎさ。父さんがそのことを知ると、すぐに離婚届を出せと要求してきた。

父さんのことを冷酷な人だと君は思うかもしれないね。でも、そのときにはもう二人の仲はすっかり冷め切っていたから、母さんの病気は、言ってみれば、爆弾の導火線に火をつけただけに過ぎなかったんだ。

母さんとの結婚は悪夢のようなものだった。父さんはいつもそんな小言を僕に話していた。だから今になってようやくその夢から醒《さ》めただけなんだって。

実はふたりが結婚する前、父さんは妻子持ちだったんだ。父さんは、そのことを母さんにはきちんと話していなかったらしい——実を言うと、父さんはその前妻を通じて母さんと知り合ったって話でさ。でも結婚して三年と経たないうちに、その前妻と子どもは亡くなってしまったんだ。

父さんは僕の前では嬉しそうに前妻の話をしてたけど、彼女が亡くなったことについてだけは口が重かったな。その話を聞いたのも一度きりだった。

何でも、彼女と子どもは旅行中に不慮の事故に遭《あ》ったらしく——二人は山頂で写真を撮っているときに足を滑らせて亡くなったという話だった。父さんは彼女が滑落するところを見ていたらしい。話だと、ちょうどその山頂で、向こうには道もないはずなのに、彼女はまるで雲の中を歩こうとするように足を踏み出したので、父さんは慌てて彼女の背中に向かって大きな声で叫んだんだ。でもどういうわけか、彼女には父さんの声がまったく聞こえていないらしく、何の迷いもなく足場のないところを歩き出し、そして——どうしてそんなことになったんだろうね？　父さんはそのときの自分の記憶をまったく信じていないようで、そのときの話をする姿も、妙にぼんやりとした感じだった。

その事故のとき、母さんは家にいたらしい。事故のあとの父さんの取り乱しようといったらなくて、献身的にそんな彼を労《いたわ》ったのも母さんだった。その甲斐《かい》もあって、事故で亡くなった彼女に寄せていた父さんの気持ちも、次第に母さんへと移っていったんだね。だけど、そんな熱も冷めてしまうと、今度は母さんのひどい性格が目に余るようになってきて、特に母さんの宗教に対する傾倒ぶりは、父さんをひどく怖がらせた。

離婚は当然あっさりとはいかず、二人はしょっちゅう喧嘩ばかりしていたから、僕だって居心地のいいわけがない。問題はもっぱら母さんの方にあって、まったく聞く耳を持たないという感じだった。この結婚は王仙君から賜《たまわ》ったものなんだから、絶対に離婚はできない。そう言ってゆずらない。いま思い返してみると、母さんは自分でも病気だとわかっていて、それでも流木にしがみつくように必死だっただけなんじゃないかな。貝のように心を閉ざしてしまっても、僕たちの家庭だけは手放したくなかったんだろう。

そんな生活に僕はすっかり疲れ果ててしまっていた。

父さんの帰りがだんだん遅くなっていったのもその頃で、父さんが家にいないと、僕の心はいっこうに落ち着かなかった。まるで母さんの目の前で、針の筵《むしろ》に座らされているような心地だったよ。もっとも母さんはというと、たいていは鍵を掛けた部屋のなかに引きこもっていて、そんなときはそっとしておくのが一番だ。もし母さんがドアを開ける音でも聞こえようものなら、それは嵐がやってくる前触れで、いったん暴れはじめるとそれはもう大変だった。でもまあ、暴風雨に較べればまだおとなしいものだったかもしれない。テーブルの上にあった新聞を手に取って、一枚一枚短冊《たんざく》のように同じ幅に鋏《はさみ》で切っていく。それだけで飽き足らないと、今度は洋服箪笥《だんす》を開けて服を引っ張り出し、色を揃えて服を一枚一枚切り裂いていく。食器棚を開けて、ひとつひとつを選びながら叩《たた》き割っていく。それが終わると今度は僕の番だ。

いったい僕はどこに逃げればいいんだろう？　そんな僕の話を聞いてくれるのは、神卓の上にますます王仙君だけだった。そんなに僕のことを気に入っているのなら、願いを聞いてくれてもいいんじゃないか？　そんな思いで、僕は毎晩、こっそり神卓の王仙君に祈りを捧《ささ》げていた――

仙君様！　母さんが父さんのことを諦めますように。そしてどうか父さんが自由になれますように！

その夜、いつものように王仙君に祈りを捧げていると、僕はまたその目がどこからか自分に向けられているのを感じた。でも、その感覚にはもう慣れっこになっていてね――それはまだ僕が小さいとき、神卓の上に置かれた箱のなかを覗いたときから感じていたものだった。僕はその視線がずっと怖かったのだけど、そのときはなぜか期待していたような気がする。もしかしたら、王仙君が僕の願いを聞いてくれて、姿を現したんじゃないかと思ったんだ。手招きでもされているような心地がして、僕は身を乗り出すようにその箱を開けてみたのだけど――

箱のなかは空っぽじゃなかったんだ。

薄明かりに照らされて、箱のなかは妖艶《ようえん》な赤い光に染まっていた。それはたしかに母さんの箸に違いない。

ぼんやりしていると、ひたひたと忍び寄る足音が聞こえてきて、僕ははっと後ろを振り返った。暗闇のなかに母さんの青白い顔が浮かんでいる。彼女は部屋の入り口の向こうに佇んだまま、じっと僕を見つめていた。唇の端に微笑を浮かべながら、母さんは、

「数日前に、あなたが王仙君にお願いしているのを聞いていたの。だから箸をそこに置いておいたのよ」

そう言うと、母さんは僕の方にゆっくりと近づいてきた。後ろから僕の肩に顎《あご》を載せたまま、

「ほら、直接言ってごらんなさい。そうしないとお願いは聞いてもらえないんだから。さあ！　言いなさいよッ！　毎日毎日お願いしてるんでしょッ？　母さんは知ってるのよッ。全部聞いてたんだから！」

部屋のなかはしんかんと静まり返っていた。それはまるで自分が音のない世界に迷い込んでしまったように感じられ――そこでは母さんの声だけが、この世界で唯一絶対の音として僕の耳に響いた。

「母さんはね、あなたを守っていただこうと、王仙君に命を捧げたのよ。それなのに、母さんに対してそれはないんじゃないかしら？」

最初から最後まで、僕は黙ったままだった。その場に突っ立ったまま泣きじゃくり、ただひたすらごめんなさい、ごめんなさいとそれだけを繰り返すのがやっとだった。

僕がいくら懺悔《ざんげ》を繰り返しても、母さんは何も言わない。ようやく僕が泣き終えると、母さんはひどく淡々とした口調で言った。

「もし母さんと父さんが別れたら、あなたはどっちについていくつもりなの？」

僕は答えられなかった。ただそのひどく悲愴な顔を見ていると、母さんは僕の気持ちを察したのかもしれない、とそんな気がした。


それからしばらくして、箸は消えてしまったんだ。

残されたままになった半分の箸は、「永不分離」という誓いをあざ笑っているようだった。

母さんはすっかり変わってしまって、一言も口にしないまま、魂が抜けたようにぼんやりしている日々が続いた。そしておばあちゃんがやってきたんだ。母さんを宥《なだ》めるように、おばあちゃんは言った。

「前も話したでしょう。そう軽々しく神様にお願いなんかするもんじゃないのよ。あの方は言ってたでしょ。あなたに良縁がもたらされるのは、たった数年だけだって。それからは喧嘩ばっかり。それでもう、何年経ったと思ってるの？　箸が消えてしまったのは、きっと王仙君があなたに警告しているのよ。それでもあなたが諦めないなら、あの方はあの子を攫っていってしまうかもしれないのに――」

おばあちゃんがそんな話をし出したので、僕は思わず体を硬くした。母さんは無表情のまま、ドアの向こうに隠れている僕の方に目を向けたが、一言もしゃべらない。そして――

その夜、母さんはついに離婚届にサインをした。

結局、親権は母さんが持つことになったけれど、あの状況だったら父さんの方が理に適《かな》っていたんじゃないか……もしかすると父さんは親権を放棄したのか、あるいは他に何か理由でもあったんだろうか？

離婚に病気というひどい仕打ちが重なり、母さんの精神状態はますます悪化する一方だった。母さんは抽斗《ひきだし》の奥に半分の箸をしまうと鍵をかけ、それきり二度と王仙君の名前を口に出すこともなくなってしまった。

まったくひどい話だけど、母さんは本当におかしくなってしまった方がまだよかったのかもしれない。実際はと言うと、ふだんの母さんはまったく普通に見えた。それから母さんはまた仕事を始めて、治療を受けるようになったんだ。父さんが家を出て行ってしまうと、病院に行かなくてもいい休日はずっと母さんと一緒にいて、以前は父さんがしていたことを、すべて母さんがしてくれるようになった。

いいお母さんじゃない！　君にそう言われても、僕はまったく反論できない。でも、ふだんはどうにかバランスがとれている母さんだったけど、ときおりそれがとんでもない方に傾いてしまうのが厄介でね。

あれはあるとしの夏だった。夏休みの宿題の昆虫観察を仕上げるために、母さんと二人で山登りをすることになったんだ。

母さんは車の運転ができないから、僕たちふたりはバスに乗ることにして、朝早くに家を出た。母さんはお気に入りのつばの大きな帽子に、女の子が着るような白いリネンのスカートとサンダルを履いて、ずっと僕の手を握っていた。山道《やまみち》をずんずん進んでいくと、空は次第に鬱蒼《うっそう》とした濃緑に覆《おお》われて、頭上からは耳を聾《ろう》するばかりに喧しい蟬《せみ》の声が降り注いでくる。

澄み切った沼のほとりで、母さんは身を屈《かが》めて水遊びをしていた。僕がその傍《かたわ》らで陽射《ひざ》しを避けるように傘をかざすと、母さんはそれを奇妙に思ったのか、

「どうしたの？」

と訊いた。母さんはきれい好きだったから、頭の上に蟬が落ちてきたら嫌だろうなと思って。僕がそう答えると、母さんは手を伸ばして僕の頭を優しく撫でながら、

「蟬はどのくらい生きられるか知ってる？」

そう訊いた。僕が頭を振ると、母さんは、

「蟬はね、一生のほとんどを土の中で暮らすのよ。地上に出てきて鳴きはじめるのはもう終わりの方なのね。それからだいたい半月もしないうちに寿命を迎えてしまうの」

僕は雷のように喧しい蟬の声を聞きながら、それがどういう意味なのか考えることができなかった。いまこんなふうに鳴いている蟬たちも、あと十数日もすれば死んでしまうなんて。母さんはゆったりとした口調になって、さらに言った。

「母さんだって蟬みたいなものよ。いつ死んでしまうのかわからないんだもの。ね？」

木立の隙間から差し込む陽射しが、母さんの顔を金いろの斑《まだら》模様に照らし出している。

母さんはそっと僕の肩に掌を置くと、言った。

「母さんがいま一番怖いものが、なんだかわかる？」

「死ぬこと……かな？」

「死ぬのは怖くないわ」

きっぱりとそう言って、母さんはまた僕の頭を撫でたが、その指は氷のように冷たかった。母さんは僕の耳許《みみもと》に息を吹きかけるように、低い声になって、

「母さんが一番怖いのはね、あなたをひとり残して死んでしまうことなの」

僕にはお父さんがいるじゃないか……それにおじいちゃんとおばあちゃんだって。心のなかではそんなことを呟《つぶや》きながら、それは絶対に口にしてはいけないことなんだ、と僕はそんな複雑な思いにとらわれていた。

母さんは強く僕を抱きしめると、

「あなたはお父さんのようになっては駄目よ。あなたは絶対に私から離れては駄目なんだから。ね？」

僕が本能的にうなずくと、母さんはにっこりと笑った。

母さんは僕の手を握りしめて、

「じゃあ、お母さんと一緒に行きましょう。もっと安全なところに」

母さんの白いサンダルはすでに泥にまみれていた。僕と母さんは汀《みぎわ》に大小の足跡を残しながらゆっくりと沼のなかへと入っていく。その青く沈んだ水の色が母さんの白い服を呑み込んでいった。

「母さんの望みはひとつだけよ。ずっとあなたと一緒にいたいの。お願いだから、母さんを捨てないで」

足元がぬかるんで転びそうになるのは怖かったけど、母さんは僕の手をぎゅっと握ってくれていた。沼のなかほどまで来ると、母さんは僕の手を自分の肩に置き、ぴったりと腰を押しつけてくる。僕は母さんに支えられるようにして立っているのがやっとだったけど、そのときはすでに僕の視線は母さんと同じくらいの高さになっていた。母さんの目は水面《みなも》に反射する光に照らされてきらきらと輝いている。

母さんはさらに水のなかへと沈んでいった。

水がちょうど肩のあたりまで来たところで、僕はいきなり頭を水のなかに沈められた。生臭い水が口に入り込み、目を閉じるいとまもなく、母さんの姿が青い水に溶けていく姿だけが目に残った……。

目を覚ますと、僕は道端の長椅子に横になり、母さんの膝枕に頭をのせていた。頭の上には泥いろの日よけがあり、今が昼なのか夜なのかもよくわからない。

母さんの麦わら帽子は僕の胸の上にのせられていた。白い服は泥にまみれ、ところどころに水草がついている。母さんはぐったりとうなだれたままで、その表情はうかがえない。それでも彼女が泣いているのは僕にもわかった。とめどもなくこぼれる涙が僕の体を濡《ぬ》らしていたから。

「母さん……」

僕はかろうじて喉からこぼれ出た自分の声を聞きながら、母さんの涙を拭《ぬぐ》おうとした。指先が触れかけたそのとき、母さんはまるで子どものように大きな声をあげて泣きはじめた。

それからのことはよく覚えていない。誰かが僕たちを助けてくれたのか。それとも母さんは最後の最後に踏みとどまったのか？　母さんと僕は連れ立って山を下り、店で新しい服を買って着替えると、そのまま二人は家に帰るまでずっと口をきかなかった。母さんもまた僕に何を話していいのかわからなかったんだろう。

そんなことが実は何度もあったんだけど、そのことを、おじいちゃんとおばあちゃんに話したことはない。母さんにとって、そうしたことはすべてやらなければいけないことだったんだろう。きちんと薬を飲み、病院で定期検査を受けるようにね。僕に対するそんな仕打ちも、母さんにとっては命を繋げるために必要なことだったんだ。

僕がいつも思い出すのは、山のふもとで母さんがしっかりと僕を抱きしめ、目を伏せたまま泣き叫んだあの日のことだ。

僕がたいした考えもなく王仙君に祈ったりしなければ、こんなことにならなかったんじゃないか。もちろん僕だって死ぬのは怖い。でも僕は思うんだ。これこそは神様が僕に与えた罰なんじゃないかって！

それからしばらくしないうちに、母さんは家を出て行くことになった。癌細胞が骨にまで転移したので、医者の勧めで一時的に入院することに決まったんだ。

その病院は家からさほど遠くないところにあったから、僕は毎日学校が終わると夕食の弁当を買って持ち帰り、自転車で母さんの見舞いに行っていた。面会時間は短いものだったけど、どうにか時間をやりくりして今日の出来事を話すのが愉しかったな。

母さんとこうしていられることは幸せだ――そんな思いが浮かぶたび、僕は心がひりつくのを感じていた。幸せだって？　僕にそんな資格があるんだろうか？　だって、こんなことになってしまったのは、すべて僕のせいじゃないか。

今でも考えてしまうんだ。もしあのとき僕が王仙君に願い事などしなければ、ってね。

私はそこでいったん長い話を切ると、目の前で静かに話を聞いていた海鱗子《ハイリンズ》を見た。

「先生。あの箸には本当に神様が宿っていたんでしょうか？」

「それは神様なんかじゃない。鬼だな」

「どういうことです？」

「何かしらの霊が宿っていたというのはあると思う。とはいえ、まずはあなたが使っている言葉の意味をここでしっかり正しておく必要があるみたいだな。あなたの言う王仙君というのは鬼だ。だからそれを『神』とは呼ばない方がいい。『神』という言葉を使うとき、それは人にたやすく幻覚を見せる。かれのすることはすべて正義と慈愛に溢れている、とまあそんな感じにね」

「でも、もし本当に王仙君が神だったら？」

「いや、『神』は存在しない」

そう言う彼の表情はどこか妙な感じだった。海鱗子はふと思い出したように、

「もしかして、あなたは何かを信じているとか？」

私はキリスト教の学校の生徒だったけど、特定の何かを信仰しているわけじゃなかった。

「たまに廟にお参りしたときに祈るくらいで……」

「気を悪くしたかと思ってね。これでも僕は、九十九パーセントの無神論者なんだ」

九十九パーセント？　いったいどういう意味なんだろう？　と訝《いぶか》りながら、私は、

「大丈夫です。でもそれって、あなたのお仕事と矛盾するような気がするんですけど？」

テーブルに置かれている「除霊」と書かれた料金表に目をやって、私は訊いた。

「いや、矛盾なんかしてないさ。『神』と言っても、文化的な視点から見ると色々あってね、そのあたりがどうもごっちゃにされているのが現代なのさ。今の時代の『神』はすでに曖昧模糊《あいまいもこ》としたものになってしまっている。僕とお客さんが想像しているものが同一線上にないと、向こうは色々と意味のない幻にとらわれてしまって、それがトラブルのもとになる。だからまずはその点について、お客さんと考えを合わせておかないといけない――」

彼は私をまじまじと見つめると、さらに言った。

「僕のような人間からすると、一般人の言う神というのは、だいたいが鬼なんだ」

「神が……鬼、なんですか」

「死者は孤独だ」

彼は同情するように苦笑して、

「死者のことを永遠に覚えている人などいない。彼らは徐々《じょじょ》に忘れ去られていく。もっとも鬼のなかには、忘れられまいと自分の出自をでっちあげる輩《やから》もいる。神として生きるため、高貴な人の名前を騙《かた》ったりしてね。僕がこれまでに見てきた『神』というのも、実際は鬼ばかりだった」

「でも……それで神様はいないっていうのはどうなんでしょう」

「それは神の定義による。程さん、あなたは神をどんなものだと考えてる？」

いきなりそんなことを訊かれても、ぴんとこない。そのときふと頭のなかに浮かんだのは、中学生のときに通っていた教会だった——聖像もなく、冷たく鋭利な十字架が設《しつら》えてあるあの建物。キリスト教の学校に三年間通っていたといっても、聖書の講義なんてほとんどまともに聴いてなかったし、試験の方も完全に投げていたから、神、と言われても、正直私にはよくわからない。

ただ自分の直感のようなものを私は言ってみた。

「玉皇大帝《ぎょくこうたいてい》とか閻魔《えんま》大王みたいなものでしょうか？　あなたは鬼を見たことがあるんですか？　それともそういうものはまったく見たことがなかったりするのかしら」

「ありますよ」

彼はいきなり笑い出して、

「鬼には遭ったことがある。そいつは自分のことを、生前の親孝行が玉皇大帝に認められたおかげで天国に行くことができた、なんて話をしてたな。僕が毎日お茶を三回、ご飯を六回供えてくれれば、自分は西天に昇って技芸に打ち込むことができる。やがては南天門を治めて神となるであろう、とね」

「それで？」

「追い出した」

「どうして！」

「鬼が人間に姿を変えたものなのだから、当然嘘もつくさ」

海鱗子はさらに続けて、言った。

「そういう鬼の話っていうのは、連中がまだ生きていたころに得た知識ばかりでね。だからこちらが玉皇大帝の名前を尋ねたり、どんな格好をしていたのか、周りに仕えていた役人や武将の名前は、と訊いても、適当にしか答えられない。道士をしている人間からすれば、そんな嘘を見破るのは簡単なんだ」

私は何も言えなかった。

「じゃあ、もし神様がいるとして、それはどんな感じなんでしょう？」

「話しただろう。神はいないって」

「でもあなたは九十九パーセントの無神論者だと言ったでしょう？　だとすると心のなかでは一パーセントだけど、神はいると思っているんじゃないですか。じゃあ、その一パーセントの神っていうのはどんなものなのかな、と思って」

私の思いも寄らない反駁《はんばく》に、彼は笑顔を凍りつかせたまましばらく考えているようだったが、ようやく、

「神はひとを愛する」

きっぱりとそう言った。

「そして人間に救いと罰を与える存在。これが僕の集合イメージのなかにある神ってものかな。ただ実際にはそうじゃない。愛されたいのも、救われたいのも、認められたいのも、ひどい目に遭わせてやりたいと考えるのも人間の方だ。要するに神っていうのは、人間が自分たちの願望を反映させたものに過ぎない」

それでも彼の考える一パーセントの神についてはついに話してくれないまま、さらに言った。

「色々と話をしてくれたけど、結局あなたは僕に何をしてもらいたいのかな？」

「彼が私に話してくれた王仙君というものがいったい何なのか。それを教えてもらいたいんです。それは、本当に存在するんでしょうか？」

「そういう質問は……はっきり答えるのが難しいな。よくわからないのだけど、王仙君が存在しようが、それが災いをもたらすものだろうが、あなたには関係ないことなんじゃないかな？　最初に話した通り、あなたの陽氣はとても強い。だから鬼神が君に近づくことはできないわけだし」

「私のことはどうでもよくて、ただ王仙君というものがいったい何なのか、そしてそれは本当に存在するのかを知りたいんです」

私の頑《かたく》なな態度に、彼は仕方ないというふうに、

「いいでしょう。だったら王仙君の観点から考えてみようか。もしそれが本当に祟《たた》りだったら、たしかに奇妙ではある」

話の続きを期待して彼を見つめていると、

「さっきも話した通り、神は鬼であり、鬼とはまた人間でもある。そういう存在は人間と同じで、自分の欲にかられて何かをするものなんだ。そうして見ると、王仙君のしていることっていうのは妙ではあるんだ――『神』として祀られているわけではない。成仏《じょうぶつ》できない幽霊のようだ。人間から線香をあげてもらって、その家に住み処《か》を得ているわけだが、王仙君はもういないと住人が信じてしま

えば、彼を供養する必要もなくなってしまうわけだ。これじゃあ、王仙君にとっていいことがひとつもない」

私は慌てて口を挟んだ。

「じゃあ、もし王仙君の仕業じゃないとしたら、どうして箸は消えてしまったんでしょう？」

彼はしばらく黙っていたが、やがて口を開くと、

「鬼がすることは、人間にだってできる。それもひどく残酷なやりかたでね。話を聞いていて思ったのだけど、それは王仙君のような鬼の仕業ではなく、彼の父親が持ち去っただけなんじゃないかね。どうだろう？　この一件で一番得をするのは、離婚届にサインをした父親じゃないか？　妻にとって箸がとても大切なものだというのは、彼も十分にわかっていたはずだし、その箸が消えたとなると、彼女にとっては相当なダメージだったろうね」

彼が言い切ってみせたことにおどろきながら、私は言った。

「そんなふうに考えるなんて……あなたの専門は鬼神の類いだけだと思ってたのに」

「鬼の存在を認めることは信仰だが、すべてを鬼や霊の類いだとするのはただの迷信だよ」

海鱗子は憮然《ぶぜん》とした声音でそう吐き捨てた。

「それともあなたは本当に王仙君の仕業だと思っているのかな？」

「私は……そうは思わないけど」

「そうかい？　だとすると、いったい何を悩んでいるんだろう？」

「箸はいったいどうやって消えてしまったのかな、って。これが証明できない限り、王仙君は存在しないとは言えない。そうは思いませんか？」

「金属加工については僕もあまり詳しくないんだが、一対の箸は留め具とネックレスで繋がれているということだったね？　それでもちゃんとした工具を使って時間をかければ、外せないこともないん

じゃないかな？」

「だったらネックレスを切るしかないでしょうね」

私はネットで見つけたそれと似たような写真を彼に見せた。そのチェーンはねじりの入った銀いろのものだったが、それを示しながら、

「チェーンだったらコマを切ったあと繋げることはできるけど、こういうロープチェーンだとそうはいかないでしょう。切断したあとに繋げるとしても、ハンダづけをしないと駄目だし」

「アクセサリーを扱う技師だったら、きれいに直せるんじゃないかな？」

「そんなことをしている時間はなかったと思います」

その箸は大切なものだったから、彼のお母さんは食事をするとき以外、二十四時間肌身離さず身につけていたという。彼女の目に触れずにそんなことをするのは不可能だった。王仙君を拝んでいた彼女は、脂っこいものや塩辛いものも一切口にせず、肉も食べない。箸が消えてしまったその日、彼女は昼ご飯を食べ終えると、箸を洗いに厨房《ちゅうぼう》に持って行ったところで、ちょうどティッシュがなくなっていることに気がついた。そのまま手に持っているには汚れていたので、ひとまずきれいに洗った皿の上に置き、ティッシュを取りにまたリビングに向かったと言う。

そして戻ってくると、箸の一本が消えていたと言うのだ。

「彼女がそこを離れたのは一分もなかったって」

そう言うと、私はさらに、

「その状況じゃ、ネックレスを切ったあと、工具を使ってまた繋ぐなんて時間もなかったですよね」

海鱗子はすぐさま言葉を継いだ。

「ネックレスを切ったんじゃなくて、箸の方を壊したというのはどうだろう？　どうせ持ち去ってしまうんだ。一方の箸を壊したって誰も気がつかない」

「箸の留め具は、普通のワイヤーカッターでは切れないくらい頑丈にできていたんですよ。かりにその場でカットできたとしても、ネックレスが壊れてしまう可能性だってあるし、彼のお母さんはそのすぐそばにいたんです。工具を使っている音がすれば当然、気がついたはずでしょう」

「では、その箸が偽物だったとしたら？」

「珊瑚の色とか模様とか、手触りまでそっくりな偽物をつくるなんて、まず無理だと思います。私みたいな他人だったら騙せるかもしれないけど、彼のお母さんはいつもその箸をそばで見ていたんですから」

「まるでパズルだな……」

「どうです？　答えはわかりますか？」

「こういうのは僕の仕事じゃないんでね」

彼は仕方がないといったふうに、

「そこまで言うのなら、もう鬼の仕業だったということでいいんじゃないか。あなたはどうして人がやったという可能性を証明しようとするんだろう？」

「私は……彼がもう二度と王仙君を信じないように……」

海鱗子は眉をひそめた。

「それはどうして？　彼が信じないとどうなるんです？　鬼だの神だのの存在を否定できれば、あなたは勝利の優越感に浸ることができる。そういうことなのかな？」

鬼神に対する私の頑なな態度が、彼を怒らせてしまっただろうか？　彼は語気を強めると、

「それとも、その彼というのはあなたの婚約者なんだろうか？　だったら僕も理解できる。宗教にかぶれた相手との結婚は厄介なものだ」

私は慌てて口を挟んだ。

「違うんです！　私はそんなこと、考えたこともないし……ただ、箸が消えてしまったのは、自分が王仙君に願い事をしたからだって、彼はずっと考えているらしくて、そんなふうに思い詰めている姿が可哀想《かわいそう》に見えたから、それで……」

そのころ、私と彼の話題は箸のことばかりだった。

私は、誰かが箸を持ち去ったと主張したけど、彼はその逆で、だからこそ箸を消すアイディアを思いつくたび、私は彼に話もした。そのとき箸がどうなったかを実際に目にしていないから、小説のなかの探偵のように、頭のなかで様々な考えを巡らせるしかない。それをまた彼があっさり否定してみせるということの繰り返しだった。

彼は王仙君の存在を信じて疑わなかったものの、私の探偵ごっこを拒むふうでもなく、むしろ新しい考えを思いついたときなどは、彼の方が夢中になっていたように思う。推理の正しさを証明するために色々な実験もし、その準備を二人であれこれと考えるのは愉しかった。

それでも結局、二人の探偵ごっこは何の成果も得られないままに終わり、それはいまの私と海鱗子の姿に重なった。

私の必死な訴えに、彼は深い溜め息をつくと、

「なるほど……そのとき、箸には何かおかしなところはなかったのかな」

「彼のお母さんは、片方の箸がなくなっていることに気がついたとき、留め具が外れたんじゃないかと思った、って言ってました。でも留め具は固いままで」

彼はしばらく考えていたが、

「そうか。温度の変化を利用したんじゃないかな？　それでネックレスの留め具を緩めるか、箸頭の蓋の穴をふくらませるかすれば、箸を外すこともできる」

「留め具と蓋の穴の大きさは同じくらいだったから、私もそれは思いついたのだけど、駄目でした。

もの自体がとても小さくて、熱を加えて膨張させるといってもたいした効果はなくて。それに箸を外せるくらいに温度を上げて膨張させたのだとすると、その場で見てすぐにわかっただろうし」

「昔から理科は苦手でね」

そんなふうに苦笑すると、彼はさらに言った。

「そうだ、物理が駄目なら化学はどうだろう？　版画の制作工程で金属やガラスを腐食させるように、薬液を使えば、蓋を溶かせるんじゃないかな」

「最大の問題は時間ですね。分厚い蓋を溶かそうとすると、それなりの時間がいるでしょうし」

「つまり、君たちはかなり多くの可能性をすでに考えたってわけか」

「中学生だったから……おかげで理科の成績はとてもよくなりましたけど」

彼は憐れむような目つきになって私を見ると、

「だったら本当に祟りじゃないのかな？　諦めた方がいいのはあなたの方だ。彼のことを考えて、と言ったって、一番可哀想なのはあなただ。違いますか？」

「そんなこと言わないで、もう少し考えてくださいよ」

私は慌てて口を挟むと、

「ここで考えるのをやめてしまえば、彼はもう一生、王仙君にとらわれたままになってしまいます」

「僕は道士だ。探偵じゃない」

「これがもし鬼の仕業だったら、あなたは鬼に対するやりかたで解決できる。これが人間のしたことだったら、人間に対する方法で解決する。私はそう聞いて来たんですけど」

私がそんな噂を聞きつけてここにやってきたことに、彼はひどくおどろいたらしい。

「これが鬼の仕業の類いだったら、それは僕の仕事の範疇だろうね。だが、人間のしたこととなると、別途料金をいただく必要がある。しかし今さら、それが天災だったのか、あるいは人のしたことなのかを調べる必要などあるんだろうか？」

　彼は苛立《いらだ》ったような声音で、仕方なくというふうに話を続けた。

「いいだろう。じゃあもう少し考えてみようか。まず、箸はほんの一瞬の間に消えてしまった。そしてその箸をあらためたのは彼の母親ひとりだった。そうだったね？」

「だと思います……」

「母親が嘘をついていたという可能性だってある。彼女が自分で箸をどこかに隠したってことは」

「彼女がそんなことをして、どんなメリットがあるんでしょう？」

「彼女は、家のなかに味方がひとりもいないことに気がついていた……それで、身の引き方を考えていたんじゃないか」

「でも、彼のお母さんは箸がなくなったことにひどく落ち込んでいたって話ですし、彼女がそんなことをするなんて思えない」

「そうかい？　彼女が本当に傷ついたのは、息子が自分を裏切ったからじゃないのかな？」

　彼は乾いた笑いを見せると、

「君がこの脚本を気に入らないというなら、この話のなかにもうひとり嘘をついている人物を加えてみればいい」

「それは、誰ですか？」

「君の恋人さ」

　彼は肩を竦《すく》めると言い渡すように、

「すべては彼の嘘で、それは君の気を惹《ひ》くためだった、というのはどうだろう」

「そんな話ってありですか？」

「人間の仕業に違いない、と意固地《いこじ》になっているのはあなたの方だ。違うかな？」

彼はそう切り出すと、さらに言った。

「まずあなたはこの事件に関してはただの部外者に過ぎない。だから必ずしも彼はあなたに本当のことを話す必要もなかったわけだ。彼の罪悪感を何とかして取り除いてやりたいという、あなたの気持ちもわからなくはないが、そんなことをして、本当に意味があるんだろうか？　ここで彼の父親が箸を持ち去ったことを証明できたとしよう。しかしだからといって、それで王仙君の存在を否定したことにはならない。実際に箸を持ち去ったのが彼の父親だと証明できたとしても、箸が消えたこととその愚かな信仰とは何の関係もない。だったらあなたが頼るべきは警察か、探偵か、あるいは彼の父親であって、僕じゃない。あなたの話を聞いただけで、いったい何が起きて、それが果たして鬼の仕業だったのかどうかを推理する、なんていうのはどだい無理な話でね、そもそも僕はその箸を見たこともないわけだし――」

「箸だったらここにあります」

そう言うと、私はバッグのなかから血いろをした箸を取り出した。

呆《ほう》けたように口を開けたままでいる海鱗子に、私は、

「これでどうです。王仙君が本当に存在するのかどうか、教えてくれませんか？」

ついにここまで来たのだ。私は考えずにはいられない。あなたの心のなかに、王仙君はいったいどんな姿に見えているのだろうか。

きっとあなたは、私がここまでこだわっていることに、うんざりしているかもしれない。すべては王仙君に対する考えの食い違いが原因だった。今でも、私のしたことが本当に正しかったのか、それとも間違っていたのかどうか、私にはわからない。この事件の話をすべて聞き終えたあと、果たしてあなたは筋の通った解答を導き出すことができるのか、それとも……

五月のはじめに最後の模試があったんです。試験の日が近づいてくるにつれ、私たちもそれが気になって会うことも少なくなっていきました。目を転じると、卒業まであともう少し。

それでも私たちは、まだこの箸の謎《なぞ》を解くことができていませんでした。

いつからだったか、私にとってこの事件は単純な推理ゲームというだけではなくなっていたんです。私が本当に望んでいたのは、雲のように摑《つか》みどころのない王仙君という存在を、心のなかから消し去ってしまうことでした。箸は彼のお父さんが持ち去ったに違いない。私はそう疑っていました。自分の望みを叶えるために王仙君を利用しているという点では、彼のお父さんとお母さんに違いはなく、要するに彼はその被害者だったんです。

それはとても卑劣なやりかたでしたが――そんな敵意に気を取られて、私はその答えを見つけるもっとも簡単な方法を見落としていたんです。

その日は試験の最終日で、クラスの成績上位者たちが廊下で答え合わせをしているなか、彼と私は教室で向かい合って座り、願書の記入をしていました。模擬試験は早くに終わり、教室には私たちのほかは誰もいません。廊下にいる生徒たちのきれぎれの声と、願書に鉛筆を走らせるさらさらという音だけが聞こえていました。

この数日で、私と彼はお互いに男女共学の高校には進まないことを決めていたので、二人が同じ学校には行くことはありません。ことしの夏が終われば、私たちは会うことも少なくなる。

そんなことを考えながら、ふと彼の手許を盗み見たんです。願書の記入は面倒臭いものでしたが、彼は頭《こうべ》を垂れて一心に書き込んでいました。垂れかかった前髪が彼の目許を隠し、私の視線は机の上に雑然とおかれた一枚の用紙に注がれていました。その保護者の欄に、見知らぬ男性の名前が書かれていることに気がついたからです。

見知らぬ、というのは、その男性と彼の名字が違っていたのでした。

彼の名字は母親ではなく、父親のものだと私はずっと思っていたのです。彼の名字はけっして珍しいものではありませんでしたが、かと言ってありふれた、と言えるほどでもありません。保護者の欄に書かれた名字と彼がどうしても結びつかず、それだけが妙に浮いていて、どこかふしぎな気がしたのを覚えています。

それを見つけたとき、このひとは彼の新しい父親なのかな、と最初は思いました。

でも彼は祖父母と同居していて、お母さんの面倒を看《み》ていると話していたから、再婚とは思えません。

しばらくして、私はふと気がつきました――

すでに離婚しているとしたら、彼の名字は母親のものと同じ可能性もある。だとすると、保護者の欄に書かれている名前の人物は、彼の父親なのではないか？

そのとき、私は今まで考えたことのないような、箸の問題を解決する簡単な方法を思いついたんです――

「ねえ。直接答えを聞いてみない？」

「なんだって？」

彼はそれ以上何も言わず、ふと廊下にいる生徒たちに目をやると、慌てて言いました。

「いいっていいって。今回の試験は散々だったから、答えなんてどうでも」

「模試の話じゃないの！」

遮るように私は大きな声になって、

「お父さんに直接尋ねてみたら、って話。もしお父さんが箸を持ち去ったんなら、いったいどうやったのか聞けるでしょ。何も難しいことを考える必要なんかない。そうじゃない？」

彼は馬鹿にしたように笑うと、言いました。

「父さんがしたことじゃなかったら、何て答えると思う？」

「とにかくまずは訊いてみればいいじゃない！」

「父さんが本当にやったことだとしても、話すわけないさ」

「彼の目的が離婚することだったとしたら、それはもう達成されたわけでしょ？　だったら嘘をつく必要もないじゃない」

しばらくすると、彼はためらうように、

「でも……父さんには会いたくないんだ」

「どうして？」

「父さんだって……僕には会いたくないだろうし」

「子どもに会いたくない親って、何よそれ？」

「彼は再婚したんだ。今は幸せに暮らしている。それで僕には弟がいるんだ。いまは四歳か五歳になっているはずだ」

「お互いに連絡をとったりしないの？」

彼はゆっくりと首を振った。

「連絡したって何を話していいかわからないし……それに父さんだって、こっちから訪ねられても迷惑だろうから」

彼の複雑な顔を見ると――自分でもどう説明したらいいのかわからないのでしょう。そんな提案をしてしまったことを、私はひどく後悔しました。

私はごく普通の家庭で育った、三人きょうだいの長女でした。喧嘩することもあったけど、口をきかなくなるのもせいぜいが一週間ほどで、そんなときでも、週末に両親がみんなの前で「はい！　もう喧嘩はこれでおしまい」と宣言すれば仲直りをし、また家族で一緒に遊びに出かけるような感じだったんです。

　だから私は、彼の言う「迷惑」という言葉の意味がよくわからなかったし、そういう生き方をしている彼のことを、永遠に理解できないのかもしれない。そう思いました。

　私と彼は違うんだ――それがわかると、私は悔しい気持ちでいっぱいになりました。こういう気持ちを整理するには、彼の生き方を変えるしかない。私が理解できない世界から彼を救い出す。当時の私は、そんな浅はかな考えが、彼にとってはどれだけ残酷なことなのかに気がついていなかったんです。

「じゃあ、私が一緒に行こうか？」

　私はそう切り出すと、

「お父さんは、そのあと箸を修理したことだって知らないんじゃない？」

「そう……だろうね」

「じゃあ、私が探りを入れてみるから。ね？」

　私は愉しそうに言うと、さらに、

「もしお父さんが本当にこっそり箸を持ち去ったっていうなら、箸がそのままだってことにびっくりするかもしれないじゃない。あるいは怖い、って思うかな。これが王仙君の箸なのかって。王仙君のお告げがあって訪ねてきた、なんて話をしたら、きっと――」

「駄目だ！」

　彼は叫ぶと、

「冗談じゃない！　この箸が元の姿に戻ったらどれほど危険なものか、君は知らないからそんなことが言えるんだ」

　そんな言い方をする彼を見るのは初めてで、私はびっくりしてしまいました。それでも彼の態度に

違和感を覚えた私は、食い下がるように、

「でも……王仙君は箸の片方を持ってどこかに行ってしまったんじゃないの？　まだ危険なことがあるの？」

　そう訊くと、彼は大きく溜め息をついて、つくづくというように言いました。

「君はあの箸が一揃えに戻ったらどうなるか知っているのか？」


　母さんの見舞いに行ったときのことだった。母さんは突然珊瑚の箸はどうなったと訊いてきたんだ。昨晩、王仙君の夢を見たという。それは箸が片方だけになっているから気分が良くない、そういうお告げがあったらしい。母さんはもう片方の箸を探してほしいと僕に言った。

「それは本当に王仙君だったの？」

「もちろんよ！」

　母さんは自信たっぷりにそう受け合った。

「前に王仙君を見たことがあるんだから、間違いないわ」

「でも、その箸は王仙君が持って行ってしまったんじゃなかったの？　どうして今になって母さんのところに戻ってきたんだろう？」

　母さんは目を落とすと、薄く笑って、

「そうだった？　王仙君が持って行ってしまったの？　私は知らなかったわよ」

　恐ろしいほどの沈黙があった。僕は正しい答えを知りたくなかったけど、しばらくすると母さんは、

「王仙君がおっしゃってたのよ。昔のことはどうでもいい。箸をもとに戻してさえくれれば、私のところに戻ってきて、また願いを叶えてくれるって言うの」

「願いを叶えてもらうとしたら、母さんはどうしたいの？」

「そうね。何がいい？　お父さんに帰ってきてもらって、また三人で一緒に暮らすなんていうのはどうかしら」

母さんは目を輝かせてそんなことを言ったが、僕はすっかり冷めてしまっていた。

「父さんは家を出て行ったんだから、もう戻ってこないよ」

「でも王仙君が願いを叶えてくれるなら──」

「他人との縁を断ち切るだけで、王仙君にどれだけの代償を払う必要があったと思う？　母さんは一度経験したはずじゃないか。それでもわからないの？」

「他人との縁」と言ったとき、僕は、母さんの顔色がさっと変わるのを見てとった。

そんなに怒った顔を見たのは初めてだったが、母さんはふと体を起こすと、両手で僕の首をぐいぐいと絞めながら揺すぶって、もの凄い大声をあげた。

でもそのときの僕はもう、かつてのようなひ弱な子どもじゃなかったんだ。

痛々しく窶《やつ》れた母さんの手首の肉は削げ落ち、乾いた小枝のようだったから、僕がほんの少し力を入れるだけで十分だった。弱々しい手はあっさり引き剝がされ、母さんは痛みに泣き叫んだ。あのとき、僕がそれ以上力を込めていたら、手首が折れてしまっていたかもしれない。

「ごめん……」

僕はすぐに謝った。母さんは何も言わず、こちらに背中を向けている。

強い恐怖と悲しみを感じながらも、そのときの僕はかつての母さんの姿を思い返していた。僕を背負って寺の階段をのぼり、丈夫な子どもに育つようにと線香をあげて一心に祈っていたあのころの、母さん──だが今はもう、そんな気力も尽きかけていた。これをきっかけに、僕は母さんを見舞うこともなくなったけど、それでもおばあちゃんが、

「見舞いに行ってあげてくれないか。あの娘《こ》はお前に逢《あ》いたがってる。そういう娘なんだよ、もう怒

らないで、どうか許してやっておくれ」

としきりに懇願するので、僕はまた仕方なく病院へ見舞いに行くことにした。母さんが抽斗の奥にしまっていた箸と珊瑚の図鑑を持参して。

「いったいどうしたの？」

母さんは顔を上げると、子どものような表情になって僕を見た。

「箸を新しくつくるんでしょ？」

僕はそう言って、ネックレスを母につけてあげた。

「この赤珊瑚はもともと皇帝の持ち物だったんだから、ろくでもない代用品じゃ、王仙君は戻って来てくれないんじゃないかと思って」

これは実際におばあちゃんから聞いた話なんだけど、箸が消えてしまって片方だけになってしまったのを元に戻そうとしたらしい。そこで専門の技師を訪ねてみたものの、どうしても満足のいくものを見つけることができなかったんだ。このくらいの珊瑚となると、金《きん》より高価なものになるらしく、似たような素材を見つけて色を塗った方がいい、そんなふうにすすめられたという。

これが普通の工芸品だったら、それでもいいのかもしれない。ただこれは、千年もの長きにわたって神様が宿っていたとされる霊験あらたかな箸だろう。だったらちゃんとしたものじゃないと意味がない。一揃えのものなのに、片方を適当なものですませるのであれば、それは神様の逆鱗《げきりん》に触れることにもなりかねない。

箸を元に戻すのが難しいことはもちろんわかってはいたけれど、母さんの沈んだ眸《ひとみ》のなかに一筋の希望がさしたように見えたんだ。心に何かを成し遂げたい気持ちがある限り、あるいは母さんも苦しい治療に耐えることができるかもしれない。そう考えると、僕は見舞いに訪れるたび、宝石の図鑑やカタログを持参して、母さんに見せることが多くなった。どうせ買うことはできないかもとお互いに感じてはいたんだけど、見るだけだったら別にいいじゃないか、とそんな気持ちだった。

母さんには理想として心に思い描いた赤いろがあるらしく、写真で見てもこれじゃない、そうじゃないんだとこぼしていた。もし満足のいくものが見つかり、母さんが喜んでくれたら、これでいいでしょうかと王仙君にお尋ねしてみるつもりだった。

「将来はきちんとお金を稼げる仕事に就《つ》いて、母さんにこれを買ってあげるからね」

母さんにはそんな話をしていたけど、いくら仕事に精を出しても無理だというのは自分でもよくわかっていた。でも本当のことを話してしまうと、母さんはきっとがっかりする。だから母さんがこれがいい、これもいい、というたびに、僕はいつかこの箸をきちんと直してあげるからね、そうしたら王仙君にもう一度願いを叶えてもらおうよ、と母さんには話していた。

そんなとき、母さんはとても落ち着いた様子で、そんな姿を見るにつれ、僕も見舞いに行くことをそれほど怖いとは思わなくなっていった。

でも、母さんとの遊びはある日、ついに終わりを迎えてしまったんだ――

そう、僕に直接、珊瑚の在《あ》り処《か》のお告げがあったんだよ。

「直接」というのはちょっと説明が必要かな。だって僕は王仙君を見たこともないんだし、その声を聞いたこともない。だから王仙君が本当に存在するのかどうか、僕にはそれさえもわからないんだから。それともその日、僕が受けた「お告げ」は、神様のつくり出した奇蹟《きせき》だったんだろうか？

奇蹟というのはひとりぼっちの体験で、それを誰かと共有したり、あるいは検証したり、その存在を否定することも肯定することもできない。それができるのは奇蹟を実際に体験した本人だけだ。

僕にとって、それはたしかに奇蹟だった――子どものころ、あの黒漆の箱を開けた瞬間のように、神様の姿は見えないし、聞こえない。でも、その存在そのものを強烈に感じたんだ。

僕は、王仙君のお告げの言う通りにして珊瑚を手に入れた。そしてついに一揃えの箸になったんだよ。

　その夜、ふいにリビングから誰かの話し声が聞こえてきたような気がして、僕はベッドから起きあがった。真っ暗なリビングを進んでいくと、一寸先も見えない闇のなか、神卓に設えた二灯の紅柑燈が妖しい光を点《とも》しているのが仄見えた。

　箸は黒い漆の箱におさめてある。そしてその声はたしかにその箱のなかから聞こえていたんだ。

　僕は恭しく神卓を前に頭を垂れると、おずおずと切り出した。

「王仙君ですか？」

　そのとき僕は笑い声を聞いたような気がした。その声は次第にはっきりしてきて、

「わしはお前にずっと会いたかったんだよ。わしをある場所に連れて行ってくれないか？」

　僕はその声を拒むことができなかった。ただうなずくと、部屋に戻って百塊銭《パイクアイチエン》をひっ摑むなり、パジャマ姿のまま家を飛び出していた。タクシーに乗ると、海風の吹きすさぶなか、僕は北を目指した。運転手は何度も「本当にこんな時間に海に行くのかい？　お父さんとお母さんは？」としきりに訊き返してきたけど、僕は何も答えなかった。運転手は妙だと思ったんだろうね、そのまま車で警察署まで行って、それでおしまいさ。

　その日のことはまるで夢のように記憶も曖昧なんだ。警察から連絡を受けたおばあちゃんが、すぐに僕を迎えに来てくれたことだけは覚えている。

　そしてまたあの声が聞こえてきたんだ。

「前はしくじったが、今度こそうまくやるぞ」

　目が覚めたとき、僕は古いビルの屋上にいた。あとから聞いた話だと、僕は裏口のドアを壊して建物に入り、非常階段を使って屋上までのぼったらしい。その場で酒盛りをしていた大学生たちが警察に届けることもなく、僕が目を覚ますまでずっとそこにいてくれたということだった。

同じことをその後も何度か繰り返しているうち、僕はその声にもすっかり慣れっこになってしまっていた。目が覚めているときだったら、そうそう声の誘惑にのることもない。だから寝る前には必ず玄関に鍵を掛け、自分の名前と連絡先を記したブレスレットをしておくことを忘れなかった。

だからといって、いつもうまくいくとは限らない。悲痛な声色で、

「お前はわしに会いたくないのか？」

そう訴えられると、僕も抗《あらが》うことはできなかった。真夜中の橋には誰もいない。薄明かりが月を水面に描いている。僕は手すりにのぼった。幸いなことにそのときは、すんでのところで近くを巡回していた警察官が止めてくれたのだけど――

いったい彼の話のどこまでがつくり話なのか、あるいは冗談なのか。

私は震える声で訊きました。

「それはいったいどういうこと？　それより前にあなたは王仙君と話したことはあったの？」

彼は頭《かぶり》を振って、

「いや」

と言いました。

私の頭は混乱するばかりでした。家庭の影響で王仙君という迷信を信じているだけと思っていたのに、もし彼の言うことが本当だとしたら、私が考えている以上に彼の状況は深刻なのかも知れないんです。

でも、いったいどうして王仙君は彼に話しかけるようになったんでしょう？

王仙君のことを信じ切っていた幼いころにさえ、彼はそんな幻聴を聞いたことはなかったんです。まったく何の理由もなくそんな変化が訪れるわけはない。だとしたら何かきっかけがあるはずでした。

以前、薬物乱用防止の映画を見て知ったんですけど、植物のなかには幻覚作用を持つものもあるそうですね。珊瑚は植物ではないけれど、それと似たような作用があるとしたら？　箸は直接口に入れているものだし。未知の珊瑚にそういう作用があったとすると、彼の身になにが起きても不思議ではありません。

私は慌てて、その珊瑚はいったいどうやって手に入れたのかと訊くと、彼は、

「王仙君のお告げがあったところから手に入れた」

と言いました。

「あなたの話だと、箸を修理する前に、王仙君はあなたを求めていた、と言ってたよね？」

そう口にしながらも、私は戸惑っていました。さっきの話には少し矛盾があることに気がついたんです。王仙君を見たこともない、その声を聞いたこともない、と彼ははっきり言っていたのですから。

彼は首を傾《かし》げながら、いったいどう説明すればいいのか考えあぐねているようでした。ためらうように口を開くと、

「姿を見せた……いや、そうじゃない。王仙君は僕に何も言わなかった。ただ僕が一方的にお願いをしただけじゃないか。願いを叶えてもらおうと思って、用意した珊瑚を受け取ってくれるかどうかと尋ねたんだ。そうしたら、王仙君はいいって」

「でも王仙君は何も言わなかったんでしょ？　だったらどうして向こうがいい、と言ったのがわかるわけ？」

「それは……」

「杯珓《ポエ》（半月形の木片を使って神意を尋ねる台湾の占い）で訊いたの？　それとも夢でご宣託があったとか？」

彼はじれったそうに、

「そうじゃない。説明するのが難しいんだけど、その答えは間違いない、と思ったんだ。とにかく、

君だって僕と同じようになれば、言っていることがわかるはずだ」

「同じようになる、ってどういうこと？　はっきり言ってくれないとわからないじゃない！　このまま放っておくと、あなたはまた危険な目に遭うかもしれないのよ。家族のひとがお医者さんに連れて行ったりしてくれなかったの？」

彼は馬鹿馬鹿しい、とでもいうような目の色になって私を睨みつけると、

「医者なんかあてにならない。これは祟りなんだから」

「どういうこと？　だってただの箸でしょ」

「君は一揃えの箸がどれだけの力を持つのか知らないから、そんなことが言えるんだ」

「じゃあ、もしその通りだとしたら、どうしてその箸を捨てることができないの？」

「それはできない」

「どうして？　怖いの？」

「怖いさ」

彼はがっくりうなだれると、

「ただ僕は……できないだけなんだ」

もちろんその歳でも珊瑚が高価な宝石であることは私も知っていたし、彼だって代々伝わる一揃えの箸を捨てることなどできるはずがありません。でも、それが本当に祟りだとしたら、そんな箸より自分の命の方が大切でしょう。違いますか？

「それに、もう、そういうことはしばらく起きていないんだ」

「だからって、もう二度と起きないって保証はないんじゃない？　あなたたち家族が何もしないっていうのは――」

「何もできるはずないじゃないか！」

彼はいきなりそう叫ぶと、

「僕の家だって……どうにかしようと道士を頼ってみたりしたさ」

「それで？」

「王仙君の魂を供養できればと思ったんだ。でも道士の先生は、それはできないと言う。全部僕が悪いんだ。最初から母さんの願いを叶えてあげたいなんてこと、考えなければ、あの箸だって一揃えになることもなかったんだ……」

そのとき、私は頭のなかで、理性を繋ぎ止めていた最後の糸がついに切れてしまったようでした。そのひどい幻聴は、彼の命を危険に晒《さら》しているんです。それなのに家族は彼を医者に診《み》せることもなく、まじない師に助けを求めたって言うんですよ？

これは彼ひとりの問題じゃない。彼の頭のなかにいる王仙君を追い出すとか、そういうことじゃなくて、家族の全員が迷信にとらわれていることが問題なんです。

私は彼を睨めつけると、

「それで王仙君はあなたの願いを叶えてくれたの？　王仙君に珊瑚を差し出したっていうのに、どうしてあなたが殺されそうになるわけ？」

そう言っても、彼は答えることができませんでした。いかにも戸惑った表情でいるのを見てとると、私は思わず大きな声になって、

「そもそも王仙君なんて存在しないんじゃないの。そうやって幻聴を聞くようになったのだって、毎日あなたの家族が王仙君の迷信を吹き込んだからでしょ！」

「そうじゃない。王仙君は幻覚なんかじゃない！　最初に王仙君がその箸を持ち去って……」

「そんなこと信じられない。箸は誰かが盗んだのよ。もっと色々と考えれば、きっと真相に辿《たど》り着けるはず」

「どういう根拠があってそんなことが言えるんだ？」

「じゃあ、どうしてあなたはそれを否定しようとするの？　なんでも王仙君がしたことにしてしまえば、話は簡単だけど」

「それって……どういう意味なんだい？」

「もしよ、あなたのお父さんが箸を盗んだって言うなら、それは彼が、あなたとお母さんから離れたいって考えてるからじゃなくて？　あなたが認めたくないのは、王仙君が存在するかどうかじゃなくて、このことなんじゃないの」

「ううっ……」

彼は言葉を詰まらせ、おどろきと悲しみの入り交じった眼差しで私をじっと見つめたまま、何も口にすることができませんでした。そのときの私は、彼を打ち負かした勝利に浸るばかりで、自分の言葉の残酷さにまったく気がついていなかったんです。

「ずっと前から、こんな箸のことなんて忘れてしまえばいいと思ってた。だってあなたがそんなひどいことになっているなんて知らなかったから。王仙君なんて存在しないのよ。あなたがそれに気がついてくれないと、また何か妙なことが起こるかもしれない。その繰り返しよ。そうなったらあなたの命だって危ない」

「君は僕の家族のことをわかってないから……そんなに都合よくおさまるわけないんだよ」

「そうなの？　じゃあ、もし本当に鬼だの神様がいるとして、どうして誰もそれを証明できないのよ？」

「証明できる力のある人間がいないだけじゃないか！」

彼は自分をかばうように焦《じ》れったそうな声になって、

「僕が王仙君を見たことがなくたって、母さんは見たと言っているんだ！　それに王仙君は夢に出てきて……」

「それだって全部お母さんの妄想《もうそう》じゃないの？　離婚してからずっと精神的に不安定だった、って言ってたじゃない。精神的なショックが大きすぎて、そんなふうに変わってしまったんじゃないかな」

私は彼の手を握りながら言いました。

「お願い。お母さんみたいにならないで。いったい何があったの？　その声を聞くようになったきっかけがきっとあるはずよ。何があったのか、私に話してくれれば……」

彼の表情が苦痛に歪《ゆが》んでいることに、そのときの私は気がつきませんでした。

「一緒に病院に行こうよ。一緒に箸も調べてもらえば、何か解決方法がわかるかもしれないし、そうすればその気味の悪い声だって――」

「どうしてそんなことが言えるんだ？」

彼は私の手を振りほどくと、怒りに顔を真っ赤にして、全身を震わせながら、

「自分の世界だけで、他人の人生を想像してもらいたくないね！」

そう叫ぶと、逃げるように教室を飛び出していきました。廊下からおどろきの声があがり、何人かの生徒はいったいどうしたんだと顔を覗かせています。

彼が戻って来ないのを見てとると、私は赤くなった自分の手首を見つめていました。頭のなかは真っ白で、同時に、私にはすべてのことがもうはっきりとわかったんです――

私と彼はまったく違う世界に生きているんだ。

普段は気さくに話ができる仲であっても、自分の世界と向き合うとき、二人はまったく異なる考えで生きていることに気がついたんです。鬼神や仙人、そして一揃えの箸について、少しでも踏み込んだ話をすると、彼の世界は頑なな殻を持つ要塞のように一変してしまう。

ただ一筋の光でもあるなら、私は彼に寄り添っていたい……そう思いました。

私は傲慢なだけで、王仙君の存在を否定したいだけなんでしょうか？　それからというもの、私は放課後になると、図書館で王仙君について調べることにしたんです。どんな些細な手掛かりでもいい、いったいそれはどういう人物だったのかを知りたかった。王仙君の名前は王宗千と言い、唐の駙馬で、皇帝の娘に永遠の愛を誓った、と彼は言っていました。

　そんな男が、どうして貪欲で残酷な神になってしまったんだろう？　彼のことをもっと知れば、私にも自分が何ができるのかわかるかもしれない。あるいは王仙君が約束を違《たが》えて、彼を傷つけている理由がわかれば、彼の家族をその束縛から解き放つことができるかもしれない。そのときの私はそんな野心さえ抱いていたんです。

　でも、私の努力はまったくの徒労に終わりました——

唐朝の歴史を辿り、皇帝の娘の駙馬について調べていくにつれ、そんな駙馬は存在しないことがわかったんです。

　王仙君に関することは、すべてでたらめだった。

だとすると、彼らが祀っていたものはいったい何だったんでしょう？……


　どのくらい時間が経ったのか、海鱗子は珊瑚の箸からようやく顔をあげました。

「だったら、その箸にはいったい何が憑いていたんだろうね？」

「いえ。箸には何も憑いてなんていなかったはずで……」

「そうなのかな？　じゃあ、王仙君は存在しないってことになるけど、そうなのかね？」

「断言はできないけど、もうずっと昔の話ですし」

　海鱗子は冷ややかな声で問い詰めるように、

「そんなことより、どうしてこの箸の片方がここにあるのかは教えてくれないのかな？」

私はうなだれながら言った。

「私が盗んだんです」

「つまり、あなたは箸を盗む方法をとっくに知っていて、僕を試してみたということか」

彼の口ぶりに変化はなかったものの、怒りははっきりと伝わってきました。私は自分が少しばかりやり過ぎたことを申し訳なく感じながら、

「ごめんなさい。でもこうしなければならない理由があったんです」

彼は溜め息をつくと、

「もういい。あなたが何をしようと勝手だが、相談料だけはしっかり払ってもらわないとね。でも、あなたがどうして箸を盗んだのか、その理由だけでも教えてくれないかな？　もし彼の言っていることが本当だとしたら、その鬼魂《きこん》に取り憑かれているかもしれないんだ。怖くないのかい？」

「あのときはとにかく彼を救いたいって、それだけしか考えられなかったんです。王仙君がいったい何なのかはわからずじまいで、もしかしたらそれだって、彼のつくり話なのかもしれない。だったら彼を助けられるのは私しかいない、ってそんなふうに思って――」

彼が苦笑しているのにも構わず、私は続けた。

「こんな私を傲慢だと思っているんでしょうね。ええ、その通りです。彼の警告も聞かずに、私はずっと……彼の住んでいる世界がいったいどんなものなのか、知ろうともしなかったんだし」

「あなたにとっては、箸を盗むことが彼を助ける方法だった。そういうことなのかな？」

私は小さくうなずくと、

「この箸がすべての元凶だと思ったんです。最初は、一揃えの箸をそのまま盗んで、捨ててしまえばいい、そう考えたんだけど、それじゃあ駄目だと気がつきました。そんなことをすれば彼はすぐに私を疑うだろうし、そうじゃなくても、彼の家族は一揃えの箸に異様なくらい執着していたわけだから、

箸がなくなったことで彼がおかしくなってしまったらどうしよう――って。それでもあの目障《めざわ》りな箸はどうにかしないといけない。誰にも責められることなく、この箸を消してしまうにはどうすれば良かったと思います？」

「王仙君か……」

先ほどとは違って腰を据えて考えるふうでもなく、海鱗子はあっさりと答えました。

「あなたは要するに、すべてを王仙君のせいにしたいだけなんじゃないかな？」

「さすがですね。あの当時はそうできればって、ずっと考えてました」

「いや、未だに僕にもよくわからないんだが、いったいあなたは何がしたいんだろう？」


――それは中学三年の最後の服装検査でのことでした。私はどうにか間に合ったのです。

その日の検査は始まったときから大騒ぎで、廊下では先生が怒鳴り声をあげていました。

「早く袖をまくれ！」

みんなは窓際にたむろしていて、席についていたのは私だけでした。検査のあいだ、彼はじっと教室の方に目を凝《こ》らしていました。誰かに箸を盗まれることがないように――そう、私は一度しくじっています。

でもそれはまだ余裕があるからできることで、彼だって自分の番がまわってくればそんなことをしている暇もありません。

私は誰もこちらを見ていないことを確認すると、大きく深呼吸をして彼の鞄を開けました。

私は、頭のなかで何度も繰り返してきた通りに箸を取り出すと、ネックレスを鋏で切り取り、新しいものと取り替えました。

自分のお小遣い全てをはたいて手に入れたそれは、長さもぴったりでした。彼と推理ゲームをしているあいだにこの箸は何度も見ています。箸自体は心を奪われるほどに美しい色をしている高価な珊瑚で、これを粗末なものと取り替えることはできません。

でもネックレスはそうじゃない。

それはごくありきたりなものでした。変わった装飾が施してあるわけでもありません。少しばかり古いものだからすり替えるのも簡単でした。新しいネックレスの留め具は元のものよりやや小ぶりでしたが、蓋の穴にぴったりとおさまりました。私は穴に留め具を通すと、ポケットから速乾性の接着剤を取り出して、箸頭の蓋の穴に薄く塗りました。よほど目を近づけて見ないと、気づかないでしょう。

説明書によると、接着剤は三十秒もあれば乾くということでした。私は片方の箸と切断したネックレスをティッシュに包むと、ジップロックのなかに収めました。新しいネックレスの留め具は元のものに較べればほんの少し小さいものの、よく目を凝らさないとその違いはわかりません。それでも箸についている留め具が新しいものだと彼に気づかれないか、それだけが心配でした。

だからばれないよう、箸頭の蓋に留め具のついたネックレスを通したあと、留め具が抜けてしまわないように穴を小さくしておく必要があったんです。

もちろん、留め具そのものに細工を施すことができればよかったのだけど——

それができないのであれば、蓋の穴そのものを小さくしてしまえばいい。

箸頭の蓋に接着剤のあとを見つけることはできませんでした。何らかの細工をするとしたら、彼の父親の方が私よりも時間はあったでしょうね。私は廊下の突き当たりにある水飲み場まで行くと、その隙間にそっと箸を隠しました。箸はそれだけ高価なものですから、盗まれたとなれば大騒ぎになります。だから絶対に箸を身につけていることはできませんでした。前回の経験から、箸がなくなっていることに気がついた彼が、今度は何をするかわかりませんでしたから。

男子の服装検査が終わると、彼がうろたえた様子で教室に入ってきました。まさか自分が面倒なことに巻き込まれて、それを長々と先生に説明することになるとは、そのときの彼は考えてもいなかったでしょう。

続いて女子の順番が来るのを待っている間に、教室のなかから大きな物音が聞こえてきて、誰もが唖然とした様子で窓からなかを覗き込んでいます。そこにはロッカーを開けて大騒ぎしている彼の姿がありました。鞄と抽斗のなかのものをすべて取り出し、必死な様子で箸を探しているのです。

服装検査が終わって教室に入ると、私はすぐ彼の方に歩いて行きました。

「あなたの箸、盗まれたの？」

床の上にすべてをぶちまけたまま、彼は今まで見たことないほどの気色《けしき》ばんだ顔で振り返ると、

「箸が……箸はどこに行ったんだ？　わからない……僕は何もしていないのに……」

うろたえた声で独り言のようにそう言うなり、

「君がやったのか！　箸を返してくれ！」

大声でそう叫びながら、私の服に手を伸ばしました。まわりにいたクラスメートたちがわけもわからず呆然《ぼうぜん》としているなか、何人かの男子が駆け寄ってきて彼を押さえつけようとします。檻《おり》から抜け出した獣のような尋常でない暴れように私は怖くなりましたが、それでも箸を盗む時間はあっという間のことだったのです。誰にも見られていないという確信が私にはありました。

私は勇気を振り絞ると、

「何言ってるの？　私のせいにしないでくれる？　あなたの箸だったらここに――」

そう言うと、片方の箸に目を落として、わざとおどろいた表情を見せました。

彼は一言もしゃべることなく、その場に突っ立ったままでした。私は何も話せなくなるのが怖かったんです。もしうっかり変なことを口にしたら、私がしたことだとばれてしまうのは目に見えていま

した。

彼は身じろぎもせず、声を震わせながら言いました。

「どうして……」

そんなに弱々しい彼の姿を見るのは初めてでした。私は彼の父親と同じじゃないか。何て残酷なんだろう。でもその一方で、悪いのはあの箸だ、あれが彼とお母さんの二人を傷つけていたんじゃないか――そんなことを考えていました。その場で箸を取り出し、ちょっとした悪戯《いたずら》だったの、と言って、彼を安心させてあげればいいと思いながらも、その瞬間、私はそんなことを切り出す勇気さえなくしてしまっていたんです。

昼どきになって、ようやく胸の高鳴りもおさまったものの、彼は呆けたように自分の席に座ったままでした。私は椅子を引き寄せると、彼の隣に座り、

「いったいどうしたの？」

脂汗を浮かべた額に前髪が張りつき、目を腫らしているその表情は、ふだんの涼しげな顔をした彼とはまるで別人のようでした。

「箸が……検査のあいだになくなってしまったんだ。その前にはたしかにあったのに」

私は小さくうなずきながら、わかったようなふりをして、

「戻ってくるなり、突然暴れだしたから何かと思ったんだけど、そのことだったの？　でも、検査のとき、あなたの席の近くには誰もいなかったんじゃない？　前に私があなたの箸を盗んだときは、すぐにわかったじゃない」

「先生に止められて……」

私はわざとおどろいた顔をすると、

「どうして？」

そうながしました。彼はその一瞬、ためらうように言葉を呑み込むと、

「先生は僕のことを誤解したみたいで」

「本当にそのあいだに盗まれたの？　だって、そのときあなたの机のそばに誰かいたかどうかなんて、私にだってわからないし。直接先生に訊いてみる？　だって赤い珊瑚のあれって、とても高価なものなんでしょ？」

「駄目なんだ……」

彼の嗄《しやが》れた声は絶望感に満ちていました。あのとき、彼がどうしてそんなに早く諦めてしまったのか、私にはわかりません。ただそのときほっとしたのも事実でした。もし大騒ぎにでもなれば、警察が来るかもしれない。それは私がもっとも恐れていたことでした。うわべだけは親切そうに、私は彼と一緒にクラスのみんなに箸のことを尋ねて回りましたが、誰も自分が盗んだと認めるわけがありません。彼もまたこの結果はわかっていたらしく、ひどく落ち込んでいるようでした。

放課後も彼と一緒に教室の机と抽斗を捜しましたが、これ以上何をしても無駄なことはわかっていました。だって犯人は私なのですから。

二時間ほど彼に付き合ったあと、私たちは教壇の近くに腰を下ろしました。

疲れ切った私と、絶望に打ちひしがれている彼。

知らない間にすっかり日は暮れていました。夏の夕映えはますます深くなり、私はふと、彼とはじめて話したときのことを思い出していました。冬の黄昏《たそがれ》と枯れ色の空。あのときの様子が今とまったく同じのように感じられたのです。

「ねえ！」

私は言いました。

「あなたの箸、見せてくれない？」

彼はためらいながら、その箸を取り出しました。

逢魔《おうま》が時《とき》の夕陽に照らされた珊瑚は、見たことがないほどの邪気を放っているように見え、私は一瞬たじろぐと、

「検査の前にはちゃんと箸があった、って言ってたけど、先生に捕まっていたとき以外は、ずっと教室にいたんでしょ？」

「ああ」

「クラスの誰かが盗んだとして、そんな短い時間にできるものなのかな？」

「僕にはわからない……」

「ネックレスの部分は何ともないみたいね」

そう言うと、私はわざとらしく留め具を外してみせました。留め具に細工がないことを何度も彼に確認させたあと、

「あなたをおどろかせるつもりはないいんだけど、これって、あのときとまったく同じだと思わない？」

彼は青ざめた顔をあげると、恐ろしい目で私を見つめました。

王仙君の呪縛《じゅばく》から彼を解き放つのは、今しかない。

「これってつまり……王仙君はもういないってことじゃない？」

「そんなこと、ありえない」

「どうしてそれがわかるわけ？　王仙君はもうあなたのことは諦めたんだよ。珊瑚の箸を持って行ってしまったわけでしょ。だったら、どうしてあなたにこれ以上悪さをする必要があるの？」

「王仙君は……」

「自分の言った通りにしないいなんてさ、それって本当の神様って言えると思う？　かりにそうだとし

たら、他の神様の仕業かもよ。もう見ていられないって思って、今回のことを起こしたのかも」

「よくそんなことが言えるな……」

「だってそうじゃない！　言った通りにしてくれないんだったら、どうしてこんな神様を崇めるのよ。だって、あなたのお母さんは他の神様を信じてたんでしょ。だったら、他の神様のところに行ってみようよ」

　そう言って、私は彼の手を取りました。

　私たちは教室を飛び出すと、無我夢中で廊下を走り出しました。涼やかな風が頰を撫で、夜気には油っぽい熱を孕《はら》んだ匂いが立ち込めています。近くの家で夕ご飯をつくっているのかもしれません。

　彼は操り人形のように私についてきていました。校舎を出て、校庭を横切ると、運動場はもう薄闇に包まれています。競技用のトラックが夕映えの色を吸い込んで、乾いた血の筋のように向こうまで延びているのが見えました。

　校門を出たところには、羊飼いのような姿をした白い聖人像があるんです。それが誰なのか、私は知りません。聖人像の後ろ背には後光を模した電飾が施されていて、その蛍光灯の明かりが聖人像を妙に安っぽく見せていました。

　警備員がけだるそうに私たちの方に一瞥《いちべつ》をくれると、

「こんな遅くにいったい――」

　私たちが聞き終わらないうちに、その声は風に紛《まぎ》れてしまいました。がむしゃらに走ったので、私たちは息も絶え絶えで、心臓が激しく脈を打ち、喉は鋭い刃物で切り裂かれたようにからからでした。でも、ここで引き下がるわけにはいきません。深い怯えにとらわれて恐怖に足を止めてしまえば、あとはもう、彼が一言、

「もうやめよう」

そう言うだけですべては終わってしまう。そんな気がしたんです。

とは言っても、このまま彼をどこに連れて行けばいいんでしょう。私たちはあてもなくひたすら走り続けました。道の両側を交互に見渡しながら、こうなったらもうどこでもいい、近くにあれば、とそんな投げやりな気持ちになりかけていたそのとき——

教会堂の屋根の十字架が目にとまったんです。

金いろの十字架が、血の色をした夕空に突き刺さっていました。

そのときふとひらめいたんです。あるいは神様が本当に私と彼を助けようとしたのかもしれません。

「ここよ！」

教会堂の扉はすでに閉まっていましたが、どうすれば開くのか私たちは知っていました。手すりの隙間《すきま》に手を差し込み、錠前を外すと、私はゆっくりと引き戸を開けていきます。とうに日は暮れて、地面には教会堂の十字架が長い影をつくり、私たちを呑み込んでいく。その瞬間はまるで、真っ暗な荒野に入っていくような心地でした。

鍵がかかっていた教会堂に、私たちはあっさり忍び込むことができたんです。

仄かな光がステンドグラスを通して壁や床にさまざまな影を描き出しています。それは、光の動きに合わせて頭や尻尾《しっぽ》をくねらせる色鮮やかな熱帯魚のようでした。

教会堂はがらんどうで、長椅子の後ろには黒表紙の聖書が置かれています。毎週、修道女が先生を務める聖書の授業のほかに、ここで神様に語りかける人がいるのか、私にはわかりませんでした。

本当に、神様はいるのでしょうか？

畏敬《いけい》の念に全身を満たされ、そこでは誰もが膝をつき、神に救いを求めるのです——神がいるかどうかも関係なく——神は慈悲深い御手《みて》を差し伸べ、私を許し、彼を救ってくださる。

彼もまた私と同じ気持ちだったんでしょう。その冷たい手は小さく震えていました。

駆け落ちをした愚かな恋人のように、私たちは神の祝福を求めたんです。どちらが先だったか、二人はその場にしゃがみ込みました。冷たく硬い石の床に膝を突き、荘厳な空気に圧《お》されるように私たちはそっと頭を垂れました。

「神様……」

私は神なんて信じていません。

三年間、学校で聖書の授業を受けましたが、その一方、家族で廟にお参りもし、線香をあげることもありました。

ここでは神様としておきますが、私はそれまで神様というものを真剣に考えたことがなかったんです。

でもそのときは違いました。神様が心のなかに降臨してきたような心地に浸りながら、私は「どうか彼を助けてください!」と心のなかで叫んでいました。もしあなたが本当に存在するのなら、どうか彼を救ってください。もし王仙君への信仰を諦めさせることができないのなら、せめて王仙君はもういなくなったんだと、彼が信じるようにしてください。

彼は冷たい石の床に額をつき、弓なりに体をぶるぶると震わせていました。ようやく頭を上げると、

「箸を盗んだのは君なのか?」

と呟くような声で言うのが聞こえたんです。

私は答えませんでした。鳥たちが巣に帰って行く鳴き声を窓の外に聞きながら、私が何も言わないでいると、彼は、

「ずっと考えていたんだ……どうすればいいのかって」

まるで懺悔でもするように、彼は跪《ひざまず》いたままの姿で呟きました。

「全部、僕が悪いんだ。ごめんなさい。本当にごめんなさい。僕はあんなことをするべきじゃなかっ

たんだ。あんなことさえしなければ……でも僕はもう十分に罰を受けた。もう我慢はしない。見てくれ！　神様はすでに僕を許してくれた。神様が僕に手を差し伸べてくれて……」

どこからともなく風が吹いてきて、教会堂の扉を揺らしています。その音はまるで悪魔のうめき声のようでした。

それは私の知っている神様ではなかったんです。

神様はもっと静かなはず。誘惑の声を囁《ささや》くのは悪魔だけ。

彼はゆらりと身を起こすと、風の入ってくる方へと歩き出しました。容赦《ようしゃ》なく吹きつける強い風に、すべての玻璃窓ががたがたと激しく鳴っています。それはまるで彼に対して何かを語りかけているようでした。

私が恐れているのは、神様なのでしょうか。それとも悪魔なのか。鬼神？　あるいは王仙君なのでしょうか？　しかし彼はそんなことを気に留める様子もなく、

「神様！　ありがとうございます。本当にありがとうございます……」

そう叫びました。

「箸を盗む方法は、あなたが考えついたのかな？」

長い回想に浸っていた私に、海鱗子は厳しい声でそう訊いた。

私が答えずにいると、彼は畳みかけるように、

「それともあなたはついに『正解』に辿り着いたってことなんだろうか？」

「そのことは秘密にしておきたいんだけど、駄目ですか？」

「どうして？」

「それはあなたが知らなくてもいいことだから」

私の答えは予想外のものだったらしく、海鱗子は怒りを溜めた目で私を見据えると、

「そうなのかい？　だったら僕はこれ以上どうすればいいんだろう？」

私の話に退屈してしまったのか、それとも苛立っているのか。私にはわからない。彼は焦れったそうに、

「彼があなたの嘘を信じたのなら、どうしてここに来たんだろう？　王仙君が何だろうが、僕にはそれが箸のこととはまったく関係ないように見えるんだが、あなたはいったい僕に何をしてもらいたいのか――」

私は低い声で言った。

「ちょっと待って。この話はまだ終わってないんです」


教会堂の冷たい石の床にどのくらい跪いていたんでしょう。足が痺《しび》れてきたころになって、もう行こうか、と彼がか細い声で言ったのが聞こえました。教会堂を出ると、夜道を歩いている途中で、彼が突然、私の掌に何かを握らせました。

見ると、それはガラス玉のようなミントキャンディだったんです。

彼がふと私の顔を指さしました。手をやると、風を受けて冷たくなった頰にうっすらと涙のあとがあるのを感じました。

いつから泣いていたのか思い出せないまま、私は包装紙を解くと、それを口に放り込みました。

口に含んだままはっきりしない声で、

「何でこんなものを持ち歩いているの？」

「君のためさ」

私から何の反応もないのを見てとると、彼は軽く笑って、

「またいつ泣き出すかわからないから」

「そんなことないわ！」

私は大きな声で叫ぶと、

「誰が泣いてるのよ！　泣いているのはあなたの方じゃない！」

彼はふと目をそらすと、私に言い返すふうでもなく、屈託のない声で言いました。

「どうしてさっきは泣いたんだい？」

「わ……わからない。嬉しかったから、かな」

「嬉しかった？」

「嬉しいときだって泣きたくなるでしょ！」

私は気まずそうに続けました。

「泣くっていうのは、自分の感情を素直に伝える一番の方法じゃない。私はあなたが泣いている姿を見たことがないから、何を考えているのかよくわからないの。あなたが泣いている姿を見れば、きっと私は、ああよかった、って思うよ。ようやく自分の気持ちに素直になれたんだねって」

彼は何も言いませんでした。唇の端をわずかに動かすと、私の掌にあったミントキャンディを取り返して、

「だったら君はいつも素直なんだな」

「そんなことないよ。素直になれないときだってある」

「そうなのかい？　素直になれないっていうのはどんなとき？」

「それは明日の朝話す」

踏切を渡ると、彼は目の前のバス停でふと立ち止まり、いきなり言いました。

「海に行ってみないか？」

「今から？」

「そんなに時間はかからない。ここからすぐさ」

学校は海からそれほど遠くない場所にあり、ここから桟橋までは歩いて二十分もあれば十分だったんです。

小さくうなずくと、海に行くまでのあいだ、私は何も話しませんでした。頭のなかでは、水飲み場のところに隠しておいた箸のことばかりをずっと考えていたんです。

吹いてくる風に潮の香りが混ざるようになり、進むにつれて海鳴りの響きが遠くに聞こえてくるのがわかりました。日が暮れてからこの海にやってくるのはそのときが初めてで、そこは映画に出てくるようなロマンチックな場所ではありません。周囲にはレストランが立ち並び、夕食どきということもあって、明かりを灯した多くの店は賑《にぎ》やかにたて込んでいます。

「ねえ……」

私は低い声で、そろそろと切り出しました。

「こんな遅くまで外で遊んでても大丈夫なの？　お母さんに怒られない？」

「君の方こそ両親に怒られたりはしないのかな？」

「私は大丈夫だってば！　それよりあなたの方が……」

教会堂での神聖な熱狂から醒めて、そのときの私は、いま起こっていることを考えはじめていました。盗んだ箸のことで彼を騙せたとして、そもそも本当に、彼の家で起こったことはすべてあの箸に関係していたんでしょうか？　心に兆《きざ》した不安はみるみるふくらんで、堪えきれずにふと顔をあげると、何も言わずに岸辺の岩をしずかに登っていく彼の姿が見えました。私がおそるおそる後に続いて歩き出すと、彼が静かに手を差し伸べてきたんです。彼の手はひんやりとしていました。冷え切った彼の体に自分の温《ぬく》もりを重ねる心地よさに浸りながら、私たちはひたすら登り続けました。何かに導かれるように、海が一番近くに見えるところまでやってくると、彼がふいに言いました。

「程さん、君は珊瑚がいったい何か知っているかい？」

いったい何を言いたいのかはかりかねて、私は、

「宝石でしょ……」

と口にしたものの、頭のなかには数え切れないくらいの答えが浮かびました。もしかすると、彼は私が高価な宝石を盗んだことを知っているのではないか？　そんなおそれにとらわれている私に、彼は、

「もちろんそういう答えもあるだろう。ただ珊瑚と鉱物である宝石との一番の違いは、珊瑚は生きている宝石だってことなんだよ」

「どういうこと？」

「珊瑚はもともと動物なんだ。珊瑚虫《さんごちゅう》というね」

私はうなずいた。そのことは学校の生物の授業で習いました。

「知ってる。あんなに綺麗《きれい》なものが虫だっていうのも、ちょっと想像できないけど」

「ただね、僕たちが採取した珊瑚は、珊瑚虫の死骸じゃないんだ」

そう切り出すと、彼はさらに続けて言いました。

「あれは、珊瑚虫が生きているあいだに分泌した粘液によってつくられた骨なんだよ」

彼はポケットから一本の箸を取り出しました。

月明かりにそれは艶《つや》めいた光を照り返しています。

「母さんが言ってたんだ。珊瑚は海の骨だって――」

彼はさらに続けて、

「これをいま、元の場所に返すときが来たんだ」

そう言うと、箸を持った手を高々と掲げました。

そして、今まで見たことのないほどに大きく振りかぶると――

彼は、その高価な珊瑚の箸の片方を海に向かって投げたのです。

何も音は聞こえず、波紋さえ起きませんでした。月の光に、彼のほっとしたような表情が見えました。そのとき、彼の心のなかの何かが珊瑚と共に海の底に沈んでいくのをありありと見たような心地がして、私は言いました。

「あなたは……」

彼のしたことを訝るようにそう切り出すと、

「いいの？　そんなことをして――」

彼はこのことを家族にいったいどう説明するのだろう。そして私はどうすればいいんでしょう。ともかく彼に箸を捨てさせることができたんだから、私の勝ちには違いないのだけど――ふいに、さまざまな考えが頭いっぱいに拡がり、私は喉まで出かかった言葉を呑み込むと、何も言わずに彼の手をぎゅっと握りました。

「そうだ、一緒に晩ご飯でもどうかな？」

憑き物が落ちたような、彼のこんな笑顔を見るのははじめてで、私は言いました。なんだっていいよ。でもあなたには色々と難しい決め事があるみたいだから、あなたが決めてよ！　すると彼は麺が食べたい、と言いました。

夏だったけど、夜の海はとても寒かったんです。彼は言いました。麺を食べている人を見ると美味しそうでさ、見てるだけで暖かくなりそうで。でも僕はあの箸を持っていたから、これを使って食べることしかできなかったし、麺汁みたいな脂っこいものを食べてはいけなかったから。

ささやかなことだったけど、そのときの私はとても幸せでした。まずここから始めて、彼を私の世界に導くことができれば、きっと――そんなふうに考えていたそのとき。

彼がそっと私の手を離したのです。

彼は顔を上げると、神様のお告げに耳を澄ませるように、夜空を見上げました。

それから両手で耳を塞ぎながら、ぶるぶると全身を震わせはじめた彼におどろいて、私は、いったいどうしたの、と慌てて訊きました。しかし彼は何も答えません。体が震えだして止まらないまま、彼は泣いていたんです。

彼はそのとき、いったい何を聞いたんでしょう？

ふと恐ろしい考えが思い浮かび、私が慌てて彼の手を摑もうとしたそのとき――

彼が想像を絶するほどの力で私を突き飛ばしたんです。思わず後ろによろめき、足元の岩に右踝《くるぶし》を打ちつけ、痛みに屈み込んだ私に、彼は言いました。

「行ってくれ。放っておいてくれないか……」

「えっ？」

彼はそれだけを言うと、痛みと怒りに醜く歪んだ顔をこちらに向けました。今まで見たことのない恐ろしい顔を引きつらせながら、彼は海風の吹きすさぶ断崖に向かってゆっくりと歩き出します。

吹きつける海風はいよいよ激しくなり、荒波が岸壁にぶつかる音しか聞こえません。立っていることさえ難しく、私はその場に踏ん張りながら彼の名前を叫びました。

「戻ってきて！　危ないってば！」

私は風に逆らうように夢中で走り出し、彼を追いかけました。服の袖口を引っ張ってどうにか引き留めようとしたものの、彼の力はあまりに強すぎて、私はじりじりと引きずられるような格好になりました。すると――

彼の体がぐらりと揺れました。

足元の岩が突然崩れたんです。彼はバランスを失って後ろに大きく顚倒《てんとう》しました。叫ぶいとまもなく、考えるより先に体が動いていました。私は勢いよく前に飛び出すと、溺れる人が流木にしがみつくように、彼の体をけんめいに引っ張り上げようとしました。

硬い岩肌に肌をこすりつけたので、血が出ています。痛みに堪えながらも、私にはそれを気にする余裕もありませんでした。彼の体は宙に浮いたまま、少しずつ、ゆっくりと滑り落ちていくのです。彼の手を握っているのが精一杯でした。細身な体型に似合わないほど彼の体は重く感じられ、海に引き込まれている心地に私は震えあがりました。

どのくらい時間が経ったんでしょう。腕がしびれはじめ、自分がどこにいるのか、何をしているのか、それさえも考えることができなくなっていました。頭を上げると、目前には冷え冷えとした大海が涯《は》てもなく拡がり、視界を黒く埋め尽くしていきます。海を眺めているだけで、水に溺れているときの感覚が全身に満ちてくるのを感じました。体がどんどん冷たくなっていく――いけない。このままでは彼を持ち上げることもできないまま、もろとも海に落ちてしまうしかありません。

このままじゃ、私も死んでしまう！

そのとき、私は恐ろしいほどに自分勝手な考えにとらわれてしまったんです。私は彼を見ました。潤《うる》んだ目に光はなく、焦点の定まらない視線は、私を見つめているようでもあり、どこか遠くを眺めているようでもありました。

「そんなこと、やめてくれ」

彼の哀願するような声に、私の頭は真っ白になってしまいました。激しい海風にはためく彼のシャツが、天使の翼のようでした。大海原《おおうなばら》を離れて、広々とした空へと飛び翔《た》てるよう、神が与え賜《たも》うた天使の翼のよう――

そして私は手を離したのです。

水音。

鈍く重い水の音に私ははっと我に返りました。彼は永遠の輝きに包まれながら天上界に昇っていったわけではありません。海の底の涯てもない闇に落ちていったことに気がつき——

私は叫んでいました。

心の底から叫ぶほかは何もできず、私は壊れた警鐘のように、数秒おきに鋭い悲鳴をあげ続けました。周りには誰もいません。海鳴りと見知らぬ水鳥の喧しい鳴き声が私の悲鳴と重なって、不思議に規則正しい旋律を奏でていました。その奇妙な繰り返しが、私の意識にあった最後の現実感を剝ぎ取っていったのです。メトロノームのように規則的な絶叫のなかで、彼の体はどのくらい落ちていったのか。彼はなすすべもなく深い海の底へと落ちていき、その海の底をも穿って地球の中心から尽きることのない闇の異界へと沈んでいく——そんな彼の姿がありありと目に浮かんだ瞬間は、永遠のようにも感じられました。

ただそれはほんの数分のことだったのです。

助けを求める私の叫び声を聞きつけた誰かが通報してくれたようでした。駆けつけた救助隊がすぐさま海に飛び込み、私が壊れた警鐘のように泣き叫んでいるあいだに、彼の体は陸へと引き上げられました。

彼の周りに人だかりができ、しきりに何かを話しかけているようでしたが、私にはよく聞き取れません。胸を強く押し、呼気を吹き込むと、彼の口から水が絞り出されてきます。叫ぶことをやめられず、ついには大声で泣き出した私のそばに、誰かが駆け寄って、暖かい毛布でくるんでくれました。次第に穏やかになりつつある波の音を遠くに聞きながら——

そのあとどうなったのか、私もよく覚えていません。

ようやく我に返ると、私は何枚もの毛布に包まれた姿で家にいたんです。暑い夏の日でしたが、私は寒さに体を震わせていました。彼は陸へと引き上げられ、私は落ちなかったものの、海の匂いと冷たさは私の体にまとわりついたままでした。

あのときいったい何があったのかと訊かれましたが、それを一番知りたかったのは私じしんでした。頭のなかにある前後の記憶は曖昧で、あるいはすべて幻だったのではと疑うほどでしたが、それでも私はできる限りすべてを伝えようとしたつもりです。

ひとつだけ、どうして話さなかったのか、自分でもよくわからないことがありました。それは私が彼と親しくなったきっかけでもある――あの珊瑚の簪のことで、彼があの簪を海に投げたことだけは誰にも言わないままでした。

どうしてあのことを話さなかったんだろう。彼を守るためだったのか、それとも自分を守るためだったのか、今となってはもうわかりません。それは動物の生存本能のようなものだったのか。あの簪のことを話のなかから完全に削除してしまっても、辻褄《つじつま》は合っているように見えました。それでも私と彼が呪いを解こうとした、血染めの珊瑚の簪の曰くはまだ続いていたんです。

学校に戻ると、先生が今回の事故についてのおざなりな説明をし、幸い一命を取り留めた彼は、そのまま休学となって、学校に戻ってくることはありませんでした。

みんなは私のところにやってくると、彼に関わらせてしまったことを後悔するように「ごめんね、ごめんね」と私を抱きしめながら泣いてくれました。やがてみんながこのことを話題にすることも少なくなりましたが、それでも彼の席はそのままでした。彼を抱きしめてくれるひとはいなかったけど、私は彼のことを抱きしめたかった。きっと海のなかは冷たかったでしょう?

「全部私が悪いんです！」

私はついにたまりかねて、海鱗子に叫ぶような声で言った。

「王仙君は本当にいたんです！　私が勝手に箸を盗んだ祟りで、彼は海に落ちた。そうなんでしょう」

「いや、そんなふうに考えるものじゃない」

そう言うと、彼はすぐに言葉を継いだ。

「あなたの話には、王仙君が実在したという証拠は一切ない。そもそも、信心深かった彼でさえ、その姿を見たことがなかったんだろう？」

「彼の母親が見てるんですよ！」

「彼女は自分の行動の辻褄合わせをするために、王仙君を利用していただけだろう。結婚から自分の息子に対するしつけまで、ね。そんなわけだから、王仙君を見たという嘘をつくことだって当然あったろう」

「じゃあ、彼女が毎回お願いをしたあとに王仙君から『罰』を受けたっていうのも、すべて彼女のでっちあげだったってことですか？」

「彼の母親は肺癌だったんだ。そう考えると、その『罰』だって、病気の初期症状だった可能性もあるんじゃないか？」

それから急いでつけ足すように、彼は続けた。

「もともと王仙君がしたことではなかったのに、彼と母親はそれらをすべて王仙君の祟りだとしてしまったんだ。箸のこともそうじゃないか。それは人間がしたことだ、とあなたは証明できたはずだが」

「でも……彼は王仙君の声を聞いて、そのお告げ通りに珊瑚を手に入れたんですよ」

「違う。それは順番を間違えているんだ。彼がその声を聞いたのは、珊瑚を手に入れてからじゃないのかい」

　彼は静かな声で断定するように、

「彼ははっきり言ってたじゃないか。それ以前に、王仙君が彼と直接話をしようとしたことはなかった、とね。それは王仙君のお告げなんてものじゃなくて、お目当ての珊瑚を探し当てたとき、その状況を、彼は王仙君が認めてくれたと思いたかっただけなんじゃないだろうか」

「その状況っていうのは？」

「それはわからない。ただ彼が声を聞くようになったのはそのあとのことだ——しかし、そのことと箸を元の形に戻すことに、直接的な繋がりはあったんだろうか？」

　彼はそう言うと、続けて、

「彼の話だと、母親が退院したのはその二年前のことで、だとすると彼が中学校に進学したときになる——箸を元の形に戻すよう、王仙君のお告げがあったのはそのころじゃないだろうか？　つまり、幻聴が聞こえるようになったのは、箸そのものよりも、そのことに関係しているような気がするんだ。その歳ごろの子どもが、病気の母親の介護をするっていうのは大変なことだ。過度なストレスで、当時の彼は精神的に相当まいっていたのかもしれない——それが幻聴の正体だとは考えられないだろうか？」

　そこで彼はふと言葉を切ると、

「実際、王仙君の話がここまで信じられていたことを考えると、彼の家族には、過度なストレスによって幻聴が引き起こされる遺伝的素因のようなものがあったのかもしれない」

「でも、彼は海でどうしてあんなことを……」

「あなたの話だと、彼は昔から母親に対して強い罪悪感を抱いていたそうじゃないか。彼にとって、その箸は母親から押しつけられた責任と束縛《そくばく》の象徴だった。彼が箸を捨てたそのときの気持ちはどんなものだったろう？　彼は母親の支配から抜け出したいと潜在的には望んでいた。その箸を捨てたことで、彼は内心ほっとしたのかもしれない。だがその一方で、彼の罪悪感は頂点に達していた。それが極度の緊張状態をもたらし、幻覚を誘発したんじゃないか。だとすればあんな行動に出たのにも合点《がてん》がいく」

「あなたはなんとしても王仙君なんか存在しない、って言いたいだけなんでしょ！」

「別にどうにかして王仙君を消してしまいたい、なんて考えてるわけじゃない。むしろあなたの方こそ、あれに存在してもらいたいと思ってるように見えるんだが――そもそも王仙君が本当に存在する証拠などないわけだし」

「でも存在しないという証拠もないですよね」

「そういう話だったら、存在しないということにしたいものだね」

「どうしてです？」

「言ったでしょう。神とは人間の欲望であり、だいたい宗教というのはそのために存在しているんだ」

彼は大きな声になって、

「どうして依頼人に祟りだと思わせるような選択をさせないといけないのかな？」

彼の頰が紅潮するにつれ、私は薄ら寒ささえ感じながら頭を垂れた。

「だったら……」

私は壊れたように薄笑って、

「やはり、あのとき、手を離したのは私の方だった、ってことですよね？」

一瞬、彼の表情が強ばったようにも見えたが、私の言いたいことを理解してくれたらしい。

「だってあのとき……私はちゃんと彼の手を握っていたんです。それなのに、どうして私は手を離してしまったんでしょう？　そのときのことはよく覚えていないんです。それとも、彼の方から手を離したんでしょうか？」

　彼の目を真正面から見ることもできないまま、あのときの苦い記憶を語るのは辛かったけど、それでも私は話さなければならなかった。そのために私はここにやって来たのだから。

「私は絶対に手を離すことはできなかったはずなのに、時間が経つにつれ、自分の記憶が信じられなくなってきたんです。彼が手を離したのであれば、なぜ私に『そんなこと、やめてくれ』なんて言ったんでしょう？　いったい、彼はどんな気持ちでその言葉を口にしたのかしら？　あのとき彼は、私の目に何を見たのかずっと気になっていて、それで彼は――」

　海鱗子がそれ以上話すのを遮ろうとしたが、私は自分が制御不能のまま乱気流のなかに落ちていく心地で、さらに言った。

「あなたの話してくれたことだって考えました。でもあのとき、私も彼も自分から手を離すはずがないんです。だったら王仙君が私たちを引き離そうとしたってことになるけど――あなたの言う通りに王仙君が存在しないとしたら、やはりそうしたのは王仙君じゃない。彼が正気を取り戻して私に懇願したのに……私は一緒に引きずり込まれるのを恐れて、彼の手を離したとしか――」

　王仙君が存在するとしたら、その簪を盗んだ私が祟りに触れることになる。

　もし存在しないのなら、それは私が恐怖のなかで無意識に手を離してしまったということになる。

　いったいどちらだったのだろう。究極の選択を迫られても、海鱗子は口を噤《つぐ》んだままだった。

　私は彼に懇願するような口調になって、

「お願いです！　あの日、いったい何があったのか教えてください！　あのとき、誰が手を離したのか、あなたは知っているはずじゃないですか！　この事件に、今ここでけりをつけないと、一生私は苦しむことになる」

それでも青ざめた顔で黙りこくったままの彼に痺れを切らし、私はその手を引き寄せると、ついに言った。

「私が箸を盗んだ日に、どうやって先生に彼を引きとめさせたか教えましょうか？　彼の左手には、腕から甲にかけて魚のような赤い痣があったんです。彼はそれを人に見られるのが嫌で、夏でも必ず長袖の服を着てごまかしてた。だから私は先生に言ったんです。彼は手に刺青《いれずみ》をしているって」

ついにここまで来てしまった。あとのことはどうでもいい気持ちになって、私はさらに続けた。

「あなたはそのひとの名前を知っているはずでしょう。彼の名前は――」

他人事《ひとごと》のように素知らぬ顔をしていた仮面がとうとう剝がれ、彼は声を限りに叫んだ。

「話すな！　話さないでくれ！　そんなことは知りたくない！」

二人は向き合ってしばらく黙った。

海鱗子の考えはもう明らかだった。

十五年が経った今も、私はあの夏の出来事を忘れてはいない。

また彼に会いたいと思った。でもいざ会おうとすると、彼の今の生活を邪魔してしまうのが怖かった。

私は結婚するんだけど、あなたは？

最近はどうなの？　幸せ？

あなたは私に会いたいかな？　あの日、私がしたことを、あなたは許してくれる？

次第に力が抜けていき、震える私の手が、彼からゆっくりと離れていく。いつの間にか、私は涙を流していた。

「彼の心のなかから王仙君を消そうと、私だって頑張ったのよ。彼にとってそれが一番良いことだと思ったから。でも結局、私のしたことは、彼と海に落ちてしまうのが嫌で、最後の最後に手を離してしまっただけ。この十五年間ずっと、ずっと、このことについて考えない日はなくて、本当に……苦しかった。どんな結果でも受け入れるから、どうしてもあのことにけじめをつけたいの。あなただったら私の気持ちがわかるでしょう?」

彼はそっと目を閉じると、長い溜め息をついた。

「そうじゃないんだ。絶対に……君が手を離したのは、王仙君とは関係のないことだ」

「今になって、そんなことを言うの?」

「違う。僕は本当のことを言っている——君は、もう一本の箸が何からつくられたか知ってるのかい?」

そう言って、彼はその箸を私の前に置いた。その手は小刻みに震えている。

「これは人骨なんだ」

彼は言った。

「そんなものからつくられた箸だ。魂が宿っていても不思議じゃない」

私は軽い眩暈《めまい》を感じながら、

「だったら、それはいったい誰の……」

「進学資料を見たとき、保護者欄の父親の名字が違ったと話してたろう……」

彼はふたたび目を閉じると、ひどく淡々とした口調になって言った。

「父親の親権が母親に譲渡されていたということは、それが誰だろうと、その時点では、彼の『保護者』はもう母親ではなかった、ということだ」

私には彼が何を仄めかしているのかわかっていた。

彼はさらに続けて、

「彼はたしかにその声を聞いたんだろうと僕は思う——あるいは最初から最後までそれは王仙君の声

ではなかったのかもしれないが」

「でも彼は私にはっきりと言ったのよ……それは珊瑚の……」

「彼は君を騙すつもりじゃなかったんだ。それはもともと珊瑚という意味だった。ただ、その言葉が……君が考えているものと同じではなかったということなんだ」

その顔は、ひどい苦痛に耐えているように見える。海鱗子はぼんやりとした声になって話を続けた。

「君は人工骨というのを知っているかい？」


母さんが入院してからの、癌の転移の速さは想像より遥《はる》かに深刻だった。痛むのは骨そのものだ。脊椎《せきつい》はすでに癌におかされていて、骨の一部を切除しなければいけないという。

切除――――その字面を見ただけでぞっとする。でも僕にできることは多くなかった。その日はおじいちゃんたちが病院に連れて行ってくれて、彼らが書類に記入をしているあいだ、僕は冷たいビニールのソファに座って待っていた。母さんはひとり置き去りにされたまま、近くの食堂で黙々と食事をしていたらしい。

手術の日と前後の二日間は絶対安静ということで、ようやく三日目に僕たちは母さんに会うことができた。母さんもだいぶよくなったようで、麻酔から覚めたあとこそ顔色は真っ白なままだったけど、風邪《かぜ》で二日ほど入院したときとたいして変わらないようにも見えた。

病院食が用意されていたものの、食べなきゃいけないという決まりはなかったから、好きなものを外で買って冷蔵庫にしまっておくことができたんだ。僕が買い忘れたものはないかと確かめていると、母さんがふと思い出したように、

「箸はどこにあるの？」

そんなことを訊いてきた。昼ご飯で使う箸の話かと思って、袋からそれを取り出すと、彼女は首を振って、

「私の箸よ」

そのときになってようやく母さんの言う箸というのは、あの珊瑚の箸だということに気がついた。その箸は僕の家では特別なもので、無闇《むやみ》に触れてはいけないものだった。

母さんはさらに言った。

「手術のときに外したのよ。探してくれない？　どこに置いてあるのかしら」

僕はベッドサイドにあるキャビネットの抽斗を一つ一つ開けていった。それは介護者用のもので、入院患者の持ち物がしまわれている様子はない。母さんは必死で探したらしく、抽斗のなかはぐちゃぐちゃだった。僕は黙々と抽斗のなかにしまってあったものを一つ一つ取り出していった。薬袋《やくたい》、ビニール手袋、トイレットペーパー、ウェットティッシュ、数本の毛がついたままの櫛《くし》。大きさや形ごとに分けて、それらをテーブルの上にひとつずつ並べていくと、ようやく抽斗の奥にひっそりとしまわれていた箸を見つけることができたんだ。

箸は一本しか残ってないので、その存在感はさらに薄く、うっかり見逃してしまうほどだった。乱雑に散らかった抽斗の奥に紛れ込んでいたそれは、こうして無色の病室のなかにあると、曰くつきのもののようにはとても見えない。

僕はその箸を母さんに手渡した。すると、手術の最中に誰にも触られていないことを確かめるように、なんべんも箸を撫でさすると、母さんはふと顔をあげた。

「これ、あげるわ」

そう言ってその箸を僕に返すと、

「これからはあなたが持っていなさい」

「でも……」

半分だけでは箸として使い物にならないし、それを使うつもりもなかったけど、母さんはそんな僕の考えを察したように微笑むと、

「別に使わなくてもいいのよ。王仙君はもうどこかに行ってしまったんだし、これをあなたにあげたからって、どうという事もない。あなたが持っていてくれればそれでいいの」

そう言うと、僕に訊いた。

「珊瑚は何でできているか、あなた知ってる？」

言いたいことがよくわからないまま頭を振ると、母さんは珊瑚の誕生について話しはじめた。

——珊瑚はね、その前は生きる宝石だったの。海の骨なのよ。

——母さんの手術なんだけど、骨を抜いて、その部分に人工骨を入れるらしいの。お医者さんの話だと、移植した人工骨はその珊瑚で、できているんだって。不思議ねえ。

——ゆっくりゆっくり成長した珊瑚が、私の骨になる……だからね、手術室に向かうとき、そっと目を閉じたら自分が珊瑚になった気がして、海の音が聴こえてきたのよ。お医者さんは私の体を切ったんじゃなくて、きれいな珊瑚を採っていたの。そう考えれば、そんなに怖くないでしょ。

——本当に珊瑚になれたらどんなに素晴らしいかしら。私の体を使って箸をつくり直すことだってできるし、そうすれば、王仙君を呼び戻せるんじゃないかしら？

——どうして王仙君は戻って来てくれないの？

——私にはまだまだたくさん願い事があるのよ！

「願い事だったら、僕が代わりにしてあげるよ」

僕は彼女に訊いた。

「父さんを探してあげようか？」

「彼は関係ないわ」

母さんは僕の頭を撫でながら、

「私の願い事を叶えるのは、あなたじゃ駄目なの」

いったい母さんは何を望んでいるんだろう？　僕は何度も尋ねてみたけど、ついに教えてはくれなかった。母さんにとって、僕はそんなに信頼できないんだろうか？　そのときの僕は、今までにないほどの悔しさと怒りに震えていた。それは母さんへの怒り、父さんへの怒り、そして王仙君への怒りだった。

だけどそのとき、僕の心のなかにふと奇妙な考えが浮かんだんだ。

母さんのベッドの傍らに腰を下ろしたまま、僕は子どものころと同じように、王仙君に尋ねていた。

――王仙君。僕の声が聞こえますか？　またお願いをしていいですか？

返事はなかった。だけどそれも当然のことだ。でも僕はお願いをやめなかった。願いが叶うのであれば、母さんにはずっと僕のそばにいてもらいたかったけど、僕にはわかっていたんだ。母さんはもうすぐ死ぬ。王仙君だったら、母さんの死の運命を逆転させることはできるんだろうか？　でもたとえ彼女の命を延ばすことができたとしても、それはただ苦痛を長引かせるだけじゃないか。

そう思い至ると、僕は考えをあらためた。僕の願いが叶うことは決してない。だったらせめて母さんの願いは叶えてもらおうと思った。たとえ、それがどんなものであっても――

願いを叶えてくれるのであれば、僕はあなたに美しい珊瑚を捧げよう。

王仙君に最後のお願いをしてから半年も経たないうちに、母さんはみまかった。

僕は一人っ子だったから、最後に彼女を見送るのも僕のつとめだった。

葬儀の最初から最後まで、僕は目を凝らして、母さんの柩《ひつぎ》が一艘《そう》の木舟となって火の海にこぎ出すまでを見送った。

僕は法師に言われた通りに、真鍮《しんちゅう》製の細長い箸を使って、折れた骨の破片を順番に一本ずつ骨壺《こつつぼ》に入れていく。ブリキの皿にぼんやりと映し出された自分の顔を見ながら、王仙君がまだいたころ、母さんが厳かな顔つきであの箸を使っていたのを思い出していた。

母さんの骨は淡い鮭《さけ》いろに焼けていて、ほとんどは粉々に砕けていたけど、信じられないことに、なかにはそのままの状態で残っているものもあった。法師もおどろいた様子で、

「こんなにきれいに焼けるなんて、生前、お母様はたくさんの善行を積まれたのでしょう」

言葉にできないほどの恐ろしさに震えていたのは僕だけだった。そう、これは王仙君からのお告げなんだ。僕はそう理解した。そして、その考えを僕は思いのほかあっさりと受け入れていたんだ。

だったら、母さんの願いは叶えてくれるのだろうか？

無傷の骨は骨壺に収まりきらないほどに長かったので、法師は小さな木槌《きづち》を持ってきて、

「ちょっと長いものはこれで砕いてしまいましょう」

そう言うのを僕は慌てて遮ると、

「僕がやってもいいですか？」

「でも……」

「大丈夫です。どんなふうにすればいいのかは、わかっていますから。僕にやらせてくれませんか？」

最後におさめたのは母さんの頭蓋骨で、その表には小さな亀裂が浮かんでいた。そっと木槌を振り下ろすと、頭蓋骨はその亀裂に沿って割れていく。それはまた僕が再び母さんを殺しているような心地だった。

すべての灰をおさめると、法師が骨壺を金いろの布で包み、僕の胸に持たせた。母さんは亡くなる

前にはもうひどく痩せ細って、骨だけのようだったけれど、それが今はわずかな灰ばかりになって、こんな小さな骨壺におさまってしまっている。こんなことがあるのだろうか？

幸い、僕がこっそり骨を取っていたことは誰も知らない。

それは王仙君との約束を果たすためだけじゃない。ほとんどは、――母さんのほんの一部でもいいから、一緒にいたいという、抑えがたいほどの衝動にかられてのものだった。

ついに、失った大切な宝物が僕のもとに戻ってきたんだ！

涙にぼやけた視界に、目の前に座っている程さんと、ありありと目に浮かんでいた母の遺骨はもう見えなくなってしまっていた。


彼はそれ以上は何も語らず、ただ静かに涙を流していた。

そのときはっきりとわかった。私は彼から何を盗んだのかを。

彼はようやく口を開いた。

「どうして僕が仲間から『魚《ユー》』と呼ばれているか知っているかい？」

私が答えずにいると、

「魚は目を閉じないからさ」

彼は淡々とした声でそう言った。

「母さんは僕が十二歳のときに亡くなった。本当は、病院で亡くなるまでついに家に帰ってくることはなかったんだ。そして母さんが死んで初めて、僕はようやくその世界と繋がることができるようになった。

だがそれは決して愉しいものじゃない。あの世に連れて行こうとする死者の声がよく聞こえる。意識がはっきりしているときはそれでも抗うことはできるんだが、寝ているとそうはいかない。誰もいない世界にもあいつらは易々《やすやす》と忍び込んでくる。そして僕の身体と、人生を支配しようとする。そうなると、夜だからといって目を閉じることもできない」

「どうしてそんなふうになってしまったの……」

「わからない」

彼は頭を振って、

「生前、母さんは僕と離れたくないと言っていた。その願いがこんな形で叶ったと言えるかもしれないな！

でもこんな生活にも次第に馴《な》れていって、たった一度、今まで経験したことのないほどの安らぎを覚えたことがあった。そのとき、母さんの声が……聞こえなくなったんだ。

それはほんの少し寂しいことだったけど、どこかの神様が僕に手を差し伸べてくれたのかなと信じて、そのときは本当にほっとした。僕はもう十分に苦しんだんじゃないか？　そう思った。母さんを置いて、新しい人生を始めることができるはずなんだ……しかし、その瞬間、彼女の声がまた戻ってきた。彼女には僕の考えなどすべてお見通しだったんだろうね。母さんは僕の耳元に、こう囁いた」

「ああ……」

——そんなのは嫌。私を捨てないで。

私は思わずぶるっと身震いすると、

「だとすると、それって——」

「そのとき確信したんだ。この声が一生消えることはないんだと。僕は誰にも助けられず、これからも一生、陰陽という二つの世界の際《きわ》に立ち続けなければいけない。目を閉じることができない魚になるんだ。僕はもう疲れ切ってしまっていた。視界がぼやけ、外の音が聞こえなくなり、誰かがゆっくりと僕の意識を入れ替えようとするのを感じた。僕はそれが誰なのか知っていた。そう、母さんが僕を連れ去りに来たんだ。

あの日、あの海で、あなたの友達が何を聞いたのか、そして何があったのか、僕にはわからない。しかし彼もその一瞬、僕のように怯《ひる》んだのだとすれば、鬼はそこにつけいって、彼の手を離させたんだろう」

彼は私の方に向き直ると、澄んだ一途な眼差しを私に向けた。その眸に私は、彼が赤く塗られたコインを受け取って「大丈夫だって」と話しかけてくれたあの冬の日の教室の光景を思い出していた。

彼はまったく変わっていない。彼の話が本当なのか嘘なのか、それは永遠にわからないことなんだ。

「だから……君だって後悔する必要などない」

「あなたの話は……すべて本当のことだったの？」

彼が何かを話そうとしたそのとき、窓の外に突風が吹き荒れ、窓ガラスや戸棚がガタガタと揺れはじめた。誰かをあざ笑うようなその音を聞きながら、彼は何も言わずにブラインドを上げると、がたついた窓にしっかりと鍵をかける。

「十年間修行を続けて、ようやくそんな声ともうまく付き合っていくことができるようになってね、必要なときには昼寝もして、もう自分の意識をあいつらに乗っ取られるようなこともなくなった。君の友達だって、自分の生き方に合わせたやり方を見つけられたんじゃないか」

「もし彼が元気でいるなら、どうして私に連絡をしてこないんでしょう？」

「僕たちのような人間は、あまり人と深く関わり合いを持つべきじゃない」

「でも、それで寂しくないんですか？」

「生き方なんて人それぞれだ。自分のやり方が一番だよ」

そう言うと、彼は私に向かって微笑した。

そのとき、私は今までにないほど穏やかな気持ちに満たされていた。私はうまくやった——実際、私が彼の口から聞きたかった言葉は、それだけだったのだから。

　涙でまだ視界がぼやけていた。あるいは彼の言う通りなのかもしれない。彼はこの世とあの世の際に立つ魚となって、私が永遠に辿り着けない世界に行ってしまったのだ。でも、彼が元気でいてくれればそれでいい。私は深々と頭を下げると、言った。

「ありがとうございます。知りたかったことはすべてわかりました。今日の相談料を教えてください。後でもいいですから。それとこの箸は元の持ち主に戻すべきなんでしょうけど、いま彼がどこにいるのかわからないんです。もしよかったら、この片方の箸をあなたに預けてもいいでしょうか？」

　彼はうつむきながら、愁《うれ》いを帯びた声になって、

「これは結婚する女性が持っているようなものじゃない。僕に譲ってくれるのなら、死者がきちんと成仏できるよう、供養しておきましょう」

「ありがとうございます」

　珊瑚の箸を彼に手渡して、私はようやく重荷をおろしたような虚脱感に浸っていた。十五年という歳月を経て、ようやく箸は持ち主の元に戻ったのだ。

「ちょっと待ってくれないかな」

　彼はふいにそう言うと、ポケットのなかから何かを取り出し、手を開いた――

　それは青いろをしたミントキャンディだった。

「あげよう」

「あなたは……いつもこれを持ち歩いているの？」

「ああ。泣き虫の友達から聞いてね。こいつを口にすると、不思議なことに涙が止まるらしい」

　ふと自分の頬に触れると、ひそかな涙に濡れてひんやりとした。彼もまた頬を伝い落ちる涙にうろたえながら、言った。

「どうだい、試してみないか？」

「あなたが一粒食べるなら、ね」

彼は一瞬、呆気《あっけ》にとられたような顔をすると、私に向かって微笑んだ。

「いいだろう」

透明なビニールの包みを破ると、彼の掌にガラス色をした二粒のミントキャンディが転がった。

それは、それぞれの軌道を描いて瞬《またた》く星のように見えた。

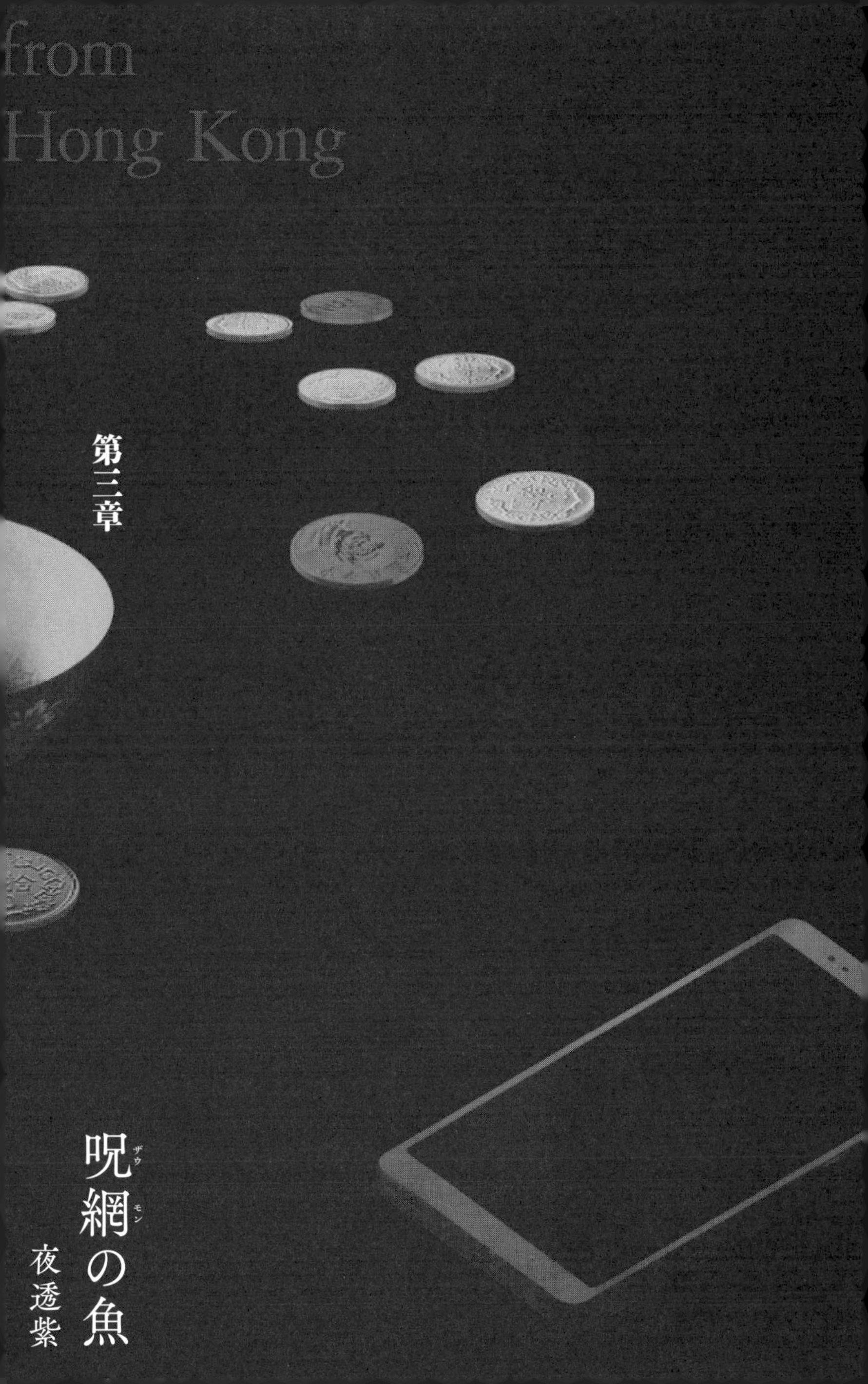

from
Hong Kong

第三章

呪《ザウ》網《モン》の魚

夜透紫

私の両手は小刻みに震えていた。やっとのことで鍵を挿《さ》し込みドアを引き開けると、そのまま部屋に飛び込む――そこに、あの子がいた。開け放たれた玻璃《はり》窓にちょこんと座り、半身を乗り出すようにして。スマホが手のなかで震えている。あの子と同じように、うつろさにとらわれた心のまま、私は叫んだ。

「小魚《シウユエ》！」

振り返ったあの子のあどけない顔は涙でくしゃくしゃになっている。建物の外から吹き込む風にあおられて、白っぽい制服と長い髪が揺れていた。現実の光景とは思えない。あの子を刺激しないように、ゆっくりと前に進もうとする。だが少しでもここで動いてしまえば、後悔するのではないか。そう思うと足は強《こわ》ばり、私は身じろぎもせずその場に呆然《ぼうぜん》と立ち尽くした。

どうして？　どうしてなの？　どうしてなの？　頭のなかに疑問はとめどもなく膨れあがり、私は水から引き上げられた魚のように喘《あえ》ぎ喘ぎしながら、哀願するような声になって、「動かないで。いったい何があったのか私に話してくれれば――」

そう言うと、あの子は悲壮な顔で頭を振った。ぼんやりとした眼差《まなざ》しで私を見据《みす》えると、独《ひと》り言《ごと》のように、

「鬼新娘《グワイサンネウ》が待っているから、行かなくちゃ……」

次の瞬間、目の前には窓枠だけが――誰もいない窓枠だけがあった。

私は瞬《まばた》きをする。ふと、疑問が湧《わ》いた。いま目の前に見た光景は幻覚だったのだろうか？　この時間は、レストランで待ち合わせをして、そのあと、あの子と私は一緒に食事をしているはずだった。学校でのあれこれを、あの子は私に話してくれるはずだったのに――

時間が止まったかのように、しんかんと静まり返った窓の向こうで、何かが地面に叩《たた》きつけられる音がした。私の独りよがりな希望は打ち砕かれ、その瞬間、体は床に倒れ込む。

凍《こご》えるような風の轟《とどろ》きばかりが耳につき、あの子が最後につぶやいた言葉だけが、いつまでも頭のなかにこだましていた。

＊

授業が終わり、林麗娜《ラムライノー》はメイク道具をしまいながら、講師に教わった要点を頭のなかでまとめていた。

二十二歳の彼女は、メイクアップのインフルエンサーとして、ネットでは名の知れた存在だった。もっとも動画サイトに公開した完璧なメイクで知名度と好感度を得ることはできたものの、セルフメイクの自己アピールと、他人に化粧を施すのではまるで違う。神様から授けられた整った顔立ちを持つものにとって、化粧はあくまで添え物に過ぎない。自分とまったく違う、むやみに顴骨《かんこつ》の張った輪郭に老化肌、しょぼくれた瞳に一重瞼《ひとえまぶた》……それらをいったいどう修正すればいいというのだろう？　いままでは自分の肌に合った化粧をしていただけに過ぎなかったのだ。資格を得るため入学した専門学校だったが、自分の知識はまったく生半可なものだったらしい。

誰もが心のなかで理想の顔というものを持っている。メイクアップアーティストといっても、そこを理解していないと、たとえ大スターのように美しく見せることはできても、クライアントを満足させることはできませんよ——講師のこの言葉が、なぜこれほど自分の心を揺さぶったのかは、実のところ麗娜にもよくわかっていない。授業料はかなりの高額だったが、かりに自分がいまのように落ちぶれていなければ、これほどの大金を払って入学しただろうかと思う。

「あの事件」によって、麗娜は生活の支えを失ってしまっていた。自分の力だけで生きていくとなると、生半可な気持ちではやっていけない。だが、もしプロとしての資格を得れば、メイクアップアーティストとして独り立ちできる。そうなればフォトモのバイトをする必要もなくなるし、ネット民たちの好奇の目にさらされることもない……

「彼女でしょぉ。『みにくいあひるの子』のナナちゃんって」

教室にいる生徒たちの聞こえよがしな囁《ささや》き声が、麗娜の耳に入ってきた。

聞こえないふりをしながらメイク道具を片付ける。以前であれば、赤の他人に認められ、出演番組を知られるだけでも喜んでいたというのに今はどうだ。鰐《わに》に嚙《か》まれて水底《みなそこ》に引きずり込まれる水鳥のように、一刻も早くそこから逃れたいという気持ちでいっぱいだった。

「昨夜やっとビデオを見つけたんだけどさ、これって決定的証拠じゃない？　なんで警察が逮捕しなかったのか理解できなくない？」

声をひそめて話をしている彼女たちの方を振り向いちゃだめ。目を合わせないように。どんな表情を見せたって、好奇の目でじろじろ見られるだけなんだから。わざと知らぬふりをして教室を出ようとすると、二人の若い女性がこちらを見ながら話をしているのが目に入った。

絶対、彼女がやったのよ。

単なる思い過ごしだ。こんなに離れているんだから、彼女たちの話が聞こえるはずもない。

麗娜は足早に教室を飛び出していく。

いつもなら、午後八時に皆でスタジオに集まり、来週の番組の打ち合わせをしているはずだった。それが一ヶ月前に、ネット番組を共同運営していた恋人の龔霆聴《クンテインツン》が亡くなり、スタジオはすでにクローズされてしまっている。そこで麗娜は、二年にわたって運営してきたネット番組とともに、「ナナ」という愛称も捨てて、すべてを一からやり直そうと心に決めた。だがそれは薄氷の上をおそるおそる歩くことと変わらない。一歩踏み出すごとに、いちいち他人がその足を引っ張ろうとするのだから。

いっこうに気分が晴れないまま外に出ると、夜の嵐が吹き荒れていた。髪も服もずぶ濡《ぬ》れでバスに駆け込むと、財布を握りしめたまま、ふらふらと空いている席に座り込む。バスの運転手を盗み見て、乗客の誰もがうなだれるように下を向いているのを確かめると、彼女は安心したように化粧品とティッシュを取り出した。ウオータープルーフのおかげで、どうにかアイメイクも崩れてはいない。

彼女はスマホを取り出した。一瞬ためらったが、SNSのサイトを開いてみる。

すべてを一からやり直したいという気ばかりが焦《あせ》って、地に足がついていないことは自分でもわかっていた。何をやるのも嫌になり、漫然とSNSを巡回しては、匿名《とくめい》で書き込まれた一ヶ月前の悲劇について、連中が話していることをついつい覗《のぞ》いてしまう。何を話しているのか気になる一方で、いつこの苦しみから解放されるのかと待ち続ける自分がいた。同じ講座に通っているクラスの二人が、いつ自分のことをネットにさらすのかと思うと、心はいっこうに落ち着かなかった。

友達に聞いたんだけど、二日前だったかな。ナナがさ、若い男と一緒に食事していたところを見たんだって。彼氏が亡くなってまだ一ヶ月でしょ。「寝取られ」って噂《うわさ》も本当なんじゃやない。

彼女はその書き込みに目を凝《こ》らした。まさか赤の他人がこんな悪意に満ちた言葉をネットに吐き散らすとは、彼女にとっては想像もできないことだったが、

問題はさ、それが彼氏の亡くなる前だったのか、それとも後だったのか、ってことじゃね？

あの女の、好きそうな顔からして、相手が一人だけってことはないかもしれんよ。典型的な香港女。誰とでも寝るなら、俺にもやらせろっての。


ネット民は好き勝手なことをつぶやいている。

この一ヶ月のあいだ、麗娜はどんなにひどい書き込みにも目を通してきた。彼らが話題にしているのは中学時代の同級生で、スタジオから撮影の大道具や荷物を運ぶのを手伝ってくれたから、そのお礼にと食事に誘っただけなのに。これが間違っていたというのだろうか？　いったい自分はいつまで真犯人のスケープゴートにされるのだろう？

もう忘れることだ。麗娜は大きく溜《た》め息をつくと、そう自分に言い聞かせた。もう一ヶ月もすれば、きっとみんな忘れてしまう。あいつらだって他に面白い話題を見つければそれに飛びつくだろうから……そのときティン、という音がして、スマホがショートメッセージを受信したことを知らせてきた。

彼女はメッセージをクリックする。知らないアカウントからだった。見知らぬ人からのメッセージを拒否するように設定したかったが、仕事の依頼を考えるとブロックもできない。

穿越娛楽《タイムスリップエンターテイメント》「次の日曜日に開催されるゲームショーのイベントのことで相談があります。コスプレしてもらって新作格闘技ゲームを宣伝するというものなんですけど、時給三百でどうでしょう？　興味ありますか？」

ここ最近は動画の収入もさっぱりで、生活のやりくりも大変だった麗娜にとって、その時給は魅力的だった。最近知った「ネガティブマーケティング」という言葉がふと脳裡《のうり》をよぎったが、彼女はひとまず返信をする。

ナナ「まずはキャラの写真を見せてもらえますか？」
穿越娯楽「ほんの少し露出もあります。どうでしょう？」
ナナ「写真ですか」
穿越娯楽「時代もののキャラで、コスチュームはこちらで用意します」
ナナ「どんなキャラですか？」

何度もやりとりをしたあとで、ようやく写真が送られてきた。麗娜は何となしに、そのゲームの公式サイトをチェックしてみる。先方が依頼しているのは潘金蓮《はんきんれん》というキャラらしい。彼女は悩みながらも、

ナナ「私にこのキャラを選んだのはわざとですか？」
穿越娯楽「でも宣伝になるでしょ。どう、受けてくれます？」

いいかげんにしてよ！　と叫びたい気持ちだったが、深呼吸をしてようやく気持ちを落ち着けると、つくり笑いのアイコンだけを送信する。

ナナ「すいません。その日は別の仕事が入ってますので」

穿越娯楽「ギャラに不満？　でもマーケティング的にはどうです。あなたにとっても自己アピールできるいいチャンスだと思うんですけど。とにかく話題になれば何でもいいじゃないですか。どうです？　受けてくれるなら、その日のうちに記事にしてもらえると思いますが？」

ナナ「その日は空いてないんです。さようなら！」

誰が有名になりたいなんて言った？　麗娜は鳴り止《や》まないアラートを無視してメッセージをクローズする。

ようやく人心地がついたところで、また着信音が鳴った。またかと思い、思わず四文字言葉が喉から出かかったところで、電話の主《ぬし》が「大家」だったのに気がつくと、麗娜は肩をすくめて、あえて電話に出なかった。先月、電話で家賃の支払いを催促されたとき、大家が退去をほのめかしていたことを思い出す。慇懃《いんぎん》な言葉遣いではあったものの、彼女がネットの噂話を耳にしていないとも限らない。

最近は家賃の値上がりも著しく、かといって、ネットの噂が気になるからとそれだけの理由で引っ越すのも馬鹿馬鹿しい。さっき断った仕事の依頼を思い出すにつれ、後悔はじっくりと胸に這《は》いのぼった。無視を決め込んでも着信音はしつこく鳴り続け、乗客たちが不審そうにこちらを見ているのが恥ずかしい。相手が諦《あきら》めるまでサイレントモードにすると、彼女はハンカチを取り出した。びしょ濡れのままの髪を拭《ぬぐ》うふりをして、目尻に残る涙を拭う。心に決めたプロのメイクアップアーティストになる夢は再び遠のき、自分は一生、殺人事件の容疑者というレッテルを貼られたままでいるのかと思うと、次第に重苦しく不安な気分になっていく。

麗娜を乗せたバスは、眩《まばゆ》いネオンのきらめく香港の街を走り過ぎていく。香港の夜の街の賑《にぎ》やかさに較《くら》べると、麗娜の心は空っぽで、乾ききっていた。その空虚な心は、ネオンに照らされた看板に浮かび上がる幽霊のようだった。このままバスに乗っていればどこに辿《たど》り着くのか彼女は知っていたが、人生の先行きはあてどもない。そしてまたそんな自分に助言をしてくれるひとも彼女の周りにはいなかった。

素人《しろうと》のメイクアップアーティスト。フォトモという肩書きしかない自分を、いったいいつまで支えられるのだろう？

スマホがまた振動する。彼女はそれを額にかざすと、祈るようにつぶやいた。

――今度こそまともな仕事でありますように。どうか、どうかお願いします。

スマホをタップし、発信者の名前を見ると、彼女は啞然《あぜん》となった。その次に込み上げてきたのは怒りで、発信者の欄には――

「鬼新娘」

そう記されている。

鬼新娘とは、数ヶ月前にネットで話題となった都市伝説の主人公だった。そのことは、自分の恋人だった阿聰《アツン》（名前に「阿」をつける香港の呼び方）の死にも大きく関わっている。いまでも阿聰は鬼新娘に呪《のろ》い殺されたのだと言う者もいるくらいで、その名前を騙《かた》れば彼女の興味を惹《ひ》くことができるとでも考えたのだろう。思わずスマホを切ろうかとも思ったが、あやうく涙がこぼれそうになって、麗娜は慌てて目を押さえた。

それでもスマホは震えたままで、いっこうに止まる様子はない。

どこの誰かは知らないけど、おそらくは探偵気取りのネット民だろう。彼らは警察がまだ発見していない証拠を探り当てたとうそぶいては、「おまえがやったんだろ」と食い下がってくるのだ。あるいは「ビッチ」だの「ヤリマン」だのと罵倒してくるものもいる。そうした誹謗《ひぼう》中傷は、麗娜にとって、ときに刑務所に入れられるより、また殺されるよりも遥《はる》かに恐ろしいことのように感じられた。

彼女は泣き出したい衝動を必死に抑えながらも、気にすることはないわ、ただの冗談なんだから、と考える。

　そうよ。ただの冗談じゃない。そんなものに負けるわけにはいかなかった。何度か深呼吸をしたあと、彼女は再びスマホを開き、メッセージをタップした。

「鬼新娘」はすでにオフラインになっている。

　ただ一件のメッセージが残されていた。麗娜は慌ててその文字を追った。


　林麗娜、林麗娜。ついにあなたを見つけたわ、林麗娜。あなたは呪われる。あなたたち四人は呪われるのよ。龔霆聰、林麗娜、李一志《レイジャッヂィ》、葉思婕《イプシウジッ》。あなたたちは一揃《ひとそろ》えの箸《はし》を手にしたところ。一人目は龔霆聰。あなたは二人目？　それとも三人目かしら？　最後まで生き残ったのが犯人よ。それはあなたかしら。よく考えてみることね。あなたの目の前で恋人を殺したのは、いったい誰？


龔霆聰、林麗娜、李一志、葉思婕——そこにはスタジオの仲間たち全員の名前が記されていた。彼らは、古い商業ビルに入っていた小さな事務所をスタジオにし、ネットでチャンネル配信をしていた仲間たちだった。トーク番組のメインを張る「時計じかけのレモン」こと龔霆聰に、美容チャンネルの司会を務める「ナナ」こと林麗娜、ゲーム実況を担当する李一志と、もっぱら広告やファン向けのサイト管理と編集という、裏方を一手に引き受けていた「ジェシカ」こと葉思婕だった。

　解散するまでその四人だけで切り盛りしていた番組のなかでは、自分たちの本名を公開していない。裏方の思婕にいたっては番組でその姿を見せることもなかったのである。

「鬼新娘」はいったいどうやって自分たちの名前を知ったのだろう？

　プラスチックの丼が床に落ちる激しい音が、麗娜の耳に痛く蘇《よみがえ》った。スマホのアルバムに保存されている写真のように、かつての日々が鮮やかに思い出される。しかしその最後は、顔を真っ赤にしてカメラの前に倒れ込む阿聰の姿だった。

こんなにも醜い姿をさらして息絶えることに対する、恐怖と憎しみに満ちた彼の顔——

その後、この事件はニュースでも短く報じられたが、「警察が捜査を進めている」という決まり文句で片付けられたまま、メディアからも忘れ去られてしまっていた。一ヶ月を経て犯人逮捕の新しい記事でも出ない限り、事件は大方の記憶からはとうに薄らぎ、誰も気に留めることはない——はずだった。ネット民だけは、麗娜が警察に逮捕されなかった事実も無視して、勝手に麗娜を犯人と決めつけていた。あの事件そのものが、麗娜にとっては、足をすくわれて海に落ち、狩りを愉《たの》しむ鮫《さめ》の群れに囲まれてしまったようなもので、遠くに去って行く救助船を絶望的な気持ちで眺めながら、今また。

そこにネット民たちの理不尽な攻撃が加わろうとしている。まさにピラニアたちが彼女の血肉を貪《むさぼ》ろうとしているとも言えた。

麗娜は汗に濡れた掌《てのひら》で、メッセージを送りつけてきた人物のアドレスを確認する。おそらくこのためだけに取得した新しいアカウントなのだろう。アイコンは、赤いろの小魚が闇のなかを泳いでいるように見え、その尻尾《しっぽ》はマーメイドラインをあしらったウエディングドレスのドレープのようだ。アカウント情報には、女性であるとしか記載がない。軽いいたずらのつもりで、こうした呪いの言葉を吐きつける輩《やから》は以前もいたが、かつての仕事仲間の名前を出してきたのは今回がはじめてだった。

雨のせいか、冷房が強すぎるのか、麗娜は肌寒さにぶるっと身震いをする……

——救急車のなかで、阿聰は苦痛に耐えながら彼女の手を握りしめていた。車窓からの明かりに照らされて、苦悶《くもん》に歪《ゆが》むその顔が浮かびあがる。死はすぐそこにまで迫り、すでに彼は彼女の手の及ばないところにあった。

麗娜はその死の影を振り払うべく、犯人を見つけられない警察への怒りも忘れて、今はただ自分の人生を生きたい。それだけを願って、新たな一歩を踏み出そうとしていた矢先のことだった。

あなたの目の前で恋人を殺したのは、いったい誰？

顔をあげると、車窓の風景は水滴の向こうに滲《にじ》んで連なり、まるで異国の地に迷い込んでしまったような不思議な心地がした。彼女は戸惑いながら車窓の向こうに目を凝らす。

どうやらバスを乗り過ごしてしまったらしい。

「新娘潭《ブライズプール》の鬼新娘」というのは香港でも有名な怪談のひとつだった。

その都市伝説というのはこういうものだ。結婚を間近に控えたうら若い娘が、沼のすぐそばで交通事故に遭い、乗車していたセダンもろとも水中に没して溺死した。それからというもの、地元では今も娘が地縛霊《じばくれい》となってさまよっているという噂が立ち、そのあたりは新娘潭と呼ばれるようになった。そこには照鏡潭《ミラープール》と呼ばれる池があり、鬼新娘はそこで水面《みなも》に映った自分の姿を見て化粧をする。またその近くには新娘潭路《ブライズプール・ロード》が開通したものの、そこでは不慮の事故が相次ぎ、それもまた鬼新娘の祟《たた》りだと噂されているのだが——

急速な都市化を遂げた香港では、「一本道」や「狐仙《こせん》」といった類いの怪談に関連する心霊スポットや建物は姿を消し、やがてそれらは人々の記憶からも薄らいでいった。

だが今年の三月終わりに、ネットでは再び鬼新娘の祟りが話題となった。ほとんどの人はそれをやらせと軽く受け流したが、それでも異常な盛り上がりはますます勢いを見せ、「新娘潭に白米を盛った茶碗《ちゃわん》をおき、そこに呪いたい人の名を記した一揃えの箸を立てておくと、鬼新娘がその人の魂を地獄へと引きずり込み、祝宴をひらく」——という話が出たのをきっかけに、ネット民たちがそれに乗じ、さまざまな尾鰭《おひれ》をつけてはこの噂を拡散させていった。箸を突き立てた茶碗の背後に、若い女性がぼんやりと写っている写真がアップされると、いよいよネットメディアにも取り上げられ、新娘潭のある郊野公園《カントリーパーク》のあたりで多くの人たちが写真を撮っては、次々とＳＮＳに投稿を始めた。まさに噂が噂を呼ぶかたちでとめどもない拡散が繰り拡げられていったのである。

八字が軽ければその魂は肉体に戻ることなく、たとえ陽気が重くとも病に倒れて悪夢にうなされる。箸に書いた名前と同姓同名の人物が、誤って呪いの対象とされてしまうこともある。だからもう一方の箸には、呪いたい人のスマホの番号を記しておくといい。さらに化粧品を供えておけば効果は抜群……と、話の内容もさまざまで、なかには、赤いドレスをまとった女が、その近くで突然姿を消すのを目撃したネット民もいるらしい。

当初はただの地縛霊に過ぎなかった鬼新娘は、いまやあらゆる場所に出没して人々に災いをもたらす悪鬼となっていた。ネット民の多くがこの流れを見逃すはずはない。この格好のネタに飛びつき、くだんの儀式をおどろおどろしく実況中継する猛者《もさ》まで現れる始末だった。

麗娜のスタジオのメイン番組「時計じかけのレモン」の司会は彼女の恋人の龔霆聰で、彼は喋《しゃべ》りもうまく、人を惹きつける声音と自信たっぷりな表情に、博覧強記《はくらんきょうき》な才能もあいまって、あっという間に人気者となった。この番組では、五月末までくだんの都市伝説には静観を決めこんでいたものの――

ひとたび鬼新娘を取り上げたところ、これがあたった。

それは彼のちょっとした爆弾発言がきっかけで、

「鬼新娘なんているわけないじゃん。だ、か、ら。いいかい。『鬼新娘の箸の呪い』なんてのも、まったくのでたらめなんだって。嘘《うそ》っぱちだ。ただのでっち上げなんだよ」

ライブ中継のなかで、阿聰は口の端を上げて――それは麗娜がお気に入りの、自信たっぷりの笑顔だったのだけれど――こう、うそぶいたのである。

「そもそも鬼新娘の都市伝説は、俺がでっち上げたもんなんだもの」

そう切り出すと、彼は都市伝説をつくり上げていく「過程」をつぶさに、事細かに説明していった。フェイク心霊写真のつくりかた。「箸の呪い」の道具と儀式をどうやって思いついたか。メディアを騙《だま》してこの噂を仕掛けるやり口にくわえて、でたらめな噂話をどうやって拡散させていくか……彼は意気揚々と皮肉も交えて、ネット民たちをあざ笑うように、滔々《とうとう》と説いて聞かせた。

「俺はねぇ。君たちに論理的思考の重要さというものを理解してもらうために、こんなことをやったってわけなのさ！」

彼はそう言って、自分は正しいことをしたんだ、と主張した。

この日の放送をきっかけとして、番組は一気に注目を集めるようになり、まず検索キーワードのトレンドに入ると、それからひと月もしないうちに、チャンネルのフォロワー数は以前の倍を超えた。番組を痛烈に批判するアンチもいたが、同じくらいの熱烈な信者もいて、この一年ものあいだ経営不振に喘いでいたスタジオは見事に立ち直った。それにつれて業界の人脈も増え、財務状況も目に見えるほどに改善していったのである。

エアコンのついていないスタジオで、阿聰はこの日のためにと買っておいたシャンパンを開けると、四個のグラスに注ぎ入れた。四人がグラスを空《くう》に打ち合わせると、黄金《こがね》いろの泡が立ち昇る。それは四人にとって、動画の再生数がぐんぐん伸びていくのと同じくらいの、まさに至福のときと言えた。

だが、その後もスタジオの運営に対する批判は増えるばかりで、彼らを口汚く呪う投稿の数々に恐れをなした麗娜は、「ほどほどにしておいた方がいいんじゃない」と阿聰に進言したものの、彼は鼻で笑うばかりで取りつく島もない。だったらと、阿聰とは小学校からの友人である一志に説得してもらおうと話をすると、

「そういうのは成功の代償だからなあ」

そう言って一志は肩をすくめた。

「変なものを送りつけられても怖がることはないさ。そんなもの、ただのいたずらなんだから」

「でも本当に多いのよ、最近はそういうのが」

当初はそれほど乗り気ではなかった思婕が、そう言って口を挟むと、

「でも彼にしてみれば、そういう反応も最初から織り込み済みだったみたいね」

彼らの話にひとり納得したふりしかできない自分がふがいなかった。その当時は、自分たちもまさかこれほど大変なことになるとは考えてもいなかったのである。ネットでの誹謗中傷はしばらく続いたが、六月末になって、阿聰は再びこの話題を番組で取り上げた。その日は、番組名の書かれたモノクロの背景に、インダストリアルデザインのテーブルを前に設《しつら》えたセットで、彼は勇ましく椅子から立ちあがると、ゆっくりとこう切り出した。

「視聴者の皆さんからのお便りにはすべて目を通しました。しかしまあ、すべての証拠を提示して、都市伝説がでたらめであることを証明したっていうのにさ、単なる迷信をまだ信じ込んだままでいる人の多いこと多いこと。騙されているってことがわかってないんだな、どうやらこれが。話さなかったっけ？　そういう人たちっていうのは、真実から目をそらしているんだよ」

彼はテーブルの上に置かれた消印のある封筒を手で示すと、それを開封した。出てきたのは、袋から取り出された割り箸で、

「自分の間違いを認めることもできずにぶち切れるだけで、最近はこんな箸を送りつけてくる。これも今朝、郵便で届いたんだけど、ちょっと見てくれよ。俺の名前と携帯電話の番号も書いてある。これは何ですか？　脅迫かな？」

彼は手にした箸をひらひらさせながら、あざ笑った。

特集の五、六回目あたりから、スタジオにはこうした呪いの箸が送られてくるようになった。その箸に自分の名前が書き込まれているのを見た阿聰は、冷ややかな侮蔑《ぶべつ》に似た笑いを浮かべると、一志

にそれを捨てるよう言い渡した。自分を攻撃してくるやつらとは真っ向勝負をしてやるという気持ちは、そのときに芽生えたのかもしれない。その日の朝は一志が郵便物を回収し、封筒のなかに箸があったので捨てようとしたところへ、そばから阿聴が声をかけてきた。その封筒を一志の手から取り上げると、今日はこいつを番組で使うから、と言う。

「俺の携帯番号を知っているのに、電話してくる勇気はないってわけだ。こういう形で脅迫してくるくらいのことしかできないと。さすがッ、卑怯者《ひきょうもの》だな！　『鬼新娘』の呪いが俺に効《き》くとでも思っているのかねぇ？」

彼は気取った仕草で眼鏡《めがね》を押し上げると、カメラを真っ正面に見据えながら、正義漢ぶった口調で、

「目を覚ませって！　ちょっとでも頭を使えば、こんなことはすぐにわかるはずじゃないか。この世に鬼だの幽霊だの呪いなんてものは存在しない。いるのはお前たちみたいに、考えることを拒否した迷信家どもだけじゃないか！」

その一言をきっかけに、動画の下に表示されたコメント欄がもの凄《すご》い勢いで流れていく。

前回の放送では、番組を支持する視聴者と激怒したものとのコメントが拮抗《きっこう》していたのに対して、今回はほぼ批判ばかりが目についた。罵倒するコメントがスマホの画面に溢《あふ》れていくのを、麗娜は両手を握りしめて見守った。恋人に対する攻撃が自分の心臓をしたたかに打ち抜いていくのを感じながら。

阿聴はテーブルの上に置かれたタブレットに目をくれると、口の端を歪めて、

「本当は呪われるのが怖くて、内心はビクビクしてるんじゃないかって？　冗談じゃない。名前や数字が書いてあろうがそんなものは関係ない。ただの割り箸じゃないか。食事をするための道具だぜ、ただの。それでも信じないっていうのなら証明してやろうか。幸い今日は食品会社がスポンサーだし、ここに箸もある。せっかくだから使ってみようか。三分待ってくれ。そのあと認知心理学の視点から、

迷信について色々と話をしてみるつもりだ」

そう話し終えると、彼はカメラの外で仲間たちに手で合図を送った。

だがそのときの三人はおどろいていた。というのも、来週までCM撮影の予定など入っていなかったからだが、麗娜は阿聰の焦った様子を見てとると、どうすればいいかと考えあぐねている思婕に、料理――蝦子麺《ハージーミン》(海老《えび》卵麺)の準備をするよう指示を出した。

そしていよいよ「時計じかけのレモン」ならではのパフォーマンスが始まった。阿聰のめっぽう鋭い饒舌《じょうぜつ》と話術は、あらかじめ台本を用意する必要もない。番組は滞りなく進行したが、コメント欄を見る限り、視聴者の関心はもっぱら「鬼新娘」に関するもののようで、ライブの内容を見ている気配もない。

阿聰はすっかり舞い上がっていた。麗娜が調理した麺を目の前に置くと、突然阿聰に抱き寄せられ、キスをされた。カメラの前で軽く抱き寄せられることはあったが、さすがにキスされたことはない。麗娜は拒むこともできず、カメラの前で恋人のされるままになるしかなかった。

「さあさあ皆さん。これが香港名物の蝦子麺だ。スポンサーは俺に感謝してもらわないとねぇ。だってさ、この番組開設以来、最高視聴率の真っ最中に宣伝をしてもらえるんだから」

阿聰は自分の名前が書かれた箸を手にして二本に割ると、麺のなかに差し込んだ。麗娜は不安そうにその様子を見守っていた。阿聰にはアレルギーがある。そんな誰から送られてきたのかも知れない箸を使って大丈夫だろうか。その一方、阿聰は言い出したら聞かない性格であることも、麗娜にはよくわかっていた。売られた喧嘩《けんか》は買う。阿聰はそのつもりなのだろう。

「見てるかな? ほらほら、君たちがわけのわからない呪いをかけた箸はこの通り、美味《おい》しそうなスープですっかり汚れてしまったけど。うん、うまいッ! 正直、これは広告とか抜きにしたって、想像以上にいい感じでないの」

彼は二口、麺をすすると、わざとらしく箸を舐《な》めて、

「蝦子麺といえば、麺をこねるときに海老の卵を練り込むのが伝統的なつくり方だよね。だから煮るときにわざわざ調味料を入れる必要もないってわけ。水だけでも充分にいける。完全に元の味に近く……」

そのとき、番組が始まって以来初めて、「時計じかけのレモン」が最後まで話を終えることができない事態が発生した。

阿聰は青ざめた顔をして、激しく咳《せ》き込んだ。

麺を吐き出した彼の顔が膨れあがっている。

麗娜が声をあげて彼に駆け寄った。一志がカメラの後ろから走り出てくると、慌てて中継画面を切り替えようとする。阿聰の吐き出した麺がテーブルからこぼれ出し、スープは剝《む》き出しになった麗娜の太腿《ふともも》に飛び散って火傷《やけど》となった。

阿聰を見ると、彼は喉をかきむしって必死に何かを訴えようとしている。カメラは大きく目を見開いた彼の表情をいっぱいに映し出し……

クリック音。そこで、麗娜は耐えきれなくなって、パソコンに保存してあった動画の再生をストップした。

彼女は今でもはっきりと覚えている。阿聰が亡くなったあともネットでの誹謗中傷は止むことなく、それが今になっても普段の生活をここまで苦しめることになるとは、麗娜も考えてはいなかった。阿聰がこの世を去ったその日、麗娜は彼を思って泣きじゃくった。彼との思い出の写真や品物は、すべてダンボール箱にしまってそのままになっている。どうしても捨てることができなかったのだ。先ほどの「鬼新娘」からのメッセージは、そんな彼女の哀《かな》しい記憶の数々を刃《やいば》で切り裂くようなものだ

った。

この一ヶ月のあいだに送られてきた悪質なメッセージはもちろん、麗娜は、自分の噂に関するネットのコメントにも目を通さずにはいられない。もっとも、それらはいずれも根拠のない推論ばかりで、読んでしまったあとになって激しく後悔するということの繰り返しだったが、鬼新娘はどうやらそれ以上のことを知っているらしい。麗娜はもう一度確認する。四人の名前に言及したネットや新聞はない。

言いようのない不安に襲われて、その夜の彼女は何度も繰り返してその動画を見直してみた。いまこうして見返してみても、そのときのことははっきりと覚えている。

——彼女が慌てて阿聰に水を飲ませようとすると、一志は険しい目つきになって、彼の「注射」を持ってくるよう命じ——そして、彼が手早く注射をすませると、麗娜も一緒に救急車で病院に向かった。しかし阿聰はその途中で心肺停止の状態に陥り、亡くなったのである。なすすべもなくみまかった彼を前に、麗娜は病院で慟哭《どうこく》した。

だがそれが悪夢の始まりだったのだ。

事件が発生したとき、一志は慌てて放送を中断したが、多くのネット民はバックアップを取っていた。ネットにアップロードされたものはすぐさま削除をするのだが、また新しいものがあげられる。まさにいたちごっこだった。動画には「死亡放送」などというタイトルがつけられ、多くのコメントが書き込まれている。

彼の死は鬼新娘の仕業なのか、あるいは現場にいた者の犯行なのか。それとも単なる偶然に過ぎないのか。

議論はあたかも素人《しろうと》探偵たちによる推理大会の様相を呈していた。

しかし、連中にしてみれば正解などどうでもいいことなのかもしれない。何の負い目も罪悪感も感じることなく、盛り上がればそれでいい。そういうことなのだろう。一志が管理するゲームチャンネルの登録ユーザは少なく、彼はネット民からしても、忘れられた存在だった。そして思婕は表には顔を出さない裏方。麗娜はネット美女にして、阿聰の恋人。連中たちがこの人物相関図をもとに恋愛スキャンダルをでっち上げることなど、いともたやすいことだった。

あの麺って彼女が運んできたんだろ。きっと毒を盛ったのは彼女さ。被害者の恋人となるとまあ、痴情のもつれってやつじゃね。だとしたら第三者がいるはずだ。彼が浮気をしていたか、あるいは女がヤリマンだったのか……

ネット民は想像をたくましくして、ガベルを手にした裁判官さながらに判決を言い渡す。

彼女はモデルだし、あの業界って色々あるんだろ。エロいことがさ。この写真の彼女のポーズを見てみろって。明らかに男を誘ってるだろ、これ。別の「セフレ」がいたりしてさ、色々あったんじゃね。顔はいかにも清純を気取ってるけど、案外ヤリマンだったりして……

もちろん証拠などあるはずがない。ただこれだけバズれば真《ま》に受けてしまう者もいるだろう。もっとも連中にしてみれば、信じるか信じないかなどどうでもよく、新しい情報が出るたび、それをネタにして盛り上がるのが愉しいだけで、議論そのものに意味はない。麗娜は部屋に引きこもり、パソコンを見ながら夜を明かす辛《つら》い日々を過ごしてきた。自殺を考えたこともある。だが死ぬのはとても怖い。臆病であるがゆえに生きている。

「林麗娜、林麗娜。ついにあなたを見つけたわ、林麗娜。あなたは呪われる。あなたたち四人は呪われるのよ」

麗娜は鬼新娘からのメッセージを低い声でつぶやくと、溜め息をついた。

ネット民は彼女が犯人であることに期待を寄せているものの、事件は未解決のままで、警察は箸を送ってきた人物を疑っている。だが封筒に残されていたのは消印と宛名《あてな》のみで、スタジオ以外の人物の指紋も検出されなかったため、警察はその手紙の差出人を突き止めることができないでいた。

阿聰の家は決して裕福ではなかったから、報奨金を出す余裕もない。誰かがこの事件の手掛かりを提供してくれればという期待はあったものの、それは犯人自ら名乗り出るのと同じくらいありえないことだった。阿聰の叔父《おじ》もアレルギーで亡くなっている。そして彼もまたその後を追ったことを、阿聰の両親も認めていた。差出人の名前も素性もわからないのなら、これ以上なすすべもない。警察に恨み言を言っても事件が解決するわけではないのだ。

容疑者は箸を送ってきた人物に違いない。

麗娜はそう信じていた。あるいは——自分はそう信じたいだけなのかもしれない。だがこの事件には、何かしら腑《ふ》に落ちないものが感じられるのである。

警察の捜査によって、袋麺と丼、スープと箸からアレルゲンが検出されていた。

麗娜の衣服にこぼされたスープからも同様に、微量のアレルゲンが検出されている。

だがそれだけで、原因物質が付着していたものが箸だったと言い切れるものだろうか？

阿聰はひどいピーナッツアレルギーだった。麗娜は交際していた二年間、彼とともにピーナッツを含有する製品はできる限り避けてきたつもりだ。ピーナッツチョコを食べたあとも、口をすすいでからでないと阿聰とは会わないようにしていたくらいで、ピーナッツを直接食べたり、食器についたピーナッツを触ったりすることが、阿聰のアレルギー反応を引き起こすことも知っていた。当然、スタジオにピーナッツ製品が置かれているはずもなく、それでも事件当日、阿聰は蝦子麺を食べて、重度のアレルギーを発症したのである。

むろん、蝦子麺そのものにピーナッツが混入されているわけはなく、三人の所持品はもとより、スタジオからもピーナッツ製品は発見されなかった。

だからこそネット民は麗娜を疑っているのだ――あの日、丼に入った袋麺に触れたのは彼女だけだったから。

だが、絶対に自分は犯人じゃない。

彼女にはスタジオの三人が犯人でないという確信があった……

ぼんやりとパソコンの画面を長い時間見つめていたら、お腹《なか》が空《す》いてきた。時計を見るととうに夜の十時を過ぎている。まだ夕食を食べていなかった。麗娜は溜め息をつくと、キッチンにあったインスタントラーメンと、冷凍庫から弁当用の肉を取り出した。昨日の残り物ばかりだったが、いまは節約しないといけない。

彼女はお湯を沸かすためガスコンロに火をつけると、そういえばあの日も同じようなことをしていたと思い出す。手狭な給湯室は二人いるともういっぱいで、コンロもなく、電子レンジと電気ケトルだけが置かれていた。食器は使う前にふきんできちんと拭いておくことにしていて、その点はその日も変わりない。阿聰に急《せ》かされていたにもかかわらず、麗娜はふだんと変わりなく袋麺の調理をしていた。

彼女は思婕から広告の商品を受け取ると、封を開けてなかの麺を取り出した。それを丼に入れると、電気ケトルのお湯を注ぎ入れ、電子レンジで温めたあと、阿聰の前に持って行った。正直にいうと、それだけでは美味しくない。これが家だったら、さらに二切れほどの牛肉と卵を加えてネギを添えただろう。

警察はもちろん電気ケトルの水も調べたが、疑わしいものは見つからなかった。それは、朝にそのまま水道の蛇口から注ぎ入れて沸騰させたもので、その日は麗娜もお茶を入れたが、異常はなく、キッチンはふだんと変わらずきれいだった。阿聰の言いつけで、三人がピーナッツ類を持っていなかったことは言うまでもない。

もしこれが殺人だとしたら——

もっとも疑わしいのは、匿名の人物から送られてきた箸ということになる。

麗娜は昨年、バレンタインデーのメイクを実演する番組で、恋人がピーナッツアレルギーであることをうっかり洩《も》らしてしまっていた。そのことで阿聰は不機嫌になり、二人の仲も険悪になったが、結局、麗娜が平謝りしてどうにかおさまったという経緯がある。二つの番組の視聴者は異なるものの、この番組を見て阿聰がピーナッツアレルギーであることを知った人物がいなかったという保証はない。あるいはファンがいたずらで箸にピーナッツオイルを塗っておき、それがもとで悲劇が起きたという可能性も考えられる。

かりにこれが故意に行われた殺人だったとすると疑問もある。阿聰がその日に必ず箸を使うことを、犯人はいったいどうやって知ったのだろう？　スタジオが匿名の人物からの箸を受け取ったのは、あのときが初めてというわけではない。以前はその日のうちにそうした郵便は捨てていたわけで、その日に阿聰が蝦子麺を食べるために箸を取っておいたのも、彼の単なる気まぐれに過ぎないのだ。

即席麺の製造工場には、ピーナッツオイルも置いてある。従業員の手にピーナッツオイルが付着していて、それが即席麺に移ってしまったという可能性は？　オイルそのものは毒ではない。手についたとしても誰も気に留めないだろう。だが、警察が捜査の過程でその点に思い至らないはずはなく、麺に問題はないということに落ち着き、記事ではこう報じられている。

「ピーナッツ成分が付着した箸を使って袋麺を食べたため、被害者はアレルギー発作を起こして死亡した。容疑者は手紙の差出人で、警察は引き続き目を光らせているが、逮捕は難しいものと考えている」

事件は未解決のまま、捜査はそこで打ち切られた。

麗娜、思婕と一志の三人は事件の関係者であり、捜査についてもおおよそのことは知っている。だが、他人となるとそうもいかない。ネットの動画を見ただけでは、あのとき袋麺がどうやって調理されたのかはもちろん、阿聰が麺を食べたのも彼の気まぐれであったことなど知るはずもない。スタジオでの作業分担についても同じで、これで犯行を推理するなど、とうてい無理に決まっている。

それでも鬼新娘は犯人を知っているという。彼女はいったいどうやってそれを知ったのだろう？

これが単なるはったりだとしたらネット民と同じだが、それ以上に質《たち》が悪い。

そう、考えすぎだと麗娜は思う。誰とも知れぬ人物のでたらめな言動に頭を悩ませても仕方がないと思い、彼女は何かを口にしてもう寝ることにした。箸立てから箸を取り出すと、その先から赤い血のようなものが滴《したた》っている……麗娜は悲鳴をあげて後ずさりし、冷蔵庫のドアに背をぶつけた。

血？　どうして血がついてるの？

違う……彼女は大きく目を見開くと、洗い桶《おけ》のなかにある食器をすべて取り出した。ナイフや箸だけじゃない、そこから滴る赤い液体がテーブルに流れ落ちるのを見て、彼女は恐る恐る血の出所を探そうとする。そしてついに赤い液体が滲み出ている何かを見つけた。彼女は息を止め、震えながらそれを拾いあげる。それは洗い桶にあった赤酢の瓶《びん》で、取り出すとその「血」は酸っぱい匂いがした。

「ただのお酢じゃない。まったく怖がりすぎよ」

乾いた笑みを浮かべ、つくった食事を持ってパソコンに戻ってきたその瞬間、メッセージの電子音が鳴り響いた。

差出人は「鬼新娘」とある。
気にすることなんかないわ。こんなのただのいたずらじゃない。
しかし、パソコンからの電子音が止むことはない。彼女は麺の入った丼を置くと、大きく息を継いでメッセージを開いた。

鬼新娘「こんばんは」
鬼新娘「簡単じゃなかったけど、やっとあなたを見つけたんだから」
鬼新娘「動画はもう見た？　誰が犯人か、わかったかな？」
ナナ「あなたが誰か知らないけど、つまらないことはやめて！　私を見つけて満足なんでしょ？　もうほっといてよ！　じゃあね！」

それから丸一分、相手はしばらく黙った。麗娜がささやかな勝利に浸りながら、箸を手にしたそのとき、新たにメッセージが送られてきた。そこには「怖いの？」とだけ記されている。
「私が……」
怖いはずないじゃない――麗娜は独りごちて歯ぎしりする。何かを言い返そうとしたところへ、あらかじめ用意していた文字をコピー&ペーストしたかのように新しいメッセージが表示された。
鬼新娘「私の言っていることは、単なる思いつきのでたらめなんだろって、思ってるんでしょ？　だったら、私だけが知っている秘密を教えてあげようかな。いい――あのとき、あなたは電子レンジで袋麺を調理したんでしょ。そして誰もそれに触れることはなかった」

またた。麗娜は総毛立つ思いで考える。鬼新娘はどうして誰も知らないはずのことを知っているのか。ビデオに給湯室での出来事は映っていない。だから電子レンジはもちろん、そこで麺を調理しているところが映像に残っているはずがないのだ。あのとき、カメラは固定されたまま、ずっと阿聰とテーブルを映し出していた。

だが鬼新娘のメッセージはそれだけでは終わらなかった。

鬼新娘「これはただのいたずらじゃないんだよ。偶然でもないし。それに真犯人はあなたの知らない赤の他人ってわけでもない。これはね、あなたの仲間による計画的な殺人ってわけ」

表示された文字を見て、麗娜は息を呑《の》んだ。

鬼新娘「犯人がどうやってその犯行を行ったのか。それがわからないのはあなただけ、ってわけじゃないいんだなあ。警察だって、そのことには全然注意を払ってなかったんだもの。それに、あなたはいま自分がおかれている状況をよく考えないとね。みんなはあなたがやったと思ってる。あのとき、真犯人がスタジオにいたと考えているのは私だけってわけ。それでもあなたは私から逃げるつもり？この事件の背後に何があったのか知りたくないの？　恋人を殺した犯人を知りたくないの？　彼のことはこのままでいいと思ってるかな？　悔しくないの？　あなたはそれでいいの？」

そのメッセージを読んでいるあいだ、麗娜は息をするのも忘れていたらしい。ようやく深呼吸をすると、ずっと堪《こら》えていた怒りと悔しさが胸に這い上ってくる。知りたくないの、ですって？　知りたくないはずがないじゃない！　でも、麗娜のような一市民が、いったい何をできるというのだろう。

警察だって犯人を捕まえることができないというのに——そんなことを考えていると、「それとも」という一言とともに、スマイルマークのアイコンが表示された。

鬼新娘「それとも、真相を突き止めて犯人を捕まえたって、すでに起きてしまったことを変えることなんかできるはずがない。そんなふうに考えているのかな？　そんなことより、これからどうやって生きていけばいいのか。そっちの方が大事だもんね。人間なんてみんな自分勝手だもの。彼のことをこれ以上蒸し返すのも嫌なんでしょ？」

画面の向こうにいる何者かは、あの事件を餌《えさ》にして痛いところを突いてくる。この数日はその繰り返しだった。それに麗娜はじっと耐えていたのだ。見知らぬ誰かの言葉にここまで翻弄《ほんろう》されるのも、彼女にとっては初めてのことだった。

これ以上、鬼新娘と話をするつもりはない。たまりかねて、彼女は思わず文字を打ち込んでいく。

ナナ「あなたは記者か何かなの？」
鬼新娘「違うよ」
鬼新娘「私は鬼新娘。あなたたちのしたことは全部お見通し」
ナナ「私をからかうために？　犯人を知っているなら教えてよ！　みんなに教えてあげればいいじゃない！　なんで幽霊の名前を騙ってこんなくだらないことをするの！」
鬼新娘「あはは」
鬼新娘「ああ、おかしい。私の名前を使って馬鹿なことをしてたのは、あなたたちの方でしょ。それなのに私の方が悪いって言うの？」

ナナ「じゃあ、あなたは本当に自分が鬼新娘だって言いたいわけ？　いつからあの世でもネットが使えるようになったの？　どこかおかしいんだったら、さっさと病院に行けばいいじゃない」

ぴしゃりと言い返すと、相手からの返事が止まった。ようやく諦めたかと思っていたところへ、ふたたび文字が表示される。

鬼新娘「閉じ込められてどこにも行けないのがどんな感じか、あなたにはわからないでしょうね」
鬼新娘「別に私の名前を使ってもいいんだよ。でも、あなたは私に呪われるのが怖くないのかな」
ナナ「本当に幽霊だっていうなら、いまここに化けて出てきて、私が何をしているか言ってごらんなさいよ！」

子供っぽい返事でやり返したものの、送信ボタンを押したあとになって、麗娜は後悔していた。本当に相手が「家でインスタントラーメンを食べているんでしょ」と答えてきたらどうする？　だがそれも阿聰が話していた通りで、すべては偶然。一人暮らしの女性の夕食が、インスタントラーメンというのも珍しいことじゃない。

鬼新娘「わからないわ」

麗娜はおや、と思う。まさか相手があっさりと引き下がるとは予想外だった。

鬼新娘「今はここから出られないの。でも、あなたがそのことをどう思おうと、それはたいして重要なことじゃない」
鬼新娘「私たちはお互いに何の関係もないけど、そもそも私にちょっかいを出したのはあなたたち四人が先でしょ。そうそう、鬼新娘の名前を持ちだしたのは阿聰だったね。くく。あなたたちは私のことを殺人鬼だ、って言ってたけど、人を傷つけたりしたことはないんだけどね」

自分が幽霊であることを今すぐ証明するつもりはないらしい。まずは内部の人間だけが知っている情報を持ち出して、こちらの興味を惹こうとする相手に対して、麗娜は訊《き》いた。

ナナ「あなたの目的は何なの？」

相手が自分をからかいたいだけだとすれば、それは十分に成功している。

鬼新娘「最初に言ったはず。あなたたちは呪われているの。箸の呪いをかけられている人に鬼新娘が取り憑くのは当然じゃない。これって、あなたたちが決めたことでしょ？」
ナナ「あなたは、あくまで鬼新娘として私と話がしたいってわけ？」
鬼新娘「でも、それじゃあ、つまらないでしょ」
鬼新娘「あなたが本当に怖がらなければならないのは、私じゃない。生きている人間よ。一人暮らしのあなたの住所を、仕事仲間の二人は知ってるんでしょ？　そうそう、最近は香港の治安もますます悪くなってきてるみたいだし」

その言葉に、麗娜は凍りついた。以前は阿聰と同棲《どうせい》していたが、今は一人暮らしだ。

ナナ「下らない駆け引きはやめて！　何か知っているなら早く教えてよ！」

鬼新娘からの返信はなく、カーソルが点滅を繰り返している。麗娜が不安に駆られながらじりじりしていると、突然、スマイルマークのアイコンが現れた。同じマークが次々と表示され、あっという間に画面を埋め尽くしてしまう。それは、仄暗《ほのぐら》い沼の底から聞こえてくる鬼新娘の荒々しい笑い声のようだった。

エンターキーを押せば入力したメッセージは送信され、新たに空行が表示されるはずである。機関銃掃射のように立て続けに表示されるスマイルマークを訝《いぶか》しんで、麗娜はエンターキーを押してみたが反応はない……アプリのエラー？　それとも誰かが何かしたのだろうか？　麗娜が総毛立ち、パソコンのスイッチに手を伸ばそうとしたそのとき——スマイルマークの連打がぴたりとやんで、新たなメッセージが表示された。

鬼新娘「ごめんなさい。あんまりおかしかったから。どうして私があなたを助けなくちゃいけないの？」

鬼新娘「それだったら、もうたくさんヒントを与えてるじゃない。ちゃんと頭を使って考えてみてよ？　自分の命がかかってるんだから、そんなに適当じゃ駄目。相手は殺人犯なんだからね。そんなことだと本当に殺されちゃうよ？　ネット民には罵倒されっぱなしだし。それでもいいの」

鬼新娘「あなたが先に犯人を見つけるか。それとも私が呪い殺すのが先か。いま私が興味のあるのはこれだけ」

そのメッセージを最後に、鬼新娘はログアウトした。

画面の向こう側から聞こえてくる乾いた笑い声に呆然としたまま、麗娜は冷たくなった掌で首筋を撫《な》でた。耳にまとわりついた笑い声が次第に遠ざかっていく。今や鬼新娘はでっちあげの怪談から、現実的な脅威へと姿を変え、麗娜の私生活に侵入してきたのだ。

恋人が亡くなったときの動画を再生しながら、麗娜は考える。

どうして鬼新娘は自分の知らないことを知っているのだろう？　彼女は本当に幽霊なのか？　麗娜は強く頭を振って、画面をじっと見つめた。

そのとき、スマホの着信音がし、彼女は悲鳴を上げて飛び上がった。テーブルの夕食をひっくり返しそうになりながら電話に出ると、幸い相手は生身の人間で、

「一志？　どうしたの。こんな夜中に……びっくりしたじゃない」

「今、いいかな？」

「だ、大丈夫よ。それで、いったい何？　最近どう？」

阿聰が亡くなってからというもの、一志が連絡をくれるのは久しぶりだったのに訝って、麗娜がそう訊くと、

「君と思婕にちょっと相談したいことがあってさ。明日の午後、空いてる？」

「多分大丈夫だと思うけど……でもスタジオはもう使えないんじゃないの？　だったら私たち――」

麗娜が言いかけたところを遮るように、一志は言った。

「スタジオじゃなくていい。明日、昼の十二時に、新娘潭の郊野公園で会おう」

「新娘潭？　どうしてそんなところで？」

「実際に現場で説明した方が話が早いと思ってね。だから明日、来てくれないか」

それだけを話し終えると、一志は一方的に電話を切ってしまった。麗娜はスマホの画面をじっと見

つめながら考える。得体の知れない鬼新娘から悪意のあるメッセージが送られてきたそのすぐあとに、今度は一ヶ月ものあいだ連絡を取っていない一志からの電話があった。

偶然というにはできすぎている。麗娜の不安は募るばかりだった。

＊

「決まりだな！　こいつをネタに都市伝説をでっち上げようぜ！」

阿聰の軽々しい言葉に、麗娜と思婕、一志の三人は何の反応もできなかった。

この日、四人は、今後の運営について話し合うため、スタジオで顔を合わせた。一志の父親から無償で借りているスタジオの返却時期が迫っているものの、事業の方は芳《かんば》しくない。資金繰りもすでに滞っていた。余剰金を計算した結果、七月までに加入者数と広告収入を増やせなければスタジオを返却せざるを得なくなるという。

「都市伝説をでっち上げる、ってどういうこと？」

阿聰の言葉の意味をはかりかねて、思婕が訊いた。

「それって、一志を伝説のゲーマーにしようってこと？」

思婕に一志、麗娜の三人は、一志が担当しているゲーム実況番組についてどうすればいいかを議論しているところだったが、当の一志は、『すぐわかるビッグデータ』と表紙に大書《たいしょ》されたベストセラーの実用書を読むのに夢中で、話を聞いていない。

一志と阿聰は知り合って十年になる。口が達者な阿聰に対して、一志は無口。ゲーム実況といえば熱っぽい調子でやるものだが、一志には何を考えているのかよくわからないところがある。麗娜はゲーマーというわけではないが、他人の実況の方がはるかに面白くてエキサイティングだと感じていた。

ただ、一志に対して阿聡と同じように演じさせようというのは無理がある。いかにもオタクっぽい外見を変えて、韓国風の髪型にすれば……とも思うが、一志は乗り気ではない。何を考えているのかわからないだけでなく、彼はまた女心もわからない真性のオタクだった。

「こいつの番組のことじゃないって。ゲーム実況で新しいことをやろうっても、難しいだろ。俺が言ってるのは、自分の番組の『時計じかけのレモン』のことでさ」

阿聡はすっかり興奮したていでそう切り出すと、思婕のそばに置いてあるフリーペーパーを手に取った。

「都市伝説をつくる。悪くないんじゃね？　こりゃ、話題になるぜ」

思婕は何も言わず、テーブルの真ん中にその記事を拡《ひろ》げた。そこには『新娘潭の道路で不可解な交通事故。バイク乗りの犠牲者は今年に入ってすでに二人目』と、血に染まった古印体のおどろおどろしい見出しが添えられている。

「あなたはその手の怪談は嫌いじゃなかった？」

麗娜は自分が星占いを見ているとき馬鹿にされたことを思い出し、そう言うと、

「ああ、そうさ。この手の怪談ってやつは、本物か偽物かの証明ができないところがミソでさ。どうせ証明する方法なんてないんだから。こちらがいくら迷信だと言っても、連中はそれを認めようとしない」

「先月の宗教の話の続きをまた蒸し返すつもり？」

思婕が心配そうな顔になって口を挟むと、さらに言った。

「また炎上しそうじゃない。これ以上燃料を投下するのはちょっとどうかと思うけど」

「俺の番組は、君とは違うんだ。君は編集者として、視聴者が喜びそうなネタを拾ってきてくれればそれでいい。俺の番組では、色々と議論を引き起こしたいんだよ。番組の『燃料』になるなら大歓迎

さ」

阿聰はあっさりとそう反論した。

半年前に参加したネットビジネスのセミナーがきっかけでメンバーに加わった思婕は、仕事を始めて一ヶ月が経ち、ようやく阿聰のやり方にも慣れてきたところだった。化粧気はなく、いつも無地のシャツにズボンという出《い》で立ちで、麗娜とはその外見も考え方も大きく違う。とはいえ、この件に関しては、実をいうと麗娜も思婕と同じ考えだった。阿聰の番組は、ここ最近過激に走りすぎている。ただ恋人のやり方に、この場であれこれ言うつもりはない。

「『宇宙人の解剖』っていうのはどうだろ……」

横合いから、一志が独り言のようにそんなことを言った。

「そりゃあいい！　相棒、ちょっと説明してくれよ！」

「何なに？　宇宙人っていうのは？」

訳のわからない一志の話に、麗娜が口を添えた。

「香港のテレビ局が、エイリアンの検死解剖だって噂されているビデオを購入したのよ。それって、放送する一週間前からもの凄く話題になったんだけど、昨年、番組のプロデューサーがこのビデオは偽物だったことを公《おおやけ》に認めたの」

思婕は麗娜より一歳とし上だが、編集者らしく、どんな話題にもついていく才能がある。

「え、そうなの？　それって今も見ることができるの？」

麗娜が興味深そうに言うと、阿聰が話を続けた。

「あれか。そういえば当時はみんなが映像を見て盛り上がったっけ。あのころから何も変わっちゃいない。だったら俺たちも同じようなものをでっち上げてみたらどうよ。面白いぜ、これは」

「つまりそれを私たちのチャンネルでやるってこと？　たしかに当時、テレビの視聴率はよかったけど、批判も凄かったんじゃなくて?」

思婕が心配そうに言うと、

「批判は大いに結構。それだけ雑音が増えれば、いったい何だと野次馬たちが集まってくる。ただ俺はそんなレベルの低いことをしたいわけじゃない。要するに、すべての茶番を暴いてやりたいんだよ! 他の迷信はそれが嘘と証明するのは難しい。しかし、だ。自分ででっち上げた嘘なら、それは嘘だと百パーセント証明できる。それを信じたやつが何と言おうと通用しない。まあ、ショック療法ってやつだな!」

思婕が眉を顰《ひそ》めて言い返そうとしたところへ、一志が横合いから口を挟んだ。

「試しにやってみるのも面白いかもしれないな。しかし、もっともらしい噂話をでっち上げるっていうのも、なかなか難しいんじゃないか?」

阿聰は新聞の見出しに目を落とし——その結果、彼らは鬼新娘の話をもとに、そこにさまざまな脚色を添えて、「鬼新娘の箸の呪い」という都市伝説をでっちあげることにしたのである。

テーブルいちめんに伝説や呪いに関する資料を広げ、そこからディテールを抽出して、「鬼新娘」のイメージをつくり上げていった当時のことはよく覚えている。それはメイクにも似ていた。疑問を持たれそうな弱点は覆い隠し、人目を引きそうな要素はより際だたせる。噂はさまざまに拡散され、引き起こされた恐怖はより多くの者の関心を引き寄せる。そこに写真があればなおいい。画像があればネットでも拡散しやすくなる——

自分たちがつくり上げた都市伝説が拡散されてから四ヶ月が経過し、麗娜は新娘潭橋《ブライズプール・ブリッジ》のそばに佇《たたず》んで、ようやくあのときの「写真」がどんな意味を持つのかを理解した。

濃緑が風に吹き靡《なび》いているなかに、色や素材もばらばらな茶碗が見える。茶碗には白いご飯がこんもりと盛られ、一揃えの割り箸がまるで線香のように突き立ててあった。ここにも、またあそこにも。

新娘潭橋のあたりに鬱蒼《うっそう》と生い茂った草叢《くさむら》には、箸を突き立てた茶碗が二、三十膳と、まるで小型模型の墓場のように並んでいる。

この地に眠る霊を祀《まつ》るものなのか、あるいは神秘的な儀式なのか。何か忌《い》まわしい力が、この人気《ひとけ》のない草叢から生み出されるのを待っているようにも見える……。

飯を盛った茶碗に箸を突き立てるというのは、台湾の「脚尾飯《ジャオウェイファン》」や日本の「枕飯」、地元の謎めいた新興宗教の要素を参考にして、彼らがつくりあげたものだった。あるいは本当に何かしらの霊的な効果があるのかもしれない。

麗娜は全身が総毛立つ思いでこの光景を眺めていた。

鬼新娘の噂がいよいよ盛りあがりを見せていた当時、麗娜はこの光景を写真で見たことがある。だがそのときは怖いとも感じられず、むしろ「名前を書かれた人は、自分がどうしてこんなことをされるのか反省した方がいいんじゃない？」と笑っていたくらいだったが、いまは違う。麗娜は、こうした「箸の呪い」を目の当《ま》たりにして、ひどく気分が沈んでいくのを感じていた。言いようのない恐怖に震えながら、この箸に名前を書かれた人たちは、誰かに恨まれているのだ、と麗娜は考える。突き立てられた一対の箸のそれぞれには、相手に不幸が訪れることを願う呪いが込められているのだ。

どうしてこれをただの「遊び」だ、などと考えてしまったのだろう？

「こんなに多いの？　前に片付けたはずでしょ？」

今はもう八月で、阿聰が五月にことの真相を暴露してから、誰もここを訪れていないはずだった。そもそも前に四人で片付けたというのに、いったいどういうことなのだろう。

「昨日ふと思い出して来てみたんだ。まだ誰かがやっているかなってさ。でもまさかこんなことになっているとはね」

そう言って、一志が肩をすくめた。

「私たちを誘ったのも、これを見せるため？」

思婕が一志を振り返ってそう訊いた。並べられた茶碗を見ながら、彼女が嫌な顔をすると、

「ああ、そうだ。君の意見を聞きたくてね。これ、どうすればいいと思う？」

彼らが立っているそばには、山林に囲まれたバーベキュー場があった。園内には木製のテーブルと椅子が整然と並べられているが、今日は平日だからか、コンクリートブロックに囲まれたバーベキューコンロを使っている人の姿はない。

公園のすぐそばを通る新娘潭路は、香港東北部の丘陵地をまたぐような形で郊野公園を左右に分けている。手つかずの自然をそのままに残した東側の丘陵地全体が、船灣郊野公園《プロヴァーコーヴカントリーパーク》となっていて、新娘潭はこの道のなかほどに位置しており、道沿いには公共のバーベキュー場とミニバス乗り場がある。

新娘潭路の両端には住居も少なく、交通量はそれほど多くないが、深夜にはローリング族たちが運転の技を競いにやってくる。道幅が狭くカーブの多い道路は交通事故も多く、幽霊譚《たん》にはうってつけだ——阿聰はそう考えたのである。

「どうすればいい？　もちろん捨てるしかないんだけど」

「その前にだ、箸に書いてある名前をちょっと見てくれないか」

麗娜はその場にうずくまると、ためらいがちに手を伸ばして、飯が盛られた茶碗に突き立てられている箸の一本を引き抜いた。そこに書かれていた名前は——

「林麗娜」

麗娜は思わず箸を投げ捨てそうになった。思婕も手にした箸を見て愕然《がくぜん》としている。

「この通りさ。すべての箸に四人の名前が書いてある」

一志が低い声で言った。

「私たち四人ってこと？」

麗娜は恐る恐るそこに並べられた茶碗を見渡した。箸の呪いが流行《はや》っていたころでも、ここまで多くはなかったと思う。

「こんな馬鹿みたいなことをしたのは、いったいどこのどいつよ！」

「本当に私の名前も書いてある……いったいいつからこんなものが……」

思婕は独り言のように言ったが、すっかり落ち着き払った様子で草叢をかきわけると、さらにいくつかの茶碗をあらためている。

「わからない。ただ茶碗の汚れからすると、かなり前からあったようではあるな」

一志は溜め息をついた。

「もしかして、私たちのスタジオに箸を送りつけてきたのも同一人物の仕業とか？」

麗娜は見知らぬ者の黒い影を見たような心地がした。その影は茶碗と箸を置き、四人の死を願って呪詛《じゅそ》の言葉を低い声でつぶやいている。鬼新娘は四人が呪われていると言っていたが、それはこの箸のことなのだろうか？


あなたは呪われる。あなたたち四人は呪われるのよ……


「阿聰が亡くなってから、ネットメディアが写真つきでこのことを記事にしていたのを覚えているわ。でもそのときの写真にだって、こんなものは写ってなかった。だとするとあの後ということになるんだろうけど」

思婕は続けて、

「誰の仕業かはわからないけど、阿聰がもういないことを知ってから、こんなものを並べたってことかしら」

「昨日の夜、俺もその記事を確かめてみたよ。やったのはその後ってことになるんだろうな」

一志はうなずいた。

「かりにそうだとして、こんなことをしていったい何の意味があるの？」

麗娜が震える声で言った。

「質の悪いいたずらじゃないの？」

思婕はそう言うと、さらに続けた。

「阿聰の番組は当時、かなりの視聴者の怒りを買ったでしょ。阿聰のことを好きじゃなかった誰かが、亡くなったことを記事で知って、こんなことをしたんじゃないかしら」

その可能性は十分にあり得た。ネット民は井戸に落ちた者をも棒で叩くような連中だ。彼らが嬉々《きき》としてそうするのを麗娜は何度も目にしている。

だが一志は不愉快そうに唇を歪めると、

「人の不幸を笑いたい気持ちっていうのもわからなくはないが、だからってわざわざこんなことをして蒸し返す必要があるもんかね？　俺たち三人の名前はまだわかる。しかし思婕の名前はどこの記事にも掲載されてないんだぜ。こんなことをして、いったい誰に見せようっていうんだ？　鬼新娘なんてものは存在しないのに」

「警察に通報した方がいいのかな？」

麗娜が不安げに切り出した。

「警察？」

思婕はいたわるように彼女の肩を軽く叩くと、

「あなたの気持ちはわかるけど、じゃあ、警察にどう説明するつもり？　誰かに呪いをかけられているんです、とか？　それとも誰かが不法投棄をしているって言う？」

「もしかしたら、こいつが阿聰を殺したやつかもしれないじゃない！　警察が何か新しい手掛かりを見つけてくれるかもしれないし……」

「警察なんて何の役にも立ちゃしないさ。ここにある茶碗がどれくらい放置されていたのかだってわからないだろうし、かりに指紋を見つけたとしても、そもそも容疑者がいなければ照合もできない。警察に頼ったって意味ないさ」

そこまで言うと、一志はすっかり諦めたように、

「阿聰は死んだのに、犯人はどこかに潜《ひそ》んでいるんだ。警察は本当に無能だよ」

警察が犯人を捕まえていれば、ネット民だってあそこまで大騒ぎすることもなかったはずだ。真犯人のスケープゴートにされたことへの怒りと憤《いきどお》りが湧き上がり、麗娜は体を硬くした。感情の整理のつかないまま、彼女は嗄《しゃが》れた声になって、

「でもこいつが、私たちにまた危害を加えようとしているとしたらどう？　怖くないの？」

思婕は麗娜をいたわるように、

「落ち着いてよ。これだってただのいたずらじゃない。阿聰と関係あるかどうかだってわからないわけだから、考えすぎよ」

「もちろん口では簡単にそう言えるけど、あなたたちはネットの連中に犯人だと決めつけられていないから、そんなことが言えるのよ！」

麗娜はそう言うと、肩に添えられた思婕の手を邪慳《じゃけん》に振り払った。

呆然とする二人から同情的な視線を浴びながら、二人が犯人であることを示唆《しさ》する鬼新娘の警告が、ふと頭をよぎった。この茶碗を並べた人物が、あの日に箸を送りつけてきた黒幕だとしたら。その見えない黒い影は、阿聰に対しても、また自分たち三人に対しても悪意を抱いている。かりにあの箸を

送りつけてきた人物が阿聰を殺したとしよう。だとすると、鬼新娘を名乗る人物の話はまったくのでたらめで、犯人は本当に自分たちの知らない赤の他人ということになる。だが鬼新娘の話が本当だとしたら？　彼女の言う通りに、阿聰を殺した犯人が一志か思婕だとすると、誰がここに箸を突き立てた茶碗を並べたりしたのだろう。それは、麗娜にメッセージを送りつけてきた鬼新娘なのだろうか？だとすると、なぜ鬼新娘は彼らに注意しろと言ったのか。さらに彼女の目的もわからないままだ。

麗娜の頭は、いっそう混乱するばかりだった。

だがどう考えてみても、鬼新娘が当時のスタジオの様子を知っていた理由の説明がつかない。

目の前の二人がそのことを洩らしたとしか……

「私たちがでっち上げた箸の呪いのこと、誰かに詳しく話したりした？」

麗娜の唇は震えていた。

「それを知っている誰かが、私たちを脅かそうとしていたってことはない？」

思婕と一志は目を見開いたまま、茶碗を握りしめている彼女を見た。

複雑な表情のまま、思婕が首を振った。

「だって、最初に守秘義務契約書にサインしたでしょ？　『炎上商法』は好きじゃないし、非難にさらされれば頭が痛くなるだけで、私は阿聰みたいに愉しめない。誰かに話したら、こっちにも火の粉が降りかかるわけで、とばっちりを受けるだけじゃすまないし」

話し終えると、今度は一志が引き取って、

「あの事件のあと、親にこっぴどく叱られたんだ。人が死んだスタジオなんてもう誰にも貸せないじゃないかって。その話をするとしかめっ面《つら》になるし」

乾いた笑いを見せると、さらに続けて言った。

「知っているのは三人だけだ。だから箸のことは君たちと一緒に考えたい」

思婕は袖をまくると、

「犯人がアンチだとしても、この件についてはうんざりしているのよ。もうやめない？」

ここには三人しかいない。一志の言葉からは、自分たちは仲間だという思いは伝わってくるものの、麗娜は居心地悪そうに身じろぎした。犯人は二人のうちの一人かもしれないのだ。鬼新娘だって、彼らのどちらかが演じているのかもしれない。あるいは一人が犯人で、もう一人が鬼新娘のふりをしている可能性もある。


あなたの目の前で恋人を殺したのは、いったい誰？……


鬼新娘の言葉がふたたび耳朶《じだ》に蘇ってくる。

麗娜は唇を嚙みしめて腕をぎゅっと握った。遠回りするより、ここで直接聞いた方がいいに決まっている。その答えがイエスなのかノーなのか——だが彼女はそれができなかった。阿聰の死が仲間の仕業だったという事態を直視したくないからだ。……

「麗娜、麗娜！」

その声に、麗娜はふと我に返った。思婕が彼女の手を握っている。

彼女の掌は温かかった。自分の手は冷たいのに。

「考えても仕方ないでしょ。とにかくこれは捨てない？　こういういたずらは大嫌いなの」

「ええ」

箸に自分の名前が書かれているのを考えると、麗娜も同じ気持ちだった。

三人で手早く茶碗を片付けていく。箸を手に取り、それぞれに四人の名前が記されているのを見るたびに、どきりとする。

「そうだ。池の方にもあるんじゃない？」

思婕は、別の場所にも同じように茶碗が置かれているのではと考えたらしい。

「それはもう昨日確かめてあるから必要ない。茶碗が置かれていたのはこのあたりだけだった」

新娘潭橋は、滝から流れ出るせせらぎに架《か》けられた短い橋で、実際の新娘潭と滝は、さらにここから新娘潭自然教育徑《ブライズプール・ネイチャー・トレイル》を十分ほど登った上流にある。だが、バーベキュー場のすぐそばということもあって、「箸の呪い」が流行っていた当時は、誰もがここに茶碗を置いていて、実際に新娘潭まで登っていく者はほとんどいなかった。

「ちょっと待って。捨てる前に茶碗をちゃんとくるんでおかないと、割れてしまったら清掃員のひとが怪我《けが》するかもしれないじゃない」

一志が無造作に茶碗をゴミ箱に捨てているのを見て、思婕が遮った。

「前はそのままゴミ箱に捨てたんだけどな。くるむもの、あるのかい？」

思婕は鞄《かばん》からフリーペーパーを取り出した。一志が手にしていた茶碗を受け取り、それに包んでいる思婕を見ながら、

「いちいち細かいなあ」

「当たり前でしょ」

思婕が不機嫌そうな声で返すのを横に見ながら、麗娜も茶碗を捨てるのを手伝っている。

あの当時、四人はよく日没近くにここに来て「心霊写真」を撮っていた。都市伝説を拡散するネタとして、呪われた箸や茶碗を置いた当初は、ちょっとしたいたずらのつもりで、麗娜も最初こそ怖《お》じ気づいていたが、阿聰がそばにいると次第に肝《きも》が据わって、楽しくさえなってきた。仕込んだネタがネットで盛りあがりを見せ、分刻みでシェアされていくのを目にしていたうちはよかった。だが、当時の熱も、今はすっかり冷め切ってしまっている。

「別に人を騙して金を巻き上げようってわけじゃない。誰も傷つけちゃいないんだ。ラジオやテレビだって似たようなもんじゃないか。それが理由で制作者が嫌いになるって、そりゃあ、頭がおかしいのはそいつらの方だろう」

一志の考えも阿聰と同じようなものだった。彼は淡々とした口調で、

「当時のネットでの盛り上がりといったら、まったく手のつけようがないくらいだったけど、俺たちはそのきっかけをつくったに過ぎないのさ。それに多くの視聴者が我も我もと後追いしただけで、責任が問われるっていうのなら、このネタを盛り上げた彼らだって同じじゃないか」

麗娜は思婕の方を振り返った。彼女は苦笑しながら、

「それはもう過去の話でしょ。いま考えることじゃない」

二人とも都市伝説に登場する鬼新娘には、何の感慨も湧かないらしい。

麗娜は唾《つば》を呑《の》むと、持ってきた紙袋を開けて、その中身をざっくりと拡げた。

「何してるんだ？」

麗娜が取り出した紙紮祭品《ジーザツアイパン》（死者に捧げる紙製の供物のこと）を見ると、一志はとたんに気色《けしき》ばんだ顔になった。

「阿聰はそんなもの必要ないって言ってたじゃないか！」

「知ってるわ……でも彼にお供えするものじゃないし」

麗娜はためらうように顔を上げると、続けて化粧品と首飾りの紙紮套装《ジーザットオツオン》（紙紮のうち、服を模したもの）を取り出した。

「私が誰にお供えするかは、二人とも知っておいた方がいいと思うけど……」

彼女はそこで言葉を切った。そしてひとわたり、一志と思婕の表情を見据えると、ふたたび下を向いて作業を続けた。

「これって、鬼新娘に？」

思婕が目を丸くした。

「それはないだろ。鬼新娘が実在すると信じてるのかい？」

一志が不愉快そうに口を差し挟むと、

「迷信だと笑ってもいいわ！　幽霊の格好をして写真に撮られたのはあなたたちじゃないんだし！」

麗娜は強《こわ》ばる手で線香と蠟燭《ろうそく》に火をつけた。紙紮祭品をコンクリートブロックで囲われたコンロに投げ入れると、

「鬼新娘が本当に存在するなら、私たちのしたことに怒っているかもしれないじゃない。せっかくここに来たんだから、もう少し彼女のことを考えてあげてもいいんじゃない？　あなたたちはどうする？」

「そもそも阿聰と俺たちがこのネタを取り上げたのって、そういう迷信を捨てさせるためじゃなかったのか」

一志は首を振って断ったが、思婕が麗娜のあとに従うのを見てとると、彼も供物《くもつ》を捧《ささ》げ、一緒に祈った。

「麗娜がこれで安心できるというのなら、いいじゃない。もう少し協力的になったらどう？　幽霊がいなくたって、事故で亡くなった人を供養《くよう》しているって考えればいいんだから」

「人にはそれぞれ主義主張ってもんがある。ここの交通事故は関係ないだろ」

一志は眉を顰めると、さらに言った。

「ここの道路に問題があるのははっきりしてるわけだから、そいつを直さないと供養なんかしたって意味がない。今年に入ってもう四、五人は亡くなったって話だぜ」

「そんなに！」

麗娜がおどろいた声を上げると、一志はさらに、「以前ここで自家用車の事故があって、亡くなった一人が身内だったんだ」と言った。それを知ったときには本当に辛くなって、すぐにたくさんの祭

品を買い込んだという。口では祈らないと言っていた彼だったが、二人が供物を燃やすのをそばで見ながらこの場を立ち去ることはできなかったらしい。

色も鮮やかな彩紙は炎に焼かれ、かぐろく宙を舞いながら、燃え滓《かす》に変わっていく。

「こうしてみんなで顔を合わせるのって、一ヶ月前の葬式以来じゃない。二人とも最近はどうなの？」

麗娜が供物を足しながら、何となしにそんなことを訊いた。

「親父の会社に就職して、今は普通のサラリーマンをやってるよ」

「お父さんの要求はずっと断ってたんじゃないの？」

麗娜の問いには答えず、一志は自嘲するように唇を歪めた。今日は無地のTシャツにスラックスという出で立ちで、格子《こうし》柄のシャツをスラックスにタックインさせていない。少しだけオタクっぽいところがなくなったかも、と麗娜は思う。自分から話をするようになったのも、やはり仕事の環境が変わったせいかもしれない。

「上司が父親っていうのも普通じゃないわよね？　おまけに可愛《かわい》いコスプレイヤーの彼女もいるんだから、もう人生の勝ち組じゃない」

思婕がからかうようにそんなことを言った。麗娜と思婕は二人とも一志の恋人に会ったことがある。正月に集まりビュッフェに行くことになって、同伴者を連れてやってきた。そのとき一志が連れてきた彼女が実は女子高生と知って、麗娜と思婕は信じられないといった様子で大声をあげた。阿聰は二人のおどろいた反応を見るために、このことはずっと秘密にしていたらしい……

そうした愉しい出来事は、もう二度とない。そう思うと、ふいに鼻筋が辛くなり、麗娜の目頭はいち早く潤《うる》んだ。一志は苦笑したまま言い返すふうでもなく、逆に思婕に訊き返した。

「で、君は？」

「長期休暇を取って香港に帰ってきたところ」

「どこに？　たしか妹を日本に連れて行きたいとか言ってたような」

「ええ。半月ほど関西にね。で、麗娜。あなたはどう？」

「メイクアップ講座に通ってるの。メイクアップアーティストに転職したいと思って」

「いいじゃない」

思婕は空に伸びていく烟《けむり》を感慨深げに見上げながら、

「人間、どうしたって生きていかなきゃいけないんだから」

そう言われて、麗娜はうなずいた。ふと鬼新娘の言葉を思い出す。そうだった。自分は新しい人生を望んでいる。だが、それはいけないことなのだろうか？

「で、新しい彼氏は？」

思婕が微笑して訊いた。

「いないわよ！」

「阿聰に申し訳ない、なんて考える必要はない。彼だって、死んだ人間に気を遣って前に進もうとしないなんて、馬鹿げてると思うだろうさ」

一志がそんなことを言う。

麗娜は笑おうとしたが、心のうちは苦しかった。

この容姿のおかげで幼いころから異性にはもてたが、一方で同性からは、彼氏をとられるかもという警戒心がはたらくのか、距離を置かれてしまうのが常だった。阿聰と出会ってからというもの、彼女の周りには男友達しかいない。そのためか、面倒を見てくれる男がそばにいないと生きていけないと周りからは思われているらしい。

「あなたは彼のことを思い出したりしないの？　だって、彼とは兄弟みたいに仲が良かったじゃない。

それなのにあんなことがあったから……」

　麗娜がつとめて軽い口調で反撃すると、

「あんなこと？　何のことだい？」

　一志は眉を顰めた。

「あのときよ……スタジオの賃貸契約を更新しようってときに、彼ったら目の前であなたの両親を罵倒したじゃない。あなたがあんなにむすっとした顔をしたのを見たのって、あのときがはじめて」

「些細《ささい》なことさ。そんなこと、まだ覚えていたんだな。確かにあのときはちょっとカチンとなったけど、あいつは十歳のときからあんな感じでね。俺たちが本当に喧嘩をしているところを君たちは見たことがないからな」

「本気で喧嘩したりなんかしたの？」

「子供のころなんかしょっちゅうさ。思婕が阿聰と喧嘩したときに較べれば、たいしたことじゃないけど」

「私が？　それって商談の席でのこと？」

「かっとなって部屋を飛び出して行っちまったじゃないか。麗娜は覚えているだろ。出版社の件でさ。最初にテーブルを叩いたのは誰だっけ？」

　言われて思い出した。思婕が「時計じかけのレモン」でとある科学本を紹介する仕事を取ってきたものの、阿聰が番組で本の内容を徹底的にこきおろしたのである。思婕はクライアントに平謝りするしかなく、この件で彼とは激しい口論になった。最後は二人とも矛《ほこ》を収めてことなきを得たが。

　こうして三人で昔話に花を咲かせていると、麗娜の心には鬼新娘に対する言いようのない怒りが込み上げてきた。このなかの一人が阿聰を殺したという。しかし、そんなことが可能なのだろうか？　仕事仲間に果たしてそんなことができるのか、という思いがある。たしかに仕事で口喧嘩をすることはあったが、それが殺人にまで発展するとは考えがたい。話をしているうち、供物はすべて燃え滓となって、麗娜の掌は薄白い灰にまみれていた。

「ちょっと待ってて。手を洗ってくるからトイレに……」

「そんな遠くまで行かなくてもいいわよ。ほら、来て」

思婕がそう言って、鞄から水筒を取り出した。黒い燃え滓に水をかけ、火が消えたことを確かめると、麗娜の掌を水で洗った。麗娜は手渡されたペーパータオルで手を拭きながら、

「準備がいいわね。あなたが阿聰の彼女だったらよかったのに」

そう言うと心の底から溜め息をついた。

阿聰とレストランに行くたび、料理にピーナッツが入っていないことを何度も確認していた当時を思い出す。彼が使う食器も仔細《しさい》に確かめておく必要があり、それを面倒に感じることもあった。一方の思婕は、使い終わった消しゴムはすぐ元の場所に戻しておくような几帳面《きちょうめん》な性格で、彼女が入社してからスタジオの掃除はまかせきりだった。

「申し訳ないけど、彼だったらまったく私の眼中になかったし。もし私の恋人だったら、自分のものは自分で片付けてよ、って言ったでしょうね」

思婕は蔑むような目でそんなことを言った。たしかに彼女と阿聰ではまったく相容《あいい》れないだろう。麗娜は早くから直感で人間関係のいざこざを巧みに避けていた。最初からスタジオがきれいに片付いていれば、思婕とも仲の良い友達になれたかもしれない。彼女は自立心の強い女性で、麗娜にとっては居心地のよい存在だった。

「さて、片付けも終わったから、帰るとするか」

一志はコンロを指さして言った。

麗娜はペーパータオルをゴミ箱に放り込むと、二人のあとに続いてその場を離れることにした。た

ったいま自分がしたことに何か意味があるのだろうか、という思いがふと頭を掠《かす》めたが、それをこの場で口にすることは憚《はばか》られた。

バスで市内に戻り、麗娜は地下鉄に乗り換えると、二人とは別れて觀塘《クントン》線に乗った。

麗娜の心は矛盾した二つの気持ちに苛《さいな》まれていた。阿聰を殺した犯人が二人のどちらかとは信じたくない。犯人はきっとネットのアンチだろう。そう考えた。鬼新娘のメッセージと、さきほどの茶碗はその人物の仕業に違いない。だが阿聰が亡くなってなお、こんないたずらを仕掛けてくるのはいったいどういう理由からなのだろう？　振り払おうとしても払えない疑問のすべてが頭のなかで結びつき、名前も知れぬ犯人への憎しみは募るばかりだった。

彼女は駅を出ると、いつもの道を通って家に帰ることにした。

駅から出て、歩道橋を降りようとしたそのとき――

彼女は突然、自分が空を飛んでいることに気がついた。

重力に逆らうように両足が地面から離れたそのとき、彼女の目の前には二十段以上の階段が口を開けていた。

どうして自分は宙を舞っているのだろう？

その答えを考える暇もなく、次の瞬間には天地がひっくり返っていた。通行人の悲鳴が耳に騒立《さわだ》ち、彼女は溺れた人がもがくように両手を伸ばしていた。

無意識に片手で手すりを摑《つか》んでどうやら転落は免《まぬが》れたらしく、彼女はその場にへたり込んだ。いったい何が起きたのかわからないまま、麗娜はしばらく息をはずませて声を出すことさえできなかった。

恐怖が全身を貫き、彼女は忙しく頭をはたらかせる。

歩道橋でつまずいた？　それとも通行人がぶつかってきた？　胸の動悸《どうき》をけんめいに鎮《しず》めながら、

彼女は天を仰いだ。退勤時間にはまだ早く、周囲に人通りは多くない。だが背中には掌で押された感触がはっきりと残っている……。

「誰なの――」

喉が強ばって声が出なかった。麗娜はもう一度歩道橋の上を見あげたが、誰もいない。

心の底から湧き上がった恐怖に肌が粟立《あわだ》ち、それは激しい怒りへと変わっていった。

どうにか立ち上がろうとしたものの、激痛が走り、彼女は悲鳴を上げて後ろに倒れ込んでしまう。

「お姉さん、大丈夫？」

歩道橋を渡っていた通行人が、足を止めて声をかけてきた。それが近くの高校の制服を着た女生徒だったのを認めると、麗娜はまた立ち上がろうとしたが、足首の痛みにあやうく涙がこぼれそうになる。

どうやら足をひねってしまったらしい。自分でも腫れているのがわかった。

「誰か上にいない？　私を突き飛ばすのを、見てなかった？　ちょっと歩道橋の上を見てきてくれない？」

彼女はそう言って、不安そうに少女の袖を引っ張った。麗娜の気色ばんだ顔におどろいた少女は、視線を避けるように歩道橋を見上げると、

「誰もいないよ……救急車呼ぶ？」

麗娜は歯を食いしばって、首を振った。

相手を捕まえるチャンスを逃したことが悔しかった。まわりの通行人たちは、下を向いてしきりにスマホをいじっているばかりで、これでは誰が突き落としたのかわかるはずもない。彼女は丁重《ていちょう》に女生徒の助けを断り、自分で救急車を呼ぶことにした。階段にしゃがみ込み、救急車が来るのを待ちながら、麗娜は頭を抱えて涙を堪えていた。もし新娘潭でスニーカーに履き替えないまま、いつもの

ハイヒールで帰ろうとしていたら、と思う。突き落とされて、今ごろ阿聰に会っていたかもしれないじゃない！

あなたが先に犯人を見つけるか。それとも私が呪い殺すのが先か。

一人暮らしのあなたの住所を、仕事仲間の二人は知ってるんでしょ？

仄暗い水の底にさゆらぐ鬼新娘の幻を見たような気がして、麗娜は小さく身震いした。ついに鬼新娘の警告が現実のものとなってしまったのである。だが彼女は一志と思婕が別方向の電車に乗り込むのをこの目で見ていた。彼らが犯人であるはずがない。そう、鬼新娘の呪いなんてまったくのでためで、そんなものが現実のものとなるはずがない。犯人が二人じゃないとすると——いや、そうとも言い切れないのではないか、と麗娜は思う。鬼新娘は事件に関して多くのことを知っているらしい。彼女の言葉が本当だとしたら。二人が次の駅で降りてタクシーに乗り換えることだって——それでも二人が自分を殺そうとする理由が、麗娜にはわからない。

ついさっきまで普通に話をしてたのに……いや、気のせいかもしれないけど、尾行されていたのかもしれない。新娘潭に箸を突き立てた茶碗を並べた何者かに……

すっかり頭が混乱しているところに、突然スマホが鳴り出し、麗娜はおどろいて飛び上がりそうになる。電話に出ると、思婕だった。息をはずませ、相手が何を言っているのかよく聞き取れないまま、麗娜は切れ切れの泣き声になって言った。

「今どこにいるの？」

「私？　麗娜、いったいどうしたの？　あなたの声——」

「先に答えてよ！」

彼女の必死な掠れ声に、道行く人たちがおどろいて振り返る。親友を疑いたくはない。でも、いまは自分を抑えることができなかった。

「いま家に着いたとこよ。いったい何があったの？」

家にいる？　本当に？　麗娜が慌ててスマホを押し当てて耳を澄ませると、どうやら室内にいることは確からしい。人通りの多い建物の外や店内にいたら、車の音や人のざわめきが聞こえてくるはずだ。

だとすると思婕じゃない……そう思うと、麗娜は少しほっとした。

「私……今、歩道橋から落ちて……ううん、違うの。誰かに突き飛ばされて……」

「突き飛ばされて」と口にしてあとを続けることができなかった。電話の向こうから思婕は強ばった声で、

「大丈夫なの？　怪我は？」

「平気よ。でも動けなくて……うん、いま救急車を呼んだところ」

涙に曇ってぼやけた視界に浮かんでいるのは、甲高《かんだか》いサイレンを鳴らしてこちらにやってくる救急車だった。その音を聞きながら、ふいに閃《ひらめ》くように混乱する頭のなかをよぎるものがあった。ただ足首の痛みに耐えかねて、それはたちまち麗娜の脳裡から消え失せてしまう。何よりも今は自分の身を守ることが一番だった。

思婕が緊張した声音で、どこの病院に運ばれるのかと訊いてきた。それがわかったらすぐ駆けつけるからという。不安な気持ちで押しつぶされそうだった麗娜にとって、誰かがそばにいてくれるだけでありがたかった。救急隊から病院名を聞き出すと、手短《てみじか》にそれだけを告げて麗娜は電話を切った。

思婕がやってきたのは、救急外来室でエックス線を撮り終えたあとで、麗娜も病院で治療を待つうちようやく落ち着きを取り戻した。心配そうな顔の思婕に、無理に笑顔を見せながら、

「骨折はしてなかったって。捻挫《ねんざ》しちゃったからしばらくヒールは履けないな」

「よかった。それくらいですんで」

思婕はほっと息をついた。だがすぐに麗娜の手を握るなり低い声になって、

「本当に誰かに突き飛ばされたの？　もしかしたら、誰かがぶつかってきただけかもしれないし……」

「絶対に誰かに突き飛ばされたのよ」

「じゃあ、その姿を見たの？」

麗娜は顔を上げて思婕を見た。思婕もまた疑わしい目つきでこちらを見つめ返している。

「見てないの」

最後に、麗娜は正直にそう答えた。

ほっと溜め息をついた思婕に、麗娜はどこか不安を抱いて、

「さっきはどうして電話をしてきたの？」

「いま、ここでは話せないわ……」

「状況は変わったのよ。どうして話してくれないの？」

麗娜はそう言って自分の足元を指さした。

思婕は唇を嚙むと、目を大きく見開いて、

「帰り道にちょっと閃いたことがあって、そのことを話そうと思ったのよ」

彼女はそこで言葉を切ると、迷うように首を振った。

「いいの。いまその話はしたくないから。ところで処方箋はもう、もらった？」

「先生に訊いてみないといけないからって、看護師さんに言われたわ」

麗娜は思婕の手を握った。彼女が決心してその話をしてくれることを期待しながら、

「何を話したかったの、思婕？　足の痛みもひどくなってきたし、気を紛らわせるために話を聞かせてよ」

思婕はしばらく考え込んでいる様子だったが、おずおずと口を開いた。

「麗娜。私、一志のことはよくわからないんだけど、あなたは前から二人をよく知っているんでしょ。一志の阿聰に対する態度についてどう思う？」

「一志の、阿聰に対するって？」

「彼が阿聰に対して不満に思ってたことって、あったのかなって」

麗娜は怪訝《けげん》な顔をして思婕を見た。

「阿聰はあの通り目立ちたがり屋だったじゃない。みんな彼の話はよく聞くけど、一志は言ってみれば彼の影みたいな感じっていうのかな。阿聰がいないと、一志は……何て言うか、いまの方が彼ってなんかこう、活《い》き活きしているような気がしない？」

「私にはわからないけど……でも元気そうだったら、それのどこがいけないの？　かりに不満だったとしても、それがいったい……」

「こんなこと言っても信じてもらえないかもしれないけど」

言いさしたところを遮るように、思婕は大きく溜め息をつくと、

「新娘潭でのことだってちょっと変だと思わない？　あんなにたくさんお茶碗が並べられているのって――」

「そりゃあ変よ。今になってあんなにお茶碗が……でも、それと彼がいったいどんな関係があるって言うの……」

「そうじゃなくて。だって、昨日は雨だったでしょ」

雨。

麗娜はもちろん覚えていた。教室を飛び出してバスに乗り込むまで、ほんの数分の移動で服がびしょ濡れになったことを思い出していた。車窓の外の雨音を聞きながら、鬼新娘からのメッセージを何度も読み返した恐怖は忘れられない。

昨夜は雨が降っていた。それなのに今日見た茶碗は……麗娜の唇が軽くほどけて、表情がゆっくりと変わっていく。

「調べてみたの。昨晩、新界東《ニューテリトリーズイースト》は大雨だった」

思婕はさらに続けて、

「大埔區《タイポーキョイ》は九龍《クーロン》よりひどい雨だったそうよ。変だっていうのは、今朝見たお茶碗はすべて乾いていて、中に水が溜まっていなかったってことなの。山盛りにしてあったご飯だってまわりに散らばってなかったでしょ。箸だって、ご飯に突き立てたままだった。数日そのままにしておいたら、雨で倒れるか、野良犬が食い散らかしていたはずじゃない？」

たしかに箸はそのままだった。

泥に濡れたお茶碗を、誰かが拭き取った可能性もあるけれど……

「ほかにも——あなたたち以外に、私の名前を知ってる人っているのかしら？」

思婕は険しい眼差しを麗娜に向けると、さらに言った。

「あのお茶碗は今朝並べられたのよ。だったら、あなたか、一志がやったことになるんじゃない？私をばかにするつもり？」

「私がそんなことするわけないじゃない！」

麗娜の言葉に、思婕は小さくうなずいた。

「ええ。もちろんあなたのことは信じてる。だから電話したの。ごめんなさい。すぐにその理由を言い出せなくて。帰り道にずっと考えてたのよ。一志があんなことをする意味があるのかなって。スタジオは閉鎖されて、私たちはもう解散したわけじゃない？　犯人だって捕まってない。なのにこんなくだらないことをして何の意味があると思う？　そこでふと閃いたの。普段は誰が郵便を受け取ってたかって」

「一志と阿聰は郵便受けの鍵を持ってたけど、阿聰はいつも最後にスタジオに来てたし、郵便受けから手紙を取り出していたのは一志ね」

思婕は強ばった顔になって、麗娜の手を握りしめた。

「そうなの。彼なのよ。彼が、アレルゲンの塗られた箸の入った封筒をスタジオに持ち込んだんじゃない？」

「ちょっと待って。それってどういう意味？　彼が郵便受けから封筒を取り出したとしても、消印だって調べたし、建物の防犯カメラだってそうよ。あの封筒は郵送されたものだってことは証明されてるじゃない。外部の誰だってあの封筒をスタジオに送ることはできたのよ」

そして、その手紙は、番組内で阿聰本人が開封した。事件の発生前にもすでに何度か箸の入った手紙を受け取っていたので、開けなくても少し触ってみるだけでまた割り箸だということは容易にわかったはずだ。

「そうよ。たしかにあの手紙は外から郵送されてきたものだった。でも、箸は必ずしもそうとは限らない」

思婕はそう言うと、さらに続けた。

「もしもよ、『箸の入った封筒がスタジオに送られてくるのに慣れっこになっている』私たちの盲点をついたとしたら？　彼はいつだって、封をしていない空の封筒をスタジオに持ってくることができたのよ。そのうちの一つがあの番組の朝に届いたってわけ。彼は阿聰より先にスタジオ入りしてたんだから、その封筒を最初に手にするのが自分だということはわかってたわけでしょ。そこでピーナッツアレルゲンを塗った箸を入れて、封をしてから阿聴に渡したとしたらどう？　そう考えないと、どうしてあの番組の朝に都合よく箸が届いたのかの説明がつかないのよ。郵便局を経由して、スタジオに手紙を届けるのに一日か二日はかかるわけだから」

考えてもみなかった。

あの茶碗を並べた人物が箸を送りつけてきたのと同一人物だとしたら——新娘潭で自分も同じ事を考えたではないか。

もし思婕の言う通りだとして……

「『部外者から送られてきた』と私たちに思わせるために、わざわざその箸を郵送したのが彼だったとしたら」

「それって、要するに一志が阿聴を殺そうとしてたってこと？　じゃあ、阿聴があの日、その箸を使って袋麺を食べるってことを、彼はどうやって知ったの……」

「そういうふうに阿聴をけしかけたんじゃない？　阿聴がそうするようにメッセージを送りつけたりして。彼がそう仕向けたとしたら、どう？　そう思って、あなたと直接話をしたいと思ったのよ。一志の態度が今までとはちょっと違ったように見えたのも、きっと何か理由があるはずだと思って——あなたは二人のことをよく知ってるんでしょ？　どう思う？　どうして彼はあんなことをしてまで、私たちを新娘潭に誘ったのかな？」

麗娜は戸惑ったような声で言った。

「それはわからないけど……」

引きこもりがちのオタクが、わざわざ新娘潭まで出向いて、茶碗が並べられているのを見つけた？「茶碗が置かれているんじゃないかと思って」とうそぶきながら、警察へ通報するのを拒んだのはどういうことだろう。ただ写真を撮るだけでもよかったのに、どうして自分たちと新娘潭で待ち合わせる約束まで取りつけて、わざわざ茶碗が並んでいるところを見せようとしたのだろう？　そして思婕が、池の方は確かめなくていいのか、と訊いたとき、彼はすぐにその必要はないと答えた……

まだ疑問は残るが、考えれば考えるほど、一志には疑わしいところがあるような気がしてくる。

かりに自分たちを怖がらせるために、彼が茶碗を並べたとしたら。彼と「鬼新娘」が共謀している可能性も……いや、もしかしたら、彼こそが鬼新娘の正体なのかもしれない。「鬼新娘」が女性だという先入観を持っていたが、一志はそれを逆手《さかて》にとって、わざとそうしているのかもしれないではないか。

「最近……変なメッセージとか送られてこなかった？」

「メッセージ？　一志のことで、ってこと？」

麗娜の問いに、思婕が逆に訊き返した。

「ううん……ネットで話題になっていた呪いについてなんだけど」

麗娜はあまりに直接的に訊いてしまったことを後悔すると、慌てて元の話題に戻って、

「封筒からは何も検出されなかったって、警察が話してたのを覚えてる？　警察が調べたのは箸と袋麺と、それに丼だけだった」

そして彼女がたまたまスープに入っていた麺で火傷を負ったことは、動画にはっきりと残されている。

「警察の捜査っていうのがどれだけ信頼できるのかわからないけど、ただざっと調べただけかもしれないし」

警察がちゃんと調べていない？　そんなことがあるのだろうか？　鑑定に使われた機材は信頼に足るものだと、警察もそう太鼓判を押していたではないか。しかも、その日のうちにスタジオに戻ったあとは、誰も外に出ていないのだ。阿聰を病院に連れて行くときだって三人はずっと一緒だったし、

病院に着いてからすぐに警察の事情聴取を受けることになったので、三人のうちの誰かが、こっそりと証拠隠滅を図るようなことも不可能なはずだ。

「心配だわ」

思婕はそう言うと、怪我をした麗娜の踝《くるぶし》を見た。

彼女と話しているあいだ、麗娜はずっと堪えていたが、痛みはますますひどくなっているような気がする。

「彼はあそこに茶碗を並べてから、私たち二人を誘ったわけでしょ。もしかしたら探りを入れているのかもしれない」

「探りって？」

「テレビ番組でもよくあるじゃない、そういうの。私たちが真相に辿《たど》り着いたかどうかを見ているのよ。そしてもし私たちがそれを……」

思婕はそれきり黙った。彼女が話を切り出すのをためらっていた理由が、麗娜にはわかったような気がする。歩道橋で自分を突き飛ばしたのは、おそらく一志だったのだろう。

「でも何で今になって私たちを試すようなことをしたのかな……」

あの動画。麗娜はそう言いかけて、とっさに口を噤《つぐ》んだ。麗娜は昨晩、阿聰の動画をもう一度確認するために、クラウドサービスにスタジオのアカウントを使ってログインしている。クラウドのアカウントは一志が一括管理していた。動画を見たことが、一志の猜疑心《さいぎしん》を引き起こしたのではないか。それで自分たちを誘い出すために、いきなり電話をかけてきたとしたら……

「警察に通報する？　証拠はないけど、説明すれば事件性があるってことで何かしてくれるかもしれないし」

思婕が救急外来室の詰め所にちらりと目をやると、警察官が喧嘩で病院に搬送されてきた男から話を聞いている。麗娜は決めかねていたが、ようやく首を振った。思婕が新娘潭で話していた通り、証拠がなければ警察も動けない。歩道橋には監視カメラも設置されていなかったのだ。かりに通報したとしても、警察からは、何かわかったら連絡するとだけ告げられて、そのまま家に帰されるのがおちだ。保護してくれるわけでもない。警察の事件に対する対応にすっかり落胆していた麗娜は、苛立《いらだ》たしげに首を振った。

「いいよ。警察にどう話していいかもわからないし」

「結局証拠も何もないわけだしね」

思婕も苦笑して溜め息をついた。

「警察があてにならないんだったら、とぼけておくしかないわね。当面は」

「とぼける？」

「だって、そうなるとこれは事故だったわけでしょ。阿聰のことなんてこっちから一言も話してないのに、一志は私たちに真相を知られるのをおそれて、あんな行動に出たわけじゃない？　これ以上私たちが詮索しなければ、彼だって諦めるんじゃないかな。また同じようなことをするのはリスクも高いし」

「本気でそう思ってるの？」

「殺す必要がないんだったら、わざわざ自分から動くこともないでしょ」

思婕は声をひそめるようにそう言うと、さらに、

「それにあの事件をこれ以上追及してみたって、殺人の証拠が新たに見つかる保証もないんだし……身の安全を考えればまずは危険を避けることが先決だわ」

「避けるって、どうやって？」

「台湾に行ってみようと思ってるの。向こうだって追いかけてくるつもりはないだろうし。あなたも

余裕があれば引っ越すなり、過去を捨ててやり直す場所を探した方がいいんじゃない？　あるいは身の安全がわかったときにまた戻ってくれればいい」

すべてを捨ててやり直す。麗娜は元からそのつもりだった。阿聰がもう帰ってくることはない。だとしたら、これ以上事件に深入りすることもないのではないか。引っ越しをして、新しい電話番号と新しい仕事を見つける。鬼新娘にも見つからないよう、古いしがらみをすべて断ち切る。ネットの噂も気にしない。麗娜はごくありふれた一人の女性だった。だとすれば危険からは遠ざかろうとするのは当然だろう。

「林麗娜さん、三号室へどうぞ」

ナースステーションからのアナウンスがあった。思婕に車椅子を押されながら麗娜は診察室に入った。治療が終わるまでずっと待っていてくれて、家まで送ってくれた思婕の優しさが心に沁《し》みる。松葉杖《づえ》だけで体を支えるのは難しい。だがそれ以上に麗娜は無力感にうちひしがれていた。自分自身も守ることができなかったのだ。

「じゃあもう帰るけど、気をつけてね。何かあったら電話してよ」

「思婕……」

そう言って、部屋を出て行こうとする後ろ背に、麗娜が声をかけた。

「鬼新娘に取り憑かれているような気がするの、私」

「馬鹿ね。考えすぎよ。白昼堂々、幽霊が出てくるわけがないじゃない。それに、怖いのは幽霊よりも人間の方」

ドアが閉まり、部屋のなかには一人だけになった。麗娜はどうにか寝室のベッドまで歩いていくと、床に杖をおくなり、枕に顔を埋《うず》めて泣いた。

あなたは二人目？　それとも三人目？

鬼新娘の声が聞こえてくるようだった。

自分は何か悪いことをして、それでこんな災難に遭わなければいけないのだろうか？　昔は阿聰がそばにいて、困ったことはすべて彼が解決してくれた。今は誰を信じていいのかもわからない。思婕が帰ってしまうと、麗娜には話せる人が誰もいなかった。ネットでの誹謗中傷に対して、自分は立ち向かうべきなのか、それとも見ないように回線を切ってしまえばそれでいいのか――こんな状況でも、とにかく自分で答えを見つけるしかない。今は誰も信用できないのだから。

それでも怖い。

麗娜はもう考えないことにした。数少ない荷物を鞄に詰め込み、家を飛び出すと、誰にも行き先を告げないまま、安ホテルにチェックインした。たった一人で一志とやり合う勇気はない。何しろ証拠もないのだから、言下に否定してくるのは間違いない。食事はすべてホテルですませることにしたが、それでも一志に毒を盛られたらと妙なことを考えてしまう。ただこの数日、彼はすっかりなりを潜めていた。一志がこれ以上何もしないとすると、思婕の言う通りだったのかもしれない。

麗娜は平穏な日常を取り戻しつつあった。

鬼新娘の言っていることは正しかったのだろうか。かりに鬼新娘が姿を見せなければ、麗娜はすべてを忘れてしまうつもりだった。それは自分勝手だろうか？　たしかにそうかもしれない。それでも、と麗娜は思う。自分勝手じゃない人間なんているのだろうか。阿聰への愛情が足りなかったわけじゃない。事件を捜査して、犯人を捕まえるのは警察の仕事だ。警察が何もしてくれないからといって、それで自分に何ができるというのだろう？　だったら、過去は忘れて生きていくしかないのではないか？

こう考えると、箸を送ってきた犯人が、スタジオの仲間であろうと、そんなことはどうでもいい、と麗娜には思えてくるのだった。自分で自分の身を守ることすらできないのだ。恋人のために真相を追及することなど無理に決まっている。

鬼新娘は生身の人間なのか。それとも本物の幽霊なのだろうか？　そしてなぜ彼女はスタジオの内部事情を知っているのだろう？　ピーナッツアレルゲンが付着していた箸は、本当に一志が持ち込んだものだったのか？　だとすると阿聰を殺害した動機は？　麗娜を突き飛ばしたのも彼だったのか？それは鬼新娘といったいどんな関係があるのだろう？　そしてもし、彼女の予言がまだ成就《じょうじゅ》していないとすると、阿聰を殺害した犯人は、ふたたび自分を殺そうとするのだろうか……

疑いはきりもなく拡がっていく。だがそんなことを考えても仕方がない、と麗娜は思った。考えるのはやめよう。思婕の推理で、ピーナッツアレルゲンの混入したものがどうやってスタジオに持ち込まれたのかは判明したものの、その他は依然としてわからないままだ。しかし麗娜にはそれ以上のことを考える余裕はない。逃げたい。今はただそのことしか考えられなかった。

そして——これからどうやって生活費をやりくりしていけばいいのだろう。

麗娜がいま心配すべきはそのことで、めぼしい物件広告に目を通すたび、心はますます沈んでいくばかりだった。まったく香港の賃料の馬鹿高さにはうんざりする。マカオや深圳《シンセン》も候補に入れて探してはみたものの、香港から離れるのにはためらいもある。しかし、今は本気ですべてを断ち切り、最初からやり直すべきなのかもしれない、とも思う。

麗娜は電話番号を変更し、携帯電話のSNSアプリも思い切ってアンインストールした。仕事はなくなるがそれでいい。メイクアップ講座の方は、あと二つのコースを受講すれば卒業できる。これだけは何があっても資格を取らないといけない。そのためには、とにかく二つのコースを……

最初からやり直せるなんて、誰が言った？

ＳＮＳで自分をあざ笑う声が蘇った。濡れた手がふくらはぎを摑み、麗娜の体を水底へ引きずり込もうとする。息をすることもできず、血は凍りつき、重力も失い真っ逆さまに堕ちていく。そして……彼女は汗びっしょりになって目を覚ました。

また悪夢。

こんな夢ばかりだ。

ホテル暮らしを始めて三日間、麗娜はずっと悪夢に魘《うな》されていた。

ふらふらとベッドから這い上がると、そろそろ授業が始まる時間になっていた。鏡に映る青白い顔を見て、麗娜は慌てて化粧をする。だが憔悴《しょうすい》しきった表情は化粧でも隠しきれず、鮮やかな色の口紅ばかりが無闇《むやみ》に目立った。そして夢のなかに見た、山深い沼の景色が、彼女の目の前に何度も繰り返しフラッシュバックする……

彼女ははっと我に返ると、鏡の中の自分を見て、あまりの恐怖に叫び出した。

すっかり青ざめた額に、真っ赤な口紅を塗りつけた唇。そのあまりにやりすぎなメイクは、紙紮祭品の童男童女のようだった。どうして自分はこんなに馬鹿なんだろう。麗娜は思わず泣きそうになる。自分の無力さに腹をたてながら、急いでメイクを落とすとそのまま部屋を飛び出したが、杖をついて教室に着いたときには、もう遅刻していた。

「今日はグループでの演習となります。皆さん、チャイナドレスを着て、お互いにブライダルメイクをしてみてください。野暮ったくならないように」

メイクアップアーティストにとって最大の収益源はブライダルメイクであり、これは基本中の基本となる。麗娜は生徒の一人と向かい合わせに座ると、筆をとった。だがその手は目に見えて震え出している。

こんなんじゃ駄目。頭のなかに幸せそうな花嫁をイメージして……

花嫁よ。そう、花嫁。赤いろのアイパレットを無理にこじ開けると、目の前いっぱいに、アイカラーの鮮やかな赤いろが滲むように拡がっていく。

金銀の刺繡《ししゅう》が施された赤いドレスを着て、披露宴のメインテーブルに座っている花嫁は真っ赤な唇から白い歯を覗かせている。彼女は箸で米をひとつまみすると……笑った。


そうよ。箸にはあなたの名前が書かれているの。林麗娜と……


駄目！　そんなことを考えては駄目よ！　いまは授業中なんだから！　周りの生徒たちのほとんどがアイメイクを終えていた。麗娜はとにかくメイクをしないと、と自分に言い聞かせる。だが手の震えはいっこうに止まらず、ついにメイクブラシを落としてしまう。床に落ちたそれを慌てて拾うと、頭のなかは真っ白になった。ブライダルメイクのやり方は？　目の前の彼女の顔を見て、鬼新娘の青白い顔を思い浮かべてしまったらしい。一度だけ、鬼新娘の格好をして写真を撮られたことがあった。あのときは自分の花嫁姿を思い描いたのに……

阿聰のためにウェディングドレスを着ることを夢見ていた麗娜だったが、鬼新娘と同じように、式を挙げることはかなわなかった。周りの生徒に促されたが、手の震えが止まらない。アイライナーはもちろん、ファンデーションも塗りきれなかった。もう、終わりだ。きっと自分は、花嫁に化粧をすることなど一生できない。麗娜はすでに自分が呪われていることを思い知った。

講師と生徒たちが見守るなか、麗娜はメイク道具を鞄に詰め込むと、教室を出た。

駄目だ。もうどこにも逃げられない。

自分勝手だということはわかっている。でもそう思うことは、自分自身のためでもあった。それでいいじゃないか。そう割り切って考えることができないのが疎ましいのだ。

阿聰への思い、ネット民への怒り、友人への猜疑心、鬼新娘への恨み、そして殺人者への恐怖——あとからあとからと、さまざまな思いが湧いてきて、心は落ち着かないまま、麗娜は何も考えることができなくなっていた。「心ここに在らざれば、視《み》れども見えず」とでも言うべき牢獄《ろうごく》に閉じ込められ、さらに鬼新娘によって死の強迫観念を植えつけられてしまった彼女は、今や生きる 屍《しかばね》 のようだった。

鬼新娘の呪いは、阿聰が死んだその日から彼女に降りかかっていたのである。

その日、麗娜はホテルには戻らず、片足を引きずりながら自分の部屋に帰ってきた。

阿聰と二人で暮らしていたこの場所に戻って、真実を探し出す必要があった。それはたしかに危険を伴う行為で、必ずしも犯人を制裁できるとは限らない。だが阿聰だったらどうしたろう。彼なら冷静にすべての手掛かりを洗い出し、真相を突き止めたのではないか。それでも、と麗娜は思う。いま、どんな真相が自分を救ってくれるというのだろう?

自分を待ち受けているのは、決して楽しいものではない。そんな漠然《ばくぜん》とした予感が麗娜にはあった。

涙で潤んだ目を閉じると、救急車のサイレンが幻のように聞こえてくる。

そう、見えないけれど、彼女にはたしかにその音が聞こえていた。遠くから聞こえてくるその音が……

麗娜は涙を拭いながらパソコンの電源を入れると、阿聰が使っていた画像編集ソフトを立ちあげてみる。

画像編集はすべて阿聰にまかせっきりだった。パソコンはお前より得意だからな、と阿聰が自慢していたのを思い出す。たしかにその通りで、麗娜はパソコンが大の苦手だった。ヘッドセットをつけたまま、いったいどこから手をつけていいのかもわからず呆然とする。諦めかけたそのとき、ネット民による誹謗中傷の言葉の数々を思い出しながら、足首の痛みよりさらに強く、麗娜の心に立ち上がるものがあった。

——だからどうだっていうの？　自分でやるしかないじゃない。

オーディオトラックの操作には手間取ったが、始めたときのような難しさはなかった。今は使いやすいとさえ感じる。クリックするだけでボーカルが消音になるのは魔法のようで、ライブ映像の背景音のボリュームを上げていきながら一つずつ調べていくと、麺の袋を裂くような音が聞こえてきた。

「うちのスタジオがそんなに金持ちじゃなくてよかったのかも」

彼女は思わずそう独りごちた。

「ビジュアルが一番」と考える阿聰の指示で、ライブ映像の背景処理にはそれなりの予算をつぎ込む一方、音声に関してはなおざりで、品質の悪い中古のマイクを使っていたのが幸いした。背景のノイズをしっかり拾ってしまっている。動画はさらに進み、阿聰が袋麺を仕上げるようサインを出すと、彼のトークがしばらく続く……

そのとき、「ティィン」という音が耳に飛び込んできた。

「今のは何？」

彼女はトラックを巻き戻すと、ヘッドフォンの片方を耳に押し当てて、その部分を何度も聞き直した。

何度も繰り返し聞いていると、そのはっきりした音は、自分の体の奥底から洩れ出してきているような気がしてくる。

麗娜はヘッドフォンを外すと、肩の力を抜いた。

簡単なことだった。思わず笑ってしまうくらいに。そういうことだったのか。

さっきの音は電子レンジのものだったのだ。

同じようなソフトを使って調べれば、誰でもこの音を探りあてることができるだろう。鬼新娘もそうしたに違いない。

幽霊に監視されているという怯《おび》えと不安が、心のなかで一気に霧散していく心地がした。

「まったく……あいつったら、幽霊を騙ってただけじゃない！」

独り言のように言って、気合いを入れ直すと、麗娜は再びヘッドフォンを装着する。もう一度その部分を聞いてみようと思った。まだ見落としているものがあるかもしれない。阿聰が手紙を開封して、箸を取り出すそのシーンに、一志が犯人であることを証明するヒントが隠されているとしたら……

いまさらながらに思婕の推理を思い返しながら、あのとき二人でもっと深く話し合うべきだったと麗娜はひどく後悔した。彼女の推理で、郵送された封筒のトリックや、ピーナッツアレルゲンを含有した何かを仕込んだやりかたは説明できるものの、どうやって阿聰がその日に麺を食べることを一志が事前に知りえたのかはわからないままだ。しかもピーナッツアレルゲンを含む何かがあったとしても、封筒に仕込む前の箸はどこに隠していたのだろう。警察がスタジオと一志の所持品を調べても何も出てこなかったのだ――いったいどうやって。

他にも疑問点はある。

麗娜は何度も動画を見直した。

阿聰が亡くなるときの映像を見返しても、実際にあったことのような気がしない。

麗娜はすでにそれを何度も見ている。

痺《しび》れたような頭のなかで、もうそれを哀しむ時期はとっくに過ぎ去ったのだということに、麗娜はようやく気がついていた。

阿聰はもう自分を助けてくれない。彼に頼ることなく、自分自身で問題を片付けなければいけないのだ。

ザラッザラッ――いったい何の音だろう?

麗娜が丼を阿聰に手渡し、彼に突然キスをされたときのシーンだった。その後ろで耳慣れた音が聞こえてくる。彼にキスされたことばかりに気をとられて、今までその音を意識したこともなかった。

巻き戻して、また同じ音を聞いてみる。

彼女はこころもち首を傾《かし》げて考えていたが、ようやくその音が水だということに思い至った。

その音の出所は給湯室のはずなのに、なぜそこで水の音がするのか。

ライブ中に余計な音が出るようなことはなかったはずだ。

麗娜は再び記憶の海に沈んでいく。

給湯室から持ってきた出来たての麺を阿聰に手渡したあのとき――シンクには麺袋やふきんがそのままになっていた。動画では、阿聰のアレルギー発作が始まり、苦しそうに顔を歪める彼の姿が大写しになる。そしてカメラを操作しようと一志が駆け寄り――

そのあと、すぐに麗娜が水の入ったコップを持って厨房《ちゅうぼう》から飛び出してきた。思婕が電話で救急車を呼んでいるが、ソフトの音声処理によってよく聞こえない。だが、麗娜はそのときの様子をはっきりと覚えていた。


何てこった! 水はいいから、急いで彼の注射を持って来てくれ!

麗娜を罵《ののし》るほどの勢いで、一志がそう叫んだ。阿聰の発作を見たのはそのときがはじめてで、麗娜はすっかり気が動転してしまっていた。以前にも応急処置をどうするべきか、彼から話を聞いていたはずなのに、そのことをすっかり忘れてしまっていたのである……

麗娜は映像を停止させた。汚濁した湖水はいっきに洗い流され、水底に隠されていた答えが次第にはっきりとした姿を現してくるうち、胃の腑《ふ》に溜めていた激しい怒りが喉元にまでせり上がってくる。水の入ったコップを阿聴に手渡せないまま、厨房に駆け戻ったあのとき、そこは普段と変わらなかったはず……いや、それさえも一つの可能性に過ぎない。彼女は考えることにすっかり疲れ切って、何も信じることができなくなっていた。

ティン。

今まで聞いたことのないほどの大音量におどろいて、麗娜はメッセンジャーを見た。

一通のメッセージが届いている。

――ハイ。

それはしばらく見なかった――鬼新娘のメッセージだった。

そういえば、パソコンを立ち上げると自動でログインする設定になっていたのを麗娜は思い出した。いや、そんなことはもう、どうでもいいじゃない。麗娜はそう独りごつ。そう、ついに来たのだ。彼女は涙に濡れた頬を拭うと、大きく深呼吸をした。落ち着くのよ、と自分に言い聞かせる。いいわよ、来てみなさいよ。もうあなたなんか怖くないんだから。麗娜は両手をキーボードにのせた。

鬼新娘「可哀想《かわいそう》なナナ。せっかく新娘潭まで来てくれたのに、こそこそして。犯人に殺されたんじゃないかと思っちゃった」

ナナ「もう幽霊のふりをするのはやめてちょうだい。あなたがどうやってスタジオのスタッフがしたことを知ったのか、私にはもうわかっているんだから。電子レンジのこともね」
鬼新娘「どうやったの？」
ナナ「カメラには映ってなかったけど、音が聞こえたの。ちょっとボリュームを上げれば、誰だってわかること」
鬼新娘「へえ。そんな方法があったんだ」

かっと体が熱くなってくる。麗娜は、さらに続けた。

ナナ「まだ自分の正体を明かさないつもり？　あなたは誰？　ネットによくいるただの物好き？　それともしつこい雑誌記者？　私と同僚を仲違《なかたが》いさせたいわけ？」
鬼新娘「私はそういう方法もあるんだって言っただけで、私自身がそうしたってわけじゃないわ。でも、真相を突き止めようとしたナナさんの努力に敬意を表して、ちょっとしたご褒美をあげる」
鬼新娘「私はあなたたちのスタジオの関係者でもないし、あなたたちのことも知らない。私はあなたに嘘をついたことは一度もないし」
ナナ「真犯人の共犯じゃないの？」
鬼新娘「もし私がそうだったら、どうしてあなたと一緒に犯人を見つけるようなことをしなきゃいけないの？　その推理はちょっといただけないな。はい、減点」
鬼新娘「まだ私に質問があるなら、もっと真相を知りたいってところを見せてくれないとね」

冗談じゃない。麗娜は唇を噛むと、探りを入れるように、ナナ「私はね、もう犯行方法だってすっかりお見通しなんだから」

　鬼新娘はそれきり黙ったが、しばらくすると画面に「それは凄い」という文字が現れた。ペットに対して飼い主が「よくできました」と言うような口ぶりに、また怒りが湧いてきたそのとき、「じゃあどうやったの」という文字がすらすらと表示された。

　思婕の推理だと、一志はピーナッツアレルゲンを付着させた箸をスタジオに持ち込み、空の封筒を受け取ると、そのなかに箸を入れ、阿聰に手渡したという。ただそうだとすると、一志の服からはピーナッツアレルゲンが検出されていなければならないし、箸を入れていた封筒もこっそり捨てていたはずだ。しかし麗娜の記憶だと、彼がひそかに証拠隠滅を図る隙はなかった。警察は彼の身体検査もしている。だが何も見つけられなかったのだ。

　一志は運が良かっただけよ。うまく警察の検査をすり抜けたんだわ――それが思婕の仮説だった。ただ思婕の推理のほかにも、麗娜はもう一つの仮説を立てていた。

　その考えをメッセージに打ち込もうとする。その一方で麗娜は、鬼新娘が「それは違う」と否定するのをひそかに期待していた。だが考えれば考えるほど、麗娜にはその仮説以外はありえないような気がしてくるのだ。悔しさと哀しさで指は震えたが、エンターキーを押した瞬間、彼女の心はすっかり変わっていた。

ナナ「その態度はちょっといただけないわね。もしかしたら、あなたは何も知らなくて、ただ私が真相を口にするのを待っているだけなんじゃないの」

鬼新娘「それは私も同じ。あなただって、私からヒントを聞き出そうとしてるだけなんじゃない？」

気乗りはしなかったが、今度はこちらが向こうの注意を惹く番だった。麗娜はキーボードの上に手を置き、冷静に鬼新娘からの返事を待ち受ける。こちらからの反撃を気取られたのか、鬼新娘の返信は思いのほかゆったりしていた。一文字一文字がゆっくりと表示されていく。それは頭のなかで、けんめいに自分の考えをまとめようとしているかのようだった。

鬼新娘「たしかに映像は、人が考えていることよりもたくさんのことを教えてくれる。でも人って、真相を見つけることより、噂とか安っぽい正義の方が好きなんじゃない？　噂にのっかって、他人を誹謗中傷するのが愉しくって仕方がないのね。そんな彼らにとって、あなたはスケープゴートにうってつけだった、ってわけ。恋人を亡くして感情的になってる、可愛らしいだけの馬鹿な女の子」

鬼新娘「それで警察は犯人を捕まえられなかったよね。警察の話だと、麺に丼、箸とあなたにかかったスープからピーナッツアレルゲンが検出されたんでしょ？　警察からすると、やっぱりそのなかでも箸が一番あやしいよね。だったらその箸を郵送で送りつけてきた人物が一番疑わしい、ってことになる。でもそれってどうなのかな。あまりにも想像力に欠けてて、いいかげん」

鬼新娘「映像を何度も見直して、あのときのスタジオの様子を調べてみれば、ちょっとおかしなところがあるのはすぐに気がつくはずなんだけどなあ」

鬼新娘は気づいたことをゆっくりと打ち込んでいく。麗娜は固唾《かたず》を呑んで、その様子を見守っていた。

鬼新娘「何か余計なことをした人がいるのよ。それは本当にあやしすぎてまるわかりなんだけど。その人は、いったいどうしてそんなことをしたのか、ってところよね。それだって、考えてみればはっきりわかることなんだけど」

鬼新娘のメッセージを読みながら、麗娜はあのときのことを、ゆっくりと思い返してみる。

阿聰が袋麺に手をつける前に、麗娜以外の誰も調理器具や袋麺には触れていない。

麗娜は厨房に入ると、すぐに丼を洗い、水を切ってから袋麺を入れ、お湯を沸かした。それから二度目に厨房に入ったのは、阿聰が発作を起こしたときだ。彼女は急いで台所に水を取りに行った。いつもなら阿聰のグラスは水でさっと洗うのだけれど、あのときはまさに緊急事態だったから、直接ポットから水を注いでいる。それはあっという間だったが、キッチンにおかしいところは見当たらず、いつもと変わらなかったような気がする。

何もかも普段通りだった。麗娜が袋麺の調理に使っていた器具も、元の場所に戻されていた。麺袋は捨てられ、ふきんが広げて吊《つる》されていた。これは、自分が袋麺を調理し終えてから、水を取りに行くまでのあいだに、誰かがシンクを掃除するなりしてふきんを使ったことを意味する。

それで放送中に水の流れる音がしたのだ。

ふきんを洗うことは別におかしいことじゃない。でも、どうして番組のライブ中にそれを洗う必要があったのだろう？　スタジオは非常に狭く、機材もたいしたものじゃない。番組主を除けば、ライブ中に妙なノイズが乗らないよう、静かにしていた方がいいはずなのに——

鬼新娘「じゃあ、もう一度質問ね」

鬼新娘「さて。ピーナッツアレルゲンは、どうやって袋麺の丼のなかに入れられたのでしょう？」

記憶のなかにはっきりと刷《す》り込まれたイメージが鮮やかに蘇ってくる。痺れたような頭のなかに、自分の目で見たものと、カメラを通して見たものとが浮かび上がり、その瞬間、麗娜は背中に電流が走るような戦慄とともに、あることに気がついていた。

彼女はキーボードに載せた手を震わせながら、

「私だわ」

彼女は苦痛を訴えるようなうめきとともに、そう、つぶやいた。

「私が阿聰を死神の前に立たせたのよ」

ナナ「犯人はおそらく、ピーナッツオイルのようなアレルゲンを、あらかじめふきんに染み込ませておいたのね。スタジオのみんなは、私が阿聰の食器をふきんで拭く習慣があるのを知っていたはず。拭いたあとに丼に油や粉がついていたかは覚えていないけど、犯人はそのあと洗剤でふきんをきれいに洗っておくだけでよかった。だから、警察は検査をしてもアレルゲンが付着していた物を見つけることができなかったんでしょ。阿聰が使った丼や箸はもちろん、スープのなかからも……そしてふきんで丼を拭いた私の手からも検出されたのに」

鬼新娘「意外と簡単だったでしょ？　犯人はきちんとふきんを洗っておくのを忘れなければよかっただけ。あの箸と麺をこぼす事故がなかったら、あやうくあなたが犯人にされていたところだったかもね」

麗娜はひどく悲壮な顔でそのときのことを思い出していた。

そう、本当に簡単なことだった。あまりに単純だったので、警察から何度も取り調べを受けようとも、彼女は何も思い出せなかった。つまり、あのとき彼女がもっと注意を払っていれば……
ナナ「でも、もし私がふとした気まぐれで、あのときふきんを洗ったり、丼を洗ったりしたら、犯人は失敗したはずでしょう？　阿聰は発作が起きたときの注射器を持っていたんだから、それで死ぬとは限らない。なのに、なんでそんな遠回りな方法を選んだの？」
鬼新娘「ははっ、たしかにそうかもね。でも、そんなことはどうでもいいんじゃない？」
鬼新娘「だって、失敗したらもう一度やればいいんだから」

麗娜は画面をじっと見つめたまま、鬼新娘からの返事を待ち受けた。
鬼新娘「あなたの言った通り。失敗したって誰も気づかないし、殺人なんて疑わない。次の機会を待つだけでいい。ミステリにもあるでしょ。プロバビリティの殺人、ってやつ」

麗娜はぞっとした。新娘潭で見た、箸を突き立てた茶碗、そして歩道橋から突き落とされたこと……
それは正真正銘の殺人行為に違いない。決して衝動的に、とかそんなものではなく、殺意があってのものだった。そのことに思い至ると、麗娜は泣かずにはいられなかった。弱音を吐くんじゃない、と自分を叱るように涙を振り払うと、麗娜は、裏切られたことへの怒りをキーボードにぶつけて質問を打ち込んだ。
ナナ「犯人はどうしてそんなことをするの。恨まれることなんかしてないのに！」

鬼新娘「あははっ」

麗娜が哀しみと怒りに打ちひしがれていたとき、画面には氷のような「冷笑」がずらりと並んだ。

鬼新娘「恨まれることなんかしてない。本当にそう言えるの？」

鬼新娘「あなたたちは四人とも罪を犯したじゃない！　みんな死んでしまえばいいのよ！」

突然の告発に、麗娜の背筋には悪寒《おかん》が走った。

夢に出てきた新娘潭が、ふたたび彼女の目の前に浮かび上がる。水底に沈んだ女は、血染めの真っ赤なウェディングドレスをまとい、死んだ魚のような目を見開いて、水面に映る麗娜の姿をまっすぐに見据えていた。彼女は口を大きく開き、声も出せず、自分が若いまま息絶えたことを訴えている
……

ナナ「私がいったい、いつそんなことをしたっていうの？　ありもしない呪いをでっち上げたことを言っているの？」

鬼新娘「それもあるけど、もう一つあるでしょ。あなたたち四人は、私が一番大切にしていたものを奪ったのよ！」

奪った……

阿聰が始めた呪いのいたずらは、ネットの都市伝説に過ぎない。大衆消費社会におけるリアリティ番組。詐欺を働いたわけでも、また何かを壊したわけでもない。誰からも恨まれる理由などないはず

だった。

鬼新娘「何も知らないまま、あなたが死んじゃっても面白くない。反省もしない、罪悪感もない。恐怖心もない。お手軽な死。そんなことですむと思ってるの？　あなたは今日から恐怖に怯えて生きていくのよ。食べ物に化粧品。階段に駅のホーム……家に帰ってきて、ドアを開ける前にふと後ろを振り返ったそのとき。そこにあなたの死が待ってるの」

なぜ鬼新娘がそこまで自分を恨むのか。その憎しみの淵源《えんげん》がいったい何なのか、麗娜にはまったく心当たりがない。

ナナ「そんなに恨まれるようなことを私がしたっていうの？　だったら教えてよ。本当に私が悪かったっていうなら、私だってどうにかできるけど、わからないんじゃ、どうしようもないじゃない！」
鬼新娘「しょうがないわね」
ナナ「言ってくれないとわからないでしょ！」
鬼新娘「知りたい？」
ナナ「ええ！　言ってよ！」

そこで鬼新娘からの返信はふいに途切れた。麗娜が不安げに見守っていると、

鬼新娘「私たちの憎しみは、あなたたちがしたのと同じってこと。相手に死んでほしいと願うほど人を憎む理由？　それはもちろん死と関係してる。もう犯人が誰かも、どうやったのかもわかったんで

しょ。最後の答えを知りたいなら、私のところに来てくれない？　たくさんヒントをあげたんだし、私だってあなたを騙すつもりはないの。でも、最後に真相を知ったとき、あなたはどうなるのかな？　因果応報で死んじゃう？　それとも罪を背負って生き続けるのがいい？」

それに続けて、鬼新娘は「ふふっ。愉しみ」とそれだけを言い残して返信は切れてしまった。

鬼新娘は、しんかんとした山奥に現れては消えて旅人をかどわかす幻のようなものだった。その影を追ってさらに奥へと分け入るうち、彼女は嘲るような笑いとともにふいに姿を消してしまう。取り残されたものは、戸惑いながらなすすべもなくその場に立ち尽くすしかない。

これこそが鬼新娘の目的なのだろう。麗娜をおびき寄せ、思考を操り、スタジオの誰かが彼女を殺そうとしていることに気づかせ、恐怖と怯えに苛まれながら生きていくしかないようにする——

明滅するカーソルを呆然と眺めながら、麗娜はふたたび泣きそうになる。

ぐったりしながら、それでも進展はあったと彼女は思う。今まで考えもしなかったことが、ようやく明らかにされたのだ。

麗娜は自分を奮《ふる》い立たせるようにペンをとると、今知っていることを書き留めていく。

鬼新娘は人間なのか。それとも本当に幽霊なのか？　どうしてあの日スタジオで起こったことを知っているのか？——彼女は紛れもなく人間だ。スタジオには関係のない第三者かもしれないが、動画を仔細《しさい》に見直せばそこから推理することができる。誰かに会う必要はない。

ピーナッツアレルゲンを塗布した箸をスタジオに持ち込んだのは、本当に一志なのか？　——アレルゲンが付着していたのは箸ではない。ふきんだった。

阿聰の死は部外者の仕業だったのか。それとも彼自身が自分でしたことなのか？　——当時スタジオにいた誰かの犯行である。

自分を歩道橋から突き落としたのは、その犯人と同一人物か？　――そうに違いない。

その人物は自分たちに恨みがあるのか？　――不明。

鬼新娘はこの事件といったいどんな関係があるのか？　阿聰殺害の犯人が、自分を殺そうとしたことを予言できたのはなぜか――鬼新娘はスタジオの人間に恨みがある。理由は不明。ただ犯人を知っている。

犯人の名前については、麗娜にも思い当たる人物はいる。だがその動機については、まったくわからないままだった。


あなたたち四人は、私が一番大切にしていたものを奪ったのよ！

私たちの憎しみは、あなたたちがしたのと同じってこと。相手に死んでほしいと願うほど人を憎む理由？　それはもちろん死と関係してる。


鬼新娘が口にした言葉の数々が頭をよぎった。いったい彼女は自分に何を伝えようとしているのだろう？　もちろん麗娜自身は自分が誰も殺していないことを、そして阿聰が誰かを殺したりなんかしていないことも知っている。鬼新娘が自分の名前を知っていることから推すと、それはあの都市伝説と関係があるのだろう。

彼女はスマホを手に取り、カードスロットを開けると、以前使っていたＳＩＭカードに取り替えた。もう引き返すことはできないのだ。かといってここに留《とど》まることも許されない。麗娜には阿聰の死の真相を知り、そのすべてを知る必要があった。

相手はなかなか電話に出なかったが、ようやく、

「いまごろ電話してくるなんていったいどうしたんだ？」

そんな言葉とともに、一志は苦笑すると、

「もうどっかに消えてしまったかと思ってたよ」

どうやら一志は何度か麗娜に電話をかけていたらしく、返事がないのでそう考えたらしい。

「あなたはまだ香港にいるの？」

電話の声は遠かった。

「先日会った翌日から広州《こうしゅう》に出張しててさ。明日帰る予定だ」

だとすると、一志はこの数日香港にはいなかったことになる。麗娜は自分の疑惑が正しかったことを確信した。

彼女は大きく深呼吸をすると、

「鬼新娘から何か連絡があった？」

そう訊いた。返事が遅れるのは、回線の問題だろうか。

「そういうことか……」

一志は深い溜め息をつくと、さらに言葉を継いだ。

「そういうことなんだな。わかったよ。鬼新娘から君に連絡があって、彼女が俺のことを犯人だと言ってたんだろ。それで電話に出るのが怖かったってわけだ」

麗娜はそこで言いかけた言葉を呑み込んだ。思婕の名前は出さないまま、新娘潭に並べられていた茶碗や箸についての彼女の推理を、そのまま話そうかと思っていたのだ。

彼女は冷ややかな声音になって、

「もちろん鬼新娘の言う通り、あなたが犯人だってこともありえるでしょうけど」

電話の向こうの一志は、笑って退けると、

「だけどその可能性はすでに警察がとっくに調べたはずだぜ。箸には俺の指紋はついていなかったし、封筒からもアレルゲンは検出されなかったんだ。だったら俺は無実だろ。そもそものとき、彼があの箸で麺を食べるのをどうやって俺が知ったっていうんだ？」

「指紋は拭き取ることだってできるでしょ？　ドラマでもそういうのは普通にあるし。それに、あなただって、プロバビリティの犯罪っていうのを耳にしたことがあるんじゃない？　ずっと箸を送り続ければいいわけだし……それでもあなたは自分の無実を証明することができるの？」

「それなら君だって、ピーナッツオイルか何かを口紅に混ぜて、阿聴とキスしたときにそいつを含ませることだってできただろ」

「そんなことしてないわ。そもそもキスしてきたのは彼の方じゃない！」

麗娜は反駁《はんばく》した。

「自分はそんなことはしなかった。でもそれを証明できるのかい？　ウインクして、彼がキスしてくるように仕向けたのかもしれない。そうしてないってことを、証明できるかい？」

麗娜は思わず言葉に詰まった。たしかにその通りかもしれない。そう、彼女は一志と同じように、その可能性を否定することができないのだ。

幽霊は存在しない。だがそれを証明することはできないのと同じだった。

「俺が阿聴を殺したなんてのはまったくでたらめだ。犯人が箸を送りつけてきた人物じゃなく、俺たちの仲間の一人だっていうなら、君じゃなくて思婕だろうな。鬼新娘からメッセージを受け取ったあと、俺はすぐに新娘潭で君たち二人を試してみようと思ってね。で、二人に会ったあと、俺はますます彼女があやしいと思ったわけなんだが」

一志が箸と茶碗を設えて二人を試してみようと思ったのは、彼が麗娜と同じく鬼新娘からメッセージを受け取っていたからだったとは。一志はＩＴに詳しい。だから彼女が動画をダウンロードしたことに気づいたのではと疑ったのだが、彼の話によると、クラウドにデータを修正したログは残されても、ダウンロードした履歴は残らないらしい。

「君は警察を呼ぼうと提案したけど、彼女はそれをすぐに拒否したじゃないか。それに彼女が妙に落ち着いてるのが気になってね。ネットでは君が殺人犯だと誹謗中傷されているってのにさ」

「それだけが理由なの？　あのときは他にも、紙紮祭品を燃やそうって言ったじゃない」

「このことは来週、また帰ってから調べるつもりだったんだが、君とは連絡がつかなくなってしまったんでね……明日の列車の切符を買ったところなんだけど」

話すのであれば今しかないと思い、麗娜は、歩道橋から突き落とされて怪我したことと、ふきんの推理について一志に語った。

一志はしばらく黙っていたが、ようやく口を開くと、

「なるほど。そんなやり方があったとはね。だがそれだって証明はできないんじゃないか。それなのにどうして君は俺を信じることにしたんだい？」

「凶器が箸だったとすると、あなたがスタジオに箸を持ち込んだのに、あなたからはアレルゲンは検出されなかった。それは警察の検査方法に見落としがあったからだ、ってことになるのかもしれないけど、ふきんにそれが塗られてたとすると、警察だって見つけることができなくて当然よね。この方法だったら、一日前か、二日前にでもスタジオに持ち込むことが可能なのよ。ここで重要なのは、彼女があのときふきんを洗う必要はまったくなかったってこと。ライブ中にノイズが乗らないように気をつけるっていうのは、みんなで決めていたことじゃない。私が鬼新娘のことを訊いたとき、あなたはすぐに知っているって答えてくれた。私、病院にいるとき、同じことを彼女に訊いたのよ。でも私が話したことをまったく知らなかったみたいで」

鬼新娘は麗娜が怖がる姿を見たいと言っていた。鬼新娘が真犯人を知っていたとすると、自分に無茶なことはさせないはずだ。だから鬼新娘は、あのときはまだ真犯人を知らなかったのではないか。

他にも、まだ麗娜が説明したくない理由があった。鬼新娘はふきんの推理を認めている。だとすると、鬼新娘は何らかのやり方で動機も含めた事件の真相を知っているのだ。

「阿聰を殺したのは思婕だわ」

歯を食いしばりながら一気に言うと、麗娜はスマホを握りしめた。

あの日、病院に駆けつけた思婕の優しさは、自分を信用させ欺《あざむ》くための、いたわりに見せかけた嘘に過ぎず、一志と連絡を取って麗娜が真実を知ることがないよう仕向けていたのだろう。

いま考えると、病院で思婕が警察に通報するよう麗娜にアドバイスしたのも、むしろ麗娜があのまま通報するかもしれないことを警戒したからに違いない。先廻りして自分からそう切り出し、証拠がないから警察を呼んでも無駄だと念押しすれば、麗娜も諦めるだろうと考えてのことだとしたら――

「君が俺のことを信用してくれるといいんだけど、あの日、新娘潭から帰ってきたあと、俺は恋人とずっとネットカフェにいてね。十人近くは証人がいるはずだ。だがそんなことはこの際どうでもいい」

一志はさらに続けて、

「だったら彼女はなぜそんなことをしたんだ？　俺たちが彼女に何か悪いことをしたわけでもないだろ。鬼新娘のことにしても、彼女だって俺たちと同じ仕掛け人の一人だったんだからさ」

「それは私だってわからないけど……鬼新娘の言ってた動機にしたって、まったく心当たりがないわけだし」

「鬼新娘は俺たち四人に恨みがあると言っていたんだろ。だったら思婕だって、その憎しみの対象になっているわけだ。俺たちは彼女が一番大切にしていたものを奪った、って言ってたよな。その大切なもの、っていうのが阿聰ってことはないよな？　鬼新娘は、思婕が犯人だという証拠を俺たちに見つけてもらって、思婕を殺してもらいたいと考えているとか？」

麗娜は一瞬言葉に詰まる。そんなふうに考えたことはなかった。

しかし少なくとも、鬼新娘が一志と自分に送ったメッセージが同じであることはわかった。

「とにかく、それが私たちのでっち上げた都市伝説と関係があることは確実ってわけね」

「そう言えば、阿聰がこの企画のために集めていた資料があると思うんだけど、君のパソコンはもう確かめたのかい？」

その言葉にはっとなって、麗娜はすぐにパソコンに戻った。調べてみると、阿聰がこの企画のために作成したとおぼしきフォルダがあり、データはすべてカテゴリー別に整理されている。

「それ、送ってくれないか。ちょっと調べてみたい」

その言葉に麗娜は即答することができなかった。一つのフォルダを開いてみたが、ファイル数があまりに多かったのである。

「それとも君はまだ俺のことを信用してないのかな？」

一志はそう言うと溜め息をついた。

「データはすべてネットで集めたものだと思う。時間を節約したいだけだ」

「先に読ませて。香港に帰ってきたら話すから」

そう言い含めたが、実際には一志に資料を渡したくなかったのだ。

「わかった。とりあえずまた明日にでも。君が資料に目を通してみて、俺の助けが必要だと思ったら連絡をくれ」

電話を切ろうとしたところへ、一志がふと言った。

「君のことを見くびってたよ。俺が間違ってた。阿聰が君を好きだった理由もわかったような気がする」

電話をおいたあとも、一志がさりげなく口にした言葉の意味を考えていた。泣いてしまうかと思ったが、涙は出ない。阿聰から最後の別れの言葉を聞いたような心地がして、彼女は気を引き締める。

麗娜は徹夜で、阿聰が残した資料に目を通した。

麗娜たちがくだんの都市伝説を知ったのは三月下旬のことで、それから一ヶ月後には拡散が始まり、五月になると大変な盛り上がりを見せていた。ネットでは箸の呪いや鬼新娘の目撃談が続々と投稿されてはいたものの、ほとんどは目立ちたいだけの支離滅裂《しりめつれつ》な伝聞情報だったり、あからさまな釣《つ》りばかりで、阿聰が真相を明かしてからは、そうした投稿もネット民たちによってすでに削除されてしまっている。だがネットの書き込みやニュース記事について、阿聰は詳細なメモ書きを残していて、それも時系列やタイプ別に整理されていた。

麗娜が五月のフォルダをクリックすると、「疑わしいもの」「真相」「なりすまし」といったサブフォルダがある……彼女はそのうちの「テストストーリー」をクリックした。

それは匿名掲示板の投稿で、箸の呪いを使って憎い相手を病気にさせたというものや、呪った相手が女の幽霊を実際に見て泣きわめいたという書き込みだった。あるいは呪いが効いて、嫌いだった上司が指を切断する怪我をしたとか……ほとんどは似たようなもので、真偽の程は疑わしい。

そのなかに、箸の呪いが効いて、夫の浮気相手が流産したというものがあった。

偶然なのか自慢話なのかわからないもどかしさが、麗娜をたまらなく不安にさせる。

その当時、たしかに麗娜たちはこうした書き込みが、毎日大手のサイトや専用掲示板に転載されるのを愉しんでいた。どれだけ多くのものがこの噂を信じて箸と茶碗に手をつけ、大騒ぎをし、思いつきのでっち上げを行っただろう……これによって、スタジオの閉鎖は免れたとはいえ、しかし……

麗娜はようやく今になって、自分たちが何か悪いことをしたのではという漠然とした気持ちになっていた。

リストアップされたサイトはとにかく多すぎて、プライベートメッセージにまで目を通すことはできなかった。阿聰の蒐集《しゅうしゅう》したデータはとにかく膨大《ぼうだい》で、読み終えるのはとうてい不可能と言えた。あのとき彼が忙しくしていたのも納得で、こうしたデータを戦利品として蒐集しては悦《えつ》に入《い》っていたのだろう、と麗娜は思う。

とはいえ、ここでぼうっとしている暇はない。

鬼新娘は、自分の存在は死と関係している、と仄めかしていた。阿聰が保存していたファイルから、麗娜は殺人に関するデータやニュースを探してみたものの、今年の夏に香港で発生した殺人事件は見当たらない。箸の呪いに関連した記事や、この噂を取りあげたコメントにも、誰かの死亡に言及しているものは想像していた以上に少なかった。

四、五、六月で死亡に関するものは……

麗娜はふと、新娘潭で供養している最中に一志が口にしたことを思い出していた――

――ここの道路に問題があるのははっきりしてるわけだから、そいつを直さないと供養なんかしたって意味がない。今年に入ってもう四、五人は亡くなったって話だぜ。

自分たちが箸の呪いについてまとめていた当時、新聞記事には、新娘潭での交通事故死は今年に入って二件目だと書かれていたはずだ。つまりこの数ヶ月ですでに二、三人がなくなっていることになる。

慌てて新娘潭の事故に関する記事を検索すると、阿聰の記録とネットの記事は同じものだった。日付は今年の五月十二日。おおよそ二ヶ月半前のことだ。新娘潭路で自家用車が事故に遭い、二人が死亡、また一人が重体になったとある。被害者は聶《ニエ》一家で、夫婦は即死、十四歳の娘は意識不明の重体。麗娜はその家族を知らない。記事にあるもので、彼女が唯一わかったのは、「聖ガレリア女学院」という校名だけだった。記事によると、被害者の少女は学校でもかなりの優等生だったらしい。

新娘潭での死亡交通事故について、麗娜にはこれといった印象はない。普段は新聞も読まない彼女だが、どうして阿聰はこの事故について話をしなかったのだろうと思う。スタジオでの会議でも話題に上らなかった気がする。

麗娜はスマホのアルバムを開いた。五月の記憶を辿りながら、当時の写真を見返していくうちに、ふと思い出したことがあった。たしか思婕が五月の末にひどい風邪《かぜ》をこじらせて、一週間ずっとスタジオに来られないことがあった。それで二回の会議がキャンセルになったのである。

この二つのことは関連しているのだろうか？

四月上旬の写真は、スタジオのミニパーティーの様子だった。そこからさらに遡《さかのぼ》ると、新娘潭で撮影した失敗写真が削除されないまま保存されていた。三月の写真は、スタジオの今後を心配していたためか、みんなの笑顔も少ない。二月はバレンタイン特集で大忙しだった……

彼女の目は赤く潤み、あやうく涙がこぼれそうになる。麗娜は恋人を亡くした失意とともに、幸せだったひとときを思い返しながら、仲間たちと一緒に仕事をする機会はもう二度と来ないのだと思う。

お正月のビュッフェ。

そこでふと麗娜の指がとまった。あのときはホテルのレストランに向かう前に、みんなでスタジオに集まったのを覚えている。一志は高校生の彼女を、思婕は妹を連れて来ていた。麗娜は写真に写っているとし若い二人の少女の姿を見て、当時の会話を思い出す。

「へえ、聖ガレリアに通ってるんだ。あそこってすごい進学校でしょ。すごいじゃない！」

「違うんです。エスカレーターで上がっただけだから、今では同級生に追いつくのが精一杯で……」

麗娜は雷に打たれたような衝撃を受けた。スタジオでのやりとりと交通事故がこれで繋《つな》がるのではないか。

名門校に通っていた少女。

そして交通事故で重体になった少女もまたその学校に通っていた。

繋がったのは校名だけではない。箸の呪いもそうではないか……不安を伴うその兆《きざ》しは殻を破り、みるみるうちに、今まで見えていなかったものが、はっきりとしたかたちを伴って姿を現したのである。

麗娜は心臓が飛び出るほどの緊張に身を震わせながら、校名をキーワードに検索する。その日時に他のニュースがないことをひたすら願いながら。

そして、ついに見つけてしまった。

交通事故のほかにもう一つの記事を。

因果応報で死んじゃう？　それとも罪を背負って生き続けるのがいい？

鬼新娘の問いかけが頭に響きわたる。麗娜はようやくその意味を理解した……

彼女は杖を横に置くと、病院のロビーの椅子に座って待つことにした。セーターを着ていても、骨にまで浸《し》みるような肌寒さを感じる。夢のなかで水底に沈んでいくような、どこか浮ついた心地のなかで、麗娜は、この悪夢に終わりがないことを悟っていた。

先にやってきた一志は、麗娜の姿を見て、安堵《あんど》の溜め息をつくと、

「香港に帰って来ていの一番で病院に駆けつけたら、いったいどうしたっていうんだ！」

背中のデイパックには出張用の服やらが詰め込まれているはずで、駅からその足で駆けつけてくれたらしい。共犯者として、あとで彼がどんな反応を示すのかが、麗娜には気がかりだった。

「電話をしたのはあなただけじゃないの。思婕にも。彼女が来たら……」

麗娜が言い終わらぬうち、一志の後ろに青ざめた顔の思婕が姿を見せた。

一志は一瞬おどろいた顔に目を細め、どうして思婕が来ることをあらかじめ教えてくれなかったのかと文句を言いたげだったが、

「思婕、君はたしか台湾に行くって言ってなかったか？」

思婕は笑顔も見せないまま一志を無視すると、強ばらせた顔を麗娜に向けて、

「どうやってここを知ったの？」

「彼女にメールしたら、病院名と病室を教えてくれたのよ」

麗娜がそのまま答えると、思婕は大きく目を見開いて、

「そんなことあるわけないじゃない！」

「この前は別の病院だったわね――あのときはとても不安だったけど、先生が来てくれるまでのあいだ、あなたがずっとそばにいてくれて、とても嬉しかった。でも……」

麗娜は痛みを感じるほど思婕の両手を強く握りしめると、手を放し、

「私を階段から突き落としたのはあなたなんでしょ？」

きっぱりとそう言うと、思婕がうつろな視線を上げた。一志が冷ややかな一瞥《いちべつ》をくれると、三人は一瞬にして、これから起こることを理解したらしい。

冷たい風に目の前の霧が急に吹き払われて、まわりの景色がはっきり見えてきたような気がする。三人は仮面を脱ぎ捨て、ついに本当の顔を覗かせた。

全員がすべてを悟っていた。

「私が電話したときにはもう家に着いてたのよ。もし私がまだ帰りの途中だったら、まわりの音が聞こえていたはずでしょ」

思婕はひどく淡々とした口調になって言った。二人と争うつもりはないらしい。だがそれは単なる言い訳だった。

「私は信じていたのに。あなたのこと。あとでわかったんだけど、歩道橋の向こうのデパートには障害者用のトイレがあるの。そこに隠れてしまえば、ほとんどの音は遮断できるって」

「そうかもね。でもそれを証明はできないでしょ」

「どうしてそんなに冷酷になれるの？　私を殺そうとしたのに、それでも何もなかったみたいに話をして！　親友じゃなくても……友達だと思ってたのに……あんなことをするほど、私が憎いの？」

麗娜は唇を噛み締めて、それ以上は言わなかった。

まだ始まったばかりじゃないか。ここで泣いてはいけない、と麗娜は思う。

思婕はもう心に決めたというように、何も言い返さないまま二人を冷ややかに見つめている。いつもの優しげな思婕の貌《かお》に、麗娜ははじめて彼女の真の姿を目の当たりにしたような違和感を覚えていた。

「阿聰を殺したのは君なんだろ？」

声は落ち着いていながらも、両の拳を固く握りしめたまま、一志はさらに言いつのった。

「ふきんに細工をしたんだろ！　また証拠がないからとか言い出すんだろうが、それだってきっと……」

「どうするつもり？　復讐でもするの？」

思婕は厳しい声で、彼の言葉を遮った。一志は怒りに顔を真っ赤にしながら、彼女に手をあげた。

「それくらいやられて当然だろう。自業自得《じごうじとく》だ！」

「へえ、自業自得ね」

思婕はあざ笑うように一志の言葉を繰り返すと、

「たしかにそうね。私たちにとっては自業自得かもね」

麗娜は杖を手に立ち上がると、慌てて一志を遮った。

「こんなところで喧嘩はやめてよ。とにかくすべては鬼新娘に会って訊いてみればいいことでしょ」

一志と思婕は困惑した表情を浮かべている。麗娜は踵《きびす》を返してエレベーターの方へと歩き出そうとする。踏み出すごとに、怪我をした足首からは痺れるような痛みが背筋を伝って這いのぼってくる。

もう後戻りはできない。

これから自分は「鬼新娘」の祝宴に向かわなければならないのだ。

病院の廊下は消毒剤の匂いがする。面会時間だったので、彼女の案内によって、麗娜たちはあっけなくその部屋の前に立つことができた。

「鬼新娘、いるの？」

「入って」

ドアの向こうから柔らかな声が聞こえた。

麗娜はいくぶん不安そうにノブを押して、なかに入る。

その個室は、ベッドを取り囲むように設えてある医療機器がほとんどの空間を占めていた。十代の少女は、ベッドの上で半身を起こしてスマホをいじっている。愛くるしい顔立ちだが、頬には青白い翳《かげ》りさえ見えるほど痩せこけていた。肩まで伸びた黒髪が、雪のようにしらじらとしたシーツに映えている。

「ついに会えたわね。麗娜と一志。それに思婕姉さん」

少女は微笑する。弱々しい声音だが、言葉ははっきりとしていた。

思婕が大きく目を見開いて彼女を見た。まるでこの世のものではないものを目の当たりにしたように、いっしんに彼女に視線を向けたまま、

「私はあなたのためを思って……」

「『誰かのために』っていうの、私は嫌いなんだ。証明できないことはそのまま信じなくてもいい。

お姉さんはわかってると思うけど……」

ベッドの少女はか細い声で言った。彼女に責められているような気がしてか、思婕が目を背ける。その瞳には涙を浮かべていた。

「いったいどういうことなんだ？　君が俺たちに『鬼新娘』を名乗っていた人物だってことかい？」

一志が訊いた。

「名乗っていた、っていうのがよくわからないけど、私がその鬼新娘よ」

少女らしからぬ凄艶《せいえん》な表情を見せて弱々しく微笑むと、一志を睨みつけた。

「君は中学生なんだろ？　もしかして、五月に交通事故で重体になったっていうのは、君のことなのか？」

少女はうなずいた。

「思婕の親戚か何かなのかい？」

少女は首を振った。

「じゃあ、君たちはいったいどういう関係なんだ？　どうして阿聰を殺したりした？」

少女は何も言わないまま思婕に目を向ける。思婕は魂の抜けたように頭を振ると、身じろぎした。これから明かされる真実の重さに耐えかねたようによろめいた思婕に、

「じゃあ、最初に私を見つけた麗娜が説明してよ」

少女はつとめて明るい声で言った。その言葉に麗娜はかすかな違和感を覚えたが、ひとまずうなずくと話し出した。

「ここに来る前、思婕はふきんを使って阿聰を殺したことを暗に認めたわ。それに歩道橋で私を突き飛ばして怪我をさせたのもね」

ベッドの上の少女は首を伸ばして、麗娜の足元に目を落とす。体を動かすのも彼女にとってはそれ

が精一杯のようだった。

「新娘潭へ行ったあの日、一志が私たちをはめようとしたっていうのは、その通りだったの。でも、あなたが知らなかったのは、実は一志も、二人のどちらかが阿聡を殺したという警告を鬼新娘から受け取っていたということで……」

思婕ははっと我に返ったように、少女を見た。

「それで私と一志はすっかり困惑してしまった。いったい鬼新娘とは誰なのか。どうして私たちのことを知っているのか。でも、あなたにあんなことをされて、疑心暗鬼に陥った私は、一志に話しかけることもできなかった。でも、最後は鬼新娘から教えてもらうかたちで、あなたがどうやって阿聡を殺したのかを知ったの。そのときはとても信じられなかったけど——」

麗娜はそこで言葉を切った。阿聡を喪《うしな》ったことへの哀惜《あいせき》を蘇らせながらも、今それについて話すのが無意味なことはわかっている。彼女は悲壮な顔で続けた。

「思い切って一志に話をしてみてわかったのよ。鬼新娘は彼にもメッセージを送っていたってことが。でも、覚えているかしら？　病院で鬼新娘の話をにおわせたとき、あなたは何のことかわからないようだった。それで私たちはあなたが犯人だと思い、鬼新娘はスタジオの内部事情を知っている部外者と考えたの。そうなると、残された疑問は二つ。あなたはなぜ阿聡を殺したのか？　そして鬼新娘とはいったい誰で、どうして私と一志にこんな話をするのか……」

そこで麗娜は少女の方を振り返った。

「鬼新娘はスタジオの四人に恨みがあった。私たち四人は、彼女が一番大切にしていたものを奪ったという。だから私たちは全員死んで当然だって」

少女は満足そうに微笑んだ。恨みなどまったくないような屈託《くったく》のない顔に、麗娜は奇妙な違和感を覚えながらも話を続けた。

「いったいどういうことなのか？　あなたと鬼新娘が私たちを恨んでいる理由は何なのか？　そこで、五月の交通事故と私たちのスタジオに、ある共通点があることに気がついたの……聖ガレリア」

一志は眉を顰めて訊いた。

「その共通点っていうのは新娘潭のことじゃないのか？」

「二人は同じ学校に通っていて、同いどしだったの」

一志の質問を遮るように、麗娜は震える指でベッドを、続いて思婕を指さした。

「その少女と……思婕の妹の二人よ。同じクラスじゃなくても、二人は顔見知りだったんじゃない？」

妹の話を切り出すと、思婕は支えを失ったようにその場にしゃがみ込んでしまった。

「同じクラスだったの」

少女は麗娜の推理をあっさりと認めた。

「思婕の妹が、だって？」

一志は信じられないといったふうに、目を瞬《しばたた》かせた。

「そう。お正月に思婕がスタジオに連れてきたあの子よ！　私たちのスタジオのことは彼女から聞いたんでしょ」

「小魚は、インフルエンサーの女性と一緒に撮ったの、って嬉しそうに言って、その写真を見せてくれたのよ。今でもあなたたち二人の写真はスマホにとってある」

「小魚っていうのは――」

「私の妹よ。葉思妤《イプシウユー》……」

思婕が青ざめた顔で答える。部屋にいた三人の女性は、その名前が出た途端、押し黙ってしまった。

一志だけは事情がわからず途方に暮れたように、

「交通事故の被害者の少女と思婕の妹が顔見知りだったっていうのはわかった。でも、それが阿聰の死といったいどういう関係があるって言うんだ？」

「忘れたの？　あの呪いに一番夢中になっていたのが、女子中学生だったってこと」

麗娜に言われて、一志はいっそう顔を顰めた。

落ち着いた様子の少女と、いまにも叫びだしそうな思婕とを交互に見較べながら、一志は顎を撫でると、

「こういうことかい？　思婕の妹は、箸の呪いを使って君を呪おうとした。それで君が交通事故に遭ったものだから、彼女はこれを箸の呪いだと思ってしまった。だから君は呪いをつくり出した人物に復讐しようとした。でも、それは……」

彼はそこで言葉を切った。それは明らかに意味のないことで――なぜなら箸の呪いなどというものは、まったくでたらめだったのだから。

「もちろんあれはただの事故。私だって、あの事故に家族が巻き込まれたのが、箸の呪いと関係あるなんて思ってない」

少女はそう言うと、目を伏せた。

「君だってわかっているなら、俺たちを恨む必要なんて……」

「一志」

麗娜は、彼の言葉を遮るように、

「そうじゃないのよ」

「じゃあ、どういうことなんだ？」

「あなたと阿聰は同類でしょ。だからあなたたちにはわからないのよ」

麗娜はそう言って唇を噛んだ。

「誰もがあなたのように、事実だけを見て考えてるわけじゃないってことよ！」

「当たり前のことを言うなよ。事実に基づいて考えることの何が悪いんだ？」

「最初に思婕は疑問を持ったのよ。もし誰かがこれを真に受けてしまったらどうしようって。でも、あなたたち二人は何の問題もないと言ってたじゃない。公園にゴミが増えるだけだ。そんなものは自分たちで片付ければいい、って」

「その通りだろ。ナイフだって箸だって何でもいい。そこに一人の名前が書かれていようが、一万人の名前を書かれていようが何の意味もない。だって、その呪いはでたらめなんだから……」

一志の言葉は突然、けたたましい笑い声に遮られた。思婕がよろめきながら立ち上がる。彼女の姿は、麗娜が幻に見た通りの、目に涙を浮かべながら笑う新娘潭の鬼新娘そのものだった。

「そんなことが起こるはずはない、とでも言いたいの！　その通りかもしれないけど！　じゃあ、どうして妹は死んだの？」

思婕は声の限りに叫んでいた。

「箸の呪いで妹が死んだのはなぜ？　あの子が飛び降りるのを見たのよ！　目の前で！　鬼新娘が待っているから、行かなくちゃ、と言って、飛び降りたのよ！」

思婕の吐き出す一言一言はしたたかな平手打ちとなって、麗娜を打ちのめした。飛び降り自殺した女子生徒の記事を見つけたときから心の準備はできていたものの、記事には、その家族のことは詳しく記されておらず、それが自分に近しい人物だとは考えてもいなかった。

思婕は妹が飛び降りるのをその目で見ていた。

だからこそ、これほどの憎しみを……

仮面を脱ぎ捨て、ついに本性を現した思婕の顔を麗娜は見た。憤怒《ふんぬ》と後悔とに引き裂かれたその表情。頬を紅潮させ、目を潤ませている彼女の姿を見た途端、麗娜の心には強い罪悪感と同情心が湧き出してきた。

一志は考えがまとまらないまま、その場に固まってしまっていた。刺すような厳しい視線を思婕に注ぎながら、彼は言った。

「ちょっと待ってくれ……どうして……じゃあ、いま呪いをかけているのは誰なんだ？　誰かが君の妹に呪いをかけたから、その呪いによって、君の妹が死んでしまったというのか？」

自分の言葉を否定するように、一志は激しく頭を振ると、

「そんなはずはない。箸の呪いはでたらめなんだ。それで、本当に飛び降り自殺をさせることなんてできるはずがない。そんなことは、ありえないんだ」

「もう一度言ってごらんなさいよ！」

その一声とともに、思婕が一志に襲いかかろうとする。麗娜はなんとか二人を引き離し、後ずさる一志に向き直ると、

「呪いをかけられた人が死んだんじゃないの！　呪いをかけた人が死んだのよ！　まだわからないの？」

「箸の呪いは本物だったのよ」

突然、ベッドの少女が厳《おごそ》かな口調で言った。

彼女がそっと袖をまくると、細い腕に奇妙な形をした赤い痣《あざ》が現れた。それは、雪のように白い肌を泳ぐ魚のように見える。三人は一瞬呆然とした表情を浮かべ、麗娜に摑まれたままの思婕もようやく落ち着きを取り戻したらしい。

「気持ちわるい痣でしょ？」

少女はその痣を撫でながら、

「でもこの醜い痣のおかげで、親友に巡り会うことができたんだもの。彼女はこの痣こそ、二人の運

命のしるしだって言ってたわ。もちろん私は彼女の話したことも、運命も信じてないけど、これがきっかけで私たちはとても仲良しになれたの。

でも夏休みに入る前に、ちょっとした行き違いがあって。正直、それは彼女の一方的な勘違いだったんだけど、彼女が私を誤解していることに気がついたのは、ずっとあとになってからだった」

少女は胸を押さえながら、深い溜め息をついた。

「彼女が好きな人と私がわざと付き合っているって、勘違いしてたの。でも彼女はふたつの意味で誤解をしてたんだわ。一つ目は、彼女の好きな人がその先生だってことを私はまったく知らなかったってこと。もう一つは、私がその先生にはまったく興味がなかったってこと。でも、彼女は恋に夢中で、周りが見えなくなっていたのね。私に直接訊いてこようともせず、つまらないことに悩んでいた。それで私のことを、口先ばかりの、心の歪んだ、あらゆる方法を使って人を罠《わな》にかけようとする女の子だと勘違いしてしまったのね。

そのことに気がついた私は、誤解を解こうと思って、直接彼女と話したの。でも、彼女は、もう私に呪いをかけてしまった、いったいどうすればいいの、って泣きじゃくりながら私に謝ってきて……箸に名前を書くとその人を殺すことができるという噂話を、彼女は大真面目《おおまじめ》に信じていたの。私は呆《あき》れたけど、気にしないで、って言ったわ。でもその翌日、両親の車で親戚の結婚式場に向かう途中、たまたま新娘潭のそばを通りかかったところであの交通事故に――」

小魚は、親友が重篤な状態にあり、彼女の両親はその事故で亡くなったことを新聞記事で知る。まさにそれは悪夢だった。

「彼女にとっては、呪いが現実のものとなったの」

十代の少女たちは、そんなことをして罪悪感に苦しまないのだろうか？　たくさんの人々が「呪いの箸」に夢中になる様子を見て、麗娜が感じたことでもあった。実際に呪いが成就したら、呪った当人は良心の呵責《かしゃく》に苦しむのではないか？　それで不安にならないのだろうか。後悔しても後の祭りで、もうどうする事もできないというのに。

そしてその事故から一週間後、同じ学校の生徒が自殺した。

二つの新聞記事を並べて、ようやく麗娜は「罪悪感」に隠された端緒を探り当てたような気がした。

思婕は麗娜の手を振りほどくと、一志に挑みかかることなく、頭を抱えてその場に泣き崩れた。

「私はずっとスタジオの規約を守って、鬼新娘のことは誰にも話さなかったの。でも、あの子が亡くなったあと、スマホに残されていた最期の言葉を見て初めて、あの子が友達の家族を箸の呪いで殺してしまったと思い込んでいることに気がついた。友達を助けて生き返らせるには、鬼新娘に命を捧《ささ》げるしかないと言って……あの子は知らなかったのよ……その呪いも、写真も、その話自体も……全部、姉である私と仲間がでっち上げたものだったのよ！　私もそれに一役買っていたんだって！　それなのに、あの子は何も知らなかった！　あの子はすべてを信じてたのよ！」

沸き立つような思いをぶつけるように喋り立てる思婕の姿を、麗娜は直視することができなかった。妹の自殺が自分のせいだと知ったとき、思婕はどれほど打ちひしがれ、辛い思いをしたことだろう。麗娜には想像もできないことだった。

「どうして話してくれなかったんだ？」

一志はうめくような低い声で、そう訊いた。

「もし妹がその事故に関わっていると知ってたら、彼にそのことを突きつけて、すぐに鬼新娘の呪いの真相を明らかにするよう迫ったでしょうね。すべては嘘だったと皆に話して、責任を認めるようにと言っていたはずなのに！　でも私が知ったときにはすでに手遅れで……」

「それで……君は阿聰に怒りの矛先を向けたってわけか？」

一志が信じられないといった顔で訊くと、

「怒りってどういうこと？　彼のしたことでしょ！　彼があんなでたらめな都市伝説を思いついたりしなければ、妹は死ななかったのよ！」

「じゃあ、俺と麗娜はどうなる？」

「あなたたちも共犯者よ！　私も！」

思婕は悲壮な顔になって空《むな》しく笑った。

「私だって、あなたたちを解放するつもりだったのよ。でもあの日、新娘潭で再会したとき、麗娜は後悔していたけど、あなたはまったく反省もしてない感じだった。だから麗娜は怖がらせるだけにして、それからあなたを殺す方法を考えようとしてたのよ」

「怖がらせるだけだった、ですって？　あの高さから突き落とされたら、首が折れて、ひどいことになってたかもしれないのよ！」

愕然として、麗娜がそう言うと、

「そうなるかどうかは神のみぞ知るよ。阿聰と同じ。報いだわ」

思婕が何のためらいもなくそう答えるのを目にして、麗娜は心の底から震え上がった。しかしすべてを知ってしまった麗娜は、思婕に対する憎しみを手放すことができなかった。

一志は大きく息を継ぐと、気を取り直したように、思婕と少女の方に向き直って重々しい声で、

「君の妹には同情する。それと君の交通事故もだ。でも、すべては事故だったんだ。事実を歪曲《わいきょく》しちゃいけない。恐ろしい偶然の一致というやつで、それが俺たちの企画のせいだというのはまったくの言いがかりだ。俺たちが責任を負うようなことじゃない」

理性の仮面の下に隠された何かを見極めるように、麗娜は冷ややかな口つきでそう言う一志を睨みつけた。

まるで自分の言う言葉だけが真実で、常に正しいといわんばかりの態度は、阿聰にも似ていた。

「偶然の一致というだけですませるつもりなの？」

相手の言葉を確かめるように、思婕が厳しい声で訊いた。

「阿聰は君の妹を殺してなんかいない。迷信を真に受けて、事故と自分の行動を不合理に結びつけた愚か者は君の妹の方じゃないか。そもそも事故の責任が彼女にあるわけでもないし、俺たちに責任があるわけでも……」

一志が言い終わらぬうちに、思婕は勢い込んで彼を突き倒すと、襟首を摑んだ。鬼気迫る表情と血走った目つきに気圧《けお》されたのか、その場に固まってしまった一志に、

「あなたを先に殺しておくべきだった！　冷酷な人殺し！」

思婕は一志に馬乗りになると、怒りにまかせて彼の首をぐいぐいと絞めあげていく。その姿は幽鬼さながらだった。

「き、君が犯人だったとはな……」

一志は思婕の腕を握り、どうにか引き剝がそうとする。だが渾身《こんしん》の力を込めた細い腕はびくともしない。麗娜が二人を引き離そうとするが、どうすることもできなかった。

だが二人の悲鳴にも近い声は、柔らかな声で遮られた。

「思婕姉さん、小魚のお葬式はちゃんとしてあげたの？」

少女がいたわるような声で自分の妹を気遣うのを耳にして、理性を失った思婕はふと我に返った。

一志がその隙を見て逃げ出す。

妹の名前が悪魔となり果てた思婕の暴走をとめていた。涙をつまらせ、ぼんやりと床にへたりこんだまま、

「ええ。日本にも彼女の遺灰を持って行ったわ。それが彼女の願いだったから……」

麗娜は膝を突くと、彼女を抱きしめた。自分を殺しかけた彼女を自分が慰めるのも妙だったが、思

婕の壊れた姿を見るのはそれ以上に耐えられなかった。

「あなたが私たちを恨んでいる理由はよくわかったわ。償いのしようがないのはわかるけど、あなたは妹さんを亡くして、私は恋人を失ったのよ。もうどうしようもないことでしょ。だからもう、これで終わりにしましょう……」

思婕が涙ぐんで座り、ひたすら妹の名前を繰り返すなか、病室には低い嗚咽《おえつ》だけが聞こえている。

一志は何か言いたげだったが、口にしなくとも麗娜はそれを察することができた。思婕のしたことを帳消しになどできるはずがない。すでに死んでしまったものを責めるのも馬鹿げている。しかし、よくよく考えると、証拠があったとしても思婕を告発することなどできないのだ。そんなことをすれば、中学生を自殺に追い込んだ箸の呪いのいきさつも明らかにする必要があるし、そうなれば、四人ともが汚名を着せられることにもなりかねない。一方で、思婕も自分たちには何もできない。一人が殺されれば、もう一人は自分の命を守るためにすべてを明らかにすることができるのだから。

「それで……あなたは？　『鬼新娘』？　こうして私たち三人を引き合わせたのも、自分たちが犯した罪を知ってもらうためだったの？」

麗娜は、震える思婕の肩を抱きながら頭を上げて、少女に訊いた。

「私は……」

少女は低い声になって言った。

「目を覚ますと、両親は亡くなっていて、私はどこにも行けないまま、ここに閉じ込められてたのよ。それだけじゃないわ。私の親友も死んでしまっていて、スマホには彼女からの謝罪のメッセージが残されていた。いったいどういうことなの？　鬼新娘の呪いは本当にあるの？」

少女は腕にある魚の形をした痣を撫でながら、それに語りかけるようにそんなことを言った。麗娜がどう言葉をかけていいのか戸惑っていると、少女はさらに言葉を継いだ。

「そのあと、呪いの真相が種明かしされて、アクセス稼ぎのためのやらせだったってことがわかったの。これはいったいどういうこと？　だったら、小魚はこんな悪ふざけのために死んでしまったの？」

あえて何かを言い出すものはいなかった。一志も口を噤んだままでいる。

「あなたたちみたいな無責任な大人のしたことにはもう、うんざりだけど、いますぐ復讐しようとは考えてないわ。でもその悪ふざけの張本人が、放送中に死んでしまっても、犯人が捕まらなかったっていうのは、自業自得としか言いようがないわね。本当に面白い」

そこで言葉を切ると、少女は視線を三人に向けた。

「それで思い出したの。以前、小魚のお姉さんがあなたたちのスタジオに連れて行ってくれたときのことをね。あの事件のあとはまだ、真犯人と動機はわからなかった。色々な手掛かりから真相を推理はできたけど、私の代わりに、思婕お姉さんに直接それを確かめて証明してくれる人が必要だった。もしそれが復讐だったとしたら、中途半端に終わってもつまらないでしょ？　まだあなたたち二人が残っている。でも復讐のために人を殺しても意味がないのにね」

麗娜は思い返す。そうだ。自分は最初から操られていたのだ。

「待って。じゃあ、思婕が私と一志を殺そうとしてたっていう話は、嘘だったってこと？」

「あなたたちが疑い出したから、彼女はそれを感じて殺意を再燃させたのよ。私は善意であなたたちに警告をしていただけ。あなたたちは生かしておいた方がいいと思ったの。その方が罰として相応《ふさわ》しいし」

つまり、思婕は阿聰の死後、復讐を諦めていたのかもしれないのだ。鬼新娘は自分たちが殺されるのを防ぐために警告したのではない。その逆だ。自分たちを操り、再び思婕の殺意を駆り立てようとして――

「まったく、君にはがっかりだな」

一志は怒りを溜めた声で言った。

「君たちには同情するが、罪悪感を背負う必要なんかない。俺たちの友達は死んでしまったが、そんな理由で殺されたなんて、とうてい受け入れられないね！」

「それは呪いが偽物だからってこと？」

そう言って、少女は軽く首を傾げた。

「俺たちは殺意を煽《あお》ったわけじゃない。せいぜい箸に名前を書くように唆《そその》かしただけで、誰も傷つけちゃいない。そのあとに起こったことだって、すべては偶然と憶測に過ぎない」

そうやって自分の責任を逃れているつもりなのだろうか？

頭を低く垂れたまま思婕は身じろぎもしなかったし、髪に隠れてその表情はうかがえなかった。麗娜は震える彼女を抱き寄せた。軽はずみで妙なことをしないようにと願うしかなかったが、一方では一志の本性を見たような心地がした。もしこれが阿聰だったら何と言ったろう？　同じように責任逃れの態度を取っただろうか？　思婕はもちろん、麗娜ですら一志にはこの場で思い切り平手打ちを喰《く》らわせたいくらいだった。

少女は瞬きをすると、不審げな顔つきになって、

「呪いは偽物かもしれないけど、呪いをかけた人の悪意は本物じゃないの？」

言葉を失っている一志に、少女は畳みかけるように言った。

「人間の悪意ほど厄介なものはないんじゃない？　ふふっ」

少女は目を大きく見開いた。暗い水底からの反響音のように、怨嗟《えんさ》の声はますます虚《うつ》ろになっていく。

「呪いとは、『悪意』という名の蜂の巣をつつくようなもの。それが間接的なやり方であれ、不幸を

引き寄せるのは当たり前のこと」

夢のなかでしかなかった息苦しさが、その途端に現実のものとなり、病室を満たしていく。

自分が身じろぎできないことに気づいた麗娜は、廊下に続くドアの向こうに恐々《こわごわ》と目を向けることしかできなかった。

逃がさない。幻聴のような声が、鈴の音のように彼女の心に響いてくる。

悪寒が全身を貫き、麗娜は首を曲げて、ベッドの少女に視線を戻した。

「今日話したことに、具体的な証拠はない。あなたたちの心の中にある『罪悪感』と同じ。それが存在するかどうかは、あなたたちだけが知っていること……」

少女の表情から暗い翳りが退《ひ》いていく。安堵にも似た微笑を浮かべると、

「自分だけがこの世界に取り残された理由がわからなかったけど、やっと、わかったわ。これから小魚の代わりにあなたたちをずっと見ている。あなたたち三人も元気に生きて、小魚の代わりに私と仲良くしてね」

その無邪気な笑顔に、麗娜は背筋が凍るような気がした。

病室を出たあとも、三人は押し黙ったままだった。

思婕と一志はお互いの顔を見ようともしない。麗娜自身もまだ立ち直れてはいなかった。

いま、三人は……いや、四人は共犯者として、思婕の妹と阿聰の死の真相を闇に葬ろうとしている。

自分たちは一生、この秘密に縛られていくことになるのだろう。

一志が黙々と帰り支度《じたく》をしている。思婕は涙を堪えていた。自分しかこの沈黙を破ることはできないと悟った麗娜は、

「私、また彼女に会いに来ることにする……」

そう、独り言のように言った。

「あの子、食事は普通にできるのかな？　ちょっと訊いてくる。先に行ってて」

そう言って踵を返した麗娜は、病室で自分たちがこれだけ大騒ぎをしていたのに、看護師が一人も様子を見に来ないことを訝しんだ。彼女は少女の様子を尋ねようとナースステーションに足を向けたが、意外にも看護師は困惑した表情になって、

「あの子ですか？　食べられるわけないじゃないですか。あの可哀想な子は事故以来、一度も目を覚ましたことがないんですよ」

「そんなこと。だって、私たち、ついさっきまで彼女と話していて――」

麗娜が言い終わる間もなく、看護師は慌てて二人を廊下に残したまま、部屋に入って行った。

その後ろに従うように、三人はドアの向こうを覗き見た。看護師がしきりに少女のベッドの傍らに設えられた機器を調べながら、信じられないといった声を上げている。少女は目を閉じたまま仰向けに横たわり、体の中にカテーテルを挿入されたまま身じろぎもしない。

彼女は眠り姫のようだった。

そのとき、麗娜のスマホが振動し、メッセージが届いていた。

いや、彼女だけではなく、立て続けに三人のスマホがほぼ同時に振動していた。

鬼新娘「これからもよろしくね。W」

from Taiwan

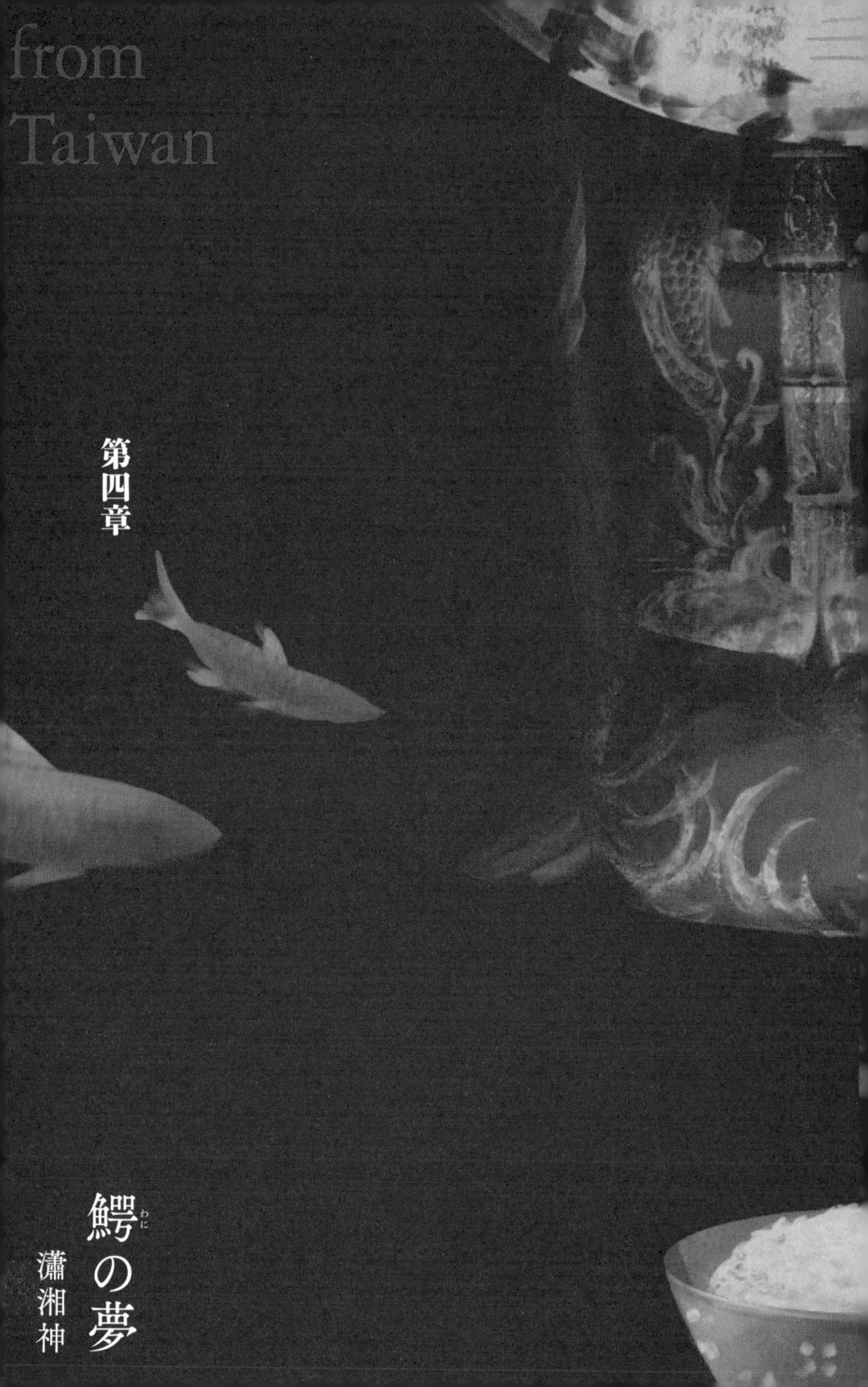

第四章

鰐《わに》の夢

瀟湘神

一

「わたしのふるさとは鰐に食べられてしまったの」

外耳道を蟻《あり》が這《は》うような囁《ささや》きが男の耳を擽《くすぐ》った。鼓膜に花の蜜を垂らすように、男にしか聞こえないほどのひそやかな声で女が口にした言葉は、暗い渦に巻き込まれるような眩暈《めまい》をたまゆらに誘い、内耳の前庭《ぜんてい》を揺蕩《たゆた》う。

ベッドは甘たるい明星花露水《ミンシンファルーシュイ》（台湾で有名なコロンの製品名）の香りに満たされていた。男には馴染《なじ》みのない、安っぽい化粧品の匂いだ。だらしなく天井から垂れ下がった裸電球が、目の前でゆらゆらと揺れている。板張りのベッドが立てる「ギシギシ」という軋《きし》んだ音は、荒波に押しつぶされる小舟の幻影を誘い、息苦しいばかりになった。

「台湾にも鰐がいるのかい？」

男はけだるげに訊《き》いた。台湾が亜熱帯の国であることを知ってはいたが、鰐と言えば途上国のイメージしかない。経済成長で急速な都市化を遂《と》げた台湾と鰐が、頭のなかで結びつかなかった。

「わからないわ。でもふるさとを食べてしまった鰐は、普通の鰐じゃなかったから」

女は体を起こすと、ぎこちなく手足を動かす鰐のように、掌《てのひら》を男の肌に滑らせた。

「鰐は山よりも大きくて、翡翠《ひすい》色の湖から上がってくると、老人みたいにのっそり、のっそりと体を動かすのよ。その歯はとても鋭くて、どんなものでも嚙《か》み砕いてしまう。お腹《なか》に入れてしまえば、あとは消化するだけ。陸に上がってしまえば、力を込める必要もない。大きな口を開けると、あっという間《ま》に村を呑《の》み込んでしまったの」

まさか冗談だろう、と思って男は言った。

「そんな鰐がいるわけないじゃないか」

「本当よ！　だって、わたしのふるさとは、その鰐に食べられてしまったんだから」

男は嘲笑すると、蔑《さげす》みの目を隠さないまま、

「その鰐がそんなに凄《すご》いんだったら、どうして台北《タイペイ》を食べてしまわないんだ？　この街の方が、君のふるさとよりも美味《うま》いんじゃないかな」

「彼はお腹いっぱいだったのよ。鰐がいつお腹を空《す》かせているかは、誰にもわからないし、鰐にだって、食べられないものはあるんだから」

女は男の揶揄《からか》いを軽く受け流すと、自分に言い聞かせるように、

「それとね、全身が赤く光るお魚がいたの。大きさはこのくらい。そう、人の腕を拡《ひろ》げたくらいね。そのお魚は、鰐がいくら口を大きく開けても食べることができないの」

「どうして食べられないんだい？」

「それはそのお魚がそういうお魚だから」

女はこともなげに言った。

すべてはでたらめだ。男が女の傍《かたわ》らに体を寄せ、太腿《ふともも》に頭を乗せると、その皮膚からは安物の化粧品の匂いがした。女の体臭と混ざり合った香りが柔らかく鼻腔《びこう》を包み、けだるい痺《しび》れを感じながら、彼はこの懶惰《らんだ》なひとときをいとおしんだ。幼稚さと愚かさは、ときに憐憫《れんびん》を誘う。

「その鰐には食べられない魚がいるってわけだ」

男は女の腰をかき抱くと、さらに続けた。

「しかし食べられない女はいない」

女はにっこりと微笑《ほほえ》むと、彼の顔を優しく撫《な》でた。

「知ってるの。あなたはとっても素敵よ。わたしみたいな頭の悪い女の話を聞いてくれるんだから。大好きよ」

彼女は男の顎《あご》に指を添えた。鎖骨をなぞるように、その指を男の腕へと滑らせていく。やがてそのしなやかな指先は、赤い痣《あざ》のところでふと、とまった。おぼろげな電球の薄明かりを背にした女の姿は、黒い狭霧《さぎり》に包まれ、その表情は深い海の底のようにおぼろげだった。

「その痣を見てふと思い出したのよ。お魚のこと」

彼女の声は震えていた。

「うん？　この痣は生まれつきなんだ。体育の授業で着替えるのがいやでね。いつも隠してた。でも、魚に見えるかい？」

「ええ、そうよ」

女は腰を曲げて、ゆっくりと顔を近づけていく。彼女の潤《うる》んだ眸《ひとみ》は海中に瞬《またた》く綺羅星《きらぼし》のようで、それは今にも眼窩《がんか》から落ちてくるような気さえした。女は軽やかな声になって、

「そう。ちょっと訊きたいんだけど……あなたは、腕に魚のような赤い痣があるひとに、会ったことがあるかしら？」

女の眸から流れた星は銀河を切り裂き、男の目めがけて落下していく。それは海水のように目に沁みた。

二

「それでは、どうして箸《はし》なのでしょう？」

聴衆は仮面をつけたように無表情で私を見つめていた。話に聞き入っているのか、それとも何も考えていないのかはわからない。いまだに他人からの視線を浴びるのに慣れない私は、独り言のように話を続ける。

「箸……東アジアでは最もありふれた食器の一つであり、私たちの文化を表すものとしてよく知られているものです。欧米人のなかには、アジア文化を受容できたかを見極めるメルクマールの一つとして『箸を使えるかどうか』を挙げる人もいるという話ですが、果たして本当のことかどうかはわかりません。しかし、たとえ欧米人が箸を使っていたとしても、私たちは、それだけでその人を仲間とは見なせないのではないでしょうか？　『親しみのあるひと』と感じるのがせいぜいでしょう。私がこの話をしているのは、これが箸の第一の呪《のろ》い――すなわち、『私たち』と『彼ら』を分かつ能力だと考えているからです。ここで皆さんに考えていただきたいことは、異なるグループを識別するために『関係』や『規則』を定めることは、呪いにおいて常に見られる特徴であるということです」

話せば話すほどに不安は募り、自分がちっぽけな存在であるような気がしてきた。頰《ほお》を叩《たた》いて気合いを入れるつもりで、私はよりはっきりとした声を出そうとする。もっとも何を話しても、呪文《じゅもん》に関する内容は、大学生にだっていささか難し過ぎる。彼らにとっては、眠りを誘うおまじないにしか聞こえないのではないか⁉　と思う。エンタメ小説の刊行イベントじゃないのだ。今回は、自分の作品を発表するのともわけが違う。自分だけじゃない、他の優秀な作家先生の代わりも務めるため、この場に立っているのだから。

最初から話をしよう。台湾、香港、日本の作家を募って、『おはしに関する怪談』と題するリレー小説を企画したい、と出版社から声をかけられたのが昨年のことだ。執筆陣のなかに、かねてより憧れていた作家先生の名前を見つけたことから、二つ返事で参加を決めると、リレー小説の第四走者として、出版社が企画した四回の講演を引き受けることにもなってしまい、今日がその第一回というわけなのである。講演のテーマについて編集者と話を進めるうち、私の方から、箸が持つ呪術性というのはどうだろう、と持ちかけたところ、編集者もすぐさま「是非そのテーマでお願いします！」と膝を乗り出してきた。ただ、私としては「本当にこれでいいのだろうか？」という気持ちもあり、また「退屈ではないか」と危惧《きぐ》したものの、とにかく、これでいくことにした。

しかしいざ家を出ようとすると「この本が、私の話と同じでつまらないと参加者に思われたらどうしよう」とか、「他の作家に迷惑をかけることになってしまったら……」と不安が込み上げてくるうち、いよいよ胃が痛くなってきた。薬を飲み、まだその効き目があるうちに、どうにか話を終わらせることができるよう、ここはとにかく祈るしかない。

今回この企画に参加した作家とは一度きりなのだから、私が足を引っ張るわけにはいかないのだ。こんな私が「妖怪ミステリ作家」という肩書きで売り出し、妖怪や民俗学といったジャンルの物書きでいられるのも、ひとえに出版社のおかげと言うしかない。つまらないと感じられようが、テーマとしては、少なくとも私の十八番《おはこ》である。だったらそれほどがっかりさせることもないのではないか？という気もしてくる。

「箸が関係しているとなると、誰もが不吉なことを想起してしまうかもしれませんね。『脚尾飯《ジャオウェイファン》』はもちろん、箸にまつわるものは死に関連していることが多い。たとえば、中国の江蘇《こうそ》省では、食事をするとき、彼らは位牌《いはい》の前に盛り飯を置き、その横に箸を置くそうです。そのときは、箸が故人の利《き》き手と同じ位置に置かれているかどうかを、しっかり確かめる必要があるんですね。なぜなら利き手ではない方の手で食事をするのは大変で、右利きの人が左手で食事をするのはさぞかし苦痛でしょうから。こうした故人の食事には、禁忌《タブー》やさまざまな規則がある。そうした箸の置き方のほか、仏壇から食事を下げるとき、それをそのままテーブルに置いてはいけない。まずは台所に持っていき、生者と死者の食事はしっかり分ける必要があるんです。

先ほど取り上げた脚尾飯にもそうした禁忌が存在するんですね。台湾のある地方では、脚尾飯を家の中で炊《た》くのは禁じられていて、必ず陽《ひ》の当たる場所で炊かないといけない決まりがあるそうです。日本にも同じような慣習があって、漢字で書くと『枕飯《まくらめし》』というのですが、これにもさまざまな作法や規則がある。

実はこれこそが箸の呪力の源であり——それは『規範』から生まれるのですね。

皆さんはそんな馬鹿な、と思われるかもしれません。呪術と規範にいったいどんな関係があるんだろう？　そんなふうに考えるかもしれません。ただ、ちょっと想像してみてください——もし箸を使うときに、規範がまったくなかったとしたらどうだろう、と。死者が生きているかのように、茶碗《ちゃわん》をそのままテーブルに置いたりする。もちろんそれは脚尾飯だったり枕飯だったりするわけですが、そこにはまったく特別な何かがなかったとしたら、どうでしょう。それらをすべてただの食器として扱い、好き勝手にやったとしても、私たちは『そんなことをしてはいけない』と感じ、そこに『禁忌』を覚えるのでしょうか？　その答えはノー、なんですね。そもそも、規範がなければそこから禁忌が生じることもない。

皆さんもこういう経験をしたことがあるのかどうか、わからないのですが、私が子どものころのことです。白飯に箸を突き刺すと、大人たちに手厳しく叱られたものでした。それは脚尾飯をイメージさせ、死を連想するからよくない、というわけですね。脚尾飯にはルールが必要なのです。なぜなら『生者の世界』と分かつため、『禁忌』はその規範の上につくられるからです。実際、箸にまつわる規範は死の儀式に限ったことではなく、生者の世界においても、箸にまつわる禁忌はたくさんあります。たとえば箸を使うとき、汁物の滴《しずく》をテーブルに垂らすことはなみだばしとして無作法にあたり、禁じられています。箸を交差させるのもいけない。料理を取っている他の人の箸に触れるのもいけない。

いったい、どうしてこんなにルールが多いのでしょう？ 簡単なことで、それは私たちが毎日使うものだからなんですね。そこに規範がなければ倫常《りんじょう》もいらなくなる。規範とは、人間関係を定義するために用いられ、特に権力関係におけるある種の構造を反映させるために使われます。できること、できないことは、そうした人間関係によって変化します。誰も見ていなければ好きなように箸を使えばいい。ですから箸というのは、この場合、一種の比喩とも言えるでしょう。生活においては様々なルールがあり、日常生活におけるありふれた箸というものも、いわば生活におけるロジックを反映したものだったりするわけです。

こうした観点から、今回の小説のテーマとして『箸』を選んだのはとてもうまい、と私は思いました。箸はルールに溢《あふ》れた私たちの生活を反映し、生活におけるそうしたルールがまた文化を生み出すわけです。先ほどの私の話を覚えていますか？ 箸が使える使えないというだけで、私たちは自分たちと他人を区別している、と言いましたね。これは箸というものが『文化圏』を反映しているからで、もし小説が『駅』というような、世界中にありふれたものをテーマとするのであれば、それほど強い文化的特質をあらわすことはできなかったでしょう。

ルールや禁忌、あるいは呪文といったものは、その文化の中でしか効果がありません。箸は文化をまとった呪具である、という言い方もできるでしょう。この観点から、箸は確かに呪術に関係しています。それがこの小説の狙いなんですね。箸と、不可解にしてとらえがたい物語とは、分け隔てることができないのですから」

このあと、さらにいくつかの例を挙げて講演の結びとしたものの、彼らの重苦しいばかりの沈黙を前に、冷たい汗が流れ出してくる。編集者がつとめて陽気な声で講演の終わりを告げると、観客もようやく話が終わったことに気がついたらしく、場内からまばらな拍手が起こった。

続いて編集者が「どなたか先生に訊きたいことはありますか？」と話を進めて、恒例の質疑応答にうつった。しかし、ああ——こうして質疑応答のたびに、本当にこれは必要なのだろうかと私は考えてしまうのだ。そもそも、ここで聴衆からまったく反応がないとばつが悪い。かといって、出版社にこんなお約束はやめてしまえば、とこちらから提案するのも憚《はばか》られた（つまり、文化人による講演ですら、工場の組み立てラインのようにあらかじめ仕様は決められており、職人の時代はとうの昔に終わりを告げてしまっているのだ）。

編集者が講演の終了を告げると、サイン会となった。何人かが列に並び、私が手早くサインをすませるうち、聴衆たちは三々五々と散っていく。そろそろ終わりだろうと立ち上がると、六十がらみの、身なりのよい、フレームの厚い眼鏡《めがね》をかけた男がこちらに近づいてきた。半白の髪に櫛目《くしめ》の行き届いた姿は、端麗《たんれい》とも言える印象だが、男は、若々しい声で「先生！　個人的な話をしてもよろしいでしょうか？」といきなり話しかけてきたのである。

これは少し意外だった。なぜなら私の読者の大半は、大学生か若い社会人で、としのいった男性というのは珍しい。彼が差し出した名刺を見ると、週刊Ｊの記者で、「張文勇《ヂャンウエンヨン》」とある。私が溜《た》め息をつくと、視線に気付いた編集者がこちらにやってくるなり、「先生、今日はありがとうございました」と声をかけてきた。

「いえいえ、こちらこそ。そうだ、詹《ヂャン》さんたちは先に帰ってもらって結構ですよ。この読者の方が、私に話があるらしいので。あなたに付き合ってもらうのも申し訳ないし」

「わかりました。また国際ブックフェアの講演がありますから、では、そのときにでも」

編集者たちが帰り支度《じたく》をするのを見ながら、私はふと、この場所に居座るのもまずいと思い、彼に言った。

「張さん。でしたら場所を変えて話しましょうか？」

「ええ。私はどこでも結構です」

　周りに誰もいないところに行くと、自分を責めずにはいられなかった。何となく、成り行きでこんなことになってしまったが、最初にどんな話なのかを訊いておくべきだったのではないか。どうしたらいいものか判断がつかずにいると、張文勇はようやく口をひらいた。

「素晴らしい講演でした。ところで先生の話ですと、呪文は文化的なシステムの中でしか機能しない。つまり、呪文は何らかの客観的な法則に基づいているわけではない、そういうことですよね？」

「まあ、あくまでも個人的な意見ですが。キリスト教を知らない人が、キリスト教の天国に行けるはずがないというようなものです。天国は客観的に存在する場所ではありません。実際、天国や地獄の描写は、東洋でも西洋でも時代によって変化しているんですよ。だからといって、現代の地獄が正しく、三世紀の地獄が間違っているとは言えませんよね？」

「なるほど。ところで私が今一番興味があるのは、この小説のテーマにもなっている『箸』なんです。先生は、日本の『筷《クアイ》子《ズ》大人《ダーレン》』というのを聞いたことがありますか？　日本語では『おはしさま』というのですが」

「おはしさま、ですか？」

　その言葉には聞き覚えがあった。以前にM先生のツイッターで見かけたことがあるような気がする。M先生はこのリレー小説の第一走者で、彼のツイッターは、この企画の前からフォローしていた。先生のアカウントを知ったのはまったくの偶然で、誰かがリツイートしていた、愛らしい猫の写真が目に留まったのがきっかけだった。そのアカウントを確かめてみると、もしかして私が敬愛するホラー作家ではないか？　ということに気づいて、即フォローした。もっともM先生はひんぱんに猫の写真をツイートするものだから、ミステリ作家の、というより、猫好きクラスターをフォローしているような感じではある。

私は正直に言った。

「そのことでしたらM先生のツイートで目にしたような気がします。確かある怪談語りの場で、誰かがその話をしていたんではないでしょうか。ツイッターの文字数制限もあって、先生も詳しくは書いていませんでしたが、それは都市伝説の類いではないんですか？ そのときは自分の専門分野というわけでもなかったので、詳しく調べなかったんですが」

私の専門は、清朝《しん》から戦前までの文書を照合しながら民俗学の系譜を構築することなので、現代の都市伝説を気にかけることはほとんどない。

張文勇は言った。

「なるほど。そうすると、先生も『おはしさま』のことについては、あまり詳しくないと？」

「ええ、そうですね」

「でしたら、この話は、先生にもきっと興味を持ってもらえると思います」

張文勇はそう請け合った。もっとも私の返事も待たずに、いきなり「おはしさま」の話を滔々《とうとう》と始めたので、「興味はない」と一蹴する暇《いとま》もなかったのだが――

彼の話をまとめると、いわゆる「おはしさま」の風習は、日本の全国各地に見ることができ、それぞれは微妙に異なるものの、おおよそのやり方について大きな違いはないらしい。いわゆる「願いを叶《かな》えてもらう」儀式のひとつで、願掛けを行うものは、お茶碗のご飯に箸を立てるという点は脚尾飯と同じだが、おはしさまでは、願掛けを八十四日間、一日も欠かさずに続ける必要があるという。

そして、その儀式が成就すると、願い事をした人の腕に魚のような赤い痣ができたり、あるいは夢を見るというような、何かしらの兆《きざ》しが現れる。あるものは、夢のなかで目を覚ますと、小学五年生になっていたという。夢のなかには九人の生徒がいて、この夢を見るたびに一人の生徒が死んでいく。さらにその夢から覚める方法はなく、最後まで夢のなかで生き残ったものだけが、願いを叶えることができるらしい――

張文勇がスマホで日本のサイトを見せてくれた。それは「雨宮《あめみや》」なる人物がネットにある「おはしさま」の話を蒐集《しゅうしゅう》したものらしく、サイトの掲示板には、「やってみたけど、何の知らせもなかったよ、でたらめじゃないの、これって」「友達の腕に魚のような赤い痣が出てきたけど、そのあとすぐに事故で死んでしまった」という書き込みがあった。なかには実際に願いを叶えたと言うものもあったが、魚の形をした痣が消えなくてとても困っていると書き添えている。

痺れたような頭のなかであれこれ考えながら、私はさらに画面をスワイプする。書き込まれているのは、真偽も定かではないものばかりだった。かりに彼らが嘘《うそ》をついていないとすると、この儀式に参加したものは、願いを叶えることなく死んでしまったか、あるいは命を落とさないまでも、さまざまな不幸に見舞われたはずだ。その運気もさまざまで、重篤《じゅうとく》な病にかかった、原因不明の神経壊死《えし》になった、癌《がん》になった、あるいは意外な理由で植物状態になってしまったものもいる。

いったいどういうことなのだろう？　私の頭はいっそう混乱するばかりだった。なぜか、私はその儀式を知っていたのである。もちろんそれを「おはしさま」とは呼ばないが、やり方は記憶にあるものと非常に似通っていた。いや、待て。そもそも最初から違っているではないか。私の知っている儀式では、八十四日間、一日も欠かさずに続けるという縛《しば》りもなく、知らせとして痣が出現することもない。しかし、その夢は……間違いなく私の知っているものと同じだった。

「先生、あなたは日本語が読めるんですか？」

「ええ、だいたいは。ところでこれは本当に日本の儀式なんでしょうか？」

「妖怪ミステリ作家でしたら、民俗学にもお詳しいはずですよね。たしか、台湾にも同じような儀式があったはずです。『筷子仙《クアイズシイエン》』や『箸仙《ヂュシイエン》』と呼ばれたもので」

「ちょっと待ってください。それは、私が知っている『筷子仙』とは違うものですね」

「え？　では先生の知っている筷子仙は、いったいどんなものなんです？」

「色々ですよ。台湾にとどまらず、漢字文化圏であれば、箸は霊を召喚《しょうかん》するための呪具として使われることがあるんですよ。たとえば、家族に病人がいる場合、水のなかに箸を突き立てて霊を召喚し、箸が倒れたら失敗として、それが立つまで続けるんです。うまくいくと、その人を病気にした鬼が箸に降りてきたとして、その箸を刀で切る。すると病人が恢復《かいふく》すると伝えられています。また『碟《ディエ》仙《シイエン》』（西欧のウィジャにも似た降霊術・占いの類い）に似たものもあって、箸をある形に並べて二人で持つと動き出すというものもあります。いわゆる『箸神《ヂュシエン》』というものでは、箸をT字型に並べてしばらくすると、誰も触れていないのに箸が勝手に回り出す――」

中国の歴史には、箸を占いに使った伝説も散見され、唐の時代に玄宗《げんそう》が韋《い》皇后を殺そうと挙兵したときにも、占いに頼ったと伝えられる。箸を用いた占いでは、箸が立つか倒れるかを見るのだが、同じ卦《け》が連続して三回続くと吉兆を表すと言われている。そうした例は、そもそもの箸の用法からはかけ離れており、箸は神降ろしのために用いる呪具と言えた。それは箸の形状そのものが、神降ろしの道具に見合っていたからであろう。

張文勇は私が挙げた例を聞きながら、

「ああ――今先生が挙げられたものは、すべて箸を使っているから名前がかぶってるだけじゃないですか。台湾の『おはしさま』の儀式には、それとは異なるやりかたがあるんですよ。ちょっと、その証拠をお見せしましょうか」

彼はそう言うと、スマホをスワイプしながらいくつかのサイトを見せてくれた。彼が言うように、そこに書き込まれた体験談は確かに「おはしさま」と大差ないが、系統立ててまとめられているわけではない。

私はぞっとした。

これらがすべて本当のことだとしたら、この儀式を実際に行って、多くの命を奪ったということになりはしないか。いや、もちろん死なない場合もあるにはあるのかもしれない。病気や事故に遭《あ》ってでも、生きていればまだましな方なのかもしれないが、しかし……これはいったい、どういうことなのだろう？

私は恐る恐る訊いてみた。

「張さん、あなたはどうしてそんな話を私に？」

「先生は興味ありませんか？」

張文勇はいかにも意外そうな顔で、訊き返した。興味があるかどうかに関係なく、まるで興味がないことそのものがいけないような口ぶりである。彼に妙な目でじっと見つめられるうち、私は困惑して視線をそらした。

「興味がないわけではありませんが……私はただの作家ですし……」

「あっ！　すみません。確かにその通りではありますな」

張文勇は私の話を遮《さえぎ》ると、ひどく興奮した様子でスマホをいじりながら、

「先生に一番大事なものをお見せするのを忘れてました。興味がないのももっともで——ほら、見て下さいよ！　実際、この日本のサイトでは、『おはしさま』の儀式に参加した人たちの証言を元に、夢のなかで見た学校の平面図を作成しているんです」

口迅《くちど》にそう言うと、その平面図とやらを私に示した。私が仔細《しさい》を眺《なが》めようとすると、彼は独り言のように、

「実はですね、この学校の平面図なんですが、これが私の母校と瓜《うり》二つなんですよ。つまりこれは、

台湾の学校なんです！　先生はB小学校をご存じですか？」

　私は思わず息を呑んだ。

「B小学校……？」

　私はあまりのおどろきに思わず口を噤《つぐ》んだ。彼がなぜ私に声をかけてきたのか、その理由をようやく理解できたような気がしたのである。彼は笑いながら、

「先生、どうです。興味ありませんか？　先生は以前、B小学校の話を書きたいとインタビューで話されていたではありませんか……これはまたとないチャンスだと思うんですがね……『おはしさま』の夢のなかに現れる学校とB小学校が瓜二つだなんて、そんなこと、考えられますかね？　先生がB小学校のことを小説にしたいのであれば、これ以上のネタはないと思うんですが、どうでしょう？」

　B小学校であれば、よく知っている。

　この小学校はすでにない――それだけでは、特におどろくことではないかもしれない。小学校の廃校など、今や台湾では珍しくもない。だが廃校となったもののなかでも、B小学校はかなり特別な存在と言えた。

　なぜなら、今その小学校は、水深三十メートルはあろうかという、翠玉《すいぎょく》の湖の底に沈んでいるからである。その湖は、建物のおおよそ十階ほどはあろうという深さがあり、湖底には光さえも届かない。水面《みなも》から覗《のぞ》くと濃緑が拡がるばかりで、湖底に学校が沈んでいるとは考えがたい。

　台北《タイペイ》地区における水需要の増加に対応するため、北勢渓《ペイシーシー》に翡翠《フエイツイ》ダムが建設されたのは一九八〇年代のことで、八五年にまだダムは完成していなかったものの、すでに湖への貯水は始まっていた。北勢渓からほど近いB小学校は「ボッチャン」と湖中に没すると、湖水にさゆらぐ優しい光に包まれて、凝固した時とともに、セピア色をした記憶の底へと封じ込められたのである。

　この手の話にロマンを感じる人もいれば、そうでない人もいることだろう。ともあれ、他人がどう

あろうと、私にはこのB小学校を小説にしたいという、自分なりの理由があった。作家という立場からすれば、張文勇が口にしたことは確かに筋が通っている。

それでも気乗りしない私は、彼に訊いた。

「張さん、これをどうして私に調べてもらいたいんです？」

「そりゃあ、記事にするためですよ」

張文勇がきっぱりと言った。

「この『おはしさま』の儀式について、今から調査を始めるとして、遅くとも一ヶ月半後には記事にするつもりでいるんです。だいたい、おかしいと思いませんか？　なぜ日本や台湾でこのような儀式が流布《るふ》しているのか？　香港には『箸の呪い』という有名な都市伝説がありますが、話によると、これもまた香港で『おはしさま』として知られている風習にちなんだものだとか。つまり『おはしさま』は香港にもあるということなんですよ。私たちは、その伝説の真実を解き明かす鍵が、台湾にあることを発見したわけです。どうです、興奮しませんか？」

「でも、あなたの調査に私は必要ないのでは？　あなたはB小学校を卒業したのだから、私よりもよく知っているはずですし……」

「もう昔の話ですよ。卒業してからすぐに引っ越したので、学校がその後どうなったのかは、私だってよくわかっていないんです。先生はすでに現地調査もしているわけですし、それも最近のことでしょう。まだ数年しか経《た》っていないんだ。現地のことは私よりも詳しく知っているはずです。そこで、先生をお誘いして一緒に調査を進め、この謎《なぞ》を解き明かしたい、と思ったわけです」

どうも話に無理があるような気がして、私が口を噤んだままでいると、張文勇は慌てて付け加えた。

「先生、興味ないんですか？　だったらそれでもいいのですが……あなたがこの話に乗り気でないとおっしゃるなら、せめてB小学校に関して、先生がご存じのことを、私に教えてくれませんか？　お願いします。これはね、おそらくとんでもなく大きな謎に違いないんだ！　妖怪ミステリ作家として、先生だって、この真相は気になるんじゃありませんか」

こういう押しの強い人が私は苦手だった。目の前いっぱいに、唾《つば》を飛ばす張文勇の顔は大写しに迫ってくる。私は嫌悪感を抑えながら身じろぎすると、溜め息をついて言った。

「わかりましたよ。あなたの調査に参加しましょう。あなたが真相を見つけたというのに、その場に自分がいなかったらと考えると、それはそれで嫌ですから」

「先生、そりゃあ、素晴らしい。ありがとうございます」

張文勇は他愛《たわい》なく目を輝かせた。それにしても彼がこんなに喜ぶとは私にも意外だったが、ともかくこの日はすでに遅かったので、お互いに連絡先を交換するだけにした。

彼はまた連絡すると私に告げると、帰り際《ぎわ》にこう付け加えた。

「そうだった、そうだった。先生、先ほど言いました通り、この記事の締め切りまであと一ヶ月しかないわけですから、これから忙しくなりますよ。いいですね？　ですから先生も是非、予定をあけといてくださいよ。よろしくお願いします」

臆面《おくめん》もない態度にうんざりしながら、私は強《し》いて笑い返すと、その日は別れた。張文勇の後ろ姿を遠くに眺めながら、私は複雑な気持ちだった。こんな状況でなければ、私も断っていたと思う。そして相手に「この事件には決して触れないよう」、アドバイスしていたことだろう。しかし今日は……

外は雨だった。

私は彼の名刺を取り出した。張文勇、週刊Jとある。激しい怯《おび》えとともに、私は運命のようなものを感じずにはいられなかった。それで彼の申し出を断ることができなかったのである。雨脚はますます激しくなり、その音は雨ではなく川のせせらぎとなって耳に騒立《さわだ》つ。そして、暗い水底《みなそこ》にあったB小学校とともに凝固していた時間は、今再び流れ出す——

三

「わたしは人を殺したことがあるの」

　女の忍びやかな声が聞こえてくる。男（以前の男ではない。彼の方がいくぶん骨太の、頑丈な体つきで、髭《ひげ》も剃《そ》っていない）は、女からそんな告白を聞くことになるとは思ってもいなかったらしい。急に緊張したように、男は引き締まった肌を強《こわ》ばらせた。その姿は、さながら猛獣に遭遇して逃げる準備を始める草食動物のようだった。彼の表情を見てとると、女性は艶然《えんぜん》と微笑して、

「いやね。わたしが自分でしたってわけじゃないのよ。そんなことをしたら、とっくに警察に捕まっているはずでしょう？　殺人といっても、自分が手にかけたわけじゃなくて、相手がいなくなるように呪いをかけただけなんだから。でも、それでその人が本当にこの世からいなくなってしまったら、それはやはり殺人でしょ！」

　顔を輝かせてそんなことを言う彼女は、どうやら本気でそう思っているらしい。しかし、それはどんな表情と言えばいいのだろう？　目の前の男を除けば、誰も知らない。男は力を抜いた。ふと目の前にいる女が、恋人を手にかけてしまった哀れな幽霊のように見えたのである。恐怖と憐《あわ》れみの入り交じった気持ちに駆《か》り立てられるように、男は言った。

「それだったら、誰かを殺したってわけじゃないんだろう？　誰だって『ああ、あいつなんか死んでしまえばいいのに』と思うことくらいあるものさ。でも、実際に実行しない限り、それは殺人とは言えない」

「そうなの？　自分で手にかけたのでなければ、人を殺したことにはならないの？」

　女の声は、時計の秒針よりも静かだった。男にとっては当たり前のことが、彼女にとってはひどく

不可解な謎らしい。自分の考えを進んで説いて聞かせるわけでもなく、男は訊いた。

「なぜ人を殺そうと思ったんだ？　そいつは厭《いや》な客だったとか？」

「違うわ」

女は男に体を寄せると、けだるげな声になって、

「人を殺してしまったらもう、どんなに不愉快な客だって平気よ。我慢できるの」

「それはどうして？」

「ずっとずっと昔のことなの」

彼女は口許《くちもと》に微笑を浮かべると、さらに言った。

「本当に聞きたい？　あなただって、こんな話を聞くために来たわけじゃないんでしょ」

「なあに、そんなことはどうでもいいさ。どうせ夜は長いんだ……それにここに来たのは初めてじゃない。毎回同じことをするのもつまらないだろ。俺はもっと君の話を聞いてみたいね」

女は彼のほうを向いて、低く、笑うような声を立てた。

「いいわ。でも、あなたがもうたくさんだ、って思ったときは言ってね。でもつまらないんじゃないかしら、こんな話。わたしが殺そうと思ったのは……そのひとに自分の赤ちゃんを殺されそうになったからなの」

ひんやりとした空気に、生唾を呑み込む音だけが聞こえた。

「……それは誰なんだ？」

「長い話になるんだけど」

女は彼の肩に頬を預けると、

「あなたの国ではどうなのかわからないけど、台湾には昔から『媳婦仔《シーフーズ》』という習わしがあるの。それはね、まだ子どものうちに嫁いだ女の子のことなんだけど、わたしはその『媳婦仔』だったの。夫

の実家にわたしが嫁いだのはまだ五歳のときだったわ」

「五歳だって！　どうやって結婚するんだ？　そんなこと、できるわけが……できるわけないじゃないか……」

「もちろん無理よね！」

女は笑うと、

「でも笑ってしまうのはそれだけじゃないの。わたしがその家に嫁いだとき、夫はまだ生まれてなかったのよ」

「生まれてなかった？　じゃあどうやって結婚するんだ？」

「これは台湾の習わしで、結婚にはたいした意味がないの。昔は、娘を嫁に行かせるには、男の家に持参金を用意する必要があったのね。手塩にかけて育てたって、また結婚させるのにお金がかかる。だから女は『賠銭貨《ペイチエンフオ》（儲けにならない商品）』だって言われてたの。でも『媳婦仔』にして早くに結婚させてしまえば、それで嫁ぎ先からお金をもらうことさえできたってわけ。今ふうの言い方をすれば、結婚という名の、体《てい》のいい人身売買ね」

「でもそのときはまだ、旦那になる子どもは生まれていなかったんだろ？」

「だから養女になるの。他の家のことは知らないけど、嫁ぎ先では家事をする働き手が必要だったから、夫がまだ生まれてなくても、わたしは重宝されたわ。それにまず『媳婦仔』といっても結婚は縁起がいいことだもの。妻が待っているんだから、神様だって女の子をじりじり待たせることはできないでしょ。だから生まれてくる子どもは男の子と決まっていた」

「それは何の根拠もない迷信だろ」

「そうよ。でもわたしは運が良かったのね。一年も経たないうちに、未来の夫が生まれたんだから。しかも生まれてきたのは、女の子と男の子の双子だったの。男の子はわたしの夫、女の子は私の義妹《いもうと》ということになるわね。今でも夫が生まれたときのことは、はっきり覚えてる……」
女は男の傍らに座り直すと、ゆったりとした口調で語り始めた――一歩一歩、「殺人」の物語に向けて。

子どものころから将来が決まっているというのが、どんなものか想像できるかしら？　覚えている限り、わたしが将来どうなるのかを話してくれたひともいなかったし、わたしには選択肢そのものがなかったの。想像できる？

わたしたちは「運命を受け入れる」という言い回しが好きよね。他に選択肢がないのなら、運命を受け入れるしかない。「運命を受け入れる」というのは、ようするに「どうしようもない」ということ。子どものころは何も感じなかったけど、夫が生まれてくるのを目にして、母……というのは、当時、わたしがお母さんと呼ぶようにと言われていたそのひと……に「この子はあなたの夫なのだから、これからしっかり面倒を見てあげるのよ」と、耳許で囁かれても、わたしには何の感慨《かんがい》も湧《わ》かなかったわ。この子の世話をすることが、わたしの仕事で、責任で、この子の下《しも》の世話をするのも、わたしがしなければならないことなんだ、って。それだけ。

まだ幼いわたしにとって、夫と弟には何の違いもなかった。

それでも、夫より義妹の方が好きだったのは確かなこと。義妹は本当に可愛《かわい》らしかったけど、性格は頑《かたく》なで、いつも負け惜しみを口にするような子だったの。わたしは家族のなかでは明らかに弱い立場だったけど、躾《しつ》けのためには彼女にも厳《きび》しいことを言わなければならなくて。母もあの子のそんなところを叱りながら、そんなんじゃ「嫁に行けない」と愚痴《ぐち》っていたことを思い出すわ。でもわたしは、そんなこと、関係ないんじゃないかな、と思ってた。母も本当はそう思ってたはずよ。明らかに間違っているってわかってるのに、見て見ぬふりをするのって、それはもう、それが嘘であることを認めたのと同じじゃない？　あの子は人を騙《だま》すつもりなんかなくて、ただそうしたことに従わないだけだったの。

　昔、考えたことがあるもの。もしわたしに子どもがいたら、義妹のような子がいいなって。あのときはまだ子どもだったし、もっと歳《とし》をとっていたら、わたしもそんなふうには考えなかったかもしれないわね。わたしは男の子に生まれたかったのに、こうして女の子として生まれてきてしまった。ああ、なんて不幸なんだろう……

　自己憐憫？　でも、わたしを見て。わたしが幸せに見える？　もちろん、わたしがすべての女性の立場から何か言うことなんてできないけど……もっともそんなことができたとしたって、わたしみたいな農家の女性の立場から、っていうのがせいぜいよね……

　運命とは努力でなんとかなるものなの？　そうかもしれない。でも、どんな運命を辿《たど》るかによるんじゃないかしら。台湾では、よく女の子が溺れ死ぬことがあるんだけど、それはその子が賠銭貨だからなの。もしあなたがそんな女の子だったらどう？　どうやって抵抗できる？　生まれたばかりの女の子に差し伸べる手は——水に顔を押しつけて死なせるための手は——運の悪い女性にとって、運命以上の力を持っているの。

　でも、今はどうなのかしら……当時は、わたしも運命に逆らうことができなかった。そもそも運命に抗《あらが》うことができるなんて考えていなかったもの。夫は、わたしたちにとっては大切な大切な長男で、家族のみんなが夫を溺愛していた。彼はわたしにひどいことをたくさんしたわ。ときにはわたしを叩いたり、唾を吐きかけることもあったけど、だからといって母は、彼に対して、「そんなことをしたら嫁がいなくなるよ」と叱るようなこともしなかった。

　まだ小さいころは、どんなにひどいことをされても可愛いと思えたけど、夫は七、八歳になってもまだわたしを叩いたり、いろいろと無茶なことを言ってくるから、わたしは嫌で嫌で仕方がなかった。

わたしは一生、こんな人と一緒に生きていかなければならないの？　でも彼がいない生活といっても、じゃあいったい、それをどうやって選べばいいのかしら。

あなたにはわかるかしら？　選択の余地がないというあの感覚。あなたがどんなに厭であろうとも、他の可能性が考えられない、そんな宿命……でも、それが「運命を受け入れる」ってことなのよね。

でも、こんな日々にもちょっとした変化が訪れたの。

それは、あるとしの八月のことだったわ。一人の若者が大学に入学したという話で、もう、村じゅうが大騒ぎだったの。当時は大学に入るのも大変なことで、それが田舎《いなか》だったらなおさらよね。でも、そのひとは子どものときに親と一緒に都会に出て行ったきり、村に帰るのも夏休みと冬休みだけだったから、自分がそんな寒村の出だという自覚はなかったかもしれない。

話がそれてしまったわね。とにかくそんな感じで、そのひとは毎年村に帰ってきてはいたんだけど、それまでわたしが彼の姿を見る機会はなかったの。でも、そのとしは、村はすっかり彼の話で持ちきりだったから、なんとなくわたしも彼のことを気にかけるようになっていたのね。そんな浮ついた雰囲気は旧正月までずっと続いて、そのとしの旧正月の十五日には、村人が総出で銅鑼《どら》や太鼓を叩き、爆竹を打ち鳴らしては、松明《たいまつ》を掲げて練り歩いて――そんな日に、わたしはばったり彼と出くわして話をすることができたの。それで、大都会がどんなところなのかを初めて知ったのね。

そのときは、まさか彼がわたしの人生を変えてくれるひとだとは考えてもいなかったわ。そのひとは文勇という名前だった。文化の文に、勇敢の勇。今でもこんなふうに考えるの。彼は確かに頭のいいひとで、そのことに異議を唱えるひとはいないと思うけど、もし彼が名前の示すように勇敢なひとだったら、わたしの運命もまったく違ったものになっていたんじゃないか、って……

でもその答えを知る機会はついになかった。

四

講演会の夜、私はM先生にメールを書くことにした。拙い日本語で手紙を書くのはひと苦労だったが、「おはしさま」についての詳細とともに、「おはしさま」が伝えられる地域や、参考文献における違いから引用元など、その後の調査について何か進展があったかを尋ねたかったのである。

ああ、私は本当に不安になってきた。一緒に仕事をしたことはあったにしても、先生とはそれほど懇意な間柄というわけではない。こんなメールを送るのは僭越《せんえつ》に過ぎるのではないか？　そうは言っても、M先生以外に誰を頼る伝《つて》もない。とにかくメールを送ることにして、その翌日、私はもう一人に連絡をとって先方に都合をつけてもらうと、張文勇にメールを書いた。内容は以下の通りである。

張様

この度は「筷子仙」と「B小学校」の調査にお招きいただき、誠にありがとうございます。実は、先般お話しいただいた「筷子仙」の伝説については、当方にもいくつか心当たりがあります。ただ、その詳細につきましては、私ではなく、関係者から直接あなたに話をしてもらうことにいたしました。当方からすでに新北《シンペイ》市石碇《シーディン》区Y小学校を退職した教師に連絡を取ってあります。彼は以前、B小学校に勤めていたことがあり、今は八十歳になっていますが、老いてなお矍鑠《かくしやく》としております。当時彼が体験した奇妙な出来事について、あなたも大変興味深い話を聞くことができることでしょう。

メールの最後にこちらから時間を指定して、新店《シンディエン》で会いたいと書き添えておいた。先に彼の予定を確認していなかったので、やや失礼な気がしたものの、調査の協力を強く要請してきたのは向こうなのだ。彼の方から出向いてくるのが筋だろう。

それから二日後の午後に、張文勇は車で地下鉄の新店駅にやってきた。その日は重苦しい曇り空で、いまにも雨が降り出しそうな気配だった。空気はすでに湿っぽく、服の重さを感じながら、私は車の助手席に乗り込んだ。

「先生、さっそく連絡していただき本当にありがとうございます。こちらから電話をしようとも考えたんですが、先生の気が変わってしまってたらと思うと、どうにも落ち着かなくて」

そう言って笑う張文勇は、不自然なほどに興奮していた。――いや、興奮しているには違いないが、緊張のあまり、自分を抑えられないだけなのかもしれない。

「正直、お断りしようかとも考えたんですが」

仕方がない。彼の話を聞いたときから、何かある異様な感覚がさざ波立ち、その誘惑に私は勝てなかったのだ。

「先生がそうしてくれなくて、よかった。私を信じてください。これは本当に凄いテーマなんですから」

張文勇はそう請け合った。車は台九《タイジウ》線に沿って石碇へと進んで行く。

車窓の右側には新店渓《シンディエンシー》が見渡せた。今は渇水期だからであろう、むき出しになった川岸は時の経過にさらされ、廃墟《はいきょ》のように荒涼とした景色となって目に迫ってくる。遠くから眺めると緑色に見えるが、数年前の台風以来、その水はひどく濁り、薄汚れた翡翠のようになりはてて、いまやその霊気はすっかり失われてしまっていた。

「先生はメールで心当たりがある、とおっしゃってましたが、先に少しだけ教えていただけませんか？」

張文勇が言った。

「ここに来る前に話しておくべきでしたね。その前に張さん、あなたがB小学校を卒業したのがいつだったのか教えてくれませんか」

「え？　そうですね……」

私の問いに、彼は考え考えしながら、

「確か……民国《ミングオ》五十九年でした」

「だとすると一九七〇年ですね。もしあなたが卒業後、すぐにB村を出ていったとしたら、あの事件のことはご存じないかもしれません。張さんは知っていますか？　B小学校で起きたあの事件を……一九七八年に、B小学校五年生の生徒たちがいっせいに姿を消してしまったんですよ。あのとき、あなたはB村にまだいましたか？」

「なんですって？　いっせいに、姿を消した、ですって？　いったい何があったんです？」

いささかおどろいた顔でそう言う彼に、私は、

「知りませんでしたか？」

「もう引っ越してしまったあとのことですから、その事件は聞いたこともありませんね。いったい何があったんです？」

私は集めた情報を心のなかで整理しながら、主観を排除し、ただ客観的な情報だけに絞りつつ、話を始めた。

「一九七八年三月のことでした。その日の放課後、B小学校の五年生の生徒たちは、学校近くの九紀《ジウジー》山《シャン》に遊びに行ったきり、戻って来なかったんです。一人の子どもを除いて……そう、その山から生還したのは、たった一人だったんです。不思議なのは、その子は山へ遊びに行ったことは覚えていたものの、いったいそこで何があったのかをまったく覚えていなかったんです……村人の話だと、その子たちは魔神仔《モシナ》に攫《さら》われたという話なのですが」

台湾で最も有名な妖怪と言えば、「魔神仔」だろう。科学至上主義の現代においても、山での怪異のほとんどは魔神仔の仕業《しわざ》とされる。たとえば魔神仔は山にやって来た者を「惑わして」、道に迷わせたり、幻覚を見せたり、ご馳走《ちそう》を食べさせたりする。「拐《かどわ》かされた」ものは鶏《とり》の足を食べていると思っているが、実際は雑草や土、虫や動物の糞《ふん》を食べているのだ。

B小学校とその近くのB村は石碇にある。もともと石碇、平渓《ピンシー》、南港《ナンガン》、汐止《シージー》一帯の山々には、魔神仔の伝説があるので、奇妙な噂《うわさ》がたっても不思議ではない。だがその一方で、魔神仔を否定する意見もあった。かりに魔神仔に攫われたというのであれば、山を捜索しているあいだに、正気を失った子どもたちを見つけることができなかったにしても、飢え死にした死体くらいはあるはずだ。だがこのとき、実際に何も見つからなかったのである。それとも、子どもたちの死体は、誰の目も届かない山中にあったとでもいうのだろうか。そうした仕業もまた魔神仔の得意とするところである。そして、生還した子どもが山にいるあいだの記憶がまったくないというのも、他の子どもたちが魔神仔に攫われたという話とも一致する。

「五年生全員のなかで生き残ったのが一人だけ、ですか？　いったい魔神仔は何人の子どもを攫って行ったんです？」

張文勇は叫ぶように言った。

「別に不思議な話ではないんですが、B小学校は何しろ寒村の学校でしたから、各学年の生徒の数もそれほど多くはなかったんです。そのとしの五年生は九人だったんですが——張さん、私がなぜこの話をしているかわかりますか？　どうです、学年全体で九人しかいないなか、八人が行方《ゆくえ》知れずとなり、生還したのは一人だけだった。どう思います？」

張文勇は考え考えしたあと、大きく息を呑むと、

「それは……『筷子仙』の夢とまったく同じじゃないですか！　夢の中の九人も五年生で、夢を見る

たびに一人が死んでいき、最後の一人だけになるというのも！」

「私もそう考えたんですよ。もし『筷子仙』の夢に出てくる学校の平面図がB小学校と瓜二つで、その人数も、五年生が失踪したというのも同じだというなら、あなたのおっしゃる通り、『筷子仙』と『B小学校』には何らかの繫《つな》がりがあるのかもしれません」

「しかし行方不明になったのが八人というのは大変なことですよ！　私はそんな話、今まで聞いたこともありません。新聞には報じられなかったんでしょうか？」

「記事にはなっていません。理由は想像できるかと思うのですが。どうです？」

私は冷ややかな声になって話を続けた。

「ご存知の通り、当時はまだ戒厳令が敷かれていました。翡翠ダム建設のため、水没する地区の住民は立ち退《の》きを迫られ、それに関する賠償問題も紛糾していた。当時、測量員が農地評価を行うため村を訪れていたのですが、彼らが査定に赴《おもむ》くと、B村の農家たちは測量員の行動に不信感を持ったんです。彼らは測量員のやり方が杜撰《ずさん》で、農地や作物の価値を適切に評価していないと感じており、両者のあいだには次第に緊張感が高まっていったのです。五年生の生徒が行方不明になったあと、別の噂も立ちました。子どもたちは魔神仔に攫われたのではなく、測量員の収賄現場を目撃してしまったので、その口封じに殺されたのではないかというのです。こんなことが新聞で大々的に報じられれば、風評がさらに拡がることは明らかでしたから、そうなると当然、政府は報道規制をして世論を操作し、有耶無耶《うやむや》にしようとしたでしょう」

「しかし測量員が疑われていたとは……でも、それは根も葉もない噂でしょう？　何を見てしまったにせよ、八人の子どもを殺すほど大変なことだったんでしょうかね？」

「子どもを殺す必要があったとすると、それほど大変なことだったともいえるでしょう。そういうことも、白色テロ（戒厳令下において、国民党が行った政治弾圧のこと）の時代には珍しくはありませんでしたし。林氏宅殺人事件（一九八〇年二月二十八日に、美麗島事件の被告人である林義雄の家族が殺傷された事件）が起きたのはそれから二年後のことだし、陳文成《チェンウェンチォン》事件をはじめ、当時は真相不明の事件が多すぎるんです。それと、小学生の生徒八人が殺されたのと何が違います？　何が起きてもおかしくない残酷な時代だったんですよ」

張文勇は口を噤んだ。何を言っていいのか、はかりかねているようだったが、しばらくしてからようやく、

「……先生は、その事件が白色テロに関係していると考えているんですか？」

「私はそうは思いません。ただ、当時の人たちには、そう考える理由があったということでしょうね。かりに白色テロと関係があったとしたら、生存者は一人もいなかったはずです」

「そう言えば、一人だけ生還した子どもの話をしていましたよね？　だとすると、その子もまた口封じのために殺されていた可能性もあったというわけですか？」

「五年生の子どもが、誰にも喋《しゃべ》らないと約束したとして、あなたはその子の言葉を信じますか？犯人はすでに八人の子どもを殺しているんですよ？」

張文勇はまた押し黙ってしまった。車はそのまま走り続ける。荒涼とした景色が目の前に拡がっていた。中には数十年前のままの状態で、空き家になっている家もある。田舎に向けて移動しながら、私は時を経ても変わらない荒れ地を思った。ここではいかなる進歩もまったく意味をなさない。

「それで、これから会うっていう、退職した教師というのは……彼もまた失踪事件の関係者なんでしょうか？」

張文勇が訊いた。

「ええ」

「B小学校が湖の底に沈んでしまったあと、彼はY小学校で教えていたということですか？」

「そうでしょうね。B小学校からY小学校に転任した教師は、彼だけではありません。B小学校が廃

校になったといっても、書類上はY小学校に移管されたことになって、それに従った教師もいたんです。B小学校をよく知るためには、まずY小学校から始めてみよう、ということです。あそこには日本統治時代の資料もすべて保管されていますしね」

「B小学校は日本統治時代からあったんですか？」

張文勇が意外そうな声で言った。

「ええ。色々と調べてみたんですが、B小学校は、もともと石碇公学校の分校だったんです。もちろん石碇公学校に所属しているといっても、教室は独立して別のところにあったわけですが」

「『筷子仙』は日本でも同時に拡がっていますが、これも何か関係あるんでしょうか？」

張文勇の声はいよいよ大きくなった。言いようのない不快な思いが胸底に込み上げてくるのを抑えながら、私は訊いた。

「どうしてそう思うんです？」

「これはあくまでも想像なのですが、ちょっと聞いてください。日本の伝説である『おはしさま』が、日本統治時代に台湾に伝わったのではないでしょうか。そして一九七八年に起きた失踪事件というのは、この『おはしさま』の話が引き起こしたものではないでしょうか！」

「『引き起こした』という言い方に……根拠はあるんですか？」

「ですから私の想像だと言ったんです。でも先生はどう思います？　そういうこともあり得る、とは思いませんか？」

「私の専門は戦前の文学ですが、そのなかで『おはしさま』を見たこともないし、それと似たような話も見当たりませんでしたよ」

「だったら戦後はどうです？　もしそれが戦後、台湾に伝えられたのだとしたら――」

「かりに戦後になってそれが台湾に伝えられたとしましょう。だとすると、戦前にB小学校であったことはたいして重要じゃなくなるんじゃありませんか？　また、『おはしさま』が日本から伝わったものだとすると、夢のなかの学校の平面図がB小学校と同じであることを、いったいどう説明するんです？」

「日本にもB小学校と同じものがあったかもしれないじゃないですか！　『おはしさま』というのはその学校と何か大きな関わりがあって、B小学校がその学校とまったく瓜二つだったからこそ、その失踪事件が起きたのかもしれない」

日本と台湾にまったく同じつくりの学校があった？　直感的に荒唐無稽《こうとうむけい》だと感じて、思わず笑い出したくなったが、よくよく考えてみると、どうやら彼は、背後に黒幕が潜んでいて、何かしらの意図をもって、日本の学校と同じつくりのものを台湾にそっくりそのまま建てたのでは、と考えているらしい。そして「おはしさま」が、その何かしらの意図によって事件を引き起こし、最後に一九七八年の集団失踪事件を引き起こした——

小説としては面白いかもしれないが、本質的には陰謀論に過ぎない。どうしてこう、としのいった男性は陰謀論が好きなのだろうとうんざりして、私は頭を振ると、

「日本統治時代に学校のつくりを決められる人がいたとしたら、その人物は確かに遠い日本統治時代の人でしょう。ただ、何かしらの意図があったと考えても、じゃあ、なぜ一九七八年になってそんな事件が起きたんです？　さっきも話した通り、一九七八年に何か特別なことがあったわけじゃない。たとえばそれ以前にも、B小学校には九人の生徒がいたわけですから、人数が事件の引き金になったとも考えにくい」

張文勇はすっかり黙り込んでしまった。うなだれた彼の顔を見るにつけ、後悔はじっくりと胸に這い上ってくる。私はこの事件の内情を詳しく知っているわけだから、彼の知らない情報を持ち出して、のべつに反論するのはあまりにも酷だった。

「張さん、あなたが提示した仮説はとても興味深いものではありますが、それらをいちいち証明するには、多くの前提条件が必要なのではないですか。かりにそうだとしても、一ヶ月くらいの調査でわかるものではないような気がします」

「それは私もよくわかってはいますよ。だったら、一つずつ、じっくり調べていけばいい」

「ああ。張さん、そこを右に曲がってください。ええ、派出所のところをまっすぐ」

目的地に近づくと、私が道案内を買って出た。ほどなくして、車をとある家の前に停車させる。張文勇は他人の家の前に停《と》めることに躊躇《ためら》いがあるようだったが、私は彼の方を向いて、大丈夫ですよ、という態度を見せた。

なかから一人のご婦人が姿を見せた。彼女は、私たちが会いに来た男性の娘さんで、すでに話を聞いていたらしく、私たちを家のなかへと招じ入れると、それからすぐに、林金鯉《リンジンリー》が書類を抱えてリビングへとやってきた。しっかりとした足取りで、腰を下ろすなりすぐにお茶を出すよう娘に言いつけた。

「林さん、この人がお話しした友人の張さんです。あの事件のことを知りたい、ということで――」

「はじめまして」

「こんにちは、張さん。まあまあ、そんなにかしこまらなくても結構ですよ！　前にも言いましたが、知りたいことがあれば何でも話しますから」

彼の話しぶりは口ごもった感じで、年齢に見合ったものだったが、八十代にしては壮健すぎるほどだった。

「林さん、一九七八年に起きた奇妙な事件のことを先生から聞いたんですが、あなたがその場にいたというのは、本当ですか？」

「本当ですよ！　この話はもう、四十年前からずっとしとるんだがね、あの子たちにいったい何があったのか。親御さんたちだって、もうほとんど亡くなっているだろうしなあ……私もよくわかっていないんですが……まあ、哀《かな》しいことですよ」

「そのときの話をしてくださいませんか？」

「もちろんです。覚えていることなら何だって話しますよ」

林金鯉は、自分からそう切り出した。以下は彼の話を簡単にまとめたものである。

民国六十七年、林金鯉はＢ小学校三年生の担任だった。その事件が起きた日の放課後、校門で仲間と談笑していると、五年生の生徒の家族だという、まだ若い女の子がやってきた。彼女は生徒を迎えに来たというので、同僚は、五年生だったらまだ下校していない、と答えた。だったらと、少女は五年生の教室に生徒を迎えに行くと言う。

生徒はそれほど多くなく、Ｂ小学校では一学年にひとつの教室しかないから、子どもたちを探すにしてもさして時間はかからないだろう、と林金鯉はそれほど気にかけてもいなかった。だが、十五分から二十分ほどして女の子が校門に戻って来ると、教室には誰もいないと言う。同僚も念のためにすべての教室を見てみたと言うし、五年生の生徒が校舎から出て来るのを見かけてはいない。林金鯉は不審に思い、彼らは五年生の教室に行ってみることにした。

薄暗い教室には、人の気配がない。教室には様々なものが置かれていて、本来であればロッカーにしまわれているはずのものが乱雑に散らかしてある。絵を描くための大きな模造紙が何枚か壁に立てかけたままになっていたが、誰の姿も見当たらないのである。いったい何があったのか。林金鯉はいよいよ何かおかしいと感じ始めていた。一見すると見慣れた五年生の教室であるのに、その異様な気配に彼は慄然《りつぜん》とした。それは、強いて言えばある種の「不協和音」とでも言うべきか。何かがしかるべきところにおさまっていないような、そんなぎこちなさ、とでもいう感じで……

「誰もいないようですね」

林金鯉の声に、

「他の教室にもいなかったの」

その子は気ぜわしく言った。

「教室の鍵は開けたままだっていうのに、信じられないな」

同僚はそう呟《つぶや》きながら、五年生の教室に鍵をかけた。三人はすぐに他の教室を見て回ったが、なかにはまだ家に帰らずに居残っている生徒がいる教室もあった——彼らに聞くと、生徒たちは教室の片付けに忙しかったというが、誰もここには来ていない。そう答えた。

五年生の生徒たちはどこに行ってしまったのか。誰も見ていない。

いったい何があったのだろう？　三人はしばらく話し合ったあと、ある結論に達した。彼らは校門からではなく、別のところから出て行ったのかもしれない。何しろ田舎の学校だ。塀も竹でできているので、そこからこっそり抜け出すのもわけはない。

そう思い至ると、その子を先に帰らせることにして、生徒全員が帰ったあとに鍵をかけるからという同僚を残したまま、林金鯉は先に帰宅した。しかし家に帰る道すがら、考えれば考えるほど奇妙な気がしてきたので、彼は少し遠回りをして五年生の担任を訪ね、放課後、生徒たちに何かおかしなところはなかったかと訊くことにした。

「いや、何も。あの子たちは教室に残って片付けをするからと言ってたんですが、何か？」

「いえ。ただ生徒たちが教室にいないのに、子どもたちが下校するのを見かけなかったものですから」

「それはちょっと考えられないですね……ずっと校門のところに立っていたわけでもないでしょうし、見落としただけなんじゃ？」

「確かにそうかもしれませんが……」

林金鯉はそう口にしながらも、それを認めるのには躊躇いがあった。九人の生徒全員がいっせいに下校したのであれば、それだけ大勢が出てきたところを見落とすなどあり得るだろうか？　かりに九人がめいめいに下校したとしても、何人かは見ていただろうに……

「気にすることはありませんよ！　学校は生徒たちの庭みたいなものでしょう。そこは生徒たちだってよくわかっているはずですから」

五年生の担任はそう請け合って、林金鯉を玄関まで見送ると、ふいに思い出したように言った。

「何かおかしなところ、と言いましたね……これがそうと言えるかどうかはわからないんですが、どうもあの子たちは何か企《たくら》んでいたようです」

「企む？」

「放課後に何かこそこそやっていたようで、それを愉《たの》しみにしていたみたいなんです」

あとになって思い返すと、生徒たちは放課後、九紀山に遊びに行っただけではないのか、という気もする。だがそれでも不思議ではあった。三月だったから、放課後一時間もすれば、あたりは真っ暗になってしまう。夜の山歩きに慣れていたとしても、なぜ放課後にわざわざ山に行く必要があったのだろう？　山のなかに住んでいる子どもだからこそ、山道が危ないことはよくわかっているはずだ。あるいは子どもたちにしてみれば、危険だからそれが面白いということになるのだろうか？

皆がおかしいと思い出したのは、それから二時間後のことだった。

迎えに来ていた女の子が帰宅して、ようやく生徒たちが戻って来ていないことがわかると、他の家族たちも心配になってきた。クラスの親たちはお互いに連絡を取り合い、五年生の生徒全員が帰宅していないことがわかると急に村中があわただしく色めき立った。すでにあたりは真っ暗だったので、皆は松明やランプや懐中電灯を手にしてB小学校へと向かったのである。

林金鯉が騒立つ声を耳にして、ランプを手に外に出ると、なかには五年生の担任の姿もあった。責任を問われることをおそれてか、悲愴な顔をしている。小学校が見えてきた矢先、突然前方から誰かの叫ぶような声がした。

「見つけた、見つけたぞ！」

林金鯉はほっとした。それが誤りでないことを祈りながら小学校に着くと、女の子が一人ぼんやりと佇《たたず》んでいる。他の子は見当たらない。その少女は確かに五年生の生徒に違いなかった。青ざめた顔色をし、額には脂汗《あぶらあせ》を浮かべている少女に、他の生徒はどこにいるのかと皆がいっせいに詰め寄ったが、あまりの恐ろしさに声が出ないらしい。何も口にしないまま、彼女はゆっくりと九紀山の方を指さした。

「山に登ったのか？」

そう訊いても、少女は何も答えなかった。うなずくこともなく、両目を見開いたまま九紀山へと続く道をじっと見つめている。松明の炎が少女の顔を明るく照らしたが、その目は何も映さないほどに暗く沈んでいた。林金鯉は何か恐ろしいものを感じながら、ふと向こうに目をやると、皆はもう我慢できないといった様子で九紀山に向けて歩き出している。少女の家族は彼女を抱きしめると、訊いた。

「お兄さんは？　お兄さんはどこにいるの？」

しかし少女は言葉を失ってしまったように、誰が訊いても顔を強ばらせ、口を噤んだままでいる。そんな少女を見ているうち、林金鯉の脳裡にはふと「魔神仔」という三文字が思い浮かんだ。平渓のあたりの伝説を耳にしたことがある。魔神仔に攫われた子どもは、帰ってきたあとも、魂を抜かれたように言葉を口にすることがないという。

それからしばらくして、九紀山から誰かが戻ってきた。

「山道の途中で見つけたんだが、見てくれ。これは阿明《アーミン》の筆箱じゃないか？」

「ああ、そうだ。ばあさんがつくってくれたもんだ。見たことがある」

「じゃあ、あいつらはみんなで山に登ったのか……まったく」

「あいつらを取っ捕まえて連れ戻すぞ！」

村人たちは競って九紀山を登り始めた。戦場のような混乱のさなか、さまざまな灯《あか》りが一列に連なり、山の上へと続くさまは火の蛇を思わせる。夕方に家族を迎えに来た少女もその列のなかにいた。

「お父さん、お母さん。先に淑蘭《シュラン》を家に連れて帰ってちょうだい。私は志雄《ジーシイオン》を探してきます。見つかるまで戻りませんから」

生死離別のような光景を目にしながら、林金鯉の心に兆したのは、子どもたちを連れ戻すことはできないのではないかという不安だった。あるいは誰もが多かれ少なかれそのように感じていながら、敢《あ》えて気丈に振る舞っていただけなのかもしれない。

しかし、そんな不安も「見つからない子がいるかもしれない」という程度に過ぎなかったのに、まさか全員が見つからないとは思いもかけぬことだった。数日探しても何の手掛かりも得られないまま、村人たちは、九紀山から近くの山中まで捜索範囲を拡げた。

唯一生還した少女は数日ほど休ませることにして、学校側は何度か会議を開いた。五年生の担当に問いつめても埒《らち》が明かず、村人たちのあいだには次第に「子どもたちは魔神仔に連れ去られたのではないか」という噂が拡がっていった。生徒の親たちは石碇街の廟《びょう》をお参りして宣託を願うと、そのお告げは、子どもたちは見つからない、というものだった。

しばらくしてようやく少女が口をきけるようになった。彼女は唯一事件の経過を知っているということで、誰もが彼女の話に耳を傾けたが、少女の話によると、放課後に皆で九紀山に遊びに行ったが、彼女は学校を出たところまでしか覚えておらず、山のなかでいったい何があったのかはどうしても思い出せないという。

どうして九紀山に登ろうとしたのか？　と訊くと、少女は「何となく」と答えるだけで、これといった理由はなかったらしい。九人全員が一緒に下校したということだが、ではどうして同僚は子どもたちを見かけなかったのだろう？　少女はそれもわからない、と言い、学校を出るときに何か妙なことがあったわけでもないと言う。

教室の片付けをするはずが、それをすませることもなく、九人の生徒はふらりと学校を出て行ってしまったのである。それだけではない。少女は校舎を出て行った理由も話さない。その上、九人の生徒が一緒に学校を出て行ったところを誰も見ていないとは――そんな説明のつかない状況に、子どもたちは魔神仔に惑わされたのではないかと疑うのも無理はなかった。

そうに違いない。魔神仔が九人の子どもたちを拐かしたのだ。子どもたちがふらふらと山に入って行くのを、誰も見なかったのもまた魔神仔の仕業だろう。しかし、ちょっとした手違いがあったのか、そのうちの一人が逃げ出してしまった……

張文勇は林金鯉の話に魅入《みい》られたように聞き入っていた。彼は身を乗り出すようにして体を硬くしている。林金鯉も四十年前のこの話をするときは、聞き手がどのあたりを知りたいのかをわかっているらしい。

「林さん、お願いしておいたあれは……」

語り終わったところで、私がそう切り出すと、林金鯉は小さくうなずいて、その書類を私に手渡した。ぱらぱらとめくりながら、そのページで指を止めると、張文勇に指し示し、

「張さん、これはB小学校の卒業アルバムなんですが、一九七九年のところを見てください。卒業生は一人だけです……高《ガオ》淑蘭。彼女がその、五年生の生徒のなかで唯一生き残った生徒なんですよ」

張文勇はたちまち顔色を変えて、大きく息を継いだ。かなり動揺しているようだ。あまりに大袈裟《おおげさ》な彼の反応を横目に、私は訊いた。

「張さん、いったいどうしたんです？　この名前に心当たりでもあるんですか？」

張文勇はそれには答えず、独り言のように言った。

「この子はこのあと、どうなったんです？」

「別に何も。普通に卒業しましたよ。ただこの数年後に翡翠ダムが完成しましたので、その前に村人たちはそこを離れることになって――私はここに移り住んだというわけです。彼女の家族が引っ越したあとは気にも留めていなかったので、それからどうなったのかは私にもわかりません」

張文勇はしばらく考え込んでいるようだったが、いくつかの質問をしているあいだ、私はアルバムのページをめくっていく。ほんの数ページで、私は探していた答えを見つけた。

思った通りだ。

私たちは林金鯉に挨拶をすませて辞去することにした。

去り際に、林がしつこく土産物《みやげ》を押しつけてくるのを丁重《ていちょう》に断ると、張文勇の車に乗り込んだ。

また来ますからと林金鯉に告げると、車はゆっくりと走り出す。来た道を戻りながら、私は訊いた。

「どうでしたか、張さん。何か収穫はありましたかね？」

「まだ何とも……正直に言いますと、これが『筷子仙』とどう繋がっているのかはまだわかりません。行方不明となった八人が本当に魔神仔に連れ去られたというなら……まったく、魔神仔は筷子仙といったいどんな関係があるんでしょう？　そんなこと、ありえないじゃないですか！　まったく違うものなのだし」

「……実際のところ、八人の生徒が魔神仔に連れ去られたと証明するものもないわけですからね」

「でも、そう見えるような気もしませんか？　子どもたちは山の中で消えたまま戻ってこないし、何があったのか知っているはずの子どもには記憶がない。魔神仔の仕業じゃないにしても、この話が『おはしさま』に繋がるようには見えないんですよ！」

「それは林さんがそういう見方をしていないからですよ。忘れないでください。私たちが今調べているのは、『おはしさま』の夢のなかに出てくる学校とB小学校が瓜二つなのはどういうことなのか、という点ですよ。『魔神仔』はおくとしても、私たちが知っているのは、九紀山に登ったきり帰って来なかった八人の生徒がいたというだけで、では、どうしてその子たちが九紀山に登ったのか……まだはっきりしないことはたくさんありますよね？　そこに、『おはしさま』へと繋がる何かがあるかもしれない」

「でも、なぜ山に登ったのかなんて、どうやったらわかるんです？　当時の担任にでも訊いてみますか？」

「それは私も考えました。ただ、残念ながらその先生は十年前に亡くなっているんです。交通事故だったそうで、反対車線から突然車が飛び出してきたらしく……」

「それでは仕方がありませんね」

「妙ですね」

私は冷ややかな目になって張文勇を見ると、

「あなたは、どうして林さんに唯一の生き残りである高淑蘭の話を訊こうとしなかったんです？　彼女は当事者のなかでも、もっとも重要な存在ですよね。記憶がなくても、どうして山に入ったのかについて、何か手掛かりがあるかもしれないじゃないですか」

張文勇は言いよどんで、暗い表情のまま口を噤んでしまったが、しばらくすると、そろそろと切り出した。

「記憶がないというなら、何を訊いても無駄だろうと思ったんですよ。先生こそどうして彼女に訊いてみなかったんです？」

「残念ですが、彼女は十八年前に他界しています。癌でした」

「だとするともう、まったく手掛かりはないということになるんですかな？」

「あるいは、そうではないかもしれませんよ」

私は考え考えしながら、言葉を継いだ。

「というのも、張さんが何か手掛かりになるものを持っているのでは、と思いましてね」

「私が？」

張文勇はおどろいた顔で私を見た。

「あなたは嘘をついている。B小学校を卒業していないのでしょう？」

私はそう口にしながら、すぐに後悔した。車の運転をしているのは彼なのだ。私の一言で、彼が妙な行動に出たらどうするというのだ。だが、張文勇は言い返すことなく、道路の向こうをまっすぐに見つめたまま、

「どうしてそう思うんです？」

狼狽《ろうばい》したふうでもなく、抑揚《よくよう》のない声でそう言った。

「理由は色々ありますが……ただ、今にして思うと、林さんの話を聞いているあなたの態度が、まるで部外者のようだった、というところでしょうか。あなたが本当にB小学校を卒業したというのなら、せめて『当時の担任は誰それで』みたいな昔話をするはずじゃないですか。当時を懐《なつ》かしむふうでもなく、林さんがB小学校の話をしていたときのあなたはまったくの無反応だった」

「話の腰を折るのがいやだったからですよ。それにもう何十年も前の話です。覚えてなくても不思議じゃない。違いますか？」

「さっきも話しましたが、まだまだあります。例えば、あなたは一九七〇年の卒業と言ってましたが、一九七〇年の卒業生のなかに『張文勇』の名前がなかったことはさきほど確認しました。念のため、前後の年も見てみましたが――張さん、あなたはB小学校の卒業生ではありませんね」

張文勇は否定しなかった。私はいくぶん不安になりながらも、さらに話を続けた。

「このことに私は戸惑っているんですよ。あなたは卒業生ではないのに、B小学校のような寒村の学校の平面図を知っているのはなぜです？　それにどうして嘘をつくんですか？　嘘をつく理由を知ることができれば、さらに調査を進められるかもしれない……私はそう思うんですが」

　車はゆっくりと加速していく。

「先生はがっかりされたかもしれませんね」

　張文勇はそう言うと、屈託なく笑った。

「本当は話したくなかったんです。何しろその理由というのが、まったく私事《わたくしごと》でしてね。今回の調査の参考になるとは思えなかったもんで。しかし、先生がしっかり私の嘘を見抜いてくれたことで、こちらも少し安心できましたよ……私はすっかり気落ちしてたんです。こうなったらとにかくもう、片っ端からやるしかないじゃないですか。でも、先生がついていてくれれば、もしかするとことの真相を見出《みいだ》し、筷子仙の呪いを解くことができるかもしれない」

「呪い？　筷子仙は呪いなんですか？」

　私は意外に思った。筷子仙は願いを叶えるための儀式に過ぎないのではないか？

「多くの人を殺《あや》めた儀式が、呪いじゃなくて何なんです？　九人のうち、八人がひどい目に遭っているんですよ！」

　張文勇は吐き捨てるように言った。その言葉に私ははっとなるとともに、自分の愚かさに気づかされる思いだった。そうだ、この儀式は今拡がっている通りに形を変え、それは確かに呪いとなっている。

　張文勇はさらに続けて言った。

「先生は私のことを怪しいと思われるかもしれませんが、それは本意じゃありません。私が記事にすると言ったのは、記者として近づけば先生も断りにくいと思ったからでしてね。すでに予断を許さない状況なんですよ。私の息子は筷子仙に参加していて、最初の日から数えると、八十四日まであと一ヶ月半もないんです……それまでに呪いを解く方法を探さなくてはいけない！」

息子だって？　私はおどろいて顔を上げた。張文勇の息子が呪われている？

そこでようやく私は気がついたのだ。もしかすると、自分はとんでもないことに足を突っ込んでしまったのではないだろうか——

五

「媳婦仔になる前のことはよく覚えていないわ。要するに、わたしは裕福な家庭の生まれじゃなかったのね」

女は静かな声で言った。

話は以前と変わらないが、それを聞いているのは別の男だった。男は髭を剃るのが嫌いらしく、女のなめらかな腕に顎をこすりつけ、香《かぐわ》しい肌が髭の根元を擽るのが好きだった。

「結婚して媳婦仔になってから……わたしの生活は、料理をしたり、鶏を殺したり、お茶を摘んで、お茶を煎《い》ったり、子どもたちのお風呂や着替えを手伝ったり……そんなことばかりだったから、村を出たことは一度もなかったの。あなたにはわからないでしょうね。わたしが初めて文勇兄さんと出会ったときの気持ちなんて。そのとき、わたしは思ったの。ああ、この人はわたしと同じ世界の住人じゃないんだなって。彼をひと目見ただけで違うっていうのはわかったわ。彼の肌はどうしてあんなに白いのかしら？　わたしの義妹よりも白かったのよ。彼は村の男たちとは全然違う、生命力に溢れた感じがあったのね。穢《けが》れのない光のような」

男は下卑《げび》た笑みを浮かべると、

「その彼ってのが、あんたの最初の男だったんじゃないのかい？　そいつはいま、あんたがここで何をしているのか知っているのかね？」

「知らないと思う。知っていたからってどうなの？　前にも話したでしょ、もし文勇兄さんがもう少し勇気のあるひとだったら、わたしの人生はまったく違ったものになっていたはずなのよ」

「妙な話だな。俺はそんな話を聞きに来たんじゃないんだが、あんたの話を聞くたびに、ついつい引き込まれてしまうんだな」

男は女の胸をまさぐりながら、さらに言った。

「そうそう、あんたはあんな感じ。アラビアの伝説……『千夜一夜物語』だったか。あの語り手みたいだな」

「『千夜一夜物語』？」

女はそっと男の胸に手を当てた。女はそう訊き返したが、興味が湧いたわけでもないらしい。そんな気のない態度が、女をより神秘的なものに見せている。

「女を殺さずにはいられないアラビアの王様がいてね、もうすでに何人もの女が死んでいるんだが、ある女だけは夜ごとにさまざまな物語を語り、『続きはまた明日ね』といいところで話を打ち切るものだから、王様はその続きが気になって、彼女を殺すことができない、って話でね。おい、あんたがこうして話をしているのも、俺としたくないからじゃないだろうな？」

女は軽いこなしを見せて「うふふ」と笑うと、

「聞きたくないなら、やめてもいいのよ」

「いや、気にしなくていい。俺が気になるのは、その文勇兄さんというのがどういうやつなのかってことでね。さあ、早く続きを聞かせてくれ」

そう言って、男は彼女をうながした。女は、男のすべてを受け入れるように、そっと彼の手に触れた。彼女の声音は流れる水か、あるいは霧のように、艶《あで》やかな部屋をゆっくりと満たしていく。

わたしが文勇兄さんと出会ったのは元宵節《げんしょうせつ》のときだったの。最初は、都会っていうのがどんなところなのか興味があって、彼にいろいろと訊いてみたのがきっかけ。そこには大学もあるんだよ、って言うから、わたしは、大学ってどんなところ、って訊いたわ。本当にいろいろと知りたかったのね。文勇兄さんの言う大学ってところは、まるでテレビに出てくるどこか遠い国のようだった――椰子《やし》の木が並ぶキャンパス。そして本を小脇に抱えたうら若い男女が、赤煉瓦《れんが》づくりの建物の前で文学や科学について語り合っている――台湾にこんなに素敵な場所があるなんて、あのときのわたしには、なかなか想像できなかったの。

ええ……そうね。大学を実際に見たら、がっかりしたかもしれないけど、村を出たことのないわたしにとって、それはこの上もなく素晴らしいところに思えたの。彼の話を聞きながら、当時十七歳だったわたしは、「自分も大学に入れるのか」と思わずにはいられなかった。わたしは高校はおろか、中学にも行ってなかったから。

文勇兄さんもわたしに興味があったみたいで、大学には入れないと言ったら理由を聞かれたの。それで、わたしは「媳婦仔」だから、勉強しなくていいからと答えたんだけど……どうしたの。あなたもおどろいた？　でも、それは子どものころからずっと、親に言われてきたことだから。わたしの話を聞いて、彼もひどくおどろいた様子で訊き返してきたの。じゃあ、君は勉強してないのかい、って。わたしは中学も入ってないし、小学校しか行ってないって、正直に答えたわ。彼はそんなわたしに気《け》色《しき》ばんだ顔で、今は九年の義務教育があるんだから、誰だって中学までは通わないといけないんだよ、と教えてくれた。

そのときになって、わたしもようやく気がついたのね。自分に何が足りないのか。そしてこのあいだに何を奪われたのかって。父さんも、母さんだってわかっていたはずよ。でもどうせわたしなんか、大人になっても家事をするだけなんだから、勉強なんか意味がない、って考えてたんでしょうね……でも、これは義務なんでしょ。誰にとっても当然の義務なんでしょ？

文勇兄さんは、「媳婦仔」にとてもおどろいていたみたい。この時代になっても、まだそんな風習が残っていたなんて、思いも寄らなかったみたいで。それで、わたしはもう十何年も前から媳婦仔だったのよ、って言うと、彼は本当にびっくりして……そのときの彼の表情が本当に可愛くて、ちょっと心が温かくなったのを覚えているわ。じゃあ、君はもう子どもじゃないんだね、って彼は言うから、わたしは、そうよ、って答えたんだけど、本当は何がそんなにおかしいのか、あのときのわたしにはまったく理解できなかったのね。

結局、すべては運命だった。最初からそうなるべくしてなった、そうとしか言いようがないほどに。文勇兄さんが何に怒っているのかも、わたしには本当にわからなかった。大学では今「女性の権利」について議論をしているんだって。あなたは「女性の権利」ってわかるかしら？　その当時、台湾には呂秀蓮《リシュウリイエン》という人がいて、「新フェミニズム」っていうのを推進していたの。女性は男性に従属するものじゃない、っていうんだけど、文勇兄さんはその話をいろいろとわたしに教えてくれた。今でもはっきり覚えてる。

「人は男にも女にもなる前に人間である」

そのとき、わたしはようやく気がついたの。そう、わたしは人間なんだ。わたしは女性ってだけじゃない、人間なのよ！　ほら、笑ってる。でも、わたしは、そのときまでそんな当たり前のことも知らなかったの。あなたたちにとっては当たり前のことでも、わたしにはそれを知る機会がなかったから。文勇兄さんの話は軽い眩暈を誘い、私は戸惑いながらも少し嬉《うれ》しかった……だって、文勇兄さんは、わたしが「ただの媳婦仔」じゃないって思ってくれた最初のひとだったんだから。初めて「人」としてわたしに接してくれたのが、そのときの彼だった……

そんな顔しないで！　昔の話をしてるだけなんだから。夢のような物語だもの。わたしが話し終えたら、あなたもきっと目を覚ますわ。

元宵節が終わると、すぐに文勇兄さんは都会に戻ってしまったけど、夏になったらまた来るって言ってくれたの。わたしはもう指折り数えて待ったわ。五ヶ月よ。想像できる？　その五ヶ月のあいだ、一日たりとも彼のことを想《おも》わない日はなかった。たしかにわたしには夫がいたんだけど、その夫はまだ十歳の弟に過ぎなかった。粗暴で、愛嬌《あいきょう》の欠片《かけら》もない、ただの弟。

そんなふうに考えちゃいけないのはわかっていたけど、どうしても文勇兄さんと夫を較《くら》べてしまって……較べれば較べるほど、その子のことが憎たらしく感じられてくるのね。

ようやく夏休みに入って、文勇兄さんが村に戻ってくると、わたしはすぐに会いに行った。

彼は笑いながら言ったわ。

「僕のことを覚えているかい？　もう何ヶ月も経ってしまったから、忘れてしまったかもしれないけど」

彼は軽い気持ちで言ったのかもしれないわね。でも、彼はこの数ヶ月のあいだ、ずっとわたしのことを想っていてくれたんじゃないかしら、それでわたしが彼のことを忘れてしまったんじゃないかと心配してたのかも……そのときは、頭のなかでそんなふうに考えたりもしたわ。

……ええ、もちろんわたしだってわかってたつもりよ。文勇兄さんにとって、元宵節の思い出は、わたしに対する同情に過ぎなかったんだ、って。愛らしい小動物を見ると、手のなかにかくしていた餌《えさ》をついついあげたくなってしまうでしょう？　そんな感じね。でも、わたしにとって、彼はまさに光のような存在だった。ぬくもりを感じる光。そして暗闇をものともしない眩《まばゆ》い光。あなたも光に向かって歩くでしょう？　それはわたしも同じだったの。

一緒にいると、文勇兄さんは、大学の教室での面白い話題や、講義で学んだことをたくさんわたしに話してくれたわ。イギリスの女流作家が書いた小説だったと思うんだけど、上流社会の女性が早起きをして花を買いに行き、パーティーの準備をするの。物語は一日の短いあいだに起こったことを描いていて、その一日が彼女の人生の縮図になっているのね。そしてさまざまな記憶が彼女の人生を侵していく。最後に彼女はパーティーで、自殺したある青年の話を聞くのだけど、その見知らぬ青年の死から何かを知ることになる……このお話、聞いたことがある？　いえ、いいの。そのときは、わたしも話の内容がまったく理解できなかったから。でもそんなことはどうでもよくて、とにかく文勇兄さんの話は、まるで音楽のようで、彼の喉《のど》が節奏《せっそう》に合わせて奏でる高低もさまざまな旋律に、わたしはすっかり魅了されてしまったのね。わたしは学校にも行かなかったから、幸福という二文字の意味もよくわからなかったのだけど、いま思い返すと、あのときわたしの心のなかにふと芽生えた感覚——あれが幸福だったんだという気がするわ。

文勇兄さんは、山深い土地に閉じ込められたわたしを、見たこともない場所へと連れて行ってくれた。

一方で、家にいるときのわたしは、夫の世話をするのにとにかく忙しかったの。つまみ食いされないよう、きちんと食事をテーブルに並べ、学校に行きたくないとむずがるのに服を着せる。勉強を教えようとしても、何かと言い訳をして厭なことから逃げ回る——その小狡《ずる》さは、世界じゅうを見渡してもこれほどの子はいないのでは、というほどだったわ。そしてこの土地にわたしを縛りつけているのが彼という存在だった。

だめよ。言わないで。心配しなくてもいいの。わたしが男の体に慣れてないんじゃないかって？　あなたのことを厭だなんて思ってないわ。

どうして家族は、わたしの心境の変化に気づかなかったのかって？　いい質問ね。わたしだって気をつけていたのよ。それにわたしの方が少しばかり賢かったからじゃないかしら。重要なのは、あの当時、村には緊張感が漂《ただよ》っていたということで――翡翠ダムのことは知ってるかしら？　わたしたちの村は山奥にあって、ダムができたら村は湖の底に沈んでしまう。そうね、あなたの国でもそういうことがあったでしょ。

先祖代々の土地を失って、みんながどこに引っ越そうとも、補償金をもらえるかどうかは政府から派遣された測量員の胸先三寸ってわけ。このことにお年寄りは心配で仕方がなかったのね。わたしは家事だけしていればよかったから、正直、どこに引っ越そうがそんなことは関係なかった。

わたしは頑《かたく》なに秘密を守ったわ。でもそれだけじゃなくて……家には、共犯者がいたの。わたしの義妹ね。最初に文勇兄さんのことを話したのも、彼女。義妹は面白い子で、決して心変わりしないだろうって思ったから。結局、周りには他にとし若い子はいなかったし、それで義妹にだけこっそり打ち明けたの。わたしの話を聞いて、彼女も文勇兄さんはいいひとじゃないかな、って言ってくれた。それからは毎回、彼と会うたびにどんな話をしたのか教えてほしいとせがむようになったの。

きっと、彼女も都会に興味があったのね。わたしにとっては、こういうことを話せる相手が必要だったから、自分の気持ちがいよいよわかったあとも、彼女にだけは包み隠さず話したの。わたしの心に変化があったことに気がついた彼女は、なんて言ったと思う？

残念ね。はずれよ。わたしが文勇兄さんのことを好きになるのは当たり前だって。それに彼女の兄みたいな男を好きになるひとなんていないだろうって、そう言ったの。

そのときのわたしにとって、彼女の答えは意外だった。それに、彼女はわたしを励ますだけじゃなくて、擁護までしてくれたの。彼女は女性の権利については何も知らなかったのに、「媳婦仔」なんて身分は不公平だって。文勇兄さんが言っていた「人は男にも女にもなる前に人間である」という話

にも彼女はしきりにうなずきながら、

「そうよ。その通りじゃない！　わたしだって兄さんと一緒に生まれたのに、いいことは兄さんが全部独り占めしてるんだから。わたしのものだってはっきりしてるのは『王仙君《ワンシイアンジユン》』だけよ！」

　ごめんなさい。ちょっとわからないわよね？

「王仙君」っていうのは、わたしたちの家の守り神なの。ううん、ご先祖様とかじゃなくて。わたしたち台湾人の家庭には神明卓があって、そこにご先祖様や、自分の信仰する神様を祀《まつ》っているのね。「王仙君」はうしろの方。言い伝えでは、この神様は一対の珊瑚《さんご》の箸に宿っているってことになってるの。それでわたしの家では、その珊瑚の箸を神明卓に祀って、毎日お祈りを捧《ささ》げていた。

　娘がいたら、珊瑚の箸は嫁入り道具のひとつとして娘に持たせることになっていて、娘がいないと、息子のものになるという決まりだったから、この箸は義妹のものだった。だから何でも兄と較べたがる義妹にとって、それは兄のものではない、ただひとつの、自分だけのものだったの。彼女は王仙君を特別に思っていて、神明卓に祀られた箸にお祈りを捧げていたわ。

　わたし？

　わたしにとってはどうでもいいものだった。義妹が嫁いだら彼女のものになるのだし、わたしにはまったく関係がないわけでしょ。ええ、少なくともそのときはそう考えていたの。

　ごめんなさい。つまらないかしら？

　わたしが文勇兄さんと会うことができたのは、学校の冬休みと夏休みだけだった。そのあいだは本当に長くて、手紙を書くこともできないし、そんな長い時間、会わなかったら、だいたい男も女も相手のことを忘れてしまうものでしょ？　でもわたしは違った。

　文勇兄さんがあることわざを教えてくれたの。「金風玉露一《ジンフォンユーロウイー》相逢《シイアンフォン》、便勝卻人間無數《ビエンシオンチユエレンジエンウーシユ》」っていうんだけど、あなたの国の言葉でいうと、ようするに、「ほんのつかの間の出会いは、人の世の数え切れないほどの恋にも優《まさ》る」ってことね。この言葉がわたしにどれだけの勁《つよ》さを与えてくれたことか！　生まれて初めて、わたしは愛とは何かを知り、愛を通して現実とはいかに残酷で醜いか、ということを思い知ったの。

このまま今すぐ死んでしまうことができれば、と思うことも何度かあったわ。それほど彼のことが好きでたまらなかったのね！　誰も未来を知ることなんて、できないでしょう？　だったらその気持ちを胸に秘めたまま死ぬことができたら、どんなに素晴らしいかしら。それで「明日死ぬことができたらどんなにいいだろう」という思いを抱きながら、ついに文勇兄さんと結ばれて……

どちらが誘ったかわかる？　当ててみて。

ふたりが結ばれたあとも、彼はわたしに優しくしてくれたけど、今後ふたりがどうなっていくのか、それについて彼は何も話してくれなかった。わたしたちにはもちろん、未来なんてものはなかったから。それが毒だとわかっていても、喉の渇きを癒《い》やすため、ひと思いに呷《あお》って、その果実がどれだけ甘いのかを知りたかったのね。

そのときは、その毒がどれほど恐ろしいものだったのかを、わたしは知らなかったの。

二年目の夏休みが終わって、彼は都会に帰って行った。彼の大学生活が始まり、同時にわたしは自分の夏休みも終わったんだと思ったわ。彼と一緒にいるあいだはわたしも夏休みを過ごしているような奇妙な錯覚に浸っていたのだけど、自分が「妊娠している」ことを知ったのは、それから二ヶ月余りを過ぎたあと。

それは彼の子どもだった。

うふふ、もちろん、わたしにとっては弟みたいなあの男はまだ十歳なんだから、ありえないことよね。妊娠がわかったときは嬉しかったけど、それもほんの一瞬のこと。夢から覚めてみれば、いいようのない恐怖が湧き起こってきたの。貯水量を超えて翡翠ダムがついに決壊する——そんな恐怖でさえ、わたしが感じていたものに較べれば、他愛のないものだったわ。

いったい、どうすればいい？

文勇兄さんに知らせるべきなのか。でもどうやって彼に連絡すればいいのか、そのときのわたしにはわからなかった。彼の祖父母に尋ねてみるべきなのか。確かに祖父母はいたけれど、じゃあ、なんと言って彼と連絡を取ればいいの？　彼との関係を訊かれたら、いったい何と答えればいい？

わたしが家を出て行くことはできなかったのかって？　その当時は家を出ることなんて想像もできなかったの。だって、どうやって出て行けばいいの？　夫を愛していなくたって、わたしと一緒に育った家族のひとりだったわけでしょう。お世話になっている家族に思いはあったし、彼らもきっとわたしと同じ気持ちだったと思う。

家族のみんなはわたしを許してくれるのだろうか？　この子を産むことはできるのかしら？　わたしにとって、もっともいいのは――妊娠を知った家族がわたしを許してくれて、文勇兄さんの家族とも話をし、最後はこの家を出て、彼と一緒に街で暮らす……笑わないで。もちろん、わたしだって無理だってことはわかってた。でもそのときは、おおよそ現実的でない希望にしがみついていないと、生きることさえできない、それほど切羽《せっぱ》詰まっていたの。

ううん。わたしは生きるべきじゃなかったのよ。もっと強い気持ちで、誰にも知られないまま、事故という形ででも、死んでしまうことができたら――

ええ、もちろん結果は見ての通り。隠し通すことはできなかったの。

妊娠が家族にばれてしまったいきさつは話さないけど、とにかく、それはとても屈辱的だった。もちろん、いけないことだっていうのは、わたしだってわかってたけど、まさかそんなひどい目に遭わされるとは思ってもみなかったの。わたしは何時間も納屋《なや》に閉じ込められ、出されるまでの長いあいだ、家族たちはこの始末をどうするべきか話し合っていたみたい。その結果、彼らは私のお腹の赤ちゃんを堕《お》ろすことにしたの。

わたしは必死で抵抗したわ……どうして抵抗したか、あなたにわかる？　そうね、どうせ子どもを産んだって、わたしに育てる余裕なんかなかったのはその通りよ。でも、わたしがそこまで頑なだったのは、赤ちゃんのためじゃなかったのかもしれない。

どうしてこの世界は、わたしからたくさんのものを奪っていくのだろう？　どうして自分の未来を選ぶことができないの？　どうしてわたしは「人間」として扱われないのか？　わたしは愛のために戦っているわけじゃない。たとえ文勇兄さんが助けに来てくれなくても、ここで生き延びることができれば、わたしは文勇兄さんとの未来に少しでも希望が持てるかもしれない。

家族は、赤ちゃんの堕胎のやり方に詳しい助産師を連れてきた。まだ三ヶ月だからお腹を打ち据えて堕胎させてもいいけど、体を痛めつければわたしも死んでしまうかもしれない。でもわたしの父の……今でもあの表情は忘れることができないわ。彼はこう言ったの。「死んじまっても構わないんだよ」。

家族にとっては決して口外することのできない醜聞よね。夫と義妹を外して、家族全員でわたしを押さえつけると、なかでも一番力のある男がその役になった。助産師が男に殴《なぐ》る場所を指示すると、すぐに殴りはじめたわ。わたしが助産師に嫌われていたのかはわからないけど、指示通りに殴られた場所はとても痛かった。本当に痛かったの。拳《こぶし》全体が体のなかにめり込んできて、筋肉と神経を鷲《わし》掴《づか》みにして強く捻《ね》じ曲げているような——そんな感じだった。

そんな目で見ないで。さっきも言ったでしょ。話が終われば、あなたは夢から覚めるの。これはただの昔話なんだから。

それでどうなったかって？　彼らは成功したのね。赤ちゃんは散々に打ち据えられ、血まみれの姿で床に転がっていた。死んだ方がまし、というくらいの苦しさに耐えているわたしを見下ろしながら、父は何て言ったと思う？

こう言ったの。

「床をきれいにしておけよ。またそいつと会ってるところを見つけたら、今度こそ本当にぶっ殺してやる。朝になって床が汚れていてもだ。お前を殺す」

冷や汗をかきながら、どうにか立ち上がれるようになったわたしに、そんなことを言ったのよ？そのあげく、自分の赤ちゃんを「後始末」させる。残酷だと思わない？　でも、彼らにとっては、これもただの「お仕置き」だったの。敢えてそうさせることに意味があったんでしょうね。わたしはそうやって躾けられたの！「家族」なんて所詮《しょせん》、そんなものよ。家長の言葉には絶対服従で、言葉から行動に至るまで、子孫の運命を決定する。どんなことにでもたやすく辻褄《つじつま》を合わせることのできる「システム」なのね。

わたしはひとりその場に取り残されたまま、誰も気にかけてくれるひともいなかった。もし明日、赤ちゃんが片付けられないまま、その傍らにもうひとつ死体があったら――そんなことを想像してみたわ。本当にそうしてやろうかとも考えてみた。どうなるだろう。彼らは困り果てるでしょうね。そうやって彼らに復讐《ふくしゅう》してやろうか。

でも、わたしはそれができなかった。

しばらくすると、義妹が彼らの目を盗んで、こっそりわたしの様子を見に来てくれたの。彼女はもうすべてを知っていて、タオルを持って手伝いに来てくれたのね。わたしにそっと服をかけてくれて、その瞬間、彼女に対する感謝で心がいっぱいになった。わたしの心は世界に対する憎しみで煮えたぎっていたから――この世界でどんな抵抗をしたって意味はない、この世界はわたしのすべてを奪おうとする、ってことが証明されたばかりだったから。

義妹は声をひそめて言った。

「あなたのせいじゃないわ。あなたは何も悪いことをしていないんだもの。あんなに素敵な男のひとを好きになってしまうのは当たり前のことでしょ」

心温まる話だと思わない？　でも、そのときのわたしは素直にそう思えなかったのね。あなたは高みの見物でいられるから、そんなことが言えるんだわ！　だって彼女はこの家の「本当の娘」だもの。わたしとは違うんだから！　怒りを溜めた声で思わずそう叫んでしまいそうになったけど、あまり大きな声を出すと家族に聞こえるかもしれないし、それでまた殴られるのも怖かった。

それでわたしは低い声になって、こう言ったの。

「全部わたしが悪いのよ。自分にもそんな機会があるなんて考えたから。自分の運命を選ぶことなんてできないのに！」

「どうして？　あなたにだって、もちろん選ぶことが……」

「選ぶことができるって考えた結果がこれよ！」

怒りをぶつけるようにそう言った。

「わたしみたいな『媳婦仔』は、そんなことを考えるべきじゃなかったのよ。そのまま大人になってなんでも夫まかせで、子どもを産んだあとは何も考えずに良妻賢母として生きていくべきだったのよ！」

思い返してみると、あのときの義妹は今にも泣きそうな顔だったわ。

「どうしてそんなことを言うの？　前は言ってたでしょ？　男や女である前に、まず人間であれ、じゃなかったの」

「わたしは人間じゃないのよ！　人間がこんなふうに扱われているのを見たことがある？」

わたしは我を忘れたように気色ばんだ声で、そう言った。

「わたしたち女は人間じゃないのよ！　あなただって女なんだから、わたしみたいにならないとも限らない。大人になったとき、向こうの両親や仲人《なこうど》に逆らえる？　未来の夫がいい人であることを祈った方がいいかもしれないわね！」

　そのとき、彼女が目に溜めていた涙がふっと消えてしまったの。電気が消えてふいに真っ暗になったように。何か得体の知れない不安に駆られながらも、わたしは彼女に仕返しができた心地よさに浸っていたわ。さあ、これで彼女もわかったでしょ。これでわたしと同じところに立つことになったのよ。

　その夜、わたしは赤ちゃんをタオルでくるんで、あてどもなく北勢渓の山のなかをさまよった。夜の月は今まで見たことがないほどに明るく、遠くの山の頂までがはっきりと見えたのを覚えているわ。それがとてもきれいだったから、ああ、文勇兄さんがそばにいて一緒にこの月を見ることができたら、と訳もなくそんなことを考えた。

　同時に、夜の風は、体が引き裂かれるほど冷たかった。でもその痛みはかえって打ち据えられた痛みを癒やしてくれるような気がしたわ。震えながら水の流れに足を浸し、タオルを開くと、わたしは赤ちゃんを捨てる前に、その子の体を洗った。

　そのまま捨てることなんて、わたしにはとてもできなかった。捨てるのなら、せめて体をきれいにしてあげたい。葬式を挙げることもできず、土に埋めることもできないのだから、水に流してあげるのがいい。わたしはそう考えたの。

　水の冷たさが両足首から這い上がってくる。進むほどに水は深くなり、胸が、鼻が、そして頭が沈んでいく……

　いいえ。わたしはまだ生きていたの。

　実際には、そこまで体を沈めてはいなかった。ただ、その場に佇んでいるあいだ、魂だけはゆっくりと前に進んでいるような気がしたの。わたしの魂は、このまま溺れて、永遠の眠りにつき、痛みや混沌とした思考がすべて消えてなくなってしまうことを望んでいたのね……その日、わたしはたしかに死んだのよ。でも、体がそれに従わなかっただけ。

タオルのなかには——生きるべきだった命が——まだ息づいているみたいだった。でも、もちろんそれは錯覚で、わたしは赤ちゃんをくるんだタオルとともに水に浸すと、掌《てのひら》よりも小さくて柔らかいその子の重みを感じながら、優しくさすった。その子に触れていると、まだ生きているような気がしたわ。

わたしはその子をそっと抱き上げた。月明かりに照らされたその子は、信じられないくらい美しくて、わたしにはそれがとても不思議だったわ。その子はもう人の形をしていたの。頭があって、鼻と口もあって、手足があって、はっきりと表情もあったのよ。自ら光を放っているようで、もともと血まみれのその子が何か芸術品のようにも見えてきた。

血はほとんど洗い流されていたのだけど、ふと、その子の腕にまだ染《し》みが残っているのに気がついたの。水で丁寧《ていねい》にすすいでいるうち、それは血ではなくて、もとから皮膚にあるものだということがわかった。

その子の腕にあったのは、魚のような赤い痣だったの。

それが何なのか、わたしにもよくわからなかったのだけど、そう、それはたしかに痣だった。でも三ヶ月の胎児にそんな痣があるものなのかしら？　それがただの痣だとは考えられなくて、何かの兆しじゃないかと思ったのね。それで何の意味なんだろうと考えて、ようやくわかったの。

これはあなたなの？　これがあなたの本当の姿なのね。そうひらめくと、わたしの心のなかには、その子にもっともふさわしい名前が思い浮かんだの。

あの子は魚になって、この川の流れの一部になったのよ。その魚のかたちをしたものは、声のない叫びのようだった。私はその子を川の流れに浸したの！　わたしはこうなる運命だった。それくらい当たり前のことだった！　この子の腕の痣はその証明なのよ！

　力強い生命力に溢れた咆哮《ほうこう》は、高らかな歌声となって谷や川全体にこだまする。まるで何かの儀式を見ているようだった。そう、これは葬式。あるいは新しい命が生まれる儀式。それは水に浸されると、水面に照り映える月光に呑み込まれて、ついには見えなくなってしまった。水面の月明かりが、それ自体何か命のあるもののように、お魚を優しく包み込む。わたしは手を放して、その子に永遠の別れを告げた。

　そのとき、何が起きたと思う？

　あなたは信じてないかもしれないけど、わたしはこの目ではっきり見たの。突然、深紅《しんく》の光が川の流れの底から湧き起こったのよ。

　夜の闇に、冴《さ》え冴《ざ》えとした月明かりが、わたしによく見えるようにそれを照らし出したの。それはひと筋の赤色をした魚のようで、ついさっき川に放ったお魚と同じくらいの大きさだった。そう、それはたしかにお魚だったの！　今与えられたばかりの生命をめいっぱい愉しむように、お魚は信じられないほどの速さで泳ぎ出すと、遠く彼方《かなた》に消えてしまった。

　わたしは追いつくことができないまま、その場に取り残されてしまっていた。

　その夜、そうしてわたしの赤ちゃんは魚に生まれ変わり、川のなかで新しい命を生きることになったのよ。

六

　新店に戻ると、張文勇は石碇公路《シーディンゴンルー》にほど近い喫茶店まで車を走らせ、すべてを話すからと私に告げた。喫茶店の二階に腰を落ち着けると、張文勇はスマホに一枚の写真を表示させて、私の前に置いた。

見たところ二十歳《はたち》ほどの青年で、肩まで髪を伸ばしている。カメラを向いた彼に笑顔はない。輪郭のはっきりした聡明な顔立ちだが、どこか冷たそうな感じがする。シャツの袖をまくっているため、腕にははっきりとした痣がうかがえた。それは「おはしさま」のまとめサイトで見たことのある「お知らせ」と瓜二つだった。

「これが私の息子なんです。見てください、この通り腕にはすでに痣が現れてましてね。いつからなのか、と訊いてみたら、とにかくあと一ヶ月と少ししか時間はないという。それまでに『おはしさま』の呪いを解く方法を見つけることができればいいのですが」

写真を見つめたまま、あまりのおどろきに言葉を口にすることができない私に、彼は怪訝《けげん》そうに訊いた。

「先生、どうしたんです？」

「いえ」

ようやく我に返ると、私は自分を取り戻したように強い口調で、

「息子さんがこんなに若いなんて意外ですね。あなたの歳だったら、もうとっくに社会人になっているんじゃありませんか」

「ええ……私は四十を過ぎてから、今の妻と結婚したんですよ。それで、この子は彼女との子どもでして」

そういうことか。私は彼にスマホを返すと、

「この痣というのは本当に呪いの『お知らせ』なんでしょうか？　あるいは別の理由で……」

言いさしたところを遮るように、張文勇は話を続けた。

「あなたのおっしゃったことは、もちろんすべて考えましたよ。痣というものは、だいたい生まれた

ときからあるもので、そうでないものは生後数ヶ月と経たないうちに出るものだそうで、こんなふうに大人になってから、というのはないそうです。もちろん、何かの病気かとも思いましたが、それもありえない。不自然だし、私にはもっとこう、超自然的なものに思えるんですよ」

私は唖然《あぜん》として彼の話を聞いていたが、勘違いされていたことへの不満をぶつけるように、口を開いた。

「張さん。息子さんを助けたいという気持ちはわかりますが、どうして最初にこの話をしてくれなかったんです。私にはまだよくわからないんですよ。私は妖怪ミステリ作家ですが、呪いについては何も知らない——とは言いませんが、それはあくまで研究や考察をしているだけで、もしあなたが本当に呪いを解いて欲しいと言うのであれば、なぜ道士を訪ねなかったんです？」

「もちろん手は尽くしましたよ。一ヶ月のうちに知り合いの伝を頼って、二十人ほどの腕のいい道士に会ってみたものの、誰も彼も、言っていることがばらばらなんですよ。あいつらじゃ、まったく頼りにならない」

彼はあからさまに厭な顔をした。

「しかしそれだって、あなたがまだ本物の道士と出会っていないだけかもしれませんし——」

「そうかもしれません。ただ、私には本物かどうかを見分ける力すらないんですよ。そんなはっきりしないことに、これ以上時間を費やす必要があると思います？　そうやってすっかり気落ちしていたときに、偶然、『おはしさま』のまとめサイトをネットで見つけたんですよ。そこには夢のなかに出てくる学校の平面図が記されていて、それがB小学校と瓜二つだった。息子にも確かめてみたんですが、夢のなかで見た学校は、確かにそれと同じものだったそうです」

「そこが私にはよくわからないんですよ。B小学校の平面図を、どうやって知ったんです？　あなたはそれをすでに知っていて、『おはしさま』のまとめサイトでそれを見たときに同じものだと気がついたわけでしょう」

「それが本当に不思議というか……あまりにでき過ぎているんですが、たまたまこのB小学校の卒業生だった元妻が、私に教えてくれたんですよ。『おはしさま』のまとめサイトを見て、これはちょっと怪しいぞと思うと、もういけない。いてもたってもいられなくなって、元妻の実家に連絡して、サイトにあった平面図を見せたんです。これはB小学校じゃないかと訊いたところ、彼女の親も——間違いない。これはB小学校だと請け合って」

　元妻が偶然それに気がつくというのも十分におかしいのだが、さらにその平面図をしっかり覚えていて、サイトにあった見取り図を見ただけで、はっきり思い出すなどという都合のいいことがありえるだろうか？　張文勇がまだ私に何か隠していることはわかっているものの、今ここで彼を問い詰めても埒《らち》が明かない。

「そういうことでしたか。だったら、どうしてそのことを最初に打ち明けてくれなかったんです？　おまけにB小学校の卒業生のふりをしたりして」

　張文勇はしばらく口を噤んでいたが、

「正直に言いますと、元妻とはうまくいってなかったんですよ。あなたにはわからないかもしれないが、元妻がどうのこうのと持ち出すより、B小学校の卒業生のふりをした方が、何かと都合がいいのではないかと思いましてね。できればこの件に関して、元妻を巻き込みたくないんですよ」

　彼が口重くそこまで語ると、私は言った。

「わかりました。ですが道士も助けてくれないとなると、私だって、どうしたらいいものか見当がつきませんよ。さっきも言った通り、私はただの作家なんですから」

「それでも台湾では有名な妖怪ミステリ作家で、研究者でもあるわけじゃないですか！　知識だって申し分ない。物事を理詰めで考えることができる。それに何より重要なのは、以前、あなたはB小学校を調べたことがある。だったら、もしかすると私の知らないことも知っているかもしれないじゃないですか。違いますか？　あなたなしでは、新聞の記事にもなっていなかった五年生の集団失踪事件のことだって、私は知ることはできなかったでしょうし」

「あなたは真実を突き止めたいと言いますけど、真相を突き止めたからといって、呪いが解けるわけではない。『リング』だってそうだったじゃありませんか？　貞子《さだこ》が土にかえったからといって、呪いが解けたわけじゃない」

「先生は作家だっていうのに、映画を引き合いに出されるとはおどろきましたな。私だって、学校で科学を学んだ人間です。問題を解決するためには、まず原因を突き止めなければならない、ってことくらいは知ってます。処方箋を出すのはそれからだ。真相がわかっても呪いが解けるわけじゃない、というのはその通りですが、問題の核心を突くというのが解決に向けた唯一の方法じゃありませんか。真実を知らなければ、いくら道士を頼ったって、病気を治すことなどできはしません。それで私なりに色々と考えたあげく、あなたにお願いすることにしたんですよ。あなたはこの道の専門家だ。そこいらの素人《しろうと》とは違う。先生にお願いするのが、最も効率の良い解決方法であると私は信じているんです」

「それはちょっと買いかぶりすぎですよ。何しろ人の命がかかっているんです。恥ずかしい話ですが、果たして私ごときが力になれるかどうかは……」

「先生、人の命がかかっているからこそ、ですよ。あなたは事件のことを知っている。おまけに私たちはいま確実に前進しているはずじゃないですか。このまま進んでいけば、真相を見出すことができるに違いない。ここであなたが尻込みしてしまったら、私の息子だけじゃない、『おはしさま』に参加している他の人たちだって死ぬことになるんですよ。あなたは彼らの命を背負っているんだ。もちろん、調査をしたって最終的にそれが果たせなくても責めたりはしませんが、逆に、問題を解決する力があることははっきりしているのに、もうやめよう！　となったときは先生、私はあなたを恨みますよ！」

私は頭《こうべ》を垂れたまま上目遣いに彼を見た。この男はなんて自分勝手だろう！　私はこのまま彼の依頼を受けるべきなのだろうか、と迷う。だが、こうして彼の目の輝く様子を眺めていると、むしろ私を脅して意のままに操ることに有頂天《うちょうてん》になっているだけではないか、という気さえしてくるのだった。

正直に言えば断ることはたやすい。何とでも理由はつけられる。B小学校の調査にしたって、おざなりにすませてはぐらかすことだってできるはずだ。決して「おはしさま」に関心がないというわけではないが、「おはしさま」とB小学校との関連について調べるにしても、私は彼に頼る必要はないわけだ。一人でもできる。むしろ本腰を入れて取り組むとなると、彼の存在は足手まといになりかねない。

私は躊躇《ちゅうちょ》していた。

私がB小学校のことを小説にしようと考えたのはいつのことだったか。おそらくそれはもうずっと昔のことで、すぐに取りかかる必要もなかったし、その前にいくつか調べなければいけないこともあるのはわかっていた。この話は、言うなればライフワークにしようと考えていたのである。

今のところ、この話には一つの結末しか見えていない。そう、この物語がこのあとどうなっていくのかを考えれば、そこには一つの道しかない。だが彼と調査を進めていくことで、まったく違った結末を迎える可能性はありえるだろうか？

かりにそうだとすると、彼と私とのあいだには利害関係があるとも言える。お互いに恩恵を受けることができるとすれば――

「わかりました」

私が一人納得したように溜め息をつくと、さらに言った。

「そういうことでしたら、このままB小学校の調査を進めていきましょう」

「B小学校を、ですか？」

張文勇はいかにも意外そうに問いかけた。

「しかしB小学校は今、ダム湖の底に沈んでいるんですよ。いったいどうやって調査を？」

「通常はそうなのですが、湖の水位が下がる乾季には、B小学校が見えることもあるらしく――そうした例は、過去にも何度かあったそうで、記録も残っているんですよ。気候変動や地球温暖化のおかげと言うべきでしょうかね。それによって、湖の底に沈んだ秘密がついに明らかにされるというわけです」

「しかしB小学校が姿を見せたにしても、そんな簡単にダム湖に立ち入ることはできないんじゃないでしょうか」

「張さん、ダム湖は山に隣接しているんですよ。山に囲まれているといっても、完全に閉鎖されているわけじゃない。もちろん保護区になっているので、工事や送電線、水道管を引くことはできないから、住民にしてみれば不便でしょうが、山道を通ってB小学校まで行くことは可能です。問題は水位が十分に低いかどうかでしょう。かりに『おはしさま』の夢に出てくるのが本当にB小学校だとしたら、調べてみる価値はあると思うのですが、どうです？」

張文勇はしばらく黙り込んで何やら考えているようだったが、

「……たしかにそれを断る理由はありませんな。だったらいつにします？　今は渇水期なんでしょうか？」

「ええ。『おはしさま』の儀式が終わるまでの八十四日が渇水期に当たったのは幸いでした。とはいえ、渇水期だとしてもそこまで水位が低いとは限りません。翡翠ダムに電話して、B小学校の現状を聞いてみますよ。状況が判明次第、また連絡します」

「わかりました。よろしくお願いします」

新店の地下鉄駅まで私を送る道すがら、張文勇はまだ疑問が残るらしく、私に色々と訊いてきた。B小学校は長いあいだダムの底に沈んでいたのだから、果たして手掛かりらしいものが見つかるだろうか。また翡翠ダムの水位が思ったほど低くなかった場合には、どうすればいいのか――

それに対して私は、この計画が気に入らないのであれば、いつ止《や》めてもいいんですよ、と切り返した。かりに私がここで手を引いて呪いが解けなかったとしても、関係のないことだ。結局のところ、彼の疑問などたいしたことではない。B小学校で何か手掛かりを見つけることができるのだろうか、という点に尽きる。ともあれ調べてみないことには始まらない。ダム湖の水位がそれほど低くなかったときはどうする？　潜水服を用意すればいいだけだ！　このあたりは金で解決できることだろう。いや、やる気さえあればどうにかなる。

私は自宅に戻ると、翡翠ダムの管理局に電話で問い合わせた。こちらが経緯を説明すると担当者も納得してくれ、B小学校が見えたら連絡すると言ってくれた。幸い、この時期の降雨量は楽観できないほど少なく、実際にはすでにB小学校の給水タンクが少しだけ見えているという。

幸い、という言い方をしてしまうと、ダムの水を利用している台北地区の住民には申し訳ないのだが――

それから一週間ほどして（その間、張文勇にはB小学校の調査のため、潜水装備を準備してもらう必要があった）、翡翠ダムの担当者から連絡があった。B小学校の校舎が見えてきたという。ただ、B小学校を調査するのは構わないが、それには担当者が同行する必要があるということだった。

同行というのは、要するに監視するということだろうか？　そのことについて私は了承して、こう答えた。

「もちろん問題ありません。ただ明後日《あさって》までは用事がありますので、その後となるといつがよろしいでしょうか？」

管理局が言った日時で、私は了承した。

それからすぐ張文勇に連絡をとり、彼には明日すぐに出発したいのだがと伝えた。実を言うと、管理局との約束はすっぽかすつもりだった。調査のときにはもちろん管理局の人間がいない方が何かと都合が良い。ボートに乗ってB小学校まで行けないのは残念だったが、それでも不可能というわけではない。

具体的な計画は次第に形を成していった。明日の八時に張文勇が新店の地下鉄駅まで迎えに来てくれるというので、今回は石碇を経由せず、そのまま烏来《ウーライ》に直行すればいい。私の方はすでに準備も整っていた。

ここに至ってようやく、私もにわかに緊張してきた。

この物語に違った結末は用意されているのだろうか？　本来であれば心弾むはずが、私の心は一向に晴れなかった。大きな渦に巻き込まれ、そこから抜け出せないのが運命であるかのような、奇妙な予感が私にはあったのである。

そしてついに昨晩、この予感が現実のものとなるであろうことを私は確信した。

何というひどい偶然なんだろう？　と私は思わずにはいられなかった。この途方もない偶然は運命としか言いようがなく――叔父《おじ》が父を殺したことを知ったハムレットが、父の亡霊からその事実を耳にしたときでも、これほどの運命を感じなかったろう。このさかしまの世界を正すことができるのは自分だけだ――いや、私が正さなければいけない。

私はM先生からの返信を受け取り、そこには「おはしさま」に関する調査の経緯と彼の解釈が事細かに記されていた。さすがはM先生で、その調査能力には脱帽しかない。その解釈もまた見事なものだった。

彼は歴史の箱から謎を解く鍵となるパズルのピースを取り出してみせたのである。

七

また別の男だった。彼はベッドから女の後ろ姿を見つめながら、吸いかけの煙草《たばこ》の烟《けむり》を吐き出した。彼はそんな話を聞いて冷静でいられる男ではなかったらしい。普段はいかにも威勢のいい顔をしているが、その実、優しい一面も持ち合わせていたのである。

「それで？　あんたは子どもを堕ろしちまって、家族の連中たちは何とも思ってなかったのかい？」

「もちろんそんなことはないわ」

女は指で髪を梳《す》いた。女は贅肉《ぜいにく》のない体つきで、その美しい背中が仄暗《ほのぐら》い灯りに照らされて輝いている。彼女は言った。

「家族以外は誰も、わたしと彼とのことを知らなかったの。家族にとっては恥ずかしいことだから、誰かに話そうなんてつもりは、はなっからなかったのね。助産師だけはお金をもらって——それもたくさんね。だから外から見たら何も変わっていないように見えたかもしれないけど、家のなかにわたしの居場所はなかったわ」


あれからのわたしは使用人以下の扱われようで、同じテーブルで食事をすることも許されないのに、家事はすべてわたしがやらないといけなかったの。それでも文句を言う権利なんか、わたしにはなかった。結局、家から放り出されても、わたしは生きることもできなかったろうし、かといって家族の言うことを聞かないと、またひどい折檻《せっかん》が待っているだけ。

中絶の苦しみがあまりひどくて、わたしは体で「生きたまま殺される」恐ろしさを知ったのね。死なないにしても、もう二度とあんな目に遭いたくはなかったし、文勇兄さんの家を訪ねて行く勇気もわたしにはなかった。今度見つかってしまったら、想像もできないほど悲惨な結末が待っているのは明らかだったから。

夫はまだ幼かったし、何が起きたのかもわからなかったようだけど、家族がわたしを軽蔑していることに気がつくと——もともとわたしを指さして散々罵《ののし》っていたのが、それからはもっとひどくなっていったわ。彼の両親はあの子に勉強を教えてやってくれってわたしに言うのだけど、彼の方からわたしに直接「てめえにその資格はない」と言い返してくる。もう、わたしはどうすればいいのかわからなかった。家族はそれを聞いても薄笑いするだけで、わたしのことなんて、気にかける素振りすらないのよ。でも、それは当然よね。わたしはそれもよくわかっていたし。でも、義妹までどこかわたしを避けているような気配があって、それにはは本当に傷ついたわ。

でも、彼女にあんな非道《ひど》いことを言ってしまったあとだもの。わたしにはどうすることもできなかった。

あれは数ヶ月が経って、新年を迎えようとしていたときのこと。

もともとわたしたち台湾人にとって、年末は一年のなかでも一番忙しい時期なのね。竈神《ザオシエン》が天に昇って、このとしの善悪の行いを玉皇大帝《ぎょくこう》に報告する。この竈神を祀るための祭品の準備をすませると、部屋の掃除から食材の買い込み、年越しのご飯の支度をするの。この食事の支度をするだけでも、朝から夜までかかるんだから。

あのときは、今までで一番苦しいときだったわ。その前のとしも忙しかったけど、家族が助けてくれたから愉しかったくらい。だけどこのとしは、誰もわたしを手伝ってくれなかったの。休む暇もなく仕事を次々に振られるものだから、毎日朝早くからずっと働きづめ。大晦日《おおみそか》もわたしをほったらかしにしたまま、家族のみんなはギャンブルに興じていたし、終わらない雑用に追われているあいだも隣の部屋から彼らの愉しそうな笑い声が聞こえていたのよ。

それでも、わたしの心のなかにはまだ希望の光があった。としが明けたら、文勇兄さんがまた来てくれる。一晩だけでもいい。その一晩だけ逃げ出して、わたしのすべてをあのひとに託そう！　それで彼が受け入れてくれなかったら、わたしは死んでしまう。

でも正月は元旦から忙しくて時間もなくて、ようやく仕事を終えたころには、文勇兄さんに会いに行く気力もすっかりなくなっていた。そうなると気ばかり焦《あせ》ってしまうのね。文勇兄さんがそんな早くに都会に帰って行くはずはないのだけど、この機会を逃してしまうのがとにかく怖《こわ》かった。すると四日に、義妹が突然向こうから話しかけてきたの。

「ねえさん、わたしが文勇さんの家に行って、うちのことを話してあげようか？　だって、二人が一緒にいるところを見つかったら、今度こそ殺されてしまうかもしれないでしょ」

昔に戻ったように親密な様子でそう言われたから、わたしも、もちろんいいわ、お願いと答えた。彼女に文勇兄さんの家がどこにあるか教えると、わたしの心のなかは希望でいっぱいに満たされて……でも、その彼女から、わたしを地獄に突き落とす知らせが届いたのは、ようやく仕事を終えた深夜になってからだったわ。

文勇兄さんの家族はすでにわたしとの関係を知っていて、ことし、彼は実家に帰ってこなかったと言うの。

堕胎を強要されたときだって、赤ちゃんの父親が誰なのかは口にしないまま、わたしと義妹もその秘密をずっと守ってきたのに、わたしの家族がそれに気づいて、文勇兄さんの祖父母にその話をしたのね。文勇兄さんにしてみれば、わたしのような女との関係がばれてしまったら、家族の醜聞になることは明らかだし、それで文勇兄さんの家族はわたしとのことを責めたのでしょうね。わたしは村じゅうの男たちと関係を持つようなふしだらな女で、あんな女がいる家族が気の毒だ、道徳のかけらもない、堕落した女と……って。

あんまりひどい話だからこれくらいにしておくけど、そのときは義妹がすべて教えてくれたの。彼女は向こうの家族の態度を訝《いぶか》しんで、帰るふりをしたあとこっそり盗み聞きしてたのね。すると、文勇兄さんの祖父母が「いったいあの家族は何なんだ？　もう関わらない方がいいんじゃないか？」と話しているのを耳にして、ようやく事情が呑み込めたってわけ。

もう腹が立って言葉がなかったわ。文勇兄さんの心のなかで、自分がどうなってしまったのかと思うと、恥ずかしくてもう死んでも死にきれないくらいの気持ちだった。義妹は話し終えたあとも、わたしをどう慰めればいいのかもわからず、ただ「ごめんなさい。こんなことになるなんて考えてもいなかったの」と言うのを聞きながら、わたしは、

「いいのよ。全部わたしが悪いんだから」

と答えた。

でも、わたしはそれですっかり絶望してしまったのね。文勇兄さんとの関係だけじゃなくて、家族との関係もひどいことになってしまった。未来への希望も失われて、でも、このまま死ぬのは厭だったわ。どうせ死ぬのなら、みんなを道連れにしてやる。

ええ、そうよ。はじめに話したでしょ。わたしはあの子を奪ったすべてのひとに呪いをかけたの……あの子だけじゃないわ。彼らは、わたしの「人間」としての尊厳までも奪ったのよ。

台湾のお正月は元宵節までは大賑わいで、わたしが文勇兄さんと巡り会ったのも元宵節のことだったの。でも、そのとしはわたしもずっと家に引きこもったままで、夕飯をすませたあとも家にいたのはわたしだけだったわ。

あのときはまわりから冷たくされる方が気が楽だったのだけど、ひとりでいると、怒りと憎しみが

とめどもなくこみ上げてくるのね。特に元宵節に文勇兄さんと出会ったことを思い返すにつけ、体が小刻みに震えてくるのをどうしようもなかった。どうしてわたしは媳婦仔になったんだろう？　どうしてわたしは、この家族に売られたんだろう？　まだ五歳のわたしには、それ以外に選択肢がなかったの！

　今の家族だけじゃないわ。わたしを売り飛ばした産みの親さえも憎かった。でも神明卓の前を通り過ぎたとき、先祖代々の位牌の前に「王仙君」の文字があるのを目にして、ふと、子どものころを思い出したの。元宵節にはよく「箸神」という遊びをしたんだけど……それは箸を使って、そこに神降ろしするものなのね。この家にやってきてからは、元宵節に「箸神」をすることもなかったのだけど、それに代わって「椅仔姑《イーズーグー》」という、嫁入り前の女の子がやる遊びをよくしたわ。祭品を整えて――それは女の子が化粧する口紅や鋏《はさみ》、それに鏡とかね。それからふたりで呪文を唱えるの。そうして竹の椅子の脚を持つと椅子が動き出し、その動きがぴたりと止んだあと、「椅仔姑」に質問をすることができるっていう、要するに占いね。

　怖そう？　でも当時は、元宵節というと普通にこの遊びをしていたのよ。中秋節でも同じ。もちろんわたしもやったことがあったわ。媳婦仔といっても式は挙げていなかったから、この遊びをすることができたのね。わたしが除《の》け者にされているあいだに、義妹もこの「椅仔姑」に自分の将来を尋ねてみたことがあるんじゃないかしら？

　それでその夜、ふと、昔遊んだ「箸神」のことを思い出したの。これは誰もいなくたって、ひとりで遊ぶことができたから。わたしは神明卓の前に行くと、ご先祖様の前におかれた「王仙君」を手に取った。

「箸神」のやり方だけど、まず米缸《ミイガン》（台湾の米びつ）を持って、そこに一本の箸を突き刺すの。さらにもう一本の箸を水平に置いて、T字型になるようにする。ええ、すると竹とんぼみたいな形になるわけね。

次に米缸のそばに線香を立てて、呪文を唱える。それで上の箸が動けば、「箸神」が降りてきた証拠。

そのときのわたしは、実際にそれをやってみたの。そのとき「王仙君」を使ったのも、あるいは復讐と言えるかもしれないわね。神明卓の上に置いて毎日お祈りをしている珊瑚の箸を、わたしは「箸神」という遊びのおもちゃにしたんだから……。

そのときは、すでに神さまが宿っている箸を使ってお願いをしたら、いったいどうなるかなんて考えもしなかったわ。お線香を立てて、米缸を設《しつら》えて箸を置き、呪文を唱えると、念を込めるように、わたしは珊瑚の箸をじっと見つめた。

抑揚のない呪文を繰り返すうち、わたしは言いようのない恍惚感《こうこつ》に浸っていたわ。どうせ失敗だろうと思って、そろそろ終わりにしようとした、そのときだった。箸がゆっくりと動いたの。呪いは成功したのよ。

わたしは五歳よりもずっと前に戻ったような心地だったわ。

でも「成功」にほっとしたのもつかの間、自分が何を訊いていいのか考えていなかったことに気がついたのね。そう、「椅仔姑」と同じように、「箸神」は占いでもあるんだから、と気がつくと、わたしは何かを尋ねてみようと思った。

でもいったい、何を訊けばいいの？

未来のない自分がいったい何を訊けばいいのだろう。わたしはしばらく黙りこんだまま、動いている箸をじっと見つめていた。そうしているうち、何を訊けばいいのかわかるような気がしたのね。そのときよ。突然、ある考えが頭のなかを駆け巡ったの。それは本当に青天の霹靂《へきれき》としか言いようのないほど、意味のわからないものだった！　でも閃《ひらめ》きってそういうものでしょ。そしてそれは、意識する間もなくいきなり核心を突いてくるものなのね。

「……あなたはお魚なの？」

わたしがそう訊くと、箸はいきなり、ゆっくりと右に回った。それは「はい」のしるしなのよ。

はい。わたしはお魚です。死んでしまったあなたの子どもです。あの子の魂はわたしの呼びかけに応じて、この箸に降りてきたのよ！　笑うかもしれないけど、そのときはもう、涙が溢れるほど嬉しくて……でも、本当はこんなことになって欲しくなかった。ただただ腹が立って、復讐してやりたい気持ちから、「王仙君」を使って「箸神」の遊びをしただけだった。ずっと涙を堪《こら》えて泣くつもりはなかったけど、胸に秘めていた望みが、突然、思いもよらない形で目の前に現れたらどう？　それでもあなたは耐えられるかしら。

わたしはどうしようもなくなって、ひたすら涙を流しながら、お魚に自分の悲しい気持ちを伝えたの。そしてわたしができることと、できないことも。わたしがどれほどあなたを産みたいと願ったか。どれだけ家族を憎んでいて、みんなを道連れに死んでやろうと思っているか。お魚が降りてきた箸はわたしの話に聞き入りながら、ただ静かに回っていた。

わかるわ。あなたはただの物理的な現象だと思ってるんでしょう？　香炉のつくり出した温度差が空気の流れを生み出して、それが箸を回転させていたんだろうって。でも、それは本当にゆっくりと、安定した動きで回っていたのよ。わたしが話しているあいだも速さは変わらないまま、まるでわたしを安心させるように、まだここにいるよ、見捨てないよと訴えているような気がしたのね。

駆り立てられるように口から出てくる言葉はどんどんひどいものになっていって……実はね、そのときにはもう、家族全員を殺す方法は考えていたの。やると決めれば、すぐに実行するつもりだった。

信じていないんでしょう？

そうよね。当時のわたしはただのか弱い女の子だったんだもの。そんな子が人を殺《あや》めるなんてこと、できるわけがない。でもね、料理はもちろん、家事のほとんどは、わたしがしていたのよ。毒を盛る機会なんていくらでもあった。それにどんな毒があるのかも知っていた。

うちの村にも山地人《スワーテーラン》の人がいたの。山地人ってわかるかしら？　わたしたちが台湾にやって来る前から住んでいて、わたしたちより肌の色の濃い、お酒が大好きな人たちのこと。どういう経緯で山地人のひとたちが村に棲《す》み着くようになったのかは、わたしもよくわからないんだけど……ううん、もともとそこはタイヤル族の狩場だったという話も聞いたことがあるくらいだから、彼らがどこから来たのかなんて、わたしには話す資格もないわよね。

わたしはタイヤル族の漁師が「魚藤《デリス》」と呼ばれる植物を採ったあと、石で叩いたものを川に浸してその汁を流しているのを見たことがあるの。しばらくすると、魚は意識がなくなって水面に浮き上がってくる。この漁法は地元の人たちの多くが知っていることで、秘密というわけではなかった。

それで以前、タイヤル族のおじさんに、魚藤について訊いたことがあるの。彼はわたしに魚藤を見せながら、これの扱いは注意しないといけない、間違って食べようものなら気分が悪くなる、って教えてくれたわ。前にもこの草を食べられるものと勘違いして、煮汁に入れてしまった大馬鹿がいたらしいの。たちまち呼吸困難に陥《おちい》って、そのまま助けを呼ぶこともできずに死んでしまったそうよ。

だから魚藤を手に入れるのは、そんなに難しいことではなかった。

あなたは……目の前にいる女が殺人犯だと怖いかしら？　もしわたしが本当に人殺しだったらどうするつもり？

心配しないで。わたしは誰も殺していないんだから。ただ呪いをかけただけ。わたしはお魚に殺人計画の話はしたけど、結局、泣きながら踏みとどまったの。もちろんできないことはなかったけど、義妹まで殺したくはなかった。彼女には罪がないのに、どうして殺す必要があるの？　それにわたしは家族と一緒に食事さえできないのだから、いったん毒を盛ったあと、その場にいないのにどうやって義妹だけを守れると思う？

家族が全員死んでしまって、義妹だけが生き残ったら、もしかすると、彼女はわたしよりもっとひどい目に遭うかもしれない。義妹はまだ十歳の女の子で、誰も頼る人がいないのよ！　だから、わたしは泣きながらお魚に謝ったの。わたしには復讐なんて、とてもできませんって。できるなら、義妹以外の家族を道連れにして死んでしまいたい――その瞬間、外から物音がした。誰かがいる。

これがどれだけ恐ろしいことかわかるかしら？　いま口にしたことを聞いたひとがいたら、わたしは死んでいたかもしれない。わたしはすぐにでもその場を離れるべきだったのに、誰かが聞き耳を立てていたかもしれないと考えるうち、すっかり怖くなってしまって、身じろぎもできないまま、そこにじっとすることしかできなかった。

どのくらい時間が経ったかわからなかったけど、もう外から物音も聞こえてこない。ただの風だったのか。それとも動物だったのか。わたしはほっと息をつくと、すぐに「王仙君」を神明卓に戻し、米缸を元あった場所に片付けて、自分を慰める儀式を終わりにした。

これがわたしの呪いなのかって？

そうよ。

わたしは家族を憎み、みんなが地獄に堕ちることを願って、その思いをお魚に伝えただけ。でも呪いほど現実的なものはないのよ。その夜、わたしの言葉も魂も憎しみも、すべてが最もはっきりとした形になって現れたの。

呪いが叶ったかどうかだけど……

それは結局、違った形で実現した。

わたしの夫は山のなかで行方不明になったんだから。夫だけじゃないの、同じ学級の生徒たちもよ。

そのなかで生き残ったのは義妹だけだった。息子を失ったことは、永遠に塞《ふさ》がることのない傷口となって、父と母に耐え難い痛みをもたらしたわ。でも、それは家族を憎むわたしにとっては、満足以外の何ものでもなかったのだけど……

ううん。本当のことを言うと、わたしはとても後悔していたの。どうしてかって？　だって呪いは、まったく関係のないひとたちを巻き込んでしまったのよ。それは呪いのせいじゃないって言うの？　いいえ、呪いなのよ。あの日、わたしが「王仙君」にあんな話をしなければ、絶対に起きなかったことなのだから。ええ、もちろん証明はできない。でも、あれは絶対にわたしの呪いのせいに違いないの。

家族がそのあとどうなったのか知りたいのね……

それからしばらくして、わたしはそこから引っ越したの。翡翠ダムはもうすぐ完成するところまで来ていたのだけど、その前に水を溜めはじめて、村にはすでにひとが住めなくなってしまったから。やがて夫が失踪当時通っていた学校もダムの底に沈んでしまい……彼はついに戻ってくることなく、どこに行ったのか、結局何があったのかは誰もわからないまま。

すべては湖の底に沈んでしまったのね。生徒たちが失踪した山もそう。それ以来、誰も行くことのできない湖の孤島になってしまった。

夫をなくしたわたしが家に居続ける理由はなくなり、父と母も引き留めることはしなかった。村を出て都会で生活しようと決めても、小学校しか出ていないわたしにとっては、仕事を見つけるのだって、簡単じゃなかった。それで最後は落ちぶれてここに辿《たど》り着いた、ってわけ……いいの。同情なんかしてくれなくても。

同情を得るためにこんな話をしているわけじゃないんだもの。物語はただの物語。そうでしょ？　この話が本当かどうかなんて、あなたにだって証明できないんだから。

そこを離れてしまえば、家族がその後どうなったかなんて興味もなかった……ひとつのことを除いてはね。義妹が結婚したとき、手紙が届いた。でも式には招待されなくて。彼女は社会人になってから文勇兄さんと知り合って恋に落ち、ついに彼と結婚することになった――手紙にはそう書いてあった。わたしに申し訳ない気持ちがあったんでしょうけど、訪ねては来ないでと申し添えてあったわ。わたしが彼を奪うんじゃないかって、彼女はそれを心配してたみたい。お願いだからそれはやめて、と彼女は手紙で切々と訴えていた。何かあったら自分で奪い取らなきゃいけない。そう教えてくれたのは彼女だものね。

ううん。彼女を恨んでなんかいないわ。わたしは彼女のことが大好きだったし、そのときだって祝福したい気持ちでいっぱいだったの。あの呪いのあと、わたしは後悔して、文勇兄さんのことはもう考えないことにした。文勇兄さんが彼女と幸せに暮らしているのなら、わたしはそれでよかったから。

しばらくすると、義妹が出産して写真を送ってきたのだけど――ちょっと待って。見せてあげるから。ほら、この写真の、これが義妹で、彼女が抱いているのがその子どもね。彼女が首にかけているのが「王仙君」じゃないかって？　そうよ、彼女はそれからずっと王仙君を鎖で吊《つる》して、肌身離さずこうして持ち歩いていたの。

でも、あなたに見てもらいたいのはそれじゃなくて。

ほら見て？　義妹の子どもの……手のところに魚のような赤い痣があるでしょう？　そう、あの月の眩い夜にお魚の腕にあったのと同じかたち。同じよ。まったく区別がつかないくらい。

だからもうわたしは恨んでなんかいないの。ねえ、これって完璧な結末じゃない？　わたしのお魚は生まれ変わって、再び文勇兄さんの子どもになったの。これ以上素晴らしい結末はないでしょ……

八

Ｂ小学校に行く日がついにやってきた。その日は雲もまったくない快晴で、朝から雨の気配も感じられぬ空模様とは幸先《さいさき》がいい。張文勇が運転する車には、彼だけではなく、息子も同乗していた。Ｂ

小学校までの道のりはなかなか険しく、体力のある助っ人が必要だという私の助言に従って、息子を連れて来たのだと張文勇が言った。

「先生、お目にかかれて光栄です！　小説は拝読しましたが、まさかこうしてお会いできるとは思ってもいませんでした」

息子の笑顔に迎えられるように、私は後部座席に乗り込んだ。張文勇が彼を「品辰《ピンチエン》」と呼ぶと、品辰は父からの紹介を受けて私の方を振り返った。

「先生、朝ご飯はもうすませましたか？」

「ええ。これから道中長いですからね。あなたたちも何か食べるものは持ってきましたか？」

「はい。リュックのなかに」

品辰は膝の上に置いたリュックからサンドイッチを取り出すと、張文勇に手渡した。

「父さん、これ。朝ご飯」

なんとも不思議な光景だった。

今回の旅は言うなれば品辰を救うのが目的のはずである。それなのに当人はいたって落ち着いていた。恐怖を感じるふうでもなく、まるで自分は蚊帳《かや》の外にいるような彼に、私は声をかけた。

「品辰君——君のことはこう呼べばいいのかな？」

「ええ、もちろんです」

品辰はそう言って微笑した。考えていた通りのおだやかな表情を見てとると、私はさりげなく切り出した。

「ありがとう。ちょっと訊きたいんだけど、君は『筷子仙』の儀式を止《や》めたいんだよね？　それだったら、何もしなければそれでいいんじゃないだろうか」

実はこの問いこそは、「筷子仙」に参加していない私にとっては、最大の疑問だったのである。

「筷子仙」の夢のなかで生き残らなければ、凄惨《せいさん》な結末が待っているだけだ。自分の人生をふいにするくらいなら、どうして途中で誰も止めようと言い出さないのだろう。

もちろん、それ自体が不可能ということも考えられるが、少しでもその兆しが表れれば、夢につき合わなければいいだけではないか。参加している誰もがそれを止めようとしないことが私には解《げ》せなかったのである。

「先生は、日本の『おはしさま』のまとめサイトを見ていないんじゃないですか？　儀式を途中で中止しても、夢は見続けるんですよ」

それはそうなのだろう。私はさらに訊いた。

「でも君はそれを試そうとしないのかな？　もしかしたら他の人とは違うかもしれないし、これからは夢を見なくなるかもしれない。そうなると、私たちがわざわざこんなことをしなくても……」

「その必要はありません。先生、僕にはどうしても叶えたい願いがあって、それを実現するために『筷子仙』を試したんです。もちろんリスクがあることは前もって知っていましたし、ここであきらめるつもりはありません。実を言うと、自分が最後まで生き残ることは確信しているんですけど、父が心配だと言ってきかないので、今回はついて来ただけなんです」

彼の余裕たっぷりな話におどろきながらも、私はいたく興味をそそられた。張文勇は仕方ないというような声で、

「まったく、本当にこいつの考えていることはよくわからない。香港を旅行して帰ってきたら、別人のように変わってしまいましてね。それについて、私がいくら訊いても、『筷子仙』に参加しなきゃいけない理由については教えてくれないんですよ」

「父さん、説明したけど、あきらめさせようとしているだけなら、言っても無意味だよ。止めるわけにはいかないんだ」

「でも最後まで生き残ると確信しているということは、要するに夢のなかで、誰かが君のために死ぬことになる」

私はさらに続けて、

「自分の願いを叶えるために、残りの八人が死んでもいいんですか？」

「そうだ。先生の言う通りじゃないか」

文勇が口を挟むと、品辰は窓の外に目をやったまま、やんわりとした口調で言い返した。

「先生、これはそういう問題じゃないんです」

「品辰、先生にそんな口の利き方をするな！」

張文勇が息子を叱りつけたが、私は慌てて、

「いいんですよ。彼の言いたいことはわかります。それにこの質問に意味はないんですよ。彼が『すみません。他人を犠牲にするわけにはいきませんよね』と答えるわけがないでしょう？　彼は危険を冒す覚悟で儀式を行ったんです。他の参加者もそれは同じでしょう。殺し合うという覚悟は尊重すべきかもしれません」

「しかし、先生。互いに殺し合うなんて、そんなことが人として許されるものでしょうか」

「張さん。もし今日、それを押すとあなたの願いを叶えるというボタンがあったとします。でも、それであなたの知らない人が死ぬとしたら、どうです。あなたはそれを押しますか？」

「もちろんそんなこと、しませんよ！」

「それはあなたが、その行為を『殺人』だとわかっているからでしょう？　死ぬのが赤の他人だとしても、それはただの『無差別殺人』に過ぎない。じゃあ、質問を変えて、あなたの知っている人が殺されるとしたらどうです？」

「押しません。自分の知り合いを危険な目に遭わせるわけにはいきませんからね」

「確かに。でも、あなたの知り合いが絶対に殺されないとしたらどうです？　かりに友人や家族を命の危険にさらすことなく、その賭けに出たとする……赤の他人が死ぬだけだったら、果たしてそれは道徳に反することになると思いますか？　あるいは、ボタンを押すのには自分の命がかかっているとしたらどうです？　それで、どんな願いも叶えることができるんです。ようく考えてくださいよ。それでもどんな願いも叶えることができるんです」

張文勇は「うっ」と声を出して言葉を呑み込むと、何やら考えているようだったが、

「……いいえ。押さないでしょうね。それは要するに、無差別殺人から自殺に変わっただけでしょうから」

「ではそのボタンを押すと、自分は死ぬかもしれないが品辰君は助かるとしたらどうです？」

「先生。ちょっとその質問は意地悪すぎやしませんか？　それでもボタンは押さないですな。自分の命を救うためであれば、もちろん問題はありません。しかしいったいどうやって、他人の命をそれに替えることができるんです？　自分が選ばれる可能性があっても、他人から百パーセント安全だと言われた場合にしか、ボタンは押さないものじゃないですか？」

たしかにその答えなら倫理に反しない。張文勇が本当に道徳的な人物かどうかはおくとして、だが。

私はうなずくと、

「ではまたちょっと質問を変えてみましょうか。かりに今日、そのボタンを持っている人が九人しかいないとする。それぞれがボタンを押すべきかどうかは、個人の意思に委ねられているわけだ。それを押せば、自分の願いを叶えるために、死んでもいいということになる。その逆だと、願いを叶えるより、自分の命が惜しいということになる。だが、あなたは偶然、そのうちの一人が、この世界を滅亡させたいと願っていることを知ってしまったとしましょう。そうなると、ボタンを押す人が少なくなればなるほど、世界を破滅させる可能性は高くなるわけです！　世界が滅亡してしまえば、あなた

だけじゃない、あなたの愛する人もまた命を落とすことになる。ただもしもですよ、そこでボタンを押すと決めたら、世界が滅亡する確率は下がるが、最終的には残りの八人が命を落とすことになる。世界は九分の八の確率で滅亡しない。それならあなたはボタンを押しますか？」

張文勇は深く息を吸って、何かを言いたげだったが、どう答えればいいのかはかりかねているらしい。考えあぐねたすえ、彼は渋々こう言った。

「先生、そのたとえは極端に過ぎませんか」

「確かにそうかもしれません。しかしこの場合、殺し合いは道徳的に間違っているとも言い切ることはできないだろうし、その点をあげつらって他人を責めることもできない。誰もが自分の命より、自分の願望の方が価値があると考え、自分の命を失うことを厭《いと》わない品辰君のような人たちばかりだとしたら、私たちはどういう立場で彼らを批判できるでしょう？」

張文勇は押し黙ったままだが、品辰は愉快そうに笑っている。

「まいりましたよ、先生。しかし先生がそんな下らないことを言う人とは思いませんでした。結局のところ、それは殺し合いじゃない。たとえ九人が自分の意思で九人のうち八人が死亡するボタンを押したとしても、それは九人のうちの一人の願望が実現するのと引き換えにそうしたということなんでしょう」

「これが純粋に数学の問題だとすると……品辰君の言う通りです。サイコロを振った運命の神が殺人を犯したに過ぎず、儀式の参加者に責任はありません」

私は含みのある目線を品辰に向けた。本当にサイコロを投げることで犠牲者が決まるのであれば、私も品辰の言葉に異論はない。しかし、本人が絶対に生き残る自信があると言うのであれば、それはまた別の話になる。

品辰が口を開く前に、張文勇が重苦しく溜め息をついて切り出した。

「ああ、まったく。口ではあなたたちにはかなわないですよ。そろそろ話題を変えませんか。先生、あと少しでB小学校ですが、何か気をつけた方がいいこととか、ありますか」

「話したいことはすべて電話ですませてありますし、何かあったとしても、もうここまで来てしまったら間に合わないでしょう」

今回の旅に多くの危険が伴うことはわかっていた。

B小学校は九紀山の麓《ふもと》にある。翡翠ダムが建設される前であれば、九紀山に登るのはそれほど大変なことではなかった。ハイカーたちが使う登山道が近くにあったからだが、翡翠ダムが満水になると、九紀山は言うなれば湖の孤島となってしまい、陸地からの道は完全に閉ざされてしまう。

登山者が九紀山に登る方法を発見したのは十数年前のことで、渇水期になると、九紀山の周りの水が退《ひ》いて道ができるのだ。しかし今九紀山に辿り着くには、桂山《グウイシャン》発電所近くの山道から四崁水《スーカンシュイ》を通って、火焼樟山《フォシャオヂャンシャン》の産業道路に出る必要がある。これはハイカーがときどき利用する道だが、難易度は高くない。道の両側にははびこるにまかせた草木が鬱蒼《うつそう》と高く繁《しげ》り、蜘蛛《くも》の巣も至るところにある。さらに草叢《くさむら》には蛇が這う音も聞こえてくる。山の標高はそれほどではないものの、この一帯に民家は少なく、それなりの装備で挑まなければ、「山」に詳しくない者にはあやかしの魔境となる。

目的地に辿り着くまで、歩いて三時間以上かかるとはいえ、B小学校がまだ水に浸かったままという可能性も考慮して、軽めのダイビング装備も用意する必要があった。帰りまでの飲食物も含めると数キロの荷物となる。それらを三時間かけて運ぶとなると、前日までにしっかり体力をつけておかなければ、途中で恐ろしい目に遭うかもわからない。

実際、休み休みではあったが、道中はかなり苦しい思いをした。

産業道路に入ってからの一時間はまだ笑ってもいられたものの、それからさらに一時間もすると、もう息をするのも苦しいほどで、張文勇と息子もとたんに無口になった。先頭に立って丈高い草を刀で切りたおしながら進む張文勇の姿は、まるで何かに憑かれたようで、後ろを振り返ることもない。

そんなに急がないでくれと何度も頼み込むと、ようやく立ち止まって私たちが追いつくのを待ってくれた。

私の荷物を持ってくれた品辰が、後をついてくる。荷物を手伝わせてしまったことを気恥ずかしく思いながら歩いていると、

「先生」

品辰が突然声をかけてきた。

「父のことは本当に感謝しています」

「いいんですよ。私だって興味があるし……それより自分のことはいいんですか？　君は呪いを解くことよりも、こうして私がお父さんの手助けをしていることに感謝しているわけだ」

「さっきも話した通り、やめるつもりはありません。でも、父が怖がっている姿を見るのは忍びなくて」

品辰はさらに話を続けて、

「父がこれほど『筷子仙』の呪いを解くのに焦っているのには理由があるんです。それも簡単な話じゃなくて」

「うん？」

「父の元妻というのが……迷信にとらわれていて、それが離婚した理由なんです。当時、父には子どもがいて、それは僕の兄ということになるんでしょうけど、兄には生まれつき腕に魚のような赤い痣があったそうです。聞いた話だと、父の元妻は、その魚のような痣を聖痕《せいこん》だと固く信じ込んでいて、いつか兄は神様に攫われてしまうんじゃないかとひどく恐れていたらしくて。それで彼女が神様に祈っているのを、父はひどく嫌っていたというんですけど、先生、どう思います。科学的合理性を主張

する父が、僕の腕に兄と同じ魚のような痣を見たときは、いったいどんな気持ちだったと思います？」

　まさか品辰がそんな話をし出すとは意外だった。これはかなり個人的な話ではないか。だが張文勇の気持ちも私にはわからなくもない。かりにそんなことが起きたとしたら、とうてい科学では説明がつかないだけでなく、一度取り除いた悪夢が再び彼を悩ませることにもなりかねない。いま目の前にある怪異をあっさり否定してしまえば、以前にもこうした迷信を認めなかった自身の面《メン》子《ツ》を保つことはできよう。だが息子が殺されるかもしれないという恐怖に、彼は屈した。実際、彼は道士やまじない師を訪ね歩いていたというのだから。

　最後は妖怪ミステリ作家の私を頼ってきたというのは、どういうことなのだろう。過去の彼はまだ完全に屈していないということなのか。それとも――

「わかりますよ。お父さんも怖いのでしょう？　魚の痣だけじゃない。『筷子仙』の夢に出てくる学校は、元妻の母校と瓜二つだと言うし……これを単に偶然と言い切ってしまっていいものかどうか。そうでないとしたら、これは元妻といったいどういう関係があるのか。一概に迷信とは片付けられない不気味なものがつきまとっているわけですから……お父さんがそこまで疑い深くなるのも無理はないのではないかな」

「そうなんです。父は元妻の魂がまだ成仏《じょうぶつ》していないと思っているんですよ。僕を助けるためだけじゃない。元妻に対する恐怖を取り除くため、『筷子仙』の呪いを解こうと躍起になっているんですよ！　そもそも父は考えすぎなんです。本当に同情はするけど、先生の助けがなかったら、ずっとあの調子で恐怖にとらわれたままだったかもしれないし」

「私だって、そこまで力になれるかどうかわからないのだけど……そうだ」

　私は思い出したように品辰の腕をとると、魚のような赤い痣をさすりながら、

「消せないな。しかし品辰君。これって、刺青《いれずみ》みたいなものなのかな？」

「先生」

品辰はおどろいたように目を見開くと、思わず笑い出して、

「僕が嘘をついているとでも思ったんですか？」

「いや、疑っているわけじゃない。ただ『おはしさま』のまとめサイトを見て、魚のような痣を真似《まね》するのも不可能じゃない。細かいことを気にし過ぎだ、と思うかもしれないね。かりに君の身にいま起きていることが嘘だったとしても、『おはしさま』のまとめサイトにある学校と、B小学校のつくりがまったく同じだというのは事実なわけだから、この旅が無意味というわけじゃない」

「たしかにそうですね！」

品辰は満足そうに笑った。

「安心してください。まだ隠していることはあるんですけど、嘘だけはついていません」

「そう言ってくれるなら、私も信じることにしようか」

私は微笑んだ。彼にはどこか人をほっとさせる雰囲気がある。

B小学校に到着したころにはもう昼を過ぎていた。久しぶりに訪れたので、ほとんど記憶にもなかったが、こうしてあらためて目《ま》の当たりにすると、その光景にはおどろくしかない。

太陽が水面を明るく照らし出し、さながら風にゆらぐ黄金色の花畑のようだった。B小学校は水のなかから姿を見せ、水面から二十センチくらいのあたりを覗くと、魚が群れをなして泳いでいる。私にとって意外だったのは、B小学校の建物はすでに取り壊され、基礎だけが残っているものと思っていたのに、そのままの形をとどめていたことだった——当時は、強制立ち退きの際にほとんどの家が取り壊され、B小学校もまたその運命を免れることはできないだろうと思っていたのである。

ここに来る途中、湖底に没した廃屋を何軒か目にしたが、そのほとんどが倒壊はしていないにして

も、暗流《あんりゅう》に圧されて建物の形をとどめていないなか、Ｂ小学校だけは当時の面影《おもかげ》を残していた。外壁は陽光を容赦なく浴びて、乾いた泥に覆われた黄土色の姿をさらしていたが、建物全体は傾くこともなく、掲揚台も見える。

むしろ、ここまでの状態を保ち続けていることが、不気味にさえ感じられた。

「これがＢ小学校ですか……もっと廃墟のようなものを想像してましたよ」

張文勇は感慨深げに言った。ようやくここまで辿り着いたのだ。品辰は目を大きく見開くと、すっかり興奮したていで、大きな声を上げた。

「間違いない！　『おはしさま』の夢で見た学校と瓜二つです」

彼は急いで長靴を履くと、校舎に入っていく。

「夢のなかで目を覚ましたときの、広い部屋はここだ！　そして、この食料倉庫。毎回、ここに死体を運んでいるんです」

「おい！　食料倉庫に死体を入れておくのは酷すぎないか！」

張文勇がわめき立てた。

「大丈夫だよ。そこはもう食料倉庫じゃない。ただの倉庫なんだから」

私はつとめて平静を装ってはいたものの、内心では興奮を抑えきれないでいた。Ｂ小学校がこの隔絶された湖の底に沈んで、いったいどれほどの時が過ぎたのだろう？　これほど完全に当時の姿をとどめているのも、事件の真相がいまだ明らかにされず、悪夢のなかに閉ざされているからなのか。もし真相が明らかにされないとすると、この建物はこれから何千年も、解決のときを待つのだろうか？

品辰は両手に水をすくうと、泥を洗い流すように校舎の壁にかけている。遠くから見ると、その姿は水遊びをしている子どものようだった。

「張さん」

私は荷物を置くと、心を落ち着けて訊いた。

「ついにここまで来ましたね。あなたは『筷子仙』の呪いを解く手掛かりを見つけることができると思いますか？」

「まだ……それはわかりませんね」

突然そんなことを訊かれても、というふうに、張文勇は暗い表情のままそう答えた。B小学校に辿り着いても、決してこれが終点というわけではない。むしろようやく戸口に立ったばかりで、いまは鍵穴を探り当てている状況と言ってもいい。彼は教室を指さして言った。

「まずはすべての教室や建物をあたってみましょうか。それで収穫がなかったら、次に九紀山を調べてみるというのはどうでしょう」

「本当にいいんですか？　九紀山を調査するとなると、それはかなり大仕事になるし……いや、翌日になっても日没までに終わらないかもしれませんよ」

「坐《ざ》して死を待つよりはましでしょう」

「品辰君！　君はどう思う？　君が夢で見たものと違うところはあるのかな」

「違いは、たくさんありますね」

品辰は教室から出てくると、

「夢のなかでは、みんなで木の床に寝ていたのですが、ここは違う」

「その部屋っていうのは、五年生の教室だね」

私が大きな声で言うと、

「どういうことです？」

張文勇の顔色が少し変わった。

「つまり、夢の始まりは五年生の教室だったということか……先生、行ってみましょうよ！　まずは教室をあたってみて、それでどうするか決めればいいじゃないですか。先生にしてみれば、取材のネタにもなる」

そう言いながら、彼は教室に足を踏み入れようとする。

「待ってください」

私は慌てて彼に声をかけ、

「張さん、ちょっとあなたに訊きたいことがあるんです」

「何でしょう？」

彼は足を止めて私の方を振り返った。いたって呑気《のんき》な顔でいる彼に、私はすこしむっとなったが、気を落ち着かせようと息を継ぐと、ゆったりとした口調で切り出した。

「その前に確かめておきたいことがあるんですよ。張さん、あなたの元妻というのは高淑蘭ではないんですか？　B小学校の五年生生徒の集団失踪事件——あの事件の唯一の生き残りの」

思いもかけぬ質問に、張文勇はいささかたじろいで、

「……あ、あなたは、それを、どうやって……」

切れ切れの声でようやくそれだけを口にした彼に、私は言った。

「ここに来る途中、息子さんから、あなたの元妻の話を聞いたんですよ。彼の兄にあたる男性の腕に、魚のような赤い痣があることもね」

さまざまな感情が湧いてきてわざわざ説明するのも疎《うと》ましかったが、自分を奮《ふる》い立たせるように私は話を続けた。

「あなたの元妻がそうだとすると、妙なことになりはしませんか。前に思ったのですが、あなたの元妻がB小学校のことを話したとしても、品辰君の年齢を考えれば、それは少なくとも二十年以上前のことになる。だったらその記憶だってはっきりしないのではないでしょうか？　あなたはB小学校の

平面図からではなく、魚のような赤い痣を見て、高淑蘭が事件の当事者だったことに思い至った。違いますか？　つまり順番が逆なんですよ。高淑蘭と『筷子仙』の繋がりから、あなたは『おはしさま』のまとめサイトにあった学校の平面図に辿り着き、彼女が以前に話していたB小学校の事件を思い出した。と言っても、あなたはB小学校のことをよく知らない。そこで、高淑蘭の両親に事件のことを尋ねに行った。違いますか？」

張文勇は険のある顔でうなずくと、

「ああ。品辰がそんな話をしていたとはね」

「私が五年生の集団失踪事件の話をしたとき、あなたはおどろいたんじゃありませんか？　さらに高淑蘭が唯一の生き残りだったことも私には話してくれなかった。なぜ、あなたは高淑蘭が元妻であることを隠していたんです？　手掛かりを隠してしまうことで、真相に辿り着けなくなるとは考えなかったんですか？」

彼はすっかり言葉を失ったように溜め息をつくと、荷物の上にへたり込んだ。私は彼に同情することなく、冷ややかに見下ろしていたが、しばらくすると、彼はようやく私の視線を避けるように口重く語り出した。

「どう説明すればいいんでしょう。品辰は元妻の迷信について何か話しましたか？　当時は、妻のあれに『殺してやりたい！』と思うほどどうんざりしたものでしたが、品辰の腕に魚のような痣が現れてからは色々考えましたよ。あれはただの迷信じゃなかったのかって。先生はご存じないかもしれませんが、元妻は『王仙君』なる神様を信仰してましてね。その『王仙君』は珊瑚の箸に宿っているというう。ほら、また箸だ！　きっと『筷子仙』というのは『王仙君』の呪いなんですよ！　しかし、当時はそんなこともまったく信じていなかった私は、彼女のしていることも疎ましく感じていて、それで自分の息子まで見捨ててしまい……」

「自分の過去の過ちは話したくない、というわけですか？」

彼の話をつけつけと遮ると、張文勇は私の目を避けるようにうなずいた。

「張さん、あなたはことの真相を知り、呪いを解く方法を見つけたいと思って、私を訪ねてきたんじゃないんですか。私たちは真相を知るために一緒に動いていると思っていたんですが、今のあなたは私を利用しようとしているだけのようだ」

「そんなことはありません！」

張文勇は慌てて言った。

「いいえ、だって、そうじゃありませんか。自分だけが知っている情報を隠している。筷子仙に関することは、真相を知るための最も重要な手掛かりではありませんか。それを知らないことで、私が判断を間違えるとは考えなかったんですか？　それとも私の失敗を笑い、手掛かりと推理だけを盗んで、自分だけこっそり真相に辿り着こうとしてたんじゃないんですか？」

「私はそんなつもりは――」

「じゃあ、それはいいとして」

私は厳しい声になって言い渡した。

「話すのが恥ずかしいから話さない、というのはどうなんです。あなたには、真相を知ろうとする覚悟がないように、私には見えるんですよ。つまり、あなたにとっては、息子さんの命より、あなた自身の面子が大事というわけだ」

私の痛烈な批判に、張文勇は顔を真っ赤にして怒りを堪えているようだったが、反省するどころか、すっくと立ち上がるなり語気を強めて言い返した。

「先生、私はあなたを文化人として尊敬してはいますが、そんな言い方で私を批判する資格はないんじゃないですかッ！」

実際、私は本気で怒っているわけではなかった。ただ、元妻のことをひた隠しにしていた彼の態度が気に入らなかっただけである。彼があっさりと認めてくれればそれで終わりにするつもりだったのが、気色ばんだ様子で言い返してくるとなれば、こちらも冷笑してあしらうしかない。そのとき、品辰の声が聞こえてきた。

「父さん、先生、こっちに来てください！」

息子の声を聞いた張文勇は私を睨《にら》みつけると、何も言わないまま品辰のいる方に歩き出した。長靴を水につけると、水面に重い波紋が拡がる。品辰は、夢のなかで死体を置いた場所と同じ倉庫の前に立っていた。

私は心に湧く感情を抑えるように、ゆっくりと歩き出す。

「父さん、先生。これを見つけたんです」

品辰の上半身はすでにびしょ濡《ぬ》れだった。濡れた鞄《かばん》を手にしている。どうやら水のなかから取り出したばかりらしく、それを見た張文勇が意外そうな声で、

「これは何だ？　ずっと昔に生徒が置いていったものじゃないのか？」

「鞄を倉庫に置いたままというのも、普通じゃないですね」

私は無愛想に言った。

「品辰、これはどこにあったんだ？」

「倉庫の床下にちょっとした空間があって——以前は蓋《ふた》がされていたんだろうけど、ずっと水中に沈んでいたために腐ってしまったんだと思います。かなり奥があるんで、懐中電灯で照らしてみたら、いろいろなものの中にこれがあって」

「でも、鞄があってもおかしくないですよね？　倉庫なのだから、誰も使わなくなった鞄をしまっておくのには都合がいいだろうし」

「それと関係あるのかはわからないけど、でも……」

品辰はそう言って、鞄を持ち上げてみせると、

「どうも空っぽじゃないみたいなんですよ。それに、ここには鞄が八つもあって」

厳しい眼差《まなざ》しをこちらに向けた。

「鞄が八つ、だって？」

張文勇がその意味をはかりかねて、大きく目を見開くと、

「ちょっと待て。五年生の生徒で失踪した子どもたちは確か八人だったはずだ。だとすると……」

「残りの鞄を取り出してみましょう」

私はそう提案した。親子二人は倉庫に入り、残りの七つの鞄を一つずつ取り出していく——品辰が水に浸かっていた鞄を引っ張り出すと、張文勇がそれを受け取って、乾いた場所に置いていく。彼らはあっという間にびしょ濡れになったが、三十年以上も水の底に沈んでいた鞄はようやく引き上げられ、地面に一つ一つ整然と並べられた。

真昼の眩い陽射《ひざ》しが、あたりに漂う不気味さを払拭《ふっしょく》するように降り注ぎ、水を滴《したた》らせたバッグの表面が美しく照り輝いている。一見すると異様な気配など感じられないものの、そのものを包んでいる不気味さと恐ろしさはいっこうに去らない。

「先生、どう思います？　これは行方不明になった生徒たちのものでしょうか？」

「品辰君は中身が空じゃないと言ってたよね。だったら開けてみましょうか」

「ひとつ、ください」

品辰はそのうちの一つを開けて、なかにあったものを取り出すと、手にしたものにおどろいて思わず眉を上げげた。

「服……？」

確かにそれは白い服に違いなかった。表面には水草が絡《から》みついて、黒ずんでいる。拡げてみると、どうやら男子小学生の制服らしい。両手で拡げると、なかから何かがこぼれ落ちる。張文勇が手に取ると、それは男子の下着らしかった。

「いったい何だってこんなものが！」

張文勇が鞄から取り出したものをつまみながら、そう言った。次に出てきたのは、男子生徒のズボンだった。

彼らは互いに顔を見合わせながら、なぜ鞄のなかに服が入っていたのかと首を傾《かし》げている。

二人が鞄のなかをあらためてみたところ、それぞれに男女の小学校の制服の他、下着が入っていた。制服には名前も何も刺繍《ししゅう》はされていない。また、鞄には他にもごちゃごちゃしたものが詰め込まれていて、ほとんどは長いあいだ水に浸かっていたためかひどく傷んでいた。紙は糊《のり》付けされたように貼りついてしまっている。鉄製品と思《おぼ》しきものもあったが、すっかり錆《さ》びついてしまって原形をとどめていない。品辰はそうしたものを一つ一つ取りだして、陽射しにあてて乾かしていく。

眩《まぶ》しいまでの陽光が溢れているというのに、黄色にくすんだ砂っぽい足元からは凍《こご》えるような寒さが這い上ってくる。この鞄が本当に行方不明の生徒たちのものであるなら、推理するのもたやすい――おそらく、子どもたちは全裸で失踪したのだ。

考えられないことだが、どうして子どもたちは最後に服を脱いで裸になったのだろう？　張文勇と息子は互いに顔を見合わせた。品辰はいよいよ厳しい顔つきになって、

「これを見て、ちょっと考えたんですけど」

そう切り出すと、さらに低い声になって話を続けた。

「思うんですが……行方不明になった子どもたちは殺されたんじゃないでしょうか」

私は笑った。さすがは品辰だ。何と筋の通った推理だろう。張文勇も明らかに同じことを考えてい

たらしい。当時の村人たちは、行方不明になった子どもたちは「魔神仔」に連れ去られたと考えた。だが「魔神仔」が子どもたちを全裸にして連れ去ったあげく、着ていたものを鞄に詰め込み、倉庫に隠したりするものだろうか。

もちろんそんなことはありえない。おそらく彼らは別の何かを探り当てたのだろう。

「淑蘭は言っていた。子どもたちは山に登っていったと。だったら彼女は嘘をついたということなのか？」

張文勇の額には汗が浮かんでいる。顔色が悪い。

「彼女が子どもたちを殺して、鞄と服をここに置いたんだろうか？」

「それはないと思います。五年生の女の子がいっせいに八人も殺して、その死体を処分するというのは、あまりにも無理がある」

私はそう言うとさらに続けた。

「見てください。倉庫には遺体がない。ということは、遺体は別に処分されたのでしょう。高淑蘭が村人に発見されるまでは、放課後になってからだとするとせいぜい二時間。他の子たちが残って教室の片付けをしていたのですから、ひと目につかないように死体を処分などできるはずがない。他の学年の生徒たちが三十分残っていたとすると、一時間半しかないんですよ。その間に高淑蘭がすべてをできるとは思えない」

「じゃあ、どうして彼女は嘘をついたんです。子どもたちが本当に山に登り、誰かが鞄に服を詰めて戻ってきたなんてのはありえない。それとも噂通り、役所の測量員が殺したというのは本当だったんですかね？」

「前にも話しましたが、もしそうだとすると、高淑蘭も生きていないはずです」

「そうだ。わかったぞ」

張文勇が手を叩いた。

「林金鯉が共犯だったというのはどうでしょう？　たとえば彼の言っていたことは、すべてでたらめだったというわけですよ。学校で起きたと彼が話していたことも、八人がいなくなって、淑蘭だけが生き残ったというのもね。そうして学校の関係者は事件の真相を隠蔽《いんぺい》したんですよ。かりに学校職員たちが総出で死体の処理を行ったとすれば、難しいことじゃない」

「それだけ多くの人が関わっていたとすると、鞄を倉庫に置いていたというのは妙な話ではないでしょうか」

「どういう意味です？」

「鞄が八つもあるのは多すぎるということですよ。これが見つからなかったのは、単に運が良かったというだけじゃないですか。倉庫に鞄が置かれたままだったのは、要するに犯人はほかに鞄を隠す場所を見つけられなかったということです。かりに今回の事件で共犯者が他にいたのであれば、鞄だって、彼らが手分けして別の場所に隠せばいい」

張文勇は眉をひそめた。何か別のことを考えているらしい。私は続けて言った。

「二つのことについて、考え直してみませんか。一つは、行方不明になった子どもたちは殺された可能性が高いということ。これは確かに大きな発見ではあるけれど、私たちの目的は『筷子仙』に関連した手掛かりを見つけることである、というのは忘れないでください。第二は、当時、行方不明の子どもたちの鞄は見つけられなかったのに、こうして今になって私たちがそれを見つけたということです。たしかにこの鞄が行方不明になった子どもたちのものである可能性は高い。ただ理屈からすると、この二つはまったく関係のない可能性もある」

「あなたは、これが五年生の生徒たちの集団失踪事件とはまったく関係がないと言うんですか？　まさか！　ようやくここまで辿り着いたんですよ、私たちは」

張文勇は叫ぶように、

「それに、私たちはこれを倉庫で見つけたんだ。『筷子仙』の夢では、死体もここに置かれていたはずじゃないですか。それなのにこれが手掛かりにならないと？　二つには関係があるに決まってるじゃないですか！」

「関係を否定しているわけじゃありません。ただそれが証明できないと言っているんですよ」

そうだ。たしかにこの小学校で事件は起きたに違いない。かりに当時、警察が事件に介入し、鑑識が捜査に加わっていれば真相は明らかにされていたかもしれない。しかしさまざまな偶然が重なって、すべては翡翠ダムの底へと沈み、事件は永遠の謎となってしまった……

謎の解明に一歩近づいたとはいえ、これだけでは不十分と言えた。行方不明になった八人の子どもたちが本当に殺されたのなら、彼らの魂は奈落の底で叫び声を上げているに違いない！　殺されたという証拠がないのに、我々がくちぐちに殺されたんだと叫び立てても、彼らは気分を害するだけだろう。証拠がなければそれは謎のままで、彼らの身にいったい何が起きたのかはまだわからない。間違った推理が一人歩きすることなど、誰も望んではいない。

だからこそ事件の真相を明らかにする必要があるのだ！　地獄の告白は演繹《えんえき》によってこそ意味をなし、論理の価値はそこにある。ここをおざなりにすませていいはずがない。その真相は納得のいくものでなければならない。

「先生」

品辰がふいに声をかけてきた。

「失踪した子どもたちの名前はわかっているんですか？」

「知ってますよ」

私は続けて、

「誰かの名前でも見つかりましたか？」

「紙はほとんど貼りついてしまってるんですが、これをちょっと見てください」

品辰はそう言ってしゃがみ込むと、慎重な手つきで制服を伸ばしてみせ、

「これはノートだと思うんです……鞄のなかに突っ込んであった制服に押しつぶされていたんで、この状態のままだったみたいで。こんな感じでノートの文字が服に写ったようなんですけど、見てください。このノートの持ち主は……」

彼が指し示した名前を私は覗き込んだ。文字はひどく歪《ゆが》んでさかしまになっていたが、それでもおどろくほどはっきりと読み取れた——「高志雄」。私は思わず息を呑んだ。まさか一番はじめにこの名前が出てくるとは思いも寄らず、私がよろめくと、品辰は私に手を差し伸べながら、

「先生。この子は本当に行方不明になった八人のうちの一人なんでしょうか？」

青ざめた顔の私にそう訊いてきた。

「ええ」

私はすっかりうちのめされた心地でそう答えた。

「そう。彼は高淑蘭の双子の兄なんですよ。つまり、行方不明となった子どもたちが身につけていたものは、こうして別の場所に保管されていたということになる。当時は皆であたり一帯を隈《くま》なく探したはずです。しかし誰かがこのことを秘密にしていた……だとすると、子どもたちはすでに殺されていて、その秘密を知っている者こそが犯人ということになる」

「高淑蘭には兄がいたんですか？」

張文勇は意外そうな声で言うと、

「そんな話は聞いたことがないが」

「彼女は彼を嫌っていたんですよ」

私は苦笑して、さらに続けた。

「高志雄が失踪すると、彼女は兄などもとからいなかったように振る舞っていたんです。それでも彼の話が今までまったく出てこなかったのは、私にも意外でしたが」

品辰は突然私の手を離した。おどろきとともに警戒感を滲《にじ》ませた顔つきになって、

「先生……あなたはどうして高淑蘭とその家族のことを、そんなに知っているんです？　B小学校の事件のことを調べはじめたのは、最近になってからのことでしょう？　僕の知る限り、高淑蘭は十八年前に亡くなっているはずだ。それ以前に高淑蘭と会っていなければ、知ることができなかったことを、あなたはなぜ……」

張文勇は、突然品辰が態度を豹変《ひょうへん》させたことの意味をはかりかねているらしく、

「何を言ってる？　どうして不可能だと言えるんだ？　淑蘭の家族に訊けばいいじゃないか。先生だってそうしたはずで」

「『妹は兄を嫌っていた』なんてことをきっぱり言える親はいないと思うし、かりにそういうことを話すにしても、家族の醜態をさらさないよう、慎重に言葉を選ぶものでしょう。たとえば『あの子のことを思い出すのはちょっと』とかいうふうに——それに先生は、家族以外の他人から話を聞くことだってできなかったはずでしょう。高淑蘭と結婚した父さんだって知らなかったくらいだから、赤の他人がそれを知ることなんて、ほぼ不可能なはずで」

たしかに品辰の言う通りだ。だが張文勇を見ていると、いったいこれの何が重要なのかまだよくわかっていないように見える。私は溜め息をつくと、苦笑しながら言った。

「それについてはあとで話すことにしましょうか。それより先に、確認しておきたいことがあるんですよ。もっともすでに答えはわかっているのですが……張さん、あなたは台湾大学の卒業生ですね？」

「ええ。調べたんですか？」

私は頭を振って、

「あなたの名前は張文勇で、改名したことはない。そうですね？」

「もちろんです。どうして改名などする必要があるんです？」

「以前、村には『荘文勇《ヂユウアン》』という男性がいたんです。彼は台湾大学に入り、そのために村では結構な有名人だったんですが、あなたはそのひとじゃないですよね？」

「もちろん違いますとも！　そもそも私はこの村の出身じゃないんですから」

張文勇はいかにも困惑した顔でそう返したが、彼の応えは私の期待通りだった。私は満足すると、

「ようやくわかりましたよ」

感慨深げにそう切り出した。

「『筷子仙』の儀式は、犯人の罪悪感が形を変えたものではないでしょうか？　もちろん、どうしてそうなったのかは私にもわかりませんし、犯人が誰なのかもはっきりしない。しかし今日ここで起きたことこそは、『筷子仙』が望んだ結果なんですよ。つまり、事件とは関係のない私たちがようやくここに辿り着き、山のなかで行方不明となった子どもたちが実は殺されていた事実が明らかになったのです」

張親子は戸惑った顔で私の話を聞いていたが、品辰がまず我に返ったように、

「先生はつまり……『筷子仙』が儀式の参加者に夢のなかでB小学校を見せたのは、当時のB小学校での出来事が単なる行方不明事件ではないことを明らかにするためだったと言うんですか？」

「そんな単純なものではないかもしれませんが、だいたいはそういうことだと思うんです。品辰君、君は夢のなかで、次々と人が殺されていくという暗示を受け取ったのではありませんか？　それはつまり『夢のお告げ』ということでしょう。九人のうち一人だけが生き残り、残りの八人は単なる事故

ではなく、殺されたのだと」

「ちょ、ちょっと待ってください！」

張文勇がびっくりするような大きな声を出した。

「つまり、この儀式で人が殺されていくのは、当時たくさんの子どもたちが殺されたのを告発するためだったと言うんですか？　だったらどうして、この話が日本に広まったんです？」

「その点については、すでに答えを見つけてくれたひとがいるんです」

私はスマホを取り出すと、M先生からの返信を開いた。

「日本語は読めますか？」

張文勇は何も答えなかったが、品辰は、

「少しくらいならわかりますけど、読んで意味がわかるかというと……」

「だったら私が翻訳しますから、よく聞いていてください」


私はM先生からの返信を次のように翻訳した。


あなたからメールを受け取ったものの、どうしたらいいものかと躊躇っている間に返信が遅れてしまいました……ただ誤解しないでいただきたいのは、あなたのメールに返信したくなかったわけではなく、例の調査に大きな進展があったからで、この大きな成果をどうするべきか迷っていたのが、あなたへの返信を躊躇っていた大きな理由です。この点については、すべてを語り終えたあとで、あなたにも理解してもらえることでしょう。ともあれあなたの質問には真摯《しんし》に答えたいと思います。

まず、あなたの質問にあった「おはしさま」の儀式について、ちょうど数ヶ月前でしょうか、妙な話を耳にしたのです。その話を僕にしてくれた人物は、もう昔のことだからと言っていたので、それが現代の習俗ではないと思い、蠱毒《こどく》に関係しているのではないかと僕は考えました。やや意外だったのは、それが現代にも伝わっていて、ネットのサイトにその儀式を実際に経験したものがいることでした。厳密に言えば、こうした危険を伴う儀式が成功する可能性は決して高くない。しかし「おはしさま」は僕が考えていた以上に、巷《ちまた》では流行《はや》っているらしい。そこに興味を持った僕は、そのことをもっと詳しく調べてみようと思ったのです。以下に、実際に調査を進めた経緯と僕なりの解釈を書いてみることにします。

このことを記したもっとも古い文献は、八〇年代後半の地方紙にまで遡《さかのぼ》ることができるようで、当時「台湾で聞いた奇妙な風習」と題した記事があり、これが「おはしさま」のことではないかと僕は思う。もっともその記事では「おはしさま」という呼称は使われておらず、単に「奇妙な儀式」ということになっています。

この記事だけで、「おはしさま」の儀式がここまで拡がったとは僕には思えない。だからこの記事が、話のソースではないでしょう。その後、新聞や雑誌の記事などさまざまな記録が見つかりました。興味深いのは、一九九〇年代前半には「これは台湾で聞いたことがある儀式だ」という記述が残っているものの、これが九〇年代後半になると、儀式そのものの記録が残っているだけで、「友人がこの儀式をやって、どうなったか」という類いの体験談が語られるばかりとなるのです。このあたりは、典型的な都市伝説そのものとも言えます。

しかしどうして「おはしさま」はここまで都市伝説として拡まっていったのだろう？　僕が思うに、その理由は「おはしさま」の「お知らせ」にあるのではないか。「おはしさま」の特徴として、「腕に魚のような赤い痣ができる」というのがある。ある意味、これは儀式そのものよりも人目を引くでしょう。実際に儀式を広めるのに多くの人は必要としない。何人かが「腕にできた魚のような赤い痣」の写真を投稿するだけで、その儀式を拡散することができるわけです。

だとすると「おはしさま」のルーツはどこにあるのだろう？　八〇年代後半から九〇年代前半にかけて、台湾でこの儀式のことを耳にした日本人が各地に出現したのは、いったいどういうことなのか？　たまたまその話をしてくれた一人が、以前に仕事をしたことのある出版社の知り合いだったので、どうにか会う口実をつけて、台湾のどこで「おはしさま」の話を聞いたのかと、それとなく訊いてみたのです。

彼から話を聞いてみて、あなたの質問については真面目《まじめ》に答えなければならないと思いました。

結論から先に言ってしまいましょう。台湾で「おはしさま」の儀式を聞いた主な場所は、風俗街でした。出版社の知り合いの他、何人かを当たってみたところ、彼らがその話を耳にした所は、場所は違っても、すべては風俗と深く関わるところだったのです。八〇年代、台湾を訪れる日本人観光客は圧倒的に男性が多く、その中でも少なくない者が台湾で買春を体験していました。もちろんただの旅行でそうした場所を訪れる者もいたに違いありません。

このことについて、あなたにどう伝えたらいいものか、僕にも分からないのですが、学術的な見地から述べることは可能でしょう。これは僕の解釈なのですが、「おはしさま」の儀式はまず台湾の風俗街に伝わり、それが都市伝説となって、客として訪れた日本人観光客がその話を聞き、その話題性から日本で広く伝えられるようになったのではないか。

もちろんそれでもまだ謎は残されています。たとえば、この儀式が台湾の風俗街から生まれたとしても、人死にや不幸といった特質を持つ「おはしさま」が、果たしてここまで広く伝えられるものだろうか？　これは致死率の高いウイルスと同じで、宿主があっさり死んでしまえば、そこまで蔓延《まんえん》することはないでしょう。皆が死ぬと分かっていたら、誰も儀式をするはずがない。そこで、僕はもう少し悲劇的に考えてみることにしたのです。

台湾の風俗街は、けっして安全な場所ではありません。事故や人死にも珍しくないとすると、「お

「おはしさま」の儀式によって引き起こされた不幸の数々も、それほど注目を浴びることはなかったのではないか。またそうした仕事に就《つ》く女性は、肌に魚のような赤い痣が現れても、それを隠そうとするだろうから、「おはしさま」が引き起こした不幸を気に留める者もいない。実際、日本でこの噂が拡まった当初は、「魚のような赤い痣」や「不幸を引き起こす」といった類いの話はなかったのです。その理由は至極単純で、当時は情報の拡散も緩やかだったからで、今ならネットユーザーが「魚のような赤い痣」に飛びつくところでしょう。夢の中の平面図までが注目されるようになったのも、この儀式の当事者たちが体験談を持ち寄り、データの整理と比較ができるようになったからに違いない。

僕が言いたいのは、当初「おはしさま」の噂に不幸な要素がなかったのは、それが不幸をもたらさないのではなく、そうした不幸に「おはしさま」が関係していることに誰も気がつかなかったからではないか。儀式の当事者たちが風俗街に近しい人たちで、身近には様々な不幸があったことから、「おはしさま」の危険性が見過ごされてきたからではないか。これが僕の推論です。

特に、「おはしさま」の儀式そのものには言及していないものの、台湾を訪れた人の中には、娼婦《しょうふ》の口から「魚のような赤い痣」の話を聞いたことがあるというものもありました。大変悲惨な物語を娼婦から聞かされたというのですが、その中にひとつだけ、「おはし」について耳にしたという証言がありました。

その女性は赤ん坊を亡くしたのだが、その子には「魚のような赤い痣」があったという。彼女は、台湾の降霊儀式のようなもの（これについては、僕よりもあなたの方がよく知っているでしょう）によって、その子の霊を一対の「箸」に召喚し、子どもを傷つけた人を呪ったという。そのすぐ後に彼女は人の声が聞こえたので、誰かに見つかったと思い、箸を元の場所に戻したと言うのですが、この話の中に「魚のような赤い痣」と「おはし」が出てくる。これは偶然なのだろうか？　もしそうでないとすると、僕には、この娼婦が「おはしさま」の謎を解く鍵となるように思えるのです……

仮にこの娼婦の話が本当だとして、彼女が「おはしさま」に繋がる人物だとしても、彼女自身がそんな恐ろしい儀式を思いついたとは考えにくい。以下は僕なりの解釈ですが、日本にはこっくりさんという降霊術に似た遊びがあります。これは西洋の儀式と同じで、神霊を召喚して行うものなのですが、最後にはお戻りいただく必要がある。聞くところによると台湾にも「碟《ディエ》仙《シイエン》」という、これと似たものがあるそうですね。だとすると、この女性は降霊術を行った際に、お告げを聞いてから、すぐに箸を元に戻してしまったわけですから、召喚した神霊は帰されていないことになる。彼女が召喚した鬼神が、生前「魚のような赤い痣」を持っていたとすると、鬼神は帰されることなく、ずっとその箸に降りたままということになる。ここから「おはしさま」が生まれたのではないか？　だから「おはしさま」には「魚のような赤い痣」がそのお知らせとして現れるのではないか。

　だとすると一対の箸を探し出して、その女性が儀式を終わらせれば、その鬼神は戻され「おはしさま」が作り出した不幸も終わらせることができるのではないか？　しかし今となっては、その箸を見つけることは容易ではないでしょう。

　最後にあなたに伝えておきたいことがあります。「おはしさま」とは関係ないのですが、今回の取材でとても印象に残ったことがありました。先ほども書きましたが、「魚の痣」の話を聞いたことがある人物に、その噂を耳にしたのは台湾の風俗街か、と僕は訊いてみたのです。しかし彼は台湾だけでなく、日本の風俗街にももう行くことはないだろう、とだけ答えました。そこでさらに彼に恋人でもできたのかと水を向けてみたところ、いないという。というのも、その話を聞いて、女性が怖くなったというのです。それは降霊術が怖いのではなく、彼はそのときになってようやく娼婦もまた人だったのだということに気がついたらしい。

　彼はさらにこう言いました。「下らない話だと思うかもしれないが、当たり前なんだよな？　でも、俺たちが金を払って女を買うとき、嬢《じょう》をまったく人間として見ていないんだよ。ただのセックスの道具としてしか見ていない。たとえそれが仕事だとしても、それだけで彼女の『人』としての資質を奪うものだと言えるだろうか？　彼女の話を聞いて思ったんだ。彼女自身にも過去があり、彼女もまた苦しんだんだ。彼女も希望を持っていて、幸せになることを望んでいた。彼女だって、普通の人と同じなんだよ。俺にとっては気まぐれでしたことが、彼女にとっては悪夢だったのかもしれないんだぜ……それからというもの、俺は女を単なる性欲を満たすための道具と見ることができなくなってしまったんだ」

この話が、僕の脳裡《のうり》から離れることはありませんでした。そんなとき、あなたからのメールを受け取ったのです。「おはしさま」の話が日本へと伝わった八〇年代から九〇年代は、台湾と日本の関係も複雑だったため、あなたにこの話をすることはいささか気まずかったのです。ただ彼からこの話を聞いて、これにはさまざまな側面があると思い至り、あなたにもそれを伝える必要があると考えたのです。

何か思い当たることがあれば、どうぞまた気軽にメールをください。

「張さん」

彼がメールを読み終えると、私はすぐに張文勇の方に向き直って、考える暇《いとま》も与えずに切り出した。

「あなたの目的は、『おはしさま』の呪いを解くことでしょう？　M先生の推理によると、その方法はもうわかっているんです。息子さんを助けるにはまずその箸を見つけることです。そこで訊きたいのですが、当時、高淑蘭が身につけていた『王仙君』の箸の片方を、あなたはまだ持っているのでしょうか？」

「私は……」

張文勇はおどろいたように、

「あなたは……どうしてそれを知っているんです？」

「それほど難しいことではありませんよ。『王仙君』の一部が消失したとなると……それで利益を得ることができるのはあなたです。あなたには箸を盗む動機と機会があったのですから」

「違います！　私が訊いてるのは、先生は、当時の状況をどうやって知ったのかということですよ。あのときのことは……ごく限られた者しか知らないはずで……それとも淑蘭の両親から話を聞いたのですか？」

恐怖に怯えた彼の表情に、思わず笑ってしまいたいくらいだったが、私はいよいよ厳かな声になって言った。

「私がどうしてそのことを知ったのか、ですか？　高淑蘭は私の義妹だからですよ。つまり私の夫の妹だった。だから私が彼女の結婚に興味があるのは、当たり前じゃないですか。ただ彼女は、私があなたに会うのを望んでいなかった。だから、私はあなたの前に姿を見せなかっただけで……」

九

元宵節から数日が経って、私はすっかり慌てふためいていた。隠しておいた魚藤が消えてしまい、どうしても見つけることができなかったのだ。

そのことに気がついたときから、私は激しい胸騒ぎに襲われた。魚藤は家族に見つけられてしまったのだろうか？　どうして魚藤みたいものが必要なのかと訊かれたら、いったいどう答えればいいのだろう。きっと私は殺されてしまう！　とめどない妄想《もうそう》がしきりに湧いて、私は戦々恐々としながら、義父と義母が魚藤を手にして私を問いつめる妄想に怯えた。だが誰も私を責めることなくそのまま数日が過ぎると、私はほっと胸を撫でおろしたが、疑問は消えない。

どうして魚藤は消えてしまったのだろう？　この疑問の答えが見つかったのは、それからさらに数日を経たあとだった。

掃除をしていると、ふと義妹のテーブルの足元に魚藤が落ちているのを見つけたのだ――だとすると義妹が魚藤をこっそり持ち出したのだろうか。ありえることだ……だがどうして？　得体の知れぬ不安に駆られながら、同時に私はある兆しを見逃さなかった。義妹は一緒に台所にあった鍋を持ち出したらしい。どうして私が普段使っている鍋を持ち出したりしたのだろう。

不安はますます募るばかりで、義妹が帰ってくるまで待てなかった私は、大急ぎで家事をすませたら、放課後に夫を迎えに行くと母に伝えた。渋い顔であれこれと嫌味を言われたが、相手をしている暇はない。自分では何もしないくせにと思いながらも、とにかく言われたことを手早くこなすと、慌てて外に飛び出した。

学校までは歩いて三十分ほどかかったが、家事を終えたころにはもう下校時間になっていたので、もしかしたら途中で義妹と夫に会うかもしれない。もし行き違いになってしまったらと考えたが、私はそのまままっすぐ学校に向かうことにした。

途中で誰とも会うことなく学校に着くなり、校門に立っていた教師に訊くと、五年生の生徒はまだ下校していないという。そこで私はようやく安堵《あんど》の溜め息をついた。だが、行き違いになることもなかったと安心したのもつかの間、五年生の教室で目にした光景は、決して忘れることができないものだった。

教室の備品が散らかったままの床の上に、八人の子どもが身じろぎもせずに倒れていて、私の義妹――高淑蘭が、教室の真ん中あたりに無表情のまま佇んでいた。他の子どもたちは自分に従うのが当たり前とでもいうように――

「淑蘭。いったいどうしたの？」

自分の声が震えていたのを今でもはっきりと覚えている。淑蘭はこちらを振り返ると、屈託のない笑顔を見せて、

「よかったでしょ。おねえちゃん。これで私の家から解放されるんだよ」

そう言うと、彼女は兄の頭を足で蹴った。私はすっかり気が動転しながら、十歳の子どもの頭を抱き起こした。まだ仄かなぬくもりが残っていたものの、呼吸はしておらず、脈もない。すぐに家に連れて帰ればまだ間に合うだろうか。そのときの私にはわからなかった。

「いったいどうして……？」

喘《あえ》ぎ喘ぎ、震える声でそれだけを言うと、私は彼女の方に向き直った。

「どうしてって、どうして？」

その言葉をはかりかねている義妹に、私はさらに言い募った。

「どうしてあなたのお兄さんを殺したの？」

「だっておねえさんは兄さんを殺してほしかったんじゃないの？」

突然出てきた言葉に、合点《がてん》がいかないまま呆然《ぼうぜん》としていると、彼女が口にした次の一言に、私は完全に打ちのめされた。

「あの夜、『王仙君』と話をしてたでしょ。私、聞いてたんだ」

全身の血が凍りついたような衝撃に震えながら、私はあのときのことを思い返した。話を聞いていたのは彼女だった！　彼女は私に殺意があり、その動機が何であるのかも聞いてしまったのだ。それから魚藤を持ち出し、それを煮出して毒茶をつくり、そして――殺した。

彼女が私に「解放される」と言ったのもうなずけた。

「そもそも兄さんがいるのがおかしいのよ。おねえさんだってそう思ってたんでしょ？　おねえさん

は私より年上だけど、兄さんはまだ子どもじゃない。いったいどういうことなの？　これって兄さんが『夫』だから？　一緒に生まれたのに、可愛がられるのは兄さんばっかり。欲しいものはみんなもらえるのだって、どうしてなの？　兄さんが男の子だから？　じゃあ、私たちはずっと男の子の言いなりなの？　でもね、今日から、私たちが選ぶの。どう生きるかは私たちが決める。誰も私たちから何も奪うことはできないの！」

彼女は大きな声で話していたわけではなかったが、その言葉は稲妻のように私の耳に突き刺さった。胸が張り裂けそうなほどの思いに打ちひしがれ、私はあまりの悲しさに泣きそうになった。ああ、彼女は私の夫を殺してしまった。いや、違う。私が彼を殺したのだ。彼を殺そうと魚藤を手に入れて、ひそかに彼を殺す計画を立てていたのは私なのだから……！

それでも最後に殺人を犯したのが義妹だったというのは、私にとっては思いも寄らないことだった。彼女はまだ十歳の子どもではないか！　すべては私の過ちだった。私が「おはしさま」でお魚に呪ってくれるよう、お願いをしたから……義妹は私の殺意を引き継いだに過ぎない。私はすんでのところで踏みとどまりはしたが、あの呪いはまだ効いていたのだ。

すべては私のしたことだった。

「じゃあ、どうして他の子を殺したの？　何がいけなかったの？」

「仕方なかったんだもん。兄さんだけに毒を飲ませることができなかったから。私は言ったの。先生がくれたこの飲み物、とっても珍しくて体に良いんだって、って。でも兄さんは何て言っても飲んでくれなかったの！　だから魚藤のお茶にたくさんお砂糖を入れて、兄さんに飲ませたの。でも、他の子もみんなが飲みたい、飲みたいって言い出したから、もうとめられないでしょ？」

どうしてそんなことになったんだろう？

子どもたちが誘惑に抗えないからといって、死んでしまうものだろうか？　どうしてこんなことになったんだろう？　義妹には何の迷いもなかったのだろうか？　これは……殺人なのだ！

「いったいどうするつもり？」

　私はそう訊かずにはいられなかった。

「みんなを殺してしまったのよ。見つかったら、すぐに警察に捕まってしまう！」

「心配しないで」

　義妹は鞄から箸を取り出した。それは紛れもなく「王仙君」だった。

　彼女は言った。

「みんなね、王仙君が私にやらせたの。きっと王仙君は私を守ってくれるはずだよ。だから絶対に、大丈夫」

　私は眩暈に襲われてくらくらした。

　どうしてそんな話ができるのだろう？　彼女はそれでも大真面目で、本当に箸に神様が宿っていると信じているらしい。だから私の呪いも本当のことと受け止めたのだ。目の前の彼女は、にこにこと微笑んでいる。後悔した様子もなく、彼女は自分が今話したことをすっかり信じ込んでいた。

　しかし王仙君が本当に彼女を守ってくれるはずはない。このままでは警察に捕まってしまう。死刑になるか、あるいは刑務所に入れられるのだろうか？　だが、この事件の首謀者は私なのだ。私がいなければ、こんなことにはならなかった。だったら私が責任を取らなければならない！

　私はゆっくりと立ち上がった。

「わかったわ。淑蘭。王仙君があなたにこうしなさい、って言ったのね。だったら私の言う通りにして。そうすれば、警察に捕まることもないわ」

「本当？」

　義妹は嬉しそうに、

「凄《すご》い！　やっぱりおねえさんには王仙君の声が聞こえるんだね」

辛《かろ》うじて微笑むことはできたものの、妙案らしいものがあるわけはない。私に義妹を守ることができるだろうか？　乗りかかった船とはいえ、この船に乗らないことも私にはできたはずだ。だが、敢えてそうしなかった。このまま義妹に罪をかぶせるわけにはいかなかったから――

「まず、みんなをどこかに隠しましょう。誰かが外から教室を覗いても見えないようにね」

教室の死角をうまく利用しようと思いつき、私はロッカーにしまってある備品をすべて引き出した。大丈夫。散らかった床はそのままに、私は空になったロッカーに子どもたちの死体を押し込んでいく。壁に立てかけてあった模造紙の裏や、教壇の下にも隠し、これらをすべてやり終えるのは本当に大変だった。

「淑蘭。あなたも隠れなさい。絶対に出てきちゃ駄目よ。一時間くらい経ったら学校に誰も残ってないことを確認して、教室を出るの。鍵はかけなくていいから、校門の前に座って誰かが来るのを待ってて。誰かに見つかって、他の子どもたちがどこにいるのか訊かれたら、あなたは九紀山を指さすだけでいいわ。他のことに答えては駄目よ。あと今から一日中、誰とも口を利かないこと」

彼女は無邪気な目で私をじっと眺めながら、

「王仙君がそうしなさい、って言ったの？」

「そうよ。王仙君はね、みんなを九紀山に連れていくつもりなの。心配しないで。明日になれば、クラスのみんなの体はすっかり消えてしまってるから。王仙君が魔法を使ってそうしてくれるのよ」

「わかった」

義妹はそう答えると、教壇の下に隠れた。

私は五年生の教室を飛び出すと、他の教室を見廻《みまわ》したあと、校門のところまで駆けて行き、教室には誰もいなかったと先生たちに伝えた。それから三人で五年生の教室に行くときにはもう、緊張のあまり叫び出したいくらいだった。彼らが教室に入って調べ出したら、すべては終わりだ！　義妹は刑務所に入れられ、私もおそらく有罪になるだろう。

この災厄《さいやく》を乗り越えるには、王仙君が実在することを祈るしかなかった。

先生は教室に入らないまま、ドアの鍵を閉めた。これで「五年生は誰も気づかないうちに下校した」ことの証明になるはずだ。

私は帰るふりをして、すぐに九紀山へとって返し、子どもたちの鞄から取り出した持ち物をひと目につきやすい場所に捨てて行った。それから素知らぬふりをして家に帰ると、学校には誰もいなくて、夫と義妹はもう家に戻ったかと思っていたのに、まだ帰って来てなかったから、このあたりを探していた――と言った。

父と母はとにかく子どもたちのことが心配で堪《たま》らないらしく、他の子どもの家にも訊いてまわったが、誰も帰ってきていないという。他の子どもの親たちも心配でいるらしい。

ごめんなさい。私は自分の心臓が血を流しているような心地に震えていた。子どもたちが生き返ることはない。ついさっき隠した子どもたちの体にはまだ温《ぬく》もりが残っていたものの、心臓はもう動いていなかった。

学校に向かう親たちのあとに続いて校門に着くと、義妹がいた。私の親は彼女の姿を認めるとほっとしたらしく、義妹を抱きしめると、兄さんはどこに行ったの、と訊いた。だが彼女は答えない。そのうち誰かが、みんなはどこに行ったんだと問い詰めると、彼女は何も言わないまま、まっすぐ九紀山を指さした。

そのあと、皆の注意をそらすように仕掛けておいた子どもたちの持ち物が九紀山に向かう道で次々に見つかると、みんなはいっせいに九紀山に向けて駆け出した。私は父と母に、先に妹を家に連れて帰ってほしいと言い、

「私は志雄を探してきます。見つかるまで戻りませんから」

きっぱりとそう告げた。

しかし、実際は山道を登るふりをして、私は学校に忍び込んだ。そのころにはもう、あたりはすっかり暗くなっていたが、義妹が教室から出たあとはドアの鍵も開いていたので、あっさりとなかに入ることができた。そしてひと目につかないよう、子どもたちの死体を川縁まで運び——子ども一人はおおよそ二十キロはあっただろうか——それでも家政婦の私にはそれほど難しいことではなかった。

私は運び終えた八人の子どもを一列に並べた。

問題は、次に何をすればいいのか、ということだった。水に沈めるだけだと、数日で死体は浮かんできて発見されてしまう。以前に水死体を見たことはあった。それはあまりにもおぞましくて、とても正視できるものではない。それに死体が発見されてしまえば、義妹が毒を飲ませたことがわかってしまうのではないか？

わからない。しかし、誰にも見つけられない方が一番安全なのは確かだった。死体が浮いてこないようにするには、どうすればいいのだろう？　石を体に縛りつける？　でも縄が水のなかですり切れてしまったら？　ロープの片方が浮いていて、片方が沈んでいるようではいつか切れてしまう。いや、手を縛ったところの縄が切れてしまえば、水中で腐乱した死体が浮いてきてしまう。

私は祈るような気持ちで、死体の重量を増やし、縄を水中に留めておく方法を必死で考えた。そこでふと閃いたのが、グリム童話の「狼《おおかみ》と七匹の子山羊《やぎ》」だった。この話では、お母さん山羊と子山羊が大きな狼の腹に石を詰めて溺れさせる。

以前この小学校に通っていた私は、校内のどこに包丁や針が置かれているかは知っていた。子どもたちを川の浅い流れに浸したままお腹を切り開けば、それほど血も流れない。実際、鶏や豚を殺した経験からしても、たいして血は流れないことを私は知っていた。

だが、死体を沈めたあとで、着ている服が破れたりしたらどうする。それがもとで、死体が見つかってしまったら？　そうした可能性もすべて取り除いておく必要があった。そこで、私は子どもたちの服を脱がし、鞄に詰めることにして、自分の服が汚れないよう、着ているものをすべて脱ぐと、川縁のそばにたたんで置いた。

その夜、皆の注意は九紀山に向いていたから、川のそばにあるこの学校までやって来る者はいなかった。

死体と私は裸だった。月明かりが谷間をやわらかく照らし出し、お魚を黄泉《よみ》に送り出したあの夜のように、美しい光景が冷え冷えと迫り、歯が鳴るほどの冷たさに私は身震いした。包丁で腹を切り開くのは豚を殺すのと同じようなもので、難しくはあったが、技術があればできないことはない。それでも自分と同じ姿をした生物の腹を切り裂くのには抵抗があった。

もう引き返すことはできない。

お腹の内臓を取り出して川の流れにまかせてしまえば、生物が食べてくれるのではないか？　そうすれば見つからない。川底には、いくらでも石が転がっていた。女の子のお腹に石をつめて縫い合わせ、ようやく最初の仕事を終えると、私は息をついた。

慣れてくると処理する時間も短くなっていったが、それでも七体のお腹を縫い終えたころには、もう真夜中になっていた。この時間になっても九紀山には松明の光があちこちに見え隠れし、村人がまだ子どもたちを探していることを思うと、心のなかは申し訳ない気持ちでいっぱいになる。

最後の死体は高志雄だった。頬に触れるとすでに冷たくなっていて、川の流れに体を浸すと、幼いころにお風呂に入れた当時のことをふと思い出していた。確かに厭な子どもではあったけど、あやうく涙がこぼれそうになる。

罪を犯す前の穢れなき自分への哀惜を募らせながら、私は子どもたちの死体を流れに浸し、一人ずつが沈んでいくのを見守った。子どもたちはみな安らかな表情だった。死体の処理をしているあいだ、かれらの苦しげな表情をどうにか和らげてあげようと私は必死だった――そのときだ。光り輝く魚が突然、私の目の前に現れたのである。どこからやって来たのかはわからないが、その赤い光は水底に冷え冷えと瞬く火星のようで、川の深いところが赤く染まってしまうほどだった。

そのお魚は水底に沈んでいく子どもたちを見守るように、ゆっくりと泳いでいたが、やがて赤い光は消えていき、子どもたちの姿はどこにも見えなくなっていた。

なぜか、もう誰も子どもたちを見つけられるはずがない、という奇妙な確信を私は抱いた。

子どもたちの鞄は、地下の倉庫に隠そう。そこは以前、食料を保管するために使われていたものだったのが、いつの間にか、ふだん使わないものをしまう物置に変わっていた。

誰かがこの鞄を見つけてしまったら、もうあきらめるしかない。家に持ち帰っても、隠す場所は見当たらない。どこに隠しても見つかるときは見つかってしまうのだ。だとしたらやるのは今夜しかない。そう心に決めると、地下の倉庫に鞄を隠し、誰も入ることのないよう、入り口はしっかりと塞いでおいた。

五年生の教室に鍵をかけると、私はようやく夜遅くに帰宅した。そっと寝息をたてている義妹を起こすと、大人たちがどんな質問をしたかと訊き、私が教えた通りに答えたかを確かめた。

私が蒔《ま》いた偽の手掛かりは、すべて九紀山に向けられている。学校には何も残していない。すべては私の目論見《もくろみ》通りに進み、それは本当に王仙君は存在するかもしれないと信じたくなるほどだった。子どもは「魔神仔」に連れ去られたと大人たちは信じこみ、私と義妹を疑うものはいなかった。翡翠ダムが完成に近づくにつれ、村には立ち退きの圧力が高まり、村人たちのあいだでは行方不明の子どもたちのことを考える余裕もなくなっていき、子どもたちの親だけが村にとどまった。

それでもたった一つのことが、私にはずっと心のしこりとなって残っていた。

あの事件のあと、義妹はまったく変わってしまったのである。彼女は王仙君の声が聞こえると言い、大人たちはそれを冗談だと笑い飛ばしていたが、彼女が家族に起こることを予言しはじめるとおそれをなし、すっかり彼女のことを信じるようになってしまった。彼女は大人たちに頼んで、珊瑚の箸にチェーンをつけて首から吊《つる》すようになると、王仙君が喜んでくれないからと、先祖を祀ることもやめてしまった。

先祖に対する粗末な扱いにも大人たちは逆らうことなく、やがてまだ幼い義妹が家族の当主となったように君臨した。彼女の異様さが恐ろしくなって、私が彼女を避けるようになると、そのうち義妹も私に微笑むことはなくなっていった。

翡翠ダムが完成すると、私のふるさとは湖底に沈み、私はそこを離れることになった。翡翠ダムが満水になると、山川の姿も変わり果て、私がかつて住んでいた場所は、遠くから眺めると鰐のように見えることから「鰐島」と呼ばれるようになった。自分のふるさとが鰐に食べられる夢を見るようになったのもそのころからだ。鰐は家を喰《く》らい、秘密を呑み込み、明かされるべき真相はすべて湖底に封印されてしまった。

その夢のなかにはお魚がいた。ふるさとが鰐に食べられてしまっても、そのお魚は鰐の先をすいすいと泳ぎ、食べられる様子はない。

そのお魚は、私の心のなかにある罪悪感と希望が形を変えたものなのかもしれない。

それから数年も経つと、私はすっかり落ちぶれていた。日本人の客をもてなすうち、日本語を流《りゅう》暢《ちょう》に話せるようになった。私の人生は、壊れたテープのようで、未来への希望もなく、ただただ同じことを繰り返すだけの毎日だった。

その間、たまたま行方不明となった子どもの父親に会った。彼は子どもがまだ生きていると固く信じていて、まだ探していると言う。もしかしたらかなりの親がまだそう信じているのかもしれない。

彼らは子どもの死体が見つかるまで、決して希望を捨てようとしないのだろう。

自分の子どもは死んでいない。だからまだ葬式もしていないという。

子どもたちはもう死んでいるのだ。魂は黄泉へと旅立ってしまったのに、誰も葬式をあげていない。

また、台湾の伝統的な風習では、未婚の女性は成仏できないので、冥婚《めいこん》をする。女性は結婚してから祀らなければいけないのだ。だが、死んだ少女たちには結婚する機会すら与えられない。

子どもたちはみな亡霊となってしまった。でもそれは仕方のないことだ。私が死体を隠し、すべてはダム湖の底に沈んでしまったのだから。彼らの死体は永遠に見つかることはないだろう。だからといって、いったいどうすればいいというのだろう？　私にできることなどあるのだろうか？　子どもたちの「死」を葬送し、生者と死者の世界のあいだをさまよう子どもたちのために、私にいったい何ができるというのだろう？

せめてあの子たちを弔《とむら》ってあげることができればと思う。

しかし、子どもたちを弔う資格など私にあるのだろうか？　私が捧げた供物《くもつ》をあの子たちは口にすることができるのだろうか？　いや。私にそんな資格などあるはずがないのだ。そんなことをして、子どもたちに赦《ゆる》されたい？　いや。私を赦すはずなどない！

ふと奇妙な考えが浮かんだ。私がかりそめの儀式をでっちあげ、それを通じてひそかにあの子たちを弔ってあげたらどうだろう。それはいかにも奇異な考えだったが、ようするに、私の代わりとなって誰かにあの子たちの霊送りをしてもらうのだ。そうすれば、あの子たちも供物をいただくことができるのではないか。

これは何かを祀る儀式ではない。自分が祀るべき霊ではないのだから、霊験あらたかでない限り、人は言われた通りにやろうとはしないだろう。だから、まったく異なる類いの儀式である必要がある。そう、願いを叶える儀式というのはどうだろう。願いを叶えたい人はたくさんいる。ことに娼婦の人生に不幸はつきものだ。叶えたい願いはたくさんある。そうすればこの儀式は人から人へと受け継がれていく。

　儀式には脚尾飯を使う。脚尾飯は死者を弔うためのものだ。では、いったいどうやって皆にこの儀式をやってもらう？　違う霊が湧いてきたら意味がない。儀式にはこの事件との繋がりを持たせる必要がある。そうだ。九人のうち八人が死んでしまう夢……これはどうだろう？　この夢を見ることが、儀式が成功したことを表すお告げだとすれば、夢を見るために願いを叶えたい人はこれを続けるだろう。そして私の代わりにあの死者たちの魂を弔ってもらって……

十

　これが私の体験した地獄の告白だ。

　私の話を聞き終えて、張親子はおどろきのあまり声も出ないらしい。

　私はゆっくりと話しはじめた。

「実際、『おはしさま』なんて、最初は自分を慰めるだけのものだったんですよ。民俗学的には意味のないことですしね。私が体系的な民俗学の理論と出合ったのはずっとあとのことで――オカルトの世界にはやはり謎めいた力が本当にあるのかもしれません。実際にその夢を見た人に、魚のような赤い痣が出てきたというのだから。もしかしたらM先生の言う通り、私は『箸神』で神様を召喚したあと、送神《ソンシエン》していなかったのかもしれない。それでも、『箸神』そのものはそんなに危険なものじゃない。だって『箸神』が召喚したものが『箸神』で、『椅仔姑』を召喚したものが『椅仔姑』というだけなのだから。でもはっきりしているのは、私が『お魚なの？』と訊いたそのとき、降霊術はもう、『箸神』の儀式ではない、まったく違うものになってしまったということです」

「あなたは……」

張文勇はようやくそれだけを口にすると、

「あなたが……M先生のメールにあった娼婦が、あなただったというんですか？　でも、あなたは作家じゃないですか？　今は作家ではないですか」

それの何が問題なのだろう？　私は思わず笑いながら話を続けた。

「私は作家になることができたというだけ。そうでなければ自分の意見を述べることさえできなかったでしょう。陳水扁《ちんすいへん》が公娼を廃止してから、私は仕事を失ってしまったけど、幸い、覚えた日本語が役に立ったんです。学歴はなくても、私は昔から話が得意で、文勇兄さん——あなたのことではなくて——もそう言って、褒《ほ》めてくれたんですよ。それから真剣に日本語の勉強をして、翻訳家として働くようになると、台湾では刊行されていなかった日本のミステリを読みはじめて、ようやく自分の本も出し……そう、私はとても運がよかった」

「でもわからないです」

品辰が言った。

「もし『おはしさま』が先生のつくり出したものだとしたら、どうしてその儀式がこんな形に変わってしまったんでしょう？　なぜ参加者九人のうち八人が、被害者にならなければならないんです？　どうして夢を見るなんていう、こんなまどろっこしいやり方で、過去の殺人を明らかにしなければならないのか。それに八十四日も必要なのかも……」

「正直に言うと、そこのところは私もよくわからないんです」

私は淡々と続けた。

「しかし、どれもおどろくほどのことではない。それが人間の世界のあり方なのではないでしょうか。人間がつくり出したものの多くは、手綱を離れて怪物となり、やがて人類の幸福を否定するようになる。あなたが訊いた、どうして八十四日なのかということについては、これは私の想像なのだけど」

「あれは、どういうことなんです？」

「八十四日とは、受胎してあの子を堕胎するまでの日数だったんです」

私は言った。それははっきりと数えることができる。私が文勇兄さんと交わったあの日、そこから私がお魚を失うあの日まで――それは精確に八十四日だった。

こう言うと、「お魚」の化身とも言える「おはしさま」は、水子霊《みずこれい》なのではと考える人がいるかもしれない。でもそれは違う。水子霊というものはつい最近できた概念で、優生保健法が施行された直後に現れたものだ。保守派の人間が中絶の合法化を嫌い、女性に中絶させないよう、そのような「霊」をつくり出したのである。言い換えれば、それはまさに「社会の悪意」だった。私がお魚を失ったのは、優生保護法が施行される前のことである。

それでも「おはしさま」と「水子霊」はこの点において似ているとも言えた。「水子霊」は社会の悪意であり、「おはしさま」は社会規範の負の連鎖によって形成された呪いである。それは最後に殺人事件を引き起こし、死者を弔う儀式を通じて、魂を黄泉へと還すのだ。

「いや、重要なのはそこじゃない！」

張文勇は突然大きな声で叫ぶように言った。

「先生。だとすると、『王仙君』をあなたに還すだけで、品辰を助けることができるということですか？」

「それは私にもわかりません。M先生の見立てが正しければ、そういうことになりますね。張さん、『王仙君』の片方はあなたの息子さんが持っているんですよね？」

「どうしてそれを知ってるんです？」

「高淑蘭が亡くなれば、『王仙君』は彼女の子どもしか相続できないからですよ。もし『王仙君』を彼が持っていないのであれば、私にはどうしようもありません。虎の首の鈴は、それを繋いだ人でなければほどくことはできないのですから」

「ちょっと待ってください。先生、父さん、僕に考えがあるんだ」

品辰が突然口を挟んだ。

「『送神』はもう少し先延ばしにしてもいいかな？　さっきも話した通り、僕には叶えたい望みがあるんだ。最後の夢を見るまで、僕は『おはしさま』の儀式をやめるつもりはないよ」

「何を言ってるんだ！」

まさか息子がそんなことを口にするとは考えてもいなかったらしく、張文勇は叱りつけると、

「おまえの人生がかかっているんだぞ。冗談も大概にしろ。誰に育ててもらったと思ってるんだ」

まったくどうしようもない。見ていられなかった。

品辰がこんな真面目な子どもに育ってしまったのも、母親の育ちの良さが影響しているのだろうか？　親に育ててもらった恩も大切だが、そんなことで脅しても、子どもは親の操り人形になるだけで、自分を持つことができない。

私は落ち着いた声で言った。

「そう急《せ》かさなくてもいいんじゃないですか。張さん、そもそも送神が品辰君の最後の夢の前に完成する可能性は低いんですよ」

「どういうことです？」

張文勇は怪訝な顔で、私を振り返った。

「こうした降霊術の遊びは、たいてい元宵節か中秋節のころに行うもので、今はまだ年を越してないし、元宵も正月の十五日でしょう。計算しても、八十四日の終わりに間に合わせるのは無理でしょうね」

「……じゃあ、私がしてきたことは、すべて無駄だったということですか」

「もっと息子さんを信じた方がいいですよ。品辰君は絶対に生き残ると言っていた。そうでしょう？　だったら品辰君を助けるためにも、あなたは『王仙君』を手放さないといけない。違いますか？　忘れないでくださいよ。『王仙君』はこの二十年のあいだ、あなたがずっと持っていたのです。そこは『王仙君』がとどまるのに相応《ふさわ》しい場所だと、あなたは本当にそう思っているんですか？　場所を違えると新たな呪いが発生しますが、絶対に起こらないという自信はありますか？」

張文勇は苦笑した。

「今回の旅で、私はあなたの話からたくさんのことを得たような気がします。『王仙君』をあなたに渡せば、それですべていいんですかね？」

「いいえ。送神の日にもあなたには来てもらいます」

「それはどうしてです？」

張文勇はおどろいたような目で私を見た。どうやら自分はもうすでにこの事件から退場したものと決め込んでいたらしい。私は唇の端《は》をあげると、

「なぜなら、あなたは呪われているからですよ」

「呪われている？　いったい誰に？」

「私にですよ」

私は言った。

十一

元宵節は、中国の伝統的な旧正月のなかでも最も賑やかな一日と言える。二十一世紀になると、新

年の喧騒《けんそう》は薄らぎ、大晦日《おおみそか》に取って代わられ、いまや若者たちの間では大晦日こそが世界的な行事となっているようだ。

社会は確実に変わりつつある。

その夜、私たちは、張文勇の運転する車で石碇へと向かった。車内には彼の他にもう一人が同乗している。車に乗り込むと、私はすぐに訊いた。

「品辰君はどうです？」

「まだ生きてますよ」

八十四日が過ぎても、品辰はまだ生きていた。彼は願いを叶えるために参加した狂気の儀式の、言うなれば最後の生き残りとなったわけだ。彼は願いを叶えたが、それを喜ぶ者はいない。結局のところ、彼の願いを叶えるために、誰かが犠牲となったのだ。

「こんにちは」

車に乗ったその男が挨拶をする。助手席に座り込んだ彼は、わずかに首をかしげて私の方を見た。私は彼の視線を感じて、ゆっくりと息を継いだ。

見たところは三十過ぎの若者で、寝不足のように見える。彼は私の知り合いで、魚道士《ユー》といい、高淑蘭と張文勇との間に生まれた子どもだった。彼はお魚の生まれ変わりだと私は信じているのだが、もしそうだとすると、「おはしさま」のはたらきは今も続いているのだろう。彼の腕にある魚のような赤い痣だけが、高淑蘭が「おはしさま」を通じて呪いをかけた代償と言えるかもしれない。

それでも私は長いあいだずっと、彼は私の子どもだと思っていた。実際に彼と会うまでは。

「このひとの話だと」

魚道士は張文勇を指さして、私に向き直ると言った。

「僕の母が人を殺したそうですが、それはあなたの言い分に過ぎない。殺したのはあなたかもしれないのだし」

彼がいきなりそんなふうに切り出すとは思いもせず、私は思わず苦笑したが、たいしたことじゃない。

「確かに私の話は一面的なものかもしれません。ただ、証言は他にもある。少なくとも行方不明の子どもたちは、放課後にまだ生きていたのだから、私が殺したとすると、学校に着いてから三十分のうちに終わらせないといけないことになる。淑蘭が最後まで生きていたことからして、彼女が主犯ではないにしても、私の共犯ということはあり得るでしょうね。淑蘭が主犯から共犯になれば、あなたは満足なのかしら？」

魚道士は何も言わなかった。

「いいですよ。だったら私が犯人ということにすればいい。そもそも、私はずっと自分こそがあの事件の犯人だと思っていたんですから」

私は言った。

魚道士は独り言のように、

「えっ、それだったらもう無敵じゃないですか」

「何でもできるんだったらいいんですけどね」

魚道士は一瞬黙った。

「あなたと母はいったいどんな関係だったんです？」

私はなかば恍惚としながら彼の声を聞いていた。さまざまな思いが蘇《よみがえ》り、五十数年もの記憶がいっきに押し寄せてくる。

「もしかすると……私たちは本当に主犯と共犯の関係だったのかもしれませんね。でも私から見れば、私たちは巨大な呪いの犠牲者だったのではという気がするんです。私が呪いを実行したといっても、それは呪い全体の必然的な結果でしかありません」

「だとしたら、仕方のないことですね」

彼は言った。

私ですら、今話したことの本当の意味はよくわかっていないのだ。

「呪いと言えば」

張文勇が口を添えた。

「先生。どうして私があなたに呪われなきゃいけないんです？」

「呪いと言っても、色々なやり方があります。日本人が丑三《うしみ》つ時《どき》に藁《わら》人形を使って人を呪う方法は聞いたことがあるでしょう？　憎いのであれば殺せばいい。それなのになぜ藁人形に釘《くぎ》を打つ必要があるのか？　それができないからですよ。殺したくても殺せない。だから呪うのです。呪いとは行き場のない感情なんですよ。そうした思いは畢竟《ひっきょう》、代替物を探すことになる。藁人形のようなものをね。張さん、私にとってあなたは、呪いの代替物だったんですよ」

「それはどういう意味です？」

「私には昔……好きな人がいました」

私は張文勇を見据えて言った。それはまたその場所にいない、あのひとへの告白でもあった。

「彼はあなたと同じ台湾大学の学生で、優しいひとでした。とても気さくで、私みたいな田舎の女には眩しいくらい――私は、彼のことを淑蘭に話したんです。素晴らしい男性のお手本のようなひとだ、とね。そのときは気づかなかったのだけど、私が恋人のことを嬉しそうに話すたび、淑蘭の目の輝きは私だけでなく、理想の男性として彼を見ていたのでしょう。その男性は『荘文勇』という名前でした。私は彼のことを『文勇兄さん』と呼んでいたので、淑蘭は本名を知らなかったんです。そのあと、淑蘭が『文勇と結婚した』と言っていた相手があなただった。でも、あなたは彼ではなかった。どうしてこんな間違いが生じてしまったんでしょう？　私にはよくわかりません。知らず知らずのうち、あなたは彼女にとって、『文勇兄さん』の代わりになっていたのではないか。つまり、私が口にすることのできない感情が淑蘭に乗り移り、代わりの人を見つけさせたのかもしれない……」

張文勇の顔は強ばっていた。すれ違う車がヘッドライトを浴びせかけ、彼の表情が見えなくなる。

「それが本当だとしたら、とんでもない呪いだ。淑蘭との結婚は本当に悪夢のようで……すまない。前にも話した通りだが」

彼は魚道士の方に向き直った。

「いいんですよ。今さら父親としての義務をあれこれ言い立てても、どうしようもないんですから」

「すまない。とにかく、この悪夢があなたのつくり出したものだとすると……あなたに損害賠償を請求することができるんだろうか？」

私は思わず笑ってしまった。息子はもう大丈夫だ、助かったという確信があるからこそ、こんな冗談が言えるのだろう。

「二十年以上も前のことだから、もう遅いですよ。今日の送神は、あのときにやり遂げなかったことを完成させるのが目的です。つまり、間違った場所にあるものを元の場所に戻す。あなたも悪いところにいるので、来てもらう必要があったというわけです」

私たちの目的地は、石碇の山にある展望台だった。近くに茶畑があるので、茶農家の家が多く、夜といっても真っ暗になることはない。そこからはふるさとを呑み込んだ巨大な鰐が見渡せた。月明かりに尻尾《しっぽ》を振るおそろしい姿は、しかし三十数年を経た今はもう疲れたように見える。

魚道士が一本の珊瑚の箸を取り出した。

「『王仙君』はここにいます。これは長いあいだ僕の手許になかったのですが、少し前にあるひとが返してくれましてね……そのとき彼女に訊かれたんですよ。まだ鬼はこの箸に宿っているのか、とね。

そのときはいないと言ったんだが――実を言うと、それは事実じゃない。さあ、作家先生。今日はこの箸をあなたに差し上げましょう」

　そう言って、彼は珊瑚の箸を私に手渡した。

「ここにもう一つある」

　そして張文勇が私にもう一本の箸を手渡す。

　私の手のなかで、「王仙君」はふたたび一揃えになった。もともと箸は娘の嫁入り道具に使われていた。それには「早生貴子《そうせいきこ》（早く良い子に恵まれますように）」「成双成対《せいそうせいたい》（一緒になる）」という意味が込められている。今、彼らはまたこうして巡り会い、後世まで「永不分離《えいふぶんり》（永遠に別れない）」の象徴として添い遂げるのだ――それはたしかに吉兆であろう。だがそれは同時に悪夢のごとき束縛となる。良いことと悪いことは常に同じコインの表裏だ。

「私がいなければと言ってましたが、いったいどうすればいいんです？」

　張文勇が訊いた。

「何もしなくていいんですよ。ここにいるだけで。それと、決して嘘をつかないこと。何を訊かれても本当のことを言ってください」

　私は微笑みながら、あらかじめ用意していた米缸とお香を取り出した。

　月明かりの下で、私は米缸に一本の箸を差し込み、その箸の頭にもう片方を載せてT字型にした。米缸の横に膝をつき線香に火をつけると、蛍《ほたる》のようにあえかな赤い光がさゆらぎ、吹き抜ける風に烟が渦を巻く。張文勇と魚道士は、私が土に線香を立てるのを見つめていた。

　私は呪文を誦《ず》しはじめる。

　この呪文を最後に唱えたのはもう四十年も前のことだったが、あのときとはまったく違う気分だった。それでも、かつての自分の姿を二重写しに眺めながら、私は深い感慨に浸っていた。ああ、あのころの私はこんなにも悲しく、苦しかったのだろうか？　涙は風に凍りつき、死の灰のように冷たい愛と憎しみの炎を交々《こもごも》に鎮《しず》めていく。

箸が動いた。

「動いたぞ！」

張文勇が緊張した声をあげた。

「おはしさま、おはしさま。あなたはお魚ですか？」

私はついに涙を堪えきれず、震える声でそう訊いた。

箸はためらうようにゆるゆると動き出し、それからはっきりと右に向きを変えて、私の問いに答えてくれた。

「私が誰だかわかりますか？」

はい。

「知っているのね……だったら私のことを恨んでいる？」

いいえ。

「だったらあなたはお父さんを恨んでる？」

私はゆっくりと張文勇を指さした。張文勇はおどろいて、

「なんだって⁉」

「緊張しないで。本当のことを言ってくれればいいんです」

「私は父親じゃない！」

張文勇が慌てて言いさした。

私はしてやったりと笑ってみせ、

「そうね。彼はこの事件とはまったく無関係、赤の他人」

「いや、頭のおかしい作家先生に呪われた行きずりの男だよ」

「そんなことを言われても困ります。私だって、あのときは作家ではなかったんですから」

私たちはそんな冗談をきっかけにお喋りをはじめた。

お魚はこちらの話に耳を澄ませるように、しっかりとした動きをしていた。たまに機嫌を損ねたように少し速く動くこともあれば、ふと感じることがあるとお魚は動きを止める。すると、私は文勇とのお喋りをやめてお魚に話しかける。魚道士もそこに加わり、私と魚道士は淑蘭がまだ若かったころの話をした。張文勇が知らないこともたくさんあったが、文勇はおとなしく私たちの話を聞いている。魚道士の、ここ数年の話も彼から直接聞くことができた。

魚道士はさすが専門家で、私の意図をすぐに理解してくれたらしい。この降霊術でお魚を召喚した目的は占いではない。ただ話をしたかったのだ。そう、私がしていることは、四十年前とたいした違いはない。物事を本来の場所に戻すために必要なのは、わだかまりもなく、恨みもない、公平な立場での屈託のないお喋りだった。

私がこのことに気づくまで、長い時間が必要だった。

夜風に私たちの笑い声が響き渡る。お魚も私たちのお喋りに加わっていた。張文勇もそのことを察したらしく、箸の動きに目をやりながら「このくらいの速さでいいのかね？」と言った。送神の儀式に、誇張された技法も、派手な闘いも、権謀術数《けんぼうじゅっすう》も、呪文が召喚する奇跡も、命令も必要ない。

ただ笑いがあればそれでいい。

「お魚、お魚。もう帰りますか？」

最後に私が訊いた。お魚は左右に揺れながら、どうしようかと考えあぐねているようだった。でも私は急かすことはしない。それはみんなも同じだった。すぐにお魚から返事があった。

「いいわ。さようなら。お魚、ありがとう」

私は言った。蟬《せみ》が殻を脱ぎ捨てるときのような「パンッ」という音とともに、箸が落ちる。

「終わったのか？」

張文勇が名残惜《なごり》しそうな声で言った。魚道士は珊瑚の箸を取り上げると、ゆっくりと目を閉じた。

「……終わりました。いまこの箸には、どんな神も鬼もいない」

そう言うと、珊瑚の箸を片付けた。もちろん、もともとは彼の母の遺品である。

私はふと鰐を振り返った。私の想像のなかでは、あの鰐にはけっして食べられないものがあった。それは、一匹の赤い魚。どんなに政府が力を持っていようとも、猛々《たけだけ》しいほど貯水池に水が溜まっても、決して壊すことができないものがあった。

もちろんどんなものもいつかは壊れてしまう。

帰り道、私は車のシートに体を埋《うず》めたまま、すべてが終わったことをしみじみと味わった。

物語はこれで終わりなのだろうか？　小説には味わい深い幕引きが用意されているものだ。黄色の街灯のように、あるいは空から縷々《るる》と降り注ぐ金色の雨のように蝶《ちょう》の群れが翔《と》び交い、その羽はきれぎれな光の欠片となってはためく。最後はゆるやかに波紋を拡げていく湖面を静寂が包み込み――そこで句点が打たれるべきだろう。さすがの私も、この結末はまったく予想できなかった。

しかし、これは私の望んでいた結末なのだろうか？

いや、もし本当に私が望む結末があったとしても、それは生きているうちには実現しないのではないか？　車窓から夜景を眺めていると、虚無のように荒涼とした景色が私の心に思い浮かぶ。茫洋《ぼうよう》と果てもない荒野には、怨嗟《えんさ》の声も響かない。

私は運転している張文勇に言った。

「張さん、私が出版イベントの講演会で、なぜ箸なのかと質問したことを覚えていますか？」

「うん？　ええ、ああ……覚えていますよ」

「実はあのとき、はっきりした答えは用意していなかったんです」

私は心のうちを吐き出すように、低い声になって、

「さっき呪いの話をしましたが、いったい呪いとは何なのでしょう？　それは誰かに対する誰かの憎しみなのか、それとも禁忌を犯したことに対する超自然的な神の罰なのか？　そうした考えも確かにあたってはいるんでしょうが、呪いの本質に触れていないような気がするんです……呪いは『個人的』なものではなく、システムのようなものではないか。そのシステムのなかにいる限り、呪われることはありません。私たちアジア人が、ご飯に箸を刺すことに嫌悪感を抱くいっぽうで、欧米人がそれを気にすることはない。

つまり、社会そのものが大きな呪いの装置となっているんです。台湾では伝統的に女性や妊婦に対する禁忌が多く、それを破ると忌み嫌われるのを知っているかと思います。果たしてこれは女性の問題なのでしょうか？　異なる文化では、同じ行動に対して女性が必ずしも非難されることはない。だから禁忌とは社会的なものであって、性別は関係ないということになります。台湾の伝統的な社会には、女性に対する呪縛《じゅばく》がある。そう言ってもいいのではないでしょうか。

では、どうやってその呪いを解けばいいのか？……正直なところ、私はそのシステムから離れるしかないと思っています。しかし、そのシステムから離れることのできないひとは、どうすればいいのでしょう？　タイヤル族の一部には『魔鳥《ハフネ》』という妖怪の伝説があります……魔鳥を飼っているひとを探し出し、疑われた人物は、その家族まで殺されてしまう。この疑惑は証明される必要がない。ただ『社会的規範にそぐわない』というだけなんです。当時の私もそうでした。伝統的な社会に自立した女性は必要ありません。女性が自我を持ち、自分の意思で人を好きになることは、その社会にとって異質なことで、だからこそ、呪いが始まった」

そもそも、あんな目に遭わなければ、私の人生はどうなっていたのだろう――そんなことを考えな

いわけにはいかなかった。しかし、考えれば考えるほど、なぜこんな抑圧を受けなければならないのかが、わからなくなる。私には――社会の期待に応えるために――さまざまな選択をする機会があったはずだ。ただそれが唯一の生き方なのだろうか？　私たちがありのままに人を愛し、喜ぶことは、一種の罪なのだろうか？

私が望む結末があるとすれば、それはハッピーエンドであり、女性がこのような苦しみを受けることのないものだ。

「あの家を飛び出して、都会で恋に落ちていたら、何かが変わったのでしょうか？　それはわかりません。しかし、社会に受け入れられたい、システムにとどまりたくないという私の甘い希望は、結局のところ、新しいシステムを受け入れることでしか叶えることができなかったんです。それは新しい呪いだった。そう、そのあとに起きたことはすべて呪いだった。呪いがもたらす苦痛から、私はこっそり魚藤を手に入れたのです。また呪いから淑蘭は不満を募らせ、すべてを自分の手に収めたいという欲望に駆られたあげく、王仙君を通じて家を支配することを望むようになった……いわゆる呪いとは、社会が無力であり、そこに救いがないからこそ生まれるのです」

その痛みは最後に一匹の魚へと姿を変えた。

張文勇は押し黙ったまま、車を運転している。私がなぜ急に饒舌《じょうぜつ》になったのかわからないらしい。はっきりとした理由はない。ただ私には予感めいたものがあった。

しばらくすると、彼は躊躇うような声で、

「でも、今のあなたは成功者じゃないですか。不幸なことがあったとしても、成功したんです。この社会は、あなたが言うほど不公平じゃない」

彼の反応は予想通りで、私は苦笑した。

「何が平等で何がそうでないのか？　それは公平性の問題というよりは、私たちがその苦しみを受け入れるかどうかということなんです。女性だから当然、嫁だから当然、娼婦だから当然、というように。そこにあるのは属性へのこだわりだけで、人が存在しない。人を幸福にする視野も欠けている」

「じゃあ、あなたはそれが社会的には誤りだというんですか？」

「私はそうは思いません。誰が正しくて誰が間違っているかに急いで答えを出すことは、結局、物事を単純化することにしかならない。善と悪は表裏一体であり、社会が存在しなければ生きていけない、というのは厳然たる事実です。ただ、社会には暗部があることを皆が認識しなければ、呪いは決してなくならない」

だから私はけっして後悔してはいない……いいえ、人として後悔はしていない。

呪いに打ちのめされた私は、システムを離れ、呪いが効力を持たない場所に辿り着いた。ただ、あの夜を悔やまないわけにはいかない。私が呪いを実行し、その共犯者となった——あの眩い月の光と恵みの夜のことを。

なぜなら、あの夜、私は「自分には幸せになる権利がない」と思っていた。インタビューで「B小学校の話を書きたい」と話したのも、そろそろ自分の人生を振り返ってみてもいい年齢になったからだ。隠し通したいという気持ちとともに、それらをすべて明らかにしてしまいたい気持ちが、抑えがたいほどに強くなってきたからでもある。自身の人生を顧みるたび、とりわけあの夜の記憶はありありと目に浮かんだ。川の冷たい流れに体を浸し、針と糸で薄い皮膚を縫い合わせ、黄泉の闇へと送り出した子どもたち。あの子たちの瞳はじっと私を見返しているようだった！　私は死ぬ前に、すべてを清算しなければならないのだ。

そこで私は、小説ですべてを明らかにすることにしたのである。小説のなかで、かつて娼婦だった私は、さまざまな男に自分の話を聞かせる——それらはフィクションではあるけれど、公営の娼婦は、一回のコースがおおよそ十五分と決められているため、すべてを話すことは難しい。もっともほとんどの客は、気のない様子で聞いているだけだったが、この十五分という輪廻《りんね》のなかには、たしかに断片的ながら、自身の人生に対する心からの釈明と、さまざまに隠喩《メタファ》を凝らして語られる善意があった。私にはこの物語を小説に仕上げる権利がある。この告白は神雷となって、死体隠匿《いんとく》の虚飾を焼き尽くし、おぞましき灰燼《かいじん》から、炭化した動機を暴《あば》き出すのだ。だがそうは言っても、私はすべてを元の形に戻すことはできないまま、自己満足なだけの正義をふりかざすだけに終わる——それが私の思い描いていた結末だった。

私がそんなことをしたら、また呪いが誰かに降りかかるのではないか？　誰かに罰してもらうつもりはなくとも（少なくとも社会的に）、メディアや世間は私の過去をあれこれと詮索《せんさく》して、これこそが本当の私だとあげつらうことだろう。女であるというだけで、媳婦仔であるというだけで、娼婦であるというだけで。

だが、この結末は「おはしさま」によって書き換えられた。

なぜならすべては本当に終わってしまったのだから。違う？　三十数年にわたる呪いは解け、お魚は解放され、珊瑚の箸は元の持ち主に戻り、今すべては正しい結末としてそこにある。ハッピーエンドではないが、これこそは正しい結末であろう。神雷はけっして無駄ではなかったのだ。義憤の女神ネメシスが、剣を投げようと振りかざした手のなかには何もなかった——そういうことだ。

私の作家としての人生はまだ終わっていない。

かすかなエンジン音とともに、夜は等しく皆の心のなかに忍び込んでくる。私はふと、文勇兄さんの顔を思い出した。時間という玻璃《はり》窓が破れたように、青春の記憶が眩い光の奔流《ほんりゅう》となって目の前に溢れ出す。茶畑でお茶のつくり方を訊いてきた文勇兄さんは、あのとき、摘んだ茶の葉を揉《も》みながら「これがお茶の香り」と言う私の手をそっと握った。彼の眩しい笑顔が、セピア色のひとときを鮮やかに映し出し、さまざまに照り輝く光は一雫《しずく》の涙に変わる……

何て愛《いと》おしい。

たしかに彼は、無責任な人だったかもしれない。でも私は、彼と出会ったことを決して後悔はしていない。愛の最大の意義は、愛そのものにあるのではない。私たちをどのような人間にするかということなのだから。

彼は、私をありのままの自分にしてくれた。

今日から、私はもう鰐の夢を見ることはないだろう。

追記
物語の中に登場する「B小学校」は実在するものですが、平面図などの詳細はあくまで私がつくり上げたフィクションです。また、「箸神」は確かに元宵節や中秋節に行われる遊びですが、占いとして行われていたという文献上の証拠はなく、降霊術の遊びの多くが占いに流用されているに過ぎません。本作では、創作の都合上、それらに恣意《しい》的な解釈を交えて占いのやり方の詳細としました。

from
Hong Kong

第五章

魯《ろ》魚《ぎょ》亥《がい》豕《し》

陳浩基

零

そいつはゆっくりとこちらに近づいてくる。僕と二メートルも離れていない距離にそいつはいた。

人の形をしてはいるが、人ではないもののようだった。泥まみれの蓑《みの》をまとい、頭には笠《かさ》をかぶっている。その顔はよくわからない。笠の下は漆黒《しっこく》にまみれて、さながらあの世へと続く底なし沼のようだった。蓑と笠は、それが異形《いぎょう》のものであることを隠すための、いうなれば変装に過ぎない。

——ずぶ、ずぶぶ、ずぶっ。

蓑がずれて、藁《わら》から泥水が滴《したた》り落ちる。そいつの背後には、灰黒色の不規則な足跡が続いていた。

どうにかして僕はこの脅威《きょうい》から逃げようとする。だがもう、逃げ場はない。

そして、そいつはすでに僕の目の前にいた。

そいつは、蓑の下から腕のような枝先を伸ばし、どす黒い血管に覆《おお》われた二本の指を服に押し当てる。やがてその指はゆっくりと僕の胸元にめり込んできて——

僕は、こいつの餌食《えじき》になった。

一

バックパックを背負った姿で、僕は香港空港の到着ロビーから第四駐車場に早足で向かっていた。荷物の受取時間を短くしようと、機内にはバックパック一つで乗り込み、入り口にほど近い席を選んでいたはずが、別便の大規模なツアー客たちとかち合うことになるとは思いもよらず、結局、入境審査では四十五分も待たされてしまった。ようやくそこを通過すると、急いでいるのが税関職員の目を引いたらしい。執拗《しつよう》な手荷物検査を受けることになってしまい、解放されたのは、それからさらに三十分後のことだった。

「品辰《ピンチエン》、『因快得慢《ヤンファーイダマーン》』って言うだろ……ああ、君は広東語《カントン》がわからないんだっけか？　要するに『欲速則不達《ユースーゼブーダー》』（急《いそ》がば回れ）ということさ」

エレベーターに乗り込むと、文《ウエン》さんは苛立《いらだ》っている僕を見て、そんなことを言った。無精髭《ぶしょうひげ》の生えた顎《あご》をしゃくりながら、からかうように、

「どうにか八十四日間をやり過ごしたあとも、二、三週間は多めに見ておけって言っただろ。なあに、たかが二、三時間さ。たいしたことない」

「もう待ちくたびれて、ゴール直前でばててしまった感じだよ」

僕は素直に自分の気持ちを口にすると、さらに言った。

「君のところの税関は、台湾人を差別してるんじゃないのかい？　僕が香港人だったら、ここまで面倒なことはないとか」

「そんなこと、俺に訊《き》かないでくれよ。第一、俺は香港人じゃない――九龍人《クーロン》なんだからさ」

文さんは眉《まゆ》を顰《ひそ》めて、妙な笑い方をした。

僕は文さんの冗談を軽く受け流し、エレベーターのドアが開くとすぐに駆《か》け出す。
姚《ユウ》さんの言っていた通り、彼の青いホンダ・ジャズは、四階エレベーターの出口付近に停《と》まってい
たので、すぐに見つけることができた。昨日、台北《タイペイ》で受け取ったリモコンキーでドアを開け、車が間
違っていないことを確かめると、文さんと一緒に乗り込んだ。
「香港は右ハンドルだが、大丈夫かい」
緊張した面持ちで運転席に座っている僕に、文さんが笑った。
「だって、無免許の君に運転させるわけにはいかないだろ?」
僕は吐き捨てるように言うと、さらに続けて、
「少なくとも僕は国際運転免許証を持っているからね」
だが正直なところ、台湾以外の国で運転するのは初めてだった。不安でないはずがない。文さんの
言う通り、ここは速度を控えめに、安全運転でいくことにしよう。
「おはしさま」の儀式をこうして生き延びたのだから、きっと願いは叶《かな》うはずだ、と僕は自分に言い
聞かせる。彼女と再会する前に、また交通事故に遭《あ》っては洒落《しやれ》にならない。父さんには、どうしてこ
んな馬鹿げた遊びを続けるのかと散々問い詰められたあげく、「親子の縁を切る」とまで言われたが、
それでも僕は決してその理由を話さなかった。
一人の命を救うために、一人の命を賭けたまでだ。
ことの始まりは、昨年の一月上旬に遡《さかのぼ》る。僕は大学の交換留学グループに参加して、三週間ほど
香港に滞在することになった。「学生諸君は自己探求に励み、外国人との文化交流を深めること」と
学校側はもっともらしいことを口にしているが、実際は教師たちの慰安旅行というのが真相で、彼ら
も時間を自由に使い、香港で食べたり飲んだりを愉《たの》しみたいだけなのだ。そんなわけで、僕はこれと
いった予定もなく、ただ観光ができればいいと考えていたものの、出発前にたまたまラインで姚さん

にこの話を伝えたところ、「だったら空いた時間はツアーガイドをしてあげるよ」と請け負ってくれた。

姚さんは僕より七歳年上の、端整な顔立ちの香港人で、高校と大学で台湾に留学したことがある。大学を卒業すると香港に戻って教師となり、僕とは、たまに台湾を訪れたときに会うくらいの間柄だが、年の差を感じさせない気さくさで、同世代の親友のような付き合いを続けていた。僕は彼に台湾語を教え、彼が僕に広東語を教えるようになって数年もすると、彼は歌仔戯《グアアヒイ》（「台湾のオペラ」とも言われる台湾の伝統芸能）もそれとなくわかるようになったらしい。その一方で、僕の広東語はいっこうに上達もせず、中途半端なままだった。そんな彼に憧《あこが》れて、僕は高校を卒業すると、T大学の歴史学科に入り、正式に彼の後輩となったのである。

台湾を発つ前には、何か面白い出来事を期待していたものの、まさか彼のおかげで大変なことになるとは、そのときは考えてもいなかった。

大変なことというのは、恋の悩みである。

H大学の美術博物館で「日本美術における伝統的宗教」なる展覧会をやってるんだけど、と姚さんからの誘いを受けたのがきっかけだった。かねてより日本の中世史に興味があった僕は、二つ返事で了承した。土曜日に観《み》に行くことが決まり、

「そうそう、教え子の一人もこれに興味があるらしくてね。一緒にいいかな」

と姚さんに言われて、僕に断る理由はない。H大学のバス停で姚さんと会ったとき、遠くないところで頭《こうべ》を垂れ、森鷗外《もりおうがい》の『舞姫』を読んでいた可愛《かわい》い女の子が、彼の教え子だと知ったときのおどろきといったら。姚さんを見るふりをして、ちらちらと彼女を盗み見ているのがばれたらと思うと体は強《こわ》ばり、そのときはどんな挨拶《あいさつ》をしたのかさえよく覚えていない——正直なところ、最初は何の本を読んでいるのか知りたかっただけなのに、彼女を眺《なが》めているうち、僕の興味は、本から彼女自身へ

と移っていった。

「彼女は聶曉葵《ニエシャオクイ》さん。僕たちは小葵《シャオクイ》と呼んでるんだけどね」

姚さんは屈託《くったく》ない笑顔でそう言った。

週末なのにH大学美術博物館には来場者も少なく、ゆっくり観ることができた。おどろいたのは、姚さんと僕が展示物の歴史的な背景について意見を交わしているところに、葵が加わってきたことで、ことに日本の神道と仏教習合の歴史については、僕よりも彼女の方が詳しいくらいだった。

でも、僕が美術博物館で過ごした三時間で最も印象に残ったのは、神社の鳥居を描いた巨大な油絵を鑑賞しているときの葵の後ろ姿で――その日の彼女は、白シャツと赤いスカートを身にまとい、その姿はさながら、鳥居の前に佇《たたず》むたおやかな巫女《みこ》のようだった。

「どうしたの？」

葵は、鳥のような愛くるしい眼差《まなざ》しで、彼女に見とれていた僕を見た。

「な、なんでも。きれいですね……写真かと思った」

「油絵だよ」

彼女は甘く微笑《ほほえ》んだ。そのときまで、僕は一目惚《ぼ》れなんてものは、まったくのでたらめだと思っていたのに、である。

午後二時に遅いランチをすませると、葵はクラスメイトと待ち合わせをしているからと先に帰ってしまった。そのときはがっかりしたけれど、姚さんにそんな気持ちを気取《けど》られるわけにはいかない。だが姚さんと連れ立って山登りを愉しみ、その夕食どきに彼がふと口にした思わぬ一言によって、僕の心はいっきに谷底まで突き落とされてしまったのである。

「小葵はまさに才色兼備というやつですねえ。そんな教え子を持った僕は、本当に教師冥利《みょうり》に尽きるというものです。まだ十四歳とは思えないほどしっかりした子だし、なかなか大人っぽいでしょう？」

じゅ、十四歳だって？


なんてこった。それって、要するに、中学生ということじゃないか。

姚さんに訊き返すと、彼はスマホでクラブ活動のときに撮影した写真を見せてくれた。姚さんは高校のクラスを担当していたから、葵も高校二年か三年生かと思っていたが、彼の生徒ではないという。姚さんはクラブ活動の担当も兼ねていて、葵はそのクラブに参加しているということらしい。香港の中学・高校は六年一貫制で、中学も高校も学舎は変わらない。

その日の夕食はいっこうに食欲が湧《わ》かず、姚さんの話も適当に聞き流した。昔の映画の『グッド・ウィル・ハンティング／旅立ち』で、心理学の教授が言っていたことを思い出す。運命の人に出会ったとき、その人とつかの間の時を過ごすためであれば、人は自分の人生のすべてを捨てても構わないと考えるようになる、と。しかし僕の場合は、理性でも超えられない禁忌《タブー》があった――彼女はまだ十四歳なのだ。

まさか自分がナボコフの『ロリータ』の主人公のような苦しみを味わうことになるとは思いもせず――というのは大袈裟《おおげさ》かもしれないが、世間の目からすれば、十二歳も十四歳もさしたる違いはない。

このやるせない気持ちを忘れてしまおうと、香港にいるあいだは、つとめてそのことを考えないようにしていたのだけど……ああ、どうやら神様はそんな僕に反対のことをさせようとしているらしい。香港を離れるその日になって、姚さんから連絡があり、葵との食事に誘ってくれたのである――僕への餞別《せんべつ》のつもりらしい。彼女の両親も一緒に来るという。二人とも姚さんとは面識があり、すでに葵から僕のことは耳にしていたらしく――ともあれ、展覧会のあの日、妙なことをしでかさなかったのは幸いだった――その五人での会食は、結局、彼らにご馳走《ちそう》になってしまった。

帰り際《ぎわ》、葵が僕の連絡先を知りたいと言ってきた。台湾での進学について相談したいことがあると言う。彼女の両親の目の前でラインを交換することになって、僕はすっかり舞い上がってしまい、スマホの背面レンズを指でふさいだまま、指紋認証のロックが解除されないのにおろおろしながら、「どうしてスマホが反応しないんだ?」と叫んでいた。

これには、葵の両親も大笑いだったが、彼らは僕がそこまで緊張していた理由を知らないのだ――実は、トイレでこっそりメールアドレスを書き留めたナプキンをポケットに忍ばせていて、僕はそれをどうやって葵に渡そうかと考えあぐねていたのである。

台湾に戻ってからも、葵と僕は、頻繁ではないものの、数日に一度は連絡を取り合い、ときには徹夜で話し込むこともあった。プライベートな話題はそれほどなかったが、お互いに打ち解けていくにつれ、彼女は好きな食べ物や作家、仲の良いクラスメイトのことなどを話すようになり、僕は家族のことや学校での悩みを打ち明けたり、将来の夢の話をするようになっていた。こうしてお喋《しゃべ》りに興じていると、彼女が六、七歳も年下の、それも中学生の少女という感じはしない。むしろ僕の先輩の女性たちよりしっかりしているのではと思えるほどだった。

姚さんは僕たちの仲をいち早く見抜いていたらしく――といっても、正直なところ、僕と葵は「親友」というほどでもなく、せいぜい「以前会ったことのある海外のネット友達」に過ぎないのだけど、僕の気持ちを察してくれていた。何しろ僕と彼は兄弟も同然の仲なのだ。意外だったのは、彼が葵との交際をしきりに勧めてくれたことで、僕をがっかりさせたり、警告することもなく、「あの子は友達が少なくてね」とラインの会話で教えてくれた。

「それに身近にいる悪い男なんかより、台湾にいる君の方が安心じゃないですか。ははっ」

三月のある日のこと、姚さんからクッキーの包みが送られてきた。リビングに置きっ放しにしていたそれが、葵からの「手作りクッキー」だと気づいたのは夜になってからで、僕は慌てて部屋を飛び出すと、クッキーを口に入れようとしていた父を呼び止めた。その一枚を除いては、すんでのところで父の腹に収まるのを免《まぬが》れた箱をあらためると、葵の文字で、「新しいオーブンを買ったので、ちょっとお試しでつくってみました」と書かれている。荷物を受け取ったときに気がつかなかった僕も迂《う》闊《かつ》だった。実を言うと、クッキーはあまり好きじゃない。でも、こんなに美味《おい》しいものを食べたのは生まれて初めてだった。お返しにと、姚さんに送った荷物には、葵が好きだと話していた絶版の小説本数冊と、松山文創園區《ソンシャンカルチャーセンター》で買った帽子を入れて、葵に渡してもらうことにした。実は葵への贈りものは、姚さんの荷物よりもさらに重かったのだけど。

この三ヶ月間はとても愉しかった。しかしその後、僕は最大の幸運と最大の不運に見舞われることになる。

大学近くにある店が催したキャンペーンで、香港の往復航空券と三つの賞品が当たったのだ。

このチケットは有効期限があったので、これを使って、五月の中旬に三泊四日で香港に行くことに決めると、さっそくラインで葵に伝えた。一緒にまた美術博物館を見学できればなあ、などと考えていると、それからすぐに、彼女から「いいよ」という返事があった。そのあいだは時間を空《あ》けてくれるという。

その返事で有頂天《うちょうてん》になったものの、彼女の早い返事にふと考えてしまった。彼女にとって、僕は先生の後輩にあたる。だったら普通の海外旅行者と同じではないか？　彼女の僕に対する親切も、所《しょ》詮《せん》はホストがゲストをもてなすようなものだとしたら……

そうだ。帽子だ。

葵と会う日に僕がプレゼントした帽子を彼女がかぶっていたら、それは僕への好意の表れと受け止めてもいいのではないか？

しかし、その期待はあっさりと裏切られた。

その日の葵は、紫色のワンピースを着ていた。その着こなしは大人《おとな》っぽくて魅力的だったけど、頭には何もつけていなかったのである。

僕が贈ったラベンダー色の帽子は、ワンピースにもぴったりだったと思う。それでも彼女は帽子をかぶっていなかった。それとも、彼女は帽子をかぶるのが好きではないとか？　そう言えば、女の子に服を贈るのには、多くのタブーがあるとネットで見たことがある。だが、帽子を受け取ったあと送られてきた彼女からのメールには、長いお礼の言葉が添えられていたではないか。あれもただの儀礼的なものに過ぎなかったというのだろうか？

僕の気分はその日の天気のようだった。晴れたと思えば雨が降り出し、陽《ひ》が射《さ》してはまた暗くなる。それでも彼女に会えたことが素直に嬉《うれ》しくて、そんなことも忘れてしまった。しばらく会っていなかったのに、彼女はときにはしゃいだ様子で、気さくに話しかけてきたりもする。前に会ったときよりも屈託のない笑顔を見せ、ある小説について語り出すともう止まらないほどだった。面白いことに、彼女は『舞姫』の話がもともと嫌いだったという。主人公が優柔不断すぎると感じていて、H大学美術博物館を訪れたあの日も、実は退屈していたらしい。展示そのものは興味深く、僕と先輩の話も面白かったので、ようやく気分が乗ってきたのだと言い、また、最近親友がよそよそしい態度をとっているのだけど、自分が何か悪いことをしたのかどうかわからない、と僕に打ち明けてきた。と言われても、僕は思いやりのある男でもないし、女の子の慰め方を知っているわけでもない。何かアドバイスを、と頼まれても、「彼女に直接訊いてみたら」とか「それが本当の友情だったら、そんな些細《ささい》なことで駄目になるはずはない」と、ありきたりの言葉を口にするのがせいぜいだった。今にして思えば、僕はただ気取っていいところを見せたかっただけなのだ。

ここは姚さんの信頼に応えておかねばと、夕食をすませるなり、夜の八時前には葵を家まで送ることにした。別れ際に挨拶をすると、彼女は笑いながら、明日またばったり偶然に会えるかもね、と言った。

「明日は結婚披露宴があって、両親と一緒に烏蛟騰村《ウカウタン》に行くんだ」

夕食のとき葵が教えてくれた。

「烏蛟騰村？」

「親戚が村長をやっているの。その村で結婚披露宴があって」

「それって、新界《ニューテリトリー》の村なのかな？　香港でも宴会をやるとは知らなかったな」

僕はふと閃《ひらめ》いて、訊いた。

「烏蛟騰村はどこにあるの？」

「船灣郊野公園《プロヴァーコーヴカントリーパーク》の近く……新娘潭《ブライズプール》のすぐそば。新娘潭は知ってる？」

「知ってる、知ってる！　明日、新娘潭を観光してみようかって考えてたんだ。いい写真でも撮れたらと思って……」

実を言うと、まったく知らないところだったし、僕は香港の地名もうっすらとしか覚えていない。

「あ、そうなんだ。だったら会えるかもね」

僕はホテルにとって返すと、すぐさまネットで新娘潭と烏蛟騰村に行く路線を調べ、翌朝早くにはバスで新界に向かうことに決めた。バスとミニバスをいくつも乗り換えて、ようやく新娘潭に到着し——さて、これからどうするか。そう、僕はそのあとのことをまったく考えていなかったのである。村に行ったとしても、そこで偶然を装って葵に会うことなどできるはずもない。そもそもそれって、ストーカーと同じじゃないか。それに葵の家族は、結婚披露宴のために村に行くのだから、新娘潭は車で通り過ぎるだけだ。途中で降りることもない。じゃあ、どうして僕は新娘潭に来たのだろう？

自分の愚かさを嘆いても仕方がない。気を取り直して、僕は新娘潭の自然遊歩道を歩きながら写真を撮ることにした。その日は一点の雲もない快晴で、滝やあたりの景色も美しい。ときおり道端には、盛り飯に箸《はし》を立てた脚尾飯《ジャオウエイファン》を見かけたが、いったいこれが何を意味するのかはわからなかった。

地元の鬼神を祀《まつ》るためなのだろうか？　それにしてはまだ旧暦の七月まで三ヶ月もある。

午後二時に、僕は緑色のミニバスに乗って新娘潭を出発した。何しろ急いで来たので、バックパックにはミネラルウォーターしか入れてきていない。腹ごしらえのできるレストランを探す必要があった。運転手は太った人で、ミニバスが狭い曲がりくねった山道を走り抜けるうち、僕は少し不安になってきた。

ミニバスがカーブのところで急停車した。どうやらエンジンが停まってしまったらしい。運転手は何度もエンジンをかけてみたものの、バスが動き出す気配はない。

「エンストだな、こりゃ」

運転手が僕たちの方を向いて言った。

事務所に連絡すると、ほどなくしてもう一台のミニバスがやってくるという。そうは言っても、この空腹は耐えがたい。スマホで調べてみると、ここから十分も歩けばレストランのある汀角路《ティンコックロード》に辿《たど》り着けることがわかったので、僕は運転手に「歩いていく」と伝えてバスを降りた。

幸いそれほど暑くはなく、歩くのもそれほど苦ではなかったが、

「辰兄《チエンシイオン》！」

五分ほど道を歩いているうち、突然後ろから呼びとめられた。

振り返ると、停車している車の窓からあの子が覗《のぞ》いていた――葵が顔を突き出し、こちらに手を振っている。

これは神様からの贈り物だと、そのときの僕は思った。

ついさっき僕の前を通り過ぎた赤い車が、葵の父親の運転する車だったらしい。葵は、山道を歩いている僕をめざとく見つけると、父親に「停まって！」と声を上げてくれたのだ。ミニバスが故障したこと、とにかくお腹《なか》が減っていたから歩いてレストランに行くつもりだったことを話すと、葵の父

は笑顔になって、僕を宴席に招待してくれると請け合った。

「だったら一緒に披露宴に出ませんか。新郎は私の従兄弟《いとこ》でね、新婦は台湾人だし、台湾の友人が参加しても大丈夫だろうさ」

申し訳ない気がしたが、葵も反対という顔はしていない。めったにない機会でもある。ついには欲望が理性に勝って、僕はそのまま車に乗り込んだ。葵の家族はみな着飾っていたが、僕は何とも貧乏くさい登山服という出《い》で立ちで、おまけに手ぶらである。これで宴席に参加するというのも台湾人として恥ずかしかったが、葵の母親は気にとめていないようだった。葵の機嫌が良さそうだったので、理由を訊いてみると、昨夜の僕のアドバイスのおかげで、親友の誤解が解けたという。仲直りをして、来週末には一緒に買い物に行くらしい。それは良かった。

僕にとっては素晴らしく幸せな一日になるはずだったのに、まさかこれが不幸の始まりになるとは

「そうだ。ひとつ訊きたいんだけど、新娘潭には伝統的なお祭りとかあるのかな？」

車が新娘潭を通り過ぎたところで、僕が何となしに訊くと、

「ないと思うけど、どうしてそう思ったのかしら？」

助手席に座っていた葵の母が、こちらを振り向いて訊き返してきた。

「あたりをぶらぶらしてたら、滝とかバーベキュー場近くの道端に脚尾飯が置いてあったから」

「脚尾飯って？」

葵が訊いた。

「香港では『脚尾飯』って言わないのかな？　お茶碗《ちゃわん》に盛ったご飯に箸を突き立てたもので――それをついさっきあのあたりで見かけたんだ」

僕が道の左を指差し、葵の父がそちらを向いたそのときだった。車が突然コントロールを失い、ガ

ードレールに激突していた。その直前に、車が何かにぶつかったのか、何かが車にぶつかってきたのかはわからない。ただ凄《すさ》まじい衝撃があった。天地がひっくり返るような感覚とともに、目の前が真っ暗になり、車に乗り込んだあとシートベルトをしていなかった僕は、衝撃で車外に放り出されると、そのまま坂道を転がり落ちていった。

ようやく目を覚ますと、僕は事故現場からかなり離れた山の麓《ふもと》まで落ちてしまったことに気がついた。その場をたまたま通りかかった文さんが見つけてくれなければ、僕はそのまま死んでいたかもしれない……。

文さんは本当に奇妙な男だった。背は高く痩《や》せぎすで、見たところ二、三十代といったところだが、実際はそれより歳《とし》がいっていた。くたびれた茶色のトレンチコートに、無精髭を合わせたスタイルが自分には合っていると言い、九龍のナンバーワン探偵にして都市の地下守護神を自称している。科学による迷信の払拭《ふっしょく》を唱え、不可解な現象や人間にふりかかる災厄《さいやく》を取り除くことをもっぱら研究しているという。その日、彼は不可解な脚尾飯にまつわる都市伝説の調査のため、新娘潭を訪れていたらしい。

この事故がきっかけで、僕は、父と少しばかり名前が似ているこの男と関わることになったのである。

意識を取り戻したとき、僕は自分の怪我《けが》のことなどそっちのけで、ただ一つのことだけを考えていた――葵はどこにいるんだろう？　彼女はどうしたんだ？　無事なんだろうか？

神様は公平だ。僕に幸運を与えたあと、不幸を運んできたのだから。僕はそう独《ひと》りごちた。

だが僕は、自分の不幸を罪のない人にまで拡《ひろ》げてしまったのだ。

あの事故で、葵は重体になった。幸い一命は取り留めたものの、意識不明の状態が続いている。車は炎上し、彼女の両親はその場で亡くなった。警察の調べによると、道端から突然飛び出してきた猪《いのしし》が車にぶつかってきたらしい。葵の父親がそれにおどろき、車はコントロールを失ってしまったというが、速度が遅かったにもかかわらず、なぜこんな大事故になったのか、警察でもその原因は不明だという。ともあれ結果的にはそうなってしまい、一番皮肉なのはぶつかってきた猪は無傷だったということだ。

その事実を知ったとき、僕は思わずその場にへたり込んだ。包帯を巻かれ、カテーテルを挿《い》れられた葵の痛々しい姿を前にして、僕は涙を堪《こら》えることができなかった。

僕が気まぐれに新娘潭など行かなければ、葵の父親が僕を乗せようと車を停めることもなかったろうし、僕が妙な話を切り出して彼が脚尾飯に気を取られなければ、車は猪にぶつかることもなかったのだ。そうすれば葵が怪我をすることもなく、彼女の大切な両親が亡くなることもなかったはずなのだ。

悪いのは僕だ。

すべては僕のせいだ。

僕は航空チケットの日程を変更して、そのあとも一週間ほど香港にとどまったが、結局、僕は葵のために何をすることもできないまま台湾に帰った。姚さんは葵の事故のことでひどく動揺していたが、彼に打ち明けたところで葵をどうすることもできない。僕が台湾に帰ったその日、空港へ見送りに来てくれるはずの姚さんの姿はなかった。何でも生徒が飛び降り自殺をしたらしく、彼は保護者や生徒たちの心のケアに追われていたらしい。

「自殺した生徒というのは、葵の親友だったんだ。ああ……もっと僕が気をつけていれば……」

姚さんは、長距離電話の向こうで溜《た》め息をついた。

事故の直前に、親友と仲直りをしたと話していた葵の笑顔を思い出し、僕の頭は真っ白になった。

一命を取りとめたとはいえ、それから一ヶ月のあいだは魂の抜けたような日々を過ごし、期末試験の結果も散々だった。夏休みはずっと家に引きこもり、誰にも会う気はなかった。香港に行ける旅費ぐらいの蓄えはあったが、かといって昏睡状態にある葵にどんな顔を見せればいいというのだろう。僕が変な気を起こしたばかりに、大好きな子の家庭を壊してしまったのだ。

犯した過ちはどうすることもできない。

「方法だったらあるぞ」

昨年の十月なかばに、文さんが僕にそんなことを言った。

「香港に行かなくてもできる、っていうのはいいんだが、ちょっとリスクがあってね」

「リスク?」

「命を賭けたゲームさ。勝率は九分の一だ」

文さんの話だと、それは「新娘潭の箸の呪《のろ》い」を研究しているうちに見つけたものらしく――それこそは香港で僕が目にした脚尾飯なのだけど――そこにはいささか込み入った事情があるらしい。

「箸の呪い」というのは香港のネット番組がつくり出した都市伝説で、理論的に呪いの効力は認められないものの、それは隠微《いんび》に作用して、呪いをかけられたものにはさまざまな不幸が降りかかるのだという。

「そんなものは迷信だって言ってなかったっけ?」

僕は訊いた。

「『呪われた人間が不幸に見舞われる』というのは迷信に違いないんだが、呪われた人物に対する悪意は確かに存在する。この世界には因果の法則というのがあるんだ。バタフライ効果のようなものでね、因果とは、俺たちの見ることができない現実の背後にある法則のことだ。背後にある法則に何者かの力が介入すると、原因と結果に歪《ゆが》みが生じ、本来ならば繋《つな》がっていない原因と結果が互いに引き寄せられることになる。『応報』という言葉は知っているだろ? 一般的には『カルマ』と訳されるが、こいつは明らかに誤訳でね。なぜなら『カルマ』というとき、そこでは善と悪しか考えられていない。俺はむしろ『業《ごう》』とした方が、中立的でいいと思うね。人間が行うすべての決断と行動は『業』の一部であり、『箸の呪い』の背後には『業』を妨げる力があるんじゃないかと、俺は思ってるんだ」

こういう話題になると、文さんは饒舌《じょうぜつ》になる。

「それはいわゆる疑似《ぎじ》科学とは違うのかな？」

「百年前は量子力学が疑似科学だったんだぜ。五百年前はというと、太陽が地球を回っていて、三千年前は地球が平らだと考えられていた」

文さんの話だと、香港の「箸の呪い」は、日本の「おはしさま」という、願い事を叶える儀式と関係があるらしい。都市伝説を捏造《ねつぞう》したネット番組が、その儀式を元に改変した「おはしさま」は、台湾に伝えられる「筷子仙《クアイズシイエン》」とも非常に似通っている。そこで彼は、「箸の呪い」の背後にある力は、「おはしさま」や「筷子仙」に関係していると睨《にら》んだわけだ。彼の調査によると、「筷子仙」で願いを叶えた人は確かに存在するらしい。八十四日間の儀式の間に行方《ゆくえ》不明になったり、事故で亡くなったりした人の数も多く、「筷子仙」によって願いを叶えることができるのは九人に一人で、残りの参加者は命を捧げる必要があるという。

「それで俺は、この実験の参加者を探していたというわけさ。十一パーセントの確率で君の恋人を救うことができるんだぜ。一方、リスクはというと、八十九パーセントの確率で君は寝ている間に突然死するかもしれないということだ。どうだい。こいつに賭けてみるかい？」

僕は迷うことなく、即決した。

葵を目覚めさせることができるなら、自分の命を賭けてもいい。そう思ったのだ。

最初にあの奇妙な校舎にいる夢を見たとき、それは「筷子仙」がこの儀式に僕の参加を認めてくれたお知らせだと確信した。ただ、僕が知らなかったのは、その呪法《じゅほう》を解く鍵を文さんはすでに知っていて、僕を守ってくれたということで、

「ハック・ザ・システムさ。どんなシステムにだって脆弱《ぜいじゃく》性はある」

彼は僕に言った。

「君は絶対に生き残れる」

「でも……それじゃあ、命を捧げた残りの八人にとって不公平にならないのかな？」

「夢のなかで出会った八人は、毎回同じ八人じゃないかもしれないんだぜ？　九人で戦うPvPバトルロイヤルゲームだと思っていたら、実は同じ九人のキャラクターがコピーされただけかもしれないんだ。プレイするたびに違うプレイヤーが操作するMMORPGだってことも考えられる」

文さんの考え方はちょっと変わっていたが、僕には取り立てて反論する理由も見当たらない。

一日一回の儀式を家族に見つからないよう、僕は大学で竹箸を研ぎ、お茶碗に突き刺して願い事を続けていた。正直に言うと、この儀式をしっかりやろうとすれば骨が折れる。最近では野生の竹を手に入れることも難しいし、人目のつくところで脚尾飯をするわけにもいかない。弁当はどこかで買えばいい。茶碗は持参するとして、それから静かな場所を探し、茶碗に弁当の飯をよそい、儀式を執《と》り行う。それでも同級生たちは、僕が茶碗を持ち歩いていることを怪訝《けげん》に思っていたらしい。その場では環境保護のためだよ、と嘘《うそ》をついたものの、さすがに毎日隠れて食事をしていたら、怪しまれるのも仕方がない。火のない所に煙は立たず、だ。十二月のある日のこと、儀式を執り行っているところを友達に隠し撮りされてしまい、相手はこれをネットに公開するか、父に言いつけると脅してきた――その同級生の父と僕の父は旧知の仲なのだ。あんたの子どもは毎日死人に祈りを捧《ささ》げているそうじゃないか――その話を聞いた父から、スマホの動画を突きつけられたときは、「願い事を叶える遊びだよ」とかわしたものの、父はネットで「おはしさま」について記したサイトを見つけたらしく、

それから僕を助ける方法を見つけるべく、二十人以上の道士を訪ねて回った。しかしそんな父が最後にすがったのが、道教の道士ではなく、とある有名な作家先生だというのはおどろきだった。僕は彼女の小説の愛読者ではあったものの、「おはしさま」の儀式を始めたのが実は彼女で、事件の鍵を握る人物だったなど知るはずもない。B小学校で彼女の告白を聞いて、僕はその天の配剤に戦慄せずにはいられなかった。

「さすがにそればかりは、俺も推理できなかったなあ。そうだったとはね」

ことの真相を知った文さんもおどろきを隠さずにそう言うと、さらに続けた。

「それにしてもいいタイミングだったな。こんなヒントを得ることができるとは、台湾に来た甲斐《かい》があったってもんだ……しかしまあ、長いあいだ探していたものが、何の苦労もなく、こうもあっさりと手に入るとはね」

「いったい何のことだい？」

「あの珊瑚《さんご》の箸さ」

文さんが今まで手掛けてきた事件には、三つの要素が欠かせないという——それは、人、事象、物である。「人」とは事件を引き起こした人物であり、「筷子仙」の事件においては、くだんの作家先生と、僕の父の前妻ということになる。「事象」とは事件の背後にある要因だ。それは物語であり、作家先生が幼いころに、「おはしさま」を召喚して占いをしたことや、B小学校の失踪事件がそれに当たる。「物」は事件を誘発した「もの」であり、それは例えば呪いに用いる人形や殺人事件の凶器などがそれにあたる。「王仙君《ワンシイエンジュン》」の宿る珊瑚の箸は、この事件に関連した「物」に違いない。

「考えてもみろよ。単純な思いつきがこんなにも大きな出来事を引き起こすもんかね？　現実の背後に存在する、宇宙のように広大な『因果の網』が作用したとは考えられないかい？」

文さんはそう言って指を立てた。その姿は研究発表を行う学者のようだった。

「ノー、ノー、ノーだ。中絶して産まれなかった赤ん坊が孫悟空《そんごくう》や三太子《さんたいし》の生まれ変わりであるはずもないし、人間の悪意や恨みだけで、この三、四十年のあいだに儀式の参加者に同じ夢を見せることなどできるはずがない。怨念を無限に増大させ、因果律を妨げるために、あの特殊な箸が使われたのさ。4Gのアンテナのように、元の帯域《たいいき》信号を拡散させ……」

文さんはそう切り出すと、「竹箸」を「スマホ」にたとえて得意の長広舌《ちょうこうぜつ》を始めた。共通の儀式によって「ユーザ」同士がリンクされ、B小学校の「サーバ」に「ログイン」させる。彼の言うことはひとつひとつは理解できるものの、それらが積み重なっていくと、まるでコンピュータ言語のように訳のわからないものになってしまう。

作家先生の話では、元宵節《げんしょうせつ》に「送神」を行い、その一方で僕が儀式を続けていれば願いは叶うという。この点については僕も納得できたものの、文さんと、僕の異母兄弟にあたる道士の兄と会って話をするにつれ、この作家先生の計画には重大な陥穽《かんせい》があることが判明したのである。

「少し前に古い友人から箸を返してもらったんだが、それは元の珊瑚の箸ではなく、母の骨だったんだ」

兄さんは、血のように赤い箸を取り出して、僕たちの前に置いた。彼は十五年前に、母の骨からつくった珊瑚の箸が消えてしまったのをきっかけに、手許《てもと》に残していたもう一本の箸を海に投げ捨て、運命に抗《あらが》おうと心に決めたという。

文さんの計画はこうだった。まず「送神」の儀式を終えたあと、作家先生は父から受け取った珊瑚の箸を兄に返す。そして文さんは兄から箸を直接受け取る。だが厄介《やっかい》なことに、肝心の箸はいま手許に片方しかない。作家先生が「請神《チンシエン》」の際に使った一揃《ひとそろ》えの箸でなければ、「送神」がうまくいかない可能性もある。

「いや、ひとつでも大丈夫かもしれないぜ」

文さんが兄に対して言った。

「道士先生。あなたは『送神』の際に、上に載せた箸が遺骨からつくられた一本じゃないことを確かめてくれればそれでいい」

「それでいいのかい？」

僕は横合いから口を挟んだ。

「『箸神』の儀式は、一本の箸を米缸《ミイガン》に突き刺し、もう一本を支点にして、神意を授かるというもので、実際に効力を発揮するのは一本だけだ。今回のもそうだが、珊瑚の箸は言うなれば『ブースター』で、そこに『神が宿る』だの『霊に取り憑《つ》かれる』だのというのは、まったくナンセンスな話でね。その作家先生だって、下手《へた》に疑ったりしなければ、彼女の思いは、箸を通じて亡くなった彼女の子どもへと繋がり、送神の儀式はそれで滞《とどこお》りなく終わるはずだ。もっとも理論としてはその通りなんだが、実際はどうかというと、俺にもちょっとわからない。まあ、ダメ元ってやつだよ。うまくいくことを祈るしかないな」

ついに八十四日で満願となり、僕は文さんの言う通りに生き延びはしたものの、姚さんから良い知らせを聞くことはできなかった。葵はまだ入院したまま意識が戻らないという。僕の「筷子仙」のやり方に何か問題があったのだろうか。それとも文さんの「ハッキング」が「筷子仙」に気取《けど》られ、僕の願いは受け入れられなかったのか。あるいは僕たちがB小学校で進めた調査といささかの関わりがあるのか。わからないままでいる僕に、文さんは「心配するなって」と言った。

「あと二週間待ってくれないか。『送神』が完成するのを待って、一緒に香港に行って確認してみようじゃないか」

僕ははやる気持ちを抑えるのに精一杯だったが、仕方がない。結局、他に選択肢はなかったのだから。

元宵節が終わると、僕たちはもう一度兄の元を訪ねた。彼の話では「送神」は滞りなく終わり、二本の箸も今は手許にあるという。約束通り「王仙君」の箸は文さんの手に渡り、兄は母親の遺骨から仕上げた箸だけを手許に残すことになった。

「送神」から二日後、文さんと僕は香港行きの飛行機に乗っていた。おりよく学生を連れて台湾を訪れていた姚さんに、僕たちの香港行きを告げると、空港に停めてあるブルーのホンダ・ジャズのキーを貸してくれた。さらにホテル代も節約できるからと、彼が一人暮らしをしている部屋も自由に使っていいという。

「天気は悪くないな」

香港の国道八号線を走りながら、文さんは前を向いて青い空を眺めていた。

「ついにすべてを終わらせるときが来たってわけだ……」

僕はアクセルを踏みこみ、スマホのナビに従って葵のいる病院を目指した。箸だの、筷子仙だの、そんなことはどうでもいい。葵が恢復《かいふく》するのであれば、神だって殺せるし、悪魔に魂を売り渡して地獄に堕《お》ちてもいいとさえ僕は思った。

文さんは箸の片方を手に入れた夜、僕に言った。

「これで準備万端だ。さあ、すべてを終わらせようじゃないか」

「葵を救うってことかい？」

その意味をはかりかねて、僕が訊くと、

「それもそのうちの一つではあるけどな」

文さんは妙な笑いを浮かべてそんなことを言った。

二

僕は病院の駐車場に車を停めると、半年以上前の記憶を辿りながら、葵のいる病棟を目指して歩き出した。

「ちょっとここで待っててくれ」

病棟に入ろうとすると、文さんはそう言って、建物のなかに入って行った。二分ほどすると戻ってくるなり、

「いいぞ」

と僕を呼んだ。

どうしてここで僕を待たせたのだろう。しかしそのときの僕にはそんなことを考えている余裕はなかった。「筷子仙」がその効力を失ってしまったために、葵を目覚めさせることができないのではないか。あるいは僕があんな儀式を行ったがために、葵は巻き添えをくらい、「筷子仙」はその代償として彼女の命をもって償わせるのではないか。そんな恐ろしい考えが脳裡《のうり》に浮かび、言いようのない不安な思いが胸底に込み上げてくる……

重い足取りでエレベーターを出て個室に入ると、葵の美しい顔が目に飛び込んできた。傍《かたわ》らの医療機器は彼女がまだ生きていることを示している。それを見て少しはほっとしたものの、よく見ると、ベッドの上で目を閉じたまま横になっている彼女の体には、カテーテルが挿入されている。その姿を目《ま》の当たりにして、僕は胸苦しいまでの思いにとらわれていた。

「よし、彼女を目覚めさせるための最後の儀式にとりかかるとしようか」

文さんが言った。

「最後は、君がその箸を使って何かをするんだろう？」

「違う、俺じゃないって」

窓際の椅子に腰を据えると、ズボンのポケットに手を入れ、脚を組んだまま文さんが言った。

「何かをするのは君の方さ」

「僕が？」

「お姫様を目覚めさせるのは、もちろん王子様のキスだろ」

文さんが唇の端を上げて笑う。

「冗談言わないでくれ」

僕は気色《けしき》ばんで言った。

「誰が冗談なんか言うもんか。俺の見立てじゃあ、すでに君の願いは叶っているんだよ。彼女がまだ起きない理由はただ一つ、起きたくないからだ。もし自分だったら、両親が死んで、親友が自殺して、こんなクソみたいな現実に戻ってくる理由があるかい？　彼女を目覚めさせるには、誰かが自分のことを気にかけてくれている、愛しているってことを伝えなきゃな。そしてこの世に楽しみがあることを知ってもらうのが一番なんだよ」

「だからってキスはないだろ」

「君は『白雪姫』とか『眠れる森の美女』とか、『シンデレラ』を見たことがないのか？」

「シンデレラは王子様のキスで目を覚ましたわけじゃないだろ！」

「わかったわかった。俺が間違ってたよ。まあ、どうしても君が聞きたいっていうなら説明するけどさ、人間の呼吸っていうのは酸素と二酸化炭素の交換という単純なものじゃない。『氣《き》』ってやつは、化学や生物学以外の分野においては別の意味を持っている」

文さんの演説がまた始まった。

「もしここに道教《どうきょう》の兄さんがいたら、俺を支持してくれたろうな。道教の『内丹術《ないたんじゅつ》』っていうのは、呼吸によって体内の陰陽を調和させることだ。修練を続けてその道を究めると、『煉精化氣《れんせいかき》、煉氣化《れんきか》神《しん》』――すなわち精を練って氣へと変容させ、その氣によって陽神へと変えていく。これは道教の信徒にとっては基本のキなんだが、春秋戦国時代の『行氣玉佩銘《こうきぎょくはいめい》』には『行氣、深則蓄、蓄則伸、伸則下、下則定、定則固、固則萌、萌則長、長則退、退則天、天几春在上、地几春在下、順則生、逆則死』（行気の技法は、深く吸い、その息をさらに増して下へ伸ばし、蓄えたる息をしかと止めることにある。息を吐き出すときは、草木が芽生えるがごとく上へと伸ばし、その深奥に至るまで吐き切ること。さすれば天機は上へと動き、地機は下へと動く。この法に従えば生き、従わない場合は死することになる。）と記されている。『氣息』とは生命の源だ。『筷子仙』が道教に深く関わっているとしたら、俺たちだって、道教のやり方で願いを叶えるのが筋だと思わないかい？」

「で、でも……葵は、まだ十四歳なんだぞ！」

僕は慌てて、一番言いたくなかった言葉を吐き出した。

「なんだ。そんなことを気にしてたのか？」

僕の必死ぶりに、文さんはにやにやしながら、

「違うって。彼女の誕生日はもう過ぎているから、十五歳のはずだ」

「十五歳も十四歳も変わらないって！　未成年なんだぞ！」

「じゃあ、彼女がその年頃になったら、いいってか？　たいしたもんだ」

「ち、違うってば！　僕はただ、それにつけ込んでそういうことをするっていうのが、その……」

「彼女を救いたいとは思わないのかい？　自分の命を捧げるのはいいってのに、君がそんな常識にとらわれているとはねえ」

文さんは急に真顔になると、説いて聞かせるような淡々とした口調になって、

「結局、君はあとで彼女にばれたら、嫌われるんじゃないかと考えてるんだろ」

文さんの言葉に僕ははっとなった。好きな子がこんな状態なのにつけ込んで、そんなことをするのは、彼女を傷つけることになりはしないか。僕はそう思っただけだ。だが、むしろその考えこそが自分勝手なのかもしれない。悪意はないのだ。だったら、なぜそこまで気にする必要がある？　葵が恢復するのであれば、どんな代償を払ってもいいと言ったはずだ。僕は、葵の幸せよりも、彼女の心のなかにある自分のイメージを気にしているだけじゃないか。

もし彼女が目を覚まして、「変態」とあしざまに罵《ののし》られようとも、僕はその言葉を甘んじて受けるべきではないか？　なぜならあの日の交通事故は、僕のせいなのだから……

僕は一歩踏み出すと、葵のベッドのそばに立った。

「まずはその鼻に入っているチューブを外すことだ。そんな姿のまま目を覚ましたくないだろ。俺だったら嫌だね」

文さんは軽い口調で言った。

僕は文さんに言われた通り、チューブを外す。葵は意識のないまま、このチューブから流動食を摂《と》るしかなかったことに胸が痛んだ。間近に彼女の姿を見ると、かなり痩せている。一緒に食事をしたときのことがふと脳裡に蘇《よみがえ》り、僕はますます哀《かな》しくなった。

とにかくキスだ。文さんは下らないことを言うけれど、大事なときには絶対に嘘をつかない。

彼は僕の命の恩人なのだから。

右手をベッドの端におき、身を屈《かが》めながら葵の顔に唇を近づけていった。百メートルを全力で走りきったときより速い胸の鼓動が耳につく。葵の体から立ちのぼる少女の香りが、柔らかく鼻腔《びこう》を包み込む。あともう少し頭を下げれば、桜色の唇が僕の……

「辰……兄？」

僕はあまりの衝撃に飛び上がった。互いの唇が重なろうとするまさにそのとき、葵は突然目を開けて、うつろな声で僕の名前を呼んだのである。

「ご、誤解だって……僕は、ただ……」

僕が文さんの方に目をやると、彼は腹を抱えて笑っている。

まったく、あいつときたら。

「辰兄なの？　彼は誰？」

葵は文さんの方を向いて、そう訊いた。

「彼かい？　小葵、君は……」

僕はまだ先ほどの衝撃から立ち直れないまま、いったい目の前で何が起きているのかをはかりかねていた——目を覚ましたばかりの彼女は、「ここはどこ？」とか「パパとママはどこなの？」とか、「いったい何があったの？」とは訊かなかった。「いったい何をしようとしていたの？」と問い詰められることは免れたものの、「彼は誰？」と、どうも場違いなことを訊いてきたのである。

「文だ。文さんでいいよ。小葵」

文さんは椅子から立ち上がると、

「品辰とはまあ、腐れ縁ってやつだな。こんな形で起こしてしまってすまなかった。しかし、『筷子仙』だって君を目覚めさせることはできなかったんだ。なあ、『鬼新娘《グワイサンネウ》』さん」

鬼新娘だって？　いったいどういう意味なんだろう？　葵に訊こうとしたが、彼女の顔は強ばり、今まで見たことのない怒りの表情を振り向けると、

「あなたはいったい誰？」

葵は冷ややかな口つきで文さんに言った。

「『鬼新娘』のことをどうやって知ったの？」

「俺は探偵でね。世の中の不思議な事件の調査を専門としている」

文さんは軽い口調でそう返すと、

「俺はもちろんあの番組の事件のことも知っている。どういう方法で、罪のあるあいつら三人のスマホに妙なメッセージを送りつけたのか、ってところもね。超常現象は俺の専門分野だ。間違った答えをすべて排除していけば、どんな奇妙な事件であれ、その謎《なぞ》を解き明かすことなどわけはない、ってこと。だがこれだけは言っておこう。何も俺は君のしたことに口を差し挟むつもりはないし、むしろ君にはよくやった、と言いたいくらいでね」

「いったい何を言ってるんだ？　番組に、罪のあるって、いったい何のことだ？　文さん、君は小葵の……」

「何てことはない。すべて小葵が昏睡状態にあったときに見た夢のことさ」

文さんはそう言ってわざとらしく葵にウィンクをした。意外にも葵は怒りの矛《ほこ》を収め、文さんの言葉を受け入れたようだった。

「小葵、君のお父さんとお母さんは……」

僕は、これ以上わからないことに深入りするのはやめておこうと思い、彼女に重い真実を伝えるべく、あらかじめ考えていた言葉を口にした。

「私、そのことだったらもう知ってる……」

「ええ？」

「パパとママは事故で亡くなって、小魚《シャオユー》は飛び降り自殺をして……」

なぜ彼女は知っているんだろう？　意識を失っていても、他人の会話が聞こえていたとでもいうのだろうか？　思わず訊き返そうとしたが、葵の悲しそうな目を見て、僕は思いとどまった。今はそんなことを訊くべきじゃない。

「そうだ。小葵がやっと目を覚ましたんだ。すぐに医者を呼んで診《み》てもらわないと……」

両親と親友を亡くした彼女の気持ちをひとまず落ち着かせることが先決だ。僕は話題を変え、ナースコールを鳴らそうと手を伸ばした。

「ちょっと待ってくれないか」

文さんは僕の手を制すると、

「先に小葵の意見を訊いておこうじゃないか」

「えっ？」

僕は思わず訊《たず》ねた。

「小葵さ。今、君の目の前には二つの選択肢がある」

文さんは僕を無視して、葵の傍らに立つと、二本の指を立てた。

「普通の選択は、医師に来てもらって診察を受けることだ。それからしっかりとリハビリに励めば、すぐに学校に通えるようになる。そうすれば元の生活に戻れるだろう。だが夢に出て来たあいつら三人は、君の状況を知ることになるだろうな。君が昏睡《こんすい》状態にあるうちは何の問題もなかったかもしれないが、目を覚ましたとなるとそうはいかない。あいつらと君は対等さ。君があいつらに下した罰も、効き目は失われる。もう一つの選択肢だが、こいつは常識から完全に外れたものでね、品辰と俺は、ある事件を調査していて、それは君に起きたことと少なからず関係のあるものなんだが、どうだろう。もし君がいいと言うなら、俺たちと一緒に行かないか」

「文さん。いったい何を言ってるんだ？　小葵が『筷子仙』と関係がある？　だって彼女はこの九ヶ月のあいだ、ずっと昏睡状態にあったんだぞ。そのあいだはもちろんこの病院にいて……」

「それが私といったいどんな関係があるんです？」

葵ははっきりした声でそう訊いた。

『鬼新娘の呪い』はたしかにあいつらがでっち上げたものに違いない。彼らは『おはしさま』と呼ばれる儀式を参考にして、本物っぽく見せようとしたわけだが」

「つまり、私が事故に遭ったのも、その呪いが関係してるって言いたいの？」

その考えは受け入れられないというように、葵はまっすぐ文さんの目を見つめていた。

「いや、君に起こった事故が『誰か』の呪いによるものだと言いたいわけじゃない」

そう言って、文さんは首を振ると、

「俺が言いたいのは、何か人為的な力が介入し、それによって悪意が尋常ではない形で因果律を乱した結果、悲劇を生んだということでさ。ネットで見かけた、『箸の呪い』が成功して、誰かに不幸をもたらしたって話も、あながち偶然とは言い切れないんだ」

「文さん、君は――」

「私、一緒に調査したい」

僕が言いかけたところを遮るように、葵がきっぱりと言った。彼女は両手で上半身を支えようとしたが、うまくいかない。

「小葵！　君の体はまだ……」

「辰兄、もし文さんの言ったことが本当なら、私、真実を知りたい」

葵は真剣な眼差しになって僕を見た。

「パパとママと、小魚のために何もできなくたって、どうして私たちがこんな目に遭ったのか、その理由を知りたい」

あの日、僕が妙な下心を起こして新娘潭になど行かなければ、君はこんな不幸な目に遭うこともなかったんだ――そう言いたかったが、僕にはその勇気がなかった。

「よし。そうなったら善は急げだ。今すぐここを出るとしよう」

そう言うなり、文さんは病室のドアの前まで歩いていくと、用心深く廊下の左右を見廻《みまわ》した。

「おい、文さん」

「俺は見張り役だ。君は車椅子《いす》で小葵を連れ出してくれ」

文さんは、ドアの脇に折りたたまれて置かれている車椅子を指差した。

「ちょっと待ってくれ。そんなこっそりやらなくても……」

「病院が彼女を退院させると思うか？ 彼女は未成年なんだぜ。退院させるかどうかは彼女自身が決められることじゃない。彼女の今の法定後見人が、親戚なのか、それとも政府の福祉局の人間なのかは誰も知らないんだ」

「だったら――これは未成年の誘拐、ってことになるんじゃないのか？」

思わずそう声を上げそうになったが、部屋の外にいる看護師たちの注意を引くとかえって面倒なことになる。

「人質の方がこれだけ積極的なんだ。俺たち誘拐犯も張り切らないわけにはいかないだろ」

文さんは顎を撫《な》でながらそんなことを言った。葵の方を振り返ると、彼女は右腕に挿入されていた点滴のチューブを引き抜こうとしている。だが、左手の指に力が入らないらしく、テープを剝《は》がして針をつまむことさえできなかった。

僕はそんな様子を呆然《ぼうぜん》と見守っていたが、葵の表情を見て、心を決めたらしいと見てとると――このまま止めることができないなら、最後まで彼女の手助けをしようと腹を決めた。葵を助けようと近づいたが、不器用な僕ではどうにもならず、とにかく車椅子を起こすとベッドの脇に置いた。続いてベッドに吊《つる》してあった輸液バッグを外し、「ごめん」と言って彼女を抱き上げるなり、車椅子に乗せた。ベッドの端に別の輸液バッグがあったので、それも慌てて一緒に外すと、彼女の膝《ひざ》の上に置く。

葵が顔を顰《しか》め、耳まで赤らめて戸惑っているのを不思議に思いながら、僕はベッドから毛布を剝ぎ取り、彼女にかけた。車椅子をドアのところまで押していくうち、僕は葵が恥ずかしそうにしている理由に気がついて、自分の愚かさに呆然となった。彼女は九ヶ月ものあいだ昏睡状態だったのである。ベッドにかけてあった袋は輸液ではなく、尿道カテーテルを取り付けた尿袋だった。

文さんの指示に従うまま病棟を出ると、僕たちは何の障害もなく駐車場に到着した。葵を後部座席に横にすると、僕は文さんと二人で車に乗り込み、そのままあっけなく病院から抜け出すことができたのである。

だが車が高速道路に入った途端、僕は後悔し始めていた。

「患者を『連れ去った』ことが看護師たちにばれたら、警察に通報されるんじゃないか？」

そのときになってようやく、恐ろしい結果が待ち受けているのではと不安になってきた僕に、

「いいや」

助手席の文さんはすっかり寛《くつろ》いだ様子であっさりと否定した。

「そう言えば、病院に入る前、僕を二分も待たせたじゃないか。あれはどうして？」

僕はふと文さんを見やった。もっとも運転している以上、悲劇を繰り返さないためにもじっと前を見ている必要がある。

「転院記録を偽造してたんだよ。当直の看護師や医師は『妙だ』と思ったかもしれないが、コンピュータには『葵は別の私立病院に転院』となっているはずだ。香港じゃあ、今は看護師不足だからな、おかしいと思っても、そんな細かいことを気にするはずもないさ」

文さんは淡々とした口調でそんなことを言った。

「コンピュータの記録を改竄《かいざん》したって？」

訝しんでそう訊くと、彼は、

「ああ。ついでに廊下と、エレベーターと、駐車場の監視カメラもオフにしておいたから、看護師が

おかしいと思ったって、それ以上調査のしようもないだろうさ」

なんてやつだと思う。僕たちが病棟に入る前から、文さんはこうする計画を立てていたのだろう。つまり、葵を誘拐するという選択肢はすでに用意されていて、彼女がそれを受け入れることまで文さんは見越していた。僕がそれに協力することも。

バックミラーに映った葵に目をやった。彼女は後部座席に横たわり、膝を曲げた格好で毛布をかぶっている。ふと、僕と目が合った。その表情からは、彼女が何を考えているのかはわからない。今のこの状況を悲しんでいるのか。それとも、僕たちと一緒に逃げるという無謀な決断をしたことを後悔しているのか――

さらに言えば、僕の心のなかにはさまざまな疑問があった。文さんが彼女に言った言葉の意味は？「罪のあるあいつら」とは？　そして「呪い」とは？　誰かが葵に呪いをかけたとでも？　そして、彼女は意識を失ったあとも、周りで起きていたことを正確に知っているように見えるのはどうしてなのか？　いったい何がどうなっているのだろう……

「品辰、いやらしい目で彼女を見るのはやめろって」

笑顔で文さんが言った。

「そんなことないって！」

僕は慌てて目をそらした。

「小葵」

文さんは後ろを向くと、右手をシートの背もたれに置いたまま、いかにも軽薄な声音になって、

「品辰はすぐ顔に出るからな。どうやら、昏睡状態にあった君がどうして周りで起きたことを知っているのかが、わからないらしい。いちいち説明するのも面倒なんで、それを彼に見せてくれないか？」

後ろから息を呑《の》む声が聞こえてきた。バックミラーには、呆然とした面持ちで文さんを見つめている葵の姿があった。それとはいったい何のことなのだろう？　文さんがどこを指さしているのか見えないので、もしかすると、二人にしかわからない符牒《ふちょう》なのかもしれない。

「どうして知ってるの？」

葵がか細い声で言うと、

「たまたま病室で見かけただけさ。君がそのなかの一人じゃないかと思ってはいたんだが、自分の推理が正しかったのか確認したくてね」

「いったい何の話をしてるんだ？」

完全に自分だけが蚊帳《かや》の外であることにいらいらして、僕は訊いた。

「品辰、君が袖をまくって、まず彼女に見せてやってくれないか。その方が説明がしやすい」

文さんの言っている意味をはかりかねたが、「袖」と言うなら当然、「左腕」を見せろ、ということだろう。僕はハンドルを左手に持ち替えると、右手で袖をまくり上げ、後ろに伸ばしてみせた。

「ああっ！」

僕の腕にある魚のような赤い痣《あざ》は、葵を怖がらせるんじゃないかと思ったが、彼女の反応は予想外だった。おどろいた表情は戸惑いに変わり、彼女は毛布の下から左腕を伸ばすと、患者衣《い》の袖をゆっくりとまくった。

そう、それは僕のものと同じ、魚のような赤い痣だった。

「え、ええっ？」

あまりの衝撃に思わずブレーキを踏みそうになる。どうにか気持ちを落ち着けると、僕は訊いた。

「小葵も『筷子仙』に願い事をしたのかい？　それとも、君は『おはしさま』と呼んでいたのかな？」

「おはしさま？」

葵は僕の方を向いてそう訊き返した。

「恋人みたいで、お似合いじゃないか」

文さんはからかうように言うと、続けて、

「でも品辰。君と彼女の痣は同じ、ってわけじゃない。彼女は言うなれば生まれつきの貴族で、君の爵位は金で手に入れたようなもんだ」

「もう少しうまい言い方はできないのかい？」

「ユーモアのわからないやつだな。要するに君の痣は後天的なもので、小葵のそれは生まれつきのもの。そういうことさ」

「そうだ。以前、辰兄に会ったときは、そんな痣、なかったような気がするんだけど」

葵がまだ腕の痣を見つめているのが恥ずかしくなって、僕がハンドルを握り直すと、文さんが横合いから口を挟んだ。

「小葵、そのことについて、ちょっと説明させてくれるかい」

文さんは真面目《まじめ》な口調になって、話を始めた。

「君は腕にある魚のような形のそれを、ただの見苦しい痣だと思っているかもしれない。だが、こいつには曰《いわ》くがあってね。これは君が『選ばれし者』であることの証明でもあるんだ。『選ばれし者』というのは、トマス・ヘンリー・ハクスリーの『進化と倫理』から拝借したもので――といっても、俺が言いたいことと同じ意味ではないんだが――痣というのは、人類の歴史を辿っても、特別な意味があるものと考えられていた。古代モンゴルでは、痣のある者には魔術師の資格があると信じられていたし、エチオピア東正教では、痣は『聖母マリアの接吻痕《せっぷん》』だという民間伝承もあるくらいだ。世の中には不思議な能力を持った人物がたくさんいて、そうした者は身体《からだ》に奇妙な刻印のあることが多い。この魚のような赤い痣もそのひとつというわけさ。品辰の腹違いの兄さんも、君と同じように、生まれつき左腕に魚のような痣がある。今は除霊を生業《なりわい》にする道士になっているんだが、要するに、君たちは皆、『選ばれし者』なんだ」

「だから、私はずっと眠っていたあいだも……」

「そういうことさ。これはいわゆる『幽体離脱』ってやつでね、日本では『生き霊《りょう》』とも呼ばれている。ただ君の能力はそれ以上だな。生き霊となってスマホにメッセージを送ることができるなんて、そうなるともう怨霊《おんりょう》に近い」

葵が兄に似ていると聞いて、ようやく僕にもどういうことなのかわかってきた。映画に出てくる超能力者というわけではないが、葵と兄の二人が、他人とは違う存在であることは間違いないらしい。そういえば、文さんが兄と会ったとき、「心眼《しんがん》」だの「五感以外の特殊感覚」だのという話をしていたのを思い出した。これを葵に当てはめると、彼女が目を覚ましたあとの反応にも納得がいく。

「品辰の」

文さんは僕の腕を撫でながら、

「この魚のような赤い痣は後天的なものでね。彼は『筷子仙』の儀式に参加したんだ。儀式の参加者には、お知らせとしてこの痣が出現する。品辰の場合、言うなれば人工的なやり方で『選ばれし者』になったというわけだ。君たちのように生まれつきのものとは違って、ある神秘的な力のはたらきによって得たものなんだ。パーティーで手にスタンプを押してもらうようにね」

「『筷子仙』の儀式というのはどんなものなの」

そう葵に訊かれて、僕は文さんに目をやった。葵のためにそんな博打めいた儀式に参加したことを、彼女に知られたくなかったからだが、

「これは話すと長くなるんでね……」

そのときの文さんはいかにもわきまえたように、

「この話は着いてからにしよう。これからの調査に大きく関係しているものだからな」

ほどなくして僕たちは、九龍湾にある姚さんの自宅に到着した。葵は「歩ける」と言ったが、慌てて病院から抜け出してきたため、靴も履いていない。裸足《はだし》で歩かせるわけにもいかず、僕が彼女を背負って二階まで上がることになった。幸いなことに、このマンションには駐車場から各階に直接通じるエレベーターが設置されている。そうでなければ、管理人をやり過ごすのに手間取ったかもしれない。

部屋はおおよそ十四坪ほどで、香港の単身者にはほどよい広さにまとまっていた。以前に何度か泊まったことがあるので勝手は知っていたが、僕が姚さんの生徒を誘拐したあげく、自宅を隠れ家にしていると知ったら、いったいどう思うだろう。

「辰兄、私、水が飲みたい」

姚さんのベッドに寝かせると、葵はそんなことを言った。

昏睡状態から目覚めたばかりの患者を、いったいどう扱えばいいのだろう。せめて普通の患者と同じようにと、僕はキッチンからコップ一杯のぬるま湯とスポーツドリンクを持ってきて、葵に手渡した。キッチンに戻ると、薄味の粥《かゆ》をつくりはじめる。栄養を考えて、卵を少し加え、塩で味を調えれば出来上がりだ。

食事を口にしたからか、葵の顔色もよくなってきたような気がする。上半身をベッドにもたせかけ、自分でコップの水を飲んでいる彼女の姿を眺めながら、

「そうだ。小葵の部屋に着替えを取りに行って来ようか？」

僕が突然の思いつきでそんなことを言うと、

「鍵を持ってないの」

葵はそう言って苦笑した。

「ああ、そうか！　病室から荷物を持って来るのをすっかり忘れてた……」

「品辰、おいおい、馬鹿なことを言うなって」

ソファに座っていた文さんが口を挟んだ。

「彼女の財布に身分証明書。それに鍵がどうして病室にあるっていうんだ？　彼女は昏睡状態だったんだ。当然、保護者が持っているだろうさ」

「だったら服を買ってくるよ。幸い下の階に店があったから」

もう遅い時間ではあったけれど、葵だって薄い患者衣しか着ていない姿を、ずっと僕たちに見られているのは気まずいに違いない。

「小葵、こいつは服のセンスがないから、自分で選んだ方がいいぜ」

文さんは寝室に戻って来ると、葵にスマホを手渡した。

「彼のスマホを使えばオンラインショッピングができるだろ。モールにあるストアには、店舗受け取りのサービスがあるだろうから、在庫のあるものをスマホで選べばいい」

「おいおい。僕のセンスだってそんなに悪くはないだろ」

僕は葵に贈った帽子を思い出していた。彼女の目には野暮ったく見えたのだろうか。

「辰兄……お金はあとでちゃんと返すね」

葵は気まずそうに微笑むと、スマホを手に取り、文さんの言う通りにする。

ああ――僕の自信は打ち砕かれ、すっかり気力を失っているところへ、文さんが言った。

「品辰、君はもっと女心ってもんを学ぶべきだよなあ」

僕と文さんは部屋を出ると、彼はまたソファに戻って、姚さんの本棚から取り出した歴史小説の続きを読みはじめた。

三十分ほどしてから僕は店に行き、注文番号を見せて荷物を受け取った。袋は思ったよりも小さく、いったい僕のセンスのどこが駄目だったんだろうと思い、店を出た直後にそっと袋を開けてみた――そのとき、僕はようやく文さんの言っていた言葉の意味を理解した。

葵が買ったのは、長袖のTシャツ二枚に、厚手のジャケット、スカート。それに部屋着と靴下が二足と靴一足だけで、どれも無地の、ありふれたものばかりだったが、問題は、Tシャツとスカートの下に、下着が見えたことだった。

僕はなんて馬鹿なんだろう。サイズを教えてくれれば、僕が代わりに買ってきてあげるなんて、そんなことできるはずがないじゃないか。文さんは僕の趣味の悪さを笑っていたけど、葵が恥ずかしい思いをしないようにと気遣っていただけなのだ。

見なかったことにしておこう。実際、中身はよく見ていない。紫のスポーツブラが見えたところで、慌てて袋を閉じたのだし――またシールを貼り直すと、僕は姚さんの家に戻った。

夜になると、葵はベッドから起き上がれるようになった。文さんと僕の助けを借りながらも、生まれたての小鹿のようなおぼつかない足取りで、寝室からリビングまでを行き来する。その驚異的な恢復の理由は、彼女が「選ばれし者」だからなのか。それとも「筷子仙」のおかげなのかは、僕もよくわからない。いずれにせよ、彼女の体力が戻っていくのをこうして見ることができるだけでも安心できた。

「じゃあ、文さんの話だと、その珊瑚の箸がすべての元凶ってことになるの？」

夕食後――もちろん、葵はまだお粥しか食べられなかったのだけど――文さんは珊瑚の箸を取り出すと、調査結果やそれに対する自分なりの考えを葵に説明した。そのなかにはB小学校で発生した事件も含まれていたが、僕が「筷子仙」に参加した理由については隠したまま、家族と「王仙君」にまつわる込み入った関わりを打ち明けただけに過ぎない。彼のおかげで命を失うことなく生き延びたこと。父がずっと逃げていた過去と向き合い、そしてついにこの珊瑚の簪を手に入れたこと――完全に間違っているわけではないけれど、いささか因果関係が逆になっているような気もする。

『元凶』ってわけじゃないが、重要な要素であることは間違いないな。『元凶』っていうのは、背後でそいつを使っている何かだが」

「使う？　それはその、作家先生のことなの？　でも彼女にそんなつもりは――」

葵が訊いた。

「いや、俺が話しているのは別の話でさ。まず二人に訊きたいんだが、カジノの必勝法って知ってるかい？」

「ギャンブルの必勝法なんてあるわけないだろ。ブラックジャックのことを言ってるのかな」

文さんがどんなつもりで話を変えたのかはわからなかったが、とりあえず僕がそう返すと、

「いや、その話じゃない。そもそも今はどんなカジノでもカードを数えるのは禁止されている。見つかったら即退場さ」

文さんは不敵な微笑を浮かべると、

「俺が言っているのは正真正銘、本物の必勝法のこと」

「そんなもの、あるわけない」

「あっ」

葵が突然叫んだ。

「きっとあるわ」

「あるだって？」

「カジノのオーナーだったら必ず勝てる」

葵が言った。

「正解だ」

文さんはうなずいた。

「客には勝者と敗者がいるが、カジノのオーナーだけは長いあいだ負けたことがない。さっきも言ったように、『筷子仙』と『おはしさま』の勝率は一対八だ。勝者は一人、敗者は八人。この比率は、どのゲームと較《くら》べたって不公平じゃないか。損失と利益が平等じゃない。だからこそこの背後には『オーナー』がいて、その暴利をむさぼっているに違いないと俺は睨んでいる」


「でも、文さんの話だと、『王仙君』はずっと父さんの元妻が持っていたわけだろ。もし彼女がその『オーナー』だとしたら、病気になって夭折《ようせつ》することもなかったんじゃ」

「今話しているのは、そのことじゃなくてだ」

文さんはそう言って箸を手に取ると、指揮棒のように振りながら、

「『筷子仙』とか『おはしさま』っていうのは、もともとあの作家先生が、死者を弔《とむら》う儀式として始めたものだということはわかっているんだ。二、三十年前にはもう、『友達の友達から聞いた』話程度には噂《うわさ》として拡まっていたらしい。それについては証言もないから、証明するのも難しいんだが、まあ、このあたりは典型的な都市伝説さ。ただ、この十年ほどのあいだだな。ネット上では、これの人死にに関する事例を掲載した検証サイトを多く見かけるようになってね、俺も調べてみたんだが、どうやらそのほとんどが事実であるらしいことがわかってきたってわけ。そうした犠牲者の多くは事故や病気によるもので、一見すると偶然の一致のようではあるんだが、筷子仙の儀式の参加者数と、一般的な事故や病気の発生件数を突き合わせてみたって、統計的におかしいところがあり過ぎる。珊瑚の箸の一本は、品辰の父さんが持っていたもので、俺が見た限り、これはまず間違いない。問題はもう一本の箸の方でね。こいつは十五年前、海に捨てられたまま、行方がわかっていないんだ。この一本は『オーナー』が使っている可能性が高い」

「かりにそれが事実として、じゃあその『オーナー』が手に入れていた『暴利』というのは、いったい何なんだい？」

僕は訊いた。

「それはもう神のみぞ知る、だな。ただ品辰は『筷子仙』の威力をよく知っているはずだ。漫画のドラゴンボールのように、富と権力、それに不老不死まで手に入れることができるかもしれないんだぜ」

文さんはここでも不謹慎な喩《たと》えをしてみせた。

「それはちょっと飛躍し過ぎじゃないかなあ」

僕は反駁《はんばく》しようと、さらに続けた。

「文さんの話だと、その箸を見つけた誰かは、それに神秘的な力が宿っていることを偶然知った。で、その力に『ただ乗り』するかたちで、儀式の参加者に不利益を与え、何のリスクもなしに私利私欲を満たしていたってことかい？　でも、僕の父さんと兄は何年もその箸を持っていたけど、何もいいことはなかったんだぞ？　アラジンのランプのように、こすって精霊を出せば願いが叶うってもんじゃない」

「ここからは推測なんだが、『箸に神秘的な力が宿っていることを知った』と言っても、それは必ずしも『偶然』とは言い切れないぜ」

そう言って、文さんは手に持っていた珊瑚の箸をテーブルに置いた。

「ちょっとこの箸を見てくれないか」

僕と葵は言われた通りに、その箸をじっと見つめた。最初はその意味がわからなかったが、十秒もすると次第に不思議な映像が見え始めた。箸は赤く照り輝き、表面の渦巻き模様が蠢《うごめ》いているように見える。おどろいて目を離すと、赤い光は消えた。

「何か出てきた……」

「赤い光？」

葵が話を継いだ。彼女も僕と同じものが見えたらしい。

文さんは僕たちの腕を指さすと、

「それが先天的なものであれ、後天的なものであれ、魚のような赤い痣と珊瑚は反応し合うんだよ。かりに『選ばれし者』がこの箸を見つけて、今の幻像を目の当たりにしたらどうだろう。品辰。さっきも話したおそらくこいつの出所《でどころ》を調べて、『オーナーになるための』鍵を見つけようとするだろうさ。品辰。さっきも話したただろ。神秘的な事象には必ず『人、事象、物』の三つの要素があるんだ。俺が言ってる『オーナー』は人のことなんだが——ちょっとこいつを見てくれるかい」

文さんはポケットから新聞の切り抜きを取り出した。それは二年前の新聞で、ある人物のインタビュー記事らしい。タイトルは「香港で開業四十年の老舗《しにせ》骨董品店《こっとうひんてん》　真贋《しんがん》を見分ける目」とある。見出しの下の写真には、角張った顔立ちをした白髪の老人が、陶器の花瓶を持って微笑んでいた。

「彼は林淵《ラムユン》といって、中　區《セントラルディストリクト》　荷李活道《ハリウッドロード》にある骨董店『淵泉堂《ユンチユントン》』の主人なんだ」

と文さんは言った。

「このインタビュー記事の何が？」

「記事の方はどうでもいい。写真の方だ」

文さんはそう言って、記事の一番下にある写真を指差した。写真の林氏は少しばかり若く見える。黒髪で、傍らには同じくらいの年齢の、スーツを着こなした数人の欧米人が肩を並べている。写真には「林淵（左から2番目）は、香港の骨董業界では珍しく、ロンドンのハモンド・オークションとも交流がある（写真提供：取材協力者）」という説明が添えられていた。

「これのどこが妙なんだい？」

「この写真に写っている人物はどうでもいい。その後ろをよく見てくれよ。後ろだ」

「ああっ！」

葵は小さな叫び声を上げて、写真の左に写っているテーブルを指差した——骨董品が並べられた最前列には、黒い天鵞絨《ビロード》が敷かれ、そこに一本の赤い箸が置かれている。箸の先には銀の象嵌《ぞうがん》が施されていて、まさに今目の前にあるものと瓜《うり》二つのように見えた。

「先月のことだ。偶然、この古い記事を見つけてね」

文さんは苦笑した。

「まったく手掛かりもなく途方に暮れていたところで、この新聞記事に例の箸を見つけたってわけさ。似たものという可能性もなくはないが、珊瑚の箸の一本は、品辰の兄さんが十五年前、海に捨ててしまい、もう片方は君の父親が持っていたって話だろ。だとすると、この写真に写っているのは、君の兄さんが捨てたものに違いない。林さんは相当の目利《き》きらしいから、この珊瑚の箸にかなりの価値があることを見抜いて、一揃えじゃないのに、店に飾ってお客さんを呼び込んでいるんじゃないか、と俺は睨んでいる。この記事によると、十数年前、彼は台湾に住んでいたとあるから、時間的にも一致するしな」

「なるほど！　じゃあ店に連絡して、その箸はまだ売っているか訊いたのかい」

僕が緊張した面持ちで言うと、

「その写真が撮られたのは十年前だ。まあ、そう急《せ》かすなって。で、俺はまず君の兄さんから一本を受け取って、そのあと林氏の箸をどうにかしようと考えたってわけさ」

文さんは目の前の箸を片付けながら、

「これは俺が香港に戻ったあとでどうにかしたいと思っていた案件でね」

「この林淵っていうのが、その『オーナー』なの？」

葵が訊いた。

「それはまだわからない。とにかく明日、会ってみればわかることさ」

文さんはそう言って、肩をすくめた。

『淵泉堂』がまだやっているかどうか、明日にでも品辰と一緒に行って見てこようと思う」

「私も行く」

葵が言った。

「小葵、君はまだ治ってないから、明日はここで休んでいた方が――」

「ずっと、十ヶ月も寝たままだったんだよ。もう部屋に閉じこもっているのは嫌」

葵は意固地《いこじ》になって、

「それに、その林ってひとがこの件の黒幕かどうか知りたいの」

「でも……」

「品辰。説得しても無駄だって。小葵は、君が思っているよりずっとタフなんだから」

文さんは笑った。

「今夜はゆっくり休んで、明日の昼には出発しよう。小葵は寝室で寝るといい。俺はソファ。品辰は床で寝る」

「おい！　今夜、君はここにいなくてもいいんじゃないか」

「おいおい。そうすると、同じフロアに君と小葵が二人きりってことになるんだぜ。それじゃあ、彼女が安心できないじゃないか。もちろん、俺がしっかり見張っておいてやる。夜中に病室での続きをやろうとしたら、犯罪ものだぜ」

文さんは片眉を上げると、蔑《さげす》むような目で僕を見た。

「ぼ、僕がそんなことするわけないだろ！　そもそもあれだって君が僕に――」

「辰兄、文さん。私、先に寝室に戻ります」

葵はおぼつかない足取りで立ち上がり、壁を伝って寝室に戻ろうとする。僕が助けようとすると、彼女は顔を赤くして拒み、ドアの向こうに消えて行った。

「文さん、君ってやつは――」

「お礼はいらないぜ」

「なんで僕が君にお礼を言わないといけないんだ？」

『君の両親を死なせてしまってすまない』なんて、妙な話をせずにすんだんだ。俺には感謝してもらわないと」

文さんは優しくそう言うと、またソファに横になって本を読みはじめる。

僕は黙ってその場に立ち尽くした。そう、文さんが冗談を口にしなければ、僕は葵に謝っていただろう。あのとき冗談めかした文さんの言葉を聞きながら、僕は葵に懺悔《ざんげ》しなければならないことをすっかり忘れていた。

「君は、もう少し女の子の心理ってやつを学ぶ必要があるな」

文さんは僕の方は見ないまま、それだけを言った。

「君は……僕がその話を持ち出して、葵を二度も傷つけないようにしてくれたのかい？」

僕は床に座ると顔を上げ、文さんに訊いた。

「まあ、半分は当たりってとこかな」

文さんは僕を横目で見ながら、また、いたずらっぽい笑顔を見せると、

「残りの半分は冗談だよ」

本当に彼はよくわからない。文さんと葵を引き合わせたのは失敗だったんだろうか？　でも、それはもともと僕が考えていたことではなかったのだし、仕方がない。

三

翌日の午後一時。僕たちは荷李活道にある骨董店『淵泉堂』の外にいた。

葵はまだ弱々しげではあったけど、僕たちの助けがなくとも歩けるほどに恢復していた。僕は文さんに言われた通り、大人っぽく見せるため、姚さんから拝借したスーツに着替えている。

「果たして林さんがこのことに関してどれだけ知っているのかも、俺たちは知らないわけだし、ましてや彼が『王仙君』を使っているオーナーなのかもわかってないんだ。まあ、ここは慎重にいく必要があるだろう」

出発前に文さんは僕たちにそんなことを言った。

「ここは高等戦術でいくとしよう。九割の真実に一割の嘘を織り交ぜて話を進めていく。相手が探りを入れてきても、事実だけを話して、あとは適当にはぐらかせばいい。品辰はよくわかっているふりをして、相手には、台湾から香港にやってきたのは、その珊瑚の箸のことを訊きたくて、と切り出せばいい。箸は家族のもので、そのうちの一本は十年以上も前になくしてしまった。父がたまたま新聞記事の写真を見かけて気がついたのだが、体調もあって自分で確かめることはできない。そこで息子である自分に調べてほしいと言われて云々《うんぬん》——と、こんな感じだ。相手が箸を見せないようなら、こちらがもう一本の箸を持っていることには気づかれないようにする」

「どうして相手との交渉を辰兄にまかせたの？　文さんは探偵なんだから、相手と直接話した方がうまくいくと思うんだけど」

おいおい、葵のなかで僕の評価は爆下がりじゃないか。

「品辰は台湾人だ。骨董店の主人っていうのは、外国人観光客に対する警戒心が地元民よりも薄いんだよ。そうすると半分の労力で二倍の成果を得ることができるってわけさ」

文さんが僕の肩を叩《たた》き、葵は小さくうなずいた。彼は冗談を言っているだけかとも思ったが、葵の前で格好いいところを見せられる絶好の機会でもある。僕はこの大役を喜んで引き受けることにした。

スーツに着替えてネクタイを締めると、五、六歳は歳がいっているように見える。さらに少し髪を整えれば、一流企業で働くエリートサラリーマンの気分になってくるから不思議なものだ。文さんはそんな僕を見て、香港に来る前に少し髪を切っておいてよかったな、と笑った。たしかに肩まで伸ばした髪のままでは、学生っぽさが抜けなかったろうし——それに気づいた葵が、どうして髪を切ったのかと訊いてきた。なんとなく気分を変えたくて、というわけでは決してなく、前回会ったときに、葵が一昔前の台湾ドラマ『流星花園《りゅうせいはなぞの》』よりも日本の続編『流星花園C5』の方が好きだと話していて、それが僕の髪型がダサいことを暗に仄《ほの》めかしているように感じたから、というのは内緒である。

淵泉堂のドアを押し開けると、ドアについている真鍮《しんちゅう》の鐘が「キンコン」と澄んだ音を立てた。

小さな店だが、左右に並べられた木製の棚には、あらゆる種類の陶器に、木製の彫刻やブロンズ像、錦の箱に加えて、翡翠《ひすい》の仏像などが整然と並べられ、壁にはどこのものとも知れない絵画や水墨画が何十枚と掛けられている。店の隅には腰の高さまであるガラスの棚がカウンターとして設《しつら》えてあり、その奥で六十がらみの老人が、高さ五十センチはある陶器の観音像をブラシで磨いていた。こちらを見ると、彼は顔を上げて広東語で「いらっしゃい」と挨拶をする。半月形の眼鏡《めがね》をかけている顔は、確かにインタビューの写真で見た林淵に違いない。

「林淵さんですか？」

と僕は中国語で話しかけた。文さんと葵は僕の両隣に立っている。

「あなたは？」

眼鏡を外した林淵が、席を立った。

「張《チャン》と言います」

僕は気さくに彼の手を握ると、

「台湾で林さんの記事を読んだんです。今回、香港に来る用事があったので、訪ねてみようと思いまして」

「ああ、それはありがとうございます」

それを聞いた林淵は、笑顔を振り向けて、

「お二人とも台湾の方ですかな？」

「いいえ、私だけです」

僕は笑顔で言った。ちらりと葵を見ると、彼女は不愉快な目つきで彼をにらみ返している。林淵が、自分のことを文さんや僕のような上客ではないと見て、無視されているとでも感じたのだろう。

「私は九龍の――」

妙な冗談を口にしないようにと、僕は文さんの臑《すね》を軽く蹴り上げた。

「張さんは何に興味がおありですかな？　淵泉堂は品揃えもこの通り、あらゆる種類の骨董品に文化財を取り揃えておりますゆえ、いちいち名前を挙げられないくらいで」

僕は例の記事を取り出すと、キャビネットの上に開いて見せた。

林淵はポケットから古めかしい眼鏡を取り出し、その記事をつくづくと眺めながら、明るい笑顔を見せて言った。

「おやあ、これは二年前の、ですかな？　台湾の新聞に掲載されていたとは知りませんでした……はっ、これは懐《なつ》かしい。で、張さんは何をお探しで？」

僕は記事の下にある写真を指さすと、

「この珊瑚の箸はまだありますか」

「この……ああ、珊瑚の箸ですかな！　こりゃあ、お目が高い！　前からこれは掘り出し物だと思っていたんだが、目利きの人たちからは、こんなものと一蹴《いっしゅう》されてしまいましてね。そもそも一本しかないし、箸ってものは、一揃えじゃないと売れないものですし」

「ということは、まだここにあるんですね？」

喜びを隠しきれないまま僕が訊くと、

「いや、それがもうないのですよ。なくしてしまいましてね」

「なくした？」

「ええ。張さん、それより箸に興味がおありでしたら、明朝《みんちよう》の美しい翡翠の箸を何膳か取り揃えておりますので、お見せしましょうか……」

「いえ、私は箸を買いに来たわけではないんです」

僕は彼の話を遮ると、嘘を織り交ぜた理由を説明した。

「実はこの珊瑚の箸なんですが、うちの家宝でして、十年以上前に、私が片方をなくしてしまったんです。そのときは父にこっぴどく叱られましてね、それが偶然、あなたの店にあることを知りまして、香港を訪ねることがあれば、是非とも確かめてみたいと思っていたんです」

「そうでしたか……たしかにこの箸は台湾の市場で手に入れたものでして、おそらくあなたのお父様がお持ちだったものなのでしょう。そちらに無傷で返すことができるのであれば破格で、というわけにはいきませんが、箸がない今となっては詮《せん》ないことです」

「どうしてなくしてしまったのか、教えてくれませんか？」

「それがですな……」

眼鏡を外した林淵は、考え考えしながら、

「それが『なくした』、というより、『消えてしまった』んですよ」

「消えてしまった？」

僕は兄の話を思い出していた。

「十年ほど前のことでしたか。ある日、売り物を片付けているときに、箸がなくなっていることに気づいたんです。正直、いつ消えたのかまったくわからなくて」

「誰かに盗まれたということはないんですか？」

「いやいや、それはないんです」

そう言うと、林淵は、カウンターのレジ横にある、縦三十センチに横五十センチほどのグレーパッドを指差した。

「常連さんに盗難防止グッズを扱っているひとがおりましてね。そのひとに勧められて、もうずっと前から、すべての商品に盗難防止のラベルを貼ってるんです」

林淵はカウンターの上におかれた小さな木製の仏像を手に取った。その台座にはコインほどの大きさのプラスチック片が留められている。

「箸は細長くてラベルを貼ることができないものですから、箸の頭の銀色の蓋についている丸い穴に、このようにバンドでタグを通しておいたんです。もし、パッドを通していなかったら、店を出るときにアラームが鳴っていたでしょう」

僕たち三人が後ろのドアを振り返ると、その両側には人の背丈ほどある盗難防止パネルが設置されていた。

「ハサミでタグを切ってしまうことは可能ですか？」

と僕は訊いた。

「そうすると、泥棒はバンドを切った状態でタグを残しますよね？　私が見たときにはそんなものはなかった」

文さんは店のドアの前に行き、セキュリティパネルと店のドアのあいだに隙間《すきま》がないかを確認している。

「箸を間違って別の場所に置いてしまったのではとも思ったんですが、何しろあのときは品物が入荷したばかりで棚卸しをしていたものですから、店内は散らかっていましてね。でもそれ以来、珊瑚の箸は見ていません」

「だったら窃盗《せっとう》事件として調べてもらった方がよかったんじゃないかな」

文さんは僕たちのところに戻ってくると、優しく笑った。

「箸は空気中に消えることはないんだから」

「箸がなくなった当時のことを覚えていますか?」

僕が訊くと、

「十年前のことなんか、覚えちゃいませんよ」

林淵は苦笑した。

「林さん、よく思い出してください。この箸は父が本当に大切にしていたものなんですよ。もう高齢ですし、生きているうちに箸を取り戻すことができれば、きっと父も喜ぶと思うんです」

僕はいかにも困った顔をしてそんなことを言った。このとき、父はくしゃみをしたかもしれない。

「そうですか……しかし、そう言われましてもなあ」

林淵は考えながら、

「あ、そうだ。思い出しましたよ。そうそう、箸がなくなったことに気がついた前日は、たしか、サッカーのワールドカップをやってましたなあ」

「どの試合でした?」

「南アフリカで開催されたワールドカップで、たしかベスト8に進出したドイツとアルゼンチン戦だったと思います。ドイツが4対0でアルゼンチンに勝利した、って話をその翌日、お客さんと話したんじゃなかったかな。そういえば、そのお客が来るすぐ前に箸がなくなっていることに気づいたんだった。接客があるんで、そのときは探すのを諦《あきら》めたんですが」

林淵はサッカーファンらしい。

「その試合の日に、まだ箸が店にあったのは確かなんですね？」

「ええ、ええ。あのとき、商品の搬入があったって話はしましたよね？　そのなかに、なかなか洒落《しゃれ》た鼻煙壺《びえんこ》があったんですよ。私の知り合いに三人の蒐集家《しゅうしゅうか》がおりましてね、その日は早々に店を閉めて、彼らにまずは見てもらおうと思ったんです。その箸はずっと手に取っていなかったものですから、すっかり忘れていたんですが、新しく入荷した商品の置き場所を確保するために、たまたま棚から取り出したんです。で、客の一人がその一本の珊瑚の箸について訊いてきたので、私も彼にそれを売ろうとしたのですが、結局、そのときは鼻煙壺を購入しただけでした」

「彼らの名前を教えてくれませんか？」

「すみませんね、張さん。客の個人情報をお教えすることはできませんで」

林淵は微笑しながら、首を振った。

「彼らが箸を盗んだのではと疑ってるんですか？　このあたりでも評判のいい人たちですし、彼らの人柄からしたって、盗みなんて悪いことをするはずはありません」

僕は文さんを振り返った。何か考えがあるのではと思ったからだが、彼は何を言うでもなく顎の鬚《ひげ》を撫でている。

「張さん、何でしたら今日にでも、もう一度探してみますよ。箸はまだ店のなかにあるものの、たまたま目立たないところに置いてあるだけかもしれませんしね。あなたの連絡先を教えてくれませんか？　見つけたらご連絡しますよ」

僕はスマホの番号をメモして彼に手渡した。林淵が他の骨董品を僕たちに売りつけようとしているのを横目に、文さんはドアを指さして「そろそろ出ようか」と合図した。

林淵に挨拶をして淵泉堂を出ると、しばらく歩いたところで、文さんが突然立ち止まった。

「君たちは先に車に戻っててくれ。俺は林さんにちょっと訊きたいことがあるんでね」

言われた通り、僕と葵がそこからほど近い場所に停めてある車に戻って待っていると、文さんは五分ほどして戻ってきた。彼は後部座席に座るなり、

「車を出してくれ」

そう言った。

「文さん、すぐ戻ってきたけど、何か手掛かりは見つかったの？」

車が荷李活道を出ると、葵がすぐに訊いた。

「何も。『深いところ』に潜《もぐ》っている魚を獲《と》るには、まず網を引いてみることだ」

そう言って文さんが取り出したのは、A５サイズほどの、赤く縁取られた黒表紙のノートだった。

「さてさて、何から調べようか」

「それって……」

僕は嫌な予感がした。

「淵泉堂の帳簿だ。几帳面《きちようめん》な店の主人ってのは、ありがたいねえ。彼は年度別に整理していてくれたから、これで『拝借する』手間が省けたってもんだ」

「盗んだのか！」

僕は思わず大きな声になった。いったい探偵がそんなことをしていいものだろうか？

「借りただけだ。あとで返す」

「文さんはどうやってその帳簿を『借りた』の？」

葵が不思議そうな顔で訊くと、

「俺は盗みの方も得意でね。彼が目をそらしているうちに、帳簿はもちろん、その気になれば、二メートルあるブロンズ像だって『借りる』ことができるんだぜ」

「すると箸は盗まれた、と君は疑っているのかい？」

「『絶対に』盗まれたね」

文さんは帳簿をめくりながら、

「さっきも話しただろう。この十年にわたる『筷子仙』の儲《もう》けは異常なほどでね。つまり、誰かが背後で、自分の利益のために他人の『業』を『取り上げて』いるわけだ。やはり箸はそいつの手に渡ったと考えるべきだろうな」

「店のご主人が犯人じゃないの？　箸がなくなったって誤魔化してたけど、実は彼が犯人ってことはないのかな」

葵が訊いた。

「いや、かりに彼が犯人だとしたら、品辰にもう一本の残りの箸を売ってくれと頼んでいたさ。黒幕はその箸の力を知っているんだ。もし君が彼だったらどう思う？　『たった一本の箸でこれだけの利益を得られるんだ。もう一本の箸も手に入れたらもう、無敵だぞ』と考えるんじゃないか？」

確かに文さんの言う通りだ。

「小葵、すまないが、二〇一〇年のワールドカップ南アフリカ大会で、ドイツ対アルゼンチン戦が開催された日を、スマホで確認してくれないか？」

文さんは帳簿に目を落としたまま、指示を出す上司のようにそう言いつけた。葵も嫌がる様子もなく、自分が少しでも役に立てればと喜んでいるようだった。

「えーと……七月三日。試合の開始時刻は、香港の午後十時」

「見つけたぞ。七月三日。これだな」

文さんは帳簿の一頁《ページ》を開いた。

「清朝末期の、龍の彫刻が施された瑪瑙《めのう》製の鼻煙壺と、花の描かれた翡翠色の玻璃《はり》製鼻煙壺……これだな。全部で十数個、一番高いもので二万香港ドルか。一番安いものが四千。ふむ、どうやら大口のお得意さんらしい」

「その客の名前はあるのかい？」

「ああ、あるよ」

「本当にあるの？」

葵は意外そうに言った。

「林さんは業界の古老だろ。骨董品の蒐集家にとっては、収蔵品もまた一つの投資なのさ。そのとき本当に珊瑚の箸を買った人物がいたとする。だったら今日、品辰が訊いてきたときに、彼が仲買人となって持ち主に連絡を取ったろうさ。それで、売る金と自分の取り分を考えて、いい値段をふっかけてきたに違いない。生半可な客でない限り、彼のような老練な店主は、誰に商品を売ったかをきちんと書き留めておくものさ」

「でも、名前だけで素性を調べるのは難しいんじゃないかな」

葵がまた訊いた。

「まあ、そのあたりは運の問題ではあるが、見つける確率は高いと思うね」

文さんはふたたび帳簿をめくりながら、

「大きな骨董品であれば、林さんは配達先の住所や電話番号を書き留めていたはずだ。三人の客は顔見知りだと話していたから、おそらく買ったものの配達も頼んだろうさ」

「彼らは鼻煙壺しか集めていないんじゃなくて？」

「それはたいしたことじゃない。そのうちの一人を探して、まずはそいつを調べてみればいい――さっきも話した通り、蒐集家の多くは売買が好きなんだ。もし彼らが淵泉堂の常連で、お互いに顔見知りだとしたら、共通の趣味を持っている可能性が高い」

　文さんの話は筋が通っていて、僕たちは反論することができなかった。

「それで、帳簿に記してある三人の名前は？」

　僕は前を向いたまま車を走らせた。

「余慶汎《ユーヒンファン》、魯江《ロウゴン》に海徳仁《ホイタツヤン》だな。彼らはそれぞれ三個、五個、八個の鼻煙壺を購入している。海っていうのはかなりの金持ちみたいだな。一つ一万五千以上のものを買っているぜ」

「ちょっと待ってくれ。今『余慶汎』って言ったかい？　その『汎』っていう字は、さんずいに『平凡』の『凡』かい？」

　僕は口を挟んだ。

「ああ。品辰、彼のことを知っているのか？」

「H大学の歴史学教授だよ。去年交換留学で香港に来たときに、彼の講義を聴いたことがある」

「うん？　歴史学の教授に骨董品か。H大は荷李活道にも近いし、同一人物だろうな……そりゃあいい。品辰は歴史学の学生だったんだろ。だったら連絡を取って、会う約束を取りつければ、彼が箸の持ち主かどうか、確かめることができるじゃないか」

　これは長期戦になりそうだと覚悟を決めたものの、葵がまだ完全に恢復していないことを考えて、僕と葵はひとまず先に姚さんの部屋に戻ることにした。そのあいだに、文さんは帳簿を見て何か手掛かりがないかを調べてくれるという。調査は予想していたよりもあっさりと進んで、三人の名前の他、彼らがどんな人物かも判明した。魯江は医者で、二〇一〇年四月十八日に釉《ゆう》の花瓶二つを購入している。届け先の住所は自分の診療所になっており、さらにネットで調べてみると、魯医師の診療所はまだ開所していることがわかった。海徳仁の荷物は二つの住所に配送されている。その一つが九龍塘達之路《タットチーアベニュー》にある『藍鯨科技公司《ブルーホエールテクノロジー》』で、こちらもネットで調べてみたところ、彼はこの会社の董事《とうじ》長《ちょう》（台湾や香港で取締役に選任された代表責任者）を務めていることがわかった。もう一つの住所は、大埔三門仔《タイポーサムムンツアイ》にある豪邸で、ここがどうやら彼の住居らしい。彼は明らかに他の二人より羽振りがよく、絵画や陶器、翡翠、仏像や観音像などを毎月のように購入していた。帳簿の記録には、鼻煙壺を八個まとめて購入したあと、それから数日もしないうちに二本の書画を追加で購入している。余慶汎は一年で五回ほど店を訪れており、主な購入品は鼻煙壺のようだ。他にも古銭やブロンズ製の装飾品、さらには翡翠の装飾品などの小物も購入してはいるが、それらについての郵送記録は見当たらない。だがある購入記録の横に電話番号が書かれていたので、そこに確認したところ、H大学の歴史学部の事務所と同じ番号であることが判明した。

「その三人以外に、怪しいひとはいないの？」

葵が訊いた。

「彼らはその日の最後の客だ。三人をもてなすために店を閉めたと林さんも言ってたくらいだから、やはり怪しいのは彼らってことになるだろうな」

「誰かが夜に盗みに入ったという可能性は」

僕が訊くと、

「その可能性も否定はできないが、店の主人の林さんが鍵の異常に気づかなかったこと、それに他に盗まれたものがなかったことを考えれば、やはり犯人はこのなかの誰かじゃないかね」

文さんは鬚を撫でながらそう言った。

僕は文さんの指示通り、余教授に電話をして、昨年の交換留学の講義について是非ともお会いして直接話をうかがいたい、と言った。翌日の午前中は暇だからと彼は気さくな声で言い、午前十一時に

H大学にある彼の研究室で話を聞くことになった。

「文さんって、最初からあの骨董屋の帳簿を盗む計画を立ててたんでしょ？」

文さんと僕が、帳簿に関する他の情報を本で調べたり、ネットを使って他に疑わしい人物がいないかを調べていると、葵が突然そんなことを訊いてきた。

「どうしてそう思うんだい？」

文さんは仕事の手を止めると、興味深そうな目になって葵を見た。

「前に話してくれたでしょ。かりに林淵が犯人だとしたら、辰兄が自分から箸の話を切り出したところで、こちらがどれくらい知っているのか確かめようとしたはずだって。でも昨日、『選ばれし者』は珊瑚の箸から浮かび上がる幻が視《み》える、って言ってたのを思い出したの。だったら、十何年前に『選ばれし者』が店内で偶然、その箸を見つけたとしたら、例の幻を視たときに、買うことだってできたはずだもの。つまり、文さんは、最初から箸が店にないことは予想していたんじゃないかな。でも、まさか箸が誰かに買われたんじゃなくて、盗まれたとは考えてもいなかったんだろうけど。とにかく辰兄をけしかけて、わざわざご主人と話をさせたのは、そのあいだに帳簿を盗み出す算段を立てていたんでしょ——声東撃西《せいとうげきせい》（兵法三十六計の第六計にあたる戦術）が得意だって文さんは話してたけど、相手の気をそらすために辰兄を使ったのよ」

「おい！　品辰。小葵の方が君より数倍は賢いんじゃないか」

文さんはそう言って大笑いした。

「そうだね。僕は天性の間抜けだから、いつも君に利用されるばかりだし」

僕はそう言って唇を尖《とが》らせた。だが嫌な気はしない。たしかに葵はとても賢い女の子で、僕より頭がいいというのはその通りだ。

「だったら、次は、もっと簡単な方法で犯人を見つけることができるんじゃないかな」

葵はそう言って微笑した。何かたくらんでいるような顔の彼女に、僕は訊いた。

「簡単な方法だって？」

「三人の左腕に、魚のような赤い痣があるかどうかを見ればいいだけでしょ」

そうか。その手があった。

「いや」

まさか文さんがそれをあっさりと否定するとは思いも寄らなかったが、彼は続けて、

「もちろん、痣があればいいんだが、ないからといって、そいつが潔白とは限らない」

「どうしてだい？」

「まずひとつ。『選ばれし者』の魚のような赤い痣が、左腕にあるとは限らない。そいつがもし尻にあったら、俺たちだって見つけることはできないだろう。二つ目。犯人自身がその力を使って、魚のような赤い痣を変えてしまった可能性だ。君たちは『魚のような赤い痣を手に入れた』んだから、逆に『その痣を消す』ことができたって不思議じゃないだろう？　三つ目。俺の見立てでは、おそらく三人が魚のような痣を持っていない可能性は、おおよそ七割から八割ってところだな」

「ええ？　ない？　だったら彼らは犯人じゃないってことなのか？」

僕が怪訝そうに訊き返すと、文さんは、

「それはわからないが、可能性があるということさ。まだ一日も経《た》ってないんだ。今の話はあくまでも俺の推測に過ぎないわけでね、もしかしたら小葵が言った通り、左腕に痣があるかもしれない。とにかく明日、がばっと余教授の袖をまくって痣を確かめてみればいいじゃないか。そうすれば犯人を捕まえることができるかもしれない」

文さんは葵に笑顔を振り向けて、

「小葵、俺の弟子になるかい？　君は探偵の才能がありそうだ」

「文さん、小葵の未来を壊すなよ」

葵がこの男の手にかかってひどい目に遭うなんてうんざりだ。

「今は……先のことなんてわからないから」

葵は溜め息をついた。

葵の言葉で、彼女の心のなかにある困惑を僕はありありと感じた。強くなろうとしても、すべてを失ったという事実は変えられない。交通事故に遭ったあの日に、彼女の今までの人生は突然終わりを告げてしまったのだ。彼女は、あのまま病院にとどまるという選択肢を捨て、取り返しのつかない事件の真相を見つけ出すため、僕たちについてくることにしたのだから——

彼女の言葉を聞いて自分の責任と無力さを思い知らされた心地がし、謝りたい気持ちでいっぱいになった僕は、

「小葵、僕は……」

そう言いかけたところで、文さんが僕の方を向いた。「それは言うな」と唇の動きがそう告げている。あのときの事故には触れるなということなのだろう。どうして彼は何度も僕を止めようとするんだろう？　一日も早く謝らなくてはという気持ちは募るばかりで、ますます不安になってくるというのに……

あっ。

僕はふいに、文さんの言うことは正しいのかもしれないと思った。謝りたいという気持ちだって、ようするに自分のことしか考えていないだけではないか。僕はただ、葵に謝って、自分の心を落ち着かせたいだけなのだ。彼女が僕たちに協力して珊瑚の簪がどうなったのか、その行方を探しているのだって、ことの真相を知りたいという以外に、自分の心を整理したい気持ちがあるからではないか。

僕は決めた。事件が解決し、彼女が両親の死という現実を受け入れたとき、僕がするべきことを彼女

に説明しよう。何も許しを求めようというのではない。彼女が前へと進むきっかけになればそれでいい。

「辰兄、何を考えているの？」

葵が訊いた。

「あ、あっ……いや、どうして箸なんだろうって考えたんだ」

僕はしどろもどろになって、何気ないふうにそんなことを言った。

「『どうして箸なんだろう』って、どういうこと？」

「珊瑚の箸は、作家先生と亡くなった八人の子どもの怨念を呪いに変えた鍵となる呪具《じゅぐ》だ、と文さんは話していたじゃないか。その呪術が箸に繋がるのはどうしてなんだろうって」

「品辰、君は箸という言葉の由来を知っているかい？」

文さんが手にしていた帳簿を置くと、訊き返した。僕が首を振ると、

「大昔は『筷子《クアイズ》』という言葉はなく、『箸《ヂュ》』という言葉があっただけなんだ。俺たちは今も普通に『下箸《シアヂュ》』（箸でつまむ）という言い方をするが、これと『起筷《チークアイ》』（食べはじめる）という言葉を較べてみるのもなかなか面白いな。それと、日本ではいまでも『箸』という漢字がそのまま使われていて、『はし』と読むんだ」

文さんは空《くう》にその文字を書く仕草を見せながら、さらに続けた。

「『箸』っていうのは典型的な象形文字で、昔だと『者』と『煮食《しゃしょく》』の『煮』が関係しているのと同じで、調理することを意味していた。調理した料理に二本の竹串を挿すというのが、箸を使って食べ物をつまむというものに転じたんだ。古代の華夏族《かかぞく》には、調理された生き物に箸を添えて神を祀る風習があって、それが『箸』という漢字の象形の意味でね、『筷子』というのは、もとから祭祀具《さいしぐ》としての特性を兼ね備えていたってわけさ。脚尾飯にしたって、その起源を辿ると数千年前まで遡ること

ができるんだぜ」

「そんな昔？」

「もちろん何千年も前の人たちが飯に箸を立てて、そこに熟鴨蛋《ソツナツダン》（塩ゆでした家鴨の卵）を添えていたとは考えられないが、さまざまな変化を経て、『箸』が『筷』になったように、そこには、そうなった経緯がちゃんとあるのさ」

「『箸』はどうして『筷』になったの？」

葵が訊いた。

「色々な説があるんだが、もっとも有力なのは、昔の船頭が『住《ヂュ》』と同じ発音の『箸《ヂュ》』という言葉を忌《い》み嫌っていたから、というものだろうな。香港人が『空家《フンガー》』を『吉屋《ガツウ》』と言うのと同じようなものさ。船頭は『停住《テンヂュ》』（とどまる）が嫌いだろ。それを『快《ファイ》』に変え、あとからそれに竹のつくりを加えて、もともとの『箸』という言葉に代えたのさ。英語のchopsticksもここから来ている」

「英語も関係があるの？」

「英語のchopっていうのは、刀や斧で素早い一撃をくれることを言うんだ。十八、九世紀に西洋人が広東人と交易していたとき、労働者や船頭が『快快《ファイファイ》（早くしろ）』と言うのを聞いた向こうの船員たちが、『早くしろ』という意味で、『chop-chop』と言う言い回しをつくり出したくらいでね。だから『筷子《クアイツ》』というのは、そこから『chopsticks』になったというわけさ」

「文さんは、こういう話に詳しいなあ」

葵がすっかり感心した様子で、そんなことを言った。

「私は箸を考え出したひとのことしか知らないもの」

「姜子牙《きょうしが》のことかい？」

文さんが訊いた。

「姜子牙だって？　あの直針《じかばり》で釣りをしていた姜子牙？　周の軍師の？　彼が箸を発明したって？」

「伝説によると、姜子牙の妻は夫を毒殺しようとしたって話だが――」

文さんはそこで言葉を切ると、意味ありげな微笑を葵に向けて、さらに続けた。

「姜子牙が食べ物に手を伸ばしたところへ、いきなり鳥が飛んできて邪魔をした。彼が鳥を追って竹林に入っていくと、その鳥は、足元にある竹で肉をつまんでみろと言う。彼は言われた通りに、二本の細い竹を折って持ち帰り、さてと肉をつまんでみたところ、竹が肉に触れるなり煙が噴き出した。計画が失敗に終わったことを知って、彼の妻は毒を盛ることを諦めたが、姜子牙はそれ以来、食事のときに竹を使うようになったという。で、他の人々も彼に倣《なら》ったことから、箸が普及した――とまあ、こういう話だ」

「へえ！」

その話に僕はおどろいていた。

「ううん、その伝説は間違ってるの」

葵が横合いから口を添えた。

「戦国時代の古文書に『昔者《むかし》、紂《ちゅう》、象箸を為《つく》りて箕子怖《きしおそ》る』とあるの。昔、殷《いん》の紂王が、象牙の箸をつくらせたことを箕子は恐れたって話で、箕子が先見の明のあることを示した故事なんだけど、これって、姜子牙の時代より前にはもう、すでに箸が使われていたってことだよね」

「だったら、箸について書かれた最古の故事は何だと思う？」

「私が読んだ本だと、箸は大禹《たいう》が発明したものだって書いてあった。舜《しゅん》帝から灌漑《かんがい》を命じられた大禹は、その面倒な仕事のために休む暇もなくて、食事をするにも急いでいたから、時間を節約するために、枝や竹を使って熱い鍋のなかの肉をつまんで食べるようになって、みんなもそれを真似《まね》するようになった、って話」

「へえ！　そうだったんだ」

そう言って文さんを振り返ると、彼は笑顔のまま首を振った。

「ははっ。その故事はちょっと意味不明過ぎないか。いくら仕事で忙しいったって、食事の時間が取れないほど、ってものじゃないだろうさ」

「でも、さっきの話みたいに鳥が喋《しゃべ》ったり、竹の枝から煙が噴き出したりって話よりは、筋が通ってるんじゃないかな。こっちの方が絶対リアルだと思うけど」

「夏禹《かう》の灌漑事業に関する故事ってのは、たくさんあるんだ。夏王朝の神話や伝説あたりと同じでさ、それらは意味不明なものばかりでね。『漢書・武帝紀』の顔師古《がんしこ》が校注に引用した『淮南子《えなんじ》』には、禹は治水のために大熊に変身して石を穿《うが》ち、身重の妻はその姿を見るとおどろいて、石になってしまった、とある。しまいには禹の子どもがその石のなかから生まれた、なんてことまで書かれているんだぜ。馬鹿馬鹿しくないか？『現実思考』で考えれば、治水というのは大事業だ。とても一人でできるものじゃない。禹はそのリーダーなんだ。『自分で穴を掘り』『食事をする暇もない』っていうのはありえないだろ。もし、リーダーが寝食も忘れて、何でも自分でしなけりゃいけないほど忙しかったとすると、それは責任感がないというより、単にそいつが臆病で、部下を信頼してないだけだ。そんな非効率的なことをするやつは、リーダーになる資格なんかない、ってことになるぜ」

「文さん、昔の人はそんなふうに考えていなかったんじゃないかな？　当時はもっと単純だったし。堯《ぎょう》だって舜を高く評価してたから禅譲したのだし、舜だって禹を評価して自分の後を継がせたんでしょう？　私たちの時代の複雑な事情を、昔の社会に当てはめるのは間違ってると思うけど」

「現代人は複雑で、古代人は単純だったたって、そりゃあ、文明の発展を過大評価し過ぎだと思うぜ。そもそも人類は何千年も前からたいして進歩はしていないのさ」

　文さんは鼻で笑うように、

「どんな禅譲であれ、学者のなかには、それは勝ち組のつくり出した嘘であり、政治的操作によるものだと言うやつもいる」

「政治的操作だって？」

僕は訊いた。

「小葵、まずは君が知ってる堯舜禹《ぎょうしゅんう》について教えてくれないか」

「ええ。万民に愛された堯は、兄から帝位を譲られると、鯀《こん》に治水をまかせて、後継に相応しい有能な人物を探すことにした。堯は、親孝行で知られる虞舜《ぐしゅん》を重用し、自分の娘の娥皇《がこう》と女英を舜に降嫁させると、舜に帝位を譲った。鯀による治水は九年経ってさらにひどくなるばかりだったので、舜は鯀を処分したあと、鯀の息子の禹をその後継ぎにする。禹は、父親の鯀が用いた『湮』とは異なる、『導』『疏』で治水に成功したため、舜は禹に帝位を禅譲した。舜が亡くなると、舜の二人の妻である娥皇と女英は湘江に身を投げて、湘江の神となった……あ、これは神話ですね」

「『現実的』だって言うなら、最後に挙げた二人が女神に云々の話以前に、前半だって十分におかしいだろ。治水事業の仕事を任せた鯀が大失敗しているのに、任命者たる元上司の堯は、何のお咎《とが》めもなしだ。それで前任者を殺してしまって、それをどう民衆に説明するんだ？　一歩譲って、かりに相手が汚職や賄賂をしたかどで法に則《のっと》って処罰されたとしても、鯀の息子である禹に後を継がせる、っていうのはないんじゃないか？　父親ができなかった仕事を息子が継いだとして、それで成功できると思うかい？　うまくいってほしいのか、それとも失敗してほしいのか？　昔も今も同じさ。これはどう見たって権力闘争だ。堯は舜に帝位を奪われたのさ。舜は、自分にとって脅威となる鯀を殺す口実を見つけると、一族の後継者たる禹に泥仕事を押しつけて、彼を権力の中枢から遠ざけようとした。最後に禹は『客を返して主《あるじ》となす』――いったんは舜の臣下となり、彼と同じやり方で、領《りょう》袖《しゅう》の地位を奪い返したというわけだ。歴史なんて所詮は勝者のものさ。古ければ古いほど、解釈するものの手によって、あっさりと書き換えられてしまう……一揃えの珊瑚の箸も同じだろ。品辰の父親の前妻は、『王仙君』を実在する人物だとずっと信じていたって話じゃないか。でも、唐の時代に『王宗千《ワンソンチイエン》』という駙馬《ふば》は存在しなかった。もし今日にでも第三次世界大戦が勃発《ぼっぱつ》して、歴史書の類いがすべて破棄されたとしたら、数十世代後には、皆が口づてに聞いた話から、唐の時代に王という名の駙馬がいたと認めてしまうだろうさ。そうやってまったく関係のない人物までもが『歴史上の人物』と結びつけられてしまう」

「それで？」

文さんの長広舌の意味をはかりかねて、僕は訊いた。

「だから、『姜子牙が箸を発明した』という話だって、満更嘘《まんざら》とも限らないってことさ」

彼は自分が間違っていないことを示すために、わざわざ遠回りをしてこんな話をしたんだろうか？　まったくたいしたやつだ……

それにしても、『王仙君』という名前はいったいどこから来たんだろう？　それは純粋に高淑蘭《ガオシュラン》の家族の妄想に過ぎないのだろうか？

四

「余教授、こんにちは。昨日お電話した張品辰です」

H大学歴史学部ビルの五階にある研究室で、五十三歳の余慶汎教授は僕たちを出迎えた。昨年講演を聴いたときと同じ格好で、青いシャツに黒いズボンを合わせ、胸ポケットにはボールペンを二本挿している。いかにも学者然とした風体《ふうてい》だった。

「ああ、覚えていますよ。張君ね。たしか台湾T大学の、麥教授《マク》のクラスじゃありませんでしたか？」

余教授はそう言いながら、僕たちに座るよう、うながした。僕たちが研究室のソファに座ると、彼は椅子を出してくるなり、向かいに腰を据えた。

「ええ、麥教授は先生の研究についてよく話してくださいます」

それは嘘ではない。

「本日はお忙しい中、お迎えいただきありがとうございます。ちょっと以前から気になっていたことがありまして、余先生だったらその分野にお詳しいだろうと思い出したんです。そこで是非とも友人と一緒に、先生の話を聞かせていただければと」

「いいですよ。私は暇ですからね……」

文さんがうなずいたが、余教授は彼に返事をすることもなく、向かいにいる葵を一瞥《いちべつ》した。彼女がいったいどういう人物なのかはかりかねているらしい。葵はせいぜい女子高生といった見た目だし、今日は休校じゃない。学校にも行かず、なぜ海外からやってきた大学生の「友人」に付き添うかたちで、わざわざH大学の自分に会いに来たのだろう——おそらく余教授はそんなふうに考えているに違いない。

「まずはこの新聞を見ていただけますか」

彼に訊き返されないうちに、僕は林淵の新聞記事を取り出した。

「ああ？　これは淵泉堂じゃないか？　林さんのことはよく知ってますよ……うん、張君は、研究のことで私に訊きたいことがあると言ってませんでしたか？」

「個人的な問題ではあるのですが、学術的な質問でもあります」

昨晩、いかにしてこのターゲットを攻略するかの作戦を立ててはいたものの、今はただうまくいくよう祈るしかない。

「どういう意味です？」

「余教授は唐の宮廷学の研究をされているんですよね。私の家には唐代宗室に関係すると伝えられる家宝があるのですが、私にはそれが本物なのかどうか検証できないんです。そこで先生にお願いできればと思いまして」

「家宝、ですか？」

「これなんです」

僕はそう言って、記事の写真に写っている箸を指さした。

余教授はしばらくじっとその写真を見つめていたが、ふいにおどろいたような表情から笑顔になって、

「ああ、この写真があったんですね！　林さんが何年も前に箸が消えてしまって、記録がないと言ってたんだが、写真があったとはなあ。それはよかった」

そう言うと、余教授は、僕を真正面から見据えてさらに続けた。

「ちょっと待ってください。君はこの箸が家宝だと言いましたよね？」

僕たちは、彼がなぜそんなに興奮しているのかわからなかったが、この質問にはしっかりと準備をしておいた――この珊瑚の箸は我が家の家宝で、元を辿れば唐代の駙馬のものらしく、皇帝が嫁入り道具としてつくらせたものと伝えられている。駙馬である王宗千は世を去ったあと、王仙君となって、いまでは縁結びの神となっている。十年以上前にその箸の一本がなくなって、行方知れずとなっていたところが、最近になって香港にあるらしいことが判明した。そこで父から香港に行ったときには是非とも確かめてきてほしい、と言われ――という話半分の説明をした。

「そこで淵泉堂に行ってみたんです。そのときご主人から箸はなくなったと言われまして、だったら手ぶらで帰るしかないかと、諦めていたところだったんです。この箸にまつわる話はすべてでたらめ

ではないか、とずっと考えていて――というのも、唐代に『王宗千』という駙馬が存在したという証しを見つけることができなかったからなんですが、かりに『王仙君』がただの伝説に過ぎないとしたら、父もそこまでこの箸にこだわることはなかったのでは、と思いまして」

「ということは、箸はもう一本あるんですね？」

余教授は強ばった声でそう訊いた。その反応を見て、僕は彼こそが箸を盗んだ犯人ではないかと思わざるを得なかった。

「ええ。もちろん香港には持ってきていません。家宝ですからね」

僕がそう言うと、余教授はいかにも残念そうに、

「ああ、そうでしたか。史博士をおどろかせてやろうと思ったんですが」

彼はそう言って溜め息をついた。

「史博士、ですか？」

「私と同じ歴史学の史《シー》清瀚《チンホン》博士です。彼女は古物調査の専門家でね、名の知れた鑑定家でもあるんですよ」

余教授はそう言って、ドアの向こうを指さした。

「でも急ぐことはないかな。この写真ではちょっとわからないから、彼女に見てもらえば――」

余教授は机の上にあったルーペを手に取ると、記事の写真に写っている珊瑚の箸を見た。文さんが膝で僕をつつき、持っているスマホを見せろ、とうながした。これは計画の二番目を実行しろ、という合図だった。

「教授、今日は箸を持ってきてないんですが、写真があるんです」

と言いながら、僕はスマホのアルバムを開き、珊瑚の箸を色々な角度から撮影した写真を見せた。写真はすべて昨晩撮影したもので、現物を見せることはもちろんできない。しかし写真を見せれば、

もう片方の箸を僕たちが持っていることとの証明にはなるだろう。

余教授は僕からスマホを取り上げると、指でズームしながら、喜びと興奮のあまり泣いているらしい。いったい何がそんなに嬉しいのか、僕にはよくわからない。もっとも彼が犯人だとすれば合点《がてん》がいく。箸が一揃いになれば、さらに魔法を強くできることも知っているはずだから……

「張、張君、今から一緒に史博士に話を聞きに行きませんか？　君たちの質問に答えられないかもしれないが、この箸に関して、何か教えることはできるかもしれない」

僕たちには断る理由もなかったので、彼のあとに続いて研究室を出ると、そのまま階段で六階に上がった。

「あら、慶汎じゃない。一緒にランチでもどう？　ちょうど龍井茶《ロンジン》を淹《い》れたところだし」

史博士は男性のような名前だが、その容姿にはおどろいた。目尻の皺《しわ》からとうに四十を超えていることはわかるものの、端麗とも言える顔立ちは、芸能人かモデルのようだった。

「ついに見つけたんだよ！　私が嘘をついていないってことが、これで証明されたようなもんだ！」

余教授は史博士の研究室に入るなり、子どものような声でそう叫んだ。

「何を見つけたの？　あなたたちは？」

史博士は、余教授のうしろに立っている僕たちの方を見ながら言った。

「T大の麥教授の学生で張君だ。彼は重要な写真を持っててね、是非とも君に見てもらいたくて……」

余教授がこちらに手を伸ばしてきた。僕がスマホを渡すと、それを受け取った史博士は戸惑った顔でいたが、すぐに明るい笑顔になって、

「ああっ！　これは――珊瑚の、そうよ、珊瑚の箸でしょ！」

「これで少しは汚名をそそぐことができたかな」

余教授は歯を見せて笑った。嬉しさに小躍りして——思わず史博士に抱きつきたいようだったが、恥ずかしくてできないのだろう。しきりに両手を振りながらはしゃいでいる彼を横に見ながら、

「すみません。いったいどういうことなのか説明してくれませんか」

僕は手を挙げて、学生が質問するふうにそう訊いた。先生二人は落ち着くと、僕たちに座るようながした。

史博士は、棚から小ぶりな青磁の茶碗を三つ持ち出すと、僕たちにお茶を淹れる。余教授はにこにこと微笑みながら、

「史博士はお茶の専門家でもあるんだ。ここにあるものはすべて貴重なものらしいんだが、あいにく私はそのあたりはさっぱりでしてねえ」

と言って一口すすると、このお茶もよくわからないなどと言っている。それでもその茶碗が名品であることはよくわかった。

「史博士は古物鑑定の専門家でね、H大学美術博物館の顧問でもある」

余教授はそう言いながら林淵の記事を拡げると、僕たちの「適当に嘘を織り交ぜた」話をし、ここを訪ねた理由を彼女に説明した。

「十年ほど前だったかな。考古学者が屯門区《テユンムンキヨイ》の掃管笏《ソクウンワット》でさまざまな時代の遺跡や骨董品を掘り当てたんだ。新石器時代の昔から清朝末期までかな。なかには、後漢《ごかん》から魏《ぎ》、晋《しん》、南北朝時代の墓もあったりして、なかなか興味深い副葬品をたくさん見つけることができたんだが」

そこで言葉を切ると、横から史博士が話を継いだ。

「二十数点あった副葬品から、八本の箸が見つかったんです」

史博士は本棚からファイルを取り出すと、数枚の写真をテーブルの上に置いた。写真の箸は、珊瑚の箸と形も長さもほぼ同じで、頭と先の細さも変わらない。普通の箸よりやや小ぶりで、表面には同

じような渦巻きの紋様が彫られている。片方の箸先は銀色の金属に包まれているようだが、長い年月を経ているためか、銀箔《ぎんぱく》は剝がれていて、長さは同じではない。しかもこの箸は赤色ではなく、翡翠からつくられたものだ。天然石らしい翡翠の石紋がはっきりと見て取れる。

「まったく同じだ。違うのは材質だけだな」

文さんが鬚を撫でながら言った。

「私の家の箸と似ていますね……」

僕はそう切り出すと、さらに続けた。

「教授。つまり珊瑚の箸は実は唐代以前につくられたもので、私たちが知っているよりもずっと古いものだということなんでしょうか？」

「いやいや、そんな単純な話ではないんです」

そこへ史博士が横から口を挟んで、

「あなたの家の箸は、この翡翠の箸の原型かもしれないんですよ」

「でも、似ているというだけで、この二つが関係しているとは言えませんよね？」

史博士がどうしてそんな飛躍した考えをするのか、僕がわからない顔でいると、

「埋葬跡から文字の刻まれた石碑が出土したんです。刻まれている文字はほとんど擦《す》り切れていて、よくわからないのですが、最後のあたりは、はっきり読むことができて」

史博士はそう言って、ファイルから一枚の写真を取り出した。灰黒色の岩で、右側半分は光沢のある感じで、左側に文字が刻まれている。左端には一文が記されているように見え、以前は一編の文章が刻まれていたことを示している。時の流れによって摩耗し、わずかに下の部分が残されているばかりだが、古文字で、僕にははっきりと読み取れた――

子に授けたる珊瑚の箸　予はこの箸の螺紋を色赤くし　血を啜りて仙君は願いを叶えたり

「珊瑚の箸だって？」

その文字におどろいて、僕は思わず声を上げた。文さんは首を伸ばしてその写真を覗き込んでいたが、葵はひとりお茶を飲んでいる。

「魏晋時代に石碑の建立は禁止されていたはずで、墓誌に刻んで埋葬するのが一般的だったんです。この隷書《れいしょ》と、私たちが見つけた魏晋時代の出土品が一致していることを考えると、その位置や字体から当時のものと推測できるわけですが」

史博士はその文字を指さしながら、さらに言った。

「『子に授けたる珊瑚の箸　予はこの箸の螺紋を色赤くし　血を啜りて仙君は願いを叶えたり』。埋葬品の規模からすると、この墓の主はかなり社会的地位のある人物で、役人だったのでしょう。刻まれた文字から推《お》すと、この人物は珊瑚の箸を与えられ、その箸には渦巻き紋様があり、赤色をしていた。かれは箸に血を啜らせ、そこに『仙君』を降ろして願いを叶えようとした」

「ああ、仙君か」

そのとき僕はようやくその二文字の意味に気がついた。

「そう、あなたの家族に伝えられている『王仙君』ですよ」

余教授は茶を啜ると、さらに言った。

「あなたたちは色々と調べてみたものの、唐《とう》代に『王宗千』という駙馬がいなかったという話でしたよね。しかしそれは極めて筋が通っている。だってこの箸はその時代のものではないのですから。七世紀に始まり、十世紀に滅亡した唐の時代のものではないとしても、晋は三世紀から五世紀までで、両者には二百年近い開きがある。こうした家宝というのは人から人へと継承されていくものです。たとえば明朝の人にしてみれば、晋と唐はいずれも八百年から千年にわたるわけですが、その間に、誰かがさまざまな尾鰭《おひれ》をつけて、先祖の名前を大きく見せていたとしたらどうでしょう。皇帝からの賜物《たまもの》であれば大袈裟に伝えられることもあるだろうし、それはよくわかるのですが、唐宋《そう》、あるいは明清もひっくるめて『昔』のことですからね。そうした法螺話《ほらばなし》が当たり前のように伝わってしまうのも無理はない」

「だとすると『珊瑚の箸に神が宿る』というのも、でたらめだということでしょうか？」

「何かしらの由来はあるのかもしれません。ただ、そこに鬼だの神だのが憑いているというわけではないでしょうね」

史博士はさらに続けた。

「昔のひとは『蜃《しん》』と呼ばれる大蛤蜊《はまぐり》が海中から氣を吐いて幻の楼閣をつくり出すと考えていて、そこから『蜃気楼《しんきろう》』という言葉ができたんですが、私たちはそれが間違っていることを知っています。蜃気楼は光の屈折によるただの物理現象で、伝説の生物とは何の関係もありません。ただこの箸の持ち主は、『仙君』が箸に召喚されたと信じていて、その話が語り継がれたんでしょう。張さんの家族の話からすると、この箸は墓の主が受け継いでいくものだったのですが、彼はこの箸を大変気に入っていて、彼か、あるいは彼のあとの世代の人物が職人に同じような玉の箸をつくらせて埋葬したのかもしれません」

「じゃあ、さっき教授があれほど興奮していたのも、私の家の箸と史博士が見つけたものとが一致したからなんですか？」

僕は史博士に向かって訊いた。

二人は顔を見合わせると、余教授が苦笑を浮かべて、

「些細なことなんですがね、もう十年近くも面子を失っていたんですよ」

「面子を失っていたなんて、そんなこと言わないでくださいよ。先生のことはずっと尊敬していましたよ」

史博士は照れたように笑った。

「彼女がこうした文物についての研究を発表したとき、私はその翡翠の箸が淵泉堂で見たものとよく似ていることに気がつきましてね。さらにその箸の表面の色合いは、墓誌に書かれたものと完全に一致している。私はすっかり有頂天になって、さっそく史博士にそのことを話すと、彼女も喜んでくれたんです。しかし林さんに問い合わせてみると、箸は消えてしまったという。それで、史博士を喜ばせるために私が嘘をついたような形になってしまった、というわけですよ」

「教授は林淵さんに訊いてみたんですか？」

僕は意外に思った。

「私がはじめてその箸を見たのは、知り合いの二人と鼻煙壺を見に行ったときで、最初は気にも留めていなかったのですが、知り合いの一人が林さんに尋ねたところ、二千塊《クアイ》で買わないかと持ちかけてきたらしいんです。ただ私たちは興味が湧かなくてね。そもそも一揃えの箸じゃないものを売りつけようなんて、やり過ぎじゃないかと冗談っぽく言ったのを覚えてます。それから一ヶ月してまた訊いてみると、箸は消えてしまったというじゃないですか。林さんもいったいどういうことなのかわからないという。史博士には私の記憶違いだったんじゃないかと言われるし――それから彼女の研究のテーマと珊瑚の箸はあまり繋がりがないことがわかったものですから、林さんと私が示し合わせて箸がなくなったことにしたんじゃないかと言われる始末で」

「これで先生が正しかったことが証明されたんですから、何かしてあげないといけませんね」

「いやいや、史博士。そんな大袈裟なこと……職員カフェで晩御飯でもおごっていただければそれで十分ですよ」

「ええっ。そんな安いものでいいんですか？　フレンチじゃなくて？」

「すみません！」

二人の会話に割り込むように、葵が訊いた。

「その『子』というのは誰のことなんですか？」

彼女はそう言って、碑文の最初の文字を指さした。

「孟子《もうし》や孔子《こうし》じゃないだろうな」

文さんが口を挟んだ。

「それはわかりません」

史博士が首を振ると、

「この文字の前にどんなことが記されていたのか、私たちにもわからないんですよ。この『子』という文字ひとつだけでは、身分も確かめることはできないですし。でもその時代の学識ある人物だった可能性が高いでしょうね」

「珊瑚の箸が実際に存在することが証明された以上、魯医師の話も少しは検討に値するのかもしれませんね」

余教授がふいにそんなことを言った。

「魯医師？　それは魯江医師のことでしょうか？」

「ええ、張さんは彼のことを知っているんですか？」

しまった。思わず口が滑ってしまった。

「い、いいえ。新聞に掲載されていた林淵さんのインタビュー記事を父に教えてくれたひとが骨董家で、そのひとが香港随一の骨董蒐集家として、魯江という医者の名前を挙げていたんです。そのひとと魯さんがお互いに面識があるのか、あるいは共通の知り合いがいるのかはわからないのですが、たまたまその名前を覚えていたものですから」

慌ててそう言いつくろった。文さんと葵が助けてくれるはずもなく、とっさの才覚でついた嘘だったが、

「そのひとは台湾人なんですかね？　それとも香港のひとかな？　淵泉堂の常連だったら、私たちが知っているひとかもしれないな」

「彼は台湾に住んでいて……」

余教授がさらに訊いてくるのを避けようと、僕は慌てて話題を変えた。

「魯医師はなんて言っていたんです？」

「ああ、この『子』っていうのは、『抱朴子《ほうぼくし》』じゃないかと」

「葛洪《かっこう》だな……」

文さんが口を挟んだ。

「葛洪？」

僕は思わず訊き返した。

「抱朴子は葛洪と言い、葛仙翁《かっせんおう》と呼ばれているんです。『抱朴子』というのは彼の号ですね」

余教授は講義をするときのような口調になって、

「彼は晋の時代における道教の道士で、二十代のころから広東《カントン》の羅浮山《らふざん》に隠遁《いんとん》するようになったんです。今で言う恵州《けいしゅう》市のあたりですね。時代も合致するし、場所も近い。墓の主が葛洪と面識があったとしてもおかしくない。葛仙翁は高名な学者でしたから、東晋の家臣である王導《おうどう》に招かれた。葛仙翁は道術と煉丹《れんたん》に心酔していたものですから、公職を投げ出して羅浮山で隠遁生活を始めたというわけです」

「その『子』が葛洪の可能性を排除できないにしても、私たちがそれを証明することはできません。

学会でも葛洪がどんな生活をしていたのかはよくわかっていないんですよ。歴史を研究していけば、現実的な角度から巫蠱《ふこ》や呪術《じゅじゅつ》について調べることはできますが、怪力乱神の類いの話を事実として扱うことは、私たちの主旨に反していますからね」

　史博士が言うので、

「魯医師は、その怪力乱神の話について何と言っているんですか？」

　と僕はさらに訊いた。

「墓の主が葛洪に会ったことがあると単純に考えれば、何の問題もないのではありませんか？」

「史博士と魯医師は、墓誌にあった最後の文字については、違った解釈をしているんですよ」

　余教授が口を添えた。

「史博士は、墓誌の主が道術にのめり込んでいて、仙人に会うべく、道術の老師を探し求めていたのではないかと考えているんです。彼はその老師から箸を授かり、血を塗ったあと譫妄《せんもう》状態に陥《おちい》り、仙人が降臨する幻を見ると心願を成就《じょうじゅ》して、この世を去ったのではないかと」

「『唼血《しょうけつ》』（血を啜る）と『歃血為盟《そうちいめい》』（動物の血を唇に塗り、生涯の誓いを立てる）の『歃血』とは同じ意味でしょう。血を唇に塗る儀式の代わりとして、箸に薬を塗り込んだのではないかと私は考えているんです。箸を使えば塗り込まれた血を自然に呑み込むことになるし、それで幻覚を見たのではないかと」

　史博士はさらに続けて言った。

「道教では水銀や鉛を使用します。重金属中毒になれば、譫妄に陥るでしょう」

「ただ、魯医師は別の考えを持っていましてね。とある集まりで墓誌に刻まれた文字と箸の話をしたところ、『唼血』というのは語彙《ごい》上の意味に過ぎず、その人物が自分の血を箸に塗り、それによって神仙を召喚し、神仙が彼の願望を叶えたという意味だと」

「簡単に言ってしまうと、西洋の悪魔召喚の儀式みたいなものね」

史博士が吐き捨てるように言った。

「魯医師はもともと道家の弟子で、神仙に対する考え方が信仰に偏《かたよ》っているんですよ。私たちは研究者ですから、何事も経験則に従って見定める必要がある」

僕は文さんを盗み見たが、彼の表情はうかがえない。ただ僕たちと同じことを考えているらしいことはよくわかった――一見すると荒唐無稽《こうとうむけい》なようだが、魯医師の考えの方が事実に近い。自分の命を賭ける「おはしさま」という儀式が現実に存在することを、僕たちは知っているのだ。「仙君」が嘘であっても構わない。「願いを叶える」というのは紛《まぎ》れもない事実なのだから。

「魯医師を訪ねて、彼の考え方を聞いてみたいと思うんですけど」

その流れで僕がさらりと言うと、

「反対はしませんよ」

史博士はにっこりと笑った。

「でも張さんは歴史学の学生なんですよね？　歴史を研究する目的は、過去の真実を探り当て、人類の精神文明を理解することではありませんか。それは厳密に客観性をもって行わなければならないはずです。そのことだけは忘れないでください。過去は未来の礎《いしずえ》となるべきものであって、『古《いにしえ》をもって鏡と為《な》せば、興替《こうたい》を知るべし』ですよ。むやみに歴史を埋没させ、それを修正したりすると、人類は過去に犯した同じ過《あやま》ちを繰り返すことになります」

別れ際《ぎわ》に、余教授と史博士には、父を説得して研究のために珊瑚の箸を貸してほしいと強く言われたが、ひとまずわかりました、とだけ僕は答えておいた。実際には、文さんがその箸を持っているのだが。余教授は自分たちの名前を出せば、魯医師も信じられない妙な話をむやみにすることもないだろうと請け合った。

「箸は教授が盗んだのかな？」

車のなかで僕は文さんに訊いた。

「彼の反応はちょっと妙ではあったけど、それには理由があるんだ」

「私も彼は怪しいとは思わなかったな」

後部座席に座っていた葵が言った。

「珊瑚の箸を使って願いを叶えることができるのなら、史博士ともっといい関係になれたはずだろうさ」

「二人はそういう関係なの？」

葵が文さんの方を向いてそう訊いたが、文さんは聞いていないようだった。

「二人とも結婚指輪をしていなかっただろ。彼女の方は親しげに話しかけていたが、彼は彼女のことを名字や肩書きで呼んでいた。何となく距離をとっているような感じだったじゃないか。余教授は彼女に自分がどう思われているかを気にしていて、十年前の誤解が解けたと言って小躍りしてたんだぜ。彼がいかに史博士との関係に気を遣っているかがよくわかる。もちろん、彼はただの歴史オタクなのかもしれないが、かりにそんな男だとしたら、世俗的な利益のために『仙君を召喚する』なんてことはできないだろうさ。彼の狙いはそこじゃない」

「わかった。それで、血を塗って神仙を召喚するって話は本当なのかな？」

僕が訊いた。

「かもしれないな。俺だってそんなやり方は知らなかったんだが……しかしかりに本当だとしても、おどろきはしないな。パズルのピースがその答えをしっかりと示しているじゃないか」

「どんなパズルなんだい？」

「たとえば『箸で生ものに触れてはいけない』という作法だな。これなんかは『箸が血に触れると、仙君を召喚してしまうから、みだりに箸を血に触れさせないよう気をつける』という言い方が変化したものだろう。前に話した通り、鬼神が珊瑚の箸に宿るのではなく、これは連結器のようなものなのさ。作家先生がそれを使って、亡くなった子どもと会ったときのように使うものなんだ。これは仙君を召喚するという考え方と似たようなものだろう。箸を盗んだ犯人だって、そいつを使って願望を叶える方法を学び、それで仙君が降臨したというのなら、なんの問題もないだろ。品辰が言った通り、箸はアラジンの魔法のランプみたいなものなのさ」

「勝手に中東の話にして比べないでくれよ」

「中東だって？　アラジンの魔法のランプは中国の話だぜ」

「中国？」

葵と僕は同時に叫んでいた。

「はは、中国だ」

「アラジンの話っていうのは、『千夜一夜物語』だろ？」

僕が疑わしげに言った。

「ああ。だがあの話のオリジナルは『千夜一夜物語』ってわけじゃない」

文さんは掌《てのひら》を拡げると、喜劇俳優さながらにおどけてみせた。

「『アラジンの魔法のランプ』は、十八世紀にフランス人がヨーロッパ人向けに書いたものの本に付け加えたもので、登場人物はみなアラビア語の名前でイスラム教を信仰している。物語には『皇帝』ではなく『スルタン』しか登場しないにもかかわらず、物語の冒頭は、『中国のとある町に貧しい仕立屋がいて、アラジンという名の息子がいた』と始まるんだぜ。当時のヨーロッパ人は、東洋について漠然《ばくぜん》としたイメージしか持っていなかったのだから無理もないが、『器物から人の願いを叶えてくれる精霊が現れる』という民間伝承の始まりがどこだったのかについては、決め手がないんだよ」

「だったら、やはり魯医師は箸を盗んだ犯人で、仙君を召喚しようとしたのかな？」

葵がそう訊いて話を戻すと、

「史博士の話だと、彼は道教にも詳しいそうだし、神仙に関する知識があるとしたら、やはり一番怪しいんじゃないかしら？」

彼女の言う通りだ。

「たしかに彼は怪しいが、証拠を見つけるまでは、俺たちも結論を急ぐべきじゃない。品辰の兄さんも道士だが、箸を悪事に使ってやろうなんて考えなかっただろ」

たしかに文さんの話にも一理ある。だが誰が信じてくれるだろうか。

「そう言えば、昔の香港にも街があったとはね。晋朝の墓があるなんて思いもしなかったよ」

僕が感慨深げにそんなことを言うと、文さんは、

「一九五〇年代に発見された李鄭屋《レイツエンウク》の古墳は、それよりもさらに古い漢代のものだったんだぜ」

そう言って笑い、さらに続けた。

「ただ街の変化というのは早いものでね、二十年もあればすべてが変わってしまう。ましてやそれが二千年ともなると……」

魯医師の診療所は、灣仔《ワンチャイ》にある商業ビルの十二階にあった。以前に香港映画で観《み》たことのある漢方医は、おしなべて漢方薬局のようなところにいたので、西洋式の診療所であるのは意外だった。待合室に中国の骨董品《こっとうひん》が飾られている以外は、台湾の診療所と変わりない。受付に設えてある一メートルはあろうかという黒い花瓶は、淵泉堂の帳簿に記載があったもののひとつかもしれない。

受付の女性に来意を告げると、彼女は受付の向こうに消え、しばらくすると戻ってくるなり、診療室に入るよう促された。診療室は、ドアの外に比べると骨董品の数は多いが、整理整頓が行き届いていたので、淵泉堂のような目移りしてしまうほどの絢爛《けんらん》さはない。

「余教授から先ほど電話をもらいましてね。あなたが張君かな？　今は予約もないし、三十分ほど空

いているので、まあとにかく座ってください」

僕が自己紹介をするまでもなく、椅子に座っている魯江医師はそう言った。

彼の見てくれにはとにかくおどろくばかりで、スマートに仕立てられた黒のジャケットに紫のシャツ、ブルーのストライプ柄のネクタイを合わせている。頭頂は禿《は》げあがっているが、紳士的な雰囲気に溢《あふ》れていて、漢方医はおろか、道家のひととは思えなかった。余教授よりもやや年上のようだが、髪のせいでそう見えるだけかもしれない。

思いつきの来意を告げたあと、珊瑚の箸に関する見方を聞きたいと言うと、相手は思わぬことを言った。

「あなたは……普通のひとじゃありませんね」

彼はいきなり僕に向かってそう言い、次は葵に向かって、

「あなたもだ」

「魯医師。それはどういう意味ですか？」

思わず自分の左腕に目をやって、魚のような赤い痣が袖口から覗いていないか確かめたくらいだった。

「あなたたちの『氣場《きば》』が普通ではないからですよ」

魯医師はしばらく口を噤《つぐ》んだあと、真面目な顔になってさらに言った。

「私だって、ここにやってきた患者さんにこういう話はしません。誤解されるといけないんでね。ただ私は小さいころから『氣場』が見えるんです。道術に興味を持つようになったのもそれがきっかけでね」

だとすると、彼も僕たちと同じように、珊瑚の箸が光っているのがわかるのだろうか？　文さんの方を盗み見ると、彼は無表情のまま魯医師をじっと見つめている。

「魯医師。あなたは私の家の箸を見たことがありますか」

探りを入れるように僕が切り出すと、

「あると思います。ただこれといった印象がないんですよ。余教授と会ったときに彼がその話をしなければ、淵泉堂で見た一本の箸のこともすっかり忘れていたくらいでね」

魯医師は溜め息をついた。

「箸がそんなに凄《すご》いものだと知っていたら、大枚《たいまい》をはたいてでも手に入れていたでしょう。とはいえ、逃がした魚は大きいとも言います」

「私の家の箸に興味がありますか？」

「そりゃあ、もちろんですよ。墓碑に刻まれていた文字から、あれが葛仙翁の持ち物であったことは明らかなんですから。二千とは言わない、二万だって払いますよ」

「刻まれた文字にあった『子』は『抱朴子』だと？」

「張君、あなたも葛仙翁の時代のことはよく知っているはずだ。広州《こうしゅう》は洛陽《らくよう》や長安《ちょうあん》と違って、栄えた街というわけじゃないし、文化の中心だったわけでもない。だが仙人たちは羅浮山で道教を極めて、そこは道教の聖地となった。北宋《ほくそう》の蘇東坡《そとうば》が恵州へ左遷されると、役職に就くことなく、葛仙翁が金丹を練ったと伝えられる羅浮山の遺址《いし》を参拝したんです。抱朴子と言えばその地位は高く、当時の広東のあたりで『子』を名乗ることができたのは葛仙翁一人だけだ。ましてや石に刻まれていた内容が道教に関係あるとすれば、他のひとであるはずがない」

「だとすると、葛仙翁がこの箸をつくったということですか？」

「箸をつくったのは葛仙翁だと私は思います」

魯医師は淡々とした口調で答えた。

「葛仙翁が？」

た。


「彼の仕事は何でしたか？」

「道士ではないんですか？」

僕は文さんをちらちらと見ながら、そう訊いた。彼はその答えを知っているようだが、今は魯医師から直接話を聞いた方がいいに決まっている――彼の話から犯人なのかどうかを判断する必要があった。

「彼は化学者であり、生物学者であり、医師でもありました」

魯医師はさらに言った。

「朝廷から将軍に遇された彼も、かつては軍隊の参謀だったんです。ただ彼は役人になることを望まず、隠遁生活を送りながら真理の探究に励んでいた。張君、あなたは道士といえばどんなものだと思います？」

「人を善なる方に導き、悪鬼を退治する宗教上の司祭みたいなものでしょうか？」

「いや、道教には、世界と人々を救済するという信仰の本質はありますが、道教の根本は、万物の起源を探ることだ。『道』という文字にしても、それは天地の動きや進化の仕組みを表しているのです。その昔、道教の道士は科学者であり、医者であり、学者でもあったというのはそういう理由ですよ。葛仙翁の著作には『肘後救卒方《ちゆうごきゆうそつほう》』という医学本があり、ここには救急時の応急処置や容易に手に入る漢方薬が記載されています。つまり道士の煉丹も、化学実験の雛形《ひながた》であり、その点は西洋の錬金術と同じです。化学実験の原型であり、知識を拡《ひろ》げるための学問であったわけですね」

魯医師は立ち上がると、書架から一冊の地図本を取り出し、それを目の前に拡げてみせた。

「羅浮山は今の恵州と東莞《とうかん》のあいだに位置しています。そこから東南に数十キロ行くと海がある。高い山々が連なる内陸部と違って、珊瑚は容易に手に入れることができた。葛仙翁がその場所に隠棲《いんせい》していた当時は門下生も多く、沿岸部のひとたちは煉丹の材料として珊瑚を持ち寄ったことでしょう。

珊瑚の箸をつくったのは彼に違いない、とは言い切れませんが、つくることはできたし、その条件も揃っていた」

「葛洪にはどのくらいの弟子がいたんです？」

「とても多かった。話によると、三百は下らない」

魯医師はそこで言葉を切ると、しばらくして言葉を継いだ。

「……さきほど、家には代々『王仙君』の伝説が伝えられている、とあなたは言いましたね？」

「ええ、それが？」

「私はその『王仙君』が誰を指しているのか知っているかもしれないんですよ」

「ええ？」

「広東語では『黄』と『王』は同じ発音です。もしあなたの先祖がそれを間違えたとしたらどうだろう。それは本来『黄仙君』だったはずだ――伝説によると、葛仙翁の弟子のなかに、不老不死となり、今でも崇敬されているものがいるんです。彼の名前は『黄初平《こうしょへい》』と言い、『赤松黄大仙《せきしょうこうだいせん》』と呼ばれている」

「ほ、香港の黄大仙？　地下鉄の駅の？」

おどろいた。詳しくはわからなくとも、地名くらいは知っている。

「ええ。もちろん箸に召喚された仙人が黄仙君だというわけではありません。はじめにあの墓誌の主人が、別の仙人を召喚した際に、後世の人間が『仙君』の二文字だけを覚えていて、世代を経るうちに『黄大仙』と混同されたのでしょう。家族を守っていたのは『黄仙君』だとしていたのが、移住するなり、方言の違いによって『王仙君』と誤って伝えられることになった。そこに駙馬の話が加わって、あなたが話したようなことになったのではないでしょうか」

「でも」

葵が横合いから口を挟んだ。

「葛が珊瑚の箸をつくれたとしても、『血を啜りて仙君は願いを叶えたり』というのはどういう意味なんでしょうか？」

「そこは私もわからないところでね」

魯医師は首を振った。

「ただ、道教には『方仙道』なる一派がありましてね。『形解銷化《けいかいしょうか》、鬼神の事に依《よ》る（修仙を極めた者は、死して肉体を離れて神仙となる）』といって、かつては普通の人が神仙と出会ったという伝説がある。現代人からすると、仙人というだけで笑われてしまうが、私のような『氣場』が見える人間と同じで、現実とは私たちが五感で触れることのできる次元だけではない、その上にも下にも、さらにそのなかにも、人間には見ることも、触れることもできない異界があり、私はそこに神や鬼が棲《す》んでいると考えている」

「つまり、葛洪……さんが鬼神を召喚する方法を見出し、実際に使うことのできる神器をつくり出したということでしょうか？　そして墓の主はその方法によって請神を行い、神仙がその願いを叶えたと？」

僕は訊いた。魯医師は葛洪を崇敬しているので、この場で呼び捨てにするのはためらわれた。さりげなく「さん」の二文字をつけてそう言うと、

「あなたの考えている通りです」

「ちょっと訊きたいのですが、葛洪さんはどうしてそうした神器を墓の主に贈ったんでしょうか？　それって、アラジンの魔法のランプを相手にあげるようなものでしょう。もし相手がそれをよからぬことに使ったら、とは考えなかったんでしょうか？」

つい先ほど車のなかで話したことを無意識に口にしてしまった。まだ詰めが甘いな、と僕は思う。

「どうしてそうなったのかはわかりませんが、葛仙翁にも何かそうする理由があったのだろうと私は

思います。『道これを生じ、徳これを蓄《やしな》い、物これを形づくり、器これを成す。ここを以って万物、道を尊《たっと》びて徳を貴《たっと》ばざるはなし』と老子の『道徳経』にある通りですよ。道と徳は一体なのです。墓誌の主が徳を失い、道を踏み外したのであれば、その箸は災いをもたらし、自分に還《かえ》ってくることでしょう」

魯医師は微笑した。

彼の言う通りだとすれば、まさか葛洪も、その箸が冷酷非道な高淑蘭《ガオシュラン》の手に渡り、八人の命を奪うとは考えもしなかったということになるが……かりにそれが「自業自得《じごうじとく》」だとしても、彼女は悲劇的な結末から逃れることはできなかった。たとえ「王仙君」が願いを叶えてくれたとしても、最後は苦しみのなかで世を去ったのだ。

「魯医師。箸を買わなかったことを後悔していると先ほどおっしゃいましたが、それは仙君を召喚するために使いたかったんでしょうか？」

葵が単刀直入に訊いた。

「いいえ」

魯医師は首を振った。

「先ほど言いました通り、道徳と一体でなければなりません。邪《よこしま》な心で仙君に願いを叶えてもらうなんておこがましい。報いを受けるだけですよ。そりゃあ、手に入れたかったですよ。それは仙翁のものだったのかもしれないのですから……ただ正直に言うと、道教を学ぶものとして私はまだ半人前です。私が凡夫《ぼんぷ》であることは、この部屋にある骨董品の数々を見れば明らかでしょう。まだ世俗的な興味を捨てきれずにいるわけですよ。私は今の生活に満足していますし、かりにあの日、箸を手に入れていたら、むしろ損をしていたかもしれない」

「損をする？」

僕は訊いた。

「あの箸はあなたの家の家宝なのでしょう。あなたが仙翁の弟子の子孫だったら、あなたは何としてもなくしたものを取り返したいと考えるはずだ。そうなると、私は二千塊で買った箸をそのままあなたに返さなければいけなくなる」

魯医師は歯を見せて笑った。その真摯《しんし》な眼差しにむしろ僕の方が申し訳ない気がした。何しろ僕はあの箸の真の後継者というわけじゃないから。血縁からすれば、それは兄が手にするのにふさわしい。

先ほどの受付の女性が、予約していた患者が早くやってきたと言うので、話はそこで打ち切られた。僕の直感は魯医師は犯人ではないと告げている。帰り際に、台湾に行く機会があれば、僕の家にある珊瑚の箸を是非とも見てみたいと彼が言ったとき、僕は文さんが骨董品の棚の前に佇んで、壁に掛けられた鏡の額や写真を眺めているのに気がついた。

「これだ」

文さんは顎を撫でながら、僕の方を振り返って言った。彼が指さすところに目をやると、屋外のカフェで撮影された写真らしく、三人の男が座り、ポーズをとるでもなく、カメラに向かって笑顔を見せている。左に座っているのが魯医師で、その右でコーヒーカップを手にしているのが余教授。二人とも若々しく、魯医師は今よりも髪が多い。

「これは余教授ですか？」

僕が訊いた。

「あ、ええ。そうですよ。骨董愛好家の私たちは数ヶ月に一度、こうして集まっていてね。余教授が、あの墓碑に刻まれた文字のことを教えてくれたのも、確かこのときでした」

魯医師は懐かしむような目になって、その写真をじっと見つめている。

「真ん中に座っているのは誰です？」

僕はそう言って、彼と余教授に比べると、年上に見えるその男を指さした。すでに彼のことは知っていたが、この人物について魯医師が何というのか聞きたかったのだ。

「海社長ですよ。彼も淵泉堂のお得意さんでね。もう知り合って二十年ほどになるか……」

魯医師は考え考えしながら、

「だがこの数年は付き合いもなくなってしまい、私と余教授もめったに会うことはありません。もっとも彼は仕事が忙しいのかもしれないが。何しろ彼の『藍鯨科技《ブルーホエールテクノロジー》』は、ここ数年で事業を急拡大して、一地方の会社から今や国際的な大企業となったわけですから」

僕たちは診療所を出ると、駐車場の車に戻り、次にどうするべきかを考えた。

「魯医師は犯人じゃないよね？」

僕が言った。

「彼は違うな」

後部座席に座った文さんはきっぱりと断言した。

「ただ、彼は根本的な勘違いをしている」

「勘違いだって？」

「あの箸は葛洪がつくったものじゃない」

「どうしてそう思うの？」

葵が訊いた。

「広東の沿岸部に赤い珊瑚はないのさ」

文さんは笑いながら、

「赤珊瑚は十度前後の低温じゃないと育たない。広東周辺は暑いだろ、だから水深百五十メートル近くまで潜らないと赤珊瑚は見つけられない。その時代にそんな潜水技術はなかったろうさ。それに当時の赤珊瑚は金《きん》よりも貴重な宝石だったんだぜ。葛洪の弟子が彼を信奉してたとしても、そんな貴重なものを彼に贈るとは思えないし、葛洪だって煉丹のためではなく、それを材料にして、鬼神を召喚する箸などつくるものだろうかね――道教にはほかにも請神のやりかたはたくさんある。画符とか扶《ふ》乩《けい》とかな。西洋の黒魔術じゃないんだ。わざわざそんなものをこしらえる必要もない」

「だとすると、『血を啜り請神する』というのも、まったくでたらめだってことなのかな？」

僕が訊いた。

「その逆さ。これまでにわかっていることからすると、本当だろうな。思うに、もしその『子』が抱朴子だとしたら、偶然この箸を手に入れ、これで『仙君を召喚する』方法を見つけたんだろう。彼は実験狂だぜ……魯医師も話してた『肘後救卒方』という本も実際にあって、葛洪はその本に狂犬病を治療する方法を記している。犬を殺して、その脳を感染者の傷口に当てろ、とね」

「何てやり方だよ、それは！」

僕は思わず声を上げると、さらに訊いた。

「そんなので治るのかい？」

「筋は通ってる。その千五百年後にフランスの細菌学者パスツールが、狂犬病のワクチンの製造に成功したんだが、それは感染した動物の脳組織をつかって培養されたものなんだぜ」

この葛仙翁というひとがどれほど神聖な人物なのか、僕はよくわかっていないのだが、聞いた限りではかなり凄まじいひとのようだ。

「じゃあ、魯医師も『選ばれし者』なの？」

葵が訊くとさらに、

「あのひと、私と辰兄の『氣場』が見える、って言ったけど」

「あれは、偽物さ……」

文さんが言った。

「いや偽物というのはちょっと違うかな。本人は自分が本物だと信じているんだが、『氣場』が見えるっていうのも錯覚でね」

「そう言い切れるの？」

「百パーセント、言い切れるね」

文さんは僕と葵のあいだに顔を突き出してさらに言った。

「だって、俺には彼の『氣場』が見えないからさ」

「ええっ。文さん、あなたも――」

「文さん、小葵をからかうなよ」

文さんは口の端《は》を上げると、シートに身をもたせかけた。

「次は海董事長ってやつを訪ねてみるとするかい？」

僕は訊いた。

「そうだな」

文さんはうなずいた。

「それでいくとしよう」

まずは一番会いやすい余教授をあたって、そこで彼が犯人だと確定すれば、残りの容疑者をあたる必要はないだろう。僕たちは事前にそう決めていた。海徳仁は、上場企業の董事長らしく、彼と会うのは簡単にはいかない。ただ余教授も魯医師も箸を盗んだ犯人ではないとわかった以上、僕たちは最後にこの人物を確かめる必要がある。

僕たちは昨日のうちに、三人の背景についてネットで色々と調べておいた。それによると――ことし六十八歳になる海徳仁は、三十年以上前に藍鯨科技を創業。基板の研究開発生産を行っていた会社は、その後、電子セキュリティと盗難防止を事業の柱とするようになる。林淵に防犯タグをすすめたのも彼らしい。

この七、八年で藍鯨の事業は急成長を遂げ、香港の株式市場に上場すると、アメリカと日本に支社を開設。現地では数百人の従業員が働いている。どうやって海徳仁と面会すればいいのかとさんざん頭を悩ませていたところで、文さんが三年前の新聞を見つけた。それによると、海徳仁はT大学の校舎改修のための寄付を行ったとある。これを切り口にアプローチしよう、ということに決まった。

先方に連絡をすると僕のスマホの番号を訊かれ、何かあったら連絡する、と言われたので、香港に長期滞在しないことを何度も強調し、できるだけ早く返事をもらえればと告げて電話を切った。返事は一日待つだろうと考えたところ、意外にも三時間後には電話があり、明日の夕方五時半にオフィスで彼と面会できるという。

「結局、『仙君』というのは何なの?」

翌日の予定を確認すると、ソファに座って寛いでいる葵が訊いた。

「何だと思う? 小葵は」

文さんはそう訊き返した。この問題については「専門家」にまかせることにしよう。

「願いを叶えるほどの力があるんだから神仙の類いとか、かな? それとも辰兄が言ってたみたいに、アラジンの魔法のランプの精みたいなものなのかな?」

「一般人はその二つを混同しているんだ。『神』と『仙』は同じじゃない——『神』は元から『神』だが、『仙』の方は人が姿を変えたものでね。大昔は『仙』という文字がなかったから、『僊《せん》』という字を当てていたんだぜ」

文さんは紙を取り出すと、そこに文字を書いてみせた。

「人が山に『遷』すると、不老不死となり、『僊』になる。これが本来の意味なんだが、そこから漢字が簡略化され、人は『仙』を使うようになったってわけ」

「ちょっと待ってくれ。大昔に神になった人がいたって言ってなかったか？　たとえば昨日君が話した姜子牙がそうだ。『封神榜《ほうしんぼう》』からそれは……」

「『封神演義』は小説だろ。姜子牙が生きていたのは紀元前千年頃だ。『封神演義《しん》』が書かれた明朝の時代とは二千五百年ほどの開きがある。封神の類いは当然こじつけで、秦の始皇帝《しこうてい》は現代からタイムスリップしてきた人物が彼の名前を名乗っていた、というのと同じようなものさ」

文さんはそう言って笑った。

「俺が言っているのは、『神仙』という言葉の元々の意味のことでさ、春秋戦国時代の中原《ちゅうげん》は言うなれば哲学と宗教思想を啓蒙する時代に入っていた。『神仙』が社会学的・人類学的な意味を持つようになったのもそのころで、人は『封神』となり、そこから死者は『成仙《せいせん》』となった。考えてみろよ。『仙人』が『不老不死』で、そこから『仙』と呼ばれたと言うなら、高淑蘭が引き継いだ珊瑚の箸の話はどうなるんだい。あちらでは駙馬が亡くなり、仙君になったということじゃないか。それって、かなり矛盾してないか？　だったら『成仙』という二文字の前には『得道《とくどう》』があるはずで、『逝世《せいせい》』じゃない」

「じゃあ、箸を盗んだ犯人が召喚した『仙君』は、神なの、それとも仙なの？」

「異界のものだな」

文さんは真顔になって、葵を見た。

「異界のもの？」

「俺は『生物《せいぶつ》』という言葉は使いたくないな。『生物』っていうのは、あくまで人類が定義したものなんでね……あるいはそいつは異次元の『意識体』と言った方がいいのかもしれない。この『もの』を人間が理解することは不可能で、それは『小説の登場人物』が『読者』を理解できないのと同じようなものさ。『作家』と『編集者』の存在と同じくらい不条理なものでね。ただ、この異界のものは人間の因果律に干渉して、『カルマ』の流れを変える力があり、それを犯人に利用されている、っていうのはわかるんじゃないか」

「何だかホラー映画みたいな話だな」

その場の気分を和《なご》ませるように、僕はそんなことを言った。

「そうだな。この世界がホラー映画そのものなのさ。無知なる人類は未知なるものに包囲され、虚空《こくう》に浮かぶ青い球体の表面に住んでいる。虚空の先に何があるかも知らないし、球体の内部がどうなっているかもわからない。文明が確立されたあとも、人間の心はまだ脆弱《ぜいじゃく》なままだ。何千年も何万年も生物学的な本能に支配され、個人的な欲望に屈し、この小さな世界は混沌と矛盾に満ちたままだ。自分が次元と次元のあいだの取るに足らない塵《ちり》の一片に過ぎず、何か別の世界の存在に睥睨《へいげい》されている自覚もない。操られていることに気づいていないってわけだ。子どもが蟻《あり》で遊ぶようなものさ。愉しければ一つまみの砂糖を振りかけ、むしゃくしゃするなら蟻穴に水を注ぎ、そうやって蟻の運命を決している。『異界のもの』にしてみれば、人類世界の因果なんて、蟻の行動様式と同じように意味のないものなのさ」

「じゃあ、『元凶』ってのは、その『異界のもの』のせいなのかい？」

僕はそう訊くと、さらに言った。

「それっておかしくないか？　蟻を支配する人間みたいなものなんて」

「狂犬病のウイルスだって、感染者を思いのままに操るじゃないか。人間じゃどうしようもない」

文さんは冷ややかな表情から笑顔になって、

「十分な条件が揃っていれば可能だろ。そいつは『王仙君』だの、『おはしさま』だの、『筷子仙』だのと呼ばれているが、『異界のもの』がどんな名前であろうと、そいつはいま犯人の手中にあって、永久に災厄をもたらす存在だということだよ。この場合は、箸を取り戻すのが、それを阻止する唯一の方法だ。さて、明日も頑張るとするか」

「おはしさま」の力が、僕たちの行動といったいどんな繋がりがあるのだろう。それが僕にはよくわからない。葵の今日の調子は昨日に比べるとかなりよくなっていた。夕方にはすっかり食欲も戻ってきて、近くのカフェのテイクアウトを美味しそうに平らげてしまうと、連日の緊張もようやくほぐれたらしく、僕たちはソファに寛ぎ、ネットでハリウッド映画に登場するヒーローの活躍を愉しんだ。

葵がときおり見せる笑顔を見ながら、僕は感慨に浸っていた――彼女とひとつ屋根の下で暮らすことは一年前の僕の願いだったが、その一年後に、これほど重い代償を払って叶えることになるとは考えてもいなかったのである。葵の身に降りかかった悲劇が取り返しのつかないものであることは間違いない。それでも彼女がいま、僕たちと一緒に調査することには、ある種の、精神的な鎮痛剤としての効果があるのではと思う。

文さんが話していた「元凶」の正体を見つけられなかったとしたら、いったいどうすればいいのだろう、と僕は考えずにはいられなかった。珊瑚の箸の行方もわからぬまま、僕と葵は目隠しをして、耳を塞《ふさ》ぎ、あてどもなく真相なるものを探し続けたあげく、麻酔を打ってさまざまな不幸を忘れるしかないのだろうか？

それが単なる現実逃避に過ぎないことは、僕もよくわかっている。残酷な運命と向き合わなければならない葵の姿を見るのは耐えがたく、僕は彼女に付き添い、どうにかしてあげたいという気持ちはある。ただそれでも、彼女の将来がいったいどうなるのか、僕には想像もできないのだ。

もし自分だったら、両親が死んで、親友が自殺して、こんなクソみたいな現実に戻ってくる理由があるかい？

文さんの言葉を思い出す。

僕は、「おはしさま」に葵を目覚めさせるようお願いをしたのが間違いだったのだろうか、と考えはじめていた。

五

「こんにちは。張と言います。海さんと五時半に……」

「T大学の張様ですね？」

「ええ」

「会議室でお待ちください。こちらです」

僕たちは長ソファが二つ据え置かれた会議室へと案内された。藍鯨科技のオフィスは、九龍塘《カウロントン》にある商業ビルの二十八、九階にあり、どうやらここが本社で、尖沙咀《チムサーチョイ》には別の業務を扱うオフィスもあるらしい。会議室は応接室と、同じようなつくりの洒落たデザインで、グレーブルーの壁色に、インダストリアルデザインのテーブルセットという調度が、いかにも最先端をいく会社の趣《おもむき》を醸《かも》し出している。優雅さを失わないよう、部屋の隅には観葉植物が置かれ、客が寛げるよう配慮されているのがうかがわれた。

それでもソファに座っている僕は不安だった。

ここに来る前、文さんは徹夜で調べた内容を僕たちに話してくれた。彼は藍鯨科技の急成長ぶりを疑っている。

「表面上、藍鯨科技はたいしたトラブルもなく毎年順調に業績を伸ばしているように見える。合弁事業もうまくいっているようだし、六年前には政府プロジェクトを落札して、さらに翌年には韓国の携帯電話メーカーと提携。またその翌年には、米国の有名クラウドコンピューティング企業とネットワーク監視・盗難防止システムで提携、と……普通であれば、『これまでの事業の成功を呼び水として、他の大企業との協業が進んだ』と解釈するところだが、藍鯨と同じ業態会社の財務報告をじっくり調べてみたところ、異常なほどの偶然の一致が見つかってね」

　文さんが指摘したのは、藍鯨が政府や大規模グループとの契約を取りつけた背景には、競合他社の事故があまりに多すぎることだった。たとえば、ライバル会社が入札期間中に火災に遭い、それによって入札案件を満たすことができなくなったところに、藍鯨が横入りしたというケース。あるいは、競合会社の社長が急病で死去し、遺産相続のトラブルが発生したあげくに会社は分裂、藍鯨との競争を諦めたというのもある。かなり顕著な例としては、大手投資会社の社員が、上司の目を盗んで、純資産を超える額を資産損失に計上するよう改竄したことで、会社は破綻。それによって大勢の顧客の資産が消滅した――この顧客のなかには藍鯨と似たような事業を展開している企業の経営者が三人もいる。そのこと自体が企業の破綻を意味しなくとも、ビジネスの拡大を目指していた起業家の突然の心変わりや、当初の開発計画に遅れが生じたりすることで、藍鯨がその機に乗じていることがよくわかる。

「文さん、要するにこの海が箸を使って、藍鯨のライバルを蹴《け》落《お》としているってことかい？」

「だいたいそんなところだな。空からお金が降ってくるよりも目立たないし、誰もがうらやむビジネスサクセスストーリーだ。当事者はそれで『フォーブス』の表紙を飾ることができるってわけだ」

　そうなると、僕たちは今日、狡猾《こうかつ》にして老獪《ろうかい》なその男と対峙《たいじ》することになるわけだ。

　実際、こうして三人の容疑者を振り返っても、箸を盗んだ可能性が最も高いのが海徳仁であることは明らかなように見える。彼は盗難防止技術の会社を経営し、その技術を知り尽くしている。盗難防止タグの機器を提供しても、林さんを騙《だま》して箸を盗み出すことはわけもない。

緊張した面持ちで五分ほど待たされたあと、カチッという音とともにドアが開いた。しかし入ってきたのは、期待していた人物ではなかった。

「T大学の張さんですか？」

グレーのスーツを着こなし、中肉中背、八二に髪をわけた、三十歳くらいの男にそう訊かれた。僕が「はい」とうなずくと、彼は優しい笑顔を浮かべながら名刺を差し出した。

「嚴《イム》と言います。どうぞよろしく」

名刺には「嚴在山《ソイサン》」とあり、名前の隣に添えられた肩書きは「董事総経理」になっている。

「海さんは……」

僕が探るように訊いた。

「董事長は本日急用がございまして、今回はお会いできないとのことです。お三方にはわざわざお越しいただいたのに、申し訳ございません」

嚴さんはそう言って深々と頭を下げた。

「私でいいのかわかりませんが、董事長の代わりに、会社についてご説明いたしましょうか？」

「あ……それでしたら、すみません。これは海さん個人に対するインタビューとなりますので、もし海さんが不在ということであれば、またの機会を……」

思わぬ展開に不意打ちを喰《く》らい、僕はどうにか頭を絞ってそれだけを言った。僕たちが知りたいのは、海氏の箸のことであって、会社の事業についてではない。ましてや、会社に関する質問などまったく用意していなかったのだから、ここで馬脚を露《あら》わすことになってはたまらない。

「そういうことでしたら、秘書に確認しましょう。また日を改めて、空いた日にちをお知らせいたしますから」

巖さんは仕事慣れした笑顔を見せると、

「ただ張さんは、香港にそれほど長く滞在はしないとうかがってますが？」

「ええ、そうなんです」

僕はそう言ってうなずいた。もちろんそれは嘘だったが。

「明日か、あるいは明後日《あさって》が可能であれば……」

「少々お待ちください」

巖さんは、会議室の隅に置かれたテーブルの上にある受話器を手に取った。いくつかのボタンを押して、董事長の秘書に連絡を取っているらしい。話の途中から丁寧《ていねい》な言葉遣いに変わり、電話の向こうの相手が変わったのがわかる。話の内容はうかがい知れないが、彼の表情は生真面目だった。

「そうだ。張さん、今晩のご都合はいかがでしょうか？」

巖さんは、僕の方を振り返ってそう訊いてきた。

「董事長は、今晩一時間だけでしたら空いているそうです。よろしければ、董事長のお宅で話ができればと思いまして」

「いいんですか？　今夜であれば大丈夫です」

こんな機会が訪れるとは思いもしなかった。もっとも敵陣に直接乗り込むとなれば危険が伴う。ただ、虎穴に入らずんば虎児を得ずとも言うではないか。

巖さんは数分ほど向こうの相手と話をすると、電話を切った。

「董事長の自宅の住所を書き留めておきます。八時から九時までのあいだ、時間を空けておきますので、先に行っていただいて構いません。執事が案内いたしますので」

「わかりました。ありがとうございます」

巖さんは、僕が淵泉堂の帳簿で見た住所をメモに書き留めると、笑顔で僕に手渡した。

「張さんはこのあたりに詳しくないでしょう。どのバスに乗ればいいかわかりますか？」

「車で来たんです」

僕はそのメモを受け取ると、

「知り合いから車を借りているので」

「それはよかった」

「ありがとうございます。巖さんは総経理ですのに、お手間をとらせてしまって、申し訳ありませんでした」

僕の記憶が正しければ、董事総経理というのは董事長に次ぐ地位のことで、藍鯨ではナンバーツーにあたる。

「いえいえ。董事長からはきちんと対応するよう指示されておりましたのでね。彼はT大学を重視しておりまして、今後も全面的に協力したいとのことです」

巖さんは笑いながら、

「一応、この会社では私も古株となりますし、董事長に代わって話をいたしました」

「巖さんは、この会社で働きはじめてどのくらいになるんです？　とても若く見えますが」

文さんが口を挟んだ。

「はは、童顔なだけでね。入社した当初はまだ若かったんですよ。平《ひら》から始めて今に至るわけですが、もちろん、すべては董事長のおかげです。彼がいなければ、十数人規模の中小企業が、今の大企業に成長することなどできなかったでしょう」

「海徳仁氏の印象はどんな感じです？」

文さんはコートのポケットから録音機を取り出し、記者のように身構えると、巖さんに向けてボタンを押した。

「今回のインタビュー記事の余談として、嚴さんのお話を掲載するかもしれませんが、よろしいですか？」

「ええ、もちろんいいですよ」

嚴さんは背筋を伸ばすと、さらに話を続けた。

「董事長は、経営の天才です。独自のビジョンと洞察力によって、セキュリティ・テクノロジーと関連産業のポテンシャルを見極め、藍鯨を業界のトップにしたのです。一方で、彼は慈善家でもあります。地域社会、特に教育に気を配り、基金を設立するとともに、さまざまな機関への寄付を通じて、才能の育成に励んでいます。私は彼を非常に尊敬しております。彼の下で人生を懸けた仕事ができるのは、この上もない幸せだ、とよく話しているんですよ」

「海氏はプライベートではどんな人物なんでしょう？　何か趣味とかはあるんでしょうか？　たとえば運動や、芸術方面などの」

文さんが訊いた。彼の意図が僕にはわかった。

「彼は年長者ではありますが、相手をよく気遣い、どんな人とも分け隔てなくつき合うのです。私が彼の下で働くようになって十年以上は経《た》ちますが、怒っているのを見たことがありません。趣味についてですか……彼は骨董品を集めたり、ゴルフが好きですが、ここ最近は腰に問題があり、回数は減らしていますね。ああ、ここは書かないでください。董事長のプライバシーに関わりますので」

「わかりました。そうします」

僕は言った。

「董事長に直接訊いてみてはいかがです？　彼は若い人と話すのが好きなので、インタビューでは興味深いエピソードをたくさん聞くことができるでしょう」

そこで話を終えると、僕たちは駐車場に戻って車を出す準備をした。

「大埔三門仔か……これは帳簿に記されていた住所と同じだよね？　文さん？」

僕がスマホの地図ナビに住所を入力してそう訊いたが、文さんは返事もせず、後部座席でむつかしい顔になって顎鬚を撫でている。

「文さん？」

葵が彼を向いて訊くと、

「妙だな」

文さんはそう言って顔を上げた。

「小葵、ひとまず先に帰って、あとは俺たちにまかせてくれないか？」

「えっ、どういうことだ？　海徳仁はそんなに危険な人物なのかい？」

僕が怪訝に思って訊くと、

「品辰、嚴って野郎が話してたことを聞いてなかったのか？」

「どういう？　彼は確か……」

あっ、何てことだ。今になって、僕は文さんの言おうとしていることの意味がわかった。あまりに自然過ぎて、すっかり見逃していたのである。

「何の話をしてるの？」

葵が眉を顰めてそう言うのに、

「小葵、文さんの言う通り、ひとまず先に帰った方がいいかもしれない」

僕は言った。

「何かわかったの？」

「今回の調査では、連中が俺たちのことをよく知らないってことが、こちらにとっては最大の強みになるんだよ」

文さんはそう言うと、さらに続けた。

「ただ、今はもう、やつらだって、こちらの意図をお見通しだろう。俺たちがもう一本の箸を持っていると知ったら、何としてでも奪おうとするに決まってる……俺の正体はまだばれちゃいないと思うが、品辰の『学生新聞記者』という偽装は見破られているかもしれない。だとするとだ、連中は俺たちを罠《わな》に嵌《は》めようとしているかもしれない」

「罠？　そんなに危険なの？」

「命に関わる」

文さんはつとめて冗談っぽくそんなことを言って、少しでも場の雰囲気を和らげようとしたのだろうが、逆効果のようだった。

「万が一、君たちがそんな目に遭ったら、ことだ。俺ひとりが生き残ったって、やつらは根絶やしにしようと本気でかかってくるだろうさ。そうすれば俺はもっと不利になる。だろ？」

　これは小葵を諦めさせて、敵陣に連れて行かせないための方便と思ったが、彼女は口を噤んだままだった。僕と文さんは互いに顔を見合わせる。どうするべきかを二人で考えなければいけないという気持ちは同じだった。葵だけじゃない、僕だってこの一年は死と隣り合わせの経験をしたのだ。今挑戦するとしても、それほどひどいことは起きないだろうという気もする。

　獅子山《ライオンロック》のトンネルと沙田路《サーテインロード》を過ぎ、大埔公路《タイポーロード》から吐露港公路《トロハイウェイ》に入ると、あたりは次第に暗くなってくる。僕はスマホの地図アプリにしたがって、大埔へと車を走らせた。新界の景色には、香港や九龍などの都市部とはまた違った趣がある。台湾に比べて道幅は狭く、僕の田舎のようだった。建ち並ぶ家屋にも高層ビルは見当たらない。山いちめんの樹木のように、民家が軒を低くして建ち並んでいる。

　目的地へと向かう途中、僕たちはずっと無言だった。何しろ、この先に何が待っているのか、「犯人」が何を企《たくら》んでいるのかわからないのだ。それでも僕たちは自分を奮《ふる》い立たせ、前に進むしかない。


「道なりに進んでください」

スマホのナビアプリは、僕の心を表すかのような声を出した。

「次の――を右に曲がります」

アクセルを踏んで前に進むうち、その風景を眺めながら僕は言いようのない不安に包まれていた――むしろ郊外に向かっているのではないか？　海徳仁の自宅は海岸沿いの大きな高級住宅地にあり、十階以上のビルのはずである。しかし目の前の道路は山を登っていくような勾配に変わり、民家らしいものも見当たらない。

「品辰、ちゃんと前を見て運転してくれよ」

文さんが身を乗り出すようにして言った。

「ナビはあと五キロだって言ってるけど？」

僕はスマホを指さした。

「違う。こりゃあ、道を間違えたな。さっき入力したアドレスは？」

「どのアドレスだ？　小葵、これで合っているかどうか――」

僕は葵に、道に迷っていないか道路標識を確認してもらおうと思い、そう言った。しかし彼女は青白い顔で、まるで幽霊でも見たかのようにフロントガラスの向こうをじっと見つめている。

「小葵、大丈夫かい？　どうした？」

「こ、ここは新娘潭路だわ……」

道路の左右を見渡すと、周りの景色はまったく変わってしまっていた――最後に通ったのは昼だったが、明らかに道を間違えている。汀角路を通り過ぎ、車は新娘潭路を北に向かって進んでいるのだ。

僕たちはまさに、葵の両親が亡くなったその場所を走っていた。

「どうしてだ？　スマホは――」

僕が言い終わらないうち、スマホから突然「バッテリーが低下しています」というメッセージが流れだし、ティン、という音とともに電源が切れてしまった。

「品辰、Uターンしよう」

文さんが言った。

「ここでUターンなんかできないよ！　もう少し先に駐車場があるから、そこでやればいい」

「いや、すぐここで停車してくれ」

文さんが厳しい声で言い渡した。

「ここでUターンするのは交通違反になるし、危ないってば！」

「まだわからないのか！」

文さんが叫んだ。

「俺たちはあいつらの罠に嵌まっているんだ！」

どういうことだ？

僕は後ろを振り返って文さんを見ようとしたが、すでに遅かった。僕がためらっているうち、車は何かにぶつかり、凄まじい衝撃が走った。ハンドルを握りしめたまま、車はコントロールを失い、そのまま左のガードレールにぶつかっていた。

だめだ。葵を助けないと――

意識を失う直前まで、僕はそのことだけ考えていた。

それは、九ヶ月前に同じ場所で発生した事故の様子とまったく同じだった。

六

「兄……辰兄……」

朦朧《もうろう》とした意識のなかで、葵の声を聞いたような気がした。僕は意識を取り戻し、目を開ける。だが目に飛び込んできた光景は、まったく理解できないものだった。

手足が動かないので、車の中に閉じ込められているかと思いきや、目の前の景色がそうでないことを告げている――僕は荒れ果てた廃屋のなかにいた。かび臭い匂いにむせながら目を凝《こ》らすと、コンクリートの床にはキャンプライトが置かれ、数メートル先までを照らしている。その先には濃い闇が拡がっているばかりだった。周りは静寂に包まれ、数秒前に聞いたブレーキ音や、車がガードレールにぶつかる大きな音は幻だったのではという気がしてくる。その先の薄闇に、黒板のようなものがかかっているのがぼんやりと見えた。まるで廃村に残る学校の教室のようだ。

このわけのわからない事態に戸惑っているうち、僕は二つ目の異常な状況に気がついて愕然《がくぜん》となった――両手足を動かすことができないのだ。ガムテープで上半身は椅子の背に、足は椅子の脚に縛られている。左肩と頬骨に焼けるような痛みがあった。口の端が切れて、血の味がする。唇が切れているわけではない。頬に怪我をして血が唇にまで流れ出しているらしい。

「辰兄！」

その声に右を振り返ると、葵も同じような状態でいた。僕から二メートルも離れていない椅子に縛られている。髪は乱れ、服が泥まみれの葵を見るまで、僕は自分が夢の境をさまよっているのかと感じていた。それはあたりの様子が、「筷子仙」の儀式の最中に夢のなかで見たB小学校のようだったからだが、彼女の声を聞き、体の痛みが蘇《よみがえ》ってくるにつれ、僕はこれが現実であることを思い知った。

「小葵、怪我はないか？」

僕が強ばった声で言うと、葵は首を振った。目が覚めたばかりで何もわからないまま、そばにいた僕に声をかけてくれたらしい。

「私たち、どこにいるの？」

彼女が訊いた。

「わからない……車が何かにぶつかったところまで……」

まだ眩暈《めまい》を感じる。

「私も……」

葵はそう言いながら、あたりを見廻して、

「誰かに捕まってここに……」

「文さんの言った通りだ。僕たちは、嵌められたんだよ。……犯人は『王仙君』に祈って僕たちを事故に遭わせて、拉致したんだ」

「文さんは？」

あたりを見廻しても、文さんの姿が見えない。彼は交通事故で亡くなったのだろうか？　それとも、犯人の毒牙にかかったのか？

いや、そんなことあるはずがない。僕は馬鹿げた考えを頭から追い出した。今ごろどこかに身を潜めて、僕たちを助けようと機会をうかがっているに違いない。

「大丈夫だよ。彼だったら」

僕はどうにか体を動かそうと身をよじった。

「やつらが来ないうちに、床に割れたガラスとか、テープを切るのに使えるものがないか探してみよう」

「誰がいないといった？」

冷ややかな声が部屋のどこかから聞こえてきた。葵と僕は声のする方を振り返る。だがあたりは闇に包まれ、その人物の姿はわからない。葵が落ち着いた様子で闇に目を凝らす。その顔はまったく怖いものなどないという感じで、目には怖気《おぞけ》を誘うほどの厳しさがあった。これがごく普通の十五歳の少女であれば、泣き出さないにしても、歯を食いしばって必死に耐えていることだろう。

「誰だ」

僕は叫んだ。このまま身を乗り出して、キャンプライトを倒すことができないかと考える。あたりが闇に包まれれば、そのあいだに少しでも時間を稼いで、形勢逆転となるかもしれない。

「妙なことは考えない方がいい。そのライトを壊したって無駄だ」

男はそう言うと、暗闇から眩《まぶ》しい光を僕たちに浴びせかけた。男は大きな懐中電灯を持っている。僕の意図を察したのだろう。

「君たちだけのときに何かしゃべるかと思ったのだが、はっきり言った方がよさそうだな」

男は影から数歩進み、徐々に光の中に入ってくる。その顔を見て、僕は自分の思っていた通りであることを確信した。懐中電灯を手にしているのは、ついさっき僕たちが会っていた嚴だった。

「いったい僕たちをどうするつもりだ」

僕は嘲けるように声を上げた。

「君たちがいったい何をしたかったのかを、先に話すべきじゃないのかね」

嚴在山はそう言うと、落ち着いた様子でポケットから何かを取り出した。よく見ると、それはたしかに僕たちが探している箸に違いない。

「そ……それは何だ」

しらじらしくそう言ったが、葵は無言のまま男を見返している。

「張品辰君。惚《とぼ》けないでくれ。私を馬鹿にしない方がいい」

巖在山は、先ほどの会議室とはまったく違う、こちらを見下すような目つきになって、

「君が電話で藍鯨に『インタビュー』を申し込む前から、すでに君には目をつけていたんだよ」

「何だって？」

「これが天意ってものなのかね。董事長が淵泉堂に観音像の予約をしていて、その配達を頼もうと連絡をしたときに、『台湾人の男性が珊瑚の箸を探している』と教えてくれてね」

淵泉堂に陶器製の観音像があったことを僕は思い出していた。

「林淵さんに僕は名前を教えていないはずだ！　僕がT大学の学生であることだって知らなかったのに、いったいどうやってインタビューを申し込んだ僕が……」

「ははっ、忘れたのかい？」

言いさしたところを遮るように、巖在山は大きな声で笑い出した。

「電話番号を残していただろう。馬鹿だな」

僕は呆然としながら、今になって基本的な失敗を犯したことに気がついた。

そうだ、僕は林淵にスマホの番号を教え、また藍鯨の社員にも連絡をくれるよう、頼んでいたではないか。巖在山はそれらを結びつけて、「学生の記者」が「淵泉堂に家宝の箸を探しにきた親孝行の息子」だと気がついたのだろう。

「林さんもすっかり騙されたってわけだ。父親のために家宝を捜しに来たなんて言葉をあっさり信じてしまうんだからな。これじゃあ、商売繁盛ともいかないだろう」

巖在山は僕の目前に箸をちらつかせ、ふたたびポケットに戻した。

「僕は嘘なんてついてな――」

バシッ――耳許で激しい音がした。懐中電灯で頬をしたたかに殴られ、左の脇腹にも激痛が走る。

「私を馬鹿にするんじゃない」

獣のような眼差しで言うと、すぐさま気味悪い笑顔になって、

「確かめてみたんだよ。君が何者であるかはよくわかってる――なぜなら私もそうだからな」

嚴在山がそう言ってシャツの左袖をめくると、魚のような赤い痣が現れた。葵はその痣を見るなり息を呑み、僕もおどろきのあまり息もできないまま、その痣をじっと見つめていた。

「君たちの腕にある痣が動機を語っている――私から箸を奪い返し、妖怪を召喚しようと企んでいるんだろう？　この力を感じることができるのは、我々のような『高等人種』だけだからな」

「高等人種だって？」

「まだ惚けるつもりかね？　珊瑚の箸のことを君たちがどうやって知ったのかはわからないが、この痣は、我々が妖怪と通じる能力を持ち、これを『法器』としてかれらを召喚して操る能力があることを意味するのだ。これくらいは知っておいた方がいい」

いかにも不快な声音《こわね》で嚴在山が言った。また懐中電灯で殴《なぐ》られるのではと僕が身構えると、彼は厳しい顔つきになって、

「言いたまえ。いったいどうやってこの箸のことを知ったんだ？」

「あなたが何を言っているのか、僕にはさっぱりわからない」

バシッ――また殴られた。さらにひどく打ち据えられ、口のなかに血の味が拡がっていく。歯が折れたのではと思うほどの苦痛に耐えていると、

「頑固なやつめ」

嚴在山はそう言って葵の方に向き直り、

「だったらこの子の口を割らせた方が早いかな」

「彼女の髪の毛一本にでも触れてみろ――」

僕は気色ばんだ声で叫んだ。だが葵は身じろぎもしない。怒りを溜めた目で彼をじっと見つめている。

「辰兄、こんなやつの言う事を聞いちゃだめ」

葵は落ち着いた声で言った。

「私たちを殺したって、不利になるのはあなたの方じゃないの」

「どういう意味だ、それは？」

嚴在山が冷ややかに笑うと、

「そんなことをしたら、もう一本の箸は手に入らなくなるじゃない」

葵は相手に揺さぶりをかけるようにそう言った。

「君たちふたりは箸を持っていないいんだろ」

嚴在山は笑顔を引っ込めると、目を細めて、僕たちをつくづくと眺めながら言い渡した。

「あなたが持っていないと言うなら、持ってないいんでしょうね」

「はぐらかすんじゃない！」

嚴在山が叫んだ。

「君たちが箸を持っているのなら、妖怪を召喚して、こんなふうに捕まることもなかったろう……いや、使い方を知らないのか？　なのに君たちは箸を探している……それとも、この箸は一揃えになると、私の知らない力を出すとでもいうのか？」

「想像にまかせるわ」

葵が傲慢《ごうまん》な笑顔を見せて言った。

彼女が相手を圧倒することで、目の前の状況はさかしまになっていた。いまや手足を縛られているのは男の方のように見える。

「……君たちと一緒にいた男はどこにいる？」

しばらくの沈黙のあと、嚴在山が訊いた。

「知るわけないだろ。ここに僕たちを連れてきたのは、あんただ」

僕は言った。よし。僕たちを捕まえたとき、文さんはいなかったことになる。僕は自分の予感が的中していたことにほっと息をついた。

「箸は……あいつが持っているのか」

しまった。この男は鋭い。

「あんたみたいな小物に話すつもりはないね」

僕はそう言って、血の混じった唾を吐くと、

「箸の行方を知りたければ、海とかいうやつに訊いてみればいいじゃないか」

嚴在山は大きな声で笑い出した。

「張君、君は何か勘違いをしてるんじゃないか？　どうして董事長をここに呼ぶ必要がある？」

「だって、あんたはただの使い走りじゃないか。交渉するのなら、上の人間に――」

「私が海徳仁の使い走りだって？」

嚴在山は軽蔑した目になって、僕をじっと見つめながら、

「あの爺《じじい》は用済みになったら、死んでもらうつもりだ。君たちと一緒にね」

「海徳仁は、淵泉堂で箸を盗んだ犯人じゃないのか？」

僕はおどろいてそう訊いた。

「どうしてそんな馬鹿げたことを考える？　彼が『董事長』で、私が『董事総経理』だからかね？　私が彼のために働いている？　こりゃおかしい。はっきり言っておくが、藍鯨がここまで成長したの

は私のおかげだ――『海徳仁は、経営の天才』と言ったが、あれはまったくのでたらめでね」

「じゃあ、敵対する企業のオフィスに火災を起こしたり、競争相手を急性疾患で殺したりしたのは、あんたのアイディアだった、ってことか」

「ようやくわかってくれたようだね。そう、すべては私がしたことだ。私が手を汚さなければ、ここまで会社が伸びるはずもなかったろう。従業員は皆、私に感謝しているよ。私のおかげで、社員たちは家族を養うことができるのだから。

　海と私がビジネスでどんな話をしたかって？　『樂活國際《ロッウークオヅアイ》』と『プルースト』の二社を潰《つぶ》すのはなかなか骨が折れたが、あいつは言ったよ。あの二社の顧客までひどい目に遭わせる必要はないんじゃないか、人を殺すのはよくない、とね……くそっ、そんな生やさしい考えで、あいつは二十年以上も経営をしてきたってわけだ。そんな彼に邪魔されないよう、私は着実に権力を掌握していったんだ。そして今の彼は『腰痛』に苦しんでいる。肝臓癌《がん》でね」

「肝臓癌だって！」

「そうだ。彼はどうせ長生きできないんだよ。せいぜい仏像をしこたま買い込んで、長寿を願うくらいしかできることはない。まったく、下らない」

　嚴在山は大きな声で笑った。

「社内をうまくまとめるには、董事長職を私に『譲る』のが自然というものだ。何しろ、私は会社で最も有能な人間で、人脈もある。藍鯨は私にとってはただの踏み台だよ。ここは、私の野望である巨大技術王国の出発点に過ぎない。箸を手にしている限り、私の前に立ちはだかる敵には消えてもらう――もう私を馬鹿にするものはいなくなり、たかが中小企業の董事長を補佐する男と笑われることもなくなるってわけだ」

「それであんたは十年前、海徳仁の付き添いで淵泉堂を訪れた際に、あの箸を見つけ、欲に駆られて盗んだというわけか」

　僕は言った。

「欲に駆られて？　あれは欲ではない。箸が私を呼んだのだ。腕に印がある私が呼ばれたのさ。余教授と魯医師には赤い光が見えない。私が特別だということの証しだろう！」

　嚴在山は叫んだ。

「携帯型の消磁器を持っていたんだろう？　ということは店から箸を盗む気まんまんだったってことじゃないか。ふん、総経理になっても、心はコソ泥のままってわけか」

「消磁器だって？　ははっ、そんな方法しか思いつかないのか？　張君、君は私と同じなんだ。だが箸がなくたって、私は君より遥《はる》かに頭がいいのだよ。箸を盗むのにそんな特別な道具など必要ない」

「でたらめだ」

「それではどうやったのか教えてやろうか？　なあに、簡単なことさ。誰も見ていない隙に、あの箸を巻物の錦箱のなかに隠したのさ。箱の内側には、コットンフランネルの生地が貼られている。その縫い目に箸をそっと隠してしまえば、わけはない。店を出る前に、海德仁にはその巻物に気を惹かせ、あとで林淵に電話をさせて保管しておくように言いつけたんだ。彼が支払いをすませるときに、林淵は書画と一緒に錦箱を防犯タグ解除機の上に載せて無効化する。そうすれば、持ち去ることなどわけない」

　僕は帳簿の記録を思い出していた。海德仁はあの日、鼻煙壺を購入し、それから数日後にいくつか書画を手に入れている。彼が実際に店に行く必要はなかったのだから、まさにそれは盲点といえた。箸が「消えた」あともまだ店内にあったというのは冗談のような話だが、林淵が気がつかなかったのも合点がいく。だとすると、嚴在山は海德仁のそばにいたことになる。彼は、余教授と魯医師と海德仁の集まりで、墓碑の話を耳にしたに違いない。最初はしごく単純なことだったのだ。赤い光を見て箸を盗み、そのあと「血を啜りて仙君は」の儀式の話を聞いて、この宝物の特別な使い方を知ったのだろう。

僕の頭はすっかり混乱していた。ついさっきまで、海徳仁こそは箸を盗んだ張本人で、嚴在山は彼の行ったさまざまな悪事の片棒を担いでいただけと思っていたのだから。

「昔話はもういいだろう」

嚴在山は、僕を脅すために持っていた懐中電灯を床におくと、再び珊瑚の箸を取り出した。

「もともとあの妖怪には、『車を衝突させたあと、乗っているやつらをこの廃屋に連れて来て、私に尋問させろ』と命令したんだ。君たちが何者なのかをはっきりさせておく必要があるからね。網から逃げた魚が、このあと私の仕事の邪魔をすることがないようにしておかないとな。君たちがもう一本の箸を持っているなら、私もこの力を『とっておく』必要もないってわけだ。君たちを私に従わせるよう、妖怪に命じるだけでいい。君たちは私の傀儡《かいらい》となって、あの男から箸を奪ってくれるだろうかな」

「従わせる？　傀儡だって？」

この箸にそんな力があるとは考えもしなかった。

「あの妖怪を使えば何でも思いのままなんだよ。私がターゲットに会うことができれば、そいつの運命を思いのままに操ることができるのさ。病気にすることも、意外な事故に見せかけて殺すことだってね。ただ人を殺すにはかなりの『エネルギー』が必要だ。あの妖怪が言うには、『おはしさま』に参加した連中をもっと『食べない』といけないらしい。だからめったに使うことはなかったんだが」

嚴在山は狡猾な笑みを浮かべると、さらに言った。

「ひと一人殺すよりも、意識を操り傀儡にする方がよりエネルギーを使うんだ。私は今まで二度しか使ったことはないが、張品辰君、君にはそれだけの価値があるようだね」

「馬鹿にするな！　僕の心を操るだなんて……」

「では、お手並み拝見といこうか」

巖在山は葵の方を向くと、得意げな顔になって、

「彼女には、当初からの計画通り、死んでもらうことにしよう。役立たずは、ドラム缶に詰めたあと、吐露港《トロハーバー》に沈めてしまえばいい。そうすれば死体が浮かんで来ることもないだろうからね」

「巖在山！」

僕はすっかり頭に血がのぼって、懸命にここから抜け出そうともがいた。

「彼女に何かしたら――」

「張君、体力はとっておいてくれよ。あとでこの子を一緒に運んでもらうことになるのだから」

僕はおそるおそる葵を見た。冷静な顔つきの彼女はまったく臆することもなく、怒りを溜めた目で男を見返している。

「おはしさま、おはしさま。お越しください」

巖在山が目の前の箸に向かって召喚の言葉を口にすると、珊瑚の箸は赤く光り出し、暗い部屋を照らした。箸の表面にある螺鈿《らでん》の紋様が蠢き、チェロのような低い音を発している。

また箸に新しい変化があるのかと見守っていると、思いも寄らないところで不思議なことが起きていた――巖在山の体から褐色の烟《けむり》が湧き上がり、胸からは灰黒色の掌《てのひら》が生えている。それは形のないもののように服をすり抜け、手首、そして腕がゆっくりと伸びてくる。胸が爆《は》ぜるのではと見えたそのとき、巖在山の体のあちこちから大量の枯れ草のようなものが湧き出してきた。灰黒の腕はいちめん黄土色の枯れ草に覆われていて、その塊は次第に人の形に変わっていく。

巖在山の肩のあたりから円盤状のものが突き出してきた。目をみはるうちに、それは縁の破れた編み笠の形をなしていき、人の形をしたものの頭部と思《おぼ》しき位置におさまった。

その「異界のもの」はゆらゆらと揺れながら、嚴在山の体を離れると、僕と葵の前に立った。僕たちとの距離は、数メートルと離れていない。

嚴在山の服はまったく乱れた様子もなく、彼の体はまるで、そのものが出てくるための異界の扉のようだった。

「おはしさま、おはしさま。張品辰の心を操り、私の命令に従わせるようにしてください」

嚴在山は穏やかな声音で、自らの邪悪な願望を口にした。

「……承知……」

「おはしさま」は獣のような低い唸《うな》り声を上げて、それに応じた。枯れ草のような蓑を纏《まと》ったそいつは、巨体を揺らしながら、ゆっくりと僕たちに近づいてくる。泥水に濡《ぬ》れた藁を後ろに引きずり、「フーシー、フーシー」という唸り声を上げている。

縛《いまし》めを解こうともがき続ける僕の傍らで、葵も必死に体を動かしていた。ただ彼女はその怪物から逃げるのではなく、こちらに近づき、そいつの襲撃から僕を守るつもりらしい。

だが、それもむなしかった。

蓑笠姿のおはしさまはゆっくりと手を伸ばし、僕を指さした——と思う間もなく、そいつの二本の指は箸のように伸びて、僕の胸を刺し貫いた。

「だめッ！」

葵が咄嗟《とっさ》に叫んだが、間に合わなかった。特殊な形状をした異物が僕の服を貫き、肌を通り抜け、次第に体の奥深くに忍び入ってくる……嚴在山の体から抜け出してきたときのように、このあやかしの「箸」は、僕の服をあっさりとすり抜け、肋骨《ろっこつ》のあいだを貫き——全身が焼きつくような感覚とともに、手の指からは冷たさが這《は》い上ってくる。僕はなすすべもなく、身じろぎさえできないまま——だめだ。視界が暗くなり、何も聞こえなくなっていく。葵の叫び声を遠くに聞きながら、意識を失いかけたそのとき……

「そこまでだ」

底なしの暗黒へと堕ちていく心地のなかで、僕は文さんの声に現実へと引き戻されていた。聴覚と視覚も戻っている。

巖在山にも彼の声は聞こえたらしい。疑り深くあたりを見廻している。おはしさまの手がとまり、体を貫かれる感覚も消えていた。

「出て来い！」

巖在山が叫んだ。

「はっ、言われなくてもわかってるって」

文さんの冷ややかな声が飛んだ。

「――シャーッ――」

異界のものは突然、不気味な叫び声を上げ、僕の胸から指を引き抜いた。その指が何者かの手にしっかりと摑《つか》まれている。

それは僕の胸から出てきた手だった。

やはり文さんは敵を倒す機会をうかがい、身を隠していたのだ――「おはしさま」が巖在山の体に潜《ひそ》んでいたのだから、だったら僕の「仙君」だって、この体に隠れることができたはずだ。

トレンチコートをまとい、顔中が髯《ひげ》まみれの文さんが僕の胸から這い出してくるのを、巖在山は呆然と見守っている。葵もまさかといった顔で、涙を滲《にじ》ませた赤い目を見開いたまま――僕のことが心配でならなかったのだろう――あまりのおどろきに声も出ないらしい。

「お、お、おまえは、な、なんの妖怪なんだ？」

巖在山は恐怖の色を浮かべたまま箸を掲げると、しどろもどろになって訊いた。

「『おはしさま』のお仲間さ」

箸をしっかりと握りしめた文さんの声は、落ち着いていた。

「どうだい。神仙はみんなあんな格好をしているとでも思ってたか？　人間だってお洒落くらいするんだ。俺が流行に乗った服を着て何が悪い？」

文さんに声をかけようとして、僕は体を縛っていたガムテープが切れていることに気がついた。文さんが箸をかざして僕の体から出てきたとき、その力で縛めをといてくれたのだろう。僕は慌ただしく立ち上がると、葵に駆け寄ってテープをほどいた。

「辰、辰兄、文さんは……」

葵は、文さんとおはしさまが対峙するのをおどろきの眼差しで見つめている。上半身のテープをほどいても固まったままの彼女に、

「あとで話すけど——要するに、人間じゃないってことさ」

僕は、葵の足を縛っていたテープを引き剝がしながらそう言った。

葵が知る由もない。僕もまた昨年、彼女の家族をめちゃくちゃにした交通事故で死にかけていたのだ。

車から放り出された僕は山道を転がり落ち、腹部に大きな傷を負った。意識が遠退《の》くなかで、僕は恍惚《こうこつ》と白い光に吸い込まれていき……だが、眩《まばゆ》い光のトンネルを抜けようとしたそのとき、突然声をかけられて、僕は意識を取り戻していた。

「あんたの望みは何だい？」

その声が言った。

「葵は……葵はどこだ？　僕は彼女を助けないと……」

「誰のことだ？」

「葵は……僕と一緒にいた女の子で……彼女はまだ車のなかに……」

「ふむ……」

その声は考えあぐねているようだったが、続けて言った。

「あんたたち三人の願いは同じだな。だったら、その子の命を救ってやろう」

「ありがとう……」

「三人」という言葉がどういう意味かわからないまま、再び意識が薄れていく。それにつれて白い光はますます強くなっていった。

「あんたとあの子は赤の他人だろ。なのにどうして、彼女を助けてほしい、なんてそんな願いを俺に言ったんだい？」

その声が聞こえてきた。

「彼女はようやく友達との誤解も解けて、仲直りできたのに……」

「それで？」

「来週は一緒に遊ぶんだって……彼女はそれをとても愉しみにしていて……」

その声はしばらく黙った。

「つまりあんたは彼女を愉しませたいってわけか？」

しばらくして、その声が再び訊いた。

「……ああ」

「ははっ。愛する人と別れても、相手には何も求めないってか。あんたはそういうやつなんだな。なるほど、あんたと俺は腐れ縁というやつらしい。今日は大盤振る舞いだ。俺の命の半分を上げよう」

その声が軽い調子に変わると、呆気《あっけ》にとられているうちに、目の前の白い光が消え、突然体に激しい痛みが蘇ってきた。あまりの痛さに地面から飛び起きると、トレンチコートを着た、髯面の男が目の前に立っている。

そのときは人間だと思ったが、彼が目の前で力を見せてくれて、ようやく僕は彼が「神仙」——彼の言葉を借りれば、「異界のもの」だということを信じることにした。

こうして瀕死《ひんし》の状態から僕は生還したものの、生き返らせるには代償が必要だったと彼に言われたのはそのあとのことだ。

「君の彼女を救うために、俺はエネルギーを使い果たしてしまったんでね。君の業を変えることはできなかったんだ。だから、違う方法で君を救ったってわけだ」

「どんな方法で？」

「ウルトラマンは観たことあるかい？」

文さんの話だと、僕の命と彼自身の命を繋げたのだという。彼は不老不死にして異界の存在だ。そんな彼と僕は命を共有しているということらしい。『ウルトラマン』の主人公のように、僕と彼は一心同体ということになる。まさか「神仙」のような存在が、日本の特撮の『ウルトラマン』を観ているというのも、僕にとっては意外だった。

「俺はもう何千年も生きてるんだ。死ぬまで勉強。だから今のことだって当然知ってるさ」

葵がまだ昏睡状態であることを知ったときは、「神仙だって全能じゃないからな」とあっさり言われた。葵の命を救うのが精一杯だったんだと、僕はこの事実を受け入れるしかない。

だが、文さんのおかげで、僕と葵は今もこうして生きている。

それでも現在の状況はいささか分が悪い。文さんの力ではおはしさまに敵《かな》わないように見える。いつもの余裕たっぷりな表情はうかがえず、相手の竹箸のような指を片手で摑んだまま、レスリングの力比べのような様相を呈している。

「おい、のっぽさんよ。数百年ぶりだが、元気いっぱいじゃないか」

文さんは険しい顔をしていたが、その口調は相変わらずだった。おはしさまは何も答えず、両者のあいだには停滞が続いている。

「おはしさま！　何をしてるんだ。こんなやつ、早く片付けてしまえ！」

巖在山が強ばった声で叫んだ。

「巖総経理さんよ、声援を送るのは勘弁してくれ」

文さんは彼の方を向いて言った。

「俺たちが本気でやり合ったら、どんなことになるかわからないぜ。あんたら人間たちには耐えられないさ」

「おはしさま！　おはしさまッ！　命令だ、目の前の男を消してしまえ！」

「いや……こやつの体は不滅なのだ……余の力でも滅ぼすことはできぬ……」

低い声が、おはしさまの蓑笠のなかから聞こえてきた。

「だったらこいつらと一緒に滅ぼしてしまえばいい！」

巖在山は狂ったように箸を振り上げると、葵と私に突きつけた。

「こいつらだ！　一緒に殺してしまえ！　こんな危険なやつらをこのままにしておくわけにはいかない。こいつらを……」

おはしさまの蓑笠が動いて、僕たちの方を振り返ったように見えた。それでも文さんは手を離さない。膠着状態が続いている。ランプの薄明かりの下で、巖在山は顔を歪《ゆが》め、ヒステリックな声で箸を突きつけたまま、「死ね！」などと叫んでいる。珊瑚の箸を魔法の杖《つえ》に見立ててこちらに近づいてくるその姿は、『ハリー・ポッター』のヴォルデモートのようだった。

ああ。いったい僕はどうすればいいんだろう？

「僕に力を――」

――パンッ。

僕は勢いよく床を蹴ると、咄嗟に右手を伸ばして、目の前の箸を奪い取った。巖在山は、まさか僕がこんな行動に出るとは考えてもいなかったらしく、呆然とした表情で空《から》になった右手を見つめている。

「お、お、お……おまえがそれを手にしたって、おはしさまは私の命令を聞くんだぞ」

「知ってるさ」

僕は左手の人差し指で唇についた血を拭《ぬぐ》うと、それを珊瑚の箸に塗りつけた――血を吸ったところは再び赤い光を発し、あたりには耳を聾《ろう》するばかりの轟音が響き渡る。まるでハイウェイを疾駆するオートバイのエンジンのようだ。

「おはしさま、おはしさま、僕はあなたと血の契りを交わします。どうか僕の願いを叶えるために降臨ください」

僕の叫びによって、珊瑚の箸は静まった。

「……承知……」

おはしさまが僕に向かってそう言った。文さんが手を離しても、相手はただじっとしているだけで身じろぎもしない。

「仙君を召喚する」儀式に特別な呪文など必要ないことが幸いした。これで一気に形勢逆転だ。巖在山に勝算はない。彼は呆然と立ち尽くしていたが、文さんは、さきほど僕がしたのと同じように、箸を奪い返しにくるのを考えてか、僕の前に背を向けて立ちはだかった。

「ナイス！　品辰。やればできるじゃないか。しかし遅過ぎだぜ。最初からこうすればよかったんだ」

文さんは僕に背中を向けたままそんなことを言って、笑った。

「おい、まるで最初からこうなるつもりだったみたいな言い草だな」

僕は吐き捨てた。

「最初から考えていたさ。だが君に話してしまったら、相手が防戦に回るだろう」

「おいおい！　僕の体に隠れているあいだにどうしてヒントをくれなかったんだよ。いったいどうなることかと……」

「君をビビらせないで、どうやってこいつを引き出せばいい？　君の三文芝居じゃ、このワルを引っ張り出すことはできなかったのさ」

僕たち人間——正確には僕たち二人と「人にあらざるもの」の二人が、巖在山の前に立ちはだかった。彼のうしろには壁がある。ここで逃げることは不可能に違いない。

「お、おまえたちは……いったい私をどうするつもりだ？　私を警察に突き出したって、証拠はないんだ。おはしさまの話をしても、連中はでたらめだと思うだろうし……」

抗うような口ぶりだが、巖在山は一歩、二歩と後ずさっている。

「こんなやつ、殺すのだって汚《けが》れるわ」

葵が冷ややかな口つきで言った。ふだんは優しそうなのに、悪人に対しては氷のように冷酷で、情の欠片《かけら》もないような口ぶりである。

僕は箸を握りしめながら、巖在山を罰するにはどんな命令をおはしさまに出すべきか考えあぐねていた。彼に報復するのは当然として、それくらいでは、僕の気がすむはずもない。

「品辰、こいつをやっちまってもいいかな？」

文さんに訊かれて、ぼくは小さくうなずいた。

文さんが声をひそめて、おはしさまに何かを口にした——その声はよく聞こえなかったが、もっとも彼らの言葉を僕がわかるはずもない。おはしさまは巖在山にゆっくりと近づいていき、左手を伸ばすと、二本の指は再び長く伸びて、彼の胸をしたたかに貫いていく。

　巖在山はあまりの恐怖に竦みながら、その場にへたりこんだ。逃げることもできず、おはしさまのされるがままになっている。それからすぐにおはしさまは竹箸のような指を引き抜くと、その腕を蓑の下に隠した。

「い、いったい何をしたんだ？」

　彼はしどろもどろになってそう訊いた。臓器を抜き取られたのではと不安になったのか、しきりに自分の胸をまさぐっている。

「巖総経理、あんたはこいつを何年も使ってたんだろ。だったら、こいつが他人のエネルギーを『食べ』ないといけないことだって知っているはずだ。俺たち『神仙』がいったい何を食べているか知っているかな？」

　文さんは笑顔で訊いた。

「そ、それは生命力、じゃないのか。あるいはじゅ、寿命とか？」

　巖在山は恐怖に顔を引きつらせて、訊き返した。

「いや。『Skandha』だよ。中国語だと、『蘊《うん》』かな。仏教にもあるだろ。『五蘊《ごうん》』の『蘊』さ」

「蘊？」

　葵が口を挟んだ。

「五蘊ってのは、色《しき》、受、想、行《ぎょう》、識からなる。簡単に言ってしまうと、人間の肉体と精神を構成する要素だな。精神と抽象的な自我の存在と言ってもいい。かりに『想蘊』と『識蘊』を奪われると、そいつは操り人形となり、『受蘊』を奪われると五感のない植物状態のようになる。『行蘊』は人間の行動と欲望を表すんだが、こいつを奪われると、行動を起こそうという意思を失ってしまう。刑務所で、性犯罪者に対して行われる『化学的去勢』と同じだな」

「し、しかし私の野心を奪っただけでは、何も変わらないぞ」

「いいや、俺たちはあんたから何も奪っちゃいない」

文さんはその場に膝を突くと、彼を見据えるようにして、

「こいつはあんたの蘊の何も食べなかったが、逆に新しいものを挿《い》れたのさ」

「ああ？」

「行蘊は善悪という概念が反映されたものだ。今、あんたの体に挿れたのは、『良心』さ。たった今から、あんたはこの十年間に自分がした悪事を自覚して、自責の念に駆られることになる。どれだけ良いことをしたって、帳消しにすることはできない。一生、良心の呵責《かしやく》に苦しむことになるってわけだ。あまりの苦しさに自殺を考えたって駄目だぜ。あんたは自殺をしたって、自分の罪を償うことができないのは知っているんだ。自分の良心に背を向けて人生を終わりにすることなんか、できやしない。あんたはこれからどんな愉しみを味わうこともできなくなる。心理的な拷問は、刑務所でのどんな刑罰よりも質《たち》が悪い。あんたにとっては恐ろしいものになるだろうなあ——これこそは、俺があんたに下した判決と罰ってわけ」

文さんの話を聞いていた嚴在山の表情が変わっていく。相手を蔑んでいた顔は醜く歪み、腕を抱えてみるみるうちに震え出すと、涙を流して泣きはじめた。その姿は親に叱られた子どものようで、彼が心の底から悲しんでいることはわかったが、だからといって同情できるものではない。

彼がこれだけの苦しみを受けるのは当然だろう。

膝をつき、頭を抱えて泣きじゃくる嚴在山を残したまま、僕たちはその廃屋をあとにした。顔の怪我はひどかったが、万事塞翁《さいおう》が馬だ。葵が僕の顔を撫で、ティッシュで傷口を拭いてくれる。彼女の悲痛な顔を見るうちに、嚴在山にやられた憎しみは霧散して、むしろ彼としたたかにやりあった自分を褒《ほ》めてやりたいくらいだった。僕たちは嚴在山から手に入れた懐中電灯であたりを照らしながら、

三十分ほど山道を下り、フロントが無闇《むやみ》にへこんだホンダ・ジャズのところまで戻ってきた。

「あ、もう九時過ぎだ」

車のなかに置いたままのスマホを見て、僕は言った。

「これほどの事故なのに、どうして誰も気がつかなかったんだろう？」

「もちろんあいつがうまくやったのさ」

文さんは、ずっと僕たちの後ろに付き従ってきたおはしさまを指さした。

「彼は因果を操ることができるんだ。誰もこのあたりを通らないようにしたんだろうさ。嚴在山は俺たちとじっくり時間をかけてやり合うつもりだったのだから、当然そうするように、あらかじめこいつに言いつけておいたんだろう」

「文さんは、このおはしさまのことを知っているのかい？　数百年ぶりだな、と言ってたから、知り合いってことだろう？」

僕は訊いた。余教授と史博士と面会したあとになって、僕はあの箸が「仙君」を召喚するのに使えることを知った。そのときに「異界のもの」が文さんと何か関わりがあるのでは、と考えたものの、まさか「同類」だったとは。

「おい、悪かったな」

文さんは車のドアにもたれたまま苦笑すると、街灯の下に佇んでいるおはしさまを指さした。

「実際にこいつの姿を見たときはぶったまげたよ……のっぽさんは、名義上、俺の父親なんだからな」

「ちょっと待ってくれ。文さんの父親だって？　それって……」

僕はおどろきのあまり、思わずおはしさまを見返した。

「そうだよ。彼がね」

文さんは肩をそびやかした。

「二人でどんな話をしてたの？」

葵は疑わしい目つきになってそう訊いた。

「小葵、ずっと自己紹介してなかったな」

文さんは挨拶をするように促した。

「俺の名字は姒《じ》、氏は夏后《かこう》、名は文命《ぶんめい》という」

「姒文命……ええっ？」

葵は目を丸くして、おどろいたように、

「夏禹《かう》なの？　治水を行った大禹？」

「そういうこと。この男が『治水に失敗した』崇伯鯀《すうはくこん》さ」

文さんは笑った。

「つまり二人は神話の時代のひとってこと――」

葵はまだそのおどろくべき事実を受け入れられないらしい――僕も当初、その話を文さんに聞かされたときは、納得するのに何日もかかったくらいだ。

「つまり、俺たちは人間じゃないってことさ。軒轅《けんえん》や炎帝《えんてい》、少昊《しょうこう》、堯、舜といった、君たちが聞いたことのある歴史上の人物も、皆そうなんだ。人間じゃない。俺たちはみんな、人類よりも高い次元からやってきたのさ――人間にもわかりやすい言い方をすると、『同一種族における異次元生物』ってことになるのかな……とはいっても、君たちの世界のような、繁殖における倫理観は持ち合わせていない。父だの兄弟だの、夫婦といった類いは、すべて君たち人類が勝手にそう解釈しているだけだ。ここにいるのっぽさんと俺だって『父と息子』ってわけじゃない。俺たちには性別だってないんだ」

「でも文さんの姿は……」

「見てくれなんていくらでも偽装できる。俺たち『神』はもともとの姿形というものがない。ただ合わせているだけでね、要するに郷に入《い》れば郷に従え、ってわけだ。おい、のっぽさんさ。こんな薄気味悪い姿はもうやめて、人間の顔に変えてくれよ」

おはしさまが項垂《うなだ》れると、笠の下から黒い洞《ほら》が現れ、あっという間にその黒いなかから白い髭を生やした中年男の顔が現れた。その姿はほんの少し文さんに似ているような気もする。

「これでいかがかな……?」

おはしさまは、いや、鯀が言った。

「服を着替えてもらいたかったんだが、まあいいか。万暦《ばんれき》年後に会ったって、あんたはこのボロっちい蓑姿のまま、訓詁学《くんこがく》を知らなきゃ意味もわからない『死語』を話してるんだろうさ。まったく」

文さんはしかめっ面をおさめると、葵に向かって言った。

「こいつはとにかく頭が固くて、頑固だから、舜に出し抜かれてしまったんだ」

「舜に出し抜かれたって……文さんは、あの伝説を政治的操作だって言ってたよね? じゃあ、真相は……」

文さんはそれには応えないまま、道の反対を歩き出した。

「歩きながら話そうか。どうせ車は故障しちまったんだ。ここから淡水湖《リザーバー》畔まで一時間はかかるだろうから」

「淡水湖だって? 船灣淡水湖《プローヴァーコーヴリザーバー》まで歩くつもりかい? いったいそこで何をするつもりなんだ?」

僕が訊いた。

「送神さ」

文さんは笑いながら答えた。

七

昨年、葵とまた「会う」ために新娘潭の一帯については調べたことがある。六〇年代の香港は水資源が不足しており、この問題を解決するため、政府はある大胆なプロジェクトを実行した。それは、船灣の西南に全長二キロにわたるダムを建設して海湾を囲み、もともとあった海水を抜いて、香港最大の規模を誇るダムをつくるというものだった。ダム湖は船灣淡水湖と名付けられ、その近くには新娘潭があった。位置的には新娘潭の東南方向にあたる。

「古代の神々は、どこからやって来ようが、元を辿れば異界からということになる」

山道を歩きながら、先頭を行く文さんが言った。

「俺たちに『種族』という概念はないんだが、分けることはできる。皆それぞれが思想も行動も違うので、争いは避けられない。対立したあとに合意に至ることもあるにはある。黄帝《こうてい》と神農《しんのう》の連中のようにね。だが蚩尤《しゆう》のように、すぐかっとなって、妥協の二文字も知らない輩《やから》だと、負けを認めず遠くに逃げちまう」

「蚩尤は黄帝に殺されたんじゃないのかい？」

僕は訊いた。

「俺たちは高次元から来た異物だからな、『時間』にとらわれることもない。だから人類が考えるような『死』というものもないんだ」

文さんは笑うと、

「蚩尤は西に逃げると、すっかり自暴自棄になって大迷宮に引きこもってしまったんだ。しかしその話にさまざまな尾鰭がついて、彼は国王と牛が姦通して生まれた子どもだと言われたあげく、最後は英雄に殺されてしまったというのだから、笑えない話さ」

これはギリシャのミノタウロスの伝説じゃないか？

「もちろん俺たちは人類に知識を与え、神のように見られているが、そんなありがたい存在じゃないのさ」

文さんはそこで溜め息をつくと、

「俺たちは異界から来た難民のようなものでね」

「難民？」

葵が怪訝そうな顔で訊いた。

「そう、難民さ。原因はわからないんだが、俺たちは次元の低い世界に堕ちてしまったんだ――つまり人間の世界にね。この世界の物理法則に俺たちは縛られたまま、抜け出すことができないでいる。無人島に漂着したロビンソン・クルーソーみたいなもの、とでも言えばいいかな。あるいは『キャスト・アウェイ』のトム・ハンクスか。そして君たち人類は、ロビンソン・クルーソーに登場する島の住民のフライデーか、あるいは『キャスト・アウェイ』に出てくるバレーボールのウィルソンか……俺たちのような異界の難民のなかには、君たち人間をただの道具としてしか見ていない輩もいれば、仲間として見ているものもいる。もっとも、後者は少数派だがね」

「文さんは後者なの？」

「ああ」

文さんは言った。

「俺たち難民の目的はたったひとつさ。ロビンソンのように『家に帰る』。それだけだ。もっともこの目的を達成する前に、当面は差し迫った問題を解決しなきゃならない。ロビンソンと同じで、『生きる』ことだ」

「でも、さっき文さんは言ってたじゃない。俺たちは死なないって」

「確かに俺たちが死ぬことはないが、もっと厄介なことがあってね——俺たちは、異界からこの世界に堕ちてきたんだが、それでもなお高次元の特性を維持できている。たとえば人類の因果に干渉したり、君たちがまだ理解の及ばない粒子レベルの力学原理を用いたりもする。だが俺たちが物質化を保つためには、一定の『エネルギー』が必要なんだ。いったんそいつを使い切ってしまうと、形を失う。すると高次元から離れてしまい、さらに必要なエネルギーを吸収することが難しくなってしまうんだ。すると、『死』がない俺たちからすると、この『三・五次元』の宇宙は、永劫《えいごう》の牢獄に変わってしまう」

文さんが以前、話してくれた。僕たち人類は、「三次元」の宇宙ではなく、「三・五次元」に来ているのだと——立体空間のX、Y、Z軸の他に、もう一つの時間軸があるという。とはいえ僕たちは時間軸を自由に移動することができないので、「三・五次元」ということになるわけだが。

「文さんが必要とする『エネルギー』っていうのが『蘊』なの？」

葵が訊いた。

「おっ、小葵、君と話すのは愉しいな。この話を以前、品辰にしたときは、半日かけてもわかってもらえなくてさ。結局、あのときは諦めたんだっけか」

「僕は理系じゃないからね」

僕はそう言い返した。

「小葵の言う『エネルギー』が『蘊』と言うのもちょっと違うな」

まったく文さんは僕をからかう機会を見逃さない。彼は続けて言った。

「そうだなあ。俺たちが『食べる』ものは、たしかに人類の『蘊』だ。『蘊』は人類を構成する要素ではある。ただ、君たちが考えるような食べ物とは少し違うんだ。君たちは牛や羊、鶏や鴨《かも》といった生物を殺してその肉を食べたり、かれらの命を損なわないまでも卵を食べたり、牛乳を飲んだりすることを選んだ。俺たち『異物』は、人間が持っている『蘊』を喰《く》らい、そいつを廃人にしたり、命を奪って、因果の束縛から取り除いたりする。そうやってそいつが過去に存在したことを消してしまうこともできる。でも、ほんの少しだけでいいんだ。たとえば『想蘊』のように、人類が持っている『思考』を食べ物として摂取する……もちろん後者の価値は前者に及ばない。ステーキを一皿平らげるのと同じカロリーを摂取するには、牛乳を何杯も飲まなきゃいけないのと同じだな」

「文さんは、おととい堯舜の伝説はみんな『政治的操作』だって話してたよね。これはつまり、彼らが仲違いをしたってことなの？」

「まあ、そんなところだ……先に言っておこう。この話をすると皆が不安になってしまうんでね、今まで誰にも言ったことはなかったんだが、ことの真相をはっきりさせるためには、やはり今、話しておくべきなんだろうな」

「どういうことだい？」

僕は訊いた。

昨年も、文さんは、夢にも考えられないようなたくさんのことを教えてくれた。しかし彼ら一族のことに関して、まだ僕に話していないことがたくさんありそうなことは、うすうす感じていた。

「君たちは、どうして左腕に魚のような痣があるか知っているかい？」

「文さんが言ってたような『選ばれし者』だからじゃないの？」

「俺が言っているのは、神に選ばれし者の体になぜこんな痣が現れるのか、ということさ」

「あっ！」

葵は突然大きな声で叫ぶと、その場に佇んだまま、複雑な表情になった。

「どうしたんだい？」

僕もふと、言葉を切った。

「これは、焼印《やきいん》……」

「そうだ」

文さんはうなずくと、申し訳なさそうな顔でそう言った。

「何の焼印なんだ？」

僕が訊くと、

「……農場の家畜につける焼印」

葵は言った。

彼女が話した言葉の背後にある意味を知って、僕は背筋が凍るほどのおそろしさを感じていた。

「食料を『管理する』ために、古代のさまざまな種族は、『これは我々の家畜である』ことを示すために、さまざまな手を使ったのさ。で、俺たちの用いた印が、この腕に現れる痣というわけだ」

文さんはまっすぐ前を指さして、僕たちに進むよううながした。

「これは軒轅が始めたらしい。俺たちは皆『不殺生』、すなわち、一人の蘊を喰らうだけで、その存在を滅してしまおうというわけじゃない。そいつを生かしておいて、長いあいだ俺たちに蘊を供給してもらおうと、そういうわけさ。言ってみれば酪農や養鶏のようなものだな。もっとも、考える方向が同じとはいえ、程度の差ってものがある。仲間のなかには人類を家畜同様、下等な生き物と考える輩もいれば、俺たちみたいなものもいる。俺たちは異界からやってきた客に過ぎないという自覚があるからな。君たちはこの世界の主人だ。だからあまり出しゃばらない方がいい、と俺たちは考えるわけだが――この違いが党派の争いにまで発展してしまった」

「舜が彼を殺した理由というのがそれなのかい？」

僕は傍らにいる鯀を指さした。

「話した通り、俺たちは死なない。だから『殺された』というのとは違う。ただ、概念としてはそう変わりはないかな。要するにこいつから実権を奪い、彼の配下にあった人類を自分のものにしたということさ。こいつも言ったが、俺たちはこの三・五次元の地獄から一刻も早く抜け出したいんだ。統治者が『順番待ち』の列に並ぶ必要なんかない」

　文さんはそこで言葉を切ると、さらに続けた。

「それで、君たちは、どうして俺たちが治水をする必要があるのかを、これから知ることになる」

「川が氾濫して洪水にでもなったら、人の命は奪われる。そうすると、帰るまでに必要な蘊が少なくなるからでしょ」

　葵が応えた。

「ああ。さらに俺たちの基本的な『生存』さえも、今は脅威にさらされている」

　文さんはうなずくと、

「『統治』するっていうのはこういうものだ。当初は、今後何千年にもわたってこの民族の運命を左右することになるとは、軒轅も考えていなかったと思うんだ……俺は異世界からやってきた生物のなかでは最後の統治者で、その後は残念ながら人類がその役を担うことになった」

「どういう意味だい？」

　僕が訊いた。

「伝説のなかで、俺の後継者は誰だったか覚えているかい？」

「最初は伯益《はくえき》に禅譲したけど、諸侯たちがあなたの息子の啓《けい》を推した。伯益が退位すると、夏朝の天下が始まって……」

　葵が言う。彼女は僕が想像していた以上に歴史学の学生だった。

「啓は人間だった」

文さんは溜め息をついた。

「俺が治水に奔走しているあいだ、たまたま捨て子を拾ったんだ。その子が獣の餌になるのは忍びないと思ってね。それで彼は俺の子どもになった。人間たちから、いったいあの子は、と訊かれたんで、岩から生まれたと適当に答えておいたんだよ。この嘘がすべての始まりだった。古代の神々が『禅譲』という言葉を使った理由とは、ようするに俺たちには家族という概念がないからなんだ。俺たちをうまく帰らせてくれるのであれば、正直誰だってよかった。だが人類は、その背後にある理由を知らない。それに加えて、君たち人類は、血縁という生物的な仕組みを持ち、そこから封建制度を生み出した。統治権においては、天命というお墨付きにこだわり、嘘で自分たちの地位を合理化しようとした。これはまったくの災難でね。はっきり言ってしまえば、俺たち異界のものからすると、人類の『天子』というのは、妙な思い込みにとらわれている豚と同じさ。農場主の真似をして、別の豚の集団を管理しているのに、その実、自分も管理されていることに気がついていない愚か者だ。その手の極端な特質は、民族の血脈に深く入り込み、皇帝になりたいと望む輩もいれば、下っ端の野郎でも自分の考えを他人に強要する。他方で人は奴隷になりたがり、どんなに優秀な者でも権威に服従する。人類は何千年ものあいだ、この歪んだ思想から脱却できないでいる」

「文さん、堯舜が退位したあとはどうなったの?」

葵が訊いた。

「あなたたちの目的は元の世界に戻ることでしょ。彼らが本当に死んでいないのであれば、戻れたんじゃないのかな?」

「そうだ」

「だったらよくわからないな——どうして文さんはまだこの世界にとどまっているの?」

「それははっきりしているさ。俺は帰れないわけじゃない、『死んで』いるのさ」

「物質化を保つためには『エネルギー』が必要で、『死ぬ』っていうのは、そのエネルギーを消耗して、形を失ってしまう、ってことだったよね？　でも今はまだ辛《かろ》うじて大丈夫なんでしょ？」

葵はさらに訊いた。

「いつから俺が形を失っていないと思ったんだい？」

文さんは苦笑した。

「え？　でも……」

「普通の人には文さんの姿が見えないんだよ」

葵はおどろきのあまり言葉も出ないようだ。その事実は「家畜の焼印」以上だったらしい。

文さんに命を救われたあと、彼が壁を通り抜けることができ、誰もその存在に気づいていないことを知って、僕は文さんの話が嘘でないことを確信した。僕と一緒に台湾に帰ったあと、文さんは半年のあいだ僕の家にいたにもかかわらず、父はおかしいとも思わなかったし、作家先生とB小学校の調査に向かったときだって、彼女は文さんが僕たちのすぐそばにいたことに気がついていなかった。B小学校の倉庫にあったものは、文さんが先に見つけたのである。彼の存在を気取られないために、僕はあくまで自分が見つけたふりをしなければならなかった。

「焼印を押されたものだけが、姿をなくした『神』を視ることができるんだ」

文さんが葵に対してそう言った。

「ただ時が経ち、俺たち異界の難民が死んでいくにつれ、人間のなかでそうした印を持ったものもいなくなっていった。ただ、なかには血統の奥深くに埋《うず》もれた古代の因子の影響を受けて、生まれながらその印がついていたり、特殊な能力を持つものもいる――もちろん、生まれたあとに印を押されたものもね。『おはしさま』に『蘊』を捕食されると、魚のような痣が現れるのがそれだ」

僕だって、文さんが大禹だということは疑わしく感じていた――とはいえ、それを確認する方法もない。ただ、まさか僕が兄と会ったときに、彼がそれを証明してくれるとは考えもしなかった——彼が文さんを視たときのおどろきの表情は、今でもはっきりと覚えている。そもそもおどろいたのは僕の方だった。まさか彼が、僕の傍らに立っているトレンチコート姿の文さんを視ることができるなんて。ただ面白いのは、僕の兄は文さんをちらと見たあと、胸を張るように姿勢を正したことで、その姿はまるで、入隊したての新兵が教官にばったり出くわしたときのようだった。僕はそのときまで知らなかったのだが、そもそも大禹は道教において最も崇拝されている神らしい。大禹は、三官大帝のなかの水官《すいかん》大帝にあたり、最高位に位置するという。

「神を騙《かた》る霊はたくさん見てきたけど、まさか、探偵を名乗る神に出遭うとは思わなかったな」

あの日、別れ際に兄が僕にそう言った。言うなれば、文さんは彼の「直属の上司」にあたるわけだ。文さんが箸を欲しいと言えば、もちろん断れるはずがない。

兄の腕にも魚のような痣があるとは思いもしなかったが、その点は葵も同じだった。彼女が病室にいた文さんを見るなり、誰なの、と訊いてきたときのおどろきといったら——

「じゃあ、文さんはとっくに嚴在山が犯人だってわかってたってわけ？」

葵が声を上げた。

嚴在山と面会を果たしたあと、僕は文さんが何を考えているのかを理解した。箸が発する幻が見える人物を特定すればいいのだ。ただそれでもそいつが主犯なのか、それとも共犯に過ぎないのかは、その時点ではまだわからない。林淵は僕と葵しか見えていなかった——あのとき、葵は自分は若い娘だから相手に無視されていると勘違いしていたようだけど、余教授も魯医師も文さんの姿は見えていなかったのだ——史博士は、僕と葵にだけお茶をすすめたのである。葵と余教授、魯医師の三人は、文さんが何をしようとまったく見えていなかったのに対して、嚴在山は僕たちを見るなり、「お三方にはわざわざお越しいただいた」と口にし、僕がいつものように文さんと話をしていても、彼はそのことにまったく違和感を抱いていないようだった。

「会ってみれば一発だったな」

文さんは笑った。

「そもそも、どうして品辰は海徳仁が黒幕だと考えたのかね？」

「その推理のどこがおかしかったんだ？」

僕は逆に訊き返した。

「余教授、魯医師、それに海の三人が犯人でないことは最初からわかっていたんだ」

「後づけだったら何とでも言えるだろうさ」

たとえ文さんが神だとしても、傲岸不遜《ごうがんふそん》な男であることは間違いない。

「俺が疑わしいと思ってたのは、彼ら三人ではなく、そばにいる助手だと目をつけていたのさ」

文さんは落ち着いた声で言うと、

「どうして？」

葵が訊いた。

「かりに彼らに箸の怪異を視る能力があるのなら、そもそも箸を盗む必要なんかないだろ」

文さんは笑った。

「鼻煙壺は数千万もするんだ。『この箸はなかなかよさそうだな。林さん、こいつをちょっとまけてくれないかな』とでも言えばいい。そうすれば二千ちょっとで手に入れられただろう。そいつを盗むとなると、その場にいる輩、つまり教授の助手か、医者の弟子か、あるいは社長の秘書あたりということになるか。商売人の秘書や補佐役に比べれば、大学教授と医者がものを買うときに助手を連れて来る可能性は低いが、なくはない。そこで、まずは品辰を二人に会わせて、彼らが怪しいかどうかを見ようとしたんだ」

文さんの推理は、まさに僕にとっては盲点だった。

「でも『鼻煙壺を買ったときに助手を連れていた』っていうのは、あくまで推測でしょ」

「魯医師のところで見た写真を覚えているかい？　三人が写っていたあれさ」

文さんが言った。

「あれがどうかしたのかい？」

「彼ら三人が写っている、ということは、あの写真をカメラで撮影した人物がもう一人、あの場にはいたはずだ」

「ああ……でも店員か、通りすがりのひとってこともあるんじゃないのかい？」

「かりに店員が撮ったとすると、彼らは肩を寄せ合うようにしてポーズを決めていただろうさ。カップを手にお喋りをしているところへ、カメラを向けている人物がふと目にとまり、笑顔を見せた、なんて感じにはならなかったはずだ」

「わかった。たしかに文さんの言う通りだ。でも部下が箸を手に入れたとしても、そのあとで社長と共謀したという可能性はどうだい？」

口では納得したふりをしたものの、僕はまだ合点がいかなかった。

「藍鯨はここ六、七年で急成長を遂げたって話だろ？　だが箸は十年前に消えたんだぜ。ここからわかるんじゃないかい？」

「わかるって、何が？」

「あ、わかった――」

葵が突然声を上げて、口を挟んだ。

「箸を手に入れた犯人はそれを使って、最初の三、四年のあいだに出世したんでしょ。もし海徳仁が犯人の一人だとしたら、藍鯨は十年前に成長を始めてたはず」

「大当たり」

文さんは笑いながら、

「小葵は本当に、俺の弟子になってもらいたいくらいだよ。品辰に較べて、君の方がずっと賢いしな」

話をしているうちに、僕たちは文さんが来たかった場所に辿り着いていたらしい。彼の指示で、僕たちは山道を離れて、湖畔へと続く急な細道を下っていく。滑らないように気をつけながら、僕は葵の手をしっかり握っていた。ありがとう文さん。どうやら借りができてしまったみたいだ。

僕たちは湖のほとりまでやってきた。夜の十時をとうに過ぎて、湖はひっそりと静まり返っている。空は満天の星で埋め尽くされ、やや肌寒かったが、深沈《しんちん》とした夜気が傷の痛みを忘れさせてくれた。

僕が母なる大地に還ってきたような感慨に浸っていると、葵がくしゃみをした。僕は自分の上着を脱いで彼女に着せる。さすがにネットショップで手に入れた上着では薄過ぎたらしい。

「ありがとう。辰兄」

「品辰、知ってるかい？　このあたりは六十年前まではまだ湾で、湾沿いには六つの集落があったんだ。政府は貯水池をつくるため住民に立ち退きを命じ、そのとき千人以上がその命令に従った。水が退《ひ》けば、六つの集落の廃墟の跡を見ることができるだろうな。一部の階段やコンクリートの道がしっかりと残っているだろう。今回の事件と、ダムに沈んだ村というものに奇縁を感じないかい。俺たちは翡翠湖に行っただろ。そしてあのときのように、今俺たちはこうして淡水湖にいる。正直なところ、川の河口か何かを見つければいいだけで、ここでなくともいいんだが……」

「文さん、湖に来て、いったい何をやろうとしているんだ？　さっき話してた送神なのかい？」

僕は口を差し挟んだ。

「ああ」

文さんは手を伸ばして、

「嚴在山の箸はあるかい？」

僕は自分の体をまさぐって、箸がないことに気がついた。慌てて懐中電灯を持って地面のあたりを探していると、葵が思わず笑いを堪えるように、

「ここにあるよ」

彼女は僕が着せた上着から箸を取り出した。

「品辰、そんなんじゃあ、いい奥さんを見つけないと、靴下だってはけなくなっちまうんじゃないかい？」

文さんは笑顔になって箸を受け取ると、自分の持っていたもう一本を取り出した。まるで彼のコートは、ドラえもんの四次元ポケットじゃないか、と僕は思う。というのも、彼が隠したのはこの一揃えの箸だけではないからだ。淵泉堂からは林さんの帳簿を盗み出している。台湾の魔神仔《モシナ》や、日本の神隠しの類いも、彼の同類が同じような方法で人を消してしまったのかもしれない。

「ここで『箸神』の儀式をやるのかい？」

僕は訊いた。

「でもここには米缸がないし……」

「品辰、君たちは根本的に間違っている」

「どういうことだい？」

「この一揃えのものは、箸じゃないんだ」

文さんはそう言うと、珊瑚の箸を湖面に向かって投げた。水面に落ちた直後に大きな音がし、湖の中央に向けて二本の赤い光が瞬くと、それは数百メートル離れたところで、高さ数十メートルはあろうかという二本の直線となって、穏やかな水面の左右に聳《そび》え立った。そのあいだには波紋が拡がり、

烟《けむり》のように、あるいは霧のように波打って揺らいでいる。

「これは……」

「『門』さ」

文さんが言った。彼は穌を振り返ると、さらに言った。

「のっぽさん、戻りたいかい？　あんただって長い時間をかけてやり方は覚えたはずだ。元の姿に戻ることだってできるだろうから、あんたのために門を開けるぜ」

「……ありがたき……」

穌は左手を伸ばし、指をさらに伸ばすと、文さんの胸にあてた。

「……余った蘊はおまえにあげよう。その方がいい」

穌はそう言うと、指を引き戻し、一歩一歩水のなかに入っていく。すぐに上半身裸になると、赤い光に照らされた水面下には、蒼い影が向こうに泳いでいくのが見えた。それは大きな魚のようだった。

「南朝の『玉篇』によると、穌は大きな魚だったらしい」

文さんは感慨深げに言った。

「あいつはもう何千年もこの世界にとらわれていたんだ。今ようやくほっとして家に帰ることができるってわけさ」

「その箸は……伝送装置だったのかい？」

僕はおどろいて尋ねた。

「ああ、そうだ。あいつらは、俺たちがふるさとに帰るための道具を残してくれていたはずなんだ。だがそれは何千年も前に失われて、残された仲間は帰れなくなってしまった。俺が思うに、『抱朴子』の葛洪は、『箸』に血を垂らして仙君を召喚することが、実はふるさとに帰りたい異界のものを呼び寄せる方法だということに気がついたんだろう。人類は『仙君』に願いを叶えてもらい、願いを叶えた相手がふるさとに帰れるようにする。その公平な取引がいつの間にか失われてしまった。巖在山が箸の一本を手に入れたことで、召喚されたのっぽさんは、この道具の威力に従わざるを得なくなり、あいつの命令をいちいち聞いてたってわけさ。『おはしさま』と『筷子仙』の遊びは、この力から生まれた副産物だ。もともと人間の霊的な心を慰めるための儀式は、のっぽさんの唯一の食料源となり、参加者の腕には、魚のような赤い痣が現れるようになった」

「文さんはじゃあ……『飢えたり』しないの？」

「そりゃあ、腹は空《す》くさ。でものっぽさんほどじゃない。前も話した通り、『想蘊』があるから俺たちは動けるんだ。人間が何か考え、祈るとき、そのほんの僅《わず》かな蘊が、祈りの対象であるものに伝わるんだ。俺は何といっても水官大帝だからな、それに禹の王廟《おうびょう》もあちこちにある。数千年ものあいだ信者たちの思いによって、俺が肉体を持たなくても動けるようにはしてくれたが、それに対して、治水に失敗したのっぽさんは罪人扱いだ。人間から疎《うと》まれたあいつは飢えて冬眠するしかなくなってしまった。人間が参加した『おはしさま』の遊びで人が死んでいくのは、のっぽさんのせいじゃない。ひとつは巖在山の命令に従わないといけなかったから、あいつの要求を満たすために、より多くの蘊が必要だったのさ。二つ目は、品辰には以前話したと思うが、あの遊びに参加している連中には覚悟があった。もしそれだけのつもりがなければ、のっぽさんだって、参加者の命を奪うようなことはしなかったさ……」

ボトッ――

緑色の大きな魚が湖面から飛び出した。眩いほどの光を放ちながら、それは思いもよらない姿へと変じていく――

それは一匹の青い龍だった。

龍が空中で宙返りを見せると、青く輝く鱗片《りんぺん》と鋭い爪が月明かりに照り輝き、おどろくほどの美しさで目に迫ってくる。うわばみのようなそれは、二条の赤い光のあいだをくぐり抜け、虚空へと消えていった。その須臾《しゅゆ》の間《ま》の出来事はまるで幻を見るかのようだった。

「ああっ！」

葵が突然叫んだ。

「これが『門』なのね！」

「どういうことだい？」

「『門』っていうのは『龍門』なのよ！　禹鑿龍門《うさくりゅうもん》なんだ！」

僕は文さんの方を振り返った。彼はじっと湖面を見つめている。それは久しく会わなかった仲間との別れを惜しんでいるかのようだった。

「鯉躍龍門《りやくりゅうもん》（登竜門のこと）」の伝説をよく知らなくとも、鯉が龍門をくぐると龍になるという話は有名だろう。それゆえ鯉は古くから縁起物とされてきた。伝説によると、龍門は大禹が治水のさいに残したものと言われている。

「こうして一人を送り出すだけでもひと苦労だったな。他の連中はいったいどこにいるのやら……」

文さんは溜め息をついた。

「文さんにはまだたくさんの仲間がいるの？」

「数え切れないくらいさ。少なくとも二百年前には、八人の仲間がいて、ここで一緒に暮らしていたんだ。だがこの二百年のあいだに、あいつらはどこかに行ってしまって行方知れずでさ」

文さんは微笑むと、僕に向かって、

「だからいつも言ってたろ？　俺は『九龍』の名探偵で、残りの八人は俺にはとうてい及ばないってさ」

ここはおどろいてみるべきなのか、それとも呆れるべきなのか。文さんの冗談にはどうもついていていけない。僕が口を開こうとしたそのとき、湖上に浮かんでいた二条の赤い光が消え、「すーっ」という音とともに二本の珊瑚の箸がこちらに向かって飛んでくると、泥まみれの足元に突き刺さった。

文さんはしゃがむと箸を手に取った。

「任務完了だ。さあ、帰るぞ」

「待って。文さんはふるさとに帰りたくないの？　龍門を取り戻したんだし……」

「まだ取り残されている仲間を探さないとな。あいつらを見つけるためには、まだまだ不可思議な事件を探して回らないと。なぜなら超常現象のほとんどは、あいつらの仕業に違いないから」

文さんは考え考えしながらそんなことを言う。

「小葵はさっき、堯舜が退位したときのことを訊いただろ。舜の野郎とは、泣くに泣けず笑うに笑えずの腐れ縁でさ。あいつはのっぽさんを『殺した』わけじゃない。ただ形態を維持できないようにして、ふるさとに帰る列の最後尾に追いやったんだ。それであいつはここを離れる前に、ちょっとしたいたずらを仕掛けておいて、俺と仲間たちがふるさとに帰れないようにしてしまったんだ」

「いたずら？」

「君たちはあの一揃えの『箸』がなんと呼ばれていたか知ってるだろ？」

「『王仙君』だろ？」

「いや、箸にはそれぞれに名前があるんだ」

文さんはそのうちの一本を手に取ると、

「こちらが娥皇で、こちらが女英という」

娥皇と女英だって？

「娥皇と女英と言ったら、舜の妻だった？」

僕と葵は同時にそう言った。

「そうだ。堯はそのとき、二人の人間にそれぞれ一本ずつを管理させていたんだが、『退位』してふるさとに帰る前に、その箸を舜に譲ったんだ。それを人類は間違えて伝えたんだろう。嫁にいったとか何とかとね。舜がエネルギーを十分に蓄え、ふるさとに帰る順番が回ってきたとき、彼は凡人の部下にその『箸』を隠すよう命じたんだ。彼はその箸を俺に見つけられてはと焦っていたんだろうが、今日、こうしてついに俺の手に戻ってきたってわけ」

「じゃあ、娥皇と女英が身を投げて死んだというのも、それは……『門を開いて』仲間をふるさとに帰すためだった？」

「ああ。そのあたりは他の伝説と同じでね、人類は伝言ゲームのように本当の話を間違って伝えていたというわけさ」

「でも……舜のいたずらによって、文さんたちは数千年もここにとどまることになってしまったんだろ。鯀は帰ったあと、おとしまえをつけるつもりなのかな？」

僕が訊いた。

「君たちにとっちゃ、何千年ってのは長いに違いないが、向こうの次元に戻った俺たちにしてみれば、そもそも時間じたいが無意味なんだ。お互いに意見が違ったって、たいしたことじゃない」

文さんは娥皇女英をコートのポケットにしまうと、

「もう遅くなったから帰るとしよう！　俺は寒いのは平気だが、君たちがこのまま北風にあたって、明日にも風邪《かぜ》をひいたら大変なことになる。小葵もまた病院に戻りたくはないだろ？」

文さんの言葉に僕は我に返った。すべては終わったのだ。だったら僕は葵に対して謝らないといけない。

「小葵、ちょっと待ってくれ。話があるんだ」

「何？」

葵が僕の方を振り返った。

「君があんなことになったあの日……」

「品辰！　まだその話をするつもりかい？」

言いかけたところを遮るように文さんが言った。

「どうして僕に言わせてくれないんだい？」

僕は眉を顰めて文さんを見た。

葵はわけがわからないまま、僕たちを見つめている。

「ああ……わかった」

文さんは葵の方を向いて、

「品辰のやつは、君の家族が事故に遭ったのは自分のせいだと思ってるんだよ。あの日、君に会おうとしなければ、自分が新娘潭に行かなければ、君の家族は事故に巻き込まれることもなかった、とね」

「文さん！　それは僕が自分から言うべき話じゃないか！」

恥ずかしさと怒りが入り混じった。謝罪は、本人の口から言わなくちゃ意味がない。

「ちょっと待って。どうして……」

葵は何か言いたげに口を挟んだ。

「そして君だ。小魚の自殺は、彼女が自分を呪ったからだと思ってるんだろ？　それで、君のお父さんとお母さんが不幸な目に遭ったのだと」

小魚だって？　彼女は葵の親友だったのか？　彼女が呪いを？

「ただ君たちはみんな間違っているんだ。あの日事故に遭ったのは、巖在山でも、のっぽさんのせいでも、品辰の父さんの前妻のせいでもない。悪いのは、俺なんだよ」

文さんの言っていることとの意味をはかりかねて、僕と葵が戸惑った顔でいると、彼女は、

「どうして文さんが？」

「あの日、君の親父《おやじ》さんが車ではねたのは猪じゃない、俺だったんだよ」

「ええっ？」

僕は呆気にとられて声を出した。

「ああ」

文さんは深く溜め息をつくと、

「あの日、俺は『新娘潭の箸の呪い』の伝説を調査するため、森のなかを歩いていたんだ。そうしたら子連れの猪に出くわしてね。動物はたいがい人間よりも霊感は強い。猪たちは俺を見るなり、正体を見抜いたんだろうな、一目散に逃げ出したんだ。それで母猪の方が山道から道路に飛び出してしまった。俺は車がやってくるのを見たんで、持てるだけの力を使ってそいつを止めようとした。車はそのまま俺の体を通り抜けるはずだったのが、あのあたりに充満していた怨念と、脚尾飯の悪意の放つ不浄な蘊が俺の力を失わせて、車にぶつかってしまったんだ」

僕と葵は呆然と文さんを見つめていた。何と言っていいのかわからない。

「だから責任があるとすれば、俺が負うべきだということになる。俺だってめったに人間界に干渉することはないんだが、君たちを救うには、とにかくすべての力を出し切らないといけなかった」

文さんはさらに言った。

「小葵、君の両親を救うことができなかったのは許してくれ。二人は俺に言ったんだよ。自分たちの命よりも、一番大切なのは娘が生きることだとね」

「文さんは……パパとママと話をしたの？」

葵はおどろきの目になって、文さんを見た。

文さんは右手を掲げると、何かをしようとする。彼は葵に向かって訊いた。

「俺を信じないのかい？」

葵は少しためらっていたが、ふと僕の方を振り向いた。僕は大丈夫だ、という顔をする。

半年以上一緒にいて、文さんは悪いひとではないことを僕は知っている。

それは神でも異界のものでも関係はない。

彼はすべての生命を尊重する。軽々しくひとを傷つけることなどあるはずがない。

葵が文さんにうなずき返すと、文さんの右手の人差し指と中指がゆっくりと伸びていく。それはまるで「おはしさま」の、あの恐ろしい竹箸のようだった。

「俺は堯舜と違って人類と交わるのが好きなんだ。だから君たちにはとても興味がある。少なからぬひとたちに、俺たちは蘊を食べて生きている話もしたし、なかでも心あるやつは現代人の輸血と同じように、蘊を直接俺にくれることもあった。俺はこの『指』を使って……」

文さんはその指を葵の胸に押し当てた。

「これを見て面白いと思った人類が、俺を真似るように、物を摑む道具として竹を使うようになったんだ。そして、それが調理したものを持つ箸へと発展していったというわけさ」

だとすると箸は、禹が発明したということになる……

「ただ、さっきのっぽさんが嚴在山にしたように、俺たちは人間から蘊を『取り出す』だけじゃない。『挿れる』こともできるんだ。君の両親が亡くなる瞬間、二人が残した『想蘊』と『識蘊』を、今、君にあげよう。確かに二人はもう生きてはいないが、その考えと願いと、君への思いは――そのままだ。これが彼らの遺言だ」

文さんは指を抜いた。

葵はしばらくその場に立ち尽くしていたが、ゆっくりと表情が変わっていく――彼女の頑《かたく》なな瞳は次第に潤《うる》んで、涙が溢れてきた。よろめく彼女を僕は慌てて支える。泣きながら両親を呼ぶ姿は、見えない空間に亡くなった二人の姿を見て、語りかけているようだった。意外なことに、葵は涙を流しながら笑っていた。泣き顔には、いっぱいの笑みが浮かんでいる。それはまるで両親が彼女に向かって励ましの言葉をかけ、それに応えているように見えた。

「私は大丈夫」

五分ほどして、葵は涙を拭うと、元の表情に戻った。

「ありがとう。文さん」

「礼なんかいらないさ。俺ができるのはこれくらいなんだから」

文さんはうなずくと、

「いくら俺が『神』だとしても、この次元の『業』の網から逃れることはできない。逆説的な因果律に取り込まれているんだ。もし予想外のことが起きなければ、品辰との出会いもなかったろうし、のっぽさんとの再会もなかったし、娥皇女英を取り戻すことだってできなかったろうさ。人間世界の業っていうのは妙なものでね、もしかすると、あまりここに長くとどまり過ぎたために、俺は君たち人類と同化してきたのかもしれないな……」

＊

「葵、君一人で大丈夫かい？」

「うん。辰兄は文さんと車で待ってて」

「おはしさま」を送り出してから三日が経った。姚さんは明日香港に帰るというので、とにかく僕たちは目の前の状況をどうにかしないといけなかった——あの日の夜、レッカー車を呼んで工場で見てもらったところ、幸い故障箇所もたいしたことはなく、二日もあれば修理できるという。もちろん僕は貯金をすっかり使い果たしてしまったので、台湾に帰ったらアルバイトに精を出し、お金を稼がなければいけない。

すべてをすませると、葵はもともとの運命と向き合い、これからは一人で生きていく。

ただ、僕にとって予想外だったのは、文さんからの提案だった。

「のっぽさんは帰る前に余ったエネルギーを俺にくれたんだ。というわけで俺は今、因果を変えるだけの力を持っているんだが」

彼は葵に言った。

「俺が思うに、君はもうもともとの生活に未練はないと思う。もし小葵がまったく違った人生を生きたい、やり直したいというなら、そうしてあげよう。簡単なことさ。あるいは君の記憶を消すことだってできる。どうだい？」

「文さん、それだけど、少し考えさせてくれない？」

僕は文さんの話を聞きながら、葵と一緒に暮らすことを提案したい衝動にかられていた。文さんは因果を変える力があるのだから、彼女の戸籍を変えることなどわけもないはずだ。でもこんなことを切り出すのもどうかと思う。僕と葵はまだ付き合ってさえいないのだ。そんなことを僕の方から言うのは、結婚のプロポーズと同じではないか。

「もちろんさ。相手は未成年なんだ。それじゃあ、まったく変態と変わりない」

文さんはまた僕の心を読んでそんなことを言った。読心術みたいなものは持ち合わせていないと、文さんは頑なに否定してはいるけれど、僕は怪しいと思っている。

彼はその能力を使って、葵の後見人がどんな人物なのかをあっさりと調べ上げ、その事務所に忍び込んだ挙げ句、彼女の部屋の私物はもちろん、鍵まで盗んでみせたのだ。葵は急いで部屋に帰ろうとする素振りも見せず、車の修理が終わると、帰ったら荷物を取りに来てと僕に言った。

文さんに変えてもらいたい因果について、葵には何か考えがあるのだろうか？

「彼女のためにずっと願っていたことを、どうして直接伝えなかったんだい？」

部屋の下に車を停めると、文さんが訊いてきた。

「小葵と一緒に暮らしたいなら、君が彼女のために何をしてきたのかを伝えるだけでいい。君は瀕死の状態だったときに、自分の命はいらない、彼女を助けたいと言ったじゃないか。俺が『筷子仙』の話を持ちかけたときだって、君はすぐに乗ってきた。彼女のために命を賭けたんだ。まさか『相手に見返りを求めない愛』なんて下らないことは、口にしないでくれよな。君はそんなタマじゃない」

「僕が直接話をすれば、彼女は勘違いするだろ」

僕は溜め息をついて、

「彼女をあんな目に遭わせてしまった罪悪感から、そんな願い事をしたんじゃないかと思われるのが嫌なんだ。それで彼女と付き合うことになったとしても、それは彼女が僕に責任を感じたからかもしれない。それは違う、と思うんだ。僕は彼女のことが本当に好きだから、一緒にいたい。それだけさ」

「品辰、君はとんだロマンチストだな」

文さんは笑って、

「ま、でもそんなやつと一緒にいるのも悪くないわな」

「筷子仙」に参加すると心に決めたとき、まさか文さんが準備を進めていたとは、そのときの僕は知るよしもなかったのだけど――彼の言う「ハッキング」とは、要するに直接、僕の因果に介入することだった。僕が最初にB小学校の夢を見たとき、文さんはあっさりとそのなかに侵入してきて、夢の世界の調査を始めたのである。言うなればオンラインゲームでプラグインを使うようなものだ。かりに「おはしさま」が僕に助けを求めて来ようものなら、それは文さんが彼に接触するチャンスとなる。結果として、僕の運がよかったのか、それとも文さんがついていてくれたからなのか、八十四日はこともなく終わり、僕は難なく生き残って、このゲームの勝者となった。

「そうだ、あのとき、箸を発明したのは姜子牙だと言ってたけど、どうしてなんだい？」

お喋りの途中で、僕は文さんに訊いた。

「彼が発明したというのはその通りさ。ただ毒味が云々というのは違ってる」

「一昨日《おととい》は、箸を発明したのは君だと言ってたよね」

「まず先にとても大切なことを話しておこうと思う」

文さんは背筋を伸ばして「とても大切な」と口にしながらも、それが重要なことではないかのような顔でさらに言った。

「今の自分がどんな存在であるか、考えたことはあるかい？」

「どんな存在って？」

「今の君は『半神』なのさ。英語で言うと、半神半人《デミゴッド》だ」

「何だい、それって？」

「俺は不老不死の異界の存在だぜ。そんな俺が君に命の半分を分け与えたんだ。そうなると当たり前だが、君は不死の存在になる。君が自分の意志でそれを放棄しない限り、俺は君を死なせることだってできないんだ。俺は君たち人類との生活にはもう慣れっこになっていて、満足もしているんだが、それでも君とは違う存在だ。いつか愛する人がこの世を去ることになったら、それは受け入れられないほどに辛《つら》いだろうさ。だから君に話しておきたいんだ。君はいつ死ぬのか、よくよく考えておいてくれ。俺は気にもとめないけど、俺のせいで自分の人生が『生き地獄』になった、どうしてくれるんだ、と君が口汚く罵る姿は見たくないんでね」

「ああ……わかったよ。だったら、死ぬときは笑顔でいるようにするさ。去年だって、葵を救うため、あの光のトンネルに向かって歩き出すことに、僕は何の躊躇《ちゅうちょ》もしなかったことを忘れないでくれよ」

僕はハンドルに手を載せたまま、さらに言った。

「どうして今ごろそんなことを言うんだい？」

「俺にとって、命を分け与えた『半神』は君が初めてじゃないからさ」

「え？」

「三千年前にも、俺は死にかけてた若者に命を分け与えたことがある。その男の姓は姜《ジィアン》といい、名は尚《シャン》という」

「……ええ？　姜尚……姜子牙じゃないか？」

また文さんにおどろかされた。いったい彼はどれほど僕の歴史観を覆す話を持っているのだろう。まだまだ口にしていないことがたくさんあるに違いない。

「これで、彼が周文王《しゅうぶんおう》の軍師にまで成り上がった理由がわかったんじゃないか？　そして彼の封神に関する伝説についてもな」

「あの当時の……封神というのはつまり送神だったたってことかい？　でもあのとき、娥皇女英はなかったはずじゃあ？」

「そいつは話すと長くなる。また暇なときにでも、な」

文さんは肩を竦めた。

「君に話しておきたかったのは——姜子牙が箸を発明したという話には曰くがあってね、そうした話は時代を経て伝わるにつれ曖昧《あいまい》になり、変わっていくということさ」

もしかすると、文さんは、僕に卒業論文を書くためのネタを教えてくれたのではないか？　だがこんなことを書き連ねても、教授には何の法螺話を、と言われるのがおちだろう。

「姜尚は百三十歳で死ぬことに決めたんだ。参考にしてみてくれ。俺はちょっと長過ぎじゃないかと思ったんだが、彼は七十歳で軍師となった。その歳で中年だったと考えれば、百三十歳で世を去るというのもわからなくはない。ははっ、定年退職云々なんていうのは、不埒《ふらち》な政治家やろくでもない社長が考えることなんだろうがね」

「もうそういう話はいいよ」

この一年のあいだ、さまざまな経験を通じて生死というものを見てきたのだ。今このときに、敢《あ》えて自分の人生をいつ終わらせるべきか、なんて考えたくもないし興味もない。

「わかったわかった。じゃあ話を変えようじゃないか。ところでいつ小葵に告白するんだい？　ちょっと覗いてみたい気もするが、二人がいちゃつきたいときは、隠れるからさ」

文さんはいかにも下卑《げび》た顔で言った。

「まったく……そうだ、まだ病院での借りを返してもらってないな」

「何の借りだって？」

「僕を騙して、葵とキスさせようとしたじゃないか」

文さんは唖然《あぜん》とした顔で僕を見ると、

「何だって！　俺がいつ君を騙した？」

「騙したじゃないか！　『煉精化氣、煉氣化神』とか妙なことを言い出してさ」

「まあ、たしかに。あれは方便ってやつさ。だが、君が小葵とキスしなければ彼女は目を覚まさなかったというのは嘘じゃない」

「何だって？」

「前に話しただろ？　『おはしさま』は君の願いを叶えてくれていたんだ。小葵が目を覚まさなかったのは、彼女がそれを望んでいなかったからだ、って」

「それじゃあ、僕がキスをしたって目を覚まさないんじゃないのかい？　それにあのとき、僕は彼女の唇には触れていなかった。でも彼女は目を開いて――」

「品辰」

文さんは唇をつり上げると、

「口臭と汗の臭いを気にしない女の子なんているはずがないだろ。それじゃあ、ファーストキスが台無しだ。もしそれで君に嫌われたら、彼女はそのことで一生悩むことになる」

「いったい何を――」

言い終わらぬうちに、葵が車に戻ってきた。疑問は尽きなかったが、僕がひとまず口を噤むと、

「おい、小葵。えらい小さい紙袋だな」

文さんが助手席に座った葵に声をかけた。

「うん。大切なものしか入ってないから」

「お父さんとお母さんの写真とか？」

僕は訊いた。彼女はどう考えているのだろう。文さんに因果を変えてもらい、彼女は以前の人生を捨てるつもりなのだろうか。

「ううん。パパとママはもう私の心のなかにいるから」

そういって胸をさする葵を見ながら、僕は淡水湖でのことを思い出していた。

「じゃあ、何だい？」

僕は手を伸ばしてその紙袋のなかを覗いてみる。

「あっ！　辰兄は見ちゃ駄目！」

葵の吃驚《びっくり》した声に、僕はまずいことをしてしまったと思い、紙袋から手を放すと、素直に謝った。

だがその中身が何なのかは、もうわかっている。

僕が彼女に贈った帽子だった。

「ぼ、僕は、帽子を嫌いなんじゃないかと思って……」

僕はしどろもどろになりながら、さらに言いつのった。

「あの日、君が帽子をかぶっていなかったから……」

「……あの日は雨だったの」

葵は頬を染めてそう答えた。

あの日は雨が降っていたから、大切な宝物を汚したくなかった――その気持ちは、父からクッキーの箱を奪い返したときのようだった。僕は勇気を出して、心に思っていたことを口にする。

「小葵……僕と付き合ってくれませんか」

僕は『舞姫』の主人公である豊太郎《とよたろう》を思い出していた。優柔寡断《かだん》は不幸を招く。後先など考えず、とにかく言わなければならないこともある。むず痒《がゆ》くなるような言葉で、とても告白には聞こえなかったけど。

「うん」

葵は今まで見せたことのないような、はにかんだ笑顔を浮かべると、小さくうなずいた。

「さあ行こうか。バカップルさん」

後部座席に座っていた文さんが言った。

僕ははやる気持ちを抑えるように、笑顔になってアクセルを踏み込む。

葵はこれからの人生においてどんな決断をするのだろう。そして僕はどれだけ生きるのか。さらに文さんがこれから仲間たちを見つけるのに、あと何千年かかるのだろう。僕にはわからない。

だが、どんな大きな困難に直面しようとも、勇気さえあれば乗り越えられることを、僕は知っている。

なぜなら、くたびれたトレンチコートに髭を蓄えた神明探偵は、勇気ある者を守ってくれるのだから。

【魯魚亥豕《ろぎょがいし》】

魯魚は『抱朴子』の「書字人知之、犹尚寫之多誤、故諺曰：『書三寫、魚成魯、虛成虎』（書をするものでさえ知っていても書き間違いをするものだ。ゆえに諺にある通り、書は三度書き写せば、魚は魯となり、虚は虎となってしまう。）」から。また亥豕は『呂氏春秋』の「有讀史記者曰：『晉師三豕涉河』子夏曰：『非也、是己亥也。夫己與三相近、豕與亥相似』（史書を読む者が「晋の軍、三匹の豚が黄河を渡る」と詠むのに出くわしたので、子夏は言った。「三匹の豚ではなく『晋の軍、己亥に黄河を渡る』だ。己と三、豕と亥は似ていて誤りやすい」と言った。）」から。文字が似ていると書き間違いが生じ、内容を伝える際に本来の意味が失われてしまうことを意味している。

作者あとがき

「おはしさま」三津田信三

拙作に翻訳のオファーを最初に下さったのは、台湾の出版社だった。自分の小説が翻訳されて、他の国の人に読まれるとは考えもしなかったので、とても嬉《うれ》しかった。僕自身ずっと海外のミステリやホラーに親しんできたわけだが、その逆の現象が我が身に起きているのだと思うと、ちょっと感慨深かった。さらに引き続き、中国、韓国、タイ、ベトナムの出版社からも翻訳のオファーをいただき、現在翻訳中の作品も含めると60冊を超える。有り難いことである。

最初に拙作が翻訳された台湾から、今度は執筆依頼をいただいた。それも僕が大好きな怪奇短篇である。しかも台湾と香港の作家さんが参加され、「箸」という統一されたテーマで共演すると分かり、大いに胸が高鳴った。そんな面白い企画にお声を掛けていただき、感謝に堪えない。

ただ残念なのは、他の方の作品が読めないことである。大凡《おおよそ》の粗筋は編集者から聞いているが、やっぱり作品をちゃんと楽しみたい。日本の出版社が、本書の日本語版を刊行して下さることを願ってやまない。

——という「あとがき」を『筷：怪談競演奇物語』（独歩文化／二〇二〇）に書いたのだが、その願いが早くも叶《かな》って歓喜しています。僕にとって『おはしさま　連鎖する怪談』は特別な本になりそうです。

「珊瑚の骨」薛西斯

あとがきを一文字も書けないまま鬱々としている。そもそもあとがきを書くのが得意な作家などいるのだろうか。とはいえ執筆に参加された方々は、かねてより憧れていた作家先生たち。ここに自分のあとがきが並ぶのかと思うと、さすがに不安になってくる。かしこまった文章でまとめるべきなのか、それとも軽くさらっと流せばいいのか。要するに、他の先生方がどう書いているのか判らないため、囚人のジレンマに陥ってしまったというわけ。

ケン・フォレットの『火の柱』に、修道院の副院長が建築家のトムに対して、どうして大聖堂を建てたいのか、と訊《き》くシーンがある。その問いにトムは考え考えしながら、最後にこう答える。「美しいから」と。この言葉こそはトムにとってのあとがきなのだ。私もまたそうしたあとがきを書いてみたいと思うものの、手持ちの札をすべて出し切ったあげく、結局は、トムの足元にも及ばないものを晒《さら》すことになるのではないか。

とはいえ、今は「美しいから」の一言で、はいおしまいとできる時代ではない。私たち作家は頭を絞り、読者が大聖堂に足を踏み入れてみたくなる理由を考えないと。この企画はこういうものだ。執筆陣は国を跨《また》いだ作家たち。これだけでも読者の興味を惹《ひ》くだろう。さらに、いったいどうやって合作を行うのか？　日本、香港、台湾と舞台が異なれば、作風もまた変わるものだろうか？　それらの物語はどう結びついていくのだろう？　と興味も湧いてくるに違いない。もちろん作家同士で競争意識も芽生えるだろうし、負けてたまるかという気持ちに駆られるかもしれない。

ともあれ、並みいる凄腕《すごうで》の先輩たちを前に、私自身はどんなサスペンス・ホラーをものすることができるだろう。ここは敢《あ》えて逆に行こう、と私は考えた。おどろおどろしい箸の伝説の類いはあっさり捨て、箸そのものの持つ、工芸品としての繊細な美しさ、そして「一揃え」という祝福されたイメージを押し出し、美から醜へと転落する恐怖を描き出すとともに、探偵と犯人、被害者の立場が鮮やかに逆転する、そんな物語――すると、珊瑚のイメージが鮮やかに目に浮かんできた。台湾、香港、日本はいずれも水に臨む土地である。この企画も当初は「海」というテーマが選ばれていたのだけれど、最終的にこのアイディアは捨てられた。それでも港町に生まれ育った私は、どうにかしてこの物語に波の騒立つ音を込めてみたかったのである。

ようやく物語を書き終えると、ただただ疲労困憊だったが（ともに頑張ってくれた編集者に感謝）、「合作」という名の「競技」をやり遂げた達成感は今も心に強く残っている。そして夜透紫氏や三津田先生の手になる素晴らしい話を読むにつれ、私もようやく書き手の立場から離れて、読者の視点から物語を愉《たの》しむことができた。同じテーマと縛りがありつつ、私たちは作風の異なる個性を発揮できたように思う。その筆致から、日本、香港、台湾という舞台の違いは、はっきりと読み取れるはずだから。

それでも瀟湘神、陳浩基両氏の物語を読み終えたあと、私は作者の視点に立ち返った。ある部分は明らかに私が考えたものなのに、他者の綴《つづ》った文章から生まれる、「真相はこうだったのか！」というおどろき。その自然さと巧みさ。他者の手によって拙作にさらなる脚色を加えられる――今までにない体験ではあったけれど、このときは、素晴らしい企画に参加できたことをありありと実感できた次第。

私一人では、石造りの凡庸な教会を建てるのがせいぜいだったろう。他者との共同作業によって、大聖堂にはステンドグラス、アーチ型の天窓、塔、素晴らしい景観が加えられ、この建物はより豊饒さを増したように思う。参加された先生方、そしてこのような大胆な企画を考えた編集部の方々、特に、企画進行では最も大きな負担を強いられた担当編集者に謝意を表したい。またこのような素晴らしい建設プロジェクトに参加できたことには心よりお礼を申し上げる。

また多くの方々に興味を持ってもらえるよう、『CCC創作集』の月刊推理漫画で、『珊瑚の骨』の探偵を主人公とした連載もはじまった。漫画家の鸚鵡洲《インウージョウ》氏との合作で、タイトルは『不可知論偵探』。この漫画では、探偵の言う一パーセントの有神論がいったいどういうものなのか、読者はその答えを知ることになる。

最後にもうひとつエピソードを。台湾は「珊瑚の王国」として知られていて、観光地には珊瑚を売る店もある。私もこの物語を書くためにそうした店を色々とまわってみた。盆栽サイズほどの、八仙をかたどった珊瑚の彫刻を見つけたのはそんなときで、それを指さしながら「これはいくらですか？」と訊いたところ、店員はあっさりと「五百万元だよ」と答えた。

その場から慌てて逃げ出したい衝動にかられながらも、私は軽く微笑した。珊瑚に対する多くの人たちの野放図な振る舞いに思いを巡らし、知らない方が幸せなこともあるのだと感じ入る。庶民の幸せは、とても質素なものなのだ。

「呪網の魚」夜透紫

この企画に誘われたときは、喜びと不安で戦々恐々でした。執筆陣のミステリの専門家たちはよく知っている方々ばかり。私ごとき、そんな先生方を前にしては末席に名を連ねるのがせいぜいです。日本に台湾、香港の、彩りも鮮やかな料理がずらりと並ぶテーブルに、私が出せるものといったら、オタク女お手製の肉卵を添えたカップラーメンくらい。じゃあどうすればいいの。そんな気持ちでした。

もう少し具体的に書いてみると――企画段階で箸をテーマとした物語を、と提案されたときは嬉しかったんです。実際にそのテーマでと決まると、ある先生が、その場で箸をどう使うかという点も含めたあらすじを考えてくれました。そのアイディアは、私がまったく考えもつかなかったもので……そのあとは、登場人物の誰の視点で物語を書き進めていこうかと考え考えしながら書き直しをし、推理の穴を埋めるためにまた書き直しの繰り返し。たった一編の短編に無限の修正を加えることになってしまいました。

そんな拙作に推薦文を寄せてくれた路那《ルナ》氏の英断に感謝です。そして的確なアドバイスをくれた林《リン》贇流《ヅウーリウ》先生、改稿地獄につき合ってくれた担当編集者のKさんにも。Kさんはとても優しく思いやりのある編集者なのです。私が個人的な事情でスランプに陥り、理想的な状況にはなかった一年ものあいだ、締め切りを延ばしてほしいという厚かましいお願いにも快く応じてくれたのですから。とはいえ、彼女の厳しさは相当なもので、穴はないか、改善点がないかと何度も原稿を確かめるその熱意は、生みの親である私以上。それでも決して私を見捨てることはありませんでした。彼女の鞭撻《べんたつ》で、初稿よりも、質量共に遥かにできのよいものに仕上がったと思います。少なくとも今の私に、初稿を見返す勇気はありません。この黒歴史を消してしまいたいという気持ちだけがあります。

話を戻して、と。他の作家の方々の原稿を受け取るまで、お互いがどんなものを書いているのかはまったくわかりませんでした。何しろ日本、台湾、香港の作家による競作というのも珍しい。作中に香港の伝説と特色を織り込むことは、最初から決めていたことでした。とはいえ、私のなかでは、香港という街は幽霊よりもサイバーパンクといった印象が強く、幽霊伝説の類いと言っても、その多くはすでに忘れられているか、よくわからないものになってしまっている。地元の怪異や伝説を当たってみても、なかなかこの企画に相応《ふさわ》しいものが見当たらず、ここでは悩みに悩みました。ようやく香港人によく知られた新娘潭の伝説を採ることに決めると、そこに「水」のモチーフを絡めることで、他の作家の方々の話にも繋《つな》げていけるのでは、という手応えを感じることができました。

これまでのあらすじに目を通して、前作のバトンにあった物語の要素をもっと活かそうと当初は考えていたものの、実際に三津田先生の原稿を拝読すると、時間的にも空間的にも制約があって、登場人物をそのまま物語に出すのは難しいことがわかりました。とにかく推理の妥当性や物語の筋を考えるのに精一杯で悔しい思いをしたものですから、陳浩基先生が、私の物語の登場人物を使って、他の物語の登場人物も交えた話を考えていると知ったときの嬉しさといったら。それでもその登場人物に嫁入り道具を持たせるのはまだ早いかなとは思いましたけど（笑）。

ともあれ、かねてより敬愛する巨匠の方々と、こうして「同じ舞台」に立てたことを大変光栄に思います。

「鰐の夢」瀟湘神

担当編集の詹《ヂャン》さんからこのリレー小説の概要を聞いて、俄然《がぜん》興味が湧いたものの、自分がこの壮大な企画に関わることなど、そのときは想像もできなかった。一番手が三津田先生で、アンカーが陳浩基先生だと聞くに及び、私は興奮のあまり気を失いそうになったほどである。

三津田先生の『首無の如き祟るもの』は今でも取り出して読むことがある。かなりロジックを意識した作品で、ミステリファンでないと、あるいはどうしてこのような筋立てになるのか判りにくいところがあるかもしれない。しかしながらこの作品は紛れもなくゴールデンドロップといえよう。陳浩基先生の『13.67』にも、私はまた大変な感銘を受けた。仕掛けも素晴らしければ、香港史を描いた筋立てにも真に迫ったものがある。この二人の先生方との合作となれば、興奮とともに、「おいおい、自分はこの先生方と肩を並べて仕事をするに値するだろうか」という戦慄に襲われたのも無理からぬことであろう。

この小説の魅力は、物語の始まりと幕引きだけではない。恥ずかしながら、私はこれまで薛西斯先生の作品を読んだことはなかったのだが、『珊瑚の骨』の、流れるような筆致と娯楽性に富んだ物語の素晴らしさはどうだ。読み終えるなり、妻にもすすめ、知り合いにも『珊瑚の骨』を褒めて回った（もちろんこのリレー小説は刊行もされていないのだから、まだ宣伝はしないでくれと口止めはしたが）。夜透紫先生の物語もまた素晴らしく、『呪網の魚』では一編の映画を観《み》ているような心地に浸ることができた。

三編を愉しく読み終え、そこで私はふと疑問に思ったのである。いずれも巧みなどんでん返しがあるものの、物語に込められた情報量は膨大だ。果たしてこれがしっかり二万字におさまっているのだろうか……？　そこでこっそり文字数を数えてみると——やはり！　であった。二万という字数制限を律儀に守っていたのは、三津田先生だけだったのである。すでに自作の構想を練っていた私は、これをいかにして二万字にまとめればいいものかと考えたのだが——なあに、いいさ！　お互い様だ！

そんなふうに考え、私は執筆に取りかかったのだが——

そう順調に話は進まなかった。

リレー小説という点からすると、三津田先生の物語が意図的に含みを持たせた幕引きになっているのに対して、他の二編はどう読んでも完璧にまとまっていて、ここから話を展開できる余地はないように見えた。散々悩んだあげく、もともと二〇一八年には書きあげる予定だったものが、一九年の四月にまでずれ込んでしまった。このあいだは挫折と苦しみに身を責められ、言葉にすることもできないほどである。私が遅らせてしまった締め切りに対して、出版社は、次の作家の執筆時間を切り詰めるに違いない。そう思うと、慚愧《ざんき》に堪えない気持ちだった。

この物語の結末は、当初考えていたものとは違っている。最初の構想はこういうものだった。物語の舞台は一九八〇年代。少年が碧緑いろの湖を裸で泳いでいる。眩《まばゆ》い日射しが少年の肌に残る水滴に照り映えして、黄金いろの光は彼のしなやかな身体の曲線を際だたせる。岸辺にはもう一人の少年がいて、二人は当時の秘密について語り合う。やがてカメラは、湖と少年を越えて、湖底に沈んだ廃墟を映し出す──当初は、浪漫と郷愁溢《あふ》れる雰囲気の青春物語を書こうと考えていたのである。だがプロットを練るうち、このロマンティックなイメージは、根本から捨てることに決めた。その悔しさたるや悲憤を覚えるほどだったが、当初の構想から大きく外れたとしても、自分らしい作風と感じられればそれでいい。あやかしが社会にもたらす効能こそは、かねてより私が求めてきたテーマであり、これはまた本作のあらすじにも繋がってくる。それでも、この物語が風俗産業の従事者の窮状や苦しみを軽視しすぎているのではないか、さらには彼女たちをロマンティックに描きすぎているのではないかという疑念は拭えない。厳しい条件を課してこのリレー小説の執筆に挑み、その点についても配慮を尽くしたつもりだが、それでもまだ社会的責任を果たせていないのも事実であろう。

三津田先生の『幽女の如き怨むもの』は二〇一九年に台湾で出版された。この作品のテーマは、風俗産業に身をおく者の運命と大きく関わっている。日本と台湾では状況が異なるものの、双方における風俗産業の従事者は、社会制度や価値観による抑圧を受けながら生きていかざるを得ない状況にあり、台湾の読者もこの点については注目すべきであろう。

『幽女の如き怨むもの』といえば、興味深い経験をしている。三津田先生の大作を読了してから、私は『鰐の夢』を完成させた。作中で、三津田先生の手になる探偵・刀城言耶《とうじょうげんや》は調査のため、かつての遊廓の関係者を訪ねて回るのだが、『鰐の夢』でも、三津田先生の分身といえるM先生が同じことをしているのである……リレー小説に参加するのは初めてではないが、以前も「作者が生みだした要素が、想像を超えて意外な一致を見せる」ことを経験している。まるで作者の背後に大きな手があって、物語を紡いでいるような、とでも言えばいいだろうか。物語は作者の手を離れ、牙を剝《む》く。そして作者を物語の一部にしてしまう。私たちの背後には、さらなる高みから作者を操る小説家がいるのではないか？　これらの経験を踏まえると、私はそう考えざるを得ないのである。

「魯魚亥豕」陳浩基

独歩文化の編集者であるKさんからメールをもらったのは二〇一七年の夏のことだ。翻訳小説の域を超えて、中国語による独歩オリジナルの作品を刊行したいという。当時Kさんから提案されたのは「複数の作家が同じテーマで書いた」短編集というもので、これは面白そうだと快諾した。そのとき私は大胆な提案をしている――合作といっても、どうして華文の作家に限定するのだろう？　私はずっと「良い作品には国境がない」と考えてきたし、独歩は翻訳小説の分野で名の知れた出版社だ。国境を超えた短編集となれば、それは意義のあるものになるだろう――返信でそんな提案をしたものの、実際にやろうとすれば問題は山積している。実現できるかどうかは未知数だとひそかに考えていた。しかし編集者はそうした技術的な困難をすべて克服し、さらに三津田先生という重量級の作家を招《しょう》聘《へい》してみせた。私が心の底から喜び、快哉を叫んだのは言うまでもない。

企画の最初の段階で、Kさんからは、リレーの最終走者になってもらいたいとの提案があった。もちろんこれが難役であることは判っていたが、ともあれそのときは自信を持って「はい」と答えた。四人の仲間がどんなものを書こうとも、同じ登場人物たちを使って話をまとめればそれでいい――「メタレベル」の視点から最初の四編を作中作とし、メタフィクションの手法で各章の要素をつなぎ合わせれば、最終章は思いのままに書くことができるだろうと踏んだのである。

しかし、甘かった。

瀟湘神先生の手になる第四章は、物語の始まりから新しい要素が加わっていて、私は当初の構想を断念せざるをえなかった。さらに『鰐の夢』は、私の目には完璧な物語に映ったのである。三津田先生、薛西斯先生と夜透紫先生の素晴らしい物語を巧みに結びつけ、さらにそこに優れたロジックと仕掛けのみならず、社会文化的な深い洞察までを加えてみせたのだから。四編の作品を読み終え、私は驚喜した。喜びはこのような素晴らしい作品に参加できたことで、驚きは、自分自身がこの限られた時間のなかで面白い終章を考えなければいけなくなったことである——『鰐の夢』の幕引きは、物語のしめくくりとしては完璧なものと思う。私がこの後を書くとしたら、狗尾続貂《くびぞくちょう》——すなわち優れた終幕に駄文を継ぎ足すようなものとなってしまう。

なかでももっとも苦労したのが、『鰐の夢』の余韻の際だった美しさだった。前章で救われた登場人物たちに、最終章で再び苦い体験をさせるのは、私の創作理念に反する（映画『エイリアン３』の設定には嫌悪感しかなく、とても同じようなことはできない）。考えあぐねたすえ、私は心を新たにして、いったん作品の雰囲気を忘れることにした。ホラーやサスペンスの手法も捨て、別の視点からこの最終章を書いてみたら——と考え、『魯魚亥豕』はスピルバーグの映画のような冒険ＳＦコメディとして、「面白く、愉しめる」ことに重きを置いた物語になった。読者にはこの愉快な結末を楽しんでもらえれば幸いである。

各章が明確に独立しながら、他の章と関連していたり、登場人物が同じなのに印象が微妙に違っていたりするのもまたリレー小説の醍醐味であろう。これは国を跨いだフュージョン料理のようなものだ。タコのクリームスープに西瓜《すいか》をぶち込んだようなもの（シンガポールでこの奇妙な料理を食べたが、意外や美味だった）で、一見するとしっくりこないかもしれない。ただこの独特の風味がたまらないという人もいるのではないか。

著者プロフィール

三津田信三（みつだ・しんぞう）
奈良県出身。編集者を経て、二〇〇一年『ホラー作家の棲む家』でデビュー（文庫で『忌館　ホラー作家の棲む家』と改題）。ミステリとホラーの両ジャンルで活躍し、二〇一〇年『水魑の如き沈むもの』で第10回「本格ミステリ大賞・小説部門」を受賞。『厭魅の如き憑くもの』にはじまる「刀城言耶」シリーズ、『十三の呪』にはじまる「死相学探偵」シリーズほか、映画化もされ話題を呼んだ『のぞきめ』や、『禍家』『凶宅』『魔邸』からなる〈家三部作〉など著作多数。

薛西斯（クセルクセス）
台湾作家。ミステリ、武俠、ファンタジーなど多岐にわたるジャンルで活躍。二〇一三年に『托生蓮』が角川中国語ライトノベル大賞銅賞を受賞、二〇一五年の第四回島田荘司推理小説賞で『H.A』が入選。近年はオンラインとバーチャル世界を融合させたサスペンス小説『魔女的槍尖』シリーズのほか、ミステリ・サスペンス・怪談といったジャンルを越境する長編小説『K.I.N.G.：天災対策室』を刊行。また本作「珊瑚の骨」に登場した海鱗子が探偵として活躍する漫画『不可知論偵探』シリーズ（画・鸚鵡洲）が好評連載中。

夜透紫（やとう・し）
香港作家。異文化研究学士。子供向けゲームのデザイナーやモバイルゲームのシナリオライターとしても活躍。ジャンルを問わない、ユーモア溢れる作風は日本のアニメの影響を多分に受けている。二〇一一年に「漢字」をテーマにしたファンタジー小説『字之魂』で台湾角川ライトノベル大賞銅賞を受賞。ミステリでは「小暮推理事件簿」シリーズや『二次縁古物雑貨店』、ホラーでは『人臉書』や日本のRPGスタイルを踏襲したライトノベル『第一次變魔王就上手』がある。

瀟湘神（シャオ・シャンシェン）
台湾作家。LARPクリエイターにして、臺北地方異聞工作室の一員。長きにわたり民俗学と妖怪をテーマに研究。二〇一二年にはグラフィティから着想を得た『大臺北繪巻』で角川中国語ライトノベル大賞短編部門銅賞を、二〇一四年には金車奇幻小説を受賞。日本統治時代を舞台とする『臺北城裡妖魔跋扈』、『帝國大學赤雨騷亂』、『金魅殺人魔術』、リレー小説『華麗島軼聞：鍵』のほか、『説妖』や台湾の妖怪に関する考察をまとめた『唯妖論』がある。またLARPとしては『城市邊陲的遁逃者』と『金魅殺人魔術』の原作を担当し、政府とともに文化振興に努めている。

陳浩基（ちん・こうき）
香港作家。香港中文大学コンピュータサイエンス学部卒業。台湾推理作家協会海外会員。台湾推理作家協会賞、島田荘司推理小説賞、台北国際書店大賞、香港文学季推薦賞を受賞。『13・67』（文藝春秋）は二〇一七年に「週刊文春ミステリー10 海外部門」及び「本格ミステリ・ベスト10」で一位を獲得。日本のミステリ賞の海外部門で、アジアの作品が一位となるのは本作が初めて。『世界を売った男』、『網内人』（ともに文藝春秋）、『気球人』、『山羊獰笑的剎那』、短編集『ディオゲネス変奏曲』（早川書房）のほか、寵物先生との合作SF小説『S.T.E.P.』、高普との合作『闇黒密使』『大魔法捜査線』がある。

玉田誠（たまだ・まこと）
一九六七年、神奈川県生まれ。青山学院大学法学部卒。台湾において日本ミステリの紹介や台湾ミステリの評論を行っている。ほかの訳書に『世界を売った男』『網内人』などがある。

装幀　坂野公一（welle design）
装画　もの久保

おはしさま

連鎖《れんさ》する怪談《かいだん》

2021年9月30日　初版1刷発行

著者　三津田《みつだ》信三《しんぞう》、薛西斯《クセルクセス》、夜透紫《やとうし》、瀟湘神《シャオシャンシェン》、陳浩基《ちんこうき》

訳者　玉田《たまだ》誠《まこと》

発行者　鈴木広和

発行所　株式会社光文社

〒112-8011　東京都文京区音羽1-16-6

電話　編集部　03-5395-8254

書籍販売部　03-5395-8116

業務部　03-5395-8125

URL　光文社　https://www.kobunsha.com/

組版　萩原印刷

印刷所　新藤慶昌堂

製本所　ナショナル製本

ISBN978-4-334-91426-4

福